MARIA BARBAL | Inneres Land

Maria Barbal im Gespräch

Wovon handelt »Inneres Land«?
»Inneres Land« ist ein komplexes Liebesverhältnis. Der Liebe zwischen Tochter und Mutter stellen sich die Charaktere der beiden Figuren entgegen, sowie ein schmerzliches Erbe, das angenommen werden muss.

Ist es eine Art Fortsetzung zu »Wie ein Stein im Geröll«?
Es ist nicht die Fortsetzung, weist jedoch eine Verbindung auf, die der aufmerksame Leser sofort wahrnimmt.

Sie haben Ihr Buch mit mehreren Lesungen auch in Deutschland vorgestellt. Wie war die Begegnung mit Ihren deutschen Lesern?
Es war eine der schönsten Erfahrungen in meiner bisherigen Laufbahn als Schriftstellerin. Ich fand es beeindruckend, dass sich Leute so unterschiedlicher Herkunft so intensiv ausgetauscht haben!

Was lesen Sie privat? Haben Sie ein bevorzugtes Genre oder Lieblingsautoren?
Ich lese Verschiedenes, wie z. B. Biografien, Poesie, Prosa, Essays, Theaterstücke. Und es gibt so viele interessante Autoren: Virginia Woolf, Federico García Lorca, Thomas Mann, Mercè Rodoreda, Elias Canetti, Stefan Zweig.

Zur Autorin

Maria Barbal, 1949 in Tremp (Pyrenäen) geboren, lebt heute in Barcelona. Sie gilt als eine der wichtigsten katalanischen Autorinnen der Gegenwart und wurde mit zahlreichen bedeutenden Literaturpreisen ausgezeichnet. Neben ihrem Debütroman *Wie ein Stein im Geröll*, der Maria Barbal einen überwältigenden Erfolg bescherte und auch von deutschen Kritikern und Lesern begeistert aufgenommen wurde, ist außerdem ihr Roman *Emma* im Diana Verlag erschienen.

MARIA BARBAL

Inneres Land

Roman

Aus dem Katalanischen übersetzt von Heike Nottebaum
Mit einem Nachwort von Pere Joan Tous

Diana Verlag

Verlagsgruppe Random House FSC-DEU-0100
Das für dieses Buch verwendete FSC®-zertifizierte Papier
München Super liefert Mochenwangen.

3. Auflage
Taschenbucherstausgabe 01/2010
Copyright © für die Originalausgabe: Maria Barbal,
Columna Edicions Llibres i Comunicació, S.A.U., 2005
License given by © Columna Edicions Llibres i Comunicació, S.A.U.
Copyright © für die deutsche Übersetzung 2008:
: TRANSIT Buchverlag, Gneisenaustraße 2, 10961 Berlin.
LLLL institut ramon llull
Die Übersetzung dieses Werkes wurde aus Mitteln
des Instituts Ramon Llull, Barcelona, gefördert.
Copyright © dieser Ausgabe 2010 by Diana Verlag, München,
in der Verlagsgruppe Random House GmbH
Umschlaggestaltung | Hauptmann & Kompanie Werbeagentur,
München – Zürich, Teresa Mutzenbach, unter Verwendung
eines Motivs von: © Ray Kachatorian / Getty Images
Herstellung | Helga Schörnig
Satz | Christine Roithner Verlagsservice, Breitenaich
Druck und Bindung | GGP Media GmbH, Pößneck
Printed in Germany 2012

978-3-453-35443-2

http://www.diana-verlag.de

INHALT

Erster Teil
ICH SEHNTE MICH NACH MORGEN 7

1 Worte 9
2 Die Leute 22
3 Wir 40
4 Einmal hat sie geweint 64
5 Eiswind 85
6 Gold für Stroh 125
7 Trocken hinter den Ohren 159
8 Das Tuch, das niemals fertig wird 187
9 Klein beigeben 227
10 Licht im August 253

Zweiter Teil
VERGEBLICHE OPFERGABEN 271

1 Und es leuchteten die Sterne 273
2 Leg deine Hand auf meine Augen 290
3 Schlamassel 304
4 Wie gut doch alles ist 316
5 Bergkirschen 333
6 Und ich schwieg 351
7 Ziegelsteine 361
8 Sie erwacht 371
9 Ein Foto 381
10 Das Schiff sticht in See 389

Dritter Teil
DAS LEID LÄSST SICH NICHT TEILEN 399

Nachwort von Pere Joan Tous 401
Kleines Glossar 477

Erster Teil

ICH SEHNTE MICH NACH MORGEN

Worte

Keine einzige Freude konnte dich jemals glücklich machen.

Jede Familie hat ihre eigene Art zu reden und zu schweigen, das stimmt wohl, doch wenn ich ehrlich bin, weiß ich nicht, was du von mir erwartet hast. Du hast mich zur Zurückhaltung erzogen, sie sollte mir gerade die richtige Form geben, so wie die Luft, mit der man einen Ballon aufbläst. Bestimmt wolltest du mich dadurch vor Schaden bewahren. Von spitzen Nadelstichen, die in null Komma nichts ganze Arbeit leisten, konntest du schließlich zur Genüge ein Lied singen. Ich musste »guten Tag« sagen und mich bedanken; waren wir unter Leuten, durfte ich mich nicht bemerkbar machen, wehe mir, wenn ich auch nur einen Mucks von mir gab!

Schon bald spannte ich meine Flügel, um aus dem Nest zu fliegen. Ich muss sehr klein gewesen sein, die Nächte verbrachte ich noch in dem Gitterbett, das in eurem Schlafzimmer stand. Dieses Zimmer in unserer alten Wohnung, die mit der Dachterrasse, war voller Licht. Noch immer trage ich die Sonnenstrahlen in mir, die durch die Scheiben des Balkons und die hauchdünnen Vorhänge fielen und im Spiegel des Kleiderschranks zersprangen. Und auch durch das Fenster am Kopfende von meinem Bett strömte das Licht.

Vor dem Zubettgehen musste ich beten. »Schutzengel, lieber Wächter mein, lass mich dir anbefohlen sein! Am Tag und in der langen Nacht halt über mir die stille Wacht!«

An einem Abend hielt sich Vater gerade im Schlafzimmer auf, als du mich zu Bett brachtest. Ich war derart begeistert davon, die Worte nachzusprechen, die du mir vorsagtest, dass ich im Nu mit dem Beten fertig war. Noch immer klingt sein schallendes

Lachen in mir nach. Mir ist, als würde er als junger Bursche vor mir stehen, so wie ich ihn auf einer Fotografie gesehen habe: welliges Haar, ein weißes Feinrippunterhemd, aus dem die sehnigen Schultern eines schlanken und doch kräftigen Mannes mit sonnenverbrannten Armen herausragen. Völlig verdutzt hast du ihn angeschaut und mir dann einen strengen Blick zugeworfen, aber du wusstest nicht, was du sagen solltest. Vater und ich waren uns einig, und darum trugen wir einen Sieg über dich davon, wahrscheinlich zum ersten Mal.

Vielleicht hast du ja ein Wunder erwartet.

Während der ersten Jahre waren wir aber auch wie Pat und Patachon, so habe ich dich jedenfalls von zweien reden hören, die immer die Köpfe zusammenstecken.

Du sprichst und dadurch bringst du mir das Sprechen bei, und es gibt genug von dir zu lernen, keine Frage. Die Kunst des lebendigen Ausdrucks beherrschst du wahrlich aus dem Effeff. Du bist schlagfertig und scharfsinnig, und diejenigen, die dir zuhören, amüsiert das, und manchmal verletzt es sie auch, aber noch habe ich das nicht am eigenen Leib erfahren. Kaum jemand kann dir »das Wasser reichen«, wenn es um die Feldarbeit geht und um das Vieh, und ständig benutzt du Bilder, die damit zu tun haben.

Am Nachmittag, wenn du die grobe Hausarbeit erledigt hast, weckst du mich aus dem Mittagsschlaf und machst dich ans Nähen oder Bügeln. Schon früh gibst du mir Stoffreste und zeigst mir, wie man mit Nadel und Faden umgeht. »Eine Frau, die nähen kann, ist die Zierde eines jeden Hauses.« Dein Vater wollte, dass du nähen lernst, auch wenn du dafür einen weiten Weg auf dich nehmen musstest, eine Stunde hin, eine Stunde zurück. Aber du warst jung und energisch, so schnell konnte dich nichts schrecken, und den Weg bist du zusammen mit drei oder vier jungen Mädchen aus deinem Dorf gegangen. Einmal lauerte euch eine Gruppe verheirateter Männer auf, die wollten euch einen Schreck einjagen, und wer weiß, was sie sonst noch im Schilde führten. Das war im Herbst, wo es schon so früh dunkel wird, aber weil ihr euch in der Gegend gut auskanntet, seid ihr ihnen über einen dieser alten Pfade entkommen und habt sie ziemlich an der Nase rumgeführt. So für sich genommen, geben mir die Wörter noch nicht preis, was du eigentlich sagen willst, aber wenn Vater mir aus dem *Pinocchio* vorliest, muss ich immer voller Sympathie an diese verheirateten Männer denken, so als wären sie alle kleine Holzfiguren mit einer langen Nase.

Später schlafe ich in einem Zimmer, in dem zwei Betten stehen, das eine neben dem Kleiderschrank mit dem Spiegel und das andere unmittelbar am Fenster. Am Fußende von diesem Bett befindet sich in der Ecke ein runder Tisch und darunter ein Gestell, auf dem ein paar Schuhe stehen, auch wenn es eigentlich für das Glutbecken gedacht ist. Schon seit einiger Zeit kann ich ganz allein mit Messer und Gabel essen, und meine Milch trinke ich jetzt aus glänzenden Weißblechdosen, in denen einmal Kondensmilch war. Du magst es nicht, wenn ich woanders von gewissen Dingen erzähle, von der Blechbüchse für die Milch etwa. In die Schule gehe ich jetzt auch. Mir ist, als würde ich deine Stimme hören:
– Lyzeum sagt man, bei den Nonnen heißt das Lyzeum, Fräulein Neunmalklug.
Es macht mich wütend, dass du mich Fräulein Neunmalklug nennst.

Das Gebäude, in dem die Nonnen unterrichten, liegt ganz schön weit weg von zu Hause. Es ist sehr groß, sogar eine Kapelle gehört dazu und ein Teil, in den nur die Nonnen dürfen, dann das Internat, die Unterrichtsräume, ein Hof oben und einer unten und dazwischen eine steile Treppe mit einem schmalen Eisengeländer an jeder Seite. Bestimmt werde ich Jahre brauchen, um mich dort zurechtzufinden. Neben dem Hof unten, das ist der größere von beiden, gibt es einen Garten, zu dem ein Trampelpfad führt. Im Herbst sammeln sich am Wegrand die Blätter des Kakibaums, auf denen dann im Winter, bis spät in den Morgen hinein, der Raureif vor sich hindämmert.

Zur Schule gehe ich in einer dunkelblauen Uniform. Der Rock ist mir zu weit, er hat breite Falten, die von vorne wie Schaufeln aussehen. Außerdem reicht er mir fast bis an die Knöchel, weil ich noch hineinwachsen soll. Das Oberteil hat einen weißen Kragen, an dem ein kleines Abzeichen befestigt ist. Eine Zeit lang haben wir auch einen runden Hut aufsetzen müssen, der durch ein dünnes Gummiband unter dem Kinn gehalten wurde. Auch er in dunkelblau.

Die Straße, in der wir wohnen, ist recht abschüssig. An windigen Tagen scheint der Boden aus Stahl zu sein. Wenn es schneit, wirkt er dagegen ganz weich, und ist es neblig, habe ich das Gefühl, zwischen Wolken zu fliegen. Auf halbem Weg komme ich am Laden von Senyor Xavier vorbei. So gegen neun fegt er den Bürgersteig in einem Kittel, der so blaugrau ist wie seine Haare. Irgendetwas sagt er immer zu mir, das gefällt ihm. Die rote Wollmütze, die du mir aus einem Strumpf gemacht hast und die um meinen Hals geknotet ist, als ob ich noch einen Schal umhaben würde, bringt ihn auf ein Wort, das er mir lange Zeit fröhlich hinterherrufen wird, sogar im Sommer.

– Na, wohin geht denn unser Rotkäppchen?

Wenn ich spät dran bin, erscheint mir der Weg noch länger als sonst. Dann gehe ich ganz schnell, ich laufe und schwitze. Manchmal kommt mir alles richtig schwer vor. Die Schultasche aus Pappkarton, die Uniform, die Stiefel, die meinem Bruder nach dem Sommer nicht mehr gepasst haben. Dicke Strümpfe hüllen meine dünnen weißen Füße ein, die ich mir jeden Samstag in der Badewanne anschaue. Durch das heiße Wasser hindurch, das du aus dem großen Topf hineinschüttest. Während ich mich ausziehe, sagst du, dass es sich gleich abkühlen wird. Kaum habe ich mich von meinem Schlüpfer befreit und von dem kratzigen ärmellosen Wollleibchen, soll ich auch schon in die Wanne steigen. Entweder verbrühe ich mich dann, oder aber das Wasser ist schon kalt.

Während ich laufe, komme ich mir manchmal vor wie ein junger Esel unter einer großen Ladung Brennholz, wie ein Esel unter so einer Hucke. Das ist ein Wort aus deinem Dorf, das ich von dir gelernt habe. Schließlich muss ich noch die Straße am Krankenhaus hochgehen, die ist nicht sehr breit, ziemlich düster, aber sie führt an der Fahrradwerkstatt vorbei, und immer, wenn ich auf die Metallspeichen der Räder schaue, wird mir irgendwie ganz froh zumute. Sie erinnern mich an den Ventilator im Café Ponent, und das ist so, als ob jemand an einem schönen Sommermorgen pfeifen würde. Aber ich muss noch ein Stück weiter hinauf. Heute haben wir Schule.

Mit fünf Jahren beginne ich, mich zu verändern. Jetzt erkenne ich das, der tiefere Grund dafür ist mir allerdings schleierhaft. Ich spiele nicht mehr den Clown im Unterricht von Mutter Amparo, einer Valencianerin, blass und ziemlich klein, aber nett. Mit einem Mal bin ich fleißig. Ich lese Sätze wie »Meine Mama mag mich.« In der Schule werden die Wörter auf Spanisch geschrieben.

Wenn ich es recht bedenke, scheinen sich aus jeder meiner Kopfbedeckungen Konsequenzen zu ergeben, so als könne sich keine von ihnen einfach in die Reihe unzähliger alltäglicher Situationen und Gegenstände einordnen, die im Laufe der Jahre langsam verblassen.

Irgendjemand hat aus Perlgarn eine hübsche weiße Mütze gehäkelt und sie dir geschenkt, sie soll für mich sein. Ich weiß, dass du dich geschmeichelt fühlst. »Nein, so was Schönes aber auch!« Feine Handarbeiten schätzt du sehr; als Kind hast du nie welche zu Gesicht bekommen, in einem Haus mit Kühen und Hühnern und einem Schwein, für das ich mein Sonntagskleid hergeben würde, die Schuhe und vor allem die Häkelmütze. Ich weiß nicht mehr, wer mich zu dieser Taufe eingeladen hat, zu Kakao und Kuchen. Du bist jedenfalls ganz begeistert und staffierst mich so richtig aus. Die Mütze steckst du mir mit Haarklammern fest, und ich ziehe einen Flunsch, weil du mich dabei an den Haaren ziehst.

– Was bist du nur für eine Heulsuse!

In dem Haus, in das man mich eingeladen hat, sind viele Kinder und ein Haufen voller Jacken und Mäntel auf einem Bett. Es gibt etwas zu essen und gespielt wird auch. Ich verbringe den ganzen Nachmittag dort.

Als du mich abholen kommst, merke ich, wie meine Wangen brennen. Es ist Abend geworden, und während du dich zigmal bedankst, findest du meine weiße Mütze nicht. Die Gastgeberin wühlt in dem Kleiderhaufen herum, doch die zarte Häkelarbeit hat sich in Luft aufgelöst. Du kannst das gar nicht verstehen, aber du traust dich nicht, sie noch weiter suchen zu lassen. Kaum sind wir auf der Straße, beginnt das Verhör.

– Was hast du damit angestellt, Struwwelliese, sag schon!

Ein wenig grob fährst du mir durch die Haare, es ziept.

In Gedanken gehe ich zurück bis zu dem Augenblick, als ich auf dem Fest angekommen bin, mir jemand die Klammern aus den Haaren nimmt und mich endlich von diesem Zwicken befreit. Ich weiß nicht, was ich dir antworten soll, du schaust so streng, und ich bin kurz davor, in Tränen auszubrechen.

– Das hat mir gerade noch gefehlt, so ein dummes Blag!

Schweigend gehen wir ein paar Schritte, und dann redest du mit dir selbst. Ich weiß, dass du keine Antwort erwartest und auch keinen Kommentar. Du umklammerst ganz fest meine Hand. Es ist schon ziemlich spät, und auf der Straße sieht man kaum noch etwas. Ich bin müde, ich will ins Bett, und ich verstehe nicht, was du da redest, und auch nicht, was die weiße Häkelmütze mit den Worten zu tun hat, die du da vor dich hinmurmelst. »Die Leute sind schlecht, man darf niemandem trauen.« Langsam beruhige ich mich wieder, denn mir wird klar, dass du mit der Welt haderst und gar nicht so sehr auf mich böse bist. Aber dann höre ich dein Schluchzen, und mir ist, als ob ich den Boden unter den Füßen verliere, ich bleibe stehen und muss dich immerzu anschauen. Der Schlag erreicht mich als leichtes Brennen auf dem Po, und ich fange an zu heulen. Du schimpfst, und mit einem Ruck reiße ich mich von deiner Hand los und renne nach Hause. Ich laufe die Treppen hoch, als würde mich jemand mit einem Messer verfolgen. Ich klingele und klammere mich an Vaters Beine, der mit einem Buch in der Hand die Tür geöffnet hat. Seine Hosenbeine werden ganz nass. Aber ich bleibe nicht stehen, denn mir ist, als würde ich dich schon unsere lange Treppe hochkommen hören, bald wirst du am letzten Stück angekommen sein, dem, das am steilsten ist. Schnell lasse ich Vaters Beine los, renne ins Schlafzimmer und im Nu liege ich in meinem Bett. Als du die Tür öffnest und hereinkommst, nach einer unendlichen Zeit voller Worte mit Vater, tue ich so, als ob ich schlafen würde, aber vielleicht bin ich ja auch wirklich eingeschlafen.

Ich sehne mich danach, luftige Kleider anzuziehen und barfuß zu laufen, und wenn das »auf gar keinen Fall« geht, dann möchte ich Sandalen tragen oder wenigstens Söckchen. Keine Klammern, Spangen oder Gummibänder in den Haaren. Und erst recht keine Mütze aufsetzen.

Vielleicht hast du ja von mir erwartet, dass ich deine Wunden heile.

Das meiste, von dem ich nichts zu wissen glaube, hat sich direkt vor meinen Augen abgespielt. Ich bin unwissend. Doch das ist die einzige Beleidigung, die du dich niemals trauen würdest, mir an den Kopf zu werfen. Du nennst mich eine Mäkeltante, eine Heulsuse, einen Drückeberger, ein Plappermaul, eine Herumtreiberin, eine Struwwelliese oder einen Mopp, sogar Scheusal sagst du zu mir und Ungeheuer.

Aber kein einziges Mal wirfst du mir vor, unwissend oder ungebildet zu sein. Du selbst bist nur ein paar Jahre zur Schule gegangen, ich, seitdem ich drei bin.

Es kommt mir vor, als würde ich deine Stimme hören.
– Iss den Teller leer, du Mäkeltante!

Eine Mäkeltante ist eine, die ihren Teller nicht leer isst. Ich bin keine Mäkeltante. Ich bin ein Mädchen, und ich bin jetzt sieben Jahre alt. Aber wenn du dir in den Kopf gesetzt hast, dass ich aufessen soll, was du gekocht hast, »wo man sich doch so dafür abrackern muss«, dann ist Hopfen und Malz eh verloren. Ob im Guten oder im Bösen, ich werde alles hinunterschlucken, selbst wenn du mir Omelettes mit rohem Spinat vorsetzt, die ich so ekelig finde.

Eine Herumtreiberin bin ich, wenn ich auf der Straße rumlaufe, ohne dass ich etwas für dich zu erledigen hätte.

Eine Struwwelliese, wenn meine Haare zerzaust sind, wo du mich doch gerade erst gekämmt hast.

Eine Heulsuse oder ein Jammerlappen, wenn ich zu weinen anfange, weil ich hingefallen bin, mich jemand an den Haaren zieht, ich mich gestoßen habe oder bestraft werde.

Drückeberger soll Faulpelz heißen, fauler Hund oder einfach nur faul. Das sagst du zu mir, wenn du mich beim Lesen erwischst, anstatt dass ich dir im Haushalt zur Hand gehe.

Ein Fräulein Neunmalklug, das ist eine, die auf alles eine Antwort weiß.

Ein Plappermaul jemand, der sich für das Tun und Lassen der anderen interessiert und ständig schwatzen muss.

Rotznase nennst du mich, um mich daran zu erinnern, dass ich noch klein bin, mir noch nicht einmal allein die Nase putzen kann und sie trotzdem ungefragt in Dinge stecke, über die ihr Erwachsenen euch gerade am Unterhalten seid.

Und Scheusal? Oh je. Mit Scheusal, Ungeheuer oder Biest werden alle meine Fehler auf einmal zusammengefasst. Damit ist jemand gemeint, der ebenso bösartig wie hässlich ist. Oder jedenfalls so ähnlich. Ein Scheusal ist ein verachtenswertes Wesen, dem man nicht trauen kann, das einem lästig ist, eine Person, die es nicht wert ist, geliebt zu werden.

Dann gibt es noch ein Wort, das du nur ein einziges Mal zu mir gesagt hast, und das noch schlimmer ist als Scheusal oder Ungeheuer: Aas. Ein Kadaver ist damit gemeint. Es ist das einzige Wort, für das du dich schämst, wenn du es ausgesprochen hast, was du auch gleich lauthals bekundest:

– Was für ein Aas. Um Himmels willen!

Mein Bruder und ich amüsieren uns immer darüber, außer das eine Mal, als du uns damit gemeint hast.

Ich bin noch klein. An diesem Morgen sollen wir in der Schule nicht lesen oder schreiben, sondern etwas basteln. Die Mutter Oberin hat uns allen ein Rechteck aus dünnem, leuchtend rotem Papier gegeben. Eines von uns Mädchen hat dann gelbe Streifen verteilt. Wir mussten zur Lehrerin gehen, einen Pinsel in eine Dose mit weißem Leim tauchen und eine Seite von jedem Streifen damit bestreichen. Danach zurück zu unserem Pult gehen und den Streifen mitten auf das rote Rechteck pappen. Wir haben uns oft vertan und viel gelacht. Bei mir klebte einer der gelben Papierstreifen näher an der einen als an der anderen Seite, aber noch mal von vorne anfangen, durfte ich nicht. Als wir schließlich alle fertig waren, hat jede von uns einen kleinen Stock bekommen. Einen Teil davon haben wir in den Leim getaucht und eine der kurzen Seiten des Rechtecks am Stock festgeklebt. Das haben wir dann eingerollt, und die Lehrerin hat uns aufgefordert, alles mit beiden Händen eine ganze Weile möglichst fest zusammenzudrücken. Damit uns die Zeit dabei nicht zu lang wird, hat sie gesagt, würde sie uns ein Lied beibringen. Ich mag gerne singen.

– Morgen wird jede von euch den Generalissimus mit einer eigenen Fahne begrüßen.

Das war ziemlich lustig. Danach haben wir im Hof gespielt. Zu Hause bin ich dann gleich in die Küche gelaufen, weil ich dir davon erzählen wollte, aber da habe ich das große Kaninchen gesehen, das sonst immer im Verschlag hockt. Mit dem habe ich oft gespielt und ihm Schneckenklee gegeben. Völlig verschreckt saß es im Brennholzkorb unter dem Waschbecken. Da musste ich weinen und bin schnell auf die Dachterrasse gelaufen.

– So ein dummes Blag aber auch!

Ramon war beim Ballspielen, und ich habe ihm erzählt, was du mit dem Kaninchen vorhast. Ich durfte mitspielen, er hatte gute Laune. Später habe ich ihm von der Bastelarbeit erzählt und wollte ihm das Lied vorsingen, aber ich konnte mich kaum noch an den spanischen Text erinnern. Da hat er ganz laut zu singen begonnen. Die Melodie kannte er aus dem Sommerlager.

»Den Blick, klar und weit,
die Stirn hoch erhoben.
Auf den Wegen des Imperiums
gehe ich meinem Gott entgegen.
Fahnen im Wind,
die Seele getröstet,
ich werde zu siegen wissen.«

Plötzlich bist du mit dem Plastikgürtel herausgekommen und hast Ramon eins übergezogen. Er hat protestiert, schließlich hätte ich ihn aufgefordert, das Lied zu singen, und da habe er es eben getan. Du hast gesagt:

– So ein Aas! – und gleich darauf – Um Himmels willen!

Dann hast du dich umgedreht und bist wieder hineingegangen, und mein Bruder und ich, wir haben uns in eine Ecke verzogen und gelacht.

Nach all den Jahren an deiner Seite kenne ich diese Worte in- und auswendig wie die Zehn Gebote, die ich immer im Katechismusunterricht aufsagen muss. Bald werde ich zur Erstkommunion gehen. Und ich bin und bleibe ein Drückeberger, eine zimperliche Mäkeltante, eine Struwwelliese und ein Fräulein Neunmalklug, eine Rotznase und eine Heulsuse, sobald ich nur einen einzigen blutigen Kratzer habe. Ja, ich kann sogar den verwerflichen Grad eines Scheusals erreichen, aber ein Aas oder Abschaum bin ich nicht. Ich bin auch nicht gerade groß, doch ich gehe zur Schule. Du bist der Meinung, viel zu wenig gelernt zu haben, und würdest nicht glauben, wie wenig ich weiß, selbst wenn es dir der Herr Bischof höchstpersönlich bestätigen würde.

Draußen vor dem Fenster durchzucken Blitze den Himmel, sie öffnen eine Lichtspalte, die sich gleich wieder schließt. Ein Freund meines Bruders ist zu Besuch. Serni heißt er, vielleicht der Einzige, der eine Weile ruhig sitzen bleiben kann, vielleicht ist er aber auch einfach nur schüchtern. Wir hocken zusammen und holen aus der Spielesammlung, die wir bei der Tombola auf dem Patronatsfest gewonnen haben, ein quadratisches Pappbrett hervor. Die Spiele sind gebraucht, doch alle Teile noch vorhanden. Als Spielfiguren ein paar kleine Kegel in leuchtenden Farben: blau, gelb, rot, grün. Wir sind zu dritt. Wir sitzen neben der Anrichte, in der Nähe des Fensters, dem einzigen in unserem Esszimmer. Dieser ungewöhnliche Moment wird von der Helligkeit des Gewitters beleuchtet, das den Plänen der beiden Jungen einen Strich durch die Rechnung gemacht hat. Eigentlich waren sie nur nach oben gekommen, um den Ball zu holen, doch wie ein riesiger Bauch hatte sich plötzlich der Himmel geöffnet, um Wasser auszuschütten. Ich war noch klein und darum bestimmt bei dir zu Hause. Bevor die beiden kamen, hatte ich mir gewünscht, dass es aufhören sollte zu regnen und zu donnern. Mein Bruder wollte gleich das Licht anmachen, denn man konnte die Hand vor Augen nicht sehen. Bis zur Wand hat er sich vorgetastet, da hast du die Uhrzeit genannt, »es ist erst fünf«. Es ist also noch nicht Abend, und ich weiß, du wirst es nicht erlauben, dass wir das Licht anmachen, »das Licht verbrennen«, wie du immer sagst. Ein kleiner Tisch wird stattdessen ans Fenster gestellt, und so hat alles seine Ordnung.

Der Freund meines Bruders hat eine lange Nase, und sein Profil wirkt wie gemeißelt. Zwischen den beiden fühle ich mich wichtig, so als sei ich genauso alt wie sie. Mit einem Mal berstet der Himmel auseinander in ein gleißendes Weiß, eine Blechmusikkapelle scheint einzusetzen, alles ist über und über hell. Ich sehe dich nicht, sicher werkelst du irgendwo in der Wohnung herum, »es gibt ja immer so viel zu tun!«, und doch ist deine Anwesenheit überall zu spüren. Ich glaube, du bist zufrieden. Der Junge, der mit uns spielt, ist der Sohn des Trödlers, dem wir die abgezogenen Felle der Kaninchen verkaufen, die du schlachtest, Altpapier und die eine oder andere leere Flasche. Er ist ruhig, scheint vernünftig zu sein. Mein Bruder ärgert mich nicht, so wie sonst, wenn ich mit ihm allein bin und ihn frage, ob er nicht mit mir spielen will. Heute wirst du nicht sagen, Jungen hätten nur Hummeln im Hintern, man wüsste ja eh, dass kein Deut Verlass auf sie sei, denn heute unterhalten sie schließlich deine Tochter. Der Sturm heult, aber er macht mir jetzt keine Angst mehr, er kommt mir eher wie eine Theateraufführung vor, von der ich nicht möchte, dass sie aufhört. Als wir die Partie zu Ende gespielt haben und auf den Platz hinunterschauen, ist die Erde dort mit kleinen und großen Rinnsalen durchzogen und hat eine dunkle Färbung angenommen.

Ich möchte so gerne ein Junge sein, damit ich Freunde haben kann. Wenn das Wetter schön ist, würde ich mit ihnen auf der

Straße den Ball kicken, wenn es am Nachmittag blitzt und donnert, am Fenster sitzen und spielen.

Einmal, da schlage ich mein Sparschwein kaputt und kaufe kleine bemalte Kugeln aus gebranntem Ton. Mit einer Tüte voll von diesen bunten Klickern gehe ich dann zum Kirchplatz und lege dort noch die Glasmurmel dazu, die ich meinem Bruder weggenommen habe. Ich muss lange warten, bis ich mitspielen darf. Die Kinder in meinem Alter sind schon nach Hause gegangen, und bloß, weil sie mir die Tüte mit allen Klickern abluchsen wollen und die Glasmurmel dazu, lassen mich die Größeren schließlich doch mitspielen. So lange, bis ich hinter den Löchern Ramons Schuhe auftauchen sehe. Ich schaue hoch zu ihm, und er blickt ziemlich finster drein. Sie haben ihn losgeschickt, um mich zu suchen. Im ganzen Ort hat er nach mir Ausschau gehalten, bis er, aus reiner Gewohnheit, zu dem kleinen Platz hinter der Kirche gegangen ist, wo die Kinder immer Murmeln spielen, weil sich dort am besten die kleinen Löcher graben lassen, in die man die Klicker wirft. Den ganzen Weg über sagt Ramon kein Wort, er weiß, wenn wir zu Hause sind, werde ich schon was zu hören bekommen. Vor der Wohnungstür schaue ich noch einmal hoch zu ihm und händige ihm die Tüte mit den Klickern aus; die Glasmurmel habe ich in meine Tasche gesteckt. Wie ich ihn mir so von unten anschaue, entdecke ich in seinen Augen eine gewisse Neugierde.

Klein zu sein und obendrein ein Mädchen, hat das Vergehen von heute noch schlimmer gemacht: Bei einem Spiel, das nur Jungen spielen, noch dazu ältere, habe ich völlig die Zeit vergessen und bin darum zu spät zum Mittagessen gekommen. Der Plastikgürtel ist auf meine Beine herabgesaust. Ich weiß nicht, was ich mir mehr wünschen soll, ein Junge zu sein oder endlich groß zu werden.

2

Die Leute

Die Nachbarn aus dem Mietshaus, in dem wir wohnen, sprechen mich immer an, wenn sie mir begegnen. Ich bin das einzige Kind in unserem Eingang, denn Ramon ist ja schon groß, er ist vier Jahre älter als ich. Aber wirklich reden tun sie eigentlich nicht mit mir, sie schauen mich eher an. Da gibt es dieses kinderlose Ehepaar. Mir kommen sie alt vor, aber sie sind wohl erst so um die vierzig. Er arbeitet als Straßenkehrer. Du nennst sie »die Joans«, und lange Zeit bin ich davon überzeugt, dass sie Geschwister sind. Ich finde nämlich, sie sehen sich sehr ähnlich. Sie fragen mich immer das Gleiche. Wer mir denn die Zöpfe geflochten hat, und eigentlich müssten sie das mittlerweile wissen, auch wer mir mein Kleid ausgesucht hat, »nein, so ein schönes Kleid«, ganz egal, ob es das ist, was ich jeden Tag trage, oder mein Sonntagskleid. Und wohin ich denn mit dem Korb gehe oder mit meinem Ball? Beide sind dick und wirken ein wenig aufgedunsen, aber die Gesichtshaut von ihr ist unglaublich weiß und glatt, und sie hat eine ganz zarte Stimme, Vater sagt, »eine Sopranstimme«, und dann schaust du ihn mit leuchtenden Augen an. Wenn sie geht, schaukelt ihr Kopf leicht hin und her, so als wolle er sich von dem dicken Körper trennen. Mir kommt sie dann wie eine Schildkröte vor, die ihren Hals aus dem Panzer streckt. Dass Joan als Straßenkehrer arbeitet, entlockt dir stets ein kleines Lächeln, das du aber nie richtig zeigst. Sein Kopf sieht aus wie ein Kürbis, und die Halbglatze verbirgt er unter einer schwarzen Baskenmütze; ab und zu treffe ich ihn auf der Straße mit seinem langen Reisigbesen und einer Zigarettenkippe zwischen den Lippen. Wenn er mich dann aus seinen winzigen Augen anschaut, sieht sein Blick irgendwie schief aus, vielleicht weil er seinen Kopf ganz schräg hält. Und seine immer gleichen Worte streifen mich wie Schneeflocken, die vom Winterhimmel auf meine ausgestreckten Hände fallen.

Nicht ein einziges Mal bin ich bislang in ihrer Wohnung gewesen, noch nicht einmal im Flur, und ich glaube, du auch nicht. Vielleicht war ja außer den beiden noch nie jemand dort drinnen. Die Joans haben eine bescheidene und angenehm zurückhaltende Art zu sprechen, man wird aber nie so ganz das Gefühl los, als würden sie sich wegen irgendetwas schämen. Viele Menschen sehen sich damals nicht in die Augen. Wenn das Brot teuer ist, teilt man sich es ein. Du wickelst es immer in ein weißes Baumwolltuch, damit nach dem Schneiden die Brotkrumen nicht verloren gehen, denn für die hast du schließlich noch in der Milch oder in der Suppe Verwendung. Wenn es regnet und die Straße voller Matsch ist, streifen sich die Joans jedes Mal, bevor sie ins Haus gehen, sorgfältig ihre Schuhe ab. Fast niemand stellt Fragen. Ich fände es schön, wenn sie mich einladen würden, zu ihnen in die Wohnung zu kommen, dann könnte ich nachschauen, ob sie die Spielsachen von dem kleinen Kind aufgehoben haben. Sie hatten nämlich mal eins, das habe ich dich jedenfalls sagen hören, damals, als Vater und du, als ihr noch ganz woanders gewohnt habt.

Die Mieter, die im gleichen Stock wie die Joans wohnen, im zweiten also, sind eine richtig große Familie. Vater, Mutter, drei Kinder und noch eine Großmutter, die aber wohl die Wohnung nicht verlässt. Zumindest habe ich sie noch nie zu Gesicht bekommen. Er arbeitet als Klempner, und so wird er auch genannt, und zu seiner Frau sagt man »die Klempnerin«. Aber wenn im Hauseingang die Stimme des Postboten nach oben schallt, dann ruft der einen ganz anderen Namen: Rebeeeell, und der letzte Vokal hallt eine ganze Weile nach. Ihre Kinder sind ständig am Kommen und Gehen. Zwei Jungen und ein Mädchen. Wenn sie mir begegnen, sagen sie auch etwas, aber sie schauen mich nie mit so einem verzückten Blick an, auf den ich mir immer gleich etwas einbilde. Ich weiß, dass du dich irgendwie über die Klempnerfamilie ärgerst, doch ich will gar nicht wissen, warum. Es reicht mir, wie du mit uns drauf bist. Mit Ramon bist du oft böse. Mir macht es Angst, wenn du ihn mit erhobenem Schürhaken um den Esszimmertisch verfolgst, doch lustig finde ich es auch. »Die Freunde! Ich geb dir gleich was, von wegen die Freunde!« Ich kriege auch meinen Teil ab. Du sagst mir, dass ich nur Dummheiten mache, dass mein Bruder nur Dummheiten macht, das wiederholst du ständig. Du gibst Worte von dir, mit denen ich nichts anzufangen weiß. Zu guter Letzt fängst du dann an zu schluchzen, und plötzlich wird mir klar, dass ich ein richtig schlechter Mensch sein muss, genauso wie Ramon, selbst wenn ich keine Freunde habe, weil ich ja noch klein bin, und da fließen auch bei mir die Tränen. »Bist du eigentlich noch ganz dicht?« Ich mag nicht, wie das in deinem Mund klingt, schlucke meine Tränen runter und sage dir, dass ich müde bin.

Unsere Wohnung ist nicht besonders groß. Wenn man den dunklen Raum mitzählt, der klein ist und kein Fenster hat, gibt es insgesamt drei Schlafzimmer. Dann noch ein kleines Esszimmer, ein ganz normales Badezimmer und eine winzige Küche. Wir wohnen ganz oben, im dritten Stock, in der Wohnung mit der Dachterrasse. Die Wohnung gegenüber wird immer an einen Guardia Civil und seine Familie vermietet. Alle, an die ich mich erinnern kann, kommen von auswärts und sind mit Frauen von hier verheiratet. Du ermahnst mich, höflich zu grüßen, mich aber nicht weiter mit ihnen zu unterhalten. Und du fügst noch hinzu: Die sprechen anders als wir. Kurze Zeit später bekomme ich mit, wie du sagst, dass den Männern das Leben hier bei uns ganz gut gefällt. Auch wenn sie nicht von hier sind und so wie die Nonnen sprechen, die uns unterrichten. Es ist dir allerdings unbegreiflich, wie sich katalanische Frauen dazu hergeben können, solche Männer zu heiraten.

– Wahrscheinlich, weil sie in ihren Uniformen so stattlich aussehen und immer so kerzengerade umherstolzieren. Da haben sie bestimmt mehr Freude dran, als sich mit der Hausarbeit abzurackern. Wenn sie dann aber ihre Siebensachen packen müssen, um weit weg zu ziehen, dann gucken sie ganz schön dumm aus der Wäsche, diese Närrinnen.

Bei uns zu Hause nimmst du kein Blatt vor den Mund, aber wenn du auch nur von Weitem einen von ihnen zu erkennen glaubst, mit dem Dreispitz aus Lack, den schwarzen Lederriemen auf dem flaschengrünen Stoff der Uniform und den imposanten dunklen Stiefeln, dann bist du fähig, auf dem Absatz kehrtzumachen, selbst wenn du wie ein Maultier zu schleppen hast. Ist eine Begegnung unvermeidlich, verstecke ich mich hinter dir, und sei es mitten auf der Straße. Nachher erzählst du dann, dass aus ihnen durchaus anständige Menschen würden, wenn sie erst einmal eine Weile in Katalonien gelebt hätten, und eigentlich liefen sie bei sich daheim auch viel lieber in Hausschuhen herum und in bequemen hellen Hosen.

Ich hoffe, du erzählst mir wieder die Geschichte von dem Paar, das im dritten Stock links gewohnt hat, als ich noch gar nicht geboren war. Ich mache ein Gesicht, als wüsste ich von nichts. Der Anfang ist immer gleich. Du erzählst mir, dass er, der von der Guardia Civil, wie ein »Filmstar« aussah. Dunkler Teint, große schwarze Augen, hochgewachsen, von seiner Konstitution her eigentlich ein wenig zu schwach für diese Art von Arbeit. Aus Kastilien stammte er. Sie kam aus einem kleinen Dorf in den Bergen, aus so einem, wo noch nicht einmal eine Straße hinführt. Verstehen konnten sie sich nicht wirklich, weil ja jeder anders sprach, aber trotzdem haben sie sich wie verrückt ineinander verliebt. Mir ist nicht klar, ob »wie verrückt« eine Art ist, sich zu verlieben, oder ob sich nur Verrückte verlieben. Ich glaube, ich kenne niemanden, der verrückt ist, und so oft du mir auch davon erzählst, so richtig verstanden habe ich das Ganze eigentlich immer noch nicht. Sie hatte kastanienfarbenes Haar, war sehr hellhäutig, einmal abgesehen von den Wangen, die reifen Kirschen glichen, ihre Augen waren grün. Zwei Mädchen hatten sie, »eine nach der anderen, so eine Närrin!« War er nicht daheim, hielt sie es nicht aus, »sie fand einfach keine Ruhe«, hatte noch nicht einmal genug Kraft, sich um die Kinder zu kümmern. Bis sie eingewiesen wurde. Ich weiß, dass du jetzt eines dieser Worte sagen wirst, die mir Angst machen: »die Unglückselige«. Ich werde dich nicht fragen, ob sie das war, weil sie sich wie verrückt verliebt hatte, weil sie ohne ihn nicht leben konnte oder weil sie außerstande war, sich um ihre Töchter zu kümmern. Oder ganz einfach, weil man sie eingewiesen hatte. Es wäre auch ziemlich gewagt, dich zu fragen, wo, wie oder wann jemand eingewiesen wird. Ich weiß, dass dir eine solche Frage überhaupt nicht gefallen würde, und vielleicht bekäme ich dann lange Zeit keine Geschichten mehr zu hören. Am Ende musste »der arme Junge«, der von der Guardia Civil, die beiden Töchter zu einer seiner Schwestern nach Kastilien bringen. Es verwundert mich, dass du immer genau ein und dieselben Wörter benutzt, wenn du über gewisse Leute sprichst, und auch, wie du dann einen Seufzer ausstößt und schließlich schweigst, so als würden all die schrecklichen Schicksalsschläge, die diesen Menschen widerfahren sind, dich selbst betreffen.

Auf unserer Etage wohnt jetzt ein Paar, das »sehr angenehm« ist. So wie du es mir aufgetragen hast, nenne ich sie Senyora Anita und Senyor Francisco. Er ist bei der Guardia Civil. Aber er ist Hauptmann, sagst du. Sie haben einen Sohn, der ein klein wenig älter ist als ich, »ein ganz lieber Junge«. Ich weiß, dass das bei mir nicht unbedingt der Fall ist, aber gerade das gefällt Senyor Francisco und Senyora Anita. Sie möchten gern, dass ihr Sohn etwas mehr aus sich herausgeht, er ist nämlich sehr still. Bei ihnen ist es ziemlich lustig. Wenn mein Freund Francisco mit seinem Vater spricht, tut er das auf Spanisch, und wenn er mit seiner Mutter spricht, auf Katalanisch. Mit mir sprechen Senyora Anita und Francisco auf Katalanisch, aber der Hauptmann, der nur selten redet, spricht Spanisch, wenn er mir etwas sagen will. Er wird wohl erraten haben, dass ich das auch verstehe. Unsere Dachterrasse und die von Franciscos Eltern sind durch ein Holzgeländer voneinander getrennt. Damit wir nicht immer so viele Türen öffnen müssen, haben wir es ein wenig beiseite geschoben, und in meinem Badeanzug schlüpfe ich dann einfach hindurch, um drüben mit Francisco am Waschtrog zu spielen und um zuzuschauen, wie sich Senyora Anita in ihrem geblümten Morgenrock sonnt, wunderschön ist sie. Sie kommt aus einem Dorf bei Lleida – »er ist Spanier« –, und ihr Haar ist so pechschwarz wie ihre Augen, und die Lippen bemalt sie sich mit einem knalligen Rosarot. Du hast keine Zeit, dich zu sonnen und dich vor Lachen zu schütteln, weil ich einen Eimer Wasser über den Kopf meines Nachbarn kippe, als der gerade mal nicht aufpasst. Betritt aber Senyor Francisco die Dachterrasse, und wir drei sind dort, dann verhalte ich mich ganz still, auch wenn er für gewöhnlich lächelt und sagt, was er zu sagen hat, ohne die Stimme zu erheben, und dann wieder hineingeht. Mir ist aufgefallen, dass seine Augen gräulich-grün sind. Du hast mir erzählt, dass er meistens Zivil trägt, denn »wofür ist er sonst Offizier«. Auch wenn ich ihn noch nie in seiner Uniform gesehen habe, stelle ich ihn mir plötzlich ganz in Grün gekleidet vor und mit dem glänzenden Dreispitz auf dem Kopf. Da fühle ich mich genauso, wie wenn du mich mit runzliger Haut an den Fingern ertappst und zu mir sagst: Jetzt reicht's aber! Ich muss schnell zur Toilette laufen, und überall am Körper rinnt mir das Wasser hinunter, so dass ich ausrutsche.

Beide Terrassen sind rechteckig, mit groben Fliesen belegt, rötlich und von der Sonne schon etwas ausgebleicht. Zum Esszimmer hin fallen sie etwas ab. Unser Waschtrog liegt rechts neben der Tür; der von Francisco links. Ihre Dachterrasse kommt einem größer vor, denn sie haben nicht so viel Sachen rumstehen wie wir, aber dafür gibt es auf unserer Seite noch eine Tür und die führt zur Treppe, über die sich mein Bruder immer absetzt, wenn du so richtig wütend auf ihn bist.

Sitze ich in unserem Trog auf dem leicht abgeschrägten, gerillten Waschstein, kann ich runter auf den Platz sehen, und der kommt mir unglaublich groß vor. Er ist aus festgestampfter Erde. Und ein Stück von Rosalias Garten sehe ich auch, nur einen Blick auf den Hühnerstall habe ich von dort oben nicht, weil der genau unter unserer Terrasse liegt. Du erzählst mir oft, wie ich einmal am Waschtrog gespielt habe, der ja fast immer voller Wasser ist, und dabei auf einer Fußbank gestanden bin. Ganz klein muss ich da noch gewesen sein, und »dein Kopf war wohl schwerer als deine Füße«. Jedenfalls hörte Vater plötzlich ein Platschen, ist losgerannt und hat mich schnell herausgezogen. Ich hoffe so sehr, dass du weitererzählst, aber du stößt nur noch einen Seufzer aus.

Auf der Seite, wo die Terrasse hin zum Garten liegt, ist das Geländer aus Metall. Zur Straße hin gibt es eine gemauerte Brüstung, die weiß gestrichen ist. Die Säulen dieser Balustrade sehen aus wie die Türme in Vaters Schachspiel. Vor beide Brüstungen hast du Keramiktöpfe und runde, hohe Aluminiumdosen gestellt, die alle mit Blumen bepflanzt sind. Geranien, Begonien, Nelken. Durch das Eisengeländer hat man eine viel bessere Sicht. Dort stellt sich Ramon immer hin, wenn er Rosalias Hahn nachmacht, den er damit ganz schön ärgern kann.

An die Stelle, an der unsere Terrasse ihre rechteckige Form verliert und sich zu einem Durchgang verengt, der sie mit der Terrasse unserer Nachbarn verbindet, neben den Holzzaun also, hast du einen zweistöckigen Käfig gestellt. Unten sind die Hühner und oben die Kaninchen.

Wenn ich ganz allein auf der Dachterrasse bin, schaue ich zwischen den schmalen Eisenstangen hinunter auf den Platz. Von dort oben halte ich dann Ausschau nach der ganzen Welt, die morgen mein sein wird.

Vor den Erwachsenen bestehst du darauf, dass ich Senyora Rosalia zu ihr sage, aber sie ist meine Freundin, so wie die allerbeste Freundin, die man in der Schule haben kann. Vor ihrer Wohnungstür im ersten Stock rechts, die sie bis abends nur angelehnt lässt, rufe ich nach ihr. Und weil du ja nicht in der Nähe bist, rufe ich auch nur ein einziges Wort: »Rosalia!«, und ihre Antwort klingt, als sei sie nicht weit weg. »Komm nur rein!« Wenn ich vor ihr stehe, schaut sie mich einen Augenblick lang an, doch anders als die Joans bekommt sie dabei keine glänzenden Augen. Dann setzt sie sich gleich wieder in Bewegung. Wie eine Ente sieht sie dabei aus. Sie ist klein und vielleicht auch etwas mollig, aber da bin ich mir nicht sicher, ihr Kittelkleid mit dem Karomuster und die Schürze verdecken das nämlich. Wenn sie läuft, schaukelt sie ein wenig von einer Seite zur anderen, vielleicht sind ihr Beine ja unterschiedlich lang.

In ihrer Wohnung gibt es zwei Zimmer, die ich sehr gut kenne und in die ich einfach so hineingehen darf: Das sind die Küche und, am Ende des Gangs rechts, die Werkstatt. Die Küche ist nahezu quadratisch und viel größer als unsere. Dort steht ein Herd mit einem Backofen, von dem du sagst, er sei fast doppelt so groß wie deiner. Hinten, neben dem Fenster, befindet sich der Waschtrog, denn zu ihrer Wohnung gehört ja keine Terrasse. Und ein Tisch, an dem sie und Anton frühstücken, zu Mittag und zu Abend essen.

Er repariert Schuhe in einem kleinen Laden mitten im Ort. Dünn ist er und viel größer als Rosalia, sein Haar schon etwas schütter. Er hat einen krummen Gang, und sitzen tut er auch ganz gebückt. Er trägt eine runde Brille mit einem schmalen Horngestell, hinter der sein blasses Gesicht fast völlig verschwindet, und weil er sie sich immer mitten auf die Nase setzt, verdeckt sie ihm beinah noch die Sicht. Sprechen tut er nur wenig und wenn doch, dann stellt er eine Frage, um sich dann gleich wieder über die Ledersohlen zu beugen, die Nähmaschine, den Leim oder die Schuhcreme. Er scheint ganz in Gedanken versunken, doch er hört aufmerksam zu, mit einem Lächeln in den Mundwinkeln, das sich jeden Augenblick über sein ganzes Gesicht ausbreiten kann. Er gibt einem die Möglichkeit, einfach zu reden. Ich kann mich nicht an den Geruch gewöhnen, der im ganzen Laden hängt und besonders über dem Arbeitstisch, wo alle Schuhe auf einem Haufen liegen und den Eindruck erwecken, als befänden sie sich in einem Wartesaal, oftmals ohne ihr Gegenstück, doch jeder einzelne mit dem ganz persönlichen Fußabdruck seines Besitzers versehen.

In der Werkstatt bei sich daheim bestreicht Rosalia winzige Schuhe mit weißer Farbe. Ich schaue ihr gerne dabei zu, wie sie den kleinen Pinsel in die Flasche tunkt, die sie dabei sehr schräg halten muss. Ihre linke Hand liegt auf der Schürze und hält die Sandale oder den Schuh, so wie ein Mannequin sein Kleid. Wenn Anton morgens zur Arbeit geht, nimmt er sie, eingewickelt in Zeitungspapier, mit in den Laden. In der Werkstatt liegt auf Regalen und in Körben das Gemüse aus dem Garten, das die beiden nicht selbst verbrauchen können. Einiges schenkt Rosalia ihrer Familie, den Rest verkauft sie an Nachbarn oder Bekannte. Sie hat eine Schnellwaage und einen Satz Gewichte aus einem gelblichen Metall, die in einem Holzblock stehen. Das kleinste Gewicht sieht aus wie ein Spielzeug, ich mag es gerne herausnehmen und dann wieder in seine Vertiefung zurückstellen.

Häufig schickst du mich runter zu Rosalia, um einen Kopfsalat und Tomaten zu kaufen. Oder ein Dutzend Eier. Aber nur, wenn unsere eigenen Hühner nicht genug gelegt haben oder wir mehr brauchen. Dann mache ich mich auf den Weg in ihre Wohnung, so als sei ich zum Ballspielen oder Seilspringen verabredet. Oft gehen Rosalia und ich auch in den Garten, um nach den Tomatenpflanzen zu sehen und die Früchte zu ernten, die schon reif sind. Pflückt man eine Tomate, ganz egal, ob von den rosafarbenen oder den roten, dann geht vom Stiel ein ganz besonderer Duft aus. Noch lieber mag ich es aber, wenn wir die Eier der Legehennen aufsammeln. Manchmal sind die Schalen noch warm, und die Hühner können es kein bisschen leiden, wenn wir ihnen das Ei wegnehmen, das sie gerade erst gelegt haben.

Mitten im Hühnerhof wächst ein Feigenbaum, der große Früchte trägt. Die Schale der Feigen ist blau und grau gestreift und das Fruchtfleisch, wenn es reif ist, dunkelviolett und klebrigsüß. Weil Rosalia meine heimliche Freundin ist, hat sie mir eine Tomatenpflanze geschenkt, damit ich Tomaten pflücken kann, ohne irgendjemanden um Erlaubnis bitten zu müssen. Kaufe ich etwas bei ihr oder gehe sie einfach nur besuchen, gibt sie mir, wenn sie denn welche hat, einen Strauß Blumen für dich mit. Vor allem Gladiolen, aber sie nimmt auch von den Dahlien oder Margeriten. Die Blumen umranden jeweils ein Stück Erde, und das flache Stück Boden bildet mit den kleinen Hügeln, aus denen sich das Gemüse in die Höhe streckt, ein richtiges Muster. Beet sagt Rosalia dazu. Wenn ich ihr sage, dass ein Bett aber etwas ganz anderes ist, meint sie bloß: »Nein, so was, diese Rita!«, lacht und harkt weiter den Boden. Vorne zwischen ihren Zähnen habe ich eine Lücke entdeckt. Am liebsten möchte ich sie fragen, ob sie den ausgefallenen Zahn schon unter ihr Kopfkissen gelegt hat, und was ihr die Zahnfee dafür gebracht hat.

Wenn ich ihr helfe, die Pflanzen zu gießen oder das Gemüse zu ernten, vergeht mir die Zeit wie im Flug, und muss ich noch nicht gleich nach Hause, lese ich in ihrer Küche sogar noch die Bohnen für den Gemüseeintopf aus. Bei uns daheim ist mir das ein Gräuel. Von jetzt auf gleich kommst du mir damit und ziemlich schroff, ausgerechnet, wenn ich beim Spielen bin oder lese oder Hausaufgaben mache oder mich gerade dransetzen will.

In Rosalias Wohnung fühle ich mich richtig wohl. Ich schaue ihr einfach gern zu, egal, welche Arbeiten sie gerade macht. Ihr Haar fällt ein wenig lockig, und sie trägt es nicht allzu kurz. Sie hat ein kleines Gesicht, und ihre Haut ist hell, die Nase ein wenig eingedrückt, und ihre kleinen Augen sind immer am Lächeln und hören mir voller Aufmerksamkeit zu. Rosalias Stimme hat etwas ganz Besonderes an sich, sie ist voller Lachblasen, die sie wie eine Spur hinter sich herzieht, noch hier und jetzt meine ich, sie zu hören. Unvermittelt erzählt sie mir etwas, das sie gelesen oder im Radio gehört hat. Daran ist sie sehr interessiert, und oft versetzt es sie in Erstaunen. Neben ihr kommst du dir wie eine Dame vor. Du bist groß, und wenn du aus dem Haus gehst, machst du dich etwas zurecht, sie dagegen trägt immer nur Kittel oder Schürzen. Ach, weißt du, sagt sie, um in den Garten zu gehen oder bis zum Laden! Machst du mich am Sonntag fein, freut sie sich, wenn ich ihr mein Kleid zeige und vor allem die Schuhe. Aber nie ist meine Enttäuschung, nicht passend angezogen zu sein, größer als in ihrer Gegenwart, denn so herausgeputzt kann ich ihr bei keiner Verrichtung zur Hand gehen. Ich bin dann wie ihre gute Stube.

Rosalias größtes Zimmer befindet sich in der Nähe der Wohnungstür, und es ist immer dunkel und verschlossen. »Was soll's, wo wir zwei doch ganz allein sind!« Im Herbst bedeckt sie den langen Esstisch, um den herum lauter Stühle stehen, mit Zeitungspapier, und darauf breitet sie dann die duftenden Äpfel von den beiden Apfelbäumen in ihrem Garten aus, oder waren es kleine Pflaumen, vielleicht ja auch Quitten? Dieses Zimmer, in das ich meine Nase nur selten gesteckt habe, steht für einen Plan, den Rosalia und Anton schon vor langer Zeit aufgegeben haben. Für mich stellt es ein Fragezeichen im Leben dieser zwei bescheidenen Menschen dar. Irgendwann wirst du mir bestimmt davon erzählen, so wie von allem und jedem anderen auch, aber das Wesentliche werde ich mir dann doch wieder selbst zusammenreimen müssen.

In unserer kleinen Stadt lebt auch ein Cousin von Vater. Er führt eine Schneiderei, zusammen mit seiner Frau. Sie heißt Montserrat, ist Damenschneiderin und hat in einem angesehenen Haus in Barcelona gelernt. Nach ihrer Heirat hat sie Sants, das Stadtviertel, in dem sie zu Hause war, verlassen und auch ihre unternehmungslustigen Freundinnen und die bittersüße Freiheit der Großstadt. Eingetauscht hat sie das alles gegen ein ruhiges Städtchen mit einem Fluss, unsere Familie, die Lehrlinge der Schneiderei und die Kunden.

Er, Senyor Felip, hat einen dunklen Teint, kämmt sich das glatte, pechschwarze Haar zu einem Seitenscheitel und trägt einen Schnurrbart. Sein Kopf wird zum Kinn hin schmaler. Mittelgroß, hektische Bewegungen und kleine, hinterlistig lächelnde Augen. Er ist geschwätzig, steckt voller Einfälle, provoziert gern und kann ganz schön grob sein. Wenn es ihm gerade passt, macht er Hinz und Kunz Geschenke. Auch er hat seinen Beruf als Schneider eine Zeit lang in der katalanischen Hauptstadt ausgeübt, dort haben sich er und Senyora Montserrat kennengelernt. Sie ist taktvoll und zurückhaltend, hochgewachsen, hat eine schöne Figur, große und ruhige Augen. Ihr Haar trägt sie kurz und in Wellen gelegt. Ihre weißen Hände mit den langen, aber nicht schlanken Fingern und den kräftigen Nägeln streichen über den Stoff und überprüfen vor den Kundinnen, wie er fällt. Ich habe die Leute sagen hören: Eine schöne Frau! Alle beide lieben sie Kinder, aber mir gegenüber verhalten sie sich ganz unterschiedlich. Er hebt mich hoch und macht mich ganz betrunken mit seiner säuselnden Stimme, die mir lauter verheißungsvolle Dinge ins Ohr raunt. Mal verspricht er mir ein Stück Schinken oder ein Hündchen, ein anderes Mal eine besondere Frucht oder ein Geldstück. Ich bekomme kein Wort heraus. Sie dagegen schenkt mir einen Apfel oder etwas Schmalzgebäck, stellt mir Fragen und hört zu, wenn ich ihr antworte. Im Handumdrehen macht sie mir aus einem Stofffetzen ein Kleid für meine Puppe. Oder eine Schürze für mich, wenn mir das lieber ist.

Ich besuche sie sehr gerne in ihrer Schneiderwerkstatt. Jede Menge junger Lehrlinge gibt es dort; einige fangen erst an, mit Nadel und Faden umzugehen, andere verstehen schon eine Menge davon. Alle bemühen sich um mich, und sie reden in einem fort, ohne dass ihre Hände auch nur einen Augenblick lang die Arbeit unterbrechen. Ich habe Mühe, ihnen zu folgen, aber sie lachen oft, und für mich ist das Ganze ein Riesenspaß. Besonders der lange Schneidertisch hat es mir angetan. Er ist mit einer glatten champagnerfarbenen Platte belegt, auf der von Stecknadeln durchbohrte kleine Kissen liegen, Maßbänder, die man sich um den Hals legen kann, dünne flache Kreidestücke. Die Spulen mit Heftgarn sind ziemlich groß und stecken auf kleinen Metallstäben, die in die Holzplatte geschlagen wurden. Die langen schmalen Kästen mit dem feinen Nähgarn und den Scheren stehen offen herum. Und dann ist da noch das Bügeleisen, das ständig Dampfschwaden hervorstößt.

Ist die Nähstube voller Menschen, herrscht dort ein Wirrwarr an Stimmen. Es wird geflüstert und gelacht, ganz unterschiedliche Geräusche und Gerüche liegen in der Luft. Lustig und vergnügt kommt es mir dort vor, am liebsten möchte ich immer hingehen, auch wenn Vaters Cousin erst singt und pfeift, zu Scherzen aufgelegt ist, und dann, ganz plötzlich, laut wird, zu schimpfen anfängt und gar nicht mehr aufhört zu fluchen. Mich aber nimmt er auf seine Schultern und verspricht mir »etwas ganz Schönes«. Mir ist so, als würden diese näselnden, klebrigen Laute wie Wellen aus seinem Mund strömen und unter seinem Schnurrbart her nach oben steigen. Und ich lächle ihn an.

Senyora Montserrat gefallen vor allem zwei Dinge, ihrem Mann ganz viele und ganz verschiedene. Sie mag das Kino und Schwimmen gehen. Bei uns findet sie aber nirgendwo salziges, trübes Wasser wie am sandigen Strand der Barceloneta. Dorthin ist sie immer gegangen, als sie noch nicht verheiratet war, doch schon bald wird sie auch das kühle, geheimnisvolle Wasser des Flusses liebgewinnen, die ruhigen tiefen Stellen nahe am Ufer, und die Schwarzpappeln, die in die mal schlammige und dann wieder trockene und rissige Erde einsinken. Und so steige ich einige Sommer lang jeden Sonntagmorgen, so gegen zehn Uhr, mit der ganzen Clique aus der Schneiderwerkstatt in den Zug. Du lässt mich mitfahren, wenn Senyora Montserrat mir sagt, dass ich doch auch kommen soll. An der nächsten Station, dort, wo der Fluss breiter wird, steigen wir aus und auf unbefestigten Wegen, die sich an Felsen vorbei durchs Gestrüpp schlängeln, gelangen wir zum Wasser. Sie lässt mich nicht aus den Augen, ich passe gut auf, und schon hat sie mir das Schwimmen beigebracht. Mit der flachen Hand stützt sie meinen Bauch, »du bist ja dünn wie ein Hering«. Sie lächelt, und wenn ich Wasser schlucke, lacht sie laut los, dann sehe ich ihre schneeweißen Zähne und die kleinen Runzeln, die sich an den äußeren Augenwinkeln bilden. Krähenfüße nennt man diese Fältchen. Wir beide mögen das Wasser so sehr! Du kommst nicht mit, denn du hast ja Arbeit. Du bleibst zu Hause, um das Mittagessen vorzubereiten, und wenn ich heimkomme, stehen die gefüllten Teller schon auf dem gedeckten Tisch.

Eine Zeit lang geht ihr beide am Sonntagnachmittag zusammen ins Kino. Senyor Felip mag keine Filme, und ich bin noch zu klein. Senyora Montserrat wartet drinnen auf dich, denn du wirst wie immer zu spät kommen. Bestimmt musst du noch das Geschirr vom Mittagessen abspülen und die Küche tadellos aufräumen, die kleine Küche in unserer Wohnung mit der Dachterrasse.

In die Werkstatt der Verwandten zieht es mich aber noch aus einem anderen Grund. Es gibt dort nämlich immer einen Hund, mit dem ich spielen kann. Eine ganze Weile ist das eine alte schläfrige Hündin, die es ohne zu knurren zulässt, dass ich sie plage, ein winziger Körper mit einem kleinen Kopf, der nur aus Augen zu bestehen scheint. Noch lieber ist mir aber ihr Nachfolger, ein kleines Schoßhündchen, das nichts dagegen hat, pausenlos einem Ball aus Stofffetzen hinterherzujagen. Senyor Felip zeigt mir gerne die Tiere, die er mit in die Werkstatt bringt, immer wieder bietet er dir einen Hund an, doch du gibst ihm zur Antwort, dass du noch mehr Arbeit nicht gebrauchen kannst, davon hättest du wahrlich schon genug, und er schaut dich spöttisch an.

Senyora Montserrat und Senyor Felip haben keine Kinder und auch keine anderen Verwandten bei uns im Ort. Einmal muss er verreisen, und da fragt dich seine Frau, ob ich bei ihr zu Abend essen und auch schlafen darf. Du bist einverstanden und bringst mich zu ihr. Mich hat sie ausgesucht, nicht Ramon. Zum ersten Mal ist es besser, ein Mädchen zu sein, und kleiner auch.

Du hast eine Tasche gepackt mit meinem Nachthemd, einem Schlüpfer, Strümpfen und einem Kleid, damit ich am nächsten Tag etwas zum Wechseln habe. Am Abend, als Senyora Montserrat uns in die Werkstatt führt, die ich bloß voller Licht und Stimmen kenne, bin ich ganz überrascht. Alles ist aufgeräumt und still, liegt in einem dämmrigen Halbdunkel. Du gehst bald wieder fort, du musst schließlich für Vater und Ramon das Abendessen richten, und Senyora Montserrat und ich bleiben allein in dem großen Raum zurück. Der lange Schneidertisch scheint vor sich hinzusinnieren, und der Bügeltisch hat Schluss gemacht mit der Hitze und den Dampfblasen, es ist, als hätten die beiden nichts mehr miteinander zu tun. Alles sieht anders aus als sonst, und mein Körper, der von meinen Füßen hierhin und dorthin getragen wird, fühlt sich richtig leicht an.

Senyora Montserrat sagt mir, ich dürfe wählen: Seehecht oder lieber Eier. Die Küche ist nicht sehr groß, sie liegt in einer Ecke der Werkstatt, die ich bislang nicht kannte. Ich bin begeistert, weil sie mir beibringt, wie man Spiegeleier brät. Du schimpfst immer, wenn ich dem Herd zu nahe komme, »pass doch auf«. Senyora Montserrat schaltet ein helles Licht ein. Erst jetzt sehe ich, dass zwischen dem Bügel- und dem Arbeitstisch, auf den sie zwei blauweiß karierte Handtücher gelegt hat, eine Glühbirne hängt. Aus der Küche hole ich zwei Teller, Besteck und zwei Gläser. Ich bin ganz vorsichtig und mache den Weg insgesamt dreimal, weil ich so viel Spaß daran habe. Es gefällt mir, hier zu sein, mir mein Essen aussuchen zu dürfen und die ganze Werkstatt für uns allein zu haben. Ich weiß nur nicht, weshalb es mir Freude macht, wenn Senyora Montserrat mich darum bittet, dieses oder jenes zu tun, denn forderst du mich zu etwas auf, ist mir das fast immer lästig. Dann bin ich ein Dickkopf, »stur wie ein Esel«.

Nachdem sie die Teller abgespült hat, gibt sie mir ein weißes Tuch, um das Besteck abzutrocknen. Eine Gabel fällt mir hin, und abwartend bleibe ich stehen. Sie hält sie noch einmal unters Wasser, und anstatt mir mit einem Ruck das Tuch aus der Hand zu reißen und selber die Gabel abzutrocknen oder mich »eine einzige Katastrophe« zu nennen, legt sie sie mir ganz behutsam wieder zurück ins Tuch und lächelt mich an: »Das war's.« Aber das Beste kommt noch. Sie sagt mir, ich soll meine Tasche nehmen, und schaltet das Licht über dem Schneidertisch aus, dann macht sie das in der Diele an, lässt mich hineingehen, und während ich auf sie warte, kehrt sie zurück in die Küche, um auch dort das Licht zu löschen. Wir verlassen die Wohnung, und sie öffnet die andere Tür auf dem Treppenabsatz. Da fällt mir auf, dass ich in der Werkstatt noch nie ein Bett gesehen habe.

Senyor Felip und Senyora Montserrat haben zwei Wohnungen. In der einen arbeiten und essen sie, und die andere ist zum Schlafen.

Wieder lässt sie mich selbst entscheiden. Wenn es mir lieber ist, kann ich in dem Zimmer übernachten, in dem die zwei einzelnen Betten stehen, ich kann aber auch im großen Bett neben ihr schlafen. Ich muss nicht überlegen, ich antworte ihr sofort. Das Zimmer ähnelt deinem und Vaters Schlafzimmer, nur dass sich hier das Fenster auf der rechten Seite vom Bett befindet. Sie sagt, meine Seite sei die neben dem Fenster, dort, wo Senyor Felip sonst schläft. Das Bett kommt mir hoch vor und weich. Es gefällt mir. Als wir beide schon im Nachthemd sind, gibt es eine weitere Überraschung für mich. Sie fragt mich, ob ich etwas zum Lesen dabeihätte. Ich sage Nein, und da sucht sie mir eine Modezeitschrift heraus. Auf jedem Nachttisch steht eine richtig schöne Lampe, wir setzen uns ins Bett, mit einem Kissen im Rücken, und jede von uns macht sich daran, in ihrer Zeitschrift zu lesen. Wenn du mich so sehen würdest, kämst du aus dem Staunen nicht mehr heraus. Du magst es nämlich gar nicht, wenn ich im Bett lese, du sagst, dass ich dafür tagsüber Zeit genug hätte, »so viel Licht verbrennen, das fehlt gerade noch«. Ich verstehe gar nicht, was da verbrennen soll, doch habe ich schon lange aufgehört, dich danach zu fragen. Dieser Augenblick neben Senyora Montserrat, der soll nie zu Ende gehen. Ich schaue zu ihr hin. Sie ist still und hat den Blick auf die Zeitschrift gerichtet. Die Brille, die sie sich aufgesetzt hat, habe ich noch nie an ihr gesehen, und plötzlich fange ich an zu lachen. Verwundert sieht sie mich an, ich muss immer weiterlachen, und Senyora Montserrat wartet darauf, dass ich ihr eine Erklärung dafür gebe. Ich sage ihr, es würde sich ja gar nicht lohnen, die Brille aufzusetzen, doch sie versteht noch immer nicht. Da führe ich meinen Zeigefinger an ihr Auge. Eines der Gläser ist aus der Fassung gefallen. Wieder pruste ich los, und diesmal lacht sie auch. Danach legen wir uns schlafen.

Als du mich abholst, fragst du, ob ich auch artig gewesen sei, und das macht mich richtig wütend, ich bin schließlich kein kleines Kind mehr. Senyora Montserrat schaut mich an und antwortet dir, dass ich mich sehr gut benommen hätte. Da fühle ich mich glücklich. Sie erzählt dir die Geschichte von der Brille, es dauert etwas, bis du dir ein Lächeln abringst.

Auf dem Nachhauseweg reden wir nicht, doch mit einem Mal seufzt du und schüttelst den Kopf, und ich höre, wie du sagst: Ach ja, diese kinderlosen Frauen!

3

Wir

Du weißt nicht, was Ferien sind, aber für Ramon und mich beginnen sie schon vor dem Johannistag. Unsere Wohnung unter dem Dach ist wie ein Backofen, die Dachterrasse eine Pfanne. Von oben brennen die Dachziegel und unter unseren Füßen die Fliesen, das Licht dringt in jede Ecke. Auch wenn der Weizen in diesem Jahr spät dran ist, sind sie in den Bergen doch schon seit Tagen bei der Arbeit. Du hast das ganz klar vor Augen, und außerdem triffst du am Markttag immer jemanden, der dir Neuigkeiten von der Familie bringt oder aus dem Dorf. Aus deinem Dorf, dort oben in dem kleinen Tal, das ein ganzes Universum umfasst, dein Dorf, aus dem du fortgegangen bist, um zu heiraten, und aus dem du die unaufhörlich brennende Glut deiner Erinnerung mitgenommen hast.

Als du und ich, Ramon und die Pakete einen Platz im Überlandbus gefunden haben, wird es gerade hell, aber von der Hitze ist noch nichts zu spüren. Als du mich geweckt hast, war es noch dunkel, und von meinem Traum ist mir nur ein Nest voller Bilder geblieben, wie eine Brut junger Spatzen, und ein bitterer Geschmack im Mund. Wenn ich bloß an den Gestank im Bus denke, dreht sich mir der Magen um. Du bestehst darauf, dass ich frühstücke, Stunden vor der gewohnten Zeit, denn wenn ich nichts esse, sagst du, bekäme ich sicher während der Fahrt Hunger, und Milch muss ich trinken, weil die nahrhaft ist. Ich weiß, es nutzt rein gar nichts, wenn ich sage, dass ich überhaupt keinen Hunger habe und dass mir schlecht werden wird, wenn du mich zwingst, etwas zu essen und, vor allem, die Milch zu trinken. Du hast noch unzählige Dinge zu erledigen, doch immer, wenn ich es gerade wagen will, die Milch in den Spülstein zu schütten, sind da deine Augen, mittelgroß und von einem dunklen Kastanienbraun, die mich streng anschauen. Oder aber deine Stimme hält mich zurück, meinen rechten Arm, die Hand, die den Aluminiumbecher in die Nähe des Abflusses bringen will. Nein, ich tue es nicht, auch wenn ich an nichts anderes denken kann, während sich in der Mitte meines Körpers eine Art Ballon bildet, der sich langsam aufzublähen beginnt. Ramon hat sein Brot einfach aus dem Fenster in den Hühnerhof geworfen, und seine Milch, die ist schon längst im Ausguss gelandet. An seinen Fingern waren noch Wasserspritzer zu sehen, als du in die Küche gekommen bist, doch mehr als einen kleinen Rüffel hat er nicht einstecken müssen. Ich habe alles aufmerksam verfolgt, und jetzt wirft mir mein Bruder einen spöttischen Blick zu. Ich weiß nicht, wofür es gut sein soll, alles genau zu beobachten und verstehen zu wollen, wenn meine Sehnsucht, endlich älter zu werden, dadurch nur noch größer wird.

Als wir schließlich auf unseren Plätzen sitzen, ich am Fenster auf deinem Schoß, für mich musst du noch keinen Fahrschein lösen, und Ramon, vor sich hinmurrend, am Gang, weiß ich, dass du mir gleich sagen wirst, ich soll schlafen, und dann werde ich so tun, als würde ich meine Augen schließen. Aber das helle Sommerlicht wird immer stärker und kitzelt meine Augenlider. Und ich mag doch auch so gern den Fluss sehen mit seinen schattiggrünen Stellen. Der Kontrolleur geht durch die Reihen. Die Fahrgäste kämpfen mit ihrer Müdigkeit, sie haben zu wenig Schlaf bekommen, und überhaupt ist es recht unbequem. Die meisten hüllen sich in Schweigen, und erst, als sie ihren Fahrschein vorzeigen müssen, werden alle langsam etwas munter. Oft triffst du im Bus jemanden aus deinem Dorf oder aus der Umgebung. Für gewöhnlich beginnt dann eine angeregte Unterhaltung, die aber meist damit endet, dass du glänzende Augen bekommst unter deinen langen Wimpern und den nachgezogenen Brauen. Du hast die Mode immer verflucht, die dich dazu gebracht hat, sie dir auszuzupfen. Ich berühre deine Wange und schaue dich aufmerksam an. Da legst du deine Hand über meine Augen und für ein paar Momente, die mir wie eine Ewigkeit vorkommen, lässt du sie dort liegen. »Schlaf jetzt!«

In der Kreisstadt steigen wir aus, der Bus wird die Straße am Fluss entlang weiterfahren, bis zur Grenze nach Frankreich. Dein Dorf liegt in dem ersten Tal, das sich links von der Landstraße erstreckt. Wenn wir unsere Taschen und Körbe wieder zusammenhaben, müssen wir Kinder uns daneben setzen und auf sie aufpassen, während du jemanden suchst, mit dem wir uns ein Taxi teilen können. Wir müssen meist ziemlich lange warten, und häufig entschließt du dich, die vier Kilometer zu Fuß zu gehen, immer bergauf und das in der Mittagshitze. Wie oft bist du diesen Weg schon gegangen, als du noch ledig warst, keine Schuhe mit Absatz getragen hast und keine zwei Kinder und unzählige Gepäckstücke bei dir hattest. Während ich hinter dir hertrotte und die Tasche, die am leichtesten ist, über den Boden schleife, überlege ich, was das wohl genau heißen soll, »ledig sein«, und versuche, dich einzuholen, auch wenn ich schon seit Langem davon überzeugt bin, keinen Schritt mehr weitergehen zu können. Ich frage dich danach, und du schaust mich ernst an. Von deinem Haar tropft der Schweiß, und für einen Augenblick denke ich daran, auf die Antwort zu verzichten, doch da sind wir gerade im Schatten einer Esche angelangt, und du legst die schweren Gepäckstücke auf den Boden. Ramon ist schon vor einer ganzen Weile hinter einer Wegbiegung verschwunden. Ich weiß nicht, weshalb du hier wie angewurzelt stehen bleibst, so als würde es mich nicht geben. Was für ein Glück, dass ich weiter vorne die kleine Kapelle entdecke. Ich zeige darauf und spreche das Wort mit der gleichen Freude aus, die wohl auch Reisende in der Wüste empfinden, wenn sie mit einem Mal die Palmen einer Oase erblicken. Ich drehe mich um, weil ich sehen will, wie sehr du dich freust, und jetzt laufen dir die Schweißtropfen die Stirn hinunter zu den Augen. Mit der Tasche in der Hand renne ich los und rufe: Ramon, Ramon.

Vom Weg aus sieht man das Dorf nicht sofort. Als das erste Haus auftaucht, hüpfe ich um die Tasche herum wie die Indianer im Film, wenn sie am Lagerfeuer ihren Freudentanz aufführen. All die Eindrücke vom letzten Sommer sind gleich wieder da: die Gerüche, der Klang des kleinen rastlosen Flusses, der Tonfall der Dorfbewohner, die manche Wörter so ganz anders aussprechen, die Steinbrocken und der trockene Lehmboden, auf dem wir jetzt runter zum Dorfplatz gehen. Du redest einfach mit allen und jedem, von der Straße aus hoch zu einem Fenster oder Balkon, von unten hinauf auf einen Karren, es ist, als habe ein Ausrufer unsere Ankunft öffentlich bekanntgegeben. Du hast dich wieder gefangen, doch auch wenn dein Gesicht heiter, ja sogar fröhlich aussieht, warte ich nicht länger auf dich, sondern laufe, so schnell ich kann, zu Großmutters Haus. Als ich fast schon unten an der Treppe bin, kommt mir durch das große Tor, das zur Tenne und zum Hof führt, der Onkel entgegen. Er ist über und über mit Staub bedeckt, ziemlich dünn sieht er aus, und eine Glatze hat er auch. Ich werfe mich ihm in die Arme, und gleich hüllen sie mich in seine Welt. Du nennst ihn Tomàs. Ich warte nicht, um zu sehen, wie ihr euch begrüßt, ich steige sofort die Treppe hoch, denn ich will Großmutter unbedingt überraschen.

Die Stufen sind unterschiedlich hoch, ungeschliffene Platten aus Schiefergestein. An jede einzelne Vertiefung erinnere ich mich, auch an die Stufe mit der weißen Maserung, an jede Unebenheit. Ich komme an dem kleinen Fenster vorbei, das hin zum Stall liegt, aber ich bleibe nicht stehen. Als ich oben angelangt bin, ist die Holztür bloß angelehnt. Kaum dass ich den ersten Schritt in die Diele gesetzt habe, springt mich die Kühle im Haus an. Ich stehe vor dem Kornkasten, in dem der Weizen gelagert wird. Auf den gekalkten Wänden verteilt sich ungleichmäßig der weiß-bläuliche Glanz. Rechts vor der Stufe hängt der Spiegel. Ich schaue nicht hinein, so als ob ich ein Dieb wäre, doch als ich durch den dunklen Flur gehe, folgt mir unauffällig ein Schatten, der dasselbe Kleid trägt wie ich. Auf der linken Seite komme ich an einer schmalen Tür vorbei, in die im oberen Drittel eine Scheibe aus Milchglas eingesetzt ist. Dahinter liegt das Esszimmer, ein düsterer, fast geheimnisvoller Raum. Vor der breiten Stufe, die mich runter in die Küche führt, befindet sich die Treppe, über die man in den anderen Teil des Hauses gelangt, den wir das Obrador-Haus nennen. Für mich hat er etwas Verlockendes, aber ich widerstehe dieser Versuchung. Jetzt ist nicht die Zeit dafür.

Das Licht fällt durch das Fenster in der Ecke, es ist ein kleines Fenster, mit einem Topf Bartnelken davor. Es scheint, als sei niemand da. Aber ich gehe einfach in den kleinen abgetrennten Raum, in dem sich das Herdfeuer befindet, bestimmt wird sie dort sein. Ich bin's, Rita, deine einzige Enkeltochter, sagt meine Stimme unhörbar. Umhüllt von einer dunklen Schicht aus kaltem Ruß, verharren die Feuerböcke in ihrer Reglosigkeit. Ich will schon auf dem Absatz kehrtmachen, als ich doch noch die klapprige Tür aufstoße, hinter der sich der Spülstein befindet. Ich stecke meinen Kopf in die kleine Kammer. Stille. Wie von selbst setze ich einen Fuß vor den anderen. Großmutter dreht sich um, und ihr kleines Gesicht wird ganz weit. Mit einem Freudengeheul stürze ich mich in ihre Arme, und sie stößt einen Seufzer aus, fast einen Schrei. Ihr Körper kommt mir noch zerbrechlicher vor als der, an den ich mich das Jahr über erinnert habe. Ihr Kleid noch schwärzer. Ihre Hände sehen verbraucht aus, die Finger wie platt gedrückt und die Nägel auch, Arbeitswerkzeuge, denen sie nie Ruhe gönnt. Sie schiebt mich ein Stück von sich und schaut mich aus ihrem rechten Auge an. Ein Lächeln liegt auf ihren schmalen Lippen und breitet sich auf ihrem zarten Gesicht aus, das von einer sanften Röte überzogen ist.

– Ja, ist das denn die Möglichkeit, wenn du mir auf der Straße begegnet wärst, hätte ich dich gar nicht erkannt! Du bist ja ein richtiges kleines Fräulein geworden!

Wieder schlinge ich meine Arme um sie, und mein Blick fällt durch das kleine Fenster über dem Spülstein und bleibt am Schieferdach des Nachbarhauses hängen, diesem schwarzen Bienenkorb, der sich hinunter zu der Stelle neigt, wohin die wenigen Abfälle gekippt werden, für die man im Alltag keine Verwendung mehr hat.

– Und deine Mutter? – fragt sie. Immer denkt sie bei mir auch gleich an dich.

Als es Zeit ist für den Mittagsschlaf, sage ich, dass ich gar nicht müde bin. Aber du bestimmst, dass es besser ist, wenn ich etwas schlafe. Ich weiß, du willst mich für eine Weile loswerden, damit ihr ungestört reden könnt. Ich starre euch unverwandt an. Großmutter schweigt, so als ob sie weit weg wäre.

– Sollen wir vorher noch auf den Dachboden gehen?

Ich bin einverstanden, obwohl mir klar ist, dass du mich gerade überlistet hast. Vom ersten Stock an, dort, wo sich die Schlafzimmer befinden, werden die Stufen schmaler und die Treppe steiler; auf dem letzten Stück müssen wir die Köpfe einziehen. Der Fußboden oben ist aus Holz und die Wände aus unverputzten Schieferplatten. Durch eine Öffnung hört man den Fluss.

– Auf dieser Seite steht das Haus an einem Abgrund.

Ich will wissen, was das genau ist, ein Abgrund. Statt einer Antwort hebst du mich hoch, bis ich den Kopf durch die Luke stecken kann, und das grüne Astwerk und das alles übertönende Rauschen helfen mir dabei, eine Vorstellung von dem zu bekommen, was du mir sagen willst. Kaum berühre ich mit den Füßen wieder die Bodenbretter, sehe ich, wie du ganz plötzlich einen Reisigbesen zur Hand nimmst und damit entschlossen auf die kleine überdachte Terrasse trittst, die zum Dorfplatz hinaus liegt.

Das Licht prallt mit einer solchen Wucht auf die Wände, die hier weiß verputzt sind, dass ich unwillkürlich die Augen schließe. Und während die Hitze mich anspringt und von meinem Körper Besitz ergreift, bleibe ich ein paar Momente lang stehen, so als würde ich in die Unermesslichkeit des Himmels fliegen. Dann öffne ich die Augen wieder und sehe, wie du mit den Enden der Birkenzweige, die zu einem Griff zusammengebunden sind, gegen eine faustgroße Kugel stößt. Alles geschieht ganz schnell. Die mit kleinen Honigwaben gefüllte Kugel prallt auf das Eisengeländer, und einige Bienen fliegen heraus. Du scheuchst mich zurück auf den Dachboden, und als du mich lachen siehst, sagst du:

– Mach doch Platz!

Ich versuche, mir das Lachen zu verbeißen, aber so einfach geht das nicht. Du schaust noch immer zur Tür, die auf die Terrasse führt, dann wirfst du mit einem Mal den Besen, den du die ganze Zeit über in der Hand gehalten hast, auf den Boden, packst mich am Arm und ziehst mich die Treppe hinunter zu den Schlafzimmern und machst die Tür zum Dachboden ganz schnell hinter uns zu. Du verschließt sie mit dem kleinen verrosteten Haken, der sich auf halber Höhe außen an der Tür befindet. Schweiß rinnt dir über die Schläfen, dein Atem geht schnell. Von einem Augenblick zum anderen ist der ganze Spaß für mich vorbei.

Du erzählst mir, dass früher einmal, anstelle der Dachterrasse mit der Wäscheleine, ein Bienenstock dort gewesen sei, der euch das ganze Jahr über mit Honig versorgt hätte. Nach Kriegsende hat man sich dann aber einfach nicht mehr darum gekümmert, »wie um so viele andere Dinge auch nicht«, aber jeden Sommer kommen mit der Hitze doch ein paar Bienen zurück, um wieder ihr Nest zu bauen. Dein Gesichtsausdruck hat sich verändert, und ich weiß, dass dir meine Frage nicht gefallen wird, aber ich stelle sie trotzdem.

– Muss man sie denn nicht in Ruhe lassen?

Jetzt gibt es kein Entrinnen mehr für mich. Du schickst mich zum Mittagsschlaf. Als ich Großmutters Eisenbett sehe, in dem weiß gekalkten Zimmer, das wie in eine Felswand eingegraben scheint, bin ich aber gar nicht mehr traurig darüber. Ich strecke mich auf meiner Seite aus und schaue auf den flaschengrünen Vorhang mit den Blumenranken, der die Tür ersetzt und auch das Fenster. Im Winter hat Großmutter es hier bestimmt sehr kalt, denke ich. Ich fühle mich wohl, und mit einem Mal, so als ob ich noch im Bus hin und her geschaukelt würde, bin ich auch schon eingeschlafen.

Als ich wieder aufwache, springe ich vom Bett auf den Boden, ziemlich tief ist das, und einen Augenblick lang weiß ich gar nicht, wo ich bin. Die Bienen aus meinem Traum verfolgen mich noch immer, das Stockwerk ist düster und der Flur ganz dunkel. Ich habe wieder so einen bitteren Geschmack im Mund. Ich finde euch in der Diele, neben dem Spiegel, wo ihr auf den niedrigen Stühlen sitzt. Die Haustür ist bloß angelehnt, etwas Sonne fällt hinein, und man kann einen Zipfel vom Dorfplatz erkennen. Großmutter stopft Strümpfe, und du lächelst mich an, sagst mir, ich soll in die Küche gehen und etwas essen.

– Aber vorher, da wäschst du dir noch den Schlaf aus den Augen.

So als ob der Schlaf ein Nebelschleier wäre, wie einer von denen, die im Winter über unserer kleinen Stadt hängen. Als du merkst, dass mir keine Widerrede einfällt, musst du schallend lachen. Ich weiß, du bist glücklich, weil du mich hast, mich und Ramon, denn wir entschädigen dich dafür, dass du auf dein Erbe verzichtet hast. Und schon sprichst du es aus: Wer Kinder hat, dem mangelt es nicht an Arbeit, aber auch nicht an Freude!

Vater wird uns in vierzehn Tagen abholen kommen, und den Samstag und Sonntag wird er mit uns verbringen, die beiden Tage des Patronatsfestes. Wenn ich an all die schönen Momente denke, die noch vor mir liegen, wird mir bewusst, was ich doch für ein Glück habe. Ich laufe zum Spülstein in der Küche, so muss ich nicht die Treppe rauf und dann wieder runter, dafür allerdings durch den langen dunklen Flur. Aber da bin ich auch schon am anderen Ende angekommen und springe schnell über die Stufe. Die Treppe zum Obrador-Haus habe ich links liegen gelassen. Dann laufe ich wieder zu euch und bekomme mit, wie du Großmutter etwas von Ohrringen erzählst, und mir fällt ein, dass ich im Mai nächsten Jahres ja zur Erstkommunion gehen werde. Für mich ist das Ganze nach wie vor ein Rätsel, aber ich weiß, dass es für dich ein sehr wichtiges Ereignis bedeutet. Du sagst mir, dass du den Männern draußen auf der Wiese noch etwas zur Hand gehen wirst, und ich will dich begleiten. Es ist mir egal, dass du mir in Aussicht stellst, wenn ich hierbleiben würde, dürfte ich Großmutter bestimmt helfen, das Abendessen vorzubereiten. Großmutter schweigt, ich schaue in ihr zartes Gesicht, sie selbst sagt, es sei verblichen, und ich schäme mich, aber ich will raus, will sehen, was Ramon und der Onkel machen.

– So eine kleine Rotznase!

Rotznase. Dass du gerade dieses Wort gewählt hast, in dem sich Missbilligung und Zärtlichkeit zu gleichen Teilen vermischen, will heißen, dass du mich eigentlich gerne dabeihaben möchtest.

Ich weiß nicht mehr, wann mir zum ersten Mal aufgefallen ist, dass ich anders bin als die gleichaltrigen Mädchen in deinem Dorf. Vielleicht war mir das ja von Anfang an klar, und ich habe bis zu diesem Augenblick bloß nicht darüber nachgedacht. Du hast aus mir schon immer etwas ganz Besonderes machen wollen, ein richtiges Fräulein eben, während ich alles drangesetzt habe, möglichst so zu sein wie alle anderen. Das schönste Kleid wird natürlich für das Patronatsfest in deinem Dorf aufgehoben. Dort, auf den nicht asphaltierten Straßen, trage ich auch zum ersten Mal die neuen Lackschuhe. Und meine Haare bekommen einen ordentlichen Schnitt verpasst, kurz bevor der Fahrschein für den Überlandbus gekauft wird. Ich weiß nicht mehr, wer mir die erste kurze Hose geschenkt hat, eine Latzhose. Sie ist grün und hat Taschen. Für gewöhnlich muss ich einen kurzärmligen Pullover aus weißem Perlgarn dazu anziehen, und dabei ist es eine wahre Wonne, wenn man darunter nichts zu tragen braucht. Dich habe ich niemals in Hosen gesehen, obwohl du auch immer beim Mähen geholfen hast, mit der Sichel oder mit der Sense. Sogar den Karren hast du ganz allein beladen, die Felder bewässert, das Gras gewendet und mit deiner Heugabel in die Garben gestochen, die nur allzu oft den Schlaf einer Schlange bewachen. Großmutter ist mal einer begegnet. Am Ast einer Esche hat die Schlange gebaumelt, mitten über der Wasserrinne, an die sich Großmutter gekniet hatte, um einen Schluck zu trinken. Der Ast war brüchig, »morsch« sagst du. Und den hat sie ins Auge gekriegt. Mit Kräutern und Umschlägen, je nachdem, was ihr der eine geraten und der andere empfohlen hat, wollte sie die Verletzung auskurieren. Das Ganze endete aber damit, dass ihr linkes Auge ganz trüb wurde, das Licht prallt jetzt dort einfach ab.

Als ich am nächsten Morgen wach wurde, lag Großmutter schon nicht mehr im Bett. Ich bin im Nachthemd runtergegangen, die Haustür war zu, und vor dem Spiegel lag alles im Dunkeln. Im Vorbeihuschen habe ich darin ein paar nackte Füße gesehen, das waren meine. Ich blieb stehen. Dann bin ich losgelaufen, um den dunklen Flur nur möglichst schnell hinter mich zu bringen, von der verschlossenen Esszimmertür bis hin zur breiten Stufe.

Durch das Küchenfenster fällt helles Sonnenlicht, nichts ist zu hören. Auf dem langen Tisch steht ein Teller, der mit einem anderen, umgedrehten Teller abgedeckt ist. Ich hebe ihn hoch und sehe eine dicke Scheibe Brot, mit Tomaten und einem mageren Stück Schinken belegt. Schnell decke ich alles wieder zu. Als ich am Spülbecken meinen Mund unter den Wasserstrahl halten will, um einen Schluck zu trinken, höre ich Stimmen und stoße mich an dem kupfernen Hahn. Ich laufe wieder rüber zum Tisch, und da kommt Großmutter herein, beladen mit einem Bündel Eschenzweige.

Später am Vormittag, du hast den Männern, die draußen beim Mähen sind, eine Stärkung gebracht und bist gerade erst zurückgekommen, dein Korb »quillt fast über vor lauter schmutzigem Geschirr«, hört man von der Haustür her eine Stimme »Tresaa!« rufen. Du freust dich ganz ungemein, denn es ist Pepa, die dich da besuchen kommt, eine Freundin von dir, als du noch klein warst. Ihr verdanke ich es, dass mir ein Rüffel erspart bleibt. Deine Augen haben natürlich längst das Stück Brot entdeckt, das ich nicht angerührt habe, und auch meine nackten Füße, die ich unter dem Tisch hin und her schaukeln lasse. Doch du verlangst nur, und da ist mit dir nicht zu spaßen, dass ich mich sofort anziehen soll, »wie es sich gehört«, und mir mein Gesicht wasche, »aber richtig«, und dann gleich wieder mit dem Kamm zurück in die Küche komme. Ich springe über die Stufe und laufe durch den Flur. Da ist jetzt ein helles Dreieck auf dem Boden vor der Haustür, Pepa wird sie wohl offen gelassen haben. Einen Augenblick lang sehe ich mich im Spiegel an, dann schaue ich noch raus auf den Dorfplatz und gehe schließlich hoch ins Schlafzimmer, aber mein Kleid kann ich nicht finden. Nur die Sandalen.

Als ich wieder in die Küche komme, brennt das Herdfeuer, und Pepa und du, ihr steckt tuschelnd die Köpfe zusammen, ihr lächelt. Ich kann nicht verstehen, was ihr sagt.

– Rita, komm mal her!

Das ist schon seltsam, du schimpfst mich gar nicht, obwohl ich doch noch immer im Nachthemd herumlaufe. Meine Füße allerdings, ja, die stecken in den fest zugebundenen Sandalen.

Ich muss mich auf die Bank neben dem Feuer setzen, und

Pepa schaut sich meinen Kopf von ganz nah an. Jetzt wird sie bestimmt sagen, was ich doch für schöne Haare habe, und du wirst zufrieden hinzufügen: und leicht zu bändigen. Aber nichts von alledem geschieht. Pepa sagt: Du wirst doch zur Kommunion nicht ohne Ohrringe gehen wollen! Ich schaue zu dir, und du lächelst mich an, so als würde man mir in der Schule gerade die Medaille für besonderen Fleiß umhängen. Und dann packst du mich und hältst mich ganz fest, während Pepa sich mit einer Nadel meinem Hals nähert. Das Herdfeuer verschwimmt mir vor Augen und mit ihm die ganze Welt. Als ich langsam wieder zu mir komme, höre ich Großmutters Stimme. »Wo gibt's denn so was!«

Du lässt mich allein ins Obrador-Haus gehen. Ich stoße die angelehnte Tür rechts neben der großen Stufe auf und steige die steile Treppe mit den ungleichmäßigen Stufen nach oben. Links gelangt man zur Scheune, doch die Tür dorthin verschwimmt mir vor den Augen, und auf beiden Seiten spüre ich diesen stechenden Schmerz. Ich gehe auf die Kommode mit den Sterbebildchen zu. Sie ist mit einer Decke aus einem feinen, weinroten Wollstoff verhüllt, auf die im Kettenstich kleine seidigweiße Blüten gestickt sind. In der Mitte steht ein Krug mit vertrockneten Chrysanthemen. Ganze Generationen von Toten haben hier einen Ort für ihren Namen und ihre Lebensdaten gefunden. Ich schaue mir den Totenzettel von Roseta Gasia an, und die Verkleinerungsform lässt mich an ein junges Gesicht denken, Gertrudis Semino dagegen muss schon sehr alt gewesen sein. Francisco Farré ist wohl auch ein Vater gewesen, doch bestimmt um einiges älter als meiner, und Lluís Badia, den stelle ich mir mit einem Gesicht vor wie das von Großmutters Nachbarn. Esteve Mora aber war nicht älter als ich! Als ich mich etwas beruhigt habe, nehme ich die staubige beklemmende Stille um mich herum wahr und lasse die Gesichter, die die Namen in mir hervorgerufen haben, körperlos durch meine Gedanken wandern. Ich berausche mich an den Worten: von seinen geliebten Kindern, die ganze Familie, möge seine Seele ewigen Frieden finden. Doch meine Ohren holen mich jäh aus dieser Scheinwelt zurück. Für das Bett, das sich im Zimmer nebenan befindet, habe ich kaum einen Blick übrig, mir fällt bloß auf, dass es gemacht ist, und einen Augenblick lang frage ich mich, wer wohl darin schläft. Schließlich schaffe ich es, zu meinem eigentlichen Ziel zu gelangen, dem großen Kaninchenstall, den ich betreten kann, ohne den Kopf einziehen zu müssen. Zu allen Seiten stieben die Kaninchen auseinander, und ich muss mich eine ganze Weile hinkauern und warten, bevor ich mit meiner Hand vorsichtig über ihr weiches Fell fahren kann. Ich habe nicht daran gedacht, etwas Schneckenklee mitzunehmen, bestimmt hätten sie sich dann eher von mir streicheln lassen.

– Es gibt kleine Mümmelmänner.

Ich habe dich nicht kommen hören. Und auch, wenn es mir gefällt, dass du die Kaninchen so nennst, Mümmelmänner, an diesen Namen hatte ich schon lange nicht mehr gedacht, gehe ich aus dem Stall, ohne dir etwas zu erwidern. Du willst mich festhalten, doch ich mache mich los und steige in dem Haus, das einmal einer anderen Familie gehört hat, wieder die Treppe hinunter. Ich weiß nicht, wie lange das schon her ist, aber dein Vater, der ja Maurer war, hat es ihnen abgekauft und beide Häuser miteinander verbunden, denn für Großmutters Eltern und euch fünf gab es in eurem alten Haus sicher nicht genügend Platz. Du folgst mir, aber ich laufe dir davon. Da versuchst du, mich von hinten zu kitzeln. Ich stolpere, du nimmst mich in die Arme, und jetzt fange ich an zu weinen. Die Ohren tun mir richtig weh und noch mehr die Falle, die du mir gestellt hast, um die Löcher zu stechen.

Der Tag des Patronatsfestes ist da. Du hast mir ein blassrosa Kleid zum Anziehen rausgelegt und einen Petticoat. Du kämmst mich, doch statt der beiden Zöpfe trage ich mein Haar heute offen und mit einer Schleife aus demselben Stoff wie das Kleid. Im Nacken wird sie von einem kurzen Gummiband gehalten, das man nicht sieht, doch es hält nicht richtig, und die Schleife wackelt hin und her. »Ich mag das nicht«, sage ich zu dir. »Ich mag das nicht, ich mag das nicht«, äffst du mich nach und lässt mich stehen. Mir ist langweilig, und darum schaue ich aus dem Fenster, das zu einem Gang neben dem Heustall rausgeht. Du kommst zurück, und in der Hand hältst du eine Nadel, in die ein weißer Baumwollfaden eingefädelt ist. Ich renne die Treppe runter und höre dich nur noch schreien:

– Verfluchtes Blag!

Wenn ich jetzt raus auf den Dorfplatz gehe, bin ich verratzt, und in der Küche wirst du mich gleich zu fassen kriegen. Also öffne ich die Tür zum Esszimmer, die mit der Milchglasscheibe auf halber Höhe. Völlig dunkel ist es dort, und ich verstecke mich unter dem Tisch. Als du vorbeigehst, spüre ich einen Lufthauch. Ich weiß, dass es was setzen wird, aber jetzt kann ich nicht mehr zurück. Das Patronatsfest. Wo das doch ganz besonders schön für mich werden sollte. Und Vater ist auch noch nicht da, ihm ist was mit der Arbeit dazwischengekommen.

Doch wie durch ein Wunder höre ich plötzlich seine Stimme im Gang, und ohne zu überlegen, renne ich zu ihm und werfe mich in seine Arme. Als du vor ihm stehst, lächelt dein Gesicht, das vor einem Moment noch ganz ärgerlich ausgesehen hat. Ich lasse Vaters rechte Hand nicht los und verstecke mich hinter ihm. Du nimmst ihm die Aktentasche aus der anderen Hand. »Deine Tochter kann einfach nicht hören!« Da springe ich aber doch hervor.

– Wer sagt, dass ich nicht hören kann? Schau mal, schau!

Ich zeige ihm meine Ohren; an jeder Seite hängt zwischen den Krusten eine Schlinge herunter. Ich muss mich ans Küchenfenster stellen. Bevor er sich aber das Ganze richtig anschaut, wünscht er Großmutter freundlich einen guten Tag. Bescheiden erwidert sie seinen Gruß, so als sei sie seiner nicht würdig. Ich spüre, wie sehr ich diese zerbrechliche und schweigsame Frau liebe, und Vater auch. Aber bei dir, bei dir und Ramon, da bin ich mir nicht so sicher.

– Bring mir mal den Weingeist!

Du holst die Flasche und murmelst dabei leise vor dich hin, dass das Kleid bestimmt einen Flecken abbekommen wird. Wir alle warten ab, was Vater mit meinen Ohren vorhat. Er holt sein Messer aus der Tasche und mit dieser Flüssigkeit, die so brennt, macht er es sauber, aber ich gebe keinen Mucks von mir. Er kommt näher, und da weiche ich einen Schritt zurück, doch er schaut mich an und sagt: Du musst keine Angst haben. Er heißt mich auf die Bank hinsetzen, und jeder scheint tief Luft zu holen. Ich bin jetzt in seinen Händen und weiß, alles wird gut. Er reinigt ein Ohrläppchen. »Brennt es?« Ich beiße die Zähne zusammen, dass du es nur weißt. »Nein.« Mit dem Messer schneidet er die Schlinge durch, und danach nimmt er einen weichen Wattebausch und säubert das Ohrläppchen noch einmal mit Weingeist. Ich höre, wie du sagst:

– Und was wird nun aus der Kommunion, he? Ohne Ohrringe?

Vater gibt keine Antwort. Ziemlich aufgebracht gehst du fort, und Großmutter kehrt zu ihrem Schmorbraten zurück, der das ganze Haus mit seinem Duft erfüllt. Vater und ich, wir bleiben allein zurück. Gerade hat er die andere kleine Schlinge durchgeschnitten.

– Pepa war auch dabei, eine Nähnadel haben sie dazu genommen – sage ich ihm, und jetzt sind meine Augen voller Tränen.

Er sieht mich an, zieht sein großes Taschentuch hervor und trocknet sie mir.

– Ist ja alles wieder gut. Jetzt bist du artig und folgst deiner Mutter.

Bedrückt gehe ich raus in den Flur, ich verstehe gar nichts mehr. Wie ist das nur möglich? Ich schiebe die Schleife weiter nach oben, fast auf den Scheitel. Da hält sie gut. Ich stelle mich vor den Spiegel, und es kommt mir so vor, als würde sich ein versilberter Vogel auf mich stürzen. Ich hatte ganz vergessen, wie rausgeputzt ich herumlaufe.

Als wir die Kirche betreten, steuere ich auf die erste Bank zu. Sie ist leer. Du ziehst mich am Kleid und zeigst auf eine der letzten, auf der linken Seite. Als wir alle vier dort Platz genommen haben, frage ich dich, für wen denn die Bank da vorne sei. Du gibst mir zur Antwort:
– Für diejenigen, die ganz Gottes sind, wenn man von ihrer Seele einmal absieht.

Ich verstehe nicht, was du damit meinst, und ich sage dir auch, dass ich es nicht verstehe. Sei still, fährst du mir zornig über den Mund, gerade in dem Augenblick, als sich eine kleine dünne Frau mit unglaublich weißer Haut in die erste Reihe setzt. Und mit ihr ein düster dreinblickender Mann, er ist groß, ziemlich dick, und seine Haare haben die Farbe von Stroh. Die beiden knien sich hin, und schon kommen von der linken Seite des Altars zwei Messdiener hervor, gefolgt vom Pfarrer in einem bestickten Gewand. Alle stehen auf. Vater flüstert mir ins Ohr:
– Das sind die Melis.

Ich finde dich sehr elegant, aber die Farbe von deinem Kleid gefällt mir nicht. Der Stoff, so eine Art glänzendes Rosenmuster, das sich von dem matten Untergrund abhebt, ist nämlich ganz schwarz. Du hast dir die Brauen nachgezogen, und deine Augen strahlen. Dein onduliertes Haar liegt heute besonders schön, und du trägst eine Modeschmuckkette, eine schmale Armbanduhr und deinen goldenen Ehering. Ich schaue zu Ramon, der seinen Kommunionsanzug anhat, aus dem er schon ein wenig herausgewachsen ist. Ich lächle ihn an, und er streckt mir die Zunge raus.

Den restlichen Vormittag verbringe ich mit einem Mädchen, mit dem ich mich im letzten Jahr angefreundet habe, Montse. Sie ist älter als ich, aber sie mag auch gern auf dem Podium herumspringen, auf dem die Musiker immer sitzen, und sie hat mich zu sich eingeladen, um ein neugeborenes Lämmchen anzuschauen. Ihr Bruder Conrad war auch da, der ist ganz anders als Ramon. Ihre Großmutter, das ist die kleine Frau aus der ersten Reihe, hat mich gefragt, ob ich deine Tochter bin, und dann noch gemeint, ich sei ja richtig fein angezogen. Mir hat es gut bei ihnen gefallen, aber ich habe mir einen Schuh schmutzig gemacht und die ganze Zeit so einen Gestank mit mir herumgeschleppt. Dann sind wir in ihren Garten gegangen, um von den kleinen Pflaumen zu essen, die noch ganz grün waren. Zum Schluss sind wir wieder zurück zum Dorfplatz. Ramon und noch drei andere Jungen waren auch dort, die hatten aber nur Blödsinn im Kopf. Mein Bruder hat so getan, als würde er mich nicht kennen. Die Jungen sind gerade mit dem Fegen fertig gewesen, lange Besen aus Birkenzweigen haben sie dazu benutzt, solche, die wie Hexenbesen aussehen, Großmutter und du, ihr sagt Rutenbesen dazu. Und dann ist eine Frau vorbeigekommen, die ein paar Kühe vor sich hergetrieben hat, und die haben alles wieder schmutzig gemacht, genau da, wo die Nachmittagsprozession vorbeiziehen soll und am Abend getanzt wird. Einer der Jungen hat eine Bemerkung fallen gelassen, und die anderen haben gelacht. Die Frau ist eine Nachbarin von Großmutter, ich kenne sie, sie heißt Doraida. Sie hat den Jungen ganz schön angepflaumt, und schließlich haben sich die beiden in die Wolle gekriegt, und wir haben uns vor lauter Lachen den Bauch halten müssen. Doraida spricht mit einer Stimme, die von ganz tief unten zu kommen scheint. Ihre Stimme ist genauso dunkel wie sie selbst und klingt ganz dumpf.

Am besten ist es mir vor dem Mittagessen ergangen. Alle waren sie so richtig froh, und jeder hatte ganz viel Hunger, nur ich nicht. Die Tante ist gekommen, deine jüngere Schwester, du bist die älteste, und sie hat mich ganz lieb in den Arm genommen. Riteta sagt sie immer zu mir. Sie sieht dir ähnlich, doch sie ist ganz anders als du. Sie wird nie böse. Ihr Mann ist sehr groß, und wenn er spricht, kann ich viele der Wörter nicht verstehen. Vater ist bei den Männern gestanden, und alle haben sie ihm zugehört. Er hat zu mir rübergelächelt. Du hast gesagt, ich soll mir zum Essen einen Kittel überziehen, den schmutzigen Schuh hast du nicht bemerkt. Ramon hat mir an den Kopf geworfen:
— Du wirst schon sehen, was du davon hast, wenn Mutter erfährt, dass du dich mit dem Pack von den Melis rumtreibst!
Er hatte sich seinen guten Anzug schon ausgezogen, und ich bin schnell in mein Kittelkleid geschlüpft und in die Sandalen, die ich jeden Tag trage. Du hast das gar nicht schlimm gefunden und bei meinem Anblick sogar gemeint, so hätte ich es richtig gemacht. Da bin ich gleich losgesprungen, um mir die Hände zu waschen. Das musstest du mir also nicht zweimal sagen, wie Großmutter es immer ausdrückt. Und im Flur war es gar nicht dunkel. Die Tür zum Esszimmer stand offen, die Deckenlampe war an, denn das Fenster schaut bloß auf eine Wand und auf die Tür, die zum Heustall führt, so dass nur wenig Licht in den Raum fällt. Drinnen war es angenehm kühl, und auf der Anrichte habe ich ein Radio gesehen und ein paar Tassen, die bestimmt noch niemals benutzt worden sind. Eine Zeit lang waren wir alle so sehr mit dem Essen beschäftigt, dass niemand auch nur ein Wort gesagt hat. Ich habe nachgezählt: Wir waren acht. Nach der Suppe fingen die Männer an, den *porró* herumgehen zu lassen. Sie haben mit den Frauen gescherzt. Und du hast alle ganz schön zum Lachen gebracht, weil du so geschickt mit dem Schnabelkrug umgegangen bist und was weiß ich für Sachen erzählt hast. Es gefällt mir, wenn du so bist.

Ich durfte Großmutter helfen. Abgesehen vom Tisch und der Anrichte mit dem Radio, gibt es im Esszimmer noch eine Bank, die mit geblümtem Stoff bezogen ist, Kissen liegen auch drauf. Als wir gerade dabei waren, die Hähnchen zu essen, sind die jungen Mädchen aus dem Dorf gekommen, jede mit einem weißen Spitzenschleier auf dem Kopf und mit der Muttergottesfigur auf einer Art Tablett. Die Männer haben ihre Brieftaschen gezückt und etwas Geld gegeben. Sie ziehen den Onkel auf, denn alle sagen, er müsse sich endlich verheiraten, und diese Mädchen hier seien doch schließlich noch zu haben. Als sie wieder fort sind, und die Männer sich ihre *faries* oder *caliqueños* anzünden und der Sekt eingeschenkt wird, da fangen sie an, über die Mädchen zu reden, über deren Familien. Du hast irgendetwas gesagt, das ich nicht mitbekommen habe, aber plötzlich sind alle ganz still, nur Ramon nicht, der wie immer den Hanswurst spielt und von Vater dafür bestraft wird. Ich habe nicht verstanden, warum, und darum bin ich zu meinem Bruder gegangen. Aber er hat mich gegen das Schienbein getreten. Da habe ich angefangen zu weinen. Vater ist aufgesprungen, doch du hast ihn mit dem Arm zurückgehalten und zu ihm gesagt:

– Nein, ist schon gut, lass sie nur!

Ich habe gesehen, dass deine Wangen ganz feucht sind. Das also ist das Patronatsfest! Vom Esszimmer bin ich rüber in die Küche gelaufen, wo Großmutter gerade dabei war, auf eine Schüssel mit Vanillecreme Zucker zu streuen, den hat sie dann mit einem heißen Eisen gebrannt. Das machte vielleicht einen Qualm. Ich durfte die Teller für den Nachtisch hineintragen, aber ich hatte Angst und mochte nicht wieder ins Esszimmer zurückgehen. Da hat sie gemeint, dass ich Ramon etwas von der Vanillecreme bringen soll, er sei oben im Obrador-Haus. Dorthin bin ich auch gegangen. Ramon lag ausgestreckt auf seinem Bett, und er tat so, als würde er schlafen, aber als ich ihm den Teller auf den Nachttisch gestellt habe und den Löffel daneben, hat er mir die Zunge rausgestreckt. Ich bin schnell weggelaufen. Manchmal macht mir das Obrador-Haus Angst. Noch dazu war der Himmel bewölkt, so dass man auf der Treppe fast nichts sehen konnte, und die ist ziemlich steil und hat schmale Stufen. Vom Esszimmer schallte mir deine Stimme entgegen und ein freudiger Ausruf des unverheirateten Onkels. Ich bin wieder hineingegangen, habe meine Vanillecreme gegessen, mich dann auf die Bank mit den Kissen gelegt und zugehört, was ihr so gesprochen habt. Als die Tante mich schließlich geweckt hat, war auf dem Dorfplatz schon Musik zu hören, und im Mund hatte ich wieder einen bitteren Geschmack.

– Ich kann doch nicht tanzen! – sage ich zu Montse. Da greift sie mich um die Taille, streckt mit der anderen Hand meinen Arm aus und zieht mich hinter sich her, bis ich es ihr nachtue. Sie sagt, ihr Bruder Conrad würde mir das Tanzen schon beibringen. Er steht bei denen, die nicht tanzen, und schaut zu uns rüber. Während ich mich in den Armen meiner Freundin drehe, habe ich Spaß daran, den Paaren zuzusehen, die mit komischen Verrenkungen und ernsten Gesichtern der Musik folgen. Ab und zu versetzt Montse mir einen Stoß, dann schaue ich sie an, und schon hat sie mich zur anderen Seite gedreht. Der Duft, den mir die Tante beim Kämmen aufgesprüht hat, begleitet mich noch immer. Wenn ich doch nur so ein Mädchen hätte wie dich!, hat sie gesagt und mir einen Kuss auf die Stirn gedrückt. Ich wünschte mir, du wärst wie deine Schwester und würdest nicht alle so aus der Fassung bringen, vor allem Vater nicht, der immer ganz sanft spricht, bis du schließlich wütend wirst, und dann bestraft er Ramon, und ich weiß, dass mein Bruder die Nase voll hat davon und ganz weit weggehen will. Es ist noch gar nicht lange her, da hat er mir das gesagt, und mir war, als ob sich zwischen Bauch und Hals ein Loch auftun würde.

Auf einmal gehen die Leute runter in die *cambra*, in den Ausschank, der eigens zum Patronatsfest im Kellergewölbe der Schule eingerichtet wird. Sie essen dort *coca* und trinken Wein. Zwei Treppen muss man hinuntergehen, und drinnen ist es dunkel und feucht, aber alle lachen dort lauter als irgendwo sonst. Da sehe ich dich mit Vater. Zum Glück trägst du jetzt nicht mehr das Kleid von heute morgen. Das hier ist viel schlichter, hat einen engen Rock und das Oberteil ist hellgrau abgesetzt. Eigentlich mag ich aber lieber Stoffe mit bunten Blumen. Du wirfst mir eine Kusshand zu, Vater lächelt bloß. Montse hat einen Jungen zum Tanzen gefunden, und ich bin müde und gehe nach Hause. Wie ein schwarzer Fleck sitzt Großmutter oben auf der Treppe, auf ihrem kleinen Stuhl, den sie immer zum Nähen benutzt. Ich hüpfe die Stufen hinauf.

– Na, so was, hast du denn keinen Tänzer gefunden?

Ich weiß nicht, ob ich sie richtig verstanden habe, und darum weiß ich auch nicht, was ich ihr antworten soll. Mit dem Gesicht zum Dorfplatz setze ich mich stattdessen auf ihren Schoß, und sie legt ihre Arme um mich. Ich schaue auf ihre Hände, die sind ganz schmal und sehen aus, als ob sie an einem Wetzstein glatt geschliffen wurden, und ihre Fingernägel sind ganz durchscheinend. Ich frage sie:

– Großmutter, du schminkst dich nicht, oder?

Sie schließt mich noch fester in ihre Arme, und einen Augenblick lang spüre ich ihre Stirn, die sich gegen meinen Rücken drückt, und höre, wie sie sagt: Deine Mutter ist ein Glückspilz, Rita. Meine Mutter ist ihre älteste Tochter, doch gerade, als ich sie fragen will, weshalb sie denn ein Glückspilz sein soll, hat sie den Kopf schon wieder hochgenommen, und genauso wie ich wird sie wohl den Paaren zuschauen, die beim Tanzen Staub aufwirbeln. Plötzlich hören die Musiker auf zu spielen und sagen ein paar Worte auf Spanisch, und dann machen sie weiter.

Als du mir nach dem Abendbrot einen Kuss gibst und sagst, dass ihr wieder aufs Fest geht, beeile ich mich, dir zu erklären, dass ich mitkommen möchte. Dazu bist du noch nicht alt genug, meint Vater. Du musst erst zur Kommunion gehen und wachsen musst du auch noch, bis du ein junges Fräulein bist, fügst du hinzu. Ramon streckt mir wieder die Zunge raus, und ich bekomme richtig schlechte Laune. Ich stehe vom Tisch auf und begebe mich würdevoll auf den Weg nach oben. Ich höre, wie du mir hinterherrufst, dass man gute Nacht sagt und allen einen Kuss gibt. Also gehe ich wieder zurück, küsse zwei Finger meiner rechten Hand und halte sie allen entgegen. Vater lacht, ich drehe mich um, doch deine Stimme verfolgt mich.

– So ein freches Blag!

Ich ziehe mein Nachthemd an, und ich vermisse meine Märchenbücher, die ich zu Hause gelassen habe. Also ganz ehrlich, das Patronatsfest habe ich mir anders vorgestellt. Was für ein Glück, dass wir in zwei Tagen wieder nach Hause fahren! Aber die Kühe werden mir fehlen, die Lämmer und die kleinen Mümmelmänner auch. Die Hühner nicht, denn in Rosalias Garten und in dem Käfig auf unserer Dachterrasse gibt es ja auch welche. Ein warmes Licht durchströmt mich, als ich an Rosalia denke. Und an ihren Mann denke ich auch, sogar an die Joans und die Familie des Guardia Civil. Plötzlich werde ich wach und sehe, wie Großmutter sich ihr schwarzes Kleid auszieht und in ein weißes Nachthemd schlüpft, das auf der Brust von einer Kettenstichstickerei geschmückt wird. Sie löst ihr hochgestecktes Haar, und in einer weichen Lockenkaskade fällt es ihr auf die Schulter. Sie hat sich mit einem Mal in eine viel jüngere Frau verwandelt. Ich sehe in ein ganz zartes Gesicht und strecke meine Hand nach ihr aus. »Du Ärmste, jetzt hab ich dich geweckt!« »Nein«, lüge ich. Sie hebt das Laken unter dem Bettüberwurf an, legt sich neben mich, und ich schmiege mich an ihren Körper. Während ich wieder einschlafe, denke ich an ihren Mann, an meinen Großvater.

Als ich am anderen Morgen wach werde, ist es schon recht spät. Das habe ich gleich gewusst, denn als ich nach unten gegangen bin, fiel jede Menge Licht durch die Haustür, und dabei stand sie doch nur ein Stück weit offen. Ich bin am Spiegel vorbeigegangen, ohne mich umzudrehen, und doch war mir, als hätte ich einen hellen Schein gesehen, der mir über den Rücken streift. In der Küche bist du gerade dabei, einen Stapel sauberer Teller wegzuräumen. Du sagst kein Wort zu mir, bis ich dir nicht einen Kuss gegeben und dir einen guten Morgen gewünscht habe. Dann höre ich Wasser ins Spülbecken laufen und sehe, dass Großmutter mit dem Abwasch beschäftigt ist. Schwarz gekleidet und mit einem Knoten im Nacken. Ich schaue sie unverwandt an und muss daran denken, dass ich schon früher das Gefühl hatte, sie gar nicht wirklich zu kennen, immer wenn ich die Leute Teresina zu ihr habe sagen hören. Aber jetzt weiß ich um ihr Geheimnis: Sie verkleidet sich mit schwarzen Sachen, damit sie älter aussieht. Aber warum nur? Als sie merkt, dass ich neben ihr stehe, beugt sie sich zu mir herab und lächelt mich an. Ich gebe ihr einen Kuss. Auf ihre Frage, ob ich gut geschlafen habe, antworte ich mit Ja, ich verstehe nicht, wie man überhaupt anders schlafen kann. Ich frage nach meinem Vater, nach Ramon, nach den Onkeln und der Tante. Die Tante und ihr Mann haben sich schon wieder auf den Weg in ihr Dorf gemacht. Vater ist mit dem Onkel zum Angeln, und Ramon schläft noch. Er ist gestern auch noch einmal aufs Fest gegangen. Bald ist die Zuckerdose leer. Ich sehne mich danach, endlich groß zu sein, um das machen zu können, was ich will, nach dem Abendessen wieder tanzen, mit jemandem fortgehen, der nette Dinge zu mir sagt, »so ein Mädchen wie dich«, oder einfach hinunter zum Fluss laufen. Und als du mich aufforderst: Wasch dir mal dein Gesicht und die Hände, du kleine Rotznase, und dann komm frühstücken, da sehne ich mich noch viel mehr danach.

Ich habe keine Erinnerung an diesen zweiten Tag des Patronatsfestes in dem Jahr vor meiner Erstkommunion. Aber in deinem Dorf bin ich ein paar Mal mit Vater zum Angeln gegangen, und wilde Erdbeeren, zu denen Großmutter immer Walderdbeeren sagt, habe ich auch gepflückt. Einmal hat mir Onkel Tomás sogar die Kühe anvertraut, ich habe sie auf die Wiese getrieben, die an der Hauptstraße liegt, und dort durfte ich sie dann hüten, ziemlich lange, nur ich allein. Ich habe mich richtig erwachsen gefühlt, wie eine Königin. Und an einem Nachmittag habe ich gelernt, wie man Garben zusammenbindet, das hat mir auch gut gefallen.

4

Einmal hat sie geweint

So schroff, wie du mir aufträgst, die Bohnen auszulesen oder den Tisch zu decken, schickst du mich auch zum Einkaufen. Kein Wunder also, dass ich das genauso wenig mag.

Wenn Vaters Cousine aus Barcelona zu Besuch ist, begleitet sie mich oft. Eine Zeit lang habe ich geglaubt, Barcelona sei ein Haus, eben das Haus von Genoveva, wie du sie nennst. Alles ist einfach, wenn sie bei uns ist, und selbst die langweiligste Sache kann zu einem Fest werden. Sie übernimmt einen Teil der Ausgaben, denn sie wohnt ja für ein paar Tage bei uns, isst mit uns und schläft in dem Bett neben mir, da will sie schließlich auch was beisteuern. Du findest das gut, das merke ich. Auf der Straße grüßt sie jeder mit einem breiten Lächeln, und einige stellen beiläufig fest, wie groß ich doch geworden sei, so, als sähen sie darin ein Verdienst der Cousine. Die schaut mich dann wohlwollend an. Jedes Jahr bringt sie mir eine Puppe mit und ein paar Meter Batist oder Baumwollstoff. Die Puppe wird bewundert und zurück in die Schachtel gelegt. Du lässt mich nur mit ihr spielen, wenn ich krank bin und ganz ruhig im Bett liege, damit ich sie auch ja nicht kaputtmachen kann. Aus dem Stück Stoff soll mir Senyora Montserrat ein neues Kleid zum Patronatsfest nähen oder für Weihnachten. Alles, was Vaters Cousine macht und wie sie es macht, kommt mir verlockend vor. Sie sagt Ritona zu mir, ich nenne sie Veva.

Wenn sie bei uns ist, folgt auf einen Tadel keine Bestrafung. Oft nimmt sie mich in Schutz, setzt mich auf ihren Schoß und lacht über das, was mir so alles einfällt. Für dich bin ich ein Fräulein Neunmalklug oder ein hinterlistiges Luder, auch wenn du das manchmal sogar ein klein wenig bewundernd meinst. Sie dagegen findet mich witzig und einzigartig. Wenn du mir etwas aufträgst und ich dir ganz ernsthaft antworte, dass ich ja dann keine Zeit mehr zum Spielen hätte, kriegt sie einen Lachanfall. Komme ich von der Schule heim, schickst du mich meist zum Einkaufen, danach habe ich oft noch Hausaufgaben zu erledigen, schließlich gibt es Mittagessen, und dann muss ich wieder zur Schule. Die Puppe verwahrst du im Schlafzimmer, oben auf dem Kleiderschrank. Wenn Cousine Genoveva da ist, mag ich nicht zur Schule gehen und sogar Rosalia in ihrem Garten besuche ich dann nicht. Ich gehe auch lieber mit der Cousine spazieren als zum Spielen auf die Straße.

Sie ist ganz anders als die Frauen, die ich sonst so kenne. Sie ist nicht nur schick und elegant, sie hat auch keinen Mann, und Geldausgeben macht ihr Spaß. Sie trägt neue Kleider, ihre Handtaschen sind aus Leder, eine Brieftasche hat sie und eine kleine Geldbörse. Wenn sie einen Schein oder eine Münze herausnimmt, spreizt sie die Finger auf eine ganz besondere Weise. Bevor sie sich schlafen legt, in einem tief ausgeschnittenen Spitzennachthemd, von dem du sagst, es sähe eher wie ein Abendkleid aus, setzt sie sich an mein Bett und streicht sich vor dem Spiegel auf der Schranktür Creme ins Gesicht. Für mich ist sie wie ein Filmstar. Ich möchte so gerne sein wie sie, aber ich ahne es schon, du wärst alles andere als erbaut, wenn ich das sagen würde. Oft errate ich Dinge, die ich eigentlich gar nicht wissen sollte, und manchmal sag ich sie dann auch, aber das habe ich bisher noch immer bereut.

Du weißt nicht, dass ich ganz in eurer Nähe bin und mitbekomme, wie du zur Cousine meinst, von bestimmten Dingen sollte man in meiner Gegenwart besser nicht reden. Als ich mich bemerkbar mache und vor euch aufbaue, sagst du mit Nachdruck zu Veva: Du weißt schon, schmutzige Wäsche waschen und so. Ich hätte ja so gerne, dass jemand anderes für mich zum Einkaufen geht, und mit der großen Wäsche will ich erst recht nichts zu tun haben.

Meist kommt uns die Cousine im Sommer besuchen, zum Patronatsfest, und dann noch zu Weihnachten und zu Ostern. Sie hat ja kaum Familie. Was für ein Glück, denke ich, so kann sie sich immer aussuchen, wohin sie geht, und das machen, worauf sie gerade Lust hat.

Während des Patronatsfestes begleite ich sie zur Messe und zu den Sardanas. Ich schaue nur zu, denn ich kann keine Sardanas tanzen, sie dagegen ist sogar imstande, den Takt vorzugeben. Und wenn das Orchester eine Pause macht, kommt sie zum Tisch und bestellt mir ein paar Oliven und eine Brauselimonade, auch wenn du immer Angst hast, dass ich mir dadurch den Appetit verderbe. Auf dem Nachhauseweg einigen wir uns darauf, dir nichts davon zu erzählen. Mir ist, als würde ich dich sagen hören:

– Sie lässt sich von niemandem hinters Licht führen.

Oder war es aufs Glatteis? Veva ist nämlich nicht nur hübsch und sympathisch, sie ist auch gescheit. In Barcelona arbeitet sie als Sekretärin. Ohne zu wissen, was damit genau gemeint ist, will ich das auch einmal werden. Manchmal glaube ich, du hättest gar nichts dagegen, aber dann überlegst du es dir wieder anders und hältst mir eine Predigt über Frauen, die nicht heiraten und über die, die keine Kinder haben. Oft genug habe ich dich aber auch sagen hören, die Blagen bringen einen noch um, und das verstehe ich dann nicht so ganz. Vielleicht wünschst du dir ja, dass ich einmal einen Mann und Kinder habe, aber auch klug bin und geschickt genug, um Sardanas zu tanzen und den Takt vorzugeben, und um das Mittagessen zu kochen, ohne zu Hause bleiben zu müssen, wenn alle anderen ausgehen. Ich weiß nicht, ob du davon träumst oder nur so daherredest. Ich weiß nur, dass Veva und ich die drei Tage, die das Patronatsfest dauert, mittags zum Hochamt gehen und anschließend zu den Sardanas. Vater tanzt nicht, er gibt für gewöhnlich einen Wermut aus, und nach dem zweiten Glas spricht er mit seiner Cousine über Bücher und Musik. Er kommt mir dann ganz anders vor als zu Hause, wo er immer liest oder still in der Ecke sitzt, wenn er nicht gerade dir zuhört, wie du über alles und jedes jammerst, oder dich zu besänftigen versucht, weil du dich mal wieder über uns Kinder geärgert hast.

Ich setze mich auf seinen Schoß und kuschle mich in seine Arme, während er sagt:

– Als Genoveva noch hier im Ort gewohnt hat, haben wir zusammen im Chor gesungen und uns gegenseitig Bücher ausgeliehen.

Die Cousine erinnert sich an ein paar lustige Begebenheiten und lacht schallend los, und ich finde, dass sie so noch viel hübscher aussieht. Ramon taucht auf und bestellt Kartoffelchips und Zitronenlimonade. Und als die meisten Leute sich langsam auf den Heimweg machen, brechen wir vier auch auf, und ich merke, wie die anderen hinter uns hersehen, und ich weiß, das ist nur, weil die Cousine so schön anzuschauen ist, und weil man gleich erkennt, dass sie aus der Stadt kommt.

Um halb vier sind wir meist zu Hause. Alles macht einen einladenden Eindruck, nur dein Gesicht nicht. Und alle sind wir fröhlich, nur du nicht, denn den ganzen Morgen bist du nicht aus dem Kittelkleid herausgekommen und auch nicht aus der Schürze. Da hatte ich keine Zeit dazu!, herrschst du mich an, als ich dich danach frage, und bevor ich mich an den Tisch setzen darf, schickst du mich erst noch zum Umziehen. Eigentlich magst du Sardanas sehr gerne, jedenfalls habe ich dich das sagen hören, und ich verstehe nicht, warum du die Hilfe der Cousine ausschlägst. Ihr könntet doch gemeinsam das Mittagessen vorbereiten und dann zum Tanzen gehen. Doch du willst auf keinen Fall, dass sie ihre Nase in die Küche steckt. Bevor wir zur Messe gehen, trägst du uns allerdings regelmäßig ein paar Arbeiten auf. Die Betten machen, auskehren, Staub wischen, Sahne für die Biskuitrolle holen. Und das tun wir auch alles. Einmal sitzen wir auf der Dachterrasse, und die Cousine kämmt mich gerade. Da kommst du mit einem Blechkübel heraus, in dem ein totes Huhn liegt. Du hast es in kochendes Wasser getaucht, damit sich die Federn, die ganz fürchterlich stinken, leichter herausziehen lassen.

– Na los, rupft mal das Huhn, statt euch hier auf die faule Haut zu legen.

Doch Veva sagt einfach Nein, »nein, bitte nicht«, weil sie sich davor ekelt. Und darum macht sie es auch nicht. Ich bin ganz und gar einer Meinung mit ihr, aber ich rühre mich nicht von der Stelle und beobachte bloß, wie deine Augen ganz klein werden. Veva weigert sich, und du ziehst dich in die Küche zurück, aber deine Bemerkungen sind überall in der Wohnung zu hören. Während Vaters Cousine schweigt und mir weiter die Zöpfe flicht, denke ich, dass sie vielleicht ebenso in die Hölle kommen wird wie ich. Dass sie aber nicht zur Erstkommunion darf, das kann nicht sein, und hässlich werden kann sie auch nicht mehr, denn sie ist blond und hat so schön gewelltes Haar, ihre Augen sind grün, und sie ist groß und schlank und so was von elegant. Als wir uns dann fein angezogen auf den Weg zur Kirche machen, geht mir noch immer im Kopf herum, welche Strafe Veva wohl für ihre Missetat zu erwarten hat. Nicht piep sagen wir, bis sie sich, mitten auf der Straße, zu mir umdreht und mich anschaut. Und mit einmal zwinkert sie mir zu, und da müssen wir beide lachen.

Als wir um halb vier wieder nach Hause kommen, ist der Tisch schon gedeckt. Ich renne in die Küche, um dir zu erzählen, dass Cousine Genoveva mir beigebracht hat, wie man Sardanas tanzt, und dass ich eine ganze Weile lang sogar neben ihr im Kreis sein durfte. Du bist mit dem Hähnchen im Schmortopf beschäftigt, das einen herrlichen Duft verbreitet, doch für einen kurzen Moment drehst du deinen Kopf zu mir, und ich sehe deine Augen ganz seltsam glänzen, und auch wenn sie kastanienfarben sind, ich finde sie wunderschön.

– Beim nächsten Mal musst du unbedingt mitkommen und mir zuschauen! – bestürme ich dich.

– Als ob ich nichts Besseres zu tun hätte! – entgegnest du mir mit rauer Stimme und schaust wieder in den Schmortopf.

Ich mache auf dem Absatz kehrt und laufe ins Schlafzimmer, um das neue Kleid auszuziehen. Ich wasche mir die Hände, ohne dass mir das jemand sagen muss, und dann gehe ich ins Esszimmer, wo Ramon gerade verkündet, er habe keine Lust, Sardanas tanzen zu lernen, weil das nur was für Mädchen sei. Und Veva hört gar nicht mehr auf zu lachen. Sie hat sich ein leuchtend buntes Kittelkleid angezogen, mit feinen Streifen und einem Schneiderkragen, ihre Perlenkette trägt sie noch immer.

Abends gehen wir zur Tombola. Sie findet in einem engen Raum statt, in den nur durch die Tür etwas Luft gelangt. Hinter einem langen Tisch stehen diejenigen, die die Lose verkaufen. Die Cousine nimmt sechs Lose, sechs!, und der Herr Pfarrer breitet sie mit einem Lächeln vor uns aus. Der Erlös ist für die Hilfsbedürftigen der Pfarrei bestimmt. Ich öffne langsam ein Los nach dem anderen: eine Tröte, ein Jojo, eine Niete, ein blauer Luftballon und ein gelber.

– Warte!

Das letzte Los öffnet die Cousine: eine Kaffeekanne.

– Für deine Mutter! – sagt sie.

Ich bin froh, denn ich bin mir sicher, dass du dich sehr darüber freuen wirst. Mit Veva auszugehen, ist das größte Geschenk, weil sie immer gute Laune hat und so freigebig ist.

– Hast du gesehen, was ich für ein Glück habe?

Ich weiß nicht, wie viele Patronatsfeste vergehen, und auch nicht, wie viele Weihnachten, bis zu dem Tag, an dem ich dich frage, warum Veva eigentlich nicht geheiratet hat. Bis zu dem Tag, an dem du mir erzählst, dass sie, die immer so gerne lacht, einmal geweint hat. Wenn ich da an mich denke, die ich alle naselang weine, und das bloß, weil ich mal einen Fußtritt abbekomme oder einen Schlag in den Nacken oder weil ich vom Fahrrad falle, meine Güte, was für ein Drama! Doch sie, die mit fester Hand Schatten und Nebel zur Seite schiebt, die die Fenster sperrangelweit öffnet, damit nur noch Sonne und Licht hereinkommen? Bei ihr kann ich mir das einfach nicht vorstellen. Und ich schweige, und ich schaue dich an. Du gehst zwar nicht zu den Sardanas, arbeitest nicht als Sekretärin in Barcelona, hast keine so schönen Kleider, kein gewelltes blondes Haar, keine neuen Schuhe, und doch gibst du mir zu verstehen, dass du dich ihr in einer Sache überlegen fühlst.

Als du Vater geheiratet hast, hatte seine Cousine einen Verehrer, er kam aus einer reichen Familie, hier bei uns im Ort. Sie trafen sich im Gesangsverein, in der Theatergruppe, bei den Sardanas, eigentlich überall. Sie gingen mit ihren Freunden aus, mit ihrer Clique eben, doch manchmal auch allein. Bis er vom Heiraten sprach, und seine Eltern alles dransetzten, um die beiden auseinanderzubringen, und schließlich hat sich der Junge gefügt. Richtig feierlich sagst du:

– Genoveva hat die ganze Nacht geweint.

Ramon ist genau neun Monate nach deiner Hochzeit mit Vater zur Welt gekommen; sie hat ihm »Noches de Andorra« vorgesungen und »La veneciana«. Nach Barcelona ist sie gegangen, als Ramon gerade zwei Jahre alt war. Zwei Jahre später wurde ich dann geboren. Veva kam nur noch zu Weihnachten, Ostern und zum Patronatsfest zu uns hoch. Von einem Verlobten hat man nie mehr etwas gehört, und keiner hat sie jemals wieder weinen sehen.

Ein paar Augenblicke lang sind wir still. Schließlich sagst du mir:

– Und er, noch heute stellt er sich bei den Sardanas neben sie, dabei ist er schon lange verheiratet und hat Kinder.

Zur Erstkommunion gehe ich allein. Am ersten Sonntag im Juni. Die Mädchen meines Alters sind schon im Mai gegangen, so wie es vorgesehen war. Aber ich bin ja krank geworden, kränker als sonst: Es ist keine Magenverstimmung und auch keine Erkältung.

– Eine Infektion – sagst du leise zu Rosalia, doch nicht leise genug. Tagelang habe ich im Bett gelegen, fast ohne etwas zu essen, was dir schwer zu schaffen macht, und ich habe ziemlich abgenommen. Mein Kleid muss in der Taille enger gemacht werden. »Es hängt an ihr wie ein Sack.« Senyora Montserrat beteuert dir, dass es nichts kosten wird, natürlich nicht, und du sagst, das sei sehr anständig von ihr. Sie benimmt sich immer sehr anständig, aber du bist jedes Mal aufs Neue überrascht, so als ob du es nicht erwartet hättest.

Den Schleier hast du mir an eine Art gewölbte Kappe genäht, die mit weißem Stoff überzogen ist und über und über mit Blumen übersät scheint.

– Nein, so was Schönes aber auch! – seufzt du, bevor du mir die Kappe aufsetzt. Ich mache Anstalten, mich aufs Bett zu setzen, und du stößt einen Schrei aus.

– Siehst du denn nicht, dass du das Kleid ganz zerknittern wirst?

Die Kappe wiegt nicht viel, aber der Schleier spannt, so, als ob mir jemand den Kopf nach hinten ziehen würde. Ich drehe mich um, aber nein, Ramon ist gar nicht da. Vater kommt herein und er sagt, ich sei sehr hübsch. Du hast mir Korkenzieherlocken gemacht, aber die mag ich nicht. Du entgegnest ihm:

– Tja, nur Ohrringe wird sie keine tragen.

Er meint, der Schleier sei nicht nötig, die Kappe allein reiche doch völlig aus, schließlich sei sie breit genug und würde den ganzen Kopf bedecken.

Morgen ist der große Tag.

Als du mich wecken kommst und siehst, dass ich mich nicht

rühre, fragst du mich, ob ich denn nicht mehr wüsste, dass ich heute zur Erstkommunion gehe. Mit einem Satz springe ich aus dem Bett. Du bist sehr nervös. Gerade eben hast du die Kaninchen gefüttert und mit ein paar Eimern Wasser noch die Dachterrasse gewischt, heute kommt doch die ganze Verwandtschaft, und es gibt so viel zu tun. Du musst mich noch anziehen und kämmen, doch zuerst muss ich baden. Als ich dir sage, dass ich das schon allein hinkriegen werde, du dir keine Sorgen zu machen brauchst, regst du dich auf:

– Wer hat dich denn was gefragt, Fräulein Neunmalklug!

Ich sehe, dass am Kommunionstag alles genauso ist wie sonst auch, und am liebsten möchte ich mich wieder in mein Bett legen. Die Klingel reißt mich aus meinen Gedanken. Es ist Rosalia, die aus ihrem Garten einen Strauß Lilien für die Kirche bringt.

– Heute Nachmittag schaust du doch mal vorbei, oder? – fragt sie mich, als du zurück in die Küche gegangen bist und ich sie zur Tür begleite.

Der Herr Pfarrer ist auch sehr anständig gewesen. Es tue ihm leid, hat er dir gesagt, dass ich nicht mit den anderen Mädchen zur Erstkommunion habe gehen können, gleich als zweite, das sei der Platz, der mir zusteht, weil ich so brav den Katechismus gelernt hätte. Kurz bevor er die Kommunion austeilt, hat er die anderen Kirchgänger im Hochamt darum gebeten, mir und meinen Eltern doch am Altar den Vortritt zu lassen. Ich habe das Gefühl, als könne das weiße Kleid mit dem weiten Rock meinen Schritten gar nicht folgen; meine Füße werden von den Schuhen eingezwängt und kommen mir viel kleiner vor als sonst. Du hast mir eingeschärft, dass der Rosenkranz, der an meinem rechten Handgelenk baumelt, sich leicht irgendwo verfangen könnte, in den Handschuhen etwa, und dass ich ja achtgeben soll. Das Messbuch mit dem Perlmutteinband ist schwer wie Blei. Und wer passt eigentlich auf meine Kommunionbildchen auf?

Ich sehe, wie der Pfarrer seinen Kopf über meinen beugt. Hinter den Brillengläsern sind seine Augen fast geschlossen. Ein Messdiener, mit dem ich auf dem Kirchplatz Murmeln gespielt habe, hält die vergoldete Patene unter mein Kinn. Alles ist so schwer, habe ich bloß gedacht, um noch an irgendetwas Frommes zu denken, dazu blieb gar keine Zeit. Die Hostie in meinem Mund wurde schon ganz breiig, und mit gefalteten Händen bin ich dann zurück in meine Bank gegangen. Du kamst schnell hinter mir her, damit mir Schleier und Kleid auch ja folgen, und nachdem ich den Rock so gerafft habe, wie Senyora Montserrat es mir gezeigt hat, habe ich mich wieder hingekniet. Sie ist es auch, die mich zum Fotografen begleitet, denn du musst dich noch um das Mittagessen kümmern, und die anderen sollen dir zur Hand gehen. Alles hat sich heute verzögert.

Der Mann ist klein, trägt eine dicke Brille und hüpft zwischen all den Apparaten um mich herum, als wäre er ein Kobold, der im Wald zwischen den Bäumen tanzt. Senyora Montserrat und ich schauen uns an, und ich bekomme einen Lachanfall. Damit ich nicht mehr lachen muss, denke ich an etwas Trauriges. Ich möchte ganz schnell fertig sein, denn du hast mir versprochen, dass ich mich nach dem Foto umziehen darf. Senyora Montserrat ist sehr elegant angezogen, und als ich mich gerade auf den Betstuhl knien will, sagt sie zum Fotografen:

– Warten Sie bitte einen Augenblick!

Sie kommt zu mir, nimmt einen ihrer Ohrringe ab und macht ihn mir an das Ohr, das man auf dem Foto sehen wird. Es ist ein Clip.

Von der Tür unseres Esszimmers aus gesehen, sitze ich beim Mittagessen rechts am Tisch, genau in der Mitte. Vater sitzt mit dem Rücken zur Anrichte und lächelt mich an, wenn ich zu ihm hinschaue. Neben ihm, auf der einen Seite, deine Schwester und ihr Mann, so ernst wie immer, und auf der anderen Senyora Montserrat und Senyor Felip. Mir gegenüber sitzen Veva und Onkel Tomàs, der Onkel aus deinem Dorf, dein Bruder, der immer noch nicht verheiratet ist. Großmutter sitzt neben mir. Dann kommst du, aber du sitzt ja kaum. Mein Nachbar, Francisco, hat seinen Platz neben Ramon, noch einer, der nicht sitzen bleibt. Ich hätte gerne neben Veva gesessen, neben Senyora Montserrat, der Tante oder Francisco. In dieser Reihenfolge. Großmutter sagt nichts, wie so oft tränt ihr leeres Auge. Sie gibt darauf acht, dass alle genug auf dem Teller haben, und auf deine Nerven gibt sie auch acht, schließlich soll nichts schiefgehen.

Der Mann von Senyora Montserrat gibt den Ton an. Er erzählt Anekdoten, die alle zum Schießen finden, sogar du. Ich verstehe sie nicht so ganz, und während seine Stimme über den Tisch surrt, als sei ein ganzer Bienenschwarm im Anflug, starre ich auf seine glatten, glänzenden Haare und auf den Schnurrbart. Plötzlich fragt er mich, ob mir das Kommunionkleid gefallen würde. Der Stoff ist von ihm und seiner Frau, und sie haben das Kleid in ihrer Schneiderwerkstatt nähen lassen. Alle scheinen auf einmal ganz Ohr zu sein. Ich antworte mit Ja. Während er von dem Kleid schwärmt, denke ich daran, dass ich jetzt beichten muss, bevor ich am nächsten Sonntag wieder zur Kommunion gehen kann.

Alle haben ihre Cannelloni aufgegessen, nur auf meinem Teller liegen noch welche und auf Ramons. Bei der Zubereitung hat dir Rosalia geholfen, doch du hast sie nicht eingeladen, weil sie nicht zur Familie gehört. Francisco und seine Eltern zwar auch nicht, aber eingeladen hast du sie trotzdem, seine Eltern haben aber nicht kommen wollen. Wer immer von allem einen Nachschlag nimmt, ist der unverheiratete Onkel, und jeder wundert sich, dass er so dünn ist. Das kommt von der vielen Arbeit, sagt Großmutter mit ihrer sanften Stimme. Stille breitet sich aus, die erst durch Vevas Lachen wieder durchbrochen wird. Senyor Felip hat ihr etwas ins Ohr geflüstert, und es würde mich gar nicht wundern, wenn er ihr ein Kätzchen versprochen hätte oder einen Kanarienvogel, vielleicht sogar einen Welpen, genauso wie mir. Aber sie kann gar nicht mehr aufhören zu lachen, und wir anderen sitzen da und warten. Sie hat mir ein Gebetbuch geschenkt, der Einband ist aus Perlmutt. Du hast gesagt, es sei sehr kostbar, aber von all ihren Geschenken gefällt es mir am allerwenigsten, und ich denke gar nicht daran, es zu lesen. Ich mag lieber Comics und Märchen. Plötzlich durchzuckt mich der Gedanke, ob das nicht vielleicht auch eine Sünde ist, die man beichten muss. Ich finde, so eine Erstkommunion ist eine ziemlich komplizierte Angelegenheit, und wären da nicht all die Menschen um mich herum, die gerade lauthals loslachen, ich wüsste nicht, ob ich mich überhaupt darüber freuen sollte, bei der ganzen Sache mitgemacht zu haben.

Du verteilst die Hähnchenstücke, die du mit Großmutter zubereitet hast. Die beiden größten Schmortöpfe habt ihr dazu gebraucht. Die Hähnchen stammen aus Großmutters Hühnerstall, kurz bevor sie in den Überlandbus gestiegen ist, hat sie sie erst geschlachtet. Ihr habt viel Arbeit damit gehabt. In der Soße sind Nelkenschwindlinge, doch anscheinend reichen sie nicht für alle.

– Willst du Keule oder Flügel?

– Ich hab keinen Hunger. Ich will nur von den Pilzen.

Ich höre, wie der Onkel Veva fragt, weshalb sie denn lieber die Flügel mag, wo die doch nur Knochen hätten. Sie antwortet ihm, sie sei eben so fasziniert vom Fliegen, und fängt wieder an zu lachen. Er schaut sie ganz verblüfft an, und das findet Veva noch viel komischer.

Der Cousin, der Schneider ist, entkorkt eine Flasche Sekt, schenkt ein, und jeder hebt gehorsam sein Glas. Dann diskutieren sie, ob ich auch Sekt trinken darf. Du meinst, er würde mir eh nicht schmecken, die Tante lächelt mich an, Veva fragt mich quer über den Tisch, ob ich ihn probieren möchte, und der Schneider fordert mich einfach auf, ihm mein Glas rüberzureichen, um es zu füllen, denn schließlich sei das heute mein Fest. Ich weiß nicht, wieso, aber ich komme mir wie ein Hampelmann vor. Vater meint auch, ein bisschen Sekt würde mir schon nicht schaden. Großmutter mit ihrem zarten Gesicht schaut mich an, Ramon streckt mir die Zunge raus, und mein Nachbar Francisco stopft sich voll und hält sich aus der ganzen Diskussion heraus. Ich hebe mein Glas an die Lippen, was ein allgemeines Hallogeschrei auslöst, nippe daran, und der ungewohnte Geschmack lässt mich schaudern. Ich bekomme einen Schluckauf. Alle lachen, und ich drehe mich zu dir. Dein Blick ist ein einziger Tadel, und mir ist, als würde ich dich sagen hören: Das hast du nun davon, Fräulein Neunmalklug, aber du musst ja auch immer deinen Kopf durchsetzen! Senyora Montserrat sagt mir, komm mal her, und ich setze mich auf ihren Schoß. Während der Mann deiner Schwester das Wort ergreift, schaue ich auf mein Glas, das halb voll mit lauter kleinen gelben Blasen auf dem Tisch steht.

Als Veva die zwei gefüllten Biskuitkuchen hereinbringt, erzählst du, dass die Hausbesitzerin sie gebacken habe, Rosalia, »mit Eiern von ihren eigenen Hühnern«. Senyor Felip sagt etwas, und Onkel Tomàs lacht. Veva antwortet dir:

– Und der Vater dieser Kleinen und ich haben Schweineschmalz auf die einzelnen Schichten gestrichen und Schokolade und gemahlene Mandeln, damit die Kuchen auch so richtig schön süß werden.

Jetzt flüstert Cousin Felip seiner Frau etwas ins Ohr, und ich spüre, wie ihre Beine nachgeben. Einen Augenblick lang habe ich das Gefühl, sie wird mich gleich auf mein Hinterteil fallen lassen, doch dann spannt sie die Beine wieder an. Während Vevas Lachen erneut das Esszimmer erfüllt, fährt Senyora Montserrat mit ihren langen Fingern durch mein Haar, und es ist wie eine Liebkosung. Mit einem Mal sagst du zu mir:

– Jetzt setz dich endlich mal hin und iss deinen Teller leer und lass die Leute in Ruhe. Du bist doch kein Schoßkind mehr, schließlich bist du heute zur Erstkommunion gegangen.

Aber deine Schwester meint, jetzt sei sie mal dran. Ich koste meinen Triumph vor deinen Augen aus und wechsle auf den Schoß der Tante. Das Stück vom Hähnchen, das du mir ungefragt auf den Teller gelegt hast, rühre ich nicht an. Die Tante umfängt mich mit einer Umarmung und scheint an meiner Haut zu schnuppern, als würde sie dort etwas wiederfinden, das nur ihr allein gehört. Deine Augen tadeln mich. Veva hat damit begonnen, den Kuchen zu verteilen, den Vater zuvor in große Würfel geschnitten hat. Davon will ich auch nichts. Du hast dich jetzt ebenfalls hingesetzt, und ich schaue zu, wie du das Stück Hähnchen von meinem Teller nimmst und es auf deinen legst. Ramon und Francisco spielen auf der Dachterrasse mit dem Ball, ab und zu hört man sie schreien. Ich sitze jetzt neben dem ernsten Onkel und bekomme ganz genau mit, wie er sagt, dass es nur noch bergab geht: Von Mal zu Mal sei die ganze Situation unerträglicher. Man brauche ja nur an das Vieh zu denken, an die Milch, den Ärztemangel, an all die Großkopferten. Die Tante sagt nichts, aber ich sehe, wie sie sanft am Ärmel seines weißen Hemdes zupft, so als wolle sie ihn um etwas bitten. Er schaut sie an, und ich habe plötzlich Lust, einfach wegzulaufen, doch dann streicht er mir mit seiner riesigen rauen Hand übers Gesicht und lächelt. Er hat blaue Augen, klein und ganz klar, sie heben sich von seiner großen Nase ab, von seinen buschigen, dicht gewachsenen Augenbrauen und der sonnengegerbten Haut. Es überkommt mich das Gefühl, diesen Menschen, der schon seit acht Jahren mein Onkel ist, gerade erst kennengelernt zu haben, und mit einem Mal wünsche ich mir, er würde mich auf seinen Schoß nehmen.

Cousin Felip schlägt ihm vor, er könne ja etwas Land von ihm kaufen, die Berge verlassen und hierherziehen. Der Onkel gibt ihm keine Antwort, und Vater hat nur lautlos gelacht. Ich schaue auf das Armband, das Tante und Onkel mir geschenkt haben. Die Tante bemerkt es und fragt mich:

– Gefällt es dir?

– Ja.

Du hast gemeint, es sei sehr elegant, aber allzu viel hermachen würde es nicht gerade, ich dagegen finde es wunderschön. Und ich bin heilfroh, dass ich mit diesem Ja die Wahrheit sage. Vor meiner Erstkommunion habe ich auf so etwas überhaupt nicht geachtet.

Veva kommt mit dem Kaffee, Großmutter möchte keinen, und ich bin schon ganz müde vom vielen Rumsitzen. Mit Tellern und Tassen beladen, geht Großmutter in die Küche, und ich schaue zu dir und stehe auf, um ihr zu helfen. Als ich wieder ins Esszimmer zurückkomme, höre ich den unverheirateten Onkel sagen, »so eine Frau«, und es erinnert mich an den Tonfall, in dem der Herr Pfarrer »der Leib Christi« zu mir gesagt hat. Alle sind mit einem Mal ganz schweigsam, in Gedanken versunken. Mir wird klar, dass von ihr die Rede ist, von seiner Mutter, die auch die Mutter der Tante ist und deine. Der Rauch der drei *faria*-Zigarren malt zwischen den Gesichtern weiße Kringel. Da fängt der Onkel, der gerade ein zweites Stück Kuchen isst, wieder an zu reden.

– Allein kann sie mit der vielen Arbeit in dem großen Haus gar nicht mehr fertig werden.

Der Mann von Senyora Montserrat mischt sich ein und sagt, dann müsse er dem Onkel eben eine zum Heiraten suchen, und als fast alle lächeln, fügt er noch hinzu:

– Wie viele willst du denn, Tomàs?

– Zwei wär'n nicht schlecht!

Ein fröhliches Lachen setzt ein, und selbst du, die du mit düsterem Blick auf den Boden gestarrt hast, zeigst jetzt ein Lächeln.

Veva kommt mit der vollen Zuckerdose in der Hand zurück

ins Zimmer und fragt, weshalb wir denn lachen. Da meint der Schneider, ob es ihr nicht gefallen würde, Kühe zu hüten, sich um den Garten zu kümmern und zu kochen. Sie lächelt bloß.

– Als Bezahlung bekämst du auch ein warmes Bett.

Mit Ausnahme von mir, fangen alle wieder an zu lachen. Ich will wissen, warum, und da fragst du mich, ob ich nicht auch mit Francisco auf der Dachterrasse spielen möchte. Dieser Vorschlag sieht dir gar nicht ähnlich, schließlich sagst du normalerweise, dass ich nicht mit zwei Jungen spielen soll, weil ich da immer den Kürzeren ziehen würde, und darum ist mir auch gleich klar, dass ihr mich aus dem Weg haben wollt, bestimmt geht es wieder um die schmutzige Wäsche. Ich schüttele den Kopf. Deinen bewegst du langsam hin und her und wirfst den anderen einen Blick zu. Da sagt der Onkel:

– Mir wird wohl nichts anderes übrigbleiben, als das Haus zu verriegeln und mich vom Acker zu machen.

Schweigen breitet sich aus, und Vater ruft mich zu sich. Er sagt, ich soll den Nachbarn ein Stück Kuchen bringen.

– Bei Franciscos Eltern brauchst du nicht vorbeizugehen, er kann ja nachher ein Stück für sie mitnehmen.

– Nein, ich will selbst hingehen – antworte ich.

Du holst einen Teller.

– Zuerst bringst du denen von gegenüber ein Stück – deine Stimme klingt ganz heiser.

– Und warum weint sie jetzt? – fragt Veva.

– Lasst sie nur, ihr wisst doch ... – entgegnet Vater.

Ich nehme den Teller, und als ich im Flur bin, möchte ich einerseits gehen und andererseits bleiben. Senyor Felip stößt einen Fluch aus, und seine Frau weist ihn zurecht, und dann nennt er sie etepetete und meint, dass die Frauen aus Barcelona ganz gerne mal die feine Dame spielen. Ich höre Gelächter, und schließlich kommst du, um mir die Tür zu öffnen, und ja, es stimmt, du hast verweinte Augen.

– Das fehlte gerade noch, dass dir alles hinfällt und kaputtgeht.

Jetzt hatte ich gerade Mitleid mit dir, und du behandelst mich wie immer, wie ein Kleinkind, das noch nicht zur Erstkommunion gegangen ist. Ich will nicht länger Mitleid mit dir haben. Als ich draußen auf dem Treppenabsatz stehe, blendet mich das Licht des Juninachmittags, das durch die Dachluke fällt. Ich will auch nicht länger an Sünden denken, darum drücke ich ganz schnell auf den Klingelknopf, und Senyora Anita kommt gleich zur Tür und lässt mich herein.

– Und Francisco?

– Der spielt mit meinem Bruder Ball.

– Komm mal mit, mein Mann möchte dir auch gratulieren.

Der Hauptmann sitzt in einem Sessel neben dem Fenster, im weißen Unterhemd und mit dunklen, weiten Hosen.

– Ein Stück vom ... Kommunionskuchen – stammele ich auf Spanisch und halte ihm den Teller hin. Lächelnd nimmt er ihn entgegen und stellt ihn auf das kleine Tischchen neben sich. Er greift nach meiner Hand und während er »Glückwunsch« murmelt, küsst er sie, und dann schaut er mich an.

Ich bin sprachlos. Noch nie hat jemand meine Hand geküsst, und noch nie habe ich diese großen grünen Augen, diese weißen lückenlosen Zähne von so nah gesehen. Senyora Anita kommt zurück, und ich ziehe blitzschnell meinen Arm zu mir, und der Hauptmann lächelt wieder.

– Das ist für dich.

Sie hält mir ein Taschentuch mit gehäkelter Spitze hin, das in Zellophanpapier eingewickelt ist.

– Gib mir einen Kuss. Und meinem Mann auch.

Ich nähere mich ihm und bin sehr verlegen. Er lächelt wieder auf so eine bestimmte Art, und es geht mir wie vorher mit dem Onkel, dem von der Tante, der so kleine blaue Augen hat, und eigentlich würde ich gerne noch bleiben.

Als ich wieder im lichtdurchfluteten Treppenhaus stehe, denke ich, dass dir das Taschentuch gefallen wird. Ramon öffnet mir, er nimmt es mir aus der Hand, und ich laufe hinter ihm her. Als ich es dir endlich zeigen kann, sagst du zu mir:

– Und der Teller?

Du schickst mich, ihn zu holen, »aber sofort«, und ich entgegne dir, dass ich es später tun werde. Vater hat einen anderen Teller gebracht, die letzten Stücke Kuchen draufgelegt und mich zur Tür begleitet. Du wirfst ihm vor, er würde mich zu sehr verwöhnen.

Bevor er die Tür schließt, zwinkert er mir zu.

Die Joans öffnen ihre nur eine Handbreit, und als sie mich erkennen, eine Handbreit mehr. Jetzt stehen sie beide vor mir. Sie hat einen Teller geholt, auf den sie die beiden Stücke legt, die für sie gedacht sind.

– Was für schöne Locken! – sagt sie.

– Jetzt bist du ein großes Mädchen! – sagt er.

– Sag deiner Mutter Danke schön – sagt sie dann noch, als ich mich anschicke, wieder zu gehen.

Rosalia hat die Biskuitkuchen gebacken, und Vater und Veva haben sich ziemlich lange mit dem Schmalz, der Schokolade und den Mandeln abgemüht. Bei dir werde ich mich also ganz bestimmt nicht bedanken! Während ich diesen Entschluss fasse, gehe ich die grau-weiß gesprenkelten Stufen hinunter. Plötzlich stolpere ich und hätte fast den Teller fallen lassen. Ist das die Strafe dafür, dass ich so schlecht bin? Mit der freien Hand stoße ich die Tür auf.

– Rosalia?

– Komm nur rein, Rita, komm nur rein. Lass dich mal anschaun!

Sie hat es nicht abwarten können und kommt mir schon im Flur entgegen.

– Und das Kommunionkleid?

– Das hab ich zum Essen ausgezogen. Ich war es leid!
– Nein, so was, diese Rita!

Lachend führt sie mich zur Speisekammer, die ihr als Werkstatt dient. Ich halte ihr den Teller mit dem Kuchen hin, und sie legt ihn auf die Waage.

– Der ist bestimmt sehr lecker, mit all dem Schmalz und den Mandeln!

In einem Topf liegen Erbsen und in einem Eimer auf dem Boden grüne Bohnen.

– Soll ich dir beim Auslesen helfen?
– Ich will dir mal was zeigen.

Ich muss mich hinsetzen, und sie holt einen großen Schuhkarton, der neben dem Fenster steht, und legt ihn mir in den Schoß. Auf ein paar Stoffresten schläft dort eine Katze, grau-weiß-braun gestreift. Wie eine kleine *ensaimada* sieht sie aus. Ich schaue zu Rosalia.

– Wenn du magst, gehört sie dir. Und weil sie bei euch zu Hause ja nur im Weg sein würde, richten wir ihr im Garten ein Lager her, in irgendeiner Ecke, und du kannst sie dann jeden Tag füttern kommen.

Ich streiche behutsam über das seidige Fell, und das Kätzchen streckt seine kleinen Pfoten aus und gähnt. Dann hebt es seine Augenlider ein wenig, schaut mich an und verharrt in dieser Stellung. Ich sehe wieder zu Rosalia, sie lacht, und bevor sie aus dem Zimmer geht, sagt sie noch:

– Ich hab ein paar Essensreste aufgehoben, falls du ihr etwas geben willst, aber das machst du dann am besten gleich im Garten, damit sie sich schon einmal daran gewöhnt.

Ganz vorsichtig trage ich die Schachtel vor mir her und folge ihr, während sie wie eine Ente zur Küche watschelt. Bis ans Ende der Welt würde ich ihr folgen. Da fällt mir ein, dass ich mich noch gar nicht bei ihr bedankt habe, so wie du es mir beigebracht hast. Ich sage:

– Das ist das schönste Geschenk, das ich bekommen habe.
– Nein, so was, diese Rita! – lacht sie.

Ich steige die Treppe hoch, und je näher ich der Dachluke komme, desto heller wird es, aber das Licht blendet mich nicht mehr. Als ich auf unserem Treppenabsatz angelangt bin, fällt mein Blick auf Franciscos Wohnungstür, und ich laufe wieder hinunter. Ich gehe zu Rosalia hinein und sage ihr, dass ich den Teller wieder mitnehmen muss.
– Hier, nimm.
– Bis morgen.
Ich fühle mich so leicht, auch der Teller kommt mir gar nicht schwer vor, aber als ich vor Franciscos Tür stehe, drücke ich nicht auf den Klingelknopf. Wenn der Hauptmann nicht da wäre, würde ich es sicher machen, doch die grünen Augen und all die spanischen Worte bringen mich durcheinander.

Ich klingle an unserer Tür, und Veva öffnet mir. Sie hat sich umgezogen und will gerade ausgehen. Sie gibt mir einen Kuss. Ich laufe ins Esszimmer, doch der Tisch ist nur noch ein dunkles Quadrat, und wie immer steht mitten auf der cremefarbenen Decke der Obstkorb zur Dekoration, alles liegt im Schatten. Ich gehe hinaus auf die Dachterrasse, und Vater und du, ihr sitzt auf den kleinen Holzschemeln, ganz nah beieinander.
– Wo sind denn die anderen?
Vater erzählt mir, Onkel und Tante hätten den Nachmittagsbus genommen, und Großmutter auch; sie müssten allerdings noch schauen, ob sie jemanden finden, der sie dann weiter mit ins Dorf nimmt, jeder in seins natürlich.
– Und Senyora Montserrat?
– Sie ist mit Cousin Felip fort.
– Und Ramon?
– Ist spielen gegangen.

– Und wo warst du die ganze Zeit, du neugierige Liese? – fragst du mit einem Mal.
– Bei Rosalia!
– Senyora Rosalia heißt das und bring den Teller in die Küche!
Ich mache es. Das war also meine Kommunion, alle sind sie fortgegangen, ohne sich von mir zu verabschieden. Der kleine Raum liegt im Schatten der Fensterläden, vollkommen aufgeräumt, der Herd ist kalt, und kein Kopfsalat und auch kein Endiviensalat werden im Spülbecken gewässert.
– Kann ich mit Francisco spielen gehen?
– Denk an den anderen Teller!
Wieder lasse ich die Tür der Nachbarn links liegen, ich denke ja gar nicht daran, jetzt dort zu schellen. Ohne von einer Stufe zur anderen zu springen, steige ich die Treppe herunter, ganz gemächlich. Ich gehe in Rosalias Garten und sehne mich nach diesem Glücksgefühl, das ich empfinden würde, dürfte ich nur meine Katze bei uns in der Wohnung haben.

5

Eiswind

Noch immer sehne ich mich nach morgen, und doch beginnt für mich ein anderes Leben, ohne dass ich dich auch nur für ein einziges Gramm Leid entschädigt hätte. Die Jahre meiner Kindheit gehören nun der Vergangenheit an und mit ihnen die Zeit der liebevollen Umarmungen und Geschenke meiner Ersatzmütter, der lächelnden Augen des Onkels oder unseres Nachbarn.

Auf der Treppe rufe ich längst nicht mehr das Entzücken der Joans hervor, ich verspüre vielmehr einen Anflug von Unruhe bei ihnen, der sie kaum drei oder vier Worte mit mir wechseln lässt, und noch immer kommt mir ihr Tonfall irgendwie verlegen vor. Der Hauptmann, Senyora Anita und Francisco sind schon vor einiger Zeit in den Pla d'Urgell gezogen. Zudem hat man außerhalb der Stadt eine Kaserne errichtet, und Nachbarn von der Guardia Civil wird es von daher nicht mehr geben. Die Kinder der Klempnerin haben sich ihr eigenes Nest gebaut. Nur Rosalia ist dieselbe geblieben, und den Satz »Nein, so was, diese Rita!« höre ich noch immer von ihr.

Ich bin weiterhin eine Mäkeltante und ein Fräulein Neunmalklug, ein Drückeberger und Einfaltspinsel. Auch ein Tollpatsch oder eine Herumtreiberin: Hast du eigentlich eine Vorstellung davon, was sich gerade in mir abspielt, was ich für eine Wandlung durchmache? Mein Körper reift heran, und mit ihm wächst auch deine Sammlung an Adjektiven. Du nennst mich bockig, wenn ich dir nicht gleich gehorche, etepetete, wenn ich mich nicht mit den Kleidern zufriedengebe, die mir Senyora Montserrat genau nach deinen Anweisungen nähen muss, lang und weit, damit ich sie auch ja nur viele Jahre tragen kann.

Ich will nicht zur Anprobe in die Schneiderwerkstatt gehen;

unter den Blicken der Lehrlinge bekomme ich immer gleich einen roten Kopf. Beim letzten Mal war einer, der eigentlich sehr sympathisch ist und mir immer lustige Dinge sagt, gerade dabei, eine Banane zu essen. Da merkt er, dass er sich in den Finger gestochen hat. Es blutet, und er saugt an seiner Wunde. Und weil ich ihn unverwandt anstarre, öffnet er seinen Mund und zeigt mir den gelb-roten Brei. Was ich wohl für ein Gesicht gemacht haben muss? Er hat jedenfalls angefangen zu lachen und konnte gar nicht mehr aufhören.

Zu der Zeit gewinnen »Plumpsack« und »krumme Hucke« an Bedeutung. Ich will nicht das Kleid mit den Abnähern auf beiden Seiten anziehen, das meine Brüste betont, die langsam zu wachsen beginnen? Dann bin ich eben eine Beutelratte oder ein richtiger Plumpsack.

Und wenn ich beim Gehen ein wenig die Schultern hängen lasse, laufe ich »wie eine krumme Hucke«. Hucke sagt ihr nämlich in deinem Dorf zu dem Holzgestell, das auf dem Rücken von einem Esel oder einem Pferd schaukelt und auf dem Lasten transportiert werden.

Ich lasse mich nicht mehr von dir kämmen, keine Zöpfe, keinen Pferdeschwanz, keine Korkenzieherlocken. Es ist mir egal, ob ich dann eine Kratzbürste oder ein sauberes Früchtchen bin, ich will es allein machen. Doch wenn ich aus dem Badezimmer komme, wartest du schon auf mich:

– Willst du so etwa unter die Leute gehen? Als Mopp?

Wenn ich mir meine Haare selbst kämme, habe ich »ein richtiges Vollmondgesicht«, »rund wie ein Laib Brot«. Über meinen Widerstand lachst du bloß und suchst in Vater einen Verbündeten oder in Ramon. Du äffst die Worte nach, mit denen ich mich verteidige.

– Das sind meine Haare!

Noch einmal wiederholst du, »das steht dir nicht«, und streichst mir das Haar aus dem Gesicht, mit einer schnellen

Geste, von der ich jedes Mal aufs Neue völlig überrascht werde. Wenn ich kann, schließe ich mich dann wieder ins Badezimmer ein. Aber du fängst mich ab, verfolgst mich durch die Diele bis auf den Treppenabsatz und lässt einfach nicht locker:
– Du siehst aus wie eine Schlampe!

Und im Takt meiner Füße hallt deine Stimme auf jeder Stufe nach: eine Schlampe-eine Schlampe-eine Schlampe. Ich weiß nicht so genau, was das heißen soll, aber das ist auch egal, dein Tonfall sagt alles. Jetzt renne ich die Treppe runter, als ob der Teufel hinter mir her wäre. Nicht einmal bei Rosalia schaue ich vorbei. Ich habe Angst, du könntest plötzlich in ihrer Wohnung auftauchen oder oben auf der Treppe und mir hinterherrufen, dass ich noch eine Besorgung für dich machen muss. Und von meiner Freundin will ich auch nicht mehr hören: Nein, so was, diese Rita!, denn wenn ich ehrlich bin, von dieser Rita gefällt mir noch nicht einmal der Name.

Vater ist Zuflucht und Rettung für uns gewesen. Er hat uns seine Liebe spüren lassen. Von klein auf liest er uns im Winter am Ofen etwas vor. Vers für Vers sagt er die Gedichte auf, die ihn in ihren Bann ziehen. Ob er überhaupt merkt, dass wir ihren Sinn gar nicht verstehen können? Aber wir bekommen etwas von der Musik mit, von diesem besonderen Klang, und vor allem spüren wir, wie sehr ihn diese Verse bewegen.

Du magst ihm auch gerne zuhören. Die Hausarbeit, diese endlose Kette unumgänglicher Verrichtungen, hast du erledigt, doch du musst noch Strümpfe stopfen. Trotzdem bist du ganz Ohr, erfüllt von dem sehnlichen Wunsch, die Wissenslücke zu schließen, die du seit deiner Kindheit in dir spürst. Wenn du die Romanze von Antoñito el Camborio hörst, glänzen deine Augen. Vater berauscht sich an der Sprache, an den Bildern, die Zitronen, die in den Fluss geworfen werden, das Blut. Für dich aber ergießt sich der Schmerz dieser Bilderbuchzigeuner, die Ungerechtigkeit, die ihnen widerfährt, in den Kelch deines eigenen Unglücks.

Am Markttag werden dann dunkelhäutige Frauen, mit Kindern und Bündeln beladen, wieder an den Wohnungstüren klingeln, um weiße Weidenkörbe zu verkaufen. Man muss ganz schön aufpassen, sonst wickeln sie einen so richtig ein, wirst du schimpfen. In den Augen dieser Zigeunerinnen leuchten keine Sterne, sondern nur spöttische Blicke, die sie dir ins Gesicht schleudern, wenn deine Hand ihnen zwei kleine Münzen hinhält oder fast zerschlissene Kleidungsstücke. Sie haben auch keine pechschwarzen Locken, um ihr staubiges Haar sind schmierige Kopftücher gebunden. Und mit den eleganten Bewegungen der Zigeuner aus den Gedichten wird es wohl auch nicht weit her sein, unbeholfenes Hühnergetrippel und sonst nichts.

Als wir klein waren, hast du dich allein mit uns herumplagen müssen, die Arbeit hält Vater die Woche über von zu Hause fern. Am Samstagnachmittag aber, wir haben schon gebadet und zu Mittag gegessen, kommt er heim. Das ist jedes Mal ein kleines Fest! Aus seiner vollgestopften Aktentasche holt er lauter Geschenke hervor. Forellen, zwischen zwei Kohlblättern, noch kurz vor Abfahrt des Busses geangelt, einen Presssack vom letzten Schlachtfest seiner Pensionswirtin, Pilze, die er morgens vor der Arbeit gesammelt hat. Und du bist wie ein kleines Mädchen beim Auspacken der Geschenke, die ihr die Heiligen Drei Könige gebracht haben.

Kaum hat Vater sich ein wenig frisch gemacht und vielleicht auch eine Kleinigkeit gegessen, da kommst du ihm schon mit deinen Klagen über Ramon, die du selbst aber gleich wieder abschwächst. Jeden Tag gebe er dir mehr Anlass, sich über ihn zu ärgern, und er würde ja nur noch auf die Freunde hören. Vater, müde vom frühen Aufstehen und den langen Fahrten im Bus, bekommt ziemlich schlechte Laune, und Ramon lässt das Donnerwetter über sich ergehen. Doch wenn dann die Strafe festgelegt werden soll, wirst du, seine Denunziantin, mit einem Mal zu seiner besten Verbündeten. Schließlich machst du dich daran, Vater die lange Reihe meiner Vergehen aufzuzählen, und ich weiß schon, was du am Ende sagen wirst:

– So stur wie ein Esel.

Auf diesen Vorwurf weiß er nichts mehr zu entgegnen. Wenn ich es jetzt schlau anstelle, keine Widerworte gebe, nicht ins Fettnäpfchen trete, können er und ich einfach einen Blick austauschen, und die alte Komplizenschaft stellt sich wieder ein. Aber mittlerweile sind es vor allem Fragezeichen, die von meinen Augen zu seinen wandern. Bis ich zu ahnen beginne, dass Vater selbst große Mühe hat, nicht sein Gleichgewicht zu verlieren. Manchmal, wenn ich sehe, wie schwer es ihm fällt, die Balance zu halten, empfinde ich Mitleid mit ihm. Aber schon bald reicht es mir, das Mitleid brauche ich für mich selbst, schließlich bin ich diejenige, der du das Privileg zugedacht hast, einkaufen zu gehen, den Tisch zu decken und »das Staub« zu wischen, ein Gesicht zu haben »so rund wie ein Laib Brot«. Und obendrein, wie um mich zu trösten, willst du dein Verhalten auch noch mit Worten rechtfertigen:

– Du weißt doch, Rita, Jungen sind einfach zu nichts zu gebrauchen.

Genau das willst du ja, dass sie für alle Zeiten zu nichts zu gebrauchen sind. Das war schon immer so, und darum meinst du auch, es müsse so bleiben. Du sagst es, wenn mein Bruder zu spät oder mit zerrissener Kleidung nach Hause kommt, wenn er ruckzuck seinen Teller leer isst und in Windeseile wieder durch die Tür verschwindet. Ja, dann schimpfst du und hast auch gleich einen Spruch parat. Viel lieber aber noch schreist du ihn an, verfolgst ihn mit dem Plastikgürtel oder mit dem Schürhaken um den Esszimmertisch herum, die längste Rundstrecke in unserer Wohnung. Zum Lachen bringt mich das schon lange nicht mehr, und Angst um Ramon habe ich auch keine. Wenn man das unweigerliche Ende kennt, ist das Ganze nichts weiter als eine Theateraufführung, an der man längst sein Interesse verloren hat. Kurz bevor er durch die Tür entwischt, lächelt er dich an, und mit denselben Worten wiederholst du dieselben Klagen, doch damit kannst du mich nicht mehr täuschen. Von meinem Bruder erwartest du rein gar nichts. Wieso solltest du auch, wo er doch bald ein erwachsener Mann sein wird.

Oft spielt sich diese Szene während des Mittagessens ab. Unter der Woche, wenn wir drei allein essen, aber auch am Sonntag mit Vater. Seltener an den Feiertagen, wenn alle um unseren Esszimmertisch versammelt sind, inmitten der Flüche von Cousin Felip, den Rauchschwaden, dem Gelächter und manchmal auch dem Schweigen. Ab und zu auch bei Senyora Montserrat, doch nicht am langen Tisch in der Werkstatt, sondern im Esszimmer in der anderen Wohnung, die mit dem Schlafzimmer, wo ich als kleines Mädchen einmal gar nicht mehr aufhören konnte zu lachen. Von dort aus ist es einfacher, sich aus dem Staub zu machen. Gleich nach dem Nachtisch suche ich das Weite. Regina und die anderen warten schon auf mich. Dir gefällt es, dass ich Freundinnen habe, aber verlassen sollte ich mich besser nicht auf sie.

Cousine Genoveva kommt weiterhin von Barcelona hoch in unsere kleine Stadt. Sie verbringt die Feiertage bei uns: Weihnachten, Ostern und das Patronatsfest. Sie schläft in dem Bett neben mir, und bevor sie sich hinlegt, verteilt sie eine Schicht weißer Paste auf ihrer Haut. Es fasziniert mich, wie sie die Creme dann mit geschickten Handbewegungen verreibt. Sie trägt neue Ketten, Schuhe und Kleider. Sie bringt ein Stück bedruckten Stoff mit, damit Senyora Montserrat auch für mich ein neues Kleid näht, und ein Eau de Cologne für dich. Sie hebt die Stimmung bei uns daheim mit Erlaubnissen und Sonderrechten, von denen Ramon und ich rege Gebrauch machen. Mit ihrer guten Laune beschwichtigt sie deine Vorwürfe, wenn wir mal wieder nur so zum Zeitvertreib nach draußen wollen, du nennst das, unseren Dickkopf durchsetzen. Das geht so lange gut, bis Arbeit und Verdruss wie ein tosender Sturm über die vertrocknete Sandburg der Eintracht hinwegzufegen scheinen, und sie Sandkorn für Sandkorn zusammenfällt. Doch sofort machen wir uns schweigend daran, sie wieder aufzubauen.

Die Momente glorreicher Harmonie kehren zurück, wenn Vater und die Cousine, Bass- und Sopranstimme, gemeinsam »Flors de maig« oder »Les feuilles mortes« anstimmen und die Melodie auf eine Weise ertönen lassen, die deine Augen zum Glänzen bringt. Oder wenn sie sich an die glücklichen Zeiten mit der Theatergruppe erinnern, mit dem Chor, den du nie kennengelernt hast, weil du vor dem Krieg ja Bäuerin in deinem Dorf warst. Eine Zeit voller Frieden und Hoffnung, diese Zeit deiner ersten Jugend, als das Leben dir noch nichts schuldete.

Einmal erzählst du mir, dass derjenige, der den Namen von Cousine Genoveva verraten und sie dadurch für ein paar Tage ins Gefängnis gebracht hat, der Vater einer Klassenkameradin von mir sei. Seither schaue ich mir das düstere Haus immer sehr aufmerksam an, über dessen Eingang zwei Worte auf Spanisch stehen: »Städtisches Depot«. Ich bin oft zum Spielen dorthin gegangen, auf den kleinen Platz davor, und ich kann mir so gar nicht vorstellen, dass Cousine Genoveva mit ihrem ondulierten blonden Kopf und ihrem unbeschwerten Lachen durch diese schäbige Tür gegangen sein soll und man sie gegen ihren Willen dort drinnen festgehalten hat.

Es ist seltsam, dich so schweigsam zu sehen, während Vater mit der Cousine über die Schule redet und sich ihre Ratschläge anhört, was meinen Bruder und mich betrifft. Bis du genug davon hast, denn die ganze Arbeit bleibt wie immer an dir hängen, während alle anderen, ganz besonders Veva, »wohl mal wieder Quasselwasser getrunken haben«. Abends liegen wir in unseren

Betten und sind am Lachen. Als sei sie so alt wie ich, wird sie von dir zurechtgewiesen, weil wir »Licht verbrennen«. Aber du traust dich nicht, deine Hand ins Schlafzimmer zu stecken, um den Lichtschalter auszudrehen, wie du es tust, wenn ich allein bin, heimlich abgetaucht in fremde Welten, unter der milchigen Helligkeit einer vierzig Watt Glühbirne, und du so meiner Lektüre ein abruptes Ende bereitest.

Deine Antworten wirken seltsam losgelöst auf der unfertigen Landkarte, von der ich mir seit je versuche, eine Vorstellung zu machen. Ganz verschiedene Landschaften gibt es in diesem inneren Land, sie sind wie Inseln, die alles daransetzen, sich zu einem einzigen Territorium zusammenzuschließen. Über jede meiner Fragen hat sich ein Schwall von Worten ergossen, Worte aber, die mir ausweichen oder in Tränen ersticken. Ich finde mich einfach noch nicht zurecht in diesem Land, von dem du nicht weißt, ob du es mir je hinterlassen wirst.

Endlich heiratet der Onkel, zur großen Freude der ganzen Familie, besonders von Großmutter. Schon bald bekommen er und meine neue Tante Mercè einen Sohn. Als Quim drei Jahre alt ist, gehen alle vier fort in die Stadt, und für lange Zeit wird dein Elternhaus im Dorf verschlossen bleiben. Ich habe keine Ahnung, ob du einen Schlüssel hast, wahrscheinlich schon, doch die meiste Zeit sind in den beiden Stockwerken und auf dem Speicher keine Schritte und Stimmen zu hören.

– Wo es uns so viel gekostet hat, das Erbe zu bewahren! So viele Mühen, so viele Entbehrungen!

Ich lasse dich allein, denn dieses kleine Wörtchen »so« kann ein unaufhörliches Wehklagen in Gang setzen, es kann von weit oben herabgeflogen kommen, wie ein kleiner Grashalm, der im Fallen immer schwerer wird, bis er sich schließlich in einen Stein verwandelt, der weiterrollt und einen schmerzlich treffen wird, bevor er endlich zum Liegen kommt.

Mir ist das soo was von egal. Ich gehe auf die Oberschule, bekomme gute Noten, habe Freundinnen und außerdem die Jungen für mich entdeckt. Wenn es in unserem Städtchen oder irgendwo in der Umgebung ein Fest gibt, gehe ich zum Tanzen dorthin. Ein Mädchen, das in Barcelona lebt, und ihr Bruder, die Puigs, haben mir Rock 'n' Roll beigebracht. So-was-vonegal-vonegal. Ich fahre auf einem Rad mit Stange, das vor Jahren einmal Ramon gehört hat, ich gehe mit meiner Clique zum Schwimmen an den Fluss, und wir lachen viel. Mein Kopf ist voller Sehnsüchte und mein Herz voller Furcht. Alles soll Sünde sein, und als ob das nicht schon Hindernis genug ist, blicke ich immer wieder ganz unversehens in deine verweinten Augen. Es sind deine Worte, dein ewiges Gejammer, das mir von jetzt auf gleich den Boden unter den Füßen wegzieht oder mich zu einer Salzsäule erstarren lässt, für einen Moment jegliche Hoffnung in mir lähmt.

Mit dem großen Kaninchenstall und der Kommode voller Sterbebildchen im Obrador-Haus ist es für mich auf jeden Fall vorbei. In der Scheune, in der ich gelernt habe, meine Angst zu überwinden, und in der es mir eines Mittags gelungen ist, den Onkel zur Weißglut zu bringen, gibt es keinen Weizen mehr und auch kein Grünfutter. Damals war ich mit ein paar Kindern auf den Heuboden geklettert, um von dort oben runterzuspringen, so an die drei Meter. Den ganzen Morgen über hatte der Onkel mit Mähen verbracht, jetzt schlief er. Bis er mit einem Mal in der schmalen Tür auftauchte, und es ein Donnerwetter setzte. In Windeseile waren wir nach draußen verschwunden, doch später musste ich ihm ganz allein unter die Augen treten. Er war völlig ruhig, als er mich zurechtwies, sprach mit gleichbleibend strenger Stimme, so ganz anders als sonst, wenn er mich mit seinem ständig wechselnden Auf und Ab zum Lachen bringen wollte.

Für den Augenblick sind die Wiege und die Bienen auf dem Dachboden verstummt, ebenso wie die heimtückische Stimme des Gebirgsflusses, der einen von tief unten her zu rufen scheint.

Und im Eisenbett neben Großmutter zu schlafen, die ein weißes Nachthemd trägt und ihr Haar lang und offen, in ihr eine ganz andere Frau zu sehen, damit ist es jetzt auch vorbei. Langsam verblassen in mir die Erinnerungen an die Tanzfeste im Dorf, ob draußen auf dem Platz oder drinnen, an das Kellergewölbe, zu dem alle *cambra* gesagt haben, und in dem es Wein und *coca* gab, an die Tränke und an die Kühe und an dein ständiges Hin und Her. Immer warst du mit Körben, Paketen oder Taschen beladen. Auf dem Weg zum Dorf und dann wieder zurück nach Hause. Und auch die Erinnerung an all das, was du mir erzählt hast, verschwindet nach und nach. Von der Milch, die man dir, als du noch klein warst, vorenthalten hat, weil sie zum Verkauf bestimmt war. Vom Schlachten, wovon kaum eine Frau im Tal so viel verstand wie Großmutter, vom Brot, das ihr einmal in der Woche selbst gebacken habt. Von dem einen Stück Speck, das es nach dem Gemüseeintopf oder der Suppe gab. Vom Kühe hüten, ganz allein, weit weg, und wie ein Unwetter ausbrach, und du keinen Schirm hattest, noch nicht einmal ein Tuch; als einzige Gesellschaft die Kühe und den Regen, der dir den Rücken runter »bis in die Arschritze« lief. Trotzdem habt ihr viel gelacht, auf dem Dorfplatz, bei der großen Wäsche, »wie die Blöden«. Und dann die Patronatsfeste, von einem zum anderen seid ihr gelaufen, selbst die Wallfahrt zur Marienkapelle habt ihr mitgemacht, wo es abends noch Tanz gab. All das, was Ramon und ich nie kennengelernt haben.

Auch von Vaters Lächeln unter seinem Schnurrbart hast du erzählt, am Ende dieses dunklen Tunnels, den du uns niemals hast ganz durchlaufen lassen. Heute denke ich, es wäre besser gewesen, du hättest uns an die Hand genommen, und wir hätten mit dir diesen langen Tunnel durchqueren können, von Anfang bis Ende, und so auf einen Schlag unseren Anteil an der Dunkelheit abbekommen. Vielleicht wären wir ja gemeinsam bis zum Ausgang gelangt. Das Lächeln von Ventura Albera, der dich am

Arm packt und glaubt, dich hinüber ins Licht ziehen zu können. Unser Vater, der, als er es noch nicht war, stundenlange Wege auf sich nahm, nur um dich zu sehen, nur um mit dir zu reden, immer in der Gegenwart deiner Schwester, die so sanft war, oder der des Onkels, sie nur ein junges Mädchen damals und er noch ein kleines Kind. Dein Triumph: so manche Prophezeiungen Lügen zu strafen. Dass sich niemand trauen würde, um deine Hand anzuhalten, dann, dass du vor lauter Hunger ins Dorf zurückkehren würdest, weil du dir einen Mann zum Heiraten genommen hast, der kein Land und kein Vieh besitzt, und du auf dein Erbe verzichtet hast. Ich habe gerne zugehört, wenn du von früher erzählt hast.

Auch noch im letzten Sommer. Das war der Sommer, in dem ich, anstatt mit Montse zu tanzen, mit einem ihrer Brüder zum Fest gegangen bin, mit Conrad, der zwei Köpfe größer war als ich. Bevor ich mich mit ihm auf dem Dorfplatz getroffen habe, bin ich im Flur noch eine ganze Weile vor dem Spiegel gestanden, dessen wässrigem Widerschein ich noch vor einigen Sommern aus dem Weg gegangen bin, so als würde in der Tiefe eine Gefahr lauern.

Für diesen ruhigen Jungen, der ein guter Tänzer war, hattest du rein gar nichts übrig. Nicht, dass du etwas gegen ihn persönlich gesagt hättest, genauso wie wir lebte er ja noch nicht einmal in deinem Dorf, du hast nur ständig den Namen der Familie seines Vaters wiederholt: Melis. Großmutter senkte dann gleich ihren Blick und schaute auf ihre glatt geschliffenen Hände, die unbeweglich in ihrem schwarzen Schoß lagen, während ich dir schon gar nicht mehr zuhörte. Ich hatte genug von all diesen Andeutungen. Und so löste sich das Geheimnis von Großmutters Mann, von deinem Vater, in Luft auf, noch bevor ich es verstanden hatte. Einige Monate nach diesen Sommertagen mit all ihren Festen schlossen der Onkel und Tante Mercè die schmale Tür und machten sich gemeinsam mit Quim und meiner Großmutter auf den Weg in die Stadt. Hinter sich ließen sie dein Dorf und, ohne dass sie sich dessen bewusst waren, auch meine Kindheit.

Meine beste Freundin, Regina, geht mit einem Jungen, den wir Quico nennen. Er fällt irgendwie auf. Krauses schwarzes Haar, ein sehr dunkelhäutiges und zugleich fein geschnittenes Gesicht. Für meinen Geschmack ist er ein klein wenig zu förmlich. Regina ist wie wir anderen eher hellhäutig, hat schwarze Haare und Augen, und sie ist ziemlich laut. Aber wir kreischen nun mal alle viel herum, wenn wir uns treffen. Wie Jugendliche eben so sind. Regina und ich reden viel über nichts. Mit einem Mal beginnt sie, mit Quico auszugehen, der aus demselben Ort kommt wie wir alle, wegen seines Äußeren aber eben ein wenig auffällt, seine Mutter stammt aus Südspanien oder Nordafrika. Stell dir so was mal vor!, meinst du, und ich weiß nicht so recht, was du damit sagen willst. Wenn die beiden allein ausgehen, bin ich im Grunde ganz froh, fühle mich fast ein bisschen befreit, denn Regina und ich, »ihr vertrödelt ja soo viel Zeit«, und mir macht das Lernen Spaß, ich will gute Noten bekommen. Sie dagegen hat weder für die Schule noch für Bücher was übrig. Dann geht mein Bruder nach Lleida, um eine Fachausbildung zum Automechaniker zu beginnen. Ich bin ganz überrascht, obwohl ich schon seit einiger Zeit weiß, dass du darin die Möglichkeit siehst, ihn von seinen leichtsinnigen Freunden zu trennen. Er wird dich nicht mehr ärgern, seinetwegen wirst du von jetzt an nur noch leiden.

Vater wohnt nach wie vor die Woche über in einer Pension, er arbeitet auswärts, kümmert sich in ein paar Betrieben um die Buchhaltung. Du und ich, wir zwei bleiben allein zurück, Auge in Auge. Die vollgestellte Wohnung wirkt jetzt größer, so als ob sie uns beiden zusätzlichen Raum schenken würde. Es gibt Momente, da denke ich, du würdest mich endlich als dein Kind annehmen: Ich bringe gute Noten heim, mache fast alles, was du mir aufträgst. Aber plötzlich habe ich mir ja wieder in den Kopf gesetzt, starrsinnig zu sein, »stur wie ein Esel«, dir zu widersprechen. Ganz unerwartet verspritzt du dein Gift, und umso schmerzhafter ist der Stich. Es gibt keine Möglichkeit, dir aus dem Weg zu gehen, zur anderen Seite zu schauen, mit jemand anderem die Arbeit und vor allem die dicke Luft zu teilen. Ich verbringe viel Zeit damit, mir zu überlegen, wie ich dir entrinnen könnte, aber weit komme ich damit nicht. Schon lange habe ich mir angewöhnt, einfach zu schweigen, und dann fange ich an, dir Lügen aufzutischen.

Zu meinen Aufgaben, »jetzt bist du ja schon groß und kannst das ganz allein«, gehört es, Sachen zum Trödler zu bringen. Die Zeitungen, die nicht mehr gebraucht werden, die beiden Sektflaschen vom Patronatsfest oder von Weihnachten und vor allem die Felle der Kaninchen, die du aufziehst und von denen du oft eins schlachtest, wenn du ein Schmorgericht zubereiten willst. Mir dreht sich dabei der Magen um.

Von unserem Haus, das an einem Ende der kleinen Stadt liegt, schlage ich nicht den Weg zum Fluss ein, sondern gehe in die entgegengesetzte Richtung. Es ist ziemlich weit und abgesehen davon gibt es nur Gärten, Ställe, Brachland und den einen oder anderen Schuppen zu sehen. In einem, den ich als riesig in Erinnerung habe, finden Dinge ihren Platz, die die Leute in Zeiten der Not entbehren können, ob es nun Antiquitäten sind oder Schrott: Das ist der Laden des Trödlers. Sernis Vater, der mich von klein auf kennt, weil ich meinen Vater oft zu ihm begleitet habe, wirft schon immer gleich bei der Begrüßung einen Blick auf das, was du mir mitgegeben hast, aber nur ganz kurz, denn er dürfte es ja bereits zur Genüge kennen. Noch nie habe ich einen Schritt über die Türschwelle gesetzt, denn er kommt sofort heraus, um seine Kunden zu begrüßen, bestimmt, weil er möglichst schnell mit der Arbeit fertig werden will. Es würde das Ganze ja auch nur unnötig in die Länge ziehen, nehme ich zumindest an, wenn jemand, der lediglich etwas verkaufen will, anfinge, bei den Möbeln herumzustöbern, bei den Werkzeugen, Büchern, oder was man sich sonst noch so alles vorstellen kann. Doch genau das tue ich an diesem frühen Nachmittag, nachdem ich meine Arme von ihrer Last befreit und alles auf den Boden gestellt habe, was ich von zu Hause bis hierher geschleppt habe. Niemand hat auf mein »Hallo!« geantwortet.

Das Kopfende von einem Eisenbett fällt mir ins Auge, das ganz genauso aussieht wie das von Großmutter, mein Kopf hat es im Schlaf berührt. Auch das Fußteil steht dort rum, du sagst immer »Bettfuß« dazu. Alles ist voller Staub. Aber nein, dieses Bett hier stammt doch nicht aus dem Haus in deinem Dorf, an dem sind in der Mitte nämlich ein paar Blümchen draufgemalt, die ich immer mit dem Finger nachgezeichnet habe. Plötzlich bemerke ich einen Stapel Zeitschriften, der unter einem großen Kronleuchter herausragt. Ohne lange zu überlegen, nehme ich den Leuchter einfach hoch. Auf dem Titelblatt der obersten Zeitschrift ist eine Frau mit einem Hut abgebildet. Ich lese: *Pèl i ploma, Fell und Feder.* Ich schlage sie auf, und die erste Seite ist auf Katalanisch geschrieben. Cousine Genoveva kommt mir in den Sinn, Vater, die Zeit der Republik, ich schaue auf das Datum; das ist ja noch viel länger her, die Zeitschrift ist von 1903.

– Willst du eine mitnehmen?

Fast hätte ich den Kronleuchter fallen lassen. Die Stimme von Sernis Vater klingt ganz nah, als sei er hinter mir, und wirklich, da steht er, und seine Hände sind so dunkel wie eh und je. Jetzt fällt mir auch auf, dass er dunkles Haar hat und stämmig ist, von mittelgroßer Statur, und über einem großen Mund einen gestutzten schwarzen Schnurrbart trägt. Heute schaut er mich an, zum ersten Mal eigentlich, denn die Felle, die zwei Flaschen und das Altpapier sind vor dem Eingang geblieben, auf dem Boden, mitten auf dem Weg. Mir ist klar, dass das Herumstöbern nicht richtig war, und ich will mich gerade entschuldigen, aber da hat er die Zeitschrift, die ich überstürzt fallen gelassen habe, schon aufgehoben und hält sie mir hin.

– Da, nimm, die will eh keiner. Wirklich! Du gehst wohl schon auf die Oberschule, was? Ganz schön groß bist du geworden. Komm mal mit!

Er steuert auf ein kleines Hinterzimmer zu, dessen Vorderseite auf halber Höhe verglast ist. Von außen sieht man das silberfarbene Rohr des Ofens, der bestimmt mit Holz oder Sägespänen beheizt wird. Ich vermute, dass er in diesem Raum das Geld aufbewahrt, mit dem er bezahlt. Er lässt mich eintreten.

– Ganz schön kalt, was?
– Ja.
– Du gehst also schon auf die höhere Schule, was?
– Ja, ich bin in der zehnten Klasse.

Jetzt wird er mir sicher von seinem Sohn erzählen, von Serni, der schon mit der Schule fertig sein dürfte, und vielleicht woanders hingegangen ist, so wie mein Bruder, um einen Beruf zu lernen, jedenfalls hab ich ihn schon länger nicht mehr gesehen. Sein Vater wendet mir den Rücken zu und macht sich an irgendetwas zu schaffen. Als er sich wieder umdreht, sagt er zu mir:

– Willst du mir einen Gefallen tun?
– Ja.
– Nimm das mal!

Ich lege die Zeitschrift auf einen kleinen Tisch voller ungeordneter Papiere und beiläufig nehme ich Notiz von zwei Kalendern, die an der Wand hängen. Auf dem einen ist ein Jagdfoto von Rebhühnern mit umgedrehten Hälsen zu sehen, und das andere Kalenderblatt, ein wenig kleiner, zeigt eine Frau, du würdest sie eine Gilda nennen, mit pechschwarzen Augen und einem großen Busen, der sich unter dem tiefen Ausschnitt der Bluse abzeichnet. Während ich so etwas wie einen warmen Gummischlauch in die Hand nehme, den er mir hinhält, fragt er mich im Flüsterton:

– Wie heißt du denn?
– Rita.
– Ah!

Es wird ganz still, seine dunklen Hände nähern sich meiner Taille, und im gleichen Augenblick wird mir klar, dass der dicke Gummischlauch, den ich da in meiner rechten Hand halte, zum Körper von Sernis Vater gehört. Ich laufe los. Vor dem Eingang versperren mir die zwei grünen Flaschen, das Paket mit den Zeitungen und die Kaninchenfelle den Weg. Ich springe einfach darüber. Ich weiß nicht, ob mir jemand folgt, ich habe mich nicht umgedreht, und doch renne ich einfach weiter, so als ginge es um mein Leben. Doch abrupt bleibe ich stehen. Ich habe ganz die anderthalb Peseten vergessen, die ich normalerweise für unseren Kram bekomme. Ob ich nicht besser zurücklaufen soll, um die Sachen zu holen? Vielleicht sind sie ja noch da und warten stumm auf meine Rückkehr. Dann könnte ich dir wenigstens sagen, ich hätte vor verschlossener Tür gestanden. Keuchend erreiche ich die ersten Wohnhäuser. Ich drehe mich um und sehe die gleiche staubige Straße wie immer, menschenleer. Ich kann dir nicht erzählen, was heute passiert ist, schon jetzt kenne ich jeden einzelnen der Fehler, die ich begangen habe, und du wirst sie mir alle unter die Nase reiben. Und heute umso mehr. Während ich weitergehe, fange ich an, darüber nachzugrübeln, wie ich da wohl wieder heil herauskomme.

Regina fragt mich, was du mir über die Regel erzählt hast. Ich sage ihr, wie es ist: rein gar nichts!, und sie schaut mich an. Ich erzähle ihr, wie ich eines Morgens nach dem Aufstehen wie immer zum Klo gegangen bin und sehe, es kommt Blut heraus. Ich kriege einen riesigen Schreck und erzähle dir davon.

– Tu dir das um; später musst du es dann waschen, und dass dich ja Vater nicht sieht und schon gar nicht Ramon.

Regina lacht wieder.

– Na, Rita, willst du vielleicht den Garten mit einem dicken, warmen Gummischlauch gießen? Ich jage hinter ihr her, bis ich sie am Arm erwische, und jetzt kriegen wir uns beide vor lauter Lachen nicht mehr ein. Wir laufen durch den ganzen Ort bis raus zum Fußballplatz. Eigentlich hatten wir vor, den Jungen beim Training zuzuschauen. Quico spielt nämlich Fußball. Regina hakt sich bei mir unter und erzählt mir im Flüsterton, sie und Quico hätten viel Spaß miteinander. Manchmal sei er allerdings schon ein bisschen unruhig, weil er es nicht schafft, und sie kneift mich, als sie mir das sagt, seinen Schlauch wieder runterzukriegen. Und überhaupt, das sei eine Sache, die fängt man an, und dann kann man einfach nicht genug davon bekommen, ich könne mir das ja gar nicht vorstellen. Ganz unvermittelt bleibt sie stehen und schaut mich an:

– Willst du es nicht mal ausprobieren?

Ich bin verwirrt, und weil mir nicht klar ist, was sie mir da überhaupt vorschlägt, und genauso wenig, was ich ihr darauf antworten soll, laufe ich einfach los, bis ich das Gejohle der Jungen höre. Ein paar Schritte vor dem Fußballplatz, der von einer niedrigen weißen Mauer umgeben ist, bleibe ich stehen und warte auf Regina, die mich schließlich ganz außer Atem einholt.

– Dafür, dass du so schwer von Kapee bist, rennst du aber ganz schön schnell.

Ich mache beim Krippenspiel mit, und als ich zur ersten Zusammenkunft gehe, treffe ich dort auf Serni. Er sagt mir, dass er bei seinem Vater aushelfen würde, und ich schaue auf den Boden. Der Leiter des Krippenspiels gibt uns Anweisungen. Wir sind sofort still und bleiben nebeneinander stehen, als würden wir noch immer unsere Köpfe über der Spielesammlung zusammenstecken, so wie damals, während des großen Gewitters. Ich weiß, dass wir uns bis Weihnachten einmal in der Woche sehen werden. Groß und dünn, wie er ist, soll er den Teufel spielen. Die Narbe auf seiner Wange wird man nicht sehen, er muss sich nämlich in ein rotes Gewand zwängen, das aus einem einzigen Teil besteht und nur Augen, Nase und Mund freilässt. Ich spiele die zweite Hirtin. Als Regina uns gemeinsam herauskommen sieht, versetzt sie mir mit dem Ellenbogen einen heftigen Stoß in die Rippen. Ein Aufschrei entschlüpft mir, und Serni, der das mitbekommen hat, schaut mich fragend an. Am liebsten würde ich sie erwürgen, aber da geht sie schon an mir vorbei, Hand in Hand mit Quico. Ich finde, sie hat Glück, und plötzlich ist mir zum Weinen zumute. Serni schweigt, er hat immer noch diesen sanften Gesichtsausdruck wie an jenem stürmischen Nachmittag in unserem Esszimmer. Ich winke ihm zum Abschied zu und laufe nach Hause.

Ich beginne, Vater und dich zu beobachten, wenn ihr zusammen seid. Die viele Arbeit lässt dich mürrisch werden, und es hat nicht den Anschein, als würde sich irgendetwas, von dem Regina mir erzählt hat, zwischen euch beiden abspielen. Ich versuche auch, mir aus dem, was ich dich sagen höre, einen Reim zu machen.

Wenn du dich über jemanden ärgerst, der am Herumlungern ist oder von dem du erwartest, dass er endlich etwas tut, sagst du:

– Der kriegt seinen Arsch auch nicht hoch!

Wenn du wütend bist und nichts mehr hören willst, wirfst du einem einfach an den Kopf:

– Du kannst mich mal! Oder leck mich doch am Arsch!

Wenn ich aber nicht aufhören kann zu lachen, und du so viel Heiterkeit nicht teilst, sagst du:

– Du hast wohl den Arsch offen!

Die Nonnen hingegen reden von nichts anderem als von Reinheit, Sünde, Reue, ohne aber jemals konkret zu werden. Außerdem kriege ich schon mit, dass du nicht die einzige Mutter bist, die einem nichts erklärt. Ein Mädchen aus meinem Jahrgang hat mir erzählt, dass ein Mann eine Frau zum Bluten bringt, wenn er sie liebt. Ihre große Schwester habe ihr das gesagt, auch, dass ein Kind zu bekommen so schwer wie eine Melone auszukacken sei. Sie jedenfalls hat gelobt, richtig zu schwören wäre ja eine Sünde, niemals zu heiraten, und wenn doch, dann nur unter der Bedingung, keine Kinder bekommen zu müssen. Und eine Freundin von ihr hat sich über Monate immer wieder das Blut abgewaschen, ohne ihrer Mutter etwas davon zu erzählen. Reginas Mutter aber erklärt ihr alles und gibt ihr sogar Ratschläge.

An einem Samstagabend sprichst du von ihr, von meiner Freundin, du erzählst noch einmal, wie das mit dem Unfall war, bei dem ihr Vater ums Leben gekommen ist, als der Traktor umgestürzt ist, den er gefahren hat. Alle drei sitzen wir am Ofen. Dann redest du von Reginas Mutter. Mich überrascht dein anzüglicher Tonfall, dein spöttisches Lächeln.

– Es heißt, sie sei eine von den ganz besonders Sanftmütigen …

Ich bin kurz davor, dir aus der Bergpredigt zu zitieren. Und zwar die Seligpreisung, die da besagt, und das habe ich schließlich auswendig lernen müssen, »selig sind die Sanftmütigen, denn sie werden das Land zu Besitz erhalten«, aber ich ahne ja schon, woher der Wind weht: Dir gefällt nicht, dass ich so eng mit Regina befreundet bin.

– Wenn ich doch bloß so eine Mutter hätte wie sie!

Vater, der bislang weder von seinem Buch hoch geschaut noch irgendetwas gesagt hat, gibt mir eine Ohrfeige, und weinend laufe ich ins Schlafzimmer.

Vielleicht hast du ja von mir erwartet, dass ich immer schön still bin.

Jeden Montag, am späten Nachmittag, machen wir uns gemeinsam auf den Weg. Serni muss an unserem Haus vorbei, denn die Proben finden ganz in der Nähe statt. Wir wechseln kaum ein Wort miteinander, er ist sehr schweigsam, und ich weiß nicht, was ich sagen soll. Seit Tagen schon stachelt Regina mich an. Ich soll mich nicht so dämlich anstellen, dann müsse eben ich den ersten Schritt tun. Ich sei wirklich ganz schön dämlich, ja dämlich. Mich macht es wütend, dass sie dieses Wort aus deinem ganz persönlichen Wortschatz zu mir sagt. Natürlich würde ich gerne Händchen halten, so wie sie und Quico, und mit Serni ins Kino gehen, gemeinsam das ausprobieren, von dem Regina behauptet, ich könne es mir gar nicht vorstellen. Dir beweisen, dass es jemanden gibt, der mich so will, wie ich bin: neunmalklug, faul, schlampig und schön dämlich.

Veva ist gekommen, um sich das Krippenspiel anzuschauen. Sie hat gemeint, ich sei sehr gut gewesen, und mich nach dem Jungen gefragt, mit dem sie mich hat weggehen sehen. Ich liege im Bett. Energisch und sanft zugleich lässt sie ihre Hände über ihr Gesicht gleiten und betrachtet sich dabei aufmerksam im Schrankspiegel. Mit raschen Bewegungen streicht sie dann zufrieden ihren Hals entlang, bis ihre natürliche Gesichtsfarbe wieder zum Vorschein kommt. Ich lasse sie nicht aus den Augen: Jetzt liegt nur noch ein klein wenig Glanz auf ihrer Haut. Plötzlich dreht sie sich um und tupft mir einen Klecks Creme auf die Nase, den sie mir im ganzen Gesicht verteilt. Zuerst habe ich protestiert und dann habe ich sie einfach machen lassen.

– Du kannst ruhig schon damit anfangen, deine Haut ein wenig zu pflegen, wo du jetzt mit Jungen ausgehst.

– Das stimmt ja gar nicht!

– Ach nein, und wer ist dann dieser lange Lulatsch?

Ich sage ihr, dass er ein Freund von Ramon ist, und dann sprudelt es aus mir heraus, und ich erzähle ihr, was mir mit seinem Vater passiert ist. Sie hört gar nicht mehr auf zu lachen, und ich werde richtig wütend. Als sie dann wieder reden kann, fragt sie mich, ob mir meine Mutter denn nichts erklärt hätte. Und dann ist mir klar geworden, dass Regina ja völlig recht hat, wenn sie mich für dämlich hält. Ich verdiene es nicht anders. Veva hat mich in den Arm genommen, und ich habe geweint, so als wäre das seit Jahren überfällig. Sie hat mir viele Dinge erklärt, und sie hat mich gewarnt:

– Wenn du schwanger wirst, machst du dir dein Leben kaputt. Im besten Fall musst du dann heiraten. Pass bloß auf, dass dir nicht irgendein Mann sein Ding reinsteckt, vor allem keiner, der viel älter ist als du.

Schließlich haben wir beide wie verrückt gelacht, und als du »pst!« gemacht hast, bin ich aufgesprungen, um das Licht zu löschen. Ich habe die Gelegenheit genutzt und Veva auf das angesprochen, was Regina mir erzählt hat, dass es so schön sei, wenn Quico und sie sich berühren. Es war, als würde ihre Stimme in der Dunkelheit ganz heiser.

– Weil ich dich liebe, Rita, werde ich dir jetzt das Wichtigste sagen, was ich gelernt habe. Wenn du dein Leben nicht zerstören willst, halt dich von den Männern fern. Es gibt nicht viele, die so sind wie dein Vater. Du wirst andere Dinge kennenlernen und die werden dir mehr Freude bereiten, als dich von irgendeinem Typen befummeln zu lassen.

Ich muss wohl dreizehn gewesen sein, als Vater den kleinen Citroën gekauft hat. Einer deiner sehnlichsten Wünsche ließ sich lange Zeit in acht Worte fassen: »Wenn wir doch nur einen klitzekleinen Wagen hätten!«

Jetzt wirst du nicht mehr bis oben hin bepackt zum Bahnhof oder zur Bushaltestelle laufen müssen. Und Vater wird nun auch unter der Woche zum Schlafen nach Hause kommen können und braucht nicht mehr in einer Pension zu übernachten. Oft wird er sogar zum Mittagessen da sein. So wird an meiner Stelle er so manchen deiner Rüffel abbekommen. Und auch Aufträge hast du für ihn, wenn er heimkommt. Setzt er sich hin, um zu lesen, ziehst du einen Schmollmund wie ein kleines Kind, und sitzt dir die Zeit im Nacken, explodierst du. Deine Worte sind wie Pfeile.

Die grau-blaue Sardinenbüchse auf vier Rädern ist für dich »der Himmel auf Erden«, für deinen Mann aber ist sie irgendwann nur noch »die endlose Geschichte«. Wir beschließen, zu einer bestimmten Uhrzeit aufzubrechen, damit wir noch vor dem Mittagessen in den Bergen sind. Wir fahren immer in die Berge. Die vereinbarte Zeit ist längst verstrichen. Anfangs zählen wir noch die Viertelstunden, dann nur noch die vollen Stunden. Mit einem einzigen Wort stopfst du uns den Mund: Arbeit.

Ich frühstücke und kleide mich ganz nach deinem Geschmack. An Tagen wie diesen, an denen wir wegfahren wollen, achten wir alle darauf, dir zu gefallen, sogar Ramon, einfach um Zeit zu sparen. Ich mache die Betten, wische »das Staub«, ja mir bleibt sogar noch Zeit, um die Toilette zu putzen. Währenddessen bereitest du unser Picknick vor, spülst alles weg, die Wäsche muss unbedingt noch durchgewaschen werden, die kann schließlich nicht liegen bleiben, und wischen tust du dann auch noch, »einmal schnell durch die Wohnung«, für den Fall, dass jemand vorbeischauen sollte, wenn wir gerade zurückkommen. Umgezogen bist du auch noch nicht, und natürlich muss alles im Haus sein, was man fürs Wochenende braucht, man weiß ja nie. Vater verstaut Pakete, raucht, kümmert sich um die Sachen, die du vor unserer Abfahrt unbedingt noch erledigt haben willst.

– Und das, wo ich überhaupt nicht gerne Auto fahre!

Bis das Gesicht hinter seiner Zigarette immer länger wird, und er seinen ganzen Unmut in einem einzigen Wort herausschleudert, so als sei es eine Kippe, die er unter seiner Schuhsohle ausdrückt.

Irgendwie muss Veva etwas angedeutet haben. Kurz nach dem Heiligedreikönigstag, als wir gerade einmal allein zu Hause sind, spricht Vater mit mir. Ich merke, dass er sich seine Worte sorgfältig zurechtgelegt hat. Bei vielen Männern würde allein die sexuelle Befriedigung das Verhältnis zu einer Frau bestimmen. Und um in den Genuss dieser Befriedigung zu kommen, sei es ihnen ganz egal, ob sie verliebt sind oder nicht, und es mache ihnen auch nichts aus, die Frau danach im Stich zu lassen, selbst wenn sie ein Kind erwartet. Ich traue mich nicht, etwas zu sagen, und statt ihn mit allen möglichen Fragen zu bombardieren, schaue ich auf meine Füße. Gerade sagt er mir, dass der Respekt, den ein Mann für eine anständige Frau empfindet, etwas ganz anderes sei. Mir will das alles überhaupt nicht einleuchten, und so bringe ich auch weiterhin kein Wort heraus. Später wirst du mich dann in die Mangel nehmen. Bei dir sprudeln die Worte nur so hervor. Manche Männer seien wie Hunde und einige Frauen keinen Deut besser. Wenn man verliebt ist, würde man regelrecht seinen Verstand verlieren, aber glücklicherweise gehe das schnell wieder vorbei. Und dann kämen ja auch schon gleich die Kinder, all die vielen Verpflichtungen. Ich merke, dass deine Stimme sich fast überschlägt, wenn du von den Frauen redest. »Wie die Schweine« seien einige von ihnen, »wie Säue, mir nichts, dir nichts dazu bereit, ihren eigenen Nachwuchs zugrunde zu richten.« Bei dir traue ich mich noch viel weniger, das anzuschneiden, was mich wirklich interessiert. Die ganze Zeit über hast du geredet, ohne von deiner Arbeit hoch zu schauen, doch jetzt siehst du mich an.

– Eine Frau, die ins Straucheln kommt, ist für immer verloren! Als Frau muss man standhaft bleiben, »immer schön standhaft«, denn die Männer, na, man weiß ja, was von denen zu halten ist!

So ist das also, die Männer stecken ihren Gummischlauch in einen rein und leeren ihn aus, und das war's dann. Alles in allem bekomme ich langsam doch noch eine Vorstellung von dem Ganzen.

Zum ersten Mal sagst du mir außerdem etwas Ähnliches wie Veva, auch wenn es sich bei dir anders anhört. Irgendwie sind deine Worte konkreter: straucheln, standhaft bleiben. Man könnte sagen, ich »begreife« sie besser. Die Cousine spricht davon, sich

»sein Leben zu zerstören«, und ich verstehe schon, dass das etwas mit der »strauchelnden Frau« zu tun hat, von der du redest, obwohl jemand, der strauchelt, ja eigentlich auch wieder aufstehen kann. Zum ersten Mal ist das, was du sagst, nicht ganz so erdrückend. Die Nonnen, wenn ich ehrlich bin, helfen einem bei der ganzen Sache kein bisschen weiter. Genau das Gegenteil ist der Fall. Im täglichen Einerlei der Schule ist nämlich von dem, was mich umtreibt, nie die Rede. Und wenn doch, dann erscheint »Du sollst nicht Unkeuschheit treiben« gleich neben »Du sollst nicht töten«.

Sind wir woanders, hebst du dein Kinn, wenn über deine Tochter gesprochen wird, denn ich bin gut in der Schule, bekomme Urkunden und Fleißmedaillen. Du möchtest gerne, dass ich nähen lerne, und bist äußerst zufrieden, weil auch »Handarbeiten« als Fach auf unserem Stundenplan steht. Das rechteckige Baumwolltuch ist wie ein Blatt Papier, das von parallel verlaufenden Linien durchzogen wird. Jede Linie setzt sich aus einem anderen Stich zusammen: Kettenstich, Schlingenstich, Kreuzstich, Steppstich, Überwendlingstich, Heftstich, Saumstich, Plattstich ... Und jede Aufgabe ist schwieriger als die vorherige. Wenn die Hände schwitzen, werden Stoff und Faden schmutzig, und das Tuch darf man nicht waschen, bevor man es nicht vorgezeigt hat. Die Handarbeitsstunden ziehen sich ewig hin, genauso wie der Zeichenunterricht. Eines Tages beim Mittagessen rückst du damit heraus. Ich soll bei Senyora Montserrat und Cousin Felip richtig nähen lernen.

– Für eine Frau gibt es nichts Schöneres! – du lässt nicht locker. Vater schaut weg.

Und weil wir am Samstag nur vormittags Schule haben, muss ich mich gleich nach dem Mittagessen auf den Weg in die Werkstatt machen, am anderen Ende des Ortes.

Dort sieht alles noch genauso aus wie früher, als ich ein kleines

Mädchen war, nur kommt der Raum mir jetzt nicht mehr so groß vor. Die Lehrlinge von damals sind mittlerweile Altgesellen oder haben bereits ein eigenes Geschäft aufgemacht. Senyora Montserrat ist schön und elegant wie eh und je, erscheint mir aber irgendwie verändert. Vaters Cousin kommt und geht, genauso wie früher. Er pfeift wie ein Kanarienvogel und gibt summende Laute von sich, bienenhafte Worte, die von einem Ohr zum anderen fliegen. Mir fällt auf, dass diejenigen, die in der Werkstatt arbeiten, ständig untereinander Blicke austauschen, wenn er in der Nähe ist. Er seufzt, erfindet Worte, die er scheinbar ohne Stachel herauslässt, er stimmt Lieder an und hält wieder inne, trällert leise vor sich hin.

Am ersten Samstag hebe ich meinen Blick nicht von dem Stück Stoff, das sie vor mich hingelegt haben, es ist die Einlage von einem Revers, die angeheftet werden muss. Ich stehe im Mittelpunkt des stets aufs Neue entflammenden Interesses von Cousin Felip. Jedes Mal, wenn er hereinkommt, umgibt er mich mit einem Bienenschwarm, der deinen Namen summt. Ich glaube, er macht sich darüber lustig, wie wichtig es für dich ist, dass ich nähen lerne, so als ob er von vornherein mit einem völligen Fiasko rechnen würde.

Wenn Senyora Montserrat an mir vorbeigeht, kneten ihre weißen Hände meinen Nacken. Unter dem Druck ihrer kräftigen Finger lockern sich meine Schultern, die mir in der Werkstatt wie ein Joch vorkommen, das auf meinem Nacken liegt.

Ich bin mit einer Steppnaht beschäftigt und denke, wie wenig Spaß mir das Ganze doch macht. Versuche ich mich an einem Überwendlingstich, sage ich mir nur, was für ein Schwachsinn.

Worte dringen an mein Ohr, ich horche auf. Ich schaue hoch und sehe, wie die Augen der anderen lachen. Der Schneidermeister hat gerade mal wieder die Nähstube verlassen, und noch immer schwirrt eine goldene Bienenspur über die Köpfe der Anwesenden. Am anderen Ende des Tisches sitzt der jüngste Lehrling.

Ich kenne ihn vom Krippenspiel her, Lluís, er hat den feigen Hirten gespielt. Er tut so, als habe er mich noch nie gesehen; nur manchmal, da kriege ich mit, wie er mir einen Blick zuwirft. Und dann tut er noch so, als würde er vom Boden eine Spule aufheben, und steckt seinen Kopf viel zu lange unter den Tisch.

Still ist es in der Werkstatt so gut wie nie, häufig wird über jemanden getratscht, den man kennt, ständig werfen sich die Lehrlinge die Witze wie Bälle zu, und ab und zu fällt eine Anspielung, die ich kein bisschen verstehe. Manchmal setzt sich zwischendurch aber auch ein anderer Tonfall durch, wenn nämlich über die Arbeit gesprochen wird. Dann bin ich beinah überrascht, Senyora Montserrats Stimme zu hören. Sie weist auf etwas hin, verbessert, berät. Das Bügeleisen ist immer eingeschaltet. Mal steht der eine auf, mal der andere, um eine Naht zu bügeln, einen Abnäher, eine Falte, einen Aufschlag, eine Tasche, einen Kragen oder Saum.

Unwillkürlich folgt mein Blick jeder Bewegung im Raum, egal, von wem. Aber auch ich werde beobachtet, vor allem von dem jüngsten Lehrling, der aber selbstverständlich um einiges älter ist als ich. Sobald ich seinen Blick spüre, beuge ich mich wieder über den Fingerhut, der mir den Mittelfinger schwitzen lässt. Ich will den Faden in die Nadel fädeln, doch sie rutscht ab und fällt mir runter. Ich sehe das Lachen in Lluís Augen. Sein Mund verzieht sich zu einer leicht spöttischen Grimasse. Als ich nach einer Weile wieder zu ihm hinschaue, hängt dieses Grinsen noch immer in seinen Mundwinkeln.

Obwohl ich mit Senyora Montserrat noch etwas länger geblieben bin, höre ich ihn eines Abends auf dem Nachhauseweg hinter mir. Ohne mich umzudrehen, weiß ich, dass er es ist. Er pfeift den »River-Kwai-Marsch«, will Senyor Felip nachmachen, was ihm aber gründlich misslingt. Ich werde schneller, doch schon hat er mich eingeholt und geht neben mir her.

– Musst du Richtung Bahnhof?

Um nach Hause zu gehen, kann ich durchaus den Weg über den Bahnhof nehmen. Ich zucke mit den Achseln, doch als er dorthin abbiegt, bleibe ich an seiner Seite, ich bin es ja von klein an gewohnt, neben Jungen herzugehen. Außerdem hat er ein paar Andeutungen gemacht, so als würde er über die Vorgänge in der Werkstatt Bescheid wissen und mich aufklären wollen. Bis zum Abend verkehrt kein Zug, das wissen wir beide. Wir gehen am Bahngleis entlang. Das Haus des Bahnhofsvorstehers lassen wir hinter uns, ganz unbewohnt sieht es aus. Dann, in der Nähe des Baums, der immer über und über gelb wird, wenn er blüht, kurz bevor der Weg abzweigt, den ich normalerweise nehme, um nach Hause zu gehen, und in den ich auch gerade einbiegen will, steuert er auf das Abstellgleis zu. Zwei leere Eisenbahnwaggons stehen dort, von denen schon die Farbe abblättert. Ich habe immer gedacht, sie seien leer und verschlossen. Er aber schiebt einfach eine Tür auf, und obwohl er etwas dicklich ist, klettert er geschickt in das Innere des Waggons, in das ich jetzt sehen kann. Ich frage mich, ob das Geheimnis, das er mir scheinbar verraten will, es wirklich wert ist, mich dort mit ihm zu verstecken. Er zieht mich am Arm. Ich schaue ihn fragend an.
– Hast du Lust zu vögeln?
Ich mache auf dem Absatz kehrt. Während ich mit langen Schritten und brennenden Wangen davonlaufe, höre ich noch, wie er über meine Verwandten herzieht, über die Schneidersleute. Bis seine Stimme nicht mehr an mein Ohr dringt. Regina werde ich davon nichts erzählen können, ich weiß schon jetzt, welches Wort sie mir an den Kopf werfen würde, um mir ordentlich Bescheid zu geben. Ich spreche es aus, als würde ich es vor mich hinbeten: dämlich, so was von dämlich. Du nennst mich so, wenn ich das Huhn festhalten soll, das du schlachten willst, und auch, wenn du gerade einem Kaninchen das Fell abziehst, und ich in die Küche flüchte. Du hast mehr Erfahrung und doch hast du mir etwas verschwiegen, was für mich ungemein nützlich

zu wissen wäre. Ist Vögeln das, was Jungen und Mädchen zusammen machen können, was so wunderschön sein soll und so gefährlich?

Ein Samstagnachmittag folgt auf den nächsten. Jetzt schaue ich oft hoch, und beim Überwendlingstich und bei der Saumnaht stelle ich mich nun schon viel geschickter an, und das Versäubern klappt auch ganz gut. Es scheint so, als hätten sich alle daran gewöhnt, mich in der Werkstatt zu sehen. Ich komme meist etwas früher, nur Senyora Montserrat ist dann da, und ich gebe ihr einen Kuss, wie ich es immer getan habe. Sie hat in der kleinen Küche zu tun, näht oder bügelt. Sie erkundigt sich nach dir, es ist schon so lange her, dass ihr am Sonntag gemeinsam ins Kino gegangen seid. Dann treffen auch die anderen ein, sie schellen, betreten redend und lachend den Raum, normalerweise alle zusammen. Senyor Felip lässt sich erst blicken, wenn wir schon eine ganze Weile bei der Arbeit sind. Ich stehe auf, um ihm einen Kuss zu geben. Für gewöhnlich nennt er mich Hummelchen oder macht sich einen Spaß mit mir, wie früher, als ich klein war, und er mir einen Welpen oder einen Herzpfirsich versprochen hat. Alle nutzen die Gelegenheit, um auf meine Kosten ihren Spaß zu haben, oder sie schauen mich an, als hätten sie noch immer nicht genug davon. Nach und nach wenden sie sich aber wieder anderen Dingen zu.

An einem Nachmittag bringen sie mir bei, ein Ärmelloch zu säumen, und für das, dass es das erste Mal ist, gelingt es mir ganz gut. Mir geht durch den Kopf, dass du vielleicht doch deinen Willen durchsetzen wirst, ich werde wirklich nähen lernen und dir damit eine Freude machen. Ich sehe, wie sich die beiden Gesellen einen Blick zuwerfen. Mit dem Kinn zeigt der eine auf Senyora Montserrat. Mir fällt auf, dass sie heute sehr blass ist und noch schweigsamer als sonst. Die ganze Zeit über trägt sie ihre Brille, beide Brillengläser vom Gestell fest umschlossen, und mein kindliches Lachen von damals bleibt mir im Hals stecken.

In das Schweigen hinein, das über unseren Köpfen und Fingerhüten zu lasten scheint, fragt mich Senyor Felip mit einem Mal, ob ich meiner Mutter auch gesagt hätte, dass man in guten Schneidereien Geld verlange für die Ausbildung der Lehrlinge. Ich weiß nicht, was ich ihm antworten soll, und bleibe einfach stumm. Mein Schweigen gefällt ihm ganz und gar nicht. Er wiederholt seine Frage, und seine Stimme wird immer lauter. Ich sage ihm, dass ich es dir gleich ausrichten werde, wenn ich heute nach Hause komme. Das hätte ich längst tun sollen, erwidert er, schließlich käme ich schon ziemlich viele Samstage hierher. Ich sage noch immer kein Wort und hoffe, dass die Bienen langsam einschlafen werden. Alle machen es so wie ich. Schließlich verlässt er fröhlich pfeifend den Raum, und es ist, als ob jeder vor Erleichterung aufatmen würde. Zu meinem großen Kummer kullern mir aber ein paar Tränen über die Wangen. Senyora Montserrat sagt, ich soll gar nicht drauf hören, was er so alles von sich gibt. Plötzlich, ohne jedes Geräusch, ist der Schneider wieder da. Alle vertiefen sich sofort in ihre Arbeit und vergessen darüber fast das Atmen. Mit dem Pfeifen ist es vorbei. Er nähert sich seiner Frau, bleibt hinter ihr stehen, und er sagt ihr, da sie ja so große Stücke auf mich halte und ich auf sie, solle sie mich doch einmal fragen, weshalb du so geizig bist und dein armer Ehemann keinen Cent ausgeben darf. Die Gesellen und Lehrlinge lachen verhalten. Senyora Montserrat und ich konzentrieren uns auf die Arbeit, die wir in Händen halten, und ich merke, dass ich unwillkürlich meinen Kopf noch mehr eingezogen habe. Jetzt kommt er auf mich zu. Er sagt, ich hätte mir ja schnell ein Beispiel an seiner Frau genommen. Er beugt sich zu meinem linken Ohr, und ich spüre, wie mir sein Geruch nach billigen *caliquenyos* den Atem nimmt.

– Jetzt ist Schluss mit lustig, was, Hummelchen?

Ich schaue hoch zu ihm und suche nach einem Lachen, das das Summen vertreibt oder es einfach zerschneidet, nach einem echten Wort, eins ohne Flügel. Nur einen Moment lang aber halte ich seinem Blick stand, denn seine Augen lassen mich erstarren. Als ich mich wieder über meine Arbeit beuge, höre ich ein kleines nervöses Lachen, über angestrengt arbeitenden Händen, über dem Stoff und der eingefädelten Nadel, erstickt.

Es wird Zeit zusammenzupacken, doch heute scheint es niemand eilig zu haben. Ich bin die Erste, die die Werkstatt verlässt. Ohne zu überlegen, schlage ich den Weg zu Reginas Haus ein, aber da kommt mir in den Sinn, dass sie ja gar nicht da ist, sie hilft doch jeden Samstagnachmittag im Friseursalon aus. Also gehe ich direkt nach Hause.

Du schaust mich wohlwollend an, du weißt schließlich, woher ich komme. Aus der Werkstatt und nicht vom »Zeit verplempern«, wie das andere tun. Du fragst, ob ich etwas essen möchte.

– Senyor Felip will mir nichts mehr beibringen, wenn wir ihm nicht Geld dafür zahlen, er sagt, du bist geizig – sprudelt es aus mir heraus, ohne dass ich dir eine Antwort gebe.

– So ein Aas. Um Himmels willen! Was ist denn bloß passiert?

– Nichts. Nur das eben. Er hat vor allen anderen gesagt, ich soll dir ausrichten, dass man in den Werkstätten in Barcelona Geld verlangt, wenn einem dort das Nähen beigebracht wird.

– In Barcelona, so ein Dummschwätzer, und Senyora Montserrat, was hat die gesagt?

– Ich soll nichts darauf geben, hat sie gemeint, weil sie ja gedacht hat, dass er es nicht hören kann, aber er war schon wieder zurück und hat mir Angst gemacht.

– Nein, so ein Dusseltier! Wie kann man sich nur so dumm anstellen.

Dann erzählst du mir, Cousin Felip habe sich bei Vater schon öfters Geld geliehen, er schulde ihm ziemlich viel und das, obwohl wir selbst gerade mal genug hätten. Mir fällt es schwer nachzuvollziehen, wieso er Geld braucht, bei all den Kunden, all den Kleidern, die noch in Arbeit sind, den Hosen und Mänteln, die nur darauf warten, ausgeliefert und bezahlt zu werden. Das kann ich wirklich nicht verstehen, aber weitere Erklärungen bekomme ich nicht von dir. Und dabei redest du noch immer, du kannst einfach nicht aufhören zu reden, und sei es nur, dass du das Ende des Gesprächs aufgreifst und es hinter einen anderen Anfang stellst.

Als Vater heimkommt, erzählst du ihm alles noch einmal haarklein. Er gibt dir keine Antwort. Zu mir sagt er nur:

– Da gehst du nicht mehr hin.

Du protestierst, sagst, dass sie uns das schulden würden, und ich muss unentwegt an die unruhigen Augen von Senyora Montserrat denken und daran, wie blass sie war. Mit einem Mal fällt mir auf, wie viele Sonntage wir schon nicht mehr zusammen zu Mittag gegessen haben. Das ließe sich zwar mit dem Auto erklären, denn sonntags fahren wir ja immer raus, aber jetzt, wo Ramon nicht mehr da ist, hätten wir fünf durchaus Platz gehabt.

Mitte der Woche sagst du zu mir, ich wisse ja wohl, was mich am Samstag erwarte. Ich schaue dich fragend an.

– Du gehst natürlich zum Nähen.

Am Freitag komme ich zu spät von der Schule und mache mich auf eine Standpauke gefasst. Der Tisch ist gedeckt. Vater sitzt auf der Terrasse und liest, ich gebe ihm einen Kuss, und er sagt mir, du hättest mir etwas zu sagen. Ich denke an Ramon. Oder vielleicht geht es Großmutter nicht gut.

– Du weißt, dass sie sich getrennt haben?
– Wer?
– Meine Güte, wer wohl, der Cousin und die Cousine!
– Wieso? Was ist denn passiert?
– Er wollte ja unbedingt eine aus Barcelona! Jetzt kann er sehen, wo er bleibt, dieser Idiot, soll er ihr doch nachrennen! Was für ein Skandal!

– Er war ja nicht gerade nett zu ihr.
– Was weißt du denn schon, du Rotznase?

Plötzlich kramst du ein Wort hervor, das du immer zu mir gesagt hast, als ich noch klein war, so eins wie Fräulein Neunmalklug.

– Ich weiß nur, dass er einem manchmal Angst macht.
– Hörst du, was deine Tochter da sagt? Hör ihr nur gut zu, sie spricht nämlich von deiner Familie.

Vater sagt, es reiche jetzt, wir sollten endlich essen, denn er müsse fort. Alle drei setzen wir uns hin, und während du das Gemüse aufträgst, reitest du immer weiter auf der Sache herum.

Ich ahne, dass Vater alles dafür geben würde, um nichts mehr davon zu hören, seine Augen weichen mir aus, wenn ich ihn anschaue. Ich weiß nicht, warum er es mir nicht selbst gesagt hat, wir wären schon längst durch damit. Du aber findest einfach kein Ende. Du sagst, Senyora Montserrat habe immer ein wenig auf feine Dame gemacht, der Cousin hätte eine ganz andere Frau gebraucht. Ich schaue wieder zu Vater, und da sagt er, dass es jetzt wirklich reicht. Schweigend essen wir. Als wir fertig sind, steht er gleich auf und geht fort. Ich helfe dir, das Geschirr und die Servietten in die Küche zu bringen.

– Ich glaube, er hat sie rausgeschmissen, weil sie keine Kinder bekommen haben.

Ich schaue dich an, dann antworte ich dir.

– Ich habe eher den Eindruck, dass sie diejenige ist, die gegangen ist.
– So ein Blödsinn!
– Sie hat es bestimmt nicht mehr aushalten können, verstehst du das denn nicht?
– Wo kämen wir denn da hin, wenn wir uns beim ersten kleinen Problem gleich vom Acker machen würden?
– Beim ersten?
– Eine Frau hat die Pflicht, ihrem Ehemann beizustehen.

– Und der Mann?
– Bei dir piept's wohl!
– Warum? Ja, siehst du denn nicht, dass sie so viel ertragen hat, wie sie nur konnte.
– Aber seine Familie darf man nicht verlassen, eine Frau darf das einfach nicht!
– Und zu einer Familie, gehören da nicht mindestens zwei? Du schaust mich ganz erstaunt an.
– Willst du dir vielleicht eine Ohrfeige einfangen? Ich werd dir schon noch beibringen, dein loses Mundwerk im Zaum zu halten.

Ich nehme die Bücher für den Nachmittagsunterricht und gehe raus, ohne dir auf Wiedersehen zu sagen. Eigentlich bin ich gar nicht wütend, nicht wirklich, eher zufrieden, denn ich weiß, wenn du mir mit Drohungen kommst, habe ich einen Sieg über dich davongetragen.

Auf dem Weg zur Schule denke ich an Senyora Montserrat. Ich habe Lust, ihr zu sagen, dass sie ganz wunderbar ist. Warum müssen du und ich die Dinge immer so verschieden sehen? Warum schweigt Vater nur so oft?

Auf der Anhöhe kurz vor der Schule sehe ich, wie sich Regina und Quico in einem Hauseingang tief in die Augen schauen. Erst jetzt merke ich, dass mein Körper von einem Weinkrampf geschüttelt wird, und als ich sie »Rita!« rufen höre, laufe ich los, und zum Glück steht die Kapelle offen, und ich verstecke mich in einem Seitenaltar.

Wir haben Mai. Bald wird das Schuljahr zu Ende sein, und ich werde nicht in die Schule zurückkehren, auf die ich gehe, seitdem ich drei Jahre alt bin. Ich war immer stolz darauf, den weiterführenden Zweig zu besuchen, vielleicht weil ihr alle, Vater, du und Veva wegen des Krieges nur so wenig habt lernen können. Und ihr habt mir so oft wiederholt, was ich doch für ein Glück hätte. »Früher, da wurde einem nicht so viel beigebracht, schon gar nicht als Mädchen, etwas Rechnen, Schreiben, Lesen, wenn überhaupt, und das war's auch schon«, wurdest du nicht müde, mir zu wiederholen.

Wir haben Mai, und wir müssen eine ganze Seite voller Verse auswendig lernen, um sie in der vollbesetzten Kapelle aufzusagen, zu Füßen der Jungfrau Maria. Mir gefällt es, ganz still dazusitzen und das Bildnis der Unbefleckten anzuschauen, obwohl ich weiß, dass wahre Frömmigkeit etwas anderes ist. Zu einer Nonne habe ich noch nie Vertrauen gehabt. Es ist ihnen nicht gestattet, sich wie ganz normale Menschen zu geben, nur als Ordensfrauen dürfen sie in Erscheinung treten, allein spirituelle Ziele verfolgen. Wir haben Mai, und was bis September sein wird, weiß ich nicht. Ich lerne die Verse, die in diesem Jahr ausgewählt wurden, und ich werde sie mit einem Blumenstrauß in der Hand aufsagen, den mir Rosalia aus den Dahlien und Gladiolen in ihrem Garten zusammenstellen wird. Du wirst hinkommen und mir zuhören, das gefällt dir sehr, auch um dich zu vergewissern, dass ich mich nicht ein einziges Mal verspreche.

Seit Kurzem gibt es einen neuen spanischsprachigen Sender. »Die Stimme des Tals«. Wenn ich mittags nach Hause komme, stelle ich das Radio an. Du hörst gerne Radio, doch bist du nicht bereit, »Licht zu verbrennen«. Also nörgelst du herum. Ich sage dir, dass sie gleich die Wunschmelodie bringen werden, und du trägst mir Arbeit auf, aber das Radio lassen wir an. Zum Glück spielen sie nicht mehr »Der Tod des Messdieners«, der dich immer wie einen Schlosshund weinen lässt, und auch nicht »Die Levantinerin«, die du mit dem gleichen Ergebnis trällerst. »Die Sardana der Nonnen« stürzt dich in reinste Verzweiflung. Wenn der Sprecher ein Wort auf Katalanisch sagt oder gar ein ganzes Lied auf Katalanisch gesungen wird, hörst du überhaupt nicht mehr auf zu weinen, anstatt dich einfach nur darüber zu freuen. Hier bei uns spricht jeder so wie wir, außer der Familie einer Mitschülerin, die ich sehr nett finde. Die Schule, das Kino, die Messe, das alles aber findet auf Spanisch statt. Nur das Krippenspiel nicht und das Ostersingen am Karsamstag.

Zum Glück bekommt man langsam auch mal Rock und Balladen zu hören. Mein Bruder imitiert Elvis, und er macht das ziemlich gut. Gerade kündigen sie ein italienisches Lied an und lesen die Widmung vor:

– »Von Serni für Rita, in der Hoffnung, dass es ihr gefällt.«

Ich höre dich in der Küche schnauben. Du hast dir in den Kopf gesetzt, Kohlrouladen zu machen, und sie sind noch nicht durch. Vater muss aber jeden Augenblick kommen, du bist also ziemlich spät dran mit dem Mittagessen. Von der Ansage hast du nichts mitbekommen.

Auf einmal klingelt das Telefon. An der Wand neben dem Radio hängt der Hörer über der weißen Wählscheibe, tiefschwarz, so wie das restliche Telefon. Ich drehe den Lautstärkeregler nach links. Regina fragt mich, ob ich es auch gehört hätte. Ich sage ja. Wir kichern. Dann meint sie, ich müsse mich unbedingt bei ihm bedanken. Zum Trödler bin ich nicht mehr gegangen, ich habe immer eine Entschuldigung gefunden, um nicht unsere Felle und das Altpapier hinbringen zu müssen. Die Aufführungen vom Krippenspiel sind längst vorbei, wir treffen uns also nicht mehr regelmäßig, aber ich sehe Serni noch oft auf der Straße. Einmal bin ich ihm auf dem Markt begegnet, er ging neben einer Frau, die nicht gerade viel hermachte, klein, genauso blass wie er, schwarz gekleidet; ich hatte sie vorher schon mal gesehen, aber nicht gewusst, dass es seine Mutter war, die Frau seines Vaters. Und wieder meine ich, in meiner Hand die sengende Hitze zu spüren von dem Teil, das ich für einen Schlauch gehalten hatte. Abends und an den Feiertagen zieht Serni für gewöhnlich mit zwei gleichaltrigen Jungen durch den Ort. Ich mit ein paar Mädchen aus meiner Klasse oder, wenn Quico nicht weg kann, mit Regina. Wenn Serni und ich uns sehen, heben wir den Kopf und sagen Tschau. Niemals Hallo. Wenn wir uns dreimal sehen, sagen wir dreimal Tschau.

An einem Abend, Anfang Juni, ruft mich Regina an, ob wir uns nicht treffen könnten. Ich freue mich riesig, denn schon lange haben wir keinen Augenblick mehr für uns gehabt. Sie lässt mich reden, ich habe richtig Lust dazu. Plötzlich fällt mir auf, dass sie bislang kaum etwas gesagt hat. Ich schaue sie an, und sie erzählt mir, wenn das Schuljahr erst einmal zu Ende ist, wird sie jeden Tag im Friseursalon arbeiten. Quico hat eine Stelle an der Tankstelle, mit der Schule hat er aufgehört. Sie haben davon gesprochen, in drei Jahren zu heiraten, wenn Regina achtzehn Jahre wird. Sie ist ganz ernst, so als würde sie sich für immer verabschieden. Ich weiß nicht, warum, aber plötzlich liegen wir uns in den Armen, beide haben wir feuchte Augen, und genauso plötzlich lachen wir wieder los wie zwei Verrückte.

Vielleicht hast du ja von mir erwartet, dass ich recht jung heirate.

In den Ferien kommt Ramon nach Hause. Er ist zu allen richtig nett, sogar zu mir, als wäre er nicht er selbst oder würde schon nicht mehr zu uns gehören. Deine Augen leuchten, wenn du Rosalia zum wiederholten Male erzählst, wofür er sich gerade so abrackert. Eine Ausbildung zum Kraftfahrzeugmechaniker will er machen, und dir ist bewusst, wie bedeutend das klingt. Und um nichts auf der Welt lässt sie dich spüren, dass du schon seit Tagen von nichts anderem mehr redest. Ramon ist die meiste Zeit über bei einem Freund, der einen Plattenspieler hat, und außer zu den Mahlzeiten kriegen wir ihn nicht zu Gesicht.

Beim Essen erzählst du Vater, du hättest Cousin Felip getroffen und er sei sehr liebenswürdig gewesen. Er hat dich gefragt, ob ich nicht eine Lehre in der Schneiderei anfangen wolle, er würde sich jedenfalls freuen. Vater antwortet nicht. Ich sage, dass ich mein Abitur machen möchte. Du weichst meinem Blick aus, aber die Worte, die du auf mich herabprasseln lässt, treffen mich wie siedendheiße Ölspritzer. Schließlich steht Ramon vom Tisch auf und kneift mich in die Wange und meint: Dann kannst du mir ja die Anzüge für meine Auftritte nähen? Du lächelst ihn an. Ich gehe runter auf die Straße und laufe los, bleibe erst stehen, als ich den Fluss erreicht habe.

Veva ist im Juli zu uns hochgekommen, nur für ein paar Tage, denn sie sagt, dass sie eine Reise nach Paris machen möchte. Über die Feiertage wird sie also nicht da sein. Ich denke an ihren großartigen Auftritt beim Sardanatanzen und an das Lächeln des Herrn Pfarrers in dem stickigen Raum, in dem die Tombola stattgefunden hat. Aber ich denke auch, dass mir das alles ja »so was von egal« ist, »egal-egal«. Ich versuche, so wenig wie möglich zu Hause zu sein; wenn ich aber doch da bin und dir gerade nicht helfen muss, lese ich Vaters Abenteuerromane.

Wie jedes Jahr sind auch die Sommerfrischler aus Barcelona hochgekommen, die Geschwister Puig, die so gut tanzen können, und auch ein paar andere, die von hier sind, aber in Barcelona zur Schule gehen. Quico und Regina sind nicht da und auch kaum eins von den Mädchen, mit denen ich bislang die Schulbank gedrückt habe und mit denen ich normalerweise etwas unternehme. Es stellt sich heraus, dass die Lieder einer Italienerin, einer gewissen Rita Pavone, ein Renner sind, und ich merke, dass mein Name zum ersten Mal einen gewissen Reiz ausübt. Fast unbemerkt habe ich neue Freundschaften geschlossen. Morgens erledige ich schnell, was du mir aufträgst, und dann gehe ich schwimmen. Wir haben am Fluss eine Stelle gefunden, die etwas abseits liegt, weit weg von der, wo alle hingehen. Nachmittags treffen wir uns zum Kartenspielen, und dann gehen wir tanzen zu den beiden Geschwistern aus Barcelona, die eine ebenerdige Terrasse haben, vor allem eine, die nicht so vollgestellt ist wie unsere, oder wir flanieren einfach durchs Städtchen. Rock 'n' Roll finde ich großartig, im letzten

Sommer habe ich gelernt, wie man ihn tanzt, aber dieses Jahr ist Twist mehr in Mode.

Alle reden darüber, was sie im September machen werden. Ich zucke nur mit den Achseln, wenn sie mich fragen: Rita, und du? Noch immer sehe ich Serni mit seinen beiden Freunden durch den Ort streifen, wie hungrige Jagdhunde auf der Suche nach Beute. Weil ich aber immer von lauter Mädchen und Jungen umgeben bin, einige aus Barcelona, sagen wir uns noch nicht einmal mehr Tschau.

Einmal sitzen wir alle beim Mittagessen, und da bringst du den Namen von Senyora Montserrat aufs Tapet, so als hättest du dir die Zunge daran verbrannt. Vater senkt seinen Blick auf den Teller und erhebt sich, noch bevor Ramon wie gewöhnlich an ihm vorbei nach draußen stürzt. Die beiden verlassen gleichzeitig die Wohnung. Du sagst mir, ich soll den Tisch abräumen, und ich bin kurz davor, mich dir zu widersetzen, aber mir ist klar, dass ich mehr mitkriege, wenn ich rein- und rausgehe, sonst bekomme ich ja doch nur wieder etwas von schmutziger Wäsche zu hören.

– Was sie sich da geleistet hat, war einfach zu viel – sagst du.

Veva ist gar nicht deiner Meinung.

– Wer? Montserrat? Sie hätte ihn schon längst verlassen sollen! Felip mag ja manchmal ganz witzig sein, aber ich glaube nicht, dass man den auch nur einen Tag lang ertragen kann.

– Red doch nicht so ein dummes Zeug!

– Dummes Zeug? Kannst du dir etwa vorstellen, Tag und Nacht mit Felip zusammen zu sein?

Du lachst.

– Die Leute reden ja über nichts anderes mehr!

– Eben, und dieser ganze Klatsch und Tratsch, diese ständige Fragerei nach der Cousine macht mich einfach wütend!

– Sag ihnen doch, sie sollen ihre Nase in ihre eigenen Angelegenheiten stecken!

– Ich bin davon überzeugt, wenn sie ihm ein Kind geschenkt hätte, wäre er ruhiger geworden.
– Also Teresa! Muss gerade ich, wo ich nicht verheiratet bin, dir etwa erzählen, dass zum Kinderkriegen immer noch zwei gehören? Und außerdem, Rosalia hat auch keine, und schau, wie gut sie sich mit Anton versteht.
– Das kann man nicht vergleichen!
– Ich will dir doch nur klarmachen, dass er derjenige ist, der auf der ganzen Linie versagt hat.
– So ein Spektakel zu machen, ist aber auch keine Lösung!
– Wieso denn Spektakel? Sie ist doch bloß weggegangen.
– Sie hätte es eben einfach ertragen müssen!
– Jetzt hör aber auf! Du hättest längst nicht so viel ertragen!
Ich gehe zwischen Küche und Esszimmer hin und her, versuche, mich nicht bemerkbar zu machen.
– Was willst du denn damit sagen?
Ich stehe gerade zwischen euch und tue so, als ob ich mich auf Zehenspitzen davonschleichen würde. Sie gibt dir zur Antwort, die meisten Männer würden doch nichts taugen, und so einen, wie du ihn hast, fände man nur äußerst selten.
– Na ja, aber seinen eigenen Kopf hat er auch, das kannst du mir glauben!
– Das wäre ja noch schöner, wenn er den nicht hätte!
Trotz der Hitze setze ich mich nach draußen auf die Terrasse, mit einem Schirm und dem Roman, den ich gerade angefangen habe zu lesen. Ich schlage das Buch auf und frage mich, wie ich mich einem Menschen wie Veva habe entfremden können. Als schon eine ganze Weile lang keine Stimmen mehr zu hören sind, und ich gerade wieder in die Geschichte reingekommen bin, setzt sie sich neben mich. Ich merke, wie sie mich anschaut und drehe mich zu ihr. Sie ist sehr hübsch in ihrem gestreiften Hauskleid, die blonden Haare onduliert, die Haut leicht gebräunt, die Fingernägel leuchtend rosa. Als sie anfängt zu reden, kommen

mir ihre grünen Augen wie ein ruhiger See vor. Ich kann gar nicht glauben, dass nicht ständig lauter Männer um sie herumschwirren.

– Wie ist es, Ritona, was hast du im nächsten Schuljahr vor?
– Mutter will, dass ich eine Schneiderlehre mache.
– Und dein Vater?
– Der sagt ja nie was!
– Und du? Was würdest du gerne tun?
– Ich würde gerne mein Abitur machen.
– Bei den Nonnen?
– Bei denen ist mit der zehnten Klasse Schluss.

Vielleicht hast du ja von mir erwartet, dass ich Damenschneiderin werde.

6

Gold für Stroh

Jetzt schauen wir uns schon eine ganze Weile an, aber wir reden nicht, bis Vater mich mit einem Mal fragt, wie es mir geht. Das hat er lange nicht mehr getan. Ich sage ihm, dass mir wegen des nächsten Schuljahrs etwas bange ist; ein Gymnasium in Barcelona zu besuchen, scheint mir doch etwas anderes zu sein, als hier bei den Nonnen auf die Schule zu gehen. Aber er ist sich sicher, dass ich das alles spielend schaffen werde. Ich fände es schön, wenn er sich wegen mir Sorgen machen würde, und sei es nur ein klein wenig.

In dieser seltsam bedrückenden, ja fast geheimnisvollen Atmosphäre scheint die Zeit nicht vergehen zu wollen. Völlig unvermittelt werden wir stets aufs Neue von Ätherdunst und Alkoholschwaden eingehüllt, die sich im nächsten Augenblick dann wieder aufzulösen scheinen. Aber das ist es nicht allein. Ich finde ja immer, dass Vater viel zu viel Rücksicht auf dich nimmt, und deshalb fühle ich mich heute schuldig. Plötzlich kommt der Arzt heraus, er trägt einen weißen Kittel, der am Saum ein wenig verknittert ist. Er wirft Vater einen bedeutsamen Blick zu, so dass dieser ihm gleich folgt. Ich gehe den beiden einfach hinterher, auch wenn mich niemand ausdrücklich dazu aufgefordert hat. Wir betreten ein Büro. Nachdem er uns Platz angeboten hat, erklärt uns der Doktor, man müsse sofort operieren. Es scheint sich um eine Blinddarmentzündung zu handeln. Vater fragt, ob dein Zustand ernst sei, und der Arzt antwortet ihm, er vertraue darauf, dass der Eingriff gut verlaufen werde. Er erhebt sich, und wir tun es ihm nach, wie in einem Comicheft, so als würde uns eine Sprungfeder vom Stuhl hochschnellen lassen.

– Sind Sie bei der Aliança versichert? – fragt er uns beim Herausgehen.

– Ja – antwortet Vater und wartet.
– Sie können jetzt zu ihr.

Wir gehen den Flur entlang. Vater rennt fast, und ich folge ihm dicht auf den Fersen. Kaum sind wir im Zimmer, fängst du an zu weinen, Vater nimmt deine Hand. Im Bett kommst du mir so klein vor, wo ist bloß deine eindrucksvolle Kraft abgeblieben? Nachdem Vater etwas zur Seite getreten ist, beuge ich mich zu dir herunter, um dir einen Kuss zu geben. Du schlingst deine Arme um mich, sagst mein Liebes zu mir und hältst mich fest an dich gedrückt. Als ich mich endlich von dir losmachen kann, weine ich auch und bringe kein Wort heraus. Eine Krankenschwester, die ich gar nicht habe hereinkommen hören, sagt uns, dass wir am Ende des Gangs warten sollen. »Dort ist ein kleiner Aufenthaltsraum«, und sie fügt noch hinzu: »Wir geben Ihnen dann Bescheid.« Ich folge Vater zwischen weißen Wänden und verblassten grauen Wandkacheln. Als wir den rechteckigen, nicht besonders großen Raum betreten, heben alle den Kopf, und Vater grüßt. Meine Stimme versagt, als ich guten Tag sagen will. Ob sie wohl in meinem Inneren eingemauert ist? Die Gespräche verstummen, stattdessen schauen uns alle an. Ich bedaure es, mein Taschentuch in der Hand zu halten, denn als ich mich hinsetze, habe ich das Gefühl, als würden alle darauf starren. Ein gespanntes Schweigen macht sich breit, doch weder Vater noch ich sagen ein Wort.

Die Zeit vergeht langsam, zäh. Schon vor einer ganzen Weile habe ich gezählt, wie viele wir im Wartezimmer sind. Sieben. Ich habe mir die Muster auf den Bodenfliesen angeschaut, alles geometrische Figuren. Ich habe den Baum vor dem Fenster betrachtet, dessen Zweige fast die Scheibe berühren. Die Blätter sind gelblich-grün, solche, die immer für »er-liebt-mich-er-liebt-mich-nicht« herhalten müssen. Ich habe daran gedacht, dass ich um diese Zeit normalerweise durch die Straßen streife, und sosehr ich mich auch bemüht habe, es ist mir nicht wirklich gelungen, diesen Gedanken zu verdrängen. Immer wieder sage ich mir, was ich doch für eine Egoistin bin. Sie rufen einen Namen auf, und zwei Frauen erheben sich von ihren Stühlen; eine von ihnen hat mich die ganze Zeit über mindestens dreimal angelächelt. Dann setzen sie sich wieder hin und unterhalten sich laut über den Fall, der sie ins Krankenhaus gebracht hat. Ich habe den Eindruck, alle wollen wissen, weshalb wir in diesem kleinen Wartezimmer sind, weshalb wir uns unglücklich fühlen. Vater erklärt, worum es bei uns geht, und als er fertig erzählt hat, fühlt sich alles wieder an wie in dem Moment, als wir den Raum betreten haben. Schicksalsergeben sitzen wir alle im selben Boot. Die anderen wissen nun, weshalb wir in der Klinik sind, jetzt sind wir frei zu reden, zu schweigen oder zu weinen. Ein Mann hält die Augen geschlossen, und die beiden Paare, ein Mann mit einer Frau und die zwei Frauen, die gleich neben uns sitzen, reden leise miteinander.

Erst als die Krankenschwester wieder die zwei Frauen aufruft, und die beiden weggehen, nicht ohne sich vorher verabschiedet zu haben, fangen auch Vater und ich an zu reden. So als hätten wir es abgesprochen. Wir müssen schmunzeln, denn beide haben wir gleichzeitig angefangen zu sprechen. Plötzlich wird mir klar, wie viel Zeit wir Menschen doch vergeuden, ohne uns zu sagen, wie sehr wir einander brauchen. Stattdessen streiten wir herum und machen uns Sorgen ums Geld und anderen Blödsinn. Gerade heute, hier, hast du »mein Liebes« zu mir gesagt. Darüber würde ich mit Vater so gerne sprechen, aber ich weiß nicht, wie, ich finde nicht die richtigen Worte. Auf jeden Fall redet er bereits von dir. Seit Tagen hättest du dich nicht wohlgefühlt, aber du wolltest dem nicht allzu viel Bedeutung beimessen, du hättest gemeint, vielleicht seist du ja schwanger. Er gibt mir einen Anlass, dein Verhalten zu kritisieren, und prompt tappe ich in die Falle, und da sind wir beide wieder ganz still. Du kannst also noch ein Kind bekommen?

Eine Frau mit einem kleinen, plärrenden Mädchen betritt den Raum, und all unsere Blicke richten sich jetzt auf die beiden. Meiner auch: Ohne es zu wollen, habe ich die Seite gewechselt. Im Grunde, und das wird mir erst jetzt klar, haben wir auf das Wichtigste, was uns im Leben widerfährt, gar keinen Einfluss.

Ich bin völlig erledigt, als wir zu Hause ankommen, so als sei ich den ganzen Tag herumgelaufen. Wir haben Mitte September und trotz des warmen sonnigen Morgens wirkt alles irgendwie kalt. Das aufgeräumte Esszimmer erinnert mich an den Augenblick, bevor wir dich in die Klinik gebracht haben. Du hast gehinkt, doch wie immer deine Arbeit verrichtet, nur dass du sie häufig unterbrechen musstest, um zur Toilette zu gehen. Bis Vater die Beherrschung verlor, er hat angefangen zu fluchen und dir damit gedroht, den Besen in Stücke zu brechen. Schließlich bist du ungewohnt langsam die Treppe hinuntergestiegen und hast dich im Auto, »unserem Himmel auf Erden«, ins Krankenhaus bringen lassen, und keiner von uns hat etwas gesagt.

Aber die Arbeit hast du natürlich noch erledigt, und in der Küche ist alles an seinem Platz. Vater sagt mir, ich müsse etwas essen.

– Und du?

Er zündet sich eine Zigarette an und geht auf die Dachterrasse, ich folge ihm. Die Sonne prallt unbarmherzig auf die Fliesen. Die Hühner und Kaninchen sind versorgt, das ist die Arbeit, die du jeden Morgen zuerst machst, doch am Abend müssen wir daran denken, ihnen frisches Wasser zu geben. Wir gehen wieder rein. Im Esszimmer rückt Vater einen der Stühle mit dem Sitz aus beigem Kunstleder vom Tisch. Er setzt sich und atmet tief den Rauch seiner Zigarette ein, während er zu dem kupfernen Aschenbecher greift, den du immer, auf Hochglanz poliert, neben das Radio stellst. Ich schaue ihn an.

– Ist es was Ernstes?

– Nein, ich hoffe nicht.
– Was machen wir denn jetzt?
– Schau mal in den Kühlschrank, lass uns was essen.

Wir haben uns dann einen Salat gemacht und ihn mit ein paar Scheiben von dem restlichen mageren Bratenfleisch gegessen.

– Warum ist sie eigentlich so?
– Wie meinst du das?

Ich weiß nicht, was ich sagen soll. Meine Frage hat er wohl als Kritik an dir empfunden, und ich fühle, dass er nicht über dich reden will.

– Du weißt, was im Krieg passiert ist?
– Ja, sie haben ihren Vater umgebracht.

Ich hoffe, dass er weiterredet. Er zündet sich aber erst wieder eine Zigarette an und macht sich daran, Kaffee zu kochen.

– Und war er unschuldig?

Er schaut mich an, und ich schäme mich, weil ich ihm diese Frage gestellt habe.

– Was denn sonst! Er war ein Opfer, wie so viele andere auch. Meinen Onkel, einen der Brüder meines Vaters, haben sie auch erschossen.

– Aber warum denn?

Hastig zieht er an seiner Zigarette. Zwischen Zug und Zug erzählt er dann von seinen Erlebnissen an der Front, von den zwei Malen, die er in ein Lazarett eingeliefert wurde, und dann noch von dem, was in Großmutters Dorf geschehen ist, in dem Landkreis, in dem ihr beide geboren seid, von den Racheakten. Und von dem Attentat, das einen blutrünstigen General zur Weißglut getrieben hat. Er sagt, ich könne mir gar nicht vorstellen, was das bedeutet: Krieg. Er gießt uns den Kaffee in zwei Tassen, die er aus dem Esszimmer geholt hat, und dann redet er weiter. Er erzählt, wie dir zumute war, als du aus dem Lager in dein Dorf zurückgekommen bist. Mit einem Mal warst du für die meisten Leute Luft. Du warst noch so jung, und sie haben dich in aller

Öffentlichkeit gedemütigt. Wenn die Franco-Hymne erklang, musstest du den Arm schön hoch zum faschistischen Gruß erheben, und auf der Straße haben sie dir argwöhnisch hinterhergeschaut und Bemerkungen über die Bosheit der Roten fallen lassen. Ich erinnere Vater an eine Begebenheit, die du einmal erzählt hast und über die du lachen musstest. Eine Freundin von dir hatte nämlich kurz mal den Arm runtergenommen, und da bekam sie von einem Soldaten, der hinter ihr stand, mit einem Gewehrkolben einen ziemlichen Stoß gegen die Schulter versetzt: »Streck den Arm aus, du Schwächling!«

– Ja, das war kurz nach dem Krieg, während einer Messe in der Kreisstadt, auf dem Marktplatz. Und deine Mutter muss noch immer darüber lachen, weil diese Freundin, die eigentlich gar kein schlechter Mensch war, sich bei den Siegern angebiedert hatte, lieb Kind wollte sie sich bei ihnen machen, nur war sie eben mal für einen Augenblick nicht ganz bei der Sache. Sie hatte niemanden verloren und deportiert worden war sie auch nicht.

– Was soll das eigentlich genau heißen, deportieren?

– Das soll heißen, dass deine Großmutter, deine Mutter und deine Tante aus ihrem Haus und ihrem Dorf verschleppt worden sind, während sie deinen Großvater umgebracht haben. Der war damals übrigens jünger als ich jetzt.

Fast hätte ich gegrinst, mir kommt Vater nicht gerade jung vor. Er erzählt mir weiter, ihr hättet drei Monate in einem Dorf in Aragonien verbringen müssen. Zusammen mit Leuten aus dem ganzen Landkreis und auch von woandersher, alles Familien von jemandem wie Großvater, von jemandem, den man umgebracht hatte. Sie waren sehr streng zu euch, und ihr musstet auf Spanisch beten, und während der Arbeit haben euch italienische Soldaten belästigt.

– Aber wussten sie denn überhaupt, dass man ihn umgebracht hatte?

– Als sie abgeholt wurden, wussten sie das noch nicht. Aber

später im Lager, da hat deine Mutter ein paar Soldaten gefragt, und die haben ihr dann gesagt, dass diejenigen, die deportiert werden, normalerweise daheim einen Todesfall zu beklagen hätten. Gerade darum würde man sie auch fortschaffen, damit sie mit ihren Fragen nicht lästig fielen.

– Ganz genau wussten sie es also noch nicht, als sie dort waren?
– Ja, das stimmt. Und Großmutter wollte auch nicht darüber sprechen, sie meinte, sie würde ihn ganz bestimmt im Dorf wiedersehen. Überhaupt hat sie damals kaum ein Wort geredet.

Wir haben unseren Kaffee ausgetrunken, und Vater hat den kleinen Zigarettenstummel unter dem laufenden Wasserhahn gelöscht. Ich mache mich daran, das schmutzige Geschirr abzuspülen, und er geht aus der Küche. Ich denke über alles nach und sage mir, dass das ja schon so viele Jahre her ist. Vater steht in der Tür und schaut mich an. Er fragt mich, ob ich etwa hierbleiben will … Ich beeile mich. Gemeinsam hasten wir die paar steilen Stufen runter, über die ich sonst einfach springe. Die beiden übrigen Stockwerke, dort, wo die Treppe weniger abschüssig ist und ziemlich im Dunklen liegt, nehmen wir dann fast im Laufschritt. In einer Stunde werden sie dich operieren.

Als wir voller Zuversicht in der Klinik ankommen und zugleich voller Angst, dich leiden zu sehen, schicken sie uns geradewegs in den kleinen Aufenthaltsraum. Auf dem Gang, der sich menschenleer vor uns erstreckt, werden unsere Schritte langsamer. Auch im Wartezimmer ist niemand. Schade, dass ich nichts zum Lesen dabeihabe. Es vergehen ein paar Augenblicke, ohne dass wir miteinander reden. Ich betrachte Vaters dunkel gelockte Haare, ein paar graue sind auch schon darunter. In der Hand hält er eine Zigarette, aber er zündet sie nicht an. Ich sage ihm, dass du so ganz anders bist als deine Mutter.

– Deine Großmutter war nach alldem wie erloschen, sie hat nie mehr die Kraft aufgebracht, gegen irgendetwas aufzubegehren.

– Sie ist ein unglaublich rücksichtsvoller Mensch, für sich selbst bittet sie nie um etwas, und sie ist einfach zu allen gut.

– Aber stark ist sie nicht. Es war deine Mutter, die ihren Mann stehen musste, als sie wieder zu Hause waren.

– Was meinst du damit?

– Dass sich deine Mutter von Arbeit noch nie hat schrecken lassen, und wenn es nötig war, mit jemandem zu reden, dann war es immer Teresa, die hingegangen ist ... Ihr Vater ist ja Maurer gewesen, und für ein paar Arbeiten stand sein Lohn noch aus, als das damals geschah. Außerdem hatte er mal einer seiner Schwestern ausgeholfen, die mit ihrer Familie nur von der Landwirtschaft lebte. Deine Mutter ist überall vorstellig geworden, um das Geld einzufordern, sie waren ja völlig mittellos zurückgeblieben, doch da war nichts zu machen, sie hat nur Ausflüchte zu hören bekommen.

– Und ihr habt euch nach dem Krieg kennengelernt?

– Ich war erst seit ein paar Monaten wieder zurück, aus Frankreich, aus dem Lager von Argelès.

– Wie war sie denn so, als sie jung war?

Vater lächelt, steckt die nicht angezündete Zigarette zurück ins Päckchen und schaut mich an, bevor er weiterspricht. Mit der rechten Hand streicht er mir meine langen Haare aus dem Gesicht.

– Jetzt siehst du ihr ziemlich ähnlich.

Alle sagen mir, dass ich ihm ähnlich sehe, und darauf bin ich stolz, dir will ich nicht ähnlich sehen. Ich antworte ihm nicht.

– Aber was hat sie so gemacht?

– Sie war sehr tapfer, stark und genauso entschlossen wie jetzt auch. Obwohl, heute, na ja ... Als wir uns damals zum ersten Mal begegnet sind, haben wir uns gleich lange unterhalten, und nach einer Weile habe ich plötzlich bemerkt, dass sie weint.

– Und warum?

– Nun, weil wir über die Familie geredet haben ...

– War sie hübsch?
– Na, das will ich wohl meinen! Jetzt hat sie ja ein bisschen zugenommen, aber damals, da war sie gertenschlank, und ihre Augen, die wirkten noch viel größer.
– Ich habe kleine Augen, so wie du.
Er hat die Zigarette wieder aus dem Päckchen gezogen, sie angezündet und jetzt schaut er gedankenverloren auf den Boden. Den Rauch bläst er nach oben, dann dreht er sich zu mir und drückt ganz fest meine Hand.
– Vielleicht hätten wir Ramon benachrichtigen sollen.
Mir ist, als würde der Name meines Bruders einen glücklichen Moment schmerzhaft verdrängen. Seitdem es dir schlecht geht, habe ich nicht ein Mal an ihn gedacht. Ich traue mich nicht zu sagen, dass er eh zu nichts taugt.
– Wir können ihn ja anrufen, wenn sie uns Bescheid gegeben haben, wie die Operation verlaufen ist. Morgen ist schon Freitag, und dann kommt er sowieso nach Hause.
– Ja, natürlich. Ich werde mich gleich mal erkundigen …
Während er aus dem Wartezimmer geht, drehe ich mich zum Baum vor dem Fenster. Das Licht ist vergilbter als heute Morgen, ich bin müde. Ich komme mir selbstsüchtig vor, weil ich Lust habe, draußen zu sein und meine Freunde zu sehen, aber dazu müsste ich mich umziehen, und die Wohnung ohne dich macht mir Angst.
Ich stehe auf und versuche, so zu gehen, dass jeder Schritt genau in eine Fliese passt. Vater kommt zurück, und er sagt mir, dass man dich schon in den Operationssaal gebracht hätte, er wirkt zuversichtlich. Und dann meint er noch:
– Ich werde Veva anrufen.
Ich setze mich wieder hin und denke an die Cousine. Wäre sie hier, wäre alles anders. Ich denke an ihre und Vaters gemeinsame Vergangenheit. Vor dem Krieg, an den Gesangsverein, das Theater, die Bücherei, an Vevas Verehrer und seine reiche Familie, die

nichts von ihr hatte wissen wollen, trotz ihrer durchweinten Nacht kommt mir das alles wie ein schönes Märchen vor. Du hast mir oft gesagt, wie viel leichter wir es doch hätten, ich und mein Bruder und unsere ganze Generation. Wir können etwas lernen, und es ist nicht mehr so wichtig, woher man kommt. Ein Mädchen aus meiner Klasse stammt aus einer Familie, die lieber unter sich bleibt. Sie reden Spanisch, und weil sie so viele sind, haben sie es auch nicht nötig, sich mit den Leuten hier bei uns in der Stadt anzufreunden. Ich finde Marta sehr lustig, und ihre Mutter ist nett, aber du hast mir erzählt, dass es ihr Vater war, der Veva damals angezeigt hat. Wenn ich Marta mal nach Hause begleite, und ihre Mutter etwas zu mir sagt, dann spricht sie Katalanisch mit mir, ihr Vater ist derjenige, der von auswärts kommt. Ich finde, Erwachsene sind ganz schön kompliziert, und ich weiß nicht, ob ich jemals wirklich begreifen werde, was im Bürgerkrieg eigentlich passiert ist. In der Öffentlichkeit spricht niemand darüber, du auch nicht, aber bei den Leuten daheim wird unentwegt darüber geredet.

Im Fenster ist jetzt ein bläulicher Ton zu sehen, der sich langsam auflöst. Die Glühbirne in der schmutzigweißen Kugellampe verbreitet ein seltsames Licht im Wartezimmer. Nur ein Einziger ist noch übrig geblieben von all denen, die sich heute Nachmittag auf die gestrichenen Holzstühle gesetzt haben, um später wieder fortzugehen, einer nach dem anderen. Die anfänglich so sprunghafte Zeit ist immer einförmiger geworden, weich und schlaff wie der Stoff eines abgetragenen Mieders. Vater hat den Raum oft verlassen: um sich nach dir zu erkundigen, um auf der Straße eine zu rauchen. Und dann ist er wieder reingekommen. Mit einem Mal haben wir Zeit, in aller Ruhe über seine Jugend zu reden, in der sich der Krieg breitgemacht hatte wie eine Sau, die sich mitten auf dem Weg in der Sonne wälzt. Wir sprechen über die Bücher, die er gelesen hat, als er mit einer Verwundung im

Lazarett lag, weil er von einem Granatsplitter getroffen worden ist. Wie alles zusammen nach und nach sein Leben verändert hat. Eine feste Arbeit hatte er ja schon vor 1936, vor dem Krieg also. Als gelernter Buchhalter führte er nämlich verschiedenen Elektrizitätswerken die Bücher und ein paar anderen Betrieben auch. Schon damals mochte er gerne lesen, vor allem Gedichte, aber weil er so lange Zeit im Lazarett liegen musste, kam er auf die Idee, sich durch die gesamte Bibliothek zu lesen. Er begann, einfach alles zu verschlingen, vor allem aber psychologische und philosophische Abhandlungen, denn davon gab es dort am meisten.

Er hat mir auch noch einmal erzählt, wie er sich mit einem schottischen Soldaten angefreundet hat, der war ebenfalls verwundet worden und hatte immer einen Riesenhunger. Jeden Morgen wurde die Brotration für den ganzen Tag verteilt, eine kleine Stange Weißbrot. Der Kamerad aus dem fernen Land schlang es gleich mit ein paar Bissen runter. Vater dagegen teilte es in drei Stücke, eins für jede Mahlzeit. Zum Mittagessen oder zum Abendbrot hat er dem anderen davon angeboten, doch der hat nie etwas annehmen wollen. Ich merke, wie gerne Vater nach Schottland fahren würde, um diesen jungen Soldaten zu besuchen, der jetzt wohl, genauso wie er, ein Mann um die fünfzig sein müsste. Er sagt es mir aber auf eine Art, die mich gleich erkennen lässt, dass sich da ein Berg vor ihm auftürmt, so als wisse er schon, dass er doch niemals dort hinkommen wird. Ohne es laut auszusprechen, nehme ich mir fest vor, nach Schottland zu fahren, den Kameraden aus dem Lazarett zu suchen und ihm viele Grüße von Vater auszurichten.

Dann geht Vater wieder hinaus, und als er zurückkommt, nimmt er mich in die Arme, und mit einem Mal, so wie in dem Augenblick, in dem uns die Bequemlichkeit des alten ausgeleierten Mieders beschämt und wir es wegwerfen, setzt die Zeit für Vater und mich neu ein, fließt sie wieder präzise und beständig.

– Sie sind schon fertig, alles ist gut gegangen. Und Veva kommt am Samstag hoch und wird bis Sonntag bei uns bleiben.

Wir dürfen dich von der Tür aus sehen. Du bist noch nicht aus der Narkose aufgewacht. Dieselbe Krankenschwester wie zuvor, jetzt allerdings etwas freundlicher, sagt uns, dass wir morgen früh zu dir dürfen. Es scheint, als würde in solchen Glücksmomenten unser Leben erst beginnen. Befreit von jeglichem Kummer steht es plötzlich in einem ganz anderen Licht da, und es ist, als würden wir mit einem Mal etwas wahrnehmen, was wir im Alltag außerstande sind zu sehen. Ich empfinde eine große Dankbarkeit und habe das Gefühl, dass es Vater genauso geht. Er hat sich bei mir untergehakt, und mir ist das gar nicht peinlich, aber ich gehe trotzdem ganz schnell. Er erzählt mir noch mehr von dir. Wie er sich in deinen Mut verliebt hat, wo er seinen doch gänzlich verloren hatte, obwohl er dem Tod an der Front davongekommen war und seine Verletzungen im Lazarett hatten ausheilen können. Einige seiner Kameraden sind nicht zurückgekehrt.

Es ist dunkel geworden, auf den Straßen ist es ganz still, und als wir zu Hause ankommen, sagt Vater zu mir, dass wir das jetzt feiern müssen. Wir werden uns ein richtig gutes Abendessen machen und eine Flasche Wein öffnen, die er schon seit Langem für einen besonderen Anlass aufgehoben hat. Bevor ich mich in der Küche zu schaffen mache, habe ich Lust, ein wenig raus auf die Dachterrasse zu gehen. Ich beuge mich über das Geländer, an dem deine Blumentöpfe stehen, und schaue hinunter in Rosalias Garten. Ich muss ihr sagen, dass man dich operiert hat. Ein Geräusch lässt mich aufhorchen, und mir fällt ein, dass der Käfig mit den Hühnern nicht abgedeckt ist und dass ich ihnen auch kein frisches Wasser gegeben habe. Ich hole es gleich nach und suche auch das dunkle Tuch, das ich dann über den Drahtverhau lege. Ich bin zufrieden mit mir, denn ich glaube, du wärst es auch, könntest du sehen, dass ich das getan habe, was zu tun ist, ohne dass man es mir hat sagen müssen.

Überhaupt gibt es viel zu tun an den Tagen, die du im Krankenhaus liegst, und doch werden es ungezwungene, ja fast fröhliche Tage. Alle gehen wir sehr liebevoll miteinander um. Cousine Veva hat Großmutter Bescheid gesagt, und beide zusammen sind sie von Barcelona aus hochgekommen. Unterschiedlicher können zwei Menschen gar nicht sein, denke ich, als ich sie aus dem Bus steigen sehe. Veva lächelt mir von der oberen Stufe aus zu, sie trägt ein Wollkostüm und eine sehr elegante smaragdgrüne Bluse. Großmutter dagegen steht in ihrem schwarzen Mantel schon auf dem Bürgersteig, und als sie mich umarmt, merke ich, dass sie weint. Ich sage ihr, dass es dir schon viel besser geht, dass du sogar eine Weile aufstehen durftest.
— Und isst sie auch was?
— Ja, mach dir keine Sorgen, sie isst was.
Die Cousine gibt mir einen Kuss auf jede Wange und meint, ich sei aber ganz schön gewachsen, und meine Haare kämen ihr viel länger vor, ganz so, als hätte sie die Fahrt bloß gemacht, um ihrer Freude Ausdruck zu verleihen, wie sehr ich doch in die Höhe geschossen sei. Ich begleite die beiden zur Klinik, nachdem ich Großmutter ganz schön drängen musste, mir ihre Tasche zu überlassen. Veva hat einen kleinen Koffer dabei, und als ich auch ihr meine Hilfe anbiete, sagt sie nur:
— Mach bloß, dass du wegkommst!
Von diesem Augenblick an wird alles gut für mich. Gemeinsam mit Veva und Vater auf deine Rückkehr zu warten ist ein einziges Fest voller unzähliger kleiner Anekdoten, die uns alle zum Lachen bringen. Großmutter hat sich an deinem Bett niedergelassen, um ganz für dich da sein zu können. Kaum dass sie sich dazu bewegen lässt, auch nur für einen Moment von deiner Seite zu weichen. Wir müssen regelrecht auf sie einreden, bloß

damit sie sich auf dem Gang, der zum kleinen Aufenthaltsraum führt, auch einmal ein wenig die Beine vertritt. Oder aber Cousine Veva nimmt sie einfach mit nach Hause unter dem Vorwand, dass sich schließlich einer um das Mittagessen kümmern muss.

Ich weiß, dass ich auf einem Mädchengymnasium angemeldet bin, das ganz in der Nähe von Vevas Wohnung liegt. Ich werde bei ihr wohnen! Ich bin so glücklich! Manchmal muss ich allerdings daran denken, dass ich im Oktober sicher nicht mit der neuen Schule anfangen kann, wenn es dir bis dahin nicht besser geht. Während des Mittagessens taucht Ramon auf, der wie jeden Samstag den Zug zu uns hoch genommen hat. Er kommt mir größer vor und auch netter als sonst. Auf dem Weg zur Klinik fühle ich mich richtig stolz, an seiner Seite zu gehen. Rosalia erkundigt sich nach dir und fragt uns, ob wir etwas brauchen.

Als wir dein Zimmer betreten, sitzt du auf einem Stuhl und lächelst uns entgegen. Du siehst Ramon und stößt einen kleinen Schrei aus, du stehst auf und wirfst dich in seine Arme. Plötzlich ist klar, dass wir zu viele im Zimmer sind, und Vater und ich ziehen uns auf den Flur zurück.

– Mir fehlt die Zigarette nach dem Essen – sagt er zu mir.

Nach ein paar Minuten höre ich meinen Namen rufen und gehe wieder hinein. Du sitzt auf dem Stuhl, die Cousine und Ramon rechts und links auf dem Bett. Großmutter steht aufrecht am Kopfende. Wie ein schwarzer Engel sieht sie aus in den Kleidern ihrer nie enden wollenden Trauer und den miteinander verschränkten Händen. Niemand hat es geschafft, sie zum Sitzen zu bewegen, obwohl alle es versucht haben. Du willst wissen, ob ich für morgen Mittag schon eingekauft habe, ob noch genügend Grünfutter für die Kaninchen da ist und ob die Käfige auch sauber sind. Da fällt mir ein, dass ich in all der Hektik ganz vergessen habe, sie zu füttern, und ein Riesenschreck fährt mir durch alle Glieder. Vater, der mir ins Zimmer gefolgt ist und ganz in der

Nähe neben der Tür steht, sagt dir, dass er das längst erledigt hat. Alles sei in Ordnung. Eine Krankenschwester kommt herein und ist verblüfft, so viele auf einem Haufen zu sehen.
– Höchstens zwei Personen auf einmal, bitte ...
– Die Freunde warten schon auf mich – Ramon springt von deinem Bett auf. Die Schwester ist rot geworden und lässt meinen Bruder vorbei, der ganz nah vor ihr stehen geblieben ist. Für einen Augenblick verdüstern sich deine Augen, aber aus deiner Stimme klingt durchaus verhaltener Stolz.
– Dieser Hitzkopf ... Und die Wäsche?
– Die ist daheim.
Du hast mich angeschaut, und auch ich bin rot geworden. Großmutter sagt sofort:
– Ich kümmere mich schon darum.
Ramon und Veva geben dir einen Kuss, bevor sie rausgehen. Ich folge ihnen und verspreche dir, später noch einmal wiederzukommen.

Manchmal passiert Tage oder Monate oder Jahre rein gar nichts. Und dann, an einem einzigen Tag, sind es plötzlich ganz viele Ereignisse, die sich mit Ungestüm in unser Leben drängen, so als ob nicht mehr genügend Zeit bliebe. Von der Klinik aus mache ich mich auf die Suche nach meiner Clique, aber an den üblichen Orten finde ich sie nicht. Ich gehe zum Bahnhof, dort kann man immer die Zeit totschlagen, ohne dass jemand, der einen sieht, gleich misstrauisch wird. Als ich um eine Ecke biege, stoße ich fast mit Serni zusammen. Erst sind wir beide ganz überrascht, doch dann fragt er mich, wen ich denn vom Zug abholen will. Ich erzähle ihm, dass man dich operiert hat und dass du noch ein paar Tage in der Klinik bleiben musst.
– Ich begleite dich ein Stück.
Bis zum Abendzug ist es noch eine Weile hin. Um nichts in der Welt will ich in die Nähe der Steinbank kommen, die vor der Akazie steht, auch wenn die verlassenen Waggons noch ein gutes

Stück entfernt sind. Wir setzen uns auf die Bank im Wartesaal. Wir reden ein wenig über alles, lachen über die Proben zum Krippenspiel. Plötzlich sage ich ihm, dass ich ab Oktober in Barcelona zur Schule gehen werde.

– Und ich steige bei meinem Vater ein.

Für einen Moment schweigen wir, und ich sehe all die angehäuften Sachen aus dem Trödelladen vor mir, das kleine Hinterzimmer mit dem Kalender voller Fotos von Pin-up-Girls und dem Ofen. Ich frage ihn, ob er sich auf die Arbeit freut.

– Pah! Zu tun gibt's jedenfalls genug. Angefangen von dem Zeug, das sortiert werden muss, bis hin zum Preis festlegen oder was reparieren, wenn es sich noch lohnt, und dann natürlich den Krimskrams ankaufen, den die Leute einem normalerweise so anschleppen.

Ich habe an die Zeitungen gedacht und an die Kaninchenfelle, mit denen du mich manchmal dorthin geschickt hast.

– Wirklich interessant wird es erst, wenn man eine ganze Wohnungseinrichtung aufkaufen kann.

Serni rückt näher an mich heran, und er flüstert fast. Ich sehe, dass er blaue Augen hat, und betrachte aufmerksam die Narbe unter seiner linken Wange.

– Manchmal findet man richtig wertvolle Dinge.

– Aber wer verkauft denn schon seine ganze Wohnungseinrichtung?

– Mehr Leute, als du denkst. Leute, die mal reich waren und jetzt Kohle brauchen. Leute, die nach dem Krieg Millionäre geworden sind und jetzt alles neu und modern haben wollen.

– Millionäre?

– Du würdest dich wundern, was da für Geld im Umlauf ist für Sachen, die man im Krieg für ein Appel und 'n Ei bekommen hat.

Serni redet sehr selbstsicher, und plötzlich fühle ich mich richtig klein neben ihm. Er spricht wie ein Geschäftsmann zu einem

Mädchen, das aufs Gymnasium gehen will. Und dann meint er noch:

– Man weiß nie, ob so eine alte Matratze, aus der man die Wolle rausholt, weil die ja nach Gewicht verkauft wird, nicht noch eine Überraschung für einen bereithält.

Ich drehe mich zu ihm hin und muss lachen, als ich seinen komischen Gesichtsausdruck sehe.

– Erzähl mal!

Mit seiner rauen Hand streicht er über meine Haare und schaut mir tief in die Augen.

– Du gefällst mir!

Ich traue mich nicht, ihm zu sagen, dass das jetzt völlig überraschend für mich kommt. Monatelang haben wir unsinnige Grüße ausgetauscht und dann woanders hingeguckt. Ich war mit der Clique um die Geschwister Puig unterwegs, und er und seine Freunde sind wie Jagdhunde durch den Ort gestreunt. Ich spüre, wie sich seine Hand um meinen Nacken legt und mich zu sich heranzieht. Er küsst mich auf den Mund, und seine Hand fährt meinen Rücken entlang. Mit der anderen streichelt er wieder über mein Haar, und dann küssen wir uns ganz lang. Mit einem Mal ist an der Tür ein Geräusch zu hören und die Stimme einer Frau. »Schon besetzt!« Serni fängt an zu lachen und legt beide Arme um meine Taille, so als ob wir tanzen würden, und dann küsst er mich wieder, und dieses Mal fährt seine Zunge in meinem Mund herum, und ich muss daran denken, wie du »sich schnäbeln« sagst, und rücke mit brennenden Wangen von ihm ab. Wie ein schmales Brett kommt mir sein Körper vor, als er sich so an mich drückt. Er gibt mir einen schnellen Kuss auf jedes Ohr. Schließlich küssen wir uns wieder auf den Mund, und seine Hand gleitet sogar unter meinen Pullover. Er drückt meine Brust, und ich verspüre eine angenehme Wärme, und dann bekomme ich mit, wie er hinter meinem Kopf auf seine Uhr schaut. Lass uns gehen, meint er. Seine Worte sind wie ein Befehl für mich, und ich springe sofort auf. Beim Gehen fühle ich mich irgendwie feucht an, mir ist so, als müsse ich ganz dringend pinkeln. Bevor wir den Wartesaal verlassen, bringt Serni noch meine Haare in Ordnung. Er lächelt mich an.

– Du bist ganz schön ernst!

Hand in Hand machen wir uns auf den Weg. Und wenn ich jetzt Cousine Veva begegnen würde, oder Quico und Regina oder gar Sernis Vater? Aber meine Unruhe legt sich schnell wieder, denn mir fällt ein, dass wir dir auf keinen Fall begegnen können. Aber wir treffen auf seine Mutter, und wir grüßen sie, ohne stehen zu bleiben. Danach meint er zu mir:

– Sie ist schwer in Ordnung. Sie liebe ich auch, sehr sogar.

Wir sind durch den Ort gegangen, und ich habe mich gefühlt, als würden meine Füße über der Erde schweben. Plötzlich sehe ich von Weitem einen Teil meiner Clique.

– Lass uns umdrehen – sage ich ihm.

Dann schlagen wir den Weg zum Fluss ein, es wird langsam dunkel, und mir fällt auf einmal ein, dass ich ja Großmutter in der Klinik abholen soll. Serni begleitet mich bis zum Portal, und bevor wir uns trennen, küsst er mich noch einmal auf den Mund. Mit Riesenschritten stürme ich die Treppe hoch. Als ich dein Zimmer betrete, tut das grelle Licht meinen Augen weh. Ihr seid alle da: du beim Abendessen, Großmutter hat sich neben dich gesetzt, und Vater steht in der Nähe des Fensters. Und keiner sagt etwas. Mit dem erhobenen Löffel in der Hand schaust du mich einen Augenblick lang an:

– Was bist du so strubbelig? Du siehst ja aus wie ein Mopp!

In der Nacht dieses einzigartigen Samstags habe ich kaum ein Auge zugetan. Cousine Veva, die im Bett neben mir wie ein Murmeltier schläft, habe ich nichts von dieser großen Sache erzählt, die mir da widerfahren ist. Und Großmutter habe ich auch nichts gesagt, und Vater genauso wenig. Und schon gar nicht meinem

Bruder. Ich wache immer wieder auf, so als würde ich auf der Lauer liegen, und jedes Mal bin ich ganz erstaunt, dass dieses Glück kein Traum ist: Da ist ein Junge, der mir gesagt hat, dass er mich liebt. Es ist schon spät, als ich aufstehe. Großmutter ist in die Neun-Uhr-Messe gegangen und will von dort aus gleich in die Klinik, lässt Vater mich wissen. Er unterhält sich gerade mit der Cousine, beide sitzen sie in der Septembersonne auf der Dachterrasse. Von ihr erfahre ich, was ich mir auch ganz allein hätte zusammenreimen können: Mein Bruder schläft noch. Dass Großmutter seine Wäsche gewaschen und auch aufgehängt hat, bevor sie losgegangen ist, versteht sich von selbst, das braucht mir keiner zu sagen.

Es scheint so, als hätten die beiden auf mich gewartet, um mit mir zu sprechen. Ich würde aber so gerne Regina anrufen, damit ich ihr endlich sagen kann, dass ich jetzt auch weiß, was das bedeutet, ein Kuss auf den Mund, doch die Esszimmertür steht zur Terrasse hin offen. Also setze ich mich zu den beiden und höre zu. Vater wird der Cousine jeden Monat etwas Geld für meine Ausgaben zukommen lassen, und ich werde ihr bei der Hausarbeit helfen. Und außerdem werden wir ein Stipendium für mich beantragen. Plötzlich ist die Vorstellung, dass ich nach Barcelona gehen werde, die den ganzen Sommer über wie Musik in meinen Ohren geklungen hat, gar nicht mehr so verlockend. Wenn ich fortgehe, werde ich mich von Serni trennen müssen. Einen Augenblick lang geht mir der Gedanke durch den Kopf, ihnen zu sagen, dass ich mir doch lieber eine Arbeit suchen möchte, doch so schnell dieser Gedanke gekommen ist, so schnell verfliegt er auch wieder, wie ein Bild, das man aufs Wasser malt. Vater und die Cousine lächeln mir zu, ich muss gerade ein ziemlich dämliches Gesicht machen.

Den ganzen Sonntag über ist mir, als sei ich beim Aufwachen an einem Ort gelandet, der zwar wie unsere kleine Stadt aussieht, in dem aber gleichsam über Nacht die ganze Szenerie ausgetauscht worden ist, so dass ich die Ein- und Ausgänge einfach nicht mehr finden kann.

Vater geht in die Klinik, Cousine Veva und ich zum Hochamt. Meine Gedanken scheinen sich in einem Zustand vollkommener Schwerelosigkeit zu befinden. Ich bin kurz davor, ihr zu sagen, was mit mir los ist. Nach der Kirche begleite ich sie nach Hause, damit sie eine Kleinigkeit essen kann, und dann machen wir uns auch schon mit ihrem Koffer auf den Weg zu dir. Während Großmutter und ich wieder zurückgehen, um das Mittagessen vorzubereiten, bringt Vater die Cousine mit dem Auto zur Bushaltestelle. Ramon bleibt in der Klinik, um dir Gesellschaft zu leisten. Du verabschiedest uns mit einem strahlenden Lächeln, so, als ob du gerade in der Lotterie gewonnen hättest und nicht mit einer Naht auf der rechten Seite im Krankenhaus liegen würdest.

Während Großmutter und ich die Straße hinuntergehen und uns dabei unterhalten, folgt uns Serni, ohne einen Hehl daraus zu machen. Vor der Haustür gebe ich ihr den Wohnungsschlüssel. Sie dreht sich um und schaut meinen Freund mit ihrem guten Auge an.

– Ich geh dann schon mal hoch.

Serni kommt mit in den Hausflur. Wir unterhalten uns eine Weile, und um uns herum zeichnet die Sonne Rechtecke auf den Boden. Er fasst mich an den Schultern, drängt mich in den Schatten und küsst mich. Wieder zwängt er mir seine Zunge zwischen die Zähne, und ich schiebe ihn mit beiden Händen von mir fort.

– Wann können wir uns wiedersehen?

– Heute Nachmittag, um halb fünf vor dem Eingang der Klinik.

Großmutter hat sich die Schürze übergezogen und schält in der Küche Kartoffeln. Ihr Blick ist ein einziges Strahlen.

– Du hast also schon einen Verehrer?

– Nein, wir kennen uns bloß von den Theaterproben für das

Krippenspiel. Er ist der Sohn des Trödlers und ein Freund von Ramon.

Trotz all dieser Erklärungen lässt sie nicht locker.
– Weiß deine Mutter davon?
– Wovon?
– Dass dir ein Junge den Hof macht.
Ich lache.
– Jetzt übertreibst du aber!

Dann sind wir beide still, und ich stelle mich neben sie und helfe ihr beim Kartoffelschälen. Sie hat das einfach so gesagt, ohne jeden anklagenden Ton, aber wenn ich an dich denke, wird mir ganz schlecht.
– Sag bitte den Eltern nichts davon.
– Mir hat man schon Anträge gemacht, da wussten wir noch gar nicht, was mit deinem Großvater geschehen war.

Zum Frittieren schneide ich jede Kartoffelscheibe in drei oder vier längliche Streifen. Ich weiß nicht, ob ich Großmutter richtig verstanden habe, aber ich glaube, das Kapitel mit meinem Verehrer hat sie abgeschlossen.
– Da war einer, der besaß ziemlich viel Land, und das damals, wo ja kaum jemand was hatte.
– Und du, wie hast du reagiert?
– Einfach nichts gesagt!
– Du hast ihm einfach nicht geantwortet?
– Keinen Mucks habe ich von mir gegeben!

Mit einer schnellen, nervösen Bewegung hat sie den Zeigefinger an die Lippen gelegt, und das, wo sie doch eine so stille, kleine Person ist, scheinbar die Ruhe selbst.
– Aber hat er denn nicht auf einer Antwort bestanden?

Sie kommt ganz nah an mich heran, so, als ob jemand mithören könnte, und flüstert mir ins Ohr.
– Einmal, als ich gerade im Garten die Tomatensetzlinge gesteckt habe, du weißt schon, dort oben im Dorf, da hat er zu mir

gemeint, wir könnten doch auswandern, wir beide ganz allein, den seinen würde er nichts schulden, und meine wären ja schon aus dem Gröbsten raus!
— Was hat er denn damit gemeint?
— Nun ja, dass deine Mutter schon ein junges Mädchen sei, und deine Tante auch, und der Junge würde sicher auch gut allein zurechtkommen.
— Und was hast du da gemacht?
— Ich hab so getan, als hätte ich nichts gehört! Er ist neben mir hergegangen, bis wir fast auf dem Dorfplatz waren.
— Und dann, was ist dann passiert?
— Nichts.
— Hätte es dir denn nicht gefallen, woanders noch einmal ganz von vorne anzufangen?
Sie macht eine unbestimmte Bewegung mit dem Kopf und lächelt mich an. Sie ist noch immer eine Frau von einer außerordentlichen Zartheit.
— Er hat bestimmt auch seinen Teil dazu beigetragen.
— Was meinst du damit?
— Bei deinem Großvater!
— Bei seinem Tod?
Das Wort, das ich gerade ausgesprochen habe, erschreckt mich, und ich schaue sie an. Sie hat das Gas angezündet und gießt Öl in die Pfanne, mit einem Schwung, der ihr in deiner Gegenwart fehlt. Man hört die Tür gehen.
— Lass uns den Salat anmachen!
Ich schaue wieder zu ihr.
Ihre Art zu sprechen gefällt mir. Ich muss daran denken, dass sie als kleines Mädchen noch nicht einmal lesen gelernt hat. Sie benutzt Wörter, die mir irgendwie fremd sind, Wörter aus deinem Dorf, das auch ihres ist, und die mit den Arbeiten zu tun haben, die sie dort verrichtet hat. Oft verdreht sie die Buchstaben, vor allem, wenn es sich um Wörter handelt, die neu für

sie sind: »Was ist das denn für ein Perparat?« oder »Das braucht er wohl, um seinen Kreislauf zu stumilieren.« Sie werkelt weiter, und noch immer wirkt er richtig jung, ihr Körper mit der schmalen Taille. Ich glaube, wegen Serni wird sie nichts sagen. Ich habe plötzlich Lust, sie in die Arme zu nehmen und sie herumzuwirbeln, ich möchte einfach ihr Lachen hören.

Vater steckt seinen Kopf zur Küche herein, wo sie und ich noch immer nebeneinander stehen. Er sagt, dass er schon mal den Tisch decken wird, und Großmutter schaut mich drängend an. Ich weiß, es ist ihr lieber, wenn ich das übernehme. Sie kann ja nicht wissen, wozu Vater alles fähig ist, wenn er will, dass du endlich fertig wirst, damit wir losfahren können.

Ramon taucht auf, als wir uns gerade zu Tisch gesetzt haben. Er sagt, er habe einen Bärenhunger, und Vater muss ihn daran erinnern, dass man sich vor dem Essen die Hände wäscht.

Ich rufe Regina an, und wir machen aus, dass wir uns treffen werden, sobald ich mit dem Abwasch fertig bin. Endlich! Als ich in die Küche komme, hat Großmutter schon damit angefangen.

– Ich mach das schon, geh nur!

– Ich kann doch das Nachspülen übernehmen, dann sind wir schneller fertig.

Einen Augenblick lang hat es den Anschein, als wolle sie mich wegschicken, aber dann fängt sie gleich wieder an zu reden, so als hätte sie nur auf mich gewartet, um da weiterzumachen, wo wir vor dem Essen stehen geblieben sind. Sie redet wieder von ihren Verehrern. Wo habe ich diese Geschichte bloß schon gelesen?

– Eines Tages hat der Pfarrer zu mir gesagt: »Es schickt sich nicht, dass du dein Leben allein verbringst. Ich werde einen Mann für dich suchen.«

– Und du?

– Kein Wort habe ich zu ihm gesagt! Kaum dass acht Tage vergangen waren: »Teresina, du brauchst einen Mann an deiner Seite! Ich habe an den Erben von den Toras gedacht.«

– Und du hast wieder kein Wort gesagt?
– Vielleicht hatte er ja Gewissensbisse.
– Hat er was Schlimmes getan?
– Wie kann ich das denn wissen, ich Arme!
– Hat dir der Erbe nicht gefallen?
– Auf den hab ich doch gar nicht geachtet, der hat mich kein bisschen interessiert, was ging der mich an?
– Hätten denn Mutter, Tante und Onkel gewollt, dass du wieder heiratest?
– Auf gar keinen Fall. Fuchsteufelswild ist der Junge geworden, als Genoveva mir mal ein graues Kleid mitgebracht hat. Er hat zu ihr gemeint, ob sie denn nicht weiß, dass ich verwitwet bin.
– Aber das bist du doch schon so lange und immer in Schwarz!
– Ob schwarz oder mausgrau, wo ist denn da der Unterschied?
– Und du, hättest du denn nicht gerne wieder geheiratet?
– An Arbeit hat es mir nicht gefehlt! Und hungern mussten wir auch nicht!

Das Wasser tropft vom Geschirrständer, und ich sage ihr, sie könne mir einen großen Gefallen tun und mir die Haare ein bisschen plätten. Sie schaut mich so ungläubig an, dass ich ihr gleich eine Erklärung gebe.

– Mit dem Bügeleisen, aber du musst dir keine Sorgen machen, die Haare gehen davon nicht kaputt, sie sehen dann nur etwas länger aus und glatter eben.

Während ich den Tisch herrichte, schaut sie mich hilfsbereit an, und ihre Arme warten nur darauf, sich erneut an die Arbeit zu begeben.

– Wo du doch so schöne Locken hast!

Ich habe Angst, dass du merkst, was los ist. Ich weiß, dass ich nicht aufmerksam genug zuhöre, dass man mir bestimmt anmerkt, dass ich etwas zu verbergen habe. Weil Cousine Veva und

Ramon nicht mehr da sind, ist der Kreis kleiner geworden, und so fällt das Licht stärker auf mich. Als ich dich besuche, bevor ich mit Großmutter und Vater nach Hause gehe, sagst du, dass du die Klinik leid bist und ich mich bestimmt schon darauf freue, wenn bald wieder jemand anders die Arbeit macht. Du weißt ja nicht, dass ich nicht ein einziges Mal den Boden gewischt habe, und staubgeputzt hat auch keiner. Ich sage dir, dass wir gut klarkommen und Großmutter den ganzen Tag am Schaffen ist. Du schaust mich an.

– Du siehst irgendwie anders aus!

– Ich habe mir die Haare geplättet!

– Du wirst sie dir noch kaputtmachen! Wie hast du denn das angestellt?

– Großmutter ist einfach mit dem Bügeleisen ein bisschen drübergegangen.

Du regst dich fürchterlich auf und schimpfst deine Mutter, ob sie vielleicht den Verstand verloren hätte. Ich falle dir ins Wort, du sollst sie in Ruhe lassen. Da sagt Vater ganz ernst zu mir, es reiche jetzt, hier sei wahrlich nicht der Ort, um so ein Theater aufzuführen, Großmutter und ich sollten schon einmal vorausgehen. Ich spüre, wie auf meinen Wangen die Tränen brennen. Bevor ich die Tür schließe, sagst du noch:

– Hast du auch das Bügeleisen ausgemacht?

Schweigend gehen wir die Treppe hinunter. Und schweigend gehen wir auch weiter. Ich habe Serni verboten, mir zu folgen. Die frische Luft ist wie Balsam auf meiner Haut. Großmutter sagt mir, ich soll mich nicht grämen, du würdest das alles doch nur machen, weil du mich lieb hast. Ich will ihr lieber nicht sagen, was ich gerade denke. Sie ist der beste Mensch, den ich kenne, sie mag ich am allerliebsten. Und überhaupt, wenn du wüsstest, wie viele Küsse Serni und ich uns am Nachmittag gegeben haben, dann wärst du erst recht wütend auf mich. Aber am schönsten war es mit Regina, als ich ihr all die Neuigkeiten erzählt habe, und wir beide gelacht haben, als wären wir nicht ganz bei Trost. Sie hat mir gesagt, wir vier sollten mal miteinander etwas unternehmen. Quico, Serni, sie und ich.

Seitdem du im Krankenhaus liegst, nehme ich unsere Wohnung im Haus von Rosalia, die, in der wir schon immer wohnen, als einen ganz neuen Ort wahr. Der leichte Wind, der die Gardine bewegt, dringt ins Innere und bahnt den Fliegen, die du so sehr verabscheust, einen Weg. Das Sonnenlicht fängt sie alle ein. Die Gegenstände erwecken den Anschein, als seien sie nur vertretungsweise hier, als würden sie nach all den Stunden, die wir gemeinsam mit ihnen verbracht haben, gar nicht wissen, wer wir eigentlich sind. Und so entdecken wir in ein und denselben Räumen Orte, an denen wir niemand zur Last fallen und stören. Zerbrochen haben wir nichts. Die Blumentöpfe haben ebenso ihr Wasser bekommen wie die Tiere auf der Dachterrasse. Jeden Abend sind wir ein wenig länger einfach so zusammengesessen. Und weil die Kupferfäden unsere Verbündeten waren, haben wir nur mäßig »Licht verbrannt«, und in Brand gesetzt haben wir gar nichts.

Am Abend vor deiner Rückkehr hat unser Beisammensein etwas von einem Abschied. Vielleicht kehren wir deshalb wieder zur ersten Szene eurer unendlichen Geschichte zurück.

Großmutter taucht wieder in jene Zeit ein. Sie erzählt, dass er mit Politik eigentlich gar nichts am Hut hatte. Er war ein aufgeweckter Kerl, von Beruf Maurer. Wenn es auf den Feldern nicht allzu viel zu tun gab, zog er Wände hoch und brachte Geld nach Hause, wo die meisten Männer der Gemarkung doch höchstens ein paar Münzen zu sehen bekamen, wenn sie mal ein Stück Vieh verkauften. Aber da waren die Abgaben zu entrichten, und Wein und Öl für das ganze Jahr mussten gekauft werden, und all die Dinge, die man eben so zum Leben brauchte. Er ging den Herrschaften aus reichem Haus nicht um den Bart, manchmal widersprach er ihnen sogar, aber immer in friedlicher Absicht. Er schien ein guter Mensch gewesen zu sein, oder vielleicht sollte man eher treuherzig sagen. War die Wand oder das Fenster fertig, das Dach oder was auch immer, bekam er sein Geld dafür, und das war's. Seinen Töchtern kaufte er gute *espardenyes*, und damit hatte es sich dann. Aber damals war das schon viel. Einmal, da hat er seiner Frau einen Seidenschal geschenkt, der kommt ihr noch heute viel zu fein vor. Und darum hat sie ihn auch nur ein einziges Mal getragen, als sie mit ihm aufs Patronatsfest gegangen ist, 1935 war das. Und sie wird ihn auch nicht mehr tragen, zumal er ja blau ist.

– Den möchte ich dir gerne schenken.

Dein Vater hat dich zum Nähunterricht ins Nachbardorf geschickt, er hat die Schneiderin dafür bezahlt. Jeden Tag bist du mit noch einem Mädchen dorthin gegangen. Deine Schwester sollte bald auch damit anfangen, doch dann ist der Krieg ausgebrochen. Als sie ihn festgenommen haben, dachte Großvater, das sei weiter nichts als ein Irrtum und sobald sich alles geklärt hätte, würden sie ihn gleich wieder freilassen. Es konnte sich ja nur um einen Irrtum handeln. Ein Novembernachmittag im Jahr 1938, eine kleine Gruppe von Frauen, die in der noch wärmenden Herbstsonne auf dem Dorfplatz zusammengestanden ist, Großmutter war auch dabei, und alle haben sie gesehen, wie Großvater mit zwei Männern von der Guardia Civil gesprochen hat, er schien sogar zu lächeln. Kinder rannten quer über den Platz. Alles wirkte so ruhig und friedlich, bis mit einem Mal ein Auto anhielt und die ganze Szenerie in Bewegung geriet. Zwei Offiziere stiegen aus, und ohne jemanden zu grüßen, machten sie den Männern von der Guardia Civil ein Zeichen. Da sagte einer von ihnen auf Spanisch zu Großvater: »Señor Juan, wir müssen jetzt gehen.« Und alle drei gingen sie in Richtung Dorfausgang.

– Und ich hinter ihnen her – sagt Großmutter.

Dort stand ein Lastwagen, und auf der Ladefläche saßen schon viele andere Männer aus dem Tal. Die beiden haben sich ganz fest umarmt. Bevor er auf den Wagen geklettert ist, hat Großmutter noch zu ihm gesagt:

– Warte, ich hol noch etwas Geld.

Doch einer von den beiden Gendarmen, er war sehr höflich, hat zu ihr gemeint, dass Großvater keins brauchen würde.

Vielleicht hatte ich die meisten der Puzzleteile ja schon längst beisammen, die sich gerade eins zum anderen fügen, und so etwas wie das Herzstück dieser unendlichen Geschichte bilden. Während der fünfzehn Jahre, die ich nun auf der Welt bin, habe ich sie mir nach und nach aus deinen Worten zusammengeklaubt. Aufgelesen und aufbewahrt. Ich ahne, dass dieses Land noch sehr viel weitläufiger ist, es um diese Szene herum noch Personen und Orte gibt, die mir unbekannt sind. Gerade jetzt, wo mein Kopf ganz voll ist mit anderen Dingen, kriege ich mit einem Mal einen wesentlichen Teil dieser Geschichte mit, und doch tue ich nur so, als ob sie mich interessieren würde, denn meine Gedanken und Sehnsüchte kreisen allein um Serni. Du hast mir so oft von deinem Schmerz und deiner Trauer erzählt, viel mehr als von dem, was eigentlich geschehen ist, dass ich mir gar nicht sicher bin, ob ich noch mehr erfahren möchte oder lieber das wenige, das ich weiß, ganz einfach wieder vergessen will. Jetzt, wo du nicht daheim bist, hat sich mir ganz unverhofft ein anderer Blick auf dein inneres Land aufgetan. Und ich bin in der Lage, einen Unterschied zwischen dir und Großmutter auszumachen. In ihr ist die Erinnerung Schmerz, eine Verstümmelung; auch dir fehlt ein Teil, aber du empfindest noch etwas anderes, in dir ist auch Wut und Scham.

Alle drei sind wir jetzt ganz still, doch Vater lässt nicht zu, dass wir im Schweigen verharren. Er redet gegen diese Erinnerung an, die uns geradezu zerreißt, und voller Ehrfurcht schaut Großmutter ihn an, so als sei er ein weiser, gütiger Lehrer und sie der unwissendste seiner Schüler. Er sucht nach witzigen Anekdoten, um sie von all dem Blut abzulenken.

Bevor ich einschlafe, denke ich noch einmal an die Momente voller Glück mit Serni, einen nach dem anderen rufe ich sie mir ins Gedächtnis zurück. Ich küsse seine Lippen, sein Gesicht, aber ich weigere mich, meine Zunge in seinen Mund zu stecken. Würde ich das machen, wäre ich für dich »ein Aas«. Und ich will auch nicht, dass seine Hand unter meinen Rock gleitet, denn deine Strafe wäre mir gewiss. Danach lasse ich noch einmal das Treffen mit Regina an mir vorbeiziehen und, ohne es zu wollen, muss ich auch an unsere kleine Stadt denken, die so anders aussieht, seitdem du in der Klinik bist und all das passiert ist, so als wäre das nicht mehr der Ort, an dem ich geboren wurde und mein ganzes Leben verbracht habe. Ein Wattebausch aus rosafarbenen Wolken trägt mich bis an die Pforten des Schlafs, aber im Traum, da gibt es Gewehre, und ich sehe mich einen jungen kräftigen Mann umarmen. Er will gerade auf einen Lastwagen steigen, und der ist beladen mit angsterfüllten Männern.

Rosalia hat uns einen Korb voller Gemüse gebracht und dafür den ergebenen Dank meiner Großmutter entgegengenommen, die so wenig daran gewöhnt ist, etwas geschenkt zu bekommen. Ein kleiner Strauß Dahlien war auch dabei, genau unter dem Henkel. Der ist für dich, habe ich gedacht, damit er etwas Freude in dein Krankenzimmer bringt. Die beiden haben im Stehen ein wenig geredet. Die Nachbarin hat aber viel zu tun, und als ich ihr den leeren Korb reiche, verabschiedet sie sich gleich von Großmutter. Ich begleite sie noch in den Flur und öffne die Tür zum Treppenabsatz, der vom Licht überflutet wird, das durch die Luke fällt.

– Was für ein Glück, so eine junge Großmutter zu haben!
– Und leichter zu haben als ihre Mutter ist sie auch!
– Nein, so was, diese Rita!

Lachend geht sie die Treppe hinunter mit ihrem watschelnden Gang, bei dem ich immer an eine Ente denken muss. Auf einmal möchte ich sie am liebsten zurückrufen, denn vielleicht weiß sie ja eine Ausrede, damit ich nicht nach Barcelona muss. Den ganzen Tag überlege ich hin und her, Serni will, dass ich bleibe, und ich will nicht gehen. Als wir dich besuchen kommen, ist der Arzt schon bei dir gewesen. Gleich als du uns siehst, sagst du:

– Am Donnerstag geht's nach Hause!

Du bist sehr froh, und Großmutter und ich setzen uns zu dir und teilen deine gute Laune. Ich weiß nicht, wie es kommt, dass du mit einem Mal von früher erzählst. Zwei Mädchen in deinem Alter und du, ihr hattet euch in einen Schäfer verliebt, der von auswärts kam und für eine der reichen Familien in deinem Dorf gearbeitet hat, ich glaube, es war die zweitreichste. Wenn eine von euch ihn irgendwo traf, gab sie gleich den anderen Bescheid, wo sie ihn gesehen und worüber man gesprochen hatte, was immer auch geschehen war, ganz egal, wie unbedeutend es gewesen sein mochte.

– Was für ein Getuschel wegen einem Kerl, der noch nicht einmal lesen konnte!

Diese Worte zeigen mir, wie stolz du auf Vaters Liebe bist, für dich ist er ein Gelehrter. Ich denke daran, dass Serni nicht mehr zur Schule gehen wird, und sollte ich wirklich mein Abitur machen, würde sich das bestimmt gegen uns richten. Großmutter zählt dir auf, was Rosalia uns alles geschenkt hat, und deine dunklen Augen strahlen vor Dankbarkeit. Während mir meine Sachen durch den Kopf gehen, sprichst du mit ihr über Tomàs, den Onkel aus dem Dorf, der jetzt in Barcelona lebt, mit seiner Frau und seinem Sohn und mit ihr. Großmutter erzählt dir, dass man den Onkel auf der Arbeit sehr schätzt, weil er so fleißig ist und sehr geschickt. Sie beteuert:

– Genauso wie dein armer Vater!

Plötzlich sehe ich, wie deine Augen feucht werden und Großmutter vor Schreck erstarrt. Gelobt sei das Wort, das unausgesprochen bleibt: Bestimmt denkt sie an diesen Spruch, den du mir so oft wiederholst, und fühlt sich, als würde sie plötzlich vor einer viel zu hohen Mauer stehen. Sie ist in der Lage, über ihn zu sprechen, ohne dabei gleich aus der Fassung zu geraten, aber du nicht. Ich frage mich, warum das so ist. Dann wird das Mittagessen gebracht und das tränenverhangene Schweigen zerschnitten, das sich zwischen uns gespannt hat. Die Schwester stellt eine Hühnersuppe vor dich hin, die nach zerkochten Nudeln riecht, eine Scheibe Seehecht und ein kleines Stück feste Quittenmarmelade. Du sagst, wir sollten ruhig das Mittagessen vorbereiten gehen, so gut hätte man sich noch nie in deinem Leben um dich gekümmert. Großmutter erhebt sich sofort. Als wir an der Tür sind, trägst du mir noch auf, die Dahlien von Rosalia, die wir in ein Wasserglas gestellt haben, wieder mit nach Hause zu nehmen.

– Die steh'n hier eh nur im Weg.

Auf der Straße kommt mir die Luft so sauber vor und die Sonne richtig strahlend. Kurz vor unserem Haus sagt mir Großmutter, dass sie zurück nach Barcelona muss, wenn du wieder daheim bist, und als wir hineingehen, verstecke ich die Blumen hinter meinem Rücken, für den Fall, dass wir auf Rosalia treffen sollten.

Die Stunden bis zu deiner Entlassung aus dem Krankenhaus vergehen mir wie im Flug. Wenn Serni mich küsst, denke ich an nichts. Aber immer sind da deine Worte, wie Bienen greifen sie mich an, wie die Bienen, die mit ihrem Honigvorrat auf dem Dachboden mitgeholfen haben, dass ihr keinen Hunger leiden musstet, als ihr aus dem Lager zurückgekommen seid. Grausam stechen sie auf meine Gedanken ein: »Schande über die Frau, die sich zu so etwas hergibt!« »Ein Mann und eine Frau, die brunften wie Eber und Sau, was für eine Schweinerei!«

Unglaublich schnell verrinnen diese letzten Septembertage, ehe man sich versieht, sind sie schon vorbei.

Du kommst schmaler und blasser nach Hause zurück. Als es schellt, sind Großmutter und ich gerade mit dem Putzen fertig geworden. Alles ist picobello in Ordnung, davon bin ich überzeugt. Zuerst bist du raus auf die Dachterrasse, und da liegen noch ein paar Blätter vom Schneckenklee herum, den ich den Kaninchen zum Fressen gegeben habe. Du bückst dich, um sie vor unseren Augen aufzuheben, und Vater ermahnt dich, dass bestimmte Bewegungen nicht gut für dich sind, und macht sich dann wieder auf den Weg zur Arbeit. Du aber hörst nicht auf, bis kein Fitzelchen mehr auf den roten Fliesen zu sehen ist. Im Esszimmer hatte ich alle Stühle sorgfältig abgestaubt, die Tischdecke ausgeschüttelt, die Obstschale poliert und den Fußboden gewischt, doch du wirfst noch nicht einmal einen Blick hinein. Stattdessen stellst du in der tiptop aufgeräumten Küche mit tiefernstem Gesicht jeden einzelnen Teller auf dem Abtropfregal um. Erst jetzt fällt mir wieder ein, dass du die tiefen Teller immer ganz links einordnest, weil wir sie nicht so oft brauchen; die flachen kommen nach rechts. Großmutter entschuldigt sich, ich nehme sie in Schutz, schließlich hat sie das nicht wissen können. Dann schickst du mich zum Brotholen, denn mit diesem Kanten hier käme man ja wohl nicht sehr weit. Und zuletzt schaffst du noch den Strauß Dahlien fort, den ich in die Nähe des Spülsteins gestellt habe, einfach damit es schön aussieht. Da bin ich rausgegangen und habe die Tür hinter mir zugeknallt.

Serni und ich waren an derselben Stelle verabredet wie am ersten Tag. Ich bin dort mit dem prall gefüllten Brotbeutel aufgetaucht, der aus allen Nähten zu platzen schien. Er hat schon auf mich gewartet; bis zur Abfahrt des nächsten Zuges war es noch eine Stunde hin. Er hat gemeint, dass bei ihm niemand zu Hause sei, und ich habe an den hoch aufgerichteten Gummischlauch seines Vaters denken müssen. Ich habe Nein gesagt, dass ich nicht zu ihm nach Hause will; er hat nichts dazu gesagt, nur auf seiner Wange, fand ich, war die Narbe noch deutlicher zu sehen als sonst. Ich wollte ihm erklären, wie du bist, und stattdessen habe ich angefangen zu weinen. Fast wortlos hat er mich die ganze Zeit gestreichelt, und da habe ich mich langsam wieder beruhigt. Wir sind dann noch spazieren gegangen, doch deine Worte haben mir das Glück in seinen Armen verleidet. Ich bin zu spät zum Mittagessen gekommen, Vater war nicht da. Mein Körper, noch weich und nachgiebig von den Küssen und Umarmungen, wie Wachs, das der Docht von innen her erwärmt hat, wollte sich nicht wieder gegen deine Worte abhärten. Ich weiß nicht, ob dir meine hochroten Wangen aufgefallen sind, aber als ich Großmutters Augen gesucht habe, hielt sie ihren Blick gesenkt. Du hast wissen wollen, wo ich gewesen bin, und hastig habe ich dir eine Lüge aufgetischt, du hast weiter gebohrt, so als hättest du meine Antwort nicht verstanden, vielleicht hast du aber auch einfach erraten, dass ich dir nicht die Wahrheit gesagt habe. Ich bin kurz davor, in Tränen auszubrechen, als dein Ton plötzlich umschlägt.

– Wie ein zerzaustes Huhn siehst du aus mit diesen Haaren! Sieh bloß zu, dass du bald nach Barcelona kommst, damit die auch mal was zu lachen kriegen! Mach schon, geh nur, dort wird dir niemand Bescheid stoßen, wenn du wie eine krumme Hucke rumläufst oder wie eine Schlampe, du wirst schon sehen, was du davon hast.

Den schweren Brotbeutel habe ich einfach irgendwo liegen gelassen und mich im Badezimmer eingeschlossen, aber deine Stimme verfolgt mich. Ich wasche mir das Gesicht und die Hände, ich fahre mir mit dem Kamm durchs Haar. Du drängst, dass ich mich mit dem Mittagessen beeilen soll, es passt dir gar nicht, wenn du deine Arbeit nicht gleich erledigen kannst, zumal du dich mit Rosalia verabredet hast, um den Biskuitkuchen vorzubereiten. Du fährst Großmutter über den Mund, als sie dir sagt, dass sie doch den Abwasch erledigen kann. Dann essen wir drei, ohne ein Wort zu sagen.

Ich setze mich raus auf die Dachterrasse und denke, es ist eh alles egal. Dir kann ich ebenso wenig entkommen wie meinen ewig zerzausten Haaren. Wenn ich sie mir schneiden lasse, wachsen sie doch gleich wieder nach und sehen dann genauso aus wie immer. Ich bin eben dazu verurteilt, als Mopp rumzulaufen. In der Wohnung ist es schon eine ganze Weile lang still. Du bist mit dem Backblech und dem Mixer runter zu Rosalia gegangen, Großmutter hält ihren Mittagsschlaf. Ich lehne mich an die Brüstung und schaue in den Garten hinunter, der wie eine wohlgeordnete Landschaft vor mir liegt, die verschiedenen Beete, das sind die einzelnen Landstriche, mit den Schilfrohren der Tomatenpflanzen als Straßen, dem Grün der Möhren als Bäume. Ich denke, was es doch für ein Glück sein müsste, eine Mutter wie Rosalia zu haben. Dann dürfte ich meine Haare so tragen, wie es mir gefällt, und sie hätte auch nicht ständig etwas an mir auszusetzen. Meine Augen suchen die Stelle, wo damals die Kiste für meine Katze gestanden ist, die von meiner Kommunion. Ich spüre so etwas wie einen Lufthauch, und als ich mich umdrehe, sehe ich Großmutter vor mir, mit ihrem zarten Gesicht und ganz in Schwarz, so wie ihr Sohn möchte, dass sie für immer und alle Zeiten gekleidet geht. Ich umarme sie, und sie versucht, mit ihren glatt geschliffenen, glänzenden Händen meine Tränen zu trocknen. Und weil sie mich fragt, sage ich ihr, dass ich mir eine andere Mutter wünsche. Die Tante würde mir gefallen, ihre andere Tochter, die nie viel sagt und richtig nett ist, Veva, Senyora Montserrat, die nicht mehr hier im Städtchen wohnt. Großmutters Augen schauen ganz erschrocken, und sie macht »pst!« zu mir, so als ob uns jemand hören könnte, vielleicht ja Gott, der mich für all das bestrafen wird, und trotzdem rede ich weiter.

– Oder Rosalia!

– Aber was sagst du denn da, wie kann man denn Gold für Stroh eintauschen wollen?

7

Trocken hinter den Ohren

Nur noch ein paar Blätter hängen am Septemberbaum, winzige gefiederte Blätter, jedes mit einem kleinen Stiel, wie an den Akazien in unserer Straße. Meine Stimmung schwankt: Mal bin ich euphorisch, mal empfinde ich ein unbestimmtes Angstgefühl. Ich habe große Lust, in unserer kleinen Stadt zu bleiben, und gleichzeitig möchte ich unbedingt weg von hier. Wenn ich auf dich wütend bin, fühle ich mich erleichtert, woanders hingehen zu können; wenn ich aber an die Ohnmacht denke, die ich hinter all deiner Energie zu erahnen glaube, oder an den wehmütigen Glanz in Vaters Augen, dann frage ich mich, wie es möglich war, dass ich es so weit habe kommen lassen. Warum?

Hinter den Mauern meiner alten Schule hat der Unterricht wieder begonnen. Für mich aber gehört die Zeit vor diesem Sommer ein für alle Mal der Vergangenheit an. Es fällt mir nicht schwer, an sie als etwas Zusammengehöriges zu denken, als eine Zeit, in der ich mich instinktiv auf deinem Körper abgestützt habe. Ich war ein Teil deines Lebens, so wie ein junger Ast, der eines Tages aus einem mächtigen Stamm herausgewachsen ist. Vielleicht aber auch nur wie eine Efeuranke, die sich an deine Rinde geklammert hat, ein wenig lästig und dennoch ein fröhliches Zeugnis von frischem, jungem Grün.

Manchmal merke ich, wie du mich von Weitem anschaust. Du willst, dass ich gehe, und doch tut es dir weh. Ich bin nicht die liebe Tochter, die deine Wunden heilt, ich bin nicht gefügig, auch wenn ich deine Anweisungen befolge. Es wird Zeit, dass du endlich fortkommst!, sagst du mir, wenn ich nicht gleich das tue, was du mir aufträgst. Aber du weißt genauso gut wie ich, wenn ich durch diese Tür gehe, dann wird nichts mehr so sein, wie es einmal war.

Ich bin ehrlich: Mir ist nicht ganz klar, warum ich eigentlich weg soll von hier. Mir kommt es so vor, als ließe ich mich einfach von den Umständen forttragen, vor allem von euerm unausgesprochenen Wunsch, dass ich es einmal weiterbringen soll als du, als Vater und Cousine Veva. Wenn man es recht betrachtet, könnte ich durchaus hierbleiben, zu Senyor Felip in die Schneiderlehre gehen und mich mit dem Sohn des Trödlers verloben, mit dem großen schlanken Serni, der so helle Haut hat und eine Narbe auf der Wange. Serni, der mich immer so kummervoll anschaut und möglichst schnell die Frucht pflücken will, die an dem Baum hängt, den er schon seit Tagen umkreist, so wie der Fuchs den goldgelben Käse, der sich ihm auf der nächtlichen Wasseroberfläche anzubieten scheint. Wozu kein religiöses Gebot jemals imstande wäre, gelingt deinen Worten, in die du all deinen Abscheu legst. Aber er hat keine Ahnung, dass sie es sind, die mich von seinem Körper fernhalten und so die Nabelschnur stützen, die dich und mich noch immer verbindet.

Ich weiß nicht, wohin ich gehe, und ich habe noch nicht einmal geklärt, ob es gut ist, daher zu kommen, woher ich komme.

Vater begleitet mich, wir nehmen den Überlandbus, und er erzählt mir wieder etwas, von dem ich schon einmal gehört habe, das mir aber wohl zum einen Ohr rein und zum anderen raus gegangen ist. Vor dem Krieg hat er mal in Barcelona gelebt, aber nicht lange, wie er sagt, noch nicht einmal vier Jahre. Mir kommt das allerdings ziemlich lang vor, wo mein Leben dort ja noch nicht einmal begonnen hat. Er wohnte damals in einer Pension, ganz in der Nähe von einem Onkel, und er arbeitete am Montjuïc, auf der Baustelle für die Weltausstellung. Und jeden Nachmittag ist er zur Berufsschule gegangen, um Buchhaltung zu lernen. Die Cousine wohnt ganz in der Nähe, wenn wir Zeit haben, werden wir uns das Gebäude einmal anschauen.

Ich sehe durchs Fenster und verabschiede mich von meiner geliebten Landschaft. Da ist der Fluss, der sich zwischen dem Schilf verbirgt. Viele kleine Gärten liegen an seinem Ufer, und auf den sanften Erhebungen breiten sich Pinienwälder auf rötlicher Erde aus; in der Ferne Felder mit Oliven- und Mandelbäumen, dann lange Reihen voller Rebstöcke und über allem der Himmel. Es wird langsam Herbst. Bald hat Vater Geburtstag, deiner ist einen Monat später. Ich habe mir vorgenommen, euch jede Woche zu schreiben. Als ich gegangen bin, warst du mit der Wäsche beschäftigt, die Ramon jeden Samstag mit nach Hause bringt, und der Abschied, vor dem ich solche Angst hatte, war fast fröhlich. »Mach mir ja keinen Blödsinn, ich flehe dich an!« Heute ist mir nicht nach Streit zumute, und ich sage dir, natürlich nicht, was denkst du nur, ganz sicher nicht, und löse mich aus deiner festen Umarmung.

Mit schlingernden Bewegungen, die meinem Magen arg zusetzen, fährt der Bus den Pass hinunter. Ich weiß schon jetzt, dass mir die Reise unendlich lang vorkommen wird. Ich schließe die Augen. Vater wird bis Sonntagmittag bleiben, der Gedanke beruhigt mich und macht mich froh; mit geschlossenen Augen kann ich besser an Serni denken. Er hat mir gesagt, dass er nicht gerne schreibt, aber er hat versprochen, mir zu antworten. Weihnachten werde ich wieder nach Hause fahren, mit viel Glück vielleicht sogar schon eher.

– Wir müssen zu einer Straße ganz in der Nähe der Diagonal.
– Sie meinen wohl die Avenida Generalísimo Franco – bemerkt der Taxifahrer auf Spanisch.
– Ja, natürlich, Porvenir, Ecke Calvet.

Die Cousine wirft Vater einen Blick zu, und als er merkt, dass ich etwas sagen will, hebt er mit einer warnenden Geste die

Hand. Die ganze Fahrt über habe ich den Mund nicht aufgemacht, noch immer ist mir schlecht. Mit dem Koffer und den Paketen neben mir auf dem Bürgersteig bekomme ich einen ersten Eindruck von der Straße, während Vater und die Cousine darum streiten, wer den Taxifahrer bezahlt, der uns von der Bushaltestelle an der Ronda Universitat bis hierher gebracht hat. Ronda ist irgendwie ein schönes Wort, es erinnert mich an etwas Angenehmes und bleibt mir im Gedächtnis haften.

Der Carrer Porvenir ist nicht gerade breit und wirkt ziemlich düster. Ganz in der Nähe gibt es eine größere Straße, das dürfte der Carrer Calvet sein.

Von diesem Augenblick an wird der Tag zu einem einzigen Fest, auch wenn er im Kalender nicht rot angestrichen ist. Samstags arbeitet Veva normalerweise bis zwölf Uhr, aber heute hat sie früher aufgehört, um uns abzuholen. Sie sagt, »so weit kommt das noch«, wofür mache sie schließlich ständig Überstunden. Ich finde, sie sieht noch schöner aus als sonst, so elegant, aber in ihrer Wohnung würdest selbst du sie nicht wiedererkennen. Nachdem wir die Sachen in einem Zimmer abgestellt haben, von dem Veva sagt, dass es meins sein wird, hat sie sich einen Kittel übergezogen, der vorne geknöpft ist, und uns beiden hat sie jeweils eine Schürze gegeben. Ich habe einen Tisch gesehen, ein Bett, einen Schrank und ein Fenster. Ganz für mich allein?

– Erstens, Rita, und dein Vater ist mein Zeuge, von heute an werden wir Kameradinnen sein und, wie ich hoffe, auch Freundinnen. Und zweitens, die Arbeit wird von allen erledigt: von Männern, Frauen und Kindern.

Sie fängt an zu lachen, als sie sieht, wie wir darauf warten, dass sie weiterredet.

Und dann meint sie, um das Essen vorzubereiten, seien wir ja wohl genug. Ich stelle mir vor, was du für ein Gesicht machen würdest, könntest du uns alle drei hier in der Küche sehen, wie wir Vevas Schränke öffnen und ihre Schubladen durchwühlen, ohne dass sie sich darüber aufregt. Sie ist überzeugt, dass wir ziemlich hungrig sein müssen. Aber ich habe immer noch das Gefühl, Diesel zu schmecken. Ob du es glaubst oder nicht, heute lerne ich, wie man Makkaroni zubereitet, und Vater auch.

Das Wohnzimmer, in dem wir auch essen, ist nicht besonders groß, aber auch nicht klein. Neben dem Fenster steht ein runder Tisch. Auf der einen Seite, mehr zur Tür hin, eine Kommode und auf der anderen ein Regal mit ziemlich vielen Büchern. Zwei Sessel und noch ein Plattenspieler. Plötzlich muss ich an die Geschwister Puig denken, die die Ferien immer bei uns oben im Städtchen verbringen, sie leben hier in Barcelona.

So wie wir vorher in der Küche geholfen haben, machen wir uns nun daran, den Tisch zu decken. Bereits jetzt weiß ich, wo viele Dinge ihren Platz haben. Als Veva mir meine Serviette gibt, sagt sie:

– Einmal in der Woche kommt sie in die Wäsche.

Auf dem Tisch steht das ganze Mittagessen, auch das Obst. Niemand muss aufstehen, um die anderen zu bedienen, so wie du es bei jeder Mahlzeit tust. Wir essen und reden miteinander. Die Sonne scheint ein wenig ins Zimmer, und ich fühle mich sehr wohl. Um uns herum ist es ganz hell, und irgendwann sehe ich, wie Vater hinter der Rauchwolke, die von seiner Zigarette aufsteigt, schallend lacht. Ich lege meinen Kopf auf den Tisch, auf meine Arme, und während ich ihrem Gespräch zuhöre, merke ich, dass mir die Augen zufallen. Doch bevor ich einschlafe, durchströmt mich noch das Gefühl, dass dies genau die Familie ist, die ich mir aussuchen würde, und ein stechender Schmerz hat gerade noch Zeit, mich zu bestrafen.

Draußen ist es noch hell, als wir drei am Abend durch ruhige, nicht allzu große Straßen laufen. Wir gehen bis hinauf zum Gymnasium, denn ich soll den Weg kennenlernen, den ich von nun an jeden Tag viermal machen werde, hin und zurück, einmal am Morgen, einmal am Nachmittag. Barcelona habe ich mir ganz flach vorgestellt; ehrlich gesagt, gefällt es mir nicht so besonders. Veva erklärt uns, der mathematisch-naturwissenschaftliche Zweig, das ist die Richtung, für die ich mich entschieden habe, sei kleiner als der altsprachliche, und um mich schneller einzuleben, könne das nur von Vorteil sein. Und dann fügt sie noch hinzu, dass es auch Fächer gibt, in denen beide Gruppen gemeinsam unterrichtet werden.

Mir wird klar, die Stunde der Wahrheit rückt näher. Du würdest dich ganz schön über mich lustig machen, wenn du jetzt sehen könntest, wie klein ich mich fühle. »Dort werden sie dir mal so richtig Feuer unterm Hintern machen!« Ich weiß, dass ich dich in Gedanken verraten habe. Veva ist nicht meine Mutter, und sie wird es auch niemals sein. Vor allem aber hat sie längst nicht so viel durchgemacht wie du. Ich weiß, dass du dich ihr gegenüber unterlegen fühlst, weil sie eine Ausbildung gemacht hat und ihr eigenes Geld verdient, obwohl sie dir eigentlich »nicht das Wasser reichen kann«, denn schließlich hast du ja Mann und Kinder. Auf einmal muss ich an Senyora Montserrat denken. Ich frage die Cousine nach ihr, und sie erzählt uns, dass sie in einem bekannten Modehaus arbeitet, aber nicht möchte, dass im Städtchen jemand davon erfährt. Ich würde sie gerne wiedersehen, auch wenn ich fühle, dass ich dadurch immer mehr zu einem Judas werde und dich verrate. Mein Hals ist wie zugeschnürt, während ich versuche, dem Gespräch von Vater und Veva zu folgen. Sie reden ganz leise, es geht bestimmt um Franco, auch wenn sie seinen Namen nicht nennen.

Im Schutz der stillen Straßen eines Samstagabends verhallen die Geräusche der Stadt in der Luft. Alles kommt mir so seltsam vor in diesem Augenblick, irgendwie traurig. Ein hohes Eisengitter in einer steil ansteigenden Straße und daneben, etwas kleiner, eine Holztür sind die Eingänge zum Gymnasium. Ich kann so gut wie nichts erkennen, nur ein großes Gebäude und, wenn ich nach oben schaue, ein paar Zweige. Veva meint, der Hof sei

»bildschön«. Als sie hergekommen ist, um mich anzumelden, hat sie sich nämlich gleich ein wenig umgeschaut. Vater sagt mir, dass ich in den nächsten Jahren viele Stunden hier verbringen werde, um dann schließlich mit dem Abitur abzugehen. Ich bemühe mich zu lächeln, aber mich erfasst ein Schaudern. Es wird langsam dunkel. Zurück gehen wir durch eine sehr viel größere Straße, die vom Carrer Copérnico links abzweigt. Veva will uns noch ein wenig herumführen und sagt, der Carrer de Balmes sei sehr bedeutend. Dann zeigt sie uns die Plaça Molina, so als wäre das der Innenhof bei ihr daheim, und schließlich gehen wir noch weiter bis zur Travessera und dann geradeaus bis Calvet.

– Am Montag musst du nicht so viele Umwege machen, du läufst dann einfach die Straße runter, die wir gerade hochgegangen sind – sagt sie zu mir.

Die beiden haben Hunger, ich nicht. Und Lust, mich in die Küche zu stellen, schon gar nicht. Bei dir gäbe es keine Diskussion, denn »zu Abend essen muss man, auch wenn's nur eine Kleinigkeit ist«, und die würdest du mir natürlich herrichten, aber nicht ohne mir unter die Nase zu reiben, dass ich ja eh »von Tuten und Blasen keine Ahnung« hätte, ja noch nicht einmal wüsste, wo die Pfanne steht. Vater meint zu mir, wenn ich müde bin, ab ins Bett, und dann sagt Veva, dass ich bei ihr im Zimmer schlafen werde.

Bevor mir im Klappbett die Augen zufallen, überlege ich noch, wie ich Vater wohl davon überzeugen kann, mich wieder mit nach Hause zu nehmen, ohne dass es zu einem Krach kommt. Die Stadt hat mir überhaupt nicht gefallen und der Anblick vom Gymnasium noch viel weniger. Hier ist alles viel zu groß und so grau, ich möchte bei Serni sein und bei Regina, zum Fluss gehen und zum Bahnhof. Außerdem sehe ich es schon kommen, von dir getrennt zu sein, macht alles nur noch schlimmer.

Ich höre die Tür und öffne meine Augen. Es ist dunkel. Auf einmal ist da Vevas Stimme.
 – Sag bloß, du schläfst immer noch!
 – Ich bin gerade wach geworden.
 – Deinem Vater hat es leidgetan, dass er sich nicht von dir verabschieden konnte, aber ich soll dir liebe Grüße ausrichten.
 – Wie spät ist es denn?
 – Ein Uhr.
Ich springe aus dem Bett und fast wäre ich hingefallen. Veva schlüpft gerade aus ihrem Kleid, und ich gehe auf nackten Füßen ins Bad. Mir wird bewusst, dass ich den ganzen Morgen verschlafen habe, dass Vater fort ist und ich ganz allein in Barcelona bin und kurz davor, mit der elften Klasse zu beginnen. Die Welt zerbricht mir in kleine Scherben, während in meinem Kopf deine Stimme dröhnt: »So ist's richtig! Jetzt kriegst du mal Feuer unterm Hintern gemacht!«
Ich wasche mir durchs Gesicht, mein Nacken tut mir weh. Als ich mich wieder etwas gefasst habe, kehre ich zurück in Vevas Schlafzimmer. Mittlerweile hat sie die Fensterläden geöffnet, und das Licht, das vom Balkon einfällt, blendet mich. Sie trägt jetzt ein Hauskleid und sagt mir, es gibt gleich Mittagessen, und was ich davon halte, wenn wir danach mein Zimmer herrichten. Ich sage Ja. Sie kommt näher und hebt mein Gesicht vor ihre grünen Augen.
 – Was ist denn los?
Ich kann nicht aufhören zu weinen, und sie stellt mir schon seit einer ganzen Weile keine Fragen mehr. Sie sagt mir, es sei ganz normal, dass ich mich fremd fühle, aber ich würde bestimmt schnell Freundinnen finden, und bald würden mich sicher alle mögen. Als ich mich langsam etwas beruhige, meint sie zu mir, ich soll mich jetzt erst einmal richtig waschen und anziehen, und währenddessen würde sie anfangen, das Mittagessen vorzubereiten. Vor dem Spiegel muss ich einmal mehr daran

denken, dass Vater schon fort ist, und mir bleibt nichts anderes übrig, als mir das Gesicht noch einmal zu waschen.

Sie sagt, wenn wir uns ein wenig beeilen, könnten wir noch ins Kino gehen. Sie sei mit Mercè verabredet, und sie hätten einen jugendfreien Film ausgesucht, damit ich mit ihnen hineindürfe. Nach und nach spüre ich, wie ich wieder festen Boden unter die Füße bekomme. Als ich mein zukünftiges Zimmer sehe, fällt mir auf, dass ich zum ersten Mal in einem Schlafzimmer mit einem einzigen Bett schlafen werde. Und auch, dass ich jetzt einen Tisch zum Lernen habe, ein Regal für meine Bücher und einen Schrank. Veva ist ganz überrascht, weil ich nur ein einziges Kleid besitze, den dunkelblauen Rock von der Schuluniform und zwei Pullover; meine Jacke ist auch dunkelblau, und sie trägt noch das Schulwappen. Ich erkläre es ihr:

– Außer dem Sonntagskleid hab ich doch nichts gebraucht, ich bin doch jeden Tag in der Schuluniform rumgelaufen.

– Deine Mutter hätte aber ...

Wieder fließen meine Tränen, und Veva fasst mich an den Schultern.

– Mach dir nichts draus, wenn's weiter nichts ist!

Sie heißt Montse, und es ist der erste Tag, an dem wir uns treffen, um gemeinsam zur Schule zu gehen. Sie wohnt ungefähr auf halbem Weg, im Carrer Santaló, ganz in der Nähe des Markts. Vor einer Woche hat das Schuljahr begonnen. Bevor wir das Gebäude betreten, muss jede Klasse eine Reihe bilden, und nach dem Morgengebet folgen wir dann dem Lehrer, bei dem wir die erste Stunde haben, in unser Klassenzimmer. Die Schülerinnen aus dem PREU, die also schon den Vorbereitungskurs für die Universität besuchen, gehen als Letzte hinein.

In dem Klassenzimmer mit den beiden großen Balkonen, das durch einen Hauptgang in zwei Bereiche mit Tischen und Stühlen aufgeteilt ist, finden an die siebzig Schülerinnen Platz. Auf dem hölzernen Podest gibt es neben und hinter dem Lehrerpult jeweils eine Wandtafel. Fast alle Lehrer tragen weiße Kittel, so wie ich es bislang nur bei Ärzten oder Krankenschwestern gesehen habe. Und alle lassen eine Liste durchgehen, bevor sie mit dem Unterricht beginnen, nur der Mathematiklehrer nicht, er ist unser Konrektor. Wir sind sechs in jeder Reihe und sitzen, unseren Nachnamen entsprechend, in alphabetischer Reihenfolge, ich auf dem ersten Platz in der zweiten Reihe. Neben mir befindet sich einer der Balkone, und ich kann runter in den Hof sehen, aber wenn wir rausgehen, muss ich dafür warten. Einige Mitschülerinnen kennen sich schon seit der fünften Klasse, aber bei Weitem nicht alle. Zum Frühstücken hat man eine halbe Stunde Zeit, und es gibt eine Kantine, in der man belegte Brote und etwas zu trinken kaufen kann. Der Schulhof hat drei verschiedene Bereiche. Er scheint früher mal ein Garten gewesen zu sein. Das Gebäude selbst ist ein altes Stadtpalais mit einer eigenen Kapelle. Ich sehe mich, wie ich all diese Räume erkunde, weit weg von dir und deiner ständigen Sorge, und wie ich die Anonymität genieße und den Stimmen meiner Mitschülerinnen lausche, während wir unser Pausenbrot hinunterschlingen, das ich am ersten Tag vergessen hatte. Ich sehe mich, wie ich in den Gang trete und die Stufe hochsteige, die aufs Podest führt, und im Klassenzimmer herrscht dieses angespannte Schweigen, und wie eingeschüchtert ich mich dort oben noch fühle, egal, ob ich etwas aufsagen soll oder mit einem Stück Kreide in der Hand dastehe. Manchmal, zwischen den einzelnen Stunden, sehe ich mich auch lachen, wenn eins der Mädchen einen Lehrer nachmacht oder etwas Lustiges aus den vergangenen Schuljahren erzählt. Wie lange es wohl dauern wird, bis ich für jede dieser Gelegenheiten meinen Platz gefunden habe? Und wann werde ich den Mut aufbringen, der besten Schülerin eine Frage zu stellen, wenn mir bei den Hausaufgaben etwas unklar ist? Sie sitzt in der ersten Reihe, eine Armlänge von mir entfernt. Sie kann einfach alles, sogar turnen und ein Fach, das sie auf Spanisch »Labores« nennen, »Hauswirtschaft« eben. Du warst richtig glücklich, als ich dir erzählt habe, dass sie uns sogar das Bügeln beibringen. Durch Pilar weiß ich, dass ich eine durchaus begabte Schülerin bin; manchmal sogar eine ziemlich gute, aber auf keinen Fall überdurchschnittlich, wofür sie mich auf meiner alten Schule immer gehalten haben.

In den ersten Wochen entziehe ich mich oft dem Stimmengewirr und Gelächter, ohne dass ich mich von meinem Platz wegbewege. Da ist so eine Art Nebel, der mich von der wirklichen Welt trennt: Ich grüble über ein Wort nach, oder ich lasse mich völlig abwesend wie auf einem stillen Meer einfach treiben. Alles kommt mir so unwirklich vor, das Gymnasium mit den vielen Menschen, die sich dort herumtummeln, die Stadt mit ihren Geräuschen und all den neuen Eindrücken. Einzig und allein dich empfinde ich als real, dich und deinen Kummer, der dich zum Leben hintreibt und es dich im selben Augenblick verfluchen lässt. Mir wird klar, wie weit weg ich doch bin, im Guten wie im Schlechten, das eine wie das andere.

Montse, meine Begleiterin auf dem Schulweg, sagt mir, dass sie bei den Pfadfindern ist. Sie erzählt mir, dass sie Ausflüge machen und einen Leiter haben, und bald wird sie selbst ein »Akela« sein und die Verantwortung für eine Gruppe von Kindern übernehmen. Sie hat ganz glattes schwarzes Haar und strahlende Augen; sie ist klein und etwas dicklich, aber das, was sie wesentlich von den anderen unterscheidet, ist ihre Art zu lachen. Was sie mir da erzählt, kommt mir merkwürdig vor, und ich würde gerne noch mehr erfahren. Sie dagegen scheint darauf zu warten, dass ich ihr etwas erwidere und versetzt mir einen leichten Stoß in die Rippen. Und während sie mich wie ein Honigkuchenpferd angrinst, legt sie eine Hand auf ihren Bauch und prustet los:

– Mensch, Rita, krieg bloß keinen Schreck, wir sind alle total in Ordnung!

Bestimmt hat sie mich durchschaut, weil ich so dumm aus der Wäsche gucke, das tue ich immer, wenn ich etwas nicht verstehe oder verwirrt bin, und du hast es mir schon oft genug vorgehalten. Ich erzähle ihr, dass es bei mir daheim einen ganz wunderbaren Fluss gibt. Alles ist von ockerfarbenen Bergen umgeben, und da, wo du herkommst, wo ich immer die Sommer verbringe, gibt es noch viel höhere Berge, die sind grün und an manchen Stellen sogar fast schwarz, das kommt von den Schiefersteinen, und Wälder gibt es dort auch, mit lauter Pinien und Tannen. Dann erwähne ich noch, dass ich auch Wanderungen mache, allerdings mit meiner Familie. Wir ziehen los, um Forellen zu angeln oder Pilze zu sammeln oder Zichorien und Dünger für die Pflanzen. Um Hirschminze zu rupfen oder Walderdbeeren zu pflücken. Dass ich aber nur selten mit meinen Freunden unterwegs bin, und wenn doch, dann ohne Verantwortung zu übernehmen, schließlich habe ich schon genug damit zu tun, auf dich zu hören, weil du ja eh immer weißt, was zu tun und was zu lassen ist.

Das wiederum scheint jetzt Montse aus den Pantinen zu hauen, solche wie Großmutter immer anzieht, wenn sie zum Melken in den Stall geht. Zuerst sagt sie nichts und dann bricht sie wieder in ihr schallendes Lachen aus, du bekämst Zustände, wenn ich mitten auf der Straße ein solches Spektakel veranstalten würde, das die Blicke der vorbeieilenden Leute allesamt auf uns zieht. Sie sagt mir, ich sei ziemlich gewieft, ein Wort, das ich noch nie gehört habe, aber ich weiß trotzdem, dass es so etwas Ähnliches meint, wie wenn du »Fuchs« oder »Elster« zu mir sagst. Sie findet, ich sähe wie ein richtig braves Mädchen aus, so als könne ich kein Wässerchen trüben, aber dass ich es faustdick hinter den Ohren hätte. »Gelobt sei das Wort, das unausgesprochen bleibt«, würdest du mich ermahnen, wenn ich mal wieder zu voreilig war. Und dabei nimmst du dir selbst diesen Ratschlag am allerwenigsten zu Herzen, denn um Worte bist du nie verlegen, so leicht wie sie dir von den Lippen kommen.

Wir stehen vor Montses Haus, vor dem hohen Portal mit dem schwarzen Türgitter. Weil ich nach wie vor am Lächeln bin und nichts zu ihr sage, kugelt sie sich wieder vor Lachen. Noch ist es nur ein vages Gefühl, doch als ich allein zu Vevas Wohnung weitergehe, empfinde ich Montses überströmende Freude wie einen Willkommensgruß, den mir das Viertel und die ganze Stadt schickt, hier, wo ich all das Schöne vermisse, das ich bislang für etwas Selbstverständliches gehalten habe. Und mit etwas anderem vergleichen konnte ich es ja auch nicht.

Die Tage vergehen. Ganz langsam in den Momenten, in denen ich, tief in mein Heimweh versunken, allein bin oder mich so fühle. Und ganz schnell, als ich mit einem Mal feststelle, dass der Oktober bereits um ist und Allerheiligen auch. Sogar in der Schule fangen sie schon an, von Weihnachten zu reden, von den Trimesterprüfungen, die in den ersten beiden Dezemberwochen stattfinden sollen. Ich habe lange über unser Verhältnis nachgedacht. Ich weiß, dass ich Schuld auf mich geladen habe. Wenn ich mich aber anstrenge, wirst du mit mir zufrieden sein.

Cousine Veva ist das Bindeglied zwischen zu Hause und Barcelona. Sie ist derselbe lebensbejahende Mensch wie immer, ungemein liebenswürdig und so elegant. Und außerdem ist sie ein regelrechtes Organisationstalent. Sie stellt den Essensplan für die ganze Woche auf, und jeden Abend gibt sie mir genaue Anweisungen. Sie war sprachlos, als sie erfahren hat, dass ich nicht kochen kann. Zu Hause schickst du mich ja bloß zum Einkaufen, darf ich gerade mal die Kartoffeln schälen, den Salat sauber machen oder die Bohnen putzen. Mittags kommt sie eine halbe Stunde, bevor ich wieder fortmuss.

Abends redet Veva nicht viel. Wir essen beide im Schlafanzug, versinken in den Sesseln im Wohnzimmer, den Teller auf dem Schoß und im Hintergrund Musik. Schade, dass sie nur klassische Musik mag. »Was für ein Lotterleben!«, würdest du zu uns sagen, wenn du sehen könntest, wie wir essen, ohne etwas darum zu geben, dass Krümel auf den Boden fallen oder unsere Gläser auf dem kleinen Tisch Ränder zurücklassen. Erst jetzt, wo ich Tag für Tag mit Veva zusammen bin, fällt mir auf, dass sie eigentlich mehr arbeitet als du, obwohl du doch keine Minute stillsitzt. Sie, von der du immer sagst, »als ob sie aus dem Schächtelchen käme«, und der im Städtchen alle Blicke folgen, wenn ich nur daran denke, wie diensteifrig die Männer die Hüte vor ihr ziehen, arbeitet als Sekretärin an der Universität. Sie kauft ein, sie kocht, wäscht und hält die Wohnung sauber, alles, was du auch so machst, nur eben nicht, wie du es machst, natürlich nicht, und zudem noch acht Stunden im Büro. Jeden Abend fragt sie mich, wie mein Tag gewesen ist, und dann erzähle ich ihr, ob ich an die Tafel gerufen wurde oder ob ich eine Note bekommen habe. Manchmal werde ich den Eindruck nicht los, sie zu stören. Ich will ihr nicht erzählen, wie einsam ich mich fühle, ich habe keine Freundinnen, und die Stadt bleibt mir fremd, in der Schule würden sie noch nicht einmal merken, wenn ich fehle. Im Sessel schließt sie oft die Augen und, wenn die Platte zu Ende ist, sagt sie: Ritona, morgen ist auch noch ein Tag! Dann verbringt sie noch eine Weile vor dem Spiegel im Badezimmer und bedeckt sich das Gesicht und den Hals mit Creme, die sie sich einmassiert. Bei uns zu Hause hat sie dabei auf meinem Bett gesessen, vor dem Spiegel der Kleiderschranktür, und wir haben geredet, immer weiter, bis wir eingeschlafen sind oder du »pst!« gemacht hast. Hier hat jede ihr eigenes Zimmer und, bevor ich einschlafe, zähle ich die Tage, bis ich zurück nach Hause kann.

In Barcelona habe ich erfahren, dass sie dich nicht sonderlich mag. Sie hat mir gesagt, dass es Vater mit einer Frau wie dir nicht allzu weit bringen kann. Und sie ist davon überzeugt, dass viel in ihm steckt, er sei intelligent und einfühlsam, aber dort oben im Städtchen und mit dir an seiner Seite ... Als sie mir das erzählt hat, habe ich nichts gesagt, aber sie wird ganz schön Augen machen, wenn sie erfährt, dass ich so bald wie möglich zu dir nach Hause zurückwill. Ich weiß, welche Opfer ihr bringt, damit ich mein Abitur machen kann. Darum werde ich fürs Erste von jetzt an Vevas Einladung ausschlagen, mit ihr und ihrer Freundin Mercè ins Kino zu gehen. Ich habe eine gute Entschuldigung, die noch dazu der Wahrheit entspricht: Ich muss mich ranhalten und lernen, wenn mein kurzes Zwischenspiel in der Stadt nicht völlig sinnlos gewesen sein soll.

Nachmittags, wenn ich von der Schule komme, esse ich eine Kleinigkeit auf meinem Zimmer und schaue dabei gegenüber auf die Hausfassade. Dort gibt es kleine schmiedeeiserne Balkone, auf denen niemals jemand zu sehen ist. Ich mache meine Hausaufgaben und schreibe Briefe. Nur Vater hat mir bislang geantwortet, von Serni und Regina habe ich keinen Ton gehört. Wenn Veva abends von der Arbeit kommt und nach meinem Tag fragt, raffe ich mich wieder etwas auf. Ich glaube, es wäre mir lieber, ich hätte sie nur als diesen Lichtstrahl kennengelernt, der die Ferien über so hell in unserer Wohnung geleuchtet hat.

Bald ist Weihnachten. Der Mathematiklehrer hat die korrigierten Arbeiten mit in den Unterricht gebracht. Wir verfolgen gespannt, wie er den Stapel Papier auf den Tisch legt, sich hinsetzt und uns anschaut. Und das Schweigen wird immer dichter, immer ansteckender. Dann will er wissen, wer Rita Albera sei, und wartet. Ich melde mich, ich bin regelrecht am Zittern. Da meint er:

– Wirklich, eine tolle Leistung!

Das will bei Senyor Trior schon was heißen, zumal es ihm auf Katalanisch entschlüpft ist.

Ich habe sechs Punkte für die Arbeit bekommen, also ein »befriedigend«; unsere Klassenbeste, Pilar, ein »sehr gut bis gut«, und dann gibt es noch zwei mit sechseinhalb Punkten. Alle anderen sind durchgefallen. Ich merke, dass sich viele Mitschülerinnen zu mir umdrehen. Genauso wie der Lehrer hatten sie keine Ahnung, welches Gesicht sich hinter diesem Namen verbirgt. In der großen Pause umringen sie mich, und ein paar wollen wissen, ob ich ihnen nicht bei der Mengenlehre helfen könne. Als die halbe Stunde fast um ist, kommt Montse auf mich zu, um mir zu gratulieren, und sie stellt mich Glòria vor, einem Mädchen aus ihrer Pfadfindergruppe. Ich hatte sie schon mal gesehen. Sie ist größer als Montse, hat rotbraunes Haar. An diesem glorreichen Montag trägt sie einen wunderschönen rot-blau karierten Schottenrock und ein himmelblaues Twinset. Während Montse mich vorstellt, hört sie ihr mit unglaublicher Liebenswürdigkeit zu:

– Das da ist Rita. Sie ist ein Genie, hat Mathe bestanden!

Glòria gratuliert mir und lächelt mich an, ich dagegen bin nicht in der Lage, den beiden irgendetwas zu entgegnen oder ihre Aufmerksamkeit auf etwas anderes zu lenken.

– Rita kommt aus Lleida, wie mein Vater. Wenn sie »ich« sagt, klingt das genauso wie bei ihm, ich find das richtig lustig.

Montse lacht, und Glòria fragt mich:

– Gefällt's dir in Barcelona?

Ich lüge und, um das wiedergutzumachen, sage ich ihr schnell etwas, was wirklich stimmt.

– Aber unsere kleine Stadt und meine Familie vermisse ich schon, auch wenn ich hier bei einer Cousine von meinem Vater wohne und meine Großmutter ganz in der Nähe habe.

Es schellt, und ich bin erleichtert. Diese Mitschülerinnen, die sich an den Wochenenden treffen und zusammen Ausflüge machen, sind so anders als die Mädchen, die ich bisher kannte. Ich weiß nicht, was ich in ihrer Gegenwart sagen soll, und ich spüre, dass sie mich bewundern, obwohl ich mir nicht erklären kann, weshalb.

Nach all den unendlich langen Tagen, in denen mein einziger Trost darin bestand, von den Büchern aufzuschauen, um von meinem Zimmerfenster aus einen Blick auf das Haus gegenüber zu werfen, schien ausgerechnet die Mathematiknote die anderen auf meine Existenz aufmerksam gemacht zu haben. Veva hat sich über mein gutes Abschneiden sehr gefreut und gesagt, dass sie mir ein richtig schickes Kleid kaufen will. Und ich, dass ich lieber einen Schottenrock möchte.

Auf der Schule schließe ich nach und nach Freundschaften. Ein paar Mal habe ich obendrein mit dem Mädchen gesprochen, das immer die besten Noten bekommt, sogar welche mit Auszeichnung. Mit Pilar. Vater hat mir geschrieben, und du hast in deiner großen ungelenken Schrift am Ende des Briefes einen lieben Gruß hinzugefügt. Vor allem aber bin ich froh, weil ich einen Brief von Serni bekommen habe, und auch wenn es nur sechs Zeilen sind, weit auseinander geschrieben und mit Fehlern, macht mich sein Brief sehr glücklich. Er erzählt mir nichts. Er fragt mich nur. Er antwortet noch nicht einmal auf meine Frage, ob er in diesem Jahr beim Krippenspiel wieder die Rolle des Teufels übernehmen wird. Aber am Schluss schreibt er noch, wie sehr er sich darauf freut, bald wieder mit mir zusammen zu sein, ich wüsste schon, wo.

Dein Bruder, Onkel Tomàs, hat Veva auf der Universität angerufen. Er hat uns für Sonntag eingeladen, um Großmutters Namenstag zu feiern.

Ich trage zum ersten Mal den neuen Pullover und den Rock, beides Geschenke von Veva. Ich fühle mich wie ein neuer Mensch. Sie sagt, dass sie an Weihnachten mit dir wegen eines Mantels reden wird. Für den Augenblick bleibt mir nichts anderes übrig, als die dunkelblaue Jacke meiner alten Schuluniform zu tragen. Aber in Barcelona ist es ja nicht so kalt, und außerdem läuft hier jeder rum, wie er will. Ich begleite Veva in eine Konditorei in den Carrer Calvet, wo sie einen gefüllten Blätterteigkranz kaufen will. Dort bedient uns ein Mädchen in meinem Alter. Der Inhaber begrüßt die Cousine und schaut sie verliebt an, sie lächelt zurück und reicht mir ein paar Bonbons, die er ihr gerade geschenkt hat. Als wir aus dem Laden gehen, frage ich sie, ohne groß nachzudenken:

– Wieso heiratest du eigentlich nicht?

Sie dreht sich um, kurz davor loszulachen, und schaut mich mit ihren grünen Augen an, als sähe sie mich zum ersten Mal. Das Kuchenpaket baumelt an ihrem Zeigefinger, in sicherer Entfernung von ihrem rosafarbenen Mantel. Sie sieht aus wie ein Filmstar, der gleich seinen Auftritt hat:

– Machst du Witze?

Eine Weile gehen wir schweigend nebeneinander her. Schließlich stellt sie mir eine Frage:

– Glaubst du vielleicht, wenn du erst einmal studierst, steht dir noch der Sinn nach diesem großen Blonden vom Krippenspiel?

– Und ob!

Jetzt lacht sie schallend los, und ich habe große Lust, ihr einen Stoß zu versetzen. Mein Entschluss steht fest: Wenn ich mit der Schule fertig bin, werde ich zurück nach Hause gehen und Serni heiraten. Langsam kriegt sie sich wieder ein, aber noch immer lachend meint sie zu mir:

– Du bist wirklich einmalig, Rita!

Das erinnert mich an Rosalia. Was an mir ist denn so merkwürdig?

Es gibt ein richtig leckeres Essen. Alle sind froh. Onkel Tomàs fragt mich nach der Schule, Großmutter hört nur zu, und der kleine Quim ist am Tisch eingeschlafen. Den Ton gibt Veva an. Sie scherzt mit dem Onkel, der zuweilen ganz verlegen wird, und versprüht all ihren Charme, so dass die Tante ihren Blick abwendet. Zu guter Letzt brummt mir regelrecht der Schädel, gerade als sie sich nach dir und Vater erkundigen. Ich sage ihnen, dass es euch sehr gut geht und dass wir Weihnachten zu euch fahren werden. Dann essen wir den Blätterteigkranz, und allmählich wird es ganz still am Tisch, auch die wohligen Ausdünstungen des Weins und des Brathähnchens sind verflogen, und scheinbar verspürt niemand mehr so rechte Lust zu reden. Obwohl er kein Bauer mehr ist, hat der Onkel seine Gewohnheit beibehalten, einen Mittagsschlaf zu halten. Er murmelt ein paar Worte vor sich hin und verzieht sich. Veva treibt mich zur Eile an, denn vor dem Kino will sie mich noch zurück zur Wohnung bringen. Damit ich nicht gleich weg muss, versichere ich ihr, dass ich mich schon nicht verlaufen werde, und die Tante sagt, dass sie später eh noch mit dem Kind raus will und mich dann begleiten wird.

Großmutter und ich bleiben allein in der Küche zurück. Sie will auf keinen Fall, dass ich ihr beim Spülen helfe, nur ein Tuch darf ich nehmen, um das Besteck abzutrocknen. Dann fragt sie mich, ob ich auch gelernt hätte, wie man zusammenzählt und abzieht; ich stutze einen Augenblick und sage Ja. Ihre abgewetzten Hände schwenken die Pfanne in der Spülschüssel, als sie mich nach dir fragt, so als ob sie dem, was ich bei Tisch gesagt habe, nicht so ganz Glauben geschenkt hätte. Ich wiederhole noch einmal, dass es dir ausgezeichnet geht, dass du mir erst vor Kurzem geschrieben hast.

– Die Ärmste ...

Mir ist schleierhaft, was diese Bemerkung mit dir zu tun haben soll, und frage sie danach. Sie sagt mir, dass du viel Leid erfahren hast und sehr tapfer gewesen bist, ich müsse mir Mühe geben, dich nicht zu kränken. Plötzlich wird mir klar, wie Großmutter die ganze Situation empfindet: Ich habe versagt, weil ich lieber weiter zur Schule gehen will, anstatt bei dir zu bleiben. Ich weiß nicht, was ich ihr darauf entgegnen soll, und als die Tante zurückkommt, die den Kleinen zum Schlafen hingelegt hat, sage ich ihr, dass ich mich jetzt auf den Weg mache, weil ich noch lernen muss. Sie besteht darauf, mich ein Stück zu begleiten, und ich verabschiede mich von deiner Mutter. Wir bräuchten uns keine Sorgen zu machen, sollte Quim in der Zwischenzeit aufwachen, würde sie ihm etwas zu essen geben.

Wir gehen nebeneinander her. Tante Mercè ist groß und elegant, dunkelhaarig, normalerweise nicht besonders gesprächig. Sie fragt mich nach dem Leben, das ich führe, und ich merke, wie sie sich für alles interessiert, was ich von Veva erzähle. Sie will wissen, ob ein Mann sie ausführt, und ich sage ihr Nein, wenn sie ausgeht, dann mit Mercè, ihrer Freundin.

– Einmal ist sie in einem ganz tollen Wagen nach Hause gebracht worden, ich hab's vom Fenster aus gesehen, und da hat sie mir erzählt, der gehöre so einem reichen Angeber, den sie von der Universität her kennen würde, und der hätte darauf bestanden, sie nach Hause zu bringen. Jemand aus Venezuela, und er hat sogar um ihre Hand angehalten.

– Und sie?, fragt die Tante und schaut mich dabei ganz ernst an.

– Sie hat sich vor Lachen nicht mehr eingekriegt.

– Wahrscheinlich wär ihr noch nicht einmal der König gut genug! – entrüstet sie sich und fragt mich, was du denn davon hältst. Ich antworte ihr, du würdest es gern sehen, wenn sie endlich heiratet. Und dann will sie noch wissen:

– Und du, was hast du so vor?

– Also, im Augenblick erst einmal mein Abitur machen.

– Genug Ruhe hast du ja hier dazu, oder?

– Das schon, aber ich muss ziemlich viel lernen.

– Na, wenn's weiter nichts ist!

Schweigend gehen wir die Treppe hoch zur Wohnung. Ich zeige ihr das Wohnzimmer, die Küche und mein Zimmer. Im Fenster spiegelt sich das lilafarbene Licht des Himmels, bald schon wird die Dunkelheit über die Straßen hereinbrechen. Auch meine Schulbücher von diesem Jahr zeige ich ihr, bis ich merke, dass sie gar nicht ganz bei der Sache ist.

– Und wo schläft Veva?

Wir gehen ins Schlafzimmer der Cousine. Sauber und aufgeräumt. Die Tante macht ein paar Schritte auf den Kleiderschrank zu und öffnet ihn. Mir wird plötzlich klar, dass es sich nicht gehört, ohne Veva hier zu sein, doch ich bringe kein Wort heraus. Mit der flachen, senkrechten Hand schiebt die Tante die Kleider auseinander, eins nach dem anderen. Ein Kleid aus himmelblauem Organza nimmt sie heraus und dreht es auf dem Kleiderbügel hin und her. Ich merke, wie ich nach Luft schnappen muss und mache einen Schritt auf sie zu. Bevor sie den Schrank wieder schließt, betrachtet sie noch die Fächer mit den Blusen und Pullovern.

– Da wundert es mich nicht, dass sie keinen Mann braucht!

Sie fängt an zu lachen, wohl in der Hoffnung, dass ich ihr beipflichten werde, aber ich bin noch nicht einmal in der Lage, die Lippen zu bewegen. Sie meint, ich könne jetzt ruhig lernen gehen, sie wisse ja, dass ich viel zu tun hätte. Ich begleite sie noch zur Tür und gebe ihr einen Kuss.

– Ich hab so meine Zweifel, ob du bei der da auch lernst, was sich deine Mutter vorgestellt hat!

Ein seltsames Gefühl beschleicht meine Gedanken und hält mich vom Lernen ab. Als Veva heimkommt, sage ich ihr gleich, dass die Tante mich bis zur Wohnung begleitet hat.

– Hast du sie reingebeten?
– Ja.

Ich schaue zu, wie sie sich den rosafarbenen Mantel auszieht.

– Was ist los?
– Wir sind in dein Schlafzimmer gegangen, und sie hat den Kleiderschrank geöffnet.
– Na und? Hat ihr wenigstens gefallen, was sie gesehen hat?

Ich erzähle ihr, was die Frau deines Bruders gesagt hat, von wegen, dass Veva ja wohl keinen Mann brauche, und da hat sie schallend gelacht.

Ich bin ziemlich nervös. Jeden Fahrgast schaue ich an und einfach alles. Veva sagt, ich solle mich ruhig ans Fenster setzen, denn sie will versuchen zu schlafen. Ich denke daran, dass mir wieder schlecht werden könnte, so wie die anderen Male auch, aber ich möchte so gerne endlich ankommen, Serni und Regina anrufen, dich und Vater sehen, euch Sachen von der Schule erzählen, Rosalia besuchen und Anton, ob Ramon auch schon da sein wird?, in meiner alten Schule vorbeischauen, um den nettesten Lehrern aus den vergangenen Schuljahren guten Tag zu sagen, hinunter zum Fluss laufen ... und darum glaube ich, dass mir dieses Mal die Fahrt nichts ausmachen wird. Nachdem wir schon zwei Stunden unterwegs sind, beginne ich, auf die Landschaft links und rechts der Straße zu achten. Die Häuser machen kleinen Hügeln Platz, Bäumen und Feldern. Die Farben des Winters versetzen mich in Erstaunen, so, als ob ich sie noch niemals zuvor bewusst wahrgenommen hätte. Das fahle Gelb und das sanfte Grün, das in einem Dunstschleier verlaufene Blau. Wir nähern uns immer mehr meinem Zuhause, und alles, was ich wiedererkenne, versetzt mein Herz in Aufruhr. Ich sehe einen Schäfer mit seiner Herde, wie die Schleppe eines prachtvollen Abendkleides kommt sie mir vor, und als ich den Akzent der beiden Reisenden hinter mir höre, Leute von hier, ist das wie Musik in meinen Ohren.

Nachts in meinem Bett taucht noch einmal jeder einzelne Augenblick des Tages vor mir auf, um mir aber gleich wieder zu entwischen. Nicht einen gelingt es mir festzuhalten. Ich bin gleich zu dir raus auf die Dachterrasse gelaufen, weil ich dir mein Trimesterzeugnis zeigen wollte, aber du hast gemeint, Vater solle dabei sein, und ihn habe ich erst zum Abendessen gesehen. Doch das Allerwichtigste: Serni und ich haben uns getroffen, und genauso, wie ich es mir erhofft hatte, hat er mich gefragt, ob wir nicht bald heiraten wollen. Ich hätte dir gerne davon erzählt, denn ich glaube, es kränkt dich, dass ich bei Veva in Barcelona

lebe, aber du bist ja so beschäftigt, hast wegen uns so viel zu tun, weil du meinst, nicht nur die Arbeit erledigen zu müssen, die jeden Tag anfällt, sondern auch noch all die vielen Extras, und darum habe ich dir dann doch nichts gesagt. Außerdem ist Ramon auch schon da, und überall in der Wohnung hängt seine Wäsche, denn auf der Terrasse, und das erklärst du gleich zweimal, würde es nachts frieren. Vater hat es sich nicht nehmen lassen und einen *vi cremat* vorbereitet, um unsere Ankunft zu feiern. Als wir dann am Ofen sitzen und von dem Glühwein trinken, hat Veva viel erzählt, und ein paar Mal bin ich richtig rot geworden. Du hast gemeint: Das ist mir vielleicht eine! Dann habe ich von meinen Mitschülerinnen erzählen wollen, aber da bist du auch schon wieder aufgestanden, und vom Esszimmer aus habe ich das Wasser ins Spülbecken laufen hören. Und Ramon hat gemeint, er wolle noch eine Runde drehen.
– Bei der Kälte? – Veva hat gelacht, und Vater ist ganz ernst geworden. Er hat zu ihm gesagt:
– Mach bloß deiner Mutter keinen Kummer!
Dann haben sie über Politik gesprochen. Veva hat Vater erzählt, was an der Universität so los ist, die Studenten organisieren Versammlungen, und der Rektor erhält deswegen ständig Anrufe vom Zivilgouverneur. Sie meint, die Diktatur weiche langsam auf, aber Vater sieht das nicht so optimistisch.
– Ohne meine Briefe würde Rita kein Katalanisch können!
Ich muss daran denken, dass er mir im letzten Vierteljahr nur zweimal geschrieben hat. Als du zu uns zurückkommst, sind wir gerade aufgestanden und wollen schlafen gehen.

Vom Bett aus höre ich deine Stimme und etwas leiser die von Veva. Ich rühre mich nicht und lasse in der wohligen Wärme der Bettlaken und Decken einfach die Zeit verstreichen. Plötzlich sagst du: Das Leben ist wirklich Scheiße! Das Licht, das ins Zimmer fällt, kommt mir mit einem Mal gar nicht mehr fröhlich vor.

Veva schimpft mit dir, aber dann kann ich die Worte nicht mehr richtig unterscheiden, da ist nur noch ein Gemurmel. Nach ein paar Augenblicken ist wieder Vevas Stimme zu hören. Sie spricht von Vater. Du wirst ihr wohl zuhören. Dann spricht sie von mir. Ich stehe auf und gehe an die Tür. Sie sagt dir, ich sei wirklich ein braves Mädchen: Ich lerne fleißig und, was die Hausarbeit betrifft, mache ich alles, was sie mir aufträgt.

– Einmal, als ich etwas später nach Hause gekomen bin, hat sie sogar schon das Essen fertig gehabt.

– Nein, so was auch, diese Rotznase! Und was kann sie so alles?

– Na ja, ein Omelett oder Gemüse, Salat, ein Tomatenbrot.

– Donnerwetter!

– Sie hat alle Fächer bestanden, wenngleich nicht mit so guten Noten wie hier, aber ein Gymnasium in Barcelona kann man natürlich auch nicht mit einer Schule vergleichen, die von Nonnen geleitet wird. Auf der höheren Schule haben alle Lehrer ihr Staatsexamen, einige sind sogar Gymnasialprofessoren.

– Ja, ja, ich seh schon, langsam wird sie doch trocken hinter den Ohren, und bald lässt sie sich bestimmt nichts mehr sagen – bemerkst du ein wenig bedrückt.

– Ach, übrigens: Sie hat kaum was Gescheites zum Anziehen.

– Muss sie vielleicht aufs Patronatsfest gehen? – verteidigst du dich. – Ich hab ihr einen Rock einfärben lassen und Wolle gekauft, damit ihr meine Mutter einen Pullover strickt.

– Sie braucht aber einen Mantel oder zumindest eine Dreiviertljacke.

– Na ja, das ist gar nicht so leicht, wo Montserrat jetzt nicht mehr da ist.

– Felip kann ihr doch was Schönes nähen, das gehört doch sowieso eher zu den Aufgaben eines Herrenschneiders, und den Stoff wird er uns schon zu einem vernünftigen Preis überlassen, ich werd mal mit ihm reden!

– Vor allem soll sie lange was davon haben. Ich zeig dir mal den Mantel, den sie mir in der Reinigung gefärbt haben!

Ich gehe in die Küche, du bist noch nicht wieder zurück. Veva sagt:

– Mensch, Ritona, du musst doch die Nase voll haben vom Schlafen!

– Ich war eben sehr müde!

Sie richtet mir mein Haar. Bestimmt seh ich wieder aus wie ein Mopp, Veva ist gekämmt und hat sich einen Lidstrich um ihre grünen Augen gezogen. Ich weiß nicht, wie ich mich über sie ärgern konnte, weshalb sie mir leichtfertig vorkam. Schließlich ist sie es doch, die sich bemüht, dir die andere Seite des Lebens zu zeigen.

Ich gehe in den Friseursalon, in dem Regina arbeitet. Während sie mir die Spitzen schneidet und mein Haar glättet, erzählt sie mir dieses und jenes. Sie trägt einen weißen Kittel, und auf der Brusttasche ist der Name ihrer Chefin eingestickt. Ich versuche, ihr meine Welt näherzubringen, ihr lustige Sachen aus der Schule zu erzählen, aber sie möchte lieber Erinnerungen mit mir austauschen, und wir lachen wie verrückt.

Eine Weihnachtsmesse folgt auf die nächste. Ich weiß, dass Vater nicht zum Gottesdienst geht. Ich stelle mir vor, wie er zu Hause in Ruhe liest oder Musik hört, während wir anderen alle in der Kirche sind. Mir macht das zu schaffen, denn im Grunde glaube ich schon an all die drohenden Strafen, vor denen man mich bei den Nonnen zehn Jahre lang gewarnt hat. Veva betritt die Kirche erhobenen Hauptes und schick angezogen, setzt sich in die erste Reihe und beim Herausgehen grüßt sie gut gelaunt alle Leute. Und du? Überzeugt davon, eh keinen Trost zu finden, suchst du dir einen Platz im hinteren Teil der Kirche, weit weg von der erlösenden Vergebung, doch fest entschlossen, nicht eine Messe zu versäumen. Ich bin die einzige von uns allen, die sich das Krippenspiel anschauen geht. Veva meint, da ich nicht mitmachen würde, sei das Ganze uninteressant für sie.

Seitdem Senyora Montserrat fort ist, bist du nicht mehr ins Kino gegangen, und dabei fragt dich Vater so oft, ob du nicht Lust hättest, dir mit ihm einen Film anzuschauen. Das Gespräch läuft immer gleich ab. Wenn du Nein sagst, fängt Vater an, von den Sternstunden des Stummfilms zu erzählen, von Charly Chaplin oder Buster Keaton. Und immer, wenn er so redet, kommt er mir ziemlich alt vor.

Ich gehe mit Regina und Quico ins Gemeindezentrum, um mir die Nachmittagsvorstellung des Krippenspiels anzuschauen. Ich sitze ganz außen in der Reihe, gleich neben dem Gang, Regina neben mir. Als es dunkel wird im Saal, merke ich, wie die beiden näher aneinanderrücken und ständig kleine Geräusche von sich geben. Regina hat ihren blauen Mantel über ihren und Quicos Schoß gelegt. Betont schaue ich nach vorne zur Bühne. Serni spielt wieder den Teufel, aber bis zu seinem Auftritt ist es noch etwas hin. Das Stück kommt nur langsam in Gang; ich finde, sie spielen nicht besonders, im vergangenen Jahr ist mir das gar nicht so aufgefallen. Der Holzsitz ist unbequem, doch Quico seufzt, als wäre er im siebten Himmel. Nach der Aufführung wird mir das Warten auf Serni ebenfalls ziemlich lang. Es ist Zeit fürs Abendessen, und ich weiß, wenn ich zu spät komme, bist du sauer. Die Leute strömen aus dem Gemeindezentrum, und viele von ihnen grüße ich, manche sagen mir, dass man mich ja gar nicht mehr zu Gesicht bekommt. Als ich den Grund dafür erkläre, merke ich, dass die Tatsache, auf ein Gymnasium in Barcelona zu gehen, einen in den Augen der anderen irgendwie zu einem feinen Fräulein werden lässt, so als würde man sich für etwas Besseres halten. Dabei ist mir doch ausgerechnet hier klar geworden, dass ich in der Stadt nur über meinen Büchern sitze. Gerade mal ein halbes Dutzend Straßen kenne ich dort, allesamt ziemlich schmutzig, und ein Kino. Aber wer weiß, was sich die Leute so alles vorstellen, die das ganze Jahr über nicht aus dem Städtchen rauskommen. Endlich ist Serni da, und er nimmt meine Hand, und wir gehen bis zu unserem Haus, und er will nicht reden, mich nur küssen und mir seine Zunge in den Mund stecken. Ich höre deine Stimme: »Schlampe!«

Eines Nachmittags, ich will später noch weggehen, sind wir beide allein in der Wohnung. Du bügelst, und ich erzähle dir von den Mädchen aus meiner Klasse. Einige sind immer richtig schick angezogen, höflich und zuvorkommend, echte Freundinnen. Du sagst mir, du fändest es schön, dass ich mit solchen Menschen verkehre, aber ich solle ja keinem trauen. Ich frage dich, warum nicht, du wirst laut und mit erhobenem Bügeleisen entgegnest du mir, ob ich denn immer noch nicht kapiert hätte, dass es Leute gibt, die nur darauf aus sind, uns zu schaden. Doch bevor ich überhaupt auf deinen abrupten Stimmungswechsel reagieren kann, bist du schon wieder bei einem anderen Thema.
 – Als ich in deinem Alter war, hatte ich die ganze Arbeit schon so was von satt. Wie ein Mann hab ich geschuftet! – einen Augenblick lang klingt deine Stimme ganz heiser. – Und mit der Milch haben sie bei mir geknausert, weil man die ja für die Aufzucht der Kälbchen gebraucht hat – sagst du dann und brichst in Tränen aus.
 Während du dich langsam wieder beruhigst, bin ich noch völlig baff, es hat mich »aus den Pantinen gehauen«, wenn du das besser verstehst.
 – Nur weil du jetzt in Barcelona aufs Gymnasium gehst, glaubst du wohl, dass du schon trocken hinter den Ohren bist, oder was?
 Ich muss daran denken, wie ich als kleines Kind einmal am Waschbecken gestanden bin, über dem ein Spiegel hing, und wie deine großen Hände meine eingeseift haben, die dunklen Rinn-

sale sind in den Abfluss gelaufen, und das Handtuch, mit dem du mich abgetrocknet hast, lag ausgebreitet über deinen Armen. »Warte nur, bis du erst deine Ohren im Spiegel sehen kannst!«

Noch immer stehe ich vor dir, bringe kein Wort heraus, und ich weiß, gleich wird das mit dem Unwetter kommen, das dich im Freien überrascht hat, ohne Unterstand und ohne Regenschirm, und das Wasser ist dir »bis in die Arschrinne« gelaufen. Ich sage dir schnell, ich hätte versprochen, bei meiner alten Schule vorbeizuschauen. Du wirfst mir einen Blick zu und wendest das Bügeleisen mit einem so kräftigen Schwung, dass das Bettlaken eine tiefe Falte abbekommt.

Und warum das alles, bloß, weil ich dir eine Freude machen wollte und dir von Glòria erzählt habe. Im Flur, kurz bevor ich die Wohnungstür ins Schloss fallen lasse, kriege ich noch mit, wie du sagst:

– Freundinnen! Wenn ich das schon höre, jeder für sich und Gott für uns alle, so läuft das auf dieser Welt!

8

Das Tuch, das niemals fertig wird

Ramon hält sich kaum zu Hause auf, gerade mal zum Essen ist er da. Zwischen ihm und Vater spüre ich dann eine Spannung, die den ganzen Raum auszufüllen scheint. Ist Ramon fort, beklagst du dich über all das, was er anstellt und dir nicht gefällt, du säst Misstrauen. Doch wenn Vater explodiert, weil mein Bruder das macht, was er eben so macht, kommst du gleich angelaufen. Dann versuchst du, aufs Neue Frieden zu stiften, und bist am Jammern, weil es dir nicht gelingt, die in Stücke zerschlagene Eintracht wieder zusammenzufügen.

Vater ist einverstanden, dass ich mir mit einem Mädchen aus Brüssel schreibe, um besser Französisch zu lernen, so wie es mein Lehrer auf dem Gymnasium vorgeschlagen hat. Du springst auf und sagst, was das alles nur wieder kostet: Briefmarken, Umschläge, Papier.

Ich versuche, mit meinem Vater zu reden, allein, über die Menschen, die ich kennengelernt habe, über die Lehrer, meine Mitschülerinnen. Er hört mir aufmerksam zu, Zigarettenrauch vor seinen Augen. Viel zu kurz sind diese Momente, immer wieder funkst du dazwischen, weil du etwas erledigt haben willst, oder aber Vater muss zurück zur Arbeit.

Neujahr stehe ich spät auf und finde alle in heller Aufregung vor. Veva ist den Doktor holen gegangen, du bist in der Küche, räumst Sachen von einer Ecke in die andere, du weinst. Vater läuft auf der Dachterrasse hin und her und raucht eine Zigarette nach der anderen. Du gehst in das Zimmer meines Bruders, und ich folge dir. Er ist kalkweiß, kann sich kaum auf den Beinen halten. Völlig aufgelöst läufst du raus auf die Terrasse und sagst Vater, Ramon rede wirres Zeug. Er ruft merkwürdige Namen,

flucht, wenn du ihn etwas fragst. Entsetzt schaust du mich an, und ich frage dich, was ich machen kann.
– Hau bloß ab!
Ich lege mich wieder ins Bett, doch kaum habe ich mir die Decke bis über beide Ohren gezogen, kommst du herein und fängst an herumzuschreien. Du sagst, in Barcelona würde aus mir weiter nichts als so ein piekfeines Fräulein, eine von denen, die nichts selber können und eine andere Frau brauchen, damit sie ihnen den Dreck aus dem Haus schafft. Ich stehe wieder auf, ziehe mich an, wasche mich, und als ich aus dem Badezimmer komme, stehst du schon da mit dem Portemonnaie in der Hand. Ich soll zu Rosalia gehen und sie fragen, ob sie uns nicht etwas Suppengrün geben kann, Lauch, ein paar Möhren und eine Steckrübe. Stufe für Stufe steige ich die Treppe runter. Bis jetzt habe ich mich bei Rosalia und Anton noch nicht sehen lassen, und getroffen habe ich die beiden auch noch nicht. Sie begrüßen mich höflich und voller Respekt, so als ob ich die Ältere wäre und sie bloß zwei Kinder. Ich weiß nicht, was ich sagen soll, und erzähle ihnen, dass Ramon krank ist. Anton macht ein besorgtes Gesicht, während Rosalia mich beschwichtigt, es sei sicher nichts Ernstes, an Tagen wie diesen würde man einfach ein bisschen zu viel essen. Sie sagt, ich soll mit ihr in den Garten gehen, und ohne ein Wort miteinander zu wechseln, machen wir uns auf den Weg. Sie ist noch nie sehr gesprächig gewesen, aber heute lastet ihr Schweigen auf mir. Draußen ist es sehr kalt und ziemlich neblig. Wir setzen einen Fuß vor den anderen, als wären wir ganz allein auf der Welt. Weder sie noch ich haben einen Mantel an, ich bin sogar in Hausschuhen runtergegangen. Wir kommen an der Stelle mit der Tomatenpflanze vorbei, die sie mir einmal geschenkt hat. Rosalia hat mich immer so glücklich gemacht, und ich habe mich einfach von ihr abgewandt, wie eine Verräterin, richtig undankbar fühle ich mich ihr gegenüber. Ich muss daran denken, was du mir über Freundinnen gesagt hast, und mit

einem Mal weiß ich, dass du recht hast, nur dass ich diejenige bin, die sich schäbig verhalten hat, und nicht die anderen. Rosalia sucht das Gemüse zusammen und legt es in einen Korb. Als sie ihn mir reicht, merkt sie, dass ich weine. Noch einmal beteuert sie mir, dass das mit Ramon sicher nichts Ernstes ist. Und sie sagt das mit so viel Überzeugung, als hätte sie hellseherische Fähigkeiten. Da muss ich lachen, und ich lache und weine zugleich.

– Lauf schnell ins Haus, sonst erkältest du dich noch. Warte drinnen auf mich, ich hole noch ein paar frische Eier, und die nimmst du dann mit.

Ich steige die Treppe wieder hoch und fühle mich wie der erbärmlichste Mensch auf der ganzen Welt, und doch ist da diese Sicherheit, dass Rosalia mir nichts übel nimmt. Ich kann nicht verstehen, weshalb sie mich einfach nur liebt, ohne eine Gegenleistung dafür zu erwarten.

Statt die Geburt des neuen Jahres zu feiern, könnte man den Eindruck bekommen, wir würden auf sein Begräbnis gehen. Erster Januar, mein Bruder liegt im Bett, also decke ich den Tisch für fünf, denn du hast Senyor Felip eingeladen.

Er kommt und hört sich mit ernster Miene deine Klagen an, aber dann fängt er an, Witze zu machen, und meint, dass ja wohl nicht gerade das Wasser schuld sei an Ramons Zustand. Da wir alle schweigen, wendet er sich mir zu.

– Na, Hummelchen, wie läuft's denn so in Barcelona? War meine Frau schon bei dir, um Süßholz zu raspeln?

Ich fühle, wie ich rot werde, als ob ich etwas zu verbergen hätte. Veva sagt ihm, dass ich von der Schule immer gleich nach Hause komme, dass ich mich in der Stadt gar nicht auskenne.

– Und zum Nähen, da hast du wohl keine Lust mehr?

Wieder schweigen alle, und plötzlich hört man »Mutter!«, und du springst vom Stuhl auf und läufst in Ramons Zimmer. Mit strahlendem Gesicht kommst du zurück, um uns zu verkünden, dass er Hunger hat. Der Cousin macht sich über dich lustig und ganz nebenbei über alle Mütter. Vater hat kein Wort gesagt, aber er füllt die Sektgläser, und alle heben wir unser Glas, um uns ein gutes neues Jahr zu wünschen.

Bevor er geht, fragt mich Cousin Felip, wer denn die allerbesten Mäntel im ganzen Städtchen mache.

– Na, Hummelchen?

Alle möglichen verletzenden Antworten schießen mir durch den Kopf, aber ich spüre Vaters Blick auf mich gerichtet und Vevas, der um Gnade fleht, und deinen, der mich zur Ordnung ruft.

– Sie natürlich!

Ich sehe dich noch, wie du lächelst und traurig bist und mich vor den Gefahren dieser Welt warnst, auf dem Bürgersteig vor dem Café Ponent, wo der Überlandbus wartet, der gleich in Richtung Barcelona abfahren wird. Um dich herum sind noch viele andere Leute, die hoch zu den Fenstern schauen, neben dir Vater, er raucht, und unter dem Arm trägt er ein Buch. Du kommst mir wie eine Fremde vor, deren Gesicht mir vertraut ist, und ich spüre deine große Erleichterung, aber auch dein Bedauern, und ganz genauso geht es mir auch. Als der Bus losfährt, hebt Vater den freien Arm, er lächelt nur und winkt ein wenig mit der Hand. So schön das Ankommen war, das Wegfahren empfinde ich als traurig. Ich schaue zu Veva, doch sie hat schon die Augen geschlossen. Ich betrachte ihre langen, übereinanderliegenden Wimpern und ihren leicht geschminkten Mund und die blonden Locken, die ihre breite Stirn bis zu den Ohren hin umrahmen.

Ich denke daran, wie viele Tage vergehen werden, ohne Serni wiederzusehen. In Gedanken will ich gerade noch einmal die Ferien an mir vorbeiziehen lassen, die heute zu Ende gehen, aber da fährt der Bus über die Brücke am Fluss. Schweigend verabschiede ich mich von ihm, denn von der Straße aus kann ich die Biegungen nicht sehen, zu denen ich immer gegangen bin, um auf das rastlose Wasser zu schauen, auch nicht die flachen Stellen, dort, wo ich jeden Sommer gebadet habe, die wohlige Wärme der Steine in der Sonne, den kühlen Schatten der Schwarzpappeln. Die kleine Stadt rückt in immer weitere Ferne, und mir wird mit einem Mal bewusst, dass eine Landschaft wie ein geliebter Mensch ist, der dir niemals Vorhaltungen macht. Ich glaube, es war ein Irrtum, in Barcelona aufs Gymnasium zu gehen, aber bislang habe ich mich noch nicht getraut, mit irgendjemandem darüber zu reden. Ich habe mich mit Serni verlobt, wenn ich einundzwanzig bin, werden wir heiraten, denn vorher wirst du mir deine Zustimmung sicherlich nicht geben wollen. Mir war das so nicht klar, aber Serni hat es mir erklärt. Niemand darf ohne die Einwilligung der Eltern heiraten, aber wenn man erst einmal volljährig ist, kann man machen, was man will. Vielleicht wärst du ja sogar noch eher bereit als Vater, mir diese Heiratserlaubnis zu geben. Und Ramon, der würde sich ganz schön lustig machen, wenn er wüsste, dass ich den Sohn des Trödlers heiraten will.

Nach Tagen voller Nebel, Schnee und Kälte ist der Himmel heute strahlend blau, und ich weiß nicht, ob das ein Glück ist, weil mir so der Abschied etwas weniger traurig vorkommt, oder ob ich es bedauern soll, weil ich diesen herrlichen Tag nicht nutzen kann, um einen Spaziergang zu machen und mich einfach nur glücklich zu fühlen. Ich bin erkältet, und du hast mich einem regelrechten Verhör unterzogen, von wegen Kleidung wechseln, Schal vergessen, nasse Schuhe, um letztendlich daraus zu folgern, ich ganz allein sei schuld daran, dass ich mich in einem solch beklagenswerten Zustand befinde, mit einer triefenden Nase, einem drückenden Gefühl auf der Brust und dieser Mattigkeit, gerade jetzt, wo ich eigentlich in bester Verfassung sein müsste, um das zweite Trimester mit all der Lernerei und Arbeit in Angriff nehmen zu können. Ich fühle mich nicht nur elend, ich bedaure es ja selbst. Wieder schaue ich zu Veva, schließe ganz fest meinen Mund, damit ich den Dieselgestank nicht einatmen muss, lehne mich zurück und mache wie sie meine Augen zu. Ich denke wieder an dich, und mir ist klar, abermals versagt zu haben. Nicht eine einzige Sorge habe ich dir nehmen können, ich habe dich nicht glücklich gemacht, im Gegenteil.

Der Carrer Porvenir erscheint mir wie ein feuchter und dunkler Ort, als wir dort ankommen. Du hast uns Essen für ein paar Tage mitgegeben, Veva ist verärgert, weil du darauf bestanden hast. Beide sind wir vollbepackt, und wir haben Mühe, alles vom Taxi bis zum Eingang zu schleppen. So schnell müssen wir jetzt nicht wieder einkaufen, doch die Pakete sind schwer, und auf einem, das in Zeitungspapier eingewickelt ist, sieht man einen Fleck, der sich nur allzu deutlich von Vevas rosafarbenem Mantel abhebt.

In der kleinen Wohnung fällt mir die Decke auf den Kopf, ein paar Hausaufgaben muss ich auch noch machen. Mir ist einfach nur zum Heulen zumute, so, wie wenn du mir eine deiner Grobheiten um die Ohren haust, aber da klingelt es an der Tür. Die Nachbarin gibt mir einen Gegenstand, der die Form eines Würfels hat und in schönes Papier eingewickelt ist. Sie sagt mir, ein Junge hätte das Päckchen am Abend vor dem Dreikönigsfest vorbeigebracht. Es ist für Veva. Sie öffnet es in meiner Gegenwart, und aus einer weißen Schachtel mit goldenen Buchstaben holt sie einen Parfümflakon hervor, der aussieht wie ein prismenförmiger Körper mit lauter geschliffenen Facetten. Sie öffnet ihn und tupft mir einen Tropfen davon hinter jedes Ohr. Und sie lächelt auf eine ganz besondere Art, so als ob sie sich gerade aus einem Wolkenbett erheben würde. Ich weiß nicht, was ich sagen soll. Es riecht irgendwie nach Luxus: süß und fein und weich, alles zusammen. Dann setzt sich Veva in den Sessel und liest die Karte, während ich auf mein Zimmer gehe und die Wäsche aus der Tasche in den Schrank räume. Dorthin hänge ich auch die zimtbraune Dreiviertelja cke, die Senyor Felip mir zugeschnitten hat und die er dann in aller Eile von irgendeiner Näherin aus seiner Werkstatt hat fertigmachen lassen. Und die Lehrlinge mussten bestimmt die Säume nähen und alles versäubern. In Grund und Boden werden sie mich verflucht haben, denn das war ja zusätzliche Arbeit für sie. Ich muss an das Pfeifen von Senyor Felip denken und an seine Worte, die wie das Summen der Bienen sind. Da kommt mir ein Gedanke: Vevas Parfüm würde sie sicherlich anziehen wie eine weiße Blume.

Im Zimmer im Carrer Porvenir werde ich wieder erwachsen. Deine Stimme, die mich daran erinnert, was ich zu tun und zu lassen habe, ist weit weg, und du weißt nicht, wie sehr ich sie gerade heute vermisse. Ich habe das Gefühl, wenn ich bis Ostern warten muss, um zurück nach Hause zu können, werde ich dieses Trimester nicht überstehen. Bevor ich mich ans Lernen mache, schreibe ich Serni, um ihm zu sagen, dass er mir fehlt, doch es ist, als würde die Tinte auf dem Papier Pfützen bilden, in denen meine Worte einfach versinken. Während ich auf das Haus gegenüber starre, sehe ich mich neben Serni im Kino sitzen, wie wir uns *Es geschah am helllichten Tag* anschauen. Die Hauptdarstellerin kommt mir irgendwie bekannt vor, das bin ich vor ein paar Jahren, und ich sehe, wie sie durch einen kleinen Tannenwald läuft, der aussieht wie der bei uns im Städtchen, auf der anderen Seite der Eisenbahngleise. Das Mädchen ist in Gefahr, und ich verstehe nicht, weshalb dieser fette Mann, der wie ein großer Junge aussieht und der doch alles hat, sie töten will, so wie er es mit den anderen kleinen Mädchen vor ihr auch schon getan hat. Währenddessen streift Sernis rechte Hand über meine Knie, und dann lässt er sie weiter nach oben unter meinen neuen Schottenrock gleiten. Ich will wissen, was in dem kleinen Wald dort passiert, doch da gibt er mir einen Kuss. »Eine Frau, die sich zu so etwas hinreißen lässt«, deine Worte sind wie ein Windstoß, der geradewegs auf meine Gedanken zielt, »wie kann man nur so dämlich sein ...« Ich nehme seine forschende Hand und halte sie fest. Er macht sich los, und nachdem ich auch noch meine Füße gegen die Rückenlehne des Vordersitzes stemme, schaut er bloß noch auf die Leinwand und schmollt.

Der Brief bleibt ungeschrieben, und ich nehme ein anderes Blatt zur Hand. Der, den ich jetzt schreibe, ist für dich und Vater. Du hast mich darum gebeten.

– Und wenn's nur ist, um Bescheid zu geben, dass ihr gut angekommen seid.

Für den Schulweg, den ich tagein, tagaus jeden Morgen und jeden Nachmittag zweimal mache, brauche ich ungefähr stets die gleiche Zeit. Von Calvet aus, so lautet auch die Anweisung, die Veva immer den Taxifahrern gibt, gehe ich hinauf zu den abschüssigen kleinen Straßen oberhalb der Via Augusta, die wie Bäche in den Fluss hinunter zu Balmes strömen, bis ich schließlich den Carrer Copèrnic erreiche. Dann, im Klassenzimmer, die Unterrichtsstunden, kaum dass man die eine von der anderen unterscheiden kann. Etwas Abwechslung bringen nur hier und da ein paar lustige Begebenheiten, der eine oder andere Schreckensmoment und die Bande, die langsam und grobmaschig geknüpft werden. Im Laufe der Wochen aber, je mehr sich das winterliche Licht über die Stadt legt, wird dieses Maschennetz dichter und geschmeidiger. Auf einmal überkommt mich der Ehrgeiz, die Prüfungen zu bestehen und gute Noten zu erzielen, und doch spiele ich noch immer mit dem Gedanken, gleich jetzt mit der Schule aufzuhören, um mich ganz offiziell zu verloben. Aber sei es nur, um meinen Aufenthalt hier zu rechtfertigen, all die Ausgaben, die Reise, dieser Arbeitsdrang setzt sich gegenüber meiner undankbaren Jugend durch, die sich nichts sehnlicher wünscht, als einen übereilten Sprung ins Erwachsenenleben zu tun. Mehr noch als um dich drehen sich meine Gedanken unaufhörlich um deine Worte, vielleicht sind sie es aber auch, die mich wie ein ständiger Luftzug umkreisen. Doch begnügen sie sich keineswegs damit, mir etwas Wind zuzufächeln, wie jemandem, der sich neben eine offene Tür gesetzt hat. Sie zerkratzen und verspotten mich vielmehr, bringen mich manchmal sogar zum Schweigen, und für die großen existenziellen Probleme meiner Mitschülerinnen haben sie nur ein Achselzucken übrig oder ein Türenschlagen.

Philosophie und Mathematik werden zu meinen heimlichen Lieblingsfächern. Dies vor allen anderen einzugestehen, versuche ich zu vermeiden. Einzig und allein Vater und Veva dürfen wissen, dass ich diesen verführerischen Gesängen lausche. Unbemerkt vergehen die Wochen in einem Umkreis, der sich nicht weiter erstreckt als die Felder um dein Dorf, ganz gleich, ob es sich um Weizenfelder handelt oder um Wiesen, um Gärten oder Beete voller Grünfutter fürs Vieh. Dieser Bereich inmitten der Stadt hat bei Weitem nicht so viele Farben, wohl aber mehr Linien, und flacher ist er auch. Ich finde mich gut zurecht, doch die übrigen Lichtungen und Schneisen kenne ich nicht und kann sie mir noch nicht einmal vorstellen.

Eines Abends, irgendeines Abends Ende Januar, kommt Veva später als sonst, und sie rührt das Essen nicht an, mit dem ich mir richtig viel Mühe gegeben habe. Sie sagt mir, sie fühle sich nicht gut und wolle gleich ins Bett gehen. Vorher gibt sie mir noch die Telefonnummer der Universität, damit ich am nächsten Morgen, auf dem Weg zur Schule, dort anrufen kann.

– Sag einfach, dass ich krank bin – meint sie zu mir.

Sie verbringt den ganzen nächsten Tag im Bett, ohne etwas zu essen, ohne etwas zu sagen. Am Morgen darauf, bevor ich mich auf den Weg zur Schule mache, sehe ich mich in ihr Zimmer gehen, um nachzuschauen, wie sie sich fühlt. Ich habe eine Prüfung in Naturwissenschaften und den ganzen Abend und einen Großteil der Nacht dafür gelernt. Ich bin ziemlich müde und spät dran. Es wundert mich gar nicht, dass sie den gekochten Reis, den ich ihr zum Abendessen auf das Nachttischchen gestellt habe, nicht angerührt hat, er war nicht gerade besonders gut. Auf dem Teller hat er sich in einen verkrusteten Brei verwandelt. Ihre Haare liegen platt gedrückt auf dem Kissen, sie hat sich auf die rechte Seite gedreht und scheint zu schlafen. Plötzlich fällt mir ein Fleck auf dem Kissenbezug auf, der Umriss, den etwas Feuchtes auf einem Stück Stoff hinterlässt, wenn es wieder angetrocknet ist. Ich ziehe den Vorhang ein wenig mehr zur Seite, und ich sehe, wie blass sie ist.

Das Herz schlägt mir plötzlich bis zum Hals, denn mir wird bewusst, dass sie schon viele Stunden im Bett liegt, nichts gegessen hat und immer, wenn ich nach ihr sehe, die Augen geschlossen hält, kein Wort hat sie zu mir gesagt, wie konnte ich nur so gleichgültig sein? Mir ist, als würde ich dich sagen hören, »man sollte dir wirklich eine scheuern«. Ich spreche Veva an, beim zweiten Mal lauter, nähere mich mit einem Ohr ihrer Nase, und zum Glück, ja, sie atmet, aber das reicht mir jetzt nicht mehr, ich rufe ihren Namen und mit einer Hand streichle ich über ihre Wange. Endlich öffnet sie die Augen. Ich sage ihr, dass ich einen Arzt rufen werde oder meinen Eltern Bescheid gebe, deinem Bruder.

– Oder auf der Universität.
– Auf gar keinen Fall!

Dieses Wort scheint sie wachgerüttelt zu haben, ich dagegen stehe da wie ein Stockfisch: »stocksteif, stockdumm«. Sie schaut mich an, als würde sie mich nicht erkennen. Ich sage:

– Ich bin's, Rita.

Das Lächeln, das sie aufzusetzen versucht, fällt gleich wieder in sich zusammen.

– Soll ich dir etwas Milch warm machen? – ist das Erste, was mir einfällt.

– Ja, aber, wie viel Uhr ist es denn?

Für die Schule ist es zu spät, auch für die Prüfung. Mit der Erleichterung überkommt mich das Bedauern um die durchwachten Stunden, weil ich die Prüfung doch bestehen wollte. In Mineralogie werde ich durchfallen, ich bin noch nie durchgefallen und …

– Müsstest du nicht längst in der Schule sein?

Meine Stimme gehorcht mir nicht, und ich heule lieber los, als auch nur ein einziges Wort zu sagen.

– Bring mir mal ein Blatt Papier, dann schreib ich dir eine Entschuldigung.

Ich gehe in mein Zimmer, auf dem Tisch sieht es erbärmlich aus. Für dich wäre das, »um sich die Haare auszuraufen und mir links und rechts eins hinter die Ohren zu geben«. Statt eines Stück Papiers nehme ich ein Taschentuch und gehe in die Küche. Ich mache etwas Milch heiß und schütte sie in eine Tasse.

Als ich wieder Vevas Schlafzimmer betrete, kommt es mir so vor, als sei das Licht, das von draußen hineinfällt, ein wenig heller geworden. Sie hat sich aufgesetzt, ihr Blick fällt ins Leere. Viel Zeit scheint vergangen zu sein in diesen paar Minuten. Ich stelle ihr die Tasse hin und bringe den Teller mit dem Reis in die Küche. Ich gehe wieder zu ihr, und dieses Mal finde ich alles so vor, wie ich es zurückgelassen habe. Sie gibt mir zu verstehen, ich soll mich neben sie aufs Bett setzen. Sie sagt mir, sie hätte es mal wieder verbockt, und fast muss ich lachen. Sie hat Spaß daran, mich ab und zu mit einem Wort zu überraschen, das normalerweise nur die Studenten benutzen. Dieses aber hat sie voller Zorn gesagt.

– Mein Stolz ist verletzt. Und der ist in unserer Familie sehr ausgeprägt, auch wenn du gerade nicht das meiste davon abbekommen hast.

Ich schaue sie an.

– Selbstwertgefühl, weißt du, was ich meine?

Ich nicke, damit sie weiterspricht. Sie kann sicher sein, dass ich ihr mit allen Sinnen zuhöre.

– Ich weiß nicht, ob es richtig ist, dir das zu erzählen, du bist eigentlich noch viel zu jung …

Ungläubig und voller Empörung schaue ich sie an, um mich

dann gekränkt von ihr abzuwenden. Da nimmt sie meine Hand, und ich sehe wieder zu ihr hin: Sie versucht, die Lippen zu einem Lächeln zu verziehen.

– Eigentlich ist gar nichts passiert, und es ist ja auch schon vorbei –, und jetzt lacht sie, wenn auch recht bitter.

Sie hat sich in einen Mann verliebt, der intelligent ist, gebildet, schön und elegant. Er ist Professor an ihrer Fakultät. Ich weiß, dass sich für Veva alle nur denkbar vollkommenen Eigenschaften in diesem einen Wort Professor vereinen, sie sind wie die Facetten eines Diamanten, die vorgeben, einfache Spiegel zu sein, hinter denen sich aber die ganze wundervolle Härte des Edelsteins verbirgt.

Vom ersten Augenblick an haben sie sich gemocht, und er hat sie gleich gefragt, ob sie nicht mit ihm ausgehen möchte. Und jetzt hat sie erfahren, dass er verheiratet ist. Ich bin drauf und dran, etwas zu sagen, doch sie hebt abwehrend die Hand und gibt mir zu verstehen, dass ich schweigen soll. Als ich dann von ihr erfahre, dass er ihr von seiner Ehe erzählt und sie trotzdem um eine »ernsthafte Beziehung« gebeten hat, fällt mir nichts mehr ein. Sie lacht, und ihr Gesicht ist zum Weinen verzogen. Ja, er habe ihr sogar versprochen, eine Wohnung einzurichten, wo er mit ihr ein zweites Leben führen wollte. Ich höre ihr zu, und je länger sie spricht, desto mehr belegt sich ihre Stimme.

– Ich habe ihm Nein gesagt, und dass er mich bloß nicht mehr ansehen oder ansprechen soll, keinen Augenblick habe ich über seinen Vorschlag nachgedacht. Er wollte mich nur als seine »Geliebte«.

Mit einem herausfordernden Blick, den sie dann auf das Fenster richtet, verurteilt sie mich erneut zum Schweigen. Ich bringe ihr die Milch, die mittlerweile kalt geworden ist, und da schaut sie mich wieder an.

– Verstehst du, was ich meine?

Ich verstehe, was sie sagt, aber die Art und Weise, wie sie es aufnimmt, so tapfer, erschrickt mich. Ich weiß nicht, was ich ihr antworten soll, und bestimmt mache ich gerade mal wieder ein Gesicht, das du »dämlich« nennen würdest.

– Arme Rita …

Der Beginn des Satzes ist wie ein Schlag für mich, einer von denen, die du mir versetzt, ohne dass ich begreife, weshalb, aber da hat sie mich schon am Handgelenk gepackt und in ihre Arme gezogen.

– … du bist auch eine Frau.

Du hast mir beigebracht, den Dingen auf den Grund zu gehen, sie verstehen zu wollen. Ich weiß längst, dass dies ein Irrweg ist, und doch schlage ich ihn immer wieder ein, um den Geheimnissen auf die Spur zu kommen.

Ich höre Vevas Schritte neben mir. Trotz Vorlage einer Entschuldigung habe ich die Prüfung in Naturwissenschaften nicht wiederholen dürfen. Gemeinsam gehen wir jetzt zur Schule, denn sie hat um ein Gespräch mit dem Konrektor gebeten, noch vor der ersten Stunde, und von dort aus wird sie dann zur Arbeit gehen. Vor ihrer Haustür sehe ich Montse stehen, und ich sage Veva, dass ich es eilig habe, und sie lächelt mir zu.

– Mach's gut.

Obwohl wir nicht gemeinsam das Schulgebäude betreten, hat das Gerücht, wer denn diese Frau sein soll, bereits ein paar Mädchen aus meiner Klasse erreicht. In der Pause kommt eine, mit der ich bislang kaum ein Wort gewechselt habe, und meint zu mir:

– Du siehst deiner Mutter aber gar nicht ähnlich! – und mustert mich dabei von oben bis unten, wie um sich noch einmal zu vergewissern.

Gerade heute trage ich den Rock in den zwei unterschiedlichen Blautönen, der, den du mir zu Hause im Blecheimer gefärbt hast, mit dem Pulver aus dieser kleinen Tüte, das so aussieht wie

Natron. Ich entgegne ihr, dass die Person, die sie gesehen hat, nicht du bist, aber nachdem ich das gesagt habe, fühle ich mich unbehaglich und verärgert.

Die Prüfung in Mineralogie darf ich wiederholen.

Montse will wie ihr Bruder Medizin studieren, als sie mir das erzählt, sage ich ihr, dass ich mit einem Jungen aus unserem Städtchen verlobt bin und heiraten werde, sobald ich einundzwanzig bin. Mitten auf dem steilen Anstieg des Carrer Copèrnic bleibt sie stehen und schaut mich mit leuchtenden Augen an.

– Wie hast du das denn geschafft?

Wir alle interessieren uns sehr für Jungen, denn auf unsere Schule gehen nur Mädchen, und im Religionsunterricht wird viel von Gott geredet, von den Geboten, aber nicht darüber, wie wir mit dem anderen Geschlecht umgehen sollen, ohne dass wir gleich eine Sünde begehen. Ich weiß, dass ich gesündigt habe, aber ich denke, dir wird es lieber sein, ich heirate, als dass ich in Barcelona bleibe, um zu studieren. Außerdem sagt mir Serni, dass er mich liebt. Du selbst hast es mir hundertmal wiederholt, »schau nur, was aus Veva geworden ist, weil sie nicht zur rechten Zeit geheiratet hat«, und jetzt weiß ich, dass du damit recht hast. Hätte sie geheiratet, wäre ihr das mit dem Professor erspart geblieben. Dann wäre sie ihm nicht einmal begegnet, denn ihr Mann hätte schon dafür gesorgt, dass sie zu Hause bleibt. Ich frage mich allerdings, was die ganze Lernerei eigentlich soll, wenn man doch seine Arbeit aufgeben muss, sobald man heiratet und Kinder bekommt. Plötzlich fällt mir ein, sollte ich heiraten, werde ich ja vielleicht auch Kinder kriegen, und ich weiß nur, dass das eine Sache ist, die sehr wehtun soll und die Mütter jede Menge Blut dabei verlieren.

Ich werde vergebens darauf warten, dass Veva mir erzählt, wie das mit der Trennung war.

Sie hat mir ein braunes Strickkleid gekauft, das mit Sonnenblumen bedruckt ist und mich älter macht. Eines Tages, als ich von der Schule komme, treffe ich vor der Haustür einen Jungen mit einem Strauß roter Rosen. Er fragt mich nach der Wohnung von Fräulein Albera, und ich sage ihm, dass ich das bin, dass ich hier wohne. Der Junge schaut mich misstrauisch an.

– Fräulein Genoveva Albera?

– Das ist meine ... Cousine; wenn Sie wollen, können Sie mir die Blumen mitgeben.

Er schaut auf meine Schultasche, die vollgestopft ist mit Büchern, und sagt, dass er sie lieber selbst hochbringen möchte. Ich gehe voraus, und das Papier, in dem die Rosen eingewickelt sind, streift meine zimtbraune Jacke. Wenn mir ein Junge so einen Strauß schenken würde, könnte ich die ganze Nacht nicht schlafen. Ich schelle, und Veva öffnet gleich. Sie sagt nichts, als sie uns beide sieht, dreht sich um und kommt mit einem Trinkgeld für den Jungen zurück. Als ich in die Küche gehe, finde ich die Rosen im Abfalleimer.

Nur Vater antwortet auf meine Briefe. Er erzählt mir von dir. Dass du mich vermisst und dass du Ramon vermisst. Dass er viel Arbeit hat. Wenn es um Menschen geht, bleibt er immer etwas vage. Er ermuntert mich, fleißig zu sein, ich soll es einmal weiterbringen. Vaters Briefe gefallen mir sehr, aber oft machen sie mich auch traurig, denn ich merke, dass dir gar nicht bewusst ist, wie viel Verständnis er für dich aufbringt und wie sehr er sich bemüht, deine sinnlosen Wutanfälle zu rechtfertigen. Aber statt Vaters winziger Schrift würde ich auf dem Umschlag lieber Sernis Gekritzel sehen, das sich wie eine Sardana mit lauter Anfängern bewegt, bei der ein paar Buchstaben den Hals zur einen Seite rausstrecken und die anderen Tänzer genau zur entgegengesetzten. Meinem Bruder habe ich zwei Briefe geschrieben, aber auf eine Antwort kann ich lange warten.

Mit all der Lernerei betrüge ich doch nur mich selbst. Wozu das Ganze, wenn ich eh vorhabe, nach Ende des Schuljahres zu dir zurückzukehren und bei dir zu bleiben, bis es an der Zeit ist zu heiraten? Ich lerne und gehe zum Unterricht. Auf dem Schulweg rede ich mit Montse und danach mit den Mädchen, die im Unterricht ganz in meiner Nähe sitzen, um mit ihnen die Lösungen der Mathematikaufgaben zu besprechen oder die Übersetzungen aus dem Französischen ins Spanische. Ich habe mich ein wenig mit der besten Schülerin unserer Klasse angefreundet, mit Pilar, auch wenn sie ziemlich zurückhaltend ist, ja immer etwas Abstand hält. Alle wollen wir, dass sie uns die chemischen Formeln erklärt oder die Grenzwerte und Ableitungen, die wir nicht verstehen. Sie sitzt vor mir und darum dreht sie sich in den Pausen zwischen den Unterrichtsstunden häufig um, und wir reden. Einmal hat sie ganz ernsthaft zu mir gesagt, wir auf dem Land seien die besseren Menschen, und ich wusste nicht, was ich ihr darauf entgegnen sollte. Sie wohnt weit weg von der Schule und bleibt zum Mittagessen in der Kantine; nach dem Nachmittagsunterricht nimmt sie die Metro.

Der Schulschluss ist eine einzige Stimmenschlacht. Die meisten von uns gehen schnell auseinander. Es gibt ein paar Jungen, die mit einer Zigarette im Mundwinkel an der Wand lehnen und auf ein paar Mädchen aus dem letzten Jahr warten. Und Mütter und Väter, die die Schülerinnen aus der fünften Klasse abholen wollen. Montse geht für gewöhnlich nicht direkt nach Hause; sie und andere Pfadfinderinnen treffen sich in ihrem Gruppenraum. Wenn ich allein und befreit von der Last des Unterrichts die Straße runtergehe, habe ich mir angewöhnt, das fast im Laufschritt zu tun. Ich denke an meine roten Berge und an den Fluss, an die Umgebung unseres Städtchens, die kleinen Gärten, den Bahnhof. Mir ist aufgefallen, dass der Frühling in der Stadt in einem ganz hellen Licht aufbricht, aber wenn ich mich dem Carrer Porvenir nähere, scheinen mich nur Schatten zu umfangen, und ich verspüre Heimweh. Ich denke an unsere Dachterrasse, wo du bestimmt gerade am Waschen bist oder sitzt und nähst, an diese

Momente voller Ruhe, die du dir so selten gönnst, und in denen ich vielleicht imstande wäre, dir zu sagen, wie sehr ich dich liebe.

Montse hat mir das *Tagebuch eines jungen Mädchens* geliehen, Glòria und sie haben den Roman schon gelesen. Verglichen mit dieser Figur komme ich mir sehr egoistisch vor.

Wenn ich nicht viel Hausaufgaben machen muss, besuche ich Großmutter und deinen Bruder, Tante Mercè und den Kleinen. Ich gehe Calvet hinunter und überquere die Diagonal. Dann laufe ich Villarroel entlang, bis ich auf Provença stoße und links abbiege. Noch vier Querstraßen abzählen, und ich bin da; es ist nicht weit.

Großmutter hat gelernt, die großen Buchstaben auf dem Titelblatt der Zeitung zu lesen, sie sagt es mir eines Nachmittags, als die anderen nicht da sind. Ich merke, dass sie stolz darauf ist. Sie erzählt mir, dass sie nicht zur Schule hat gehen können, weil sie daheim so viele Geschwister waren und alle gleich bei der Arbeit helfen mussten. Sie erkundigt sich nach dir. Das tut sie immer mit einem geradezu heiligen Respekt, so als ob sie über religiöse Belange mit mir reden würde. Ich sage ihr, dass es dir sehr gut geht. Sie kommt dann wieder auf früher zu sprechen, auf den Krieg, und sie erklärt mir, unter der Verachtung der Faschisten hättest du mehr gelitten als sie. Mit dem Finger haben sie auf dich gezeigt, auf die Tochter eines Roten, was wohl so viel bedeutet hat wie schlecht und unglücklich, alles zusammen. Ich möchte, dass sie endlich damit aufhört, die ollen Kamellen von damals aufzuwärmen, aber sie sagt, ich müsse ganz besonders lieb zu dir sein. Sie erzählt mir auch wieder, dass dein Vater euch unterrichtet hat, dich und die liebe kleine Tante. Und weil er in seinem Beruf als Maurer etwas Geld verdienen konnte, hat er euch gute *espardenyes* gekauft, und auch das Schulbuch, und dich hat er zum Nähunterricht geschickt. Aber so richtig einen Nutzen hast du nicht davon gehabt, denn bald ist ja schon der Krieg über euch hereingebrochen. Zum ersten Mal, ohne dass ich krank bin, sucht mich diese Gestalt heim, die sich in eine große Grube voller Sand stürzt, ein Alptraum, der immer wieder kommt, wenn ich Fieber habe. Ich schweige, in der Hoffnung, so dem Gespräch eine andere Richtung geben zu können, aber das tut Großmutter dann von ganz allein.

– Hast du schon einen Freund?
– Ja.
– Ist das vielleicht der, der vor dem Krankenhaus auf dich gewartet hat?
– Ja.
– Weiß denn deine Mutter schon davon?
– Nein, nur du ...

Sie beugt ihren grauen Kopf über den schwarzen Rock und die glänzenden Hände mit den abgewetzten Fingern, so als ob ich ihr soeben ein zu großes Geschenk gemacht hätte.

– Es ist der Sohn des Trödlers.
– Dann wird es dir an alten Sachen ja nicht fehlen! – lacht sie.
– Ja, und sie verdienen ziemlich gut, er hat mir gesagt, dass die Leute manchmal wertvolle Sachen weggeben, weil es ihnen an Geld fehlt, um sich etwas zum Essen zu kaufen.

Sie schaut mich verwundert an, es könnte ja sein, dass ich mich über sie lustig mache, und dann bewegt sie ihre Finger, als würde sie Musik spielen wollen, ganz ohne Instrument.

Sie erzählt mir, dass ihr keinen Hunger leiden musstet, als ihr aus dem Lager zurückgekommen seid, denn ihre Mutter, deine Großmutter, hatte mit dem Kleinen, mit Onkel Tomàs, im Dorf bleiben dürfen. Und bei euch zu Hause gab es ja Hühner, Kaninchen, den Garten, Getreide und Milch von den Kühen. Aber neben dem Kind bestand die ganze Familie nur aus vier Frauen: eine alte Frau, zwei junge: du und die Tante, und »ich, die ich zu nichts mehr taugte«. Einen Augenblick lang rührt sie sich nicht, so als fiele es ihr schwer, sich an das zu erinnern, was danach kam, darüber zu reden, weshalb sie in ihren besten Jahren wie betäubt gewesen war. Schließlich hast du die Schulden eingefordert, die die Leute bei Großvater hatten, aber alle haben sie nur darüber geklagt, dass die neue Währung ja nichts mehr wert sei, dass sie nur Verluste machen würden. Mitleid hat niemand mit euch, du wirst mit einer knappen Antwort abgespeist oder mit Naturalien. Geld bekommst du nicht, und dabei müssen die Steuern bezahlt werden. Die Hausfrau der reichsten Familie im Dorf, die Melis, die Verwandte unter den neuen Machthabern hat und auch unter denen, die über die Regimetreue wachen, stellt junge Mädchen zur Aushilfe ein, im Sommer, wenn die meiste Arbeit anfällt, oder im Winter, wenn ein Schwein geschlachtet wird, und es darum geht, die Kutteln zu Würsten zu verarbeiten. Wie jede andere gehst auch du dorthin, um ein paar Peseten zu verdienen, aber dafür musst du ganz schön »auf dem Würgling rumkauen«. Du versuchst, deine Arbeit gut zu machen, und stellst dich ansonsten blind und taub. Doch das Radio im Haus lässt jeden Mittag Punkt zwölf das Angelusläuten ertönen und ebenso die spanische Nationalhymne. Jeder weiß, ganz egal, was er gerade macht, er muss alles stehen und liegen lassen und in das große Esszimmer laufen, dort den rechten Arm heben und zuhören. Einmal hat dich die Hausfrau danach vor allen Anwesenden getadelt, denn deine Hand habe schlaff heruntergehangen statt entschlossen nach oben zu zeigen.

– Was ist denn ein Würgling?
– Eine ganz bittere Pflanze.

Die Söhne von einigen Familien, die vorher ziemlich arme Schlucker waren und nach dem Krieg zu Geld gekommen sind, steigen dir hinterher, »hinher« sagt Großmutter. Du sagst Nein, ein um das andere Mal, Nein. Es wird gemunkelt, dass du nie heiraten wirst, und unter den jungen Leuten im Dorf heißt es, du seist ziemlich schroff, und ihr als Mutter tut das weh, denn »die Jugend vergeht doch wie im Flug«.

Die Melis, das sind die Großeltern und die Onkel und Tanten von Montse und Conrad.

Plötzlich, von einem Tag auf den anderen, verlässt du die Berge, verheiratet mit einem jungen Mann, der nicht von der Feldarbeit lebt, sondern einen Beruf ausübt, etwas gelernt hat. All diejenigen, die dich am liebsten immer weiter mit Beleidigungen überhäuft hätten, haben den Mund nicht mehr zugekriegt. Mit einem Mal wird mir klar, weshalb Großmutter Vater immer mit so viel Ehrfurcht begegnet.

Dann fängt sie an, über die Heiratsanträge zu reden, die sie selbst bekommen hat. Sie erzählt mir alles ganz genau so, wie sie es mir schon beim ersten Mal erzählt hat, es fällt mir schwer zu glauben, dass sie sich nicht mehr daran erinnert. Ich weiß nicht recht, was ich ihr sagen soll, aber wahrscheinlich erwartet sie auch gar keinen Kommentar von mir. Plötzlich hört man das Türschloss knarren und die Stimme von Quim. Großmutter zieht sich in den Schutz des Schweigens zurück, das ist auch die Antwort, die sie damals, als sie schon Witwe war, jedem einzelnen der Männer gegeben hat, die sich mit ihr haben verheiraten wollen. Während sie sich den Antrag anhörte, hat sie gewebt, und weil sie keine Antwort gab, schöpfte der Freier Hoffnung, doch im selben Augenblick begann Großmutter, alles wieder aufzutrennen.

Auf der Ronda Universitat verschmelzen Licht und Wärme zu einem einzigen Leuchten. Ich steige schnell in den Bus, um den Dieselgestank nicht allzu sehr riechen zu müssen. Ich hoffe, dass mir nicht schlecht wird, das ist die erste Reise, die ich ganz allein mache, Veva hat noch keine Ferien.

Ich bin müde. Du würdest sagen: Na, so weit kommt das noch! Du kannst dir nicht vorstellen, wie man vom Lernen und dem, was ich sonst so tue, müde werden soll. Wenn du wüsstest, dass ich das auch bloß bin, weil ich gestern auf dem Abschlussfest der Schule war, würdest du noch hinzufügen: »Du bist mir ja ein sauberes Früchtchen!« Es scheint so, als ob deine Worte mir entgegenkämen, um mich willkommen zu heißen, gerade rechtzeitig, bevor ich dich wiedersehe, damit ich mich auch ohne Mühe wieder an zu Hause gewöhnen kann. Ich denke daran, wie deine Stimme immerzu als Echo in meinen Gedanken widerhallt, obwohl ich sie die meiste Zeit lieber nicht hören würde.

Ich hab richtig viel Spaß gehabt auf dem Fest. Die Brüder und Freunde meiner Mitschülerinnen waren dort, und mehr als einer hat mir gefallen. Die Lehrer waren in bester Laune und haben mich voller Wohlwollen angeschaut. Ich habe überall ein »gut« bekommen, außer in Gymnastik und Naturwissenschaften, wo es jeweils nur zu einem »befriedigend« gereicht hat. Dafür, dass ich zu den Neuen gehöre, ist dieses Schuljahr für mich ausgezeichnet gelaufen.

Da sind einige Klassenkameradinnen, die ich sehr gerne mag, auch wenn ich nicht weiß, ob sie dir alle gefallen würden, doch es ist keine dabei, zu der ich solch ein Vertrauen habe wie zu Regina. Hier sind wir viele, alles ist größer, und jede von uns kümmert sich zuerst einmal um ihre eigenen Angelegenheiten. Dir wäre das nur recht. Du sagst mir doch immer, ich solle niemandem trauen, nur der Familie. Aber das sehe ich anders. Montse, Pilar, Glòria, ihnen würde ich einfach alles anvertrauen, alles, was ich habe, und alles, was mir so durch den Kopf geht. Deshalb habe ich nach der Schule Montse auch das erzählt, von dem du noch gar nichts weißt: Wenn ich erst einmal einundzwanzig bin, wollen Serni und ich heiraten. Und wenn ihr eure Erlaubnis gebt, du und Vater, vielleicht sogar schon eher. Ich habe mir vorgenommen, ehrlich zu dir zu sein, und vor allem ist jetzt Schluss mit dem Egoismus. Das *Tagebuch eines jungen Mädchens* hat mein Leben verändert.

Ich weiß nicht, ob du dich daran erinnerst, dass du mich heute vor sechzehn Jahren zur Welt gebracht hast, ich weiß allerdings nur allzu gut, dass du es nicht magst, wenn ich über solche Sachen rede, du sagst immer, wir wären schließlich keine Tiere. Ich möchte aber so gerne, dass du mir alles erklärst, denn wenn ich bald selbst Kinder haben soll ... Während dieser Sommerferien muss ich mit dir über so viele Dinge reden!

Ein unförmig dicker Mann hat sich auf den Platz neben mir gesetzt, und ich habe den Eindruck, keine Luft zu bekommen. Mit Veva zu reisen ist etwas ganz anderes. Vom Professor werde ich dir nichts erzählen, ganz sicher nicht, obwohl ich schon gerne wissen würde, was passiert, wenn man heiratet und sich dann doch in jemand anderen verliebt. Veva ist schöner und eleganter denn je, ich finde nur, wenn andere Leute dabei sind, lacht sie ein bisschen lauter als sonst. Sie kommt mir so anders vor als die Veva, die früher dreimal im Jahr zu uns gekommen ist, und ich kann mir nur schwer vorstellen, dass es sich um ein und dieselbe Person handeln soll. Mir ist klar, dass es hier im Ort niemanden gibt, der sie wirklich kennt, und selbst Mercè, ihre Freundin in Barcelona, mit der sie sich jeden Sonntag fürs Kino verabredet, hat keine Ahnung, was eigentlich in ihr vorgeht. Mich behandelt sie mal so, mal so; vor allem aber, als sei sie meine ältere Schwester. Und einmal, als es ihr richtig schlecht gegangen ist und man hätte meinen können, sie wolle sterben, da hat sie sich mir wie einer echten Freundin anvertraut. Manchmal kommt es mir allerdings so vor, als sei dieser Morgen, an dem ich die Prüfung in Mineralogie versäumt habe, nicht Wirklichkeit gewesen, als hätte ich ihn nur geträumt, denn für Veva hat er scheinbar nie stattgefunden.

Ich freue mich darauf, alle wiederzusehen. Serni, Regina, Vater, Ramon, dich, Rosalia und Anton, meine Schulfreundinnen, die Joans. Ich fühle so ein Kribbeln, als würde ich gleich einfach so vom Sitz emporschweben. Cousin Felip will ich nicht sehen. Dein Bruder, mein Onkel, hat Senyora Montserrat auf den Ramblas getroffen. Er hat gemeint:

– Sie sieht ziemlich abgehalftert aus.

Manchmal spricht der Onkel wie du. Es scheint so, als habe sie viel abgenommen.

– Und dabei war sie immer so hübsch, das reinste Ebenbild von Loretta Young – sagt Veva –, die Augen und die Nase, ihr wie aus dem Gesicht geschnitten!

Aus der Werkstatt will ich auch niemanden sehen. Ich habe mir überlegt, wenn du unbedingt darauf bestehst, dass ich zum Nähen gehe, dann muss das in einer anderen Schneiderei sein. Das Summen der Bienen macht mir Angst.

An der Haltestelle wartet mein Bruder. Er sieht sehr gut aus, ich werfe mich in seine Arme und bringe es nicht über mich, ihn zu fragen, weshalb er auf keinen meiner Briefe geantwortet hat, wie verzaubert fühle ich mich. Er nimmt meinen Koffer und hebt ihn hoch, als wäre er ein Taschentuch. Unterwegs grüße ich die Leute, aber bald schon wird mir das zu viel, denn in Barcelona habe ich entdeckt, dass die Anonymität auch ihre Vorteile hat. Ramon hat meinen Wortschwall, weil ich ihm doch alles gleich erzählen will, nicht ein einziges Mal unterbrochen. Erst als wir in unsere Straße einbiegen, meint er, zu Hause sei dicke Luft. Sie hätten spitzgekriegt, dass er überall durchgefallen ist, und Vater rede jetzt nicht mehr mit ihm. Ich werfe ihm einen fragenden Blick zu, aber er gibt mir keine Antwort.

– Ich werde mich freiwillig melden.

Ich bin ganz erschrocken, ich weiß nicht, was er damit meint. Als er es mir dann erklärt, macht die Vorstellung, dass er mehr als ein ganzes Jahr lang Soldat sein wird, ziemlichen Eindruck auf mich. Ich frage ihn, was du und Vater dazu sagt.

– Sie wissen noch nichts davon.

Als ich ihn dann noch frage, ob es ihm denn gar nichts ausmachen würde, auf diese Art und Weise seine Zeit zu vergeuden, gibt er mir zur Antwort, dass er sich nichts sehnlicher wünscht, als möglichst weit weg von unserem Städtchen zu sein.

– Und von zu Hause – fügt er noch hinzu, als wir die Treppe hochgehen.

Genau das Gegenteil von mir. Ohne es zu merken, da bin ich mir sicher, hat er das Glücksgefühl, endlich wieder hier zu sein, einfach weggewischt. Ich will ihm sagen, wie gern wir ihn alle haben und dass er für jeden von uns einzigartig ist. Ganz besonders für mich, aber wenn ich an dich denke, glaube ich, dass er vor allem dein Liebling ist. Mit einem Mal verdichtet sich das schale Gefühl von Beklommenheit, das mich befallen hat, zu einem einzigen intensiven Schmerz.

Du bist im Schlafzimmer beim Fensterputzen und nimmst mich ganz fest in die Arme.

– Ui, was ist denn mit dir passiert! Du siehst ja aus wie ein Mopp mit diesen Haaren!

Bei so viel Aufregung habe ich ganz vergessen, dass ich mich im Bus ja aus dem Fenster gelehnt hatte, um die Luft der letzten Frühlingstage einzuatmen. Bestimmt bin ich ganz strubbelig.

– Tschau!

Mein Bruder hat die Tür zugeschlagen, und du machst ein betrübtes Gesicht.

– So ein Aas aber auch! Um Himmels willen!

– Was ist denn passiert?

Du erzählst mir, Ramon habe in Lleida seine Zeit bloß vertrödelt. Er ist nicht einfach durchgefallen, wie er mir erzählt hat, in der Schule kennen sie ihn überhaupt nicht. Seine Pensionswirtin hat ihn verpfiffen. Ausgehen, Geld zum Fenster rauswerfen und den ganzen Tag über auf der faulen Haut liegen.

– Wir waren ja so was von blöd. Das ist einfach unverzeihlich von deinem Vater.

Dort mal hinzufahren und dem Sohn auf die Finger zu schauen, ist für dich eindeutig die Angelegenheit des Mannes. Dann fragst du mich:

– Und was ist mit dir?

Ich sage dir, dass ich alles mit guten Noten bestanden habe. Kommentarlos drehst du dich wieder zum Fenster.

– Ich soll viele Grüße von Veva ausrichten.

– Veva? Was soll das denn heißen, Veva? Esst ihr eure Suppe vielleicht vom selben Teller?

Ich erkläre dir, dass sie es so mag.

– Die hat sie ja wohl nicht mehr alle! Wo kommen wir denn hin, wenn euch als Erstes beigebracht wird, keinen Respekt mehr zu haben!

Während du weiter mit dem Lappen auf der Fensterscheibe rumreibst, bringe ich den Koffer auf mein Zimmer. Ich sehe die beiden Betten und neben meinem den Schrank mit dem Spiegel. Ich habe keinen Tisch und keinen Stuhl, auf den ich den Koffer legen könnte. Ich bringe ihn ins Esszimmer und lasse ihn dort auf einem Stuhl. Bevor ich ihn auspacke, gehe ich mich kämmen.

Ich bin überglücklich. Ich habe Serni gesehen, wir sind runter zum Fluss gegangen, und wir haben uns gesagt, dass wir uns lieben. Er wollte mehr als nur Küsse und hat mir seine Hände durch den Rockbund bis in den Schlüpfer geschoben. Deine mahnenden Worte aber haben es mal wieder geschafft, dass ich von ihm abgerückt bin. Gerade in dem Augenblick ist auch ein Mann vor uns aufgetaucht, der uns mit glänzenden Augen und herausforderndem Blick zu fragen schien, was wir da eigentlich machen.

Serni hat mir einen Kettenanhänger geschenkt. Er muss ziemlich alt sein. Bestimmt hat er ihn in einem wurmstichigen Möbelstück gefunden: Auf einer weißen Oberfläche, die aussieht, als sei sie aus Marmor, befindet sich das Bildnis einer Frau und ringsherum eine goldene Einfassung. Ich muss dabei an die kleinen Skapuliere denken, die du immer mit einer Sicherheitsnadel an deinem wollenen honigfarbenen Unterhemd befestigst.

Dann habe ich gleich Regina angerufen, und sie hat sich sehr gefreut. Sie hat mir gesagt, ich soll doch bald mal im Friseursalon vorbeischauen. »Bald mal«, hat sie gesagt, als ob all die vielen Dinge, die ich ihr unbedingt erzählen muss, so lange warten könnten. Ich habe daran gedacht, dich um Geld zu bitten, um sofort hinzugehen, aber mich dann doch nicht getraut, weil ich ja Tomaten häuten soll, die du später einkochen willst. Auf der Terrasse steht einer von unseren Blecheimern voll damit. »Da wird dem feinen Fräulein schon kein Zacken aus der Krone fallen, oder?«, hast du zu mir gemeint. Außerdem kann man im Friseursalon auch gar nicht richtig reden.

Vater kommt erst am Abend, als du und ich schon eine ganze Weile lang schweigen. Er schaut sich mein Zeugnis an und umarmt mich, du hast zwar vorher gemeint, du willst es dir mit ihm zusammen ansehen, aber dann sagst du nichts weiter dazu. Er fragt mich nach Veva und den Verwandten, aber ich spüre, dass etwas in der Luft liegt. Beim Abendessen finde ich unter meiner Serviette ein Päckchen, das aus dem Schreibwarenladen hier bei uns im Ort stammt.

Nachdem Vater »Alles Gute zum Geburtstag!« zu mir gesagt hat, und Ramon und du, ihr euch verstohlen angelächelt habt, packe ich ein Buch mit hauchdünnen Seiten aus, es scheint ein Gebetbuch zu sein. Es trägt den Titel *Bekenntnisse* und ist vom heiligen Augustinus.

Schlechter könnten die Ferien gar nicht beginnen. Mein Bruder hat wahrscheinlich erzählt, dass er sich freiwillig melden wird, denn du redest nicht und wenn doch, merkt man, dass du richtig schlechte Laune hast.

Ich habe alle Einkäufe erledigt, die du mir aufgetragen hast, und bin dann noch bei Rosalia vorbeigegangen, um sie zu begrüßen. Sie hat zu mir hochgeschaut, sie kam mir viel kleiner vor als sonst, und es war, als würde sie sich nicht mehr trauen, in meiner Gegenwart etwas zu sagen, ganz so, als hätte sie Angst, einen

Fehler zu machen, als sei ich nicht mehr die Rita, der sie die Tomatenpflanze geschenkt hat, die Struwwelliese, der Wuschelkopf, der kleine Plagegeist, dem sie immer die Kaninchen festgehalten hat, damit ich über ihr weiches Fell streicheln konnte. Verblüfft hält sie noch immer die Türklinke in der Hand, ohne mich aufzufordern, ihr in die unaufgeräumte Küche zu folgen, in der sich das Spülbecken unterm Fenster befindet, und die so ganz anders aussieht als unsere. Ich bin auch nicht in die Vorratskammer-Werkstatt gegangen, wo sie ihre Waage aufbewahrt und weiße Sandalen tüncht, wo die Einkaufs- und Tragekörbe stehen, in denen ein Kätzchen schlafen kann.

– Wir brauchen ein Dutzend Eier.

Erst habe ich gezögert, aber dann habe ich zu ihr gesagt, dass ich gerne in den Hühnerstall gehen würde. »So wie früher.« Gemeinsam sind wir das letzte Stück Treppe hinuntergegangen, sie hat nichts gesagt, und da habe ich ihr erzählt, dass ich in Barcelona bei Veva wohne und bis zur Schule eine halbe Stunde laufen muss. Sie hat erwidert, du hättest ihr schon von meinen guten Noten erzählt, und hinzugefügt, wie sehr du mich vermissen würdest. Es scheint, als sei es doch möglich, die Kluft wieder zu überwinden, die sich zwischen uns aufgetan hat, seitdem ich kein kleines Mädchen mehr bin. Im Vorbeigehen habe ich auf die Stelle gezeigt, wo mal meine Tomatenpflanze gestanden hat, und darauf gewartet, dass sie »nein, so was, diese Rita!« sagt. Sie hat aber nur gelächelt und dann die beiden einzigen Rosen abgeschnitten, die der Kraft der Sonne getrotzt haben, von denen, die wie Eidotter aussehen. Sie hat sie in ein Kohlblatt gewickelt, so wie sie das immer tut, und mir dann gesagt, sie seien für dich. Da habe ich mich gefühlt, als hätte sie mich gekratzt und meine zerschrammte, rote Haut würde gleich anfangen zu brennen. Obwohl ich so beladen war, bin ich die Treppe hochgerannt, Rosalia hat noch im Garten zu tun gehabt. Ganz außer Atem bin ich in unserer Wohnung angekommen, und ich habe dich weinen gehört.

Endlich haben Regina und ich uns treffen können. Sie hat zugenommen, betont ziemlich ihren Busen und wirkt um einiges älter. Sie hat mir gesagt, dass sie nach dem Patronatsfest heiraten wird, im Herbst, wenn es im Friseursalon weniger zu tun gibt. Die Arbeit dort gefällt ihr, und sie legt sogar schon ganz allein Dauerwellen und selbstständig Haare schneiden darf sie auch. Sie hat mir geraten, eine Außenrolle zu tragen, das sei jetzt Mode. Ich weiß allerdings nicht, ob dir das gefallen würde. Sie hat mich wissen lassen, dass sie mit Quico sehr glücklich ist, dass sie sich nichts sehnlicher wünscht, als zu heiraten und mit ihm den ganzen Sonntag im Bett zu verbringen.

– Und was ist mit dir? – hat sie plötzlich gemeint.

– Mir geht's gut. Ich hab Serni getroffen, und wir haben auch vor zu heiraten. Wenn meine Eltern einverstanden sind, sogar schon bald.

– Stell dir mal vor, wir würden zusammen heiraten?

Feine weiße Dunstwolken haben meinen Körper wie in weiche Watte gehüllt und ihn ein paar Augenblicke lang hoch in den Himmel gehoben.

– Im Moment kann ich noch nichts sagen. Mein Bruder hat sich freiwillig gemeldet.

Sie hat mich angestarrt, als wolle sie die Sommersprossen auf meiner Nase zählen.

– Die sich freiwillig melden, werden immer an die gefährlichsten Orte geschickt, aber vielleicht wird das Ramon ja guttun, so eingebildet und hitzköpfig wie er ist, dann wird aus ihm endlich mal ein richtiger Mann.

In unserem Städtchen weiß bestimmt jeder, dass Ramon sich nicht gerade mustergültig benimmt. Mit einem Mal ist da so ein Druck auf meiner Brust, als könne ich nicht richtig atmen. Um schnell das Thema zu wechseln, habe ich ihr von meinen guten Noten erzählt und davon, dass es unter meinen Mitschülerinnen viele Mädchen gibt, die schwer in Ordnung sind. Einige würden es außerdem verstehen, sich richtig schick zu kleiden. Regina hat mich angeschaut. Sie hätten irgendwie das gewisse Extra, das man hier bei uns gar nicht finden würde. Da hat sie nur spöttisch gelacht.

– Mensch, Rita, du wirst langsam auch so ein richtiges Modepüppchen aus der Stadt.

Ich bin in ihr Lachen eingefallen, aber nach und nach ist es mir im Hals stecken geblieben.

Ich begleite sie bis vor den Friseursalon und auf dem Nachhauseweg zertrample ich die weißen Wolken.

Das Schweigen dauert an, wenn wir vier uns in der Wohnung aufhalten, aber Vater und Ramon verbringen tagsüber ja nur wenig Zeit hier; aber du und ich, wir begegnen uns ständig. Ich frage mich, ob du wirklich nicht weißt, dass ich mit Serni gehe, irgendjemand muss es dir doch zugetragen haben. Ich würde gerne mit dir darüber reden. Einmal bist du gerade dabei, eine Militäruniform anzupassen. Du sagst mir, dass Ramon Soldat wird, ich lächele, und du nähst weiter.

– So wie diejenigen, die um die Mittagszeit meinen Vater abgeholt haben, und wir haben ihn niemals mehr gesehen.

Ich stelle mir vor, wie das wäre, würde mir so etwas passieren, und schon ist da dieser Schmerz, der mir die Luft zum Atmen nimmt. Es gibt Augenblicke, in denen denke ich, die einzige Person, die mich ein wenig versteht, ist Vater, obwohl ich mir da auch nicht mehr so sicher bin, denn von Mal zu Mal redet er weniger. Als ich dich wieder ansehe, merke ich, dass du leise vor dich hinweinst und trotzdem noch immer am Nähen bist. Ich sage dir, dass wenigstens ich dir eine Freude machen möchte. Ich will hierbleiben, ich muss ja nicht unbedingt weiter zur Schule gehen, stattdessen habe ich vor, richtig nähen zu lernen, und heiraten werde ich auch. Noch tränenerstickt, doch laut und vernehmlich erhebst du deine Stimme.

– Wen willst du denn heiraten, du Naseweis?
Ich bin verwirrt.
– Ich habe mich mit Serni verlobt, dem Sohn vom Trödler.
– Du hast dich verlobt?
Du fängst an zu lachen, und jetzt, ja, jetzt hörst du auf zu nähen, um mich mit deinen verweinten Augen anzuschauen, und ich laufe zur Tür und höre noch:
– Wo willst du denn hin, Wuschelkopf?

Für die Zeit, die Ramon auf seine Einberufung wartet, hat er Arbeit in der Bäckerei gefunden. Jetzt muss ich kein Brot mehr kaufen gehen; wenn er nach Hause kommt, bringt er jeden Tag welches mit. Du bist sehr froh darüber, denn du empfindest es als eine ganz besondere Vergünstigung. Vaters Augen blicken wieder ein wenig klarer. Er redet mit mir über die Bücher, die er gerade liest, und er hat Yoga für sich entdeckt, eine Art Gymnastik, in die auch der Geist mit einbezogen wird. Außerdem hat er sich vorgenommen, mit dem Rauchen aufzuhören. Veva hat uns allen geschrieben, aber es sind ein paar Zeilen nur für mich beigefügt, und sie sagt, sie vermisse mich. Irgendwie scheint dir das zu gefallen, und bei dem Blick, den du mir zuwirfst, muss ich daran denken, wie stolz du immer erzählst, dass man Vaters Arbeit allenthalben zu schätzen weiß.

Serni ruft mich an, um mir zu sagen, dass er viel zu tun hat, und das gerade am Vorabend von Peter und Paul, aber kurz darauf lädt mich Mariona Puig zu einer Party ein, die sie und ihr Bruder für diesen Abend auf der Dachterrasse im Haus ihrer Mutter planen. Ich würde auch so gerne mit Ramon einmal auf unserer Dachterrasse ein Fest organisieren, aber dir gegenüber lasse ich kein Wort darüber fallen. Die Antwort kann ich mir nämlich schon denken: Das würde nur Arbeit machen und Krach, und im Käfig würden die Kaninchen und Hühner völlig durchdrehen.

Regina hat gemeint, eigentlich müsse ich zu Hause bleiben,

wenn Serni keine Zeit hat, auf das Fest zu gehen. Ich traue mich nicht, das mit dir zu besprechen, aber ich sage es Vater, der gerade am Lesen ist:

– Ich glaube, es lohnt sich nicht, heute Abend auszugehen! Serni muss arbeiten.

– Sieh ja zu, dass du wegkommst heute Abend, sonst setzt's eine Ohrfeige, die sich gewaschen hat. Und dann sagt er noch, dass er demnächst mal ein Wörtchen mit mir reden müsse. Zum ersten Mal hat er so mit mir gesprochen, wie er das sonst immer mit meinem Bruder tut. Bestimmt hast du ihm erzählt, dass ich Serni heiraten will. Ich sage nichts, aber ich nehme mir vor, mich nach dem Abendessen in mein Zimmer zurückzuziehen. Ich will früh schlafen gehen.

Abends bringt Ramon von der Arbeit dann eine *coca* mit. Du bist richtig aufgekratzt, und Vater hat zum Nachtisch aus seinen Vorratsreserven eine Flasche Wein auf den Tisch gestellt.

Alle vier sitzen wir auf der Terrasse, für einen Augenblick wieder vereint, und wir schauen zu, wie sie mitten auf dem großen Platz ein Riesenfeuer anzünden. Nur deshalb hast du auch die schmutzigen Teller im Spülstein stehen lassen. Nach ein paar Momenten voller Zauber, in denen wir uns ganz dem Farbspiel der Flammen und dem Lärm der Feuerwerkskörper hingeben, sagt mein Bruder mit einem Mal, dass die Familie des Trödlers auf und davon sei. Sechs fragende Augen drehen sich zu ihm. Und dann erzählt er noch, dass es heißt, sie hätten in einem Möbelstück ein Vermögen gefunden und seien abgehauen, damit ihnen niemand Fragen stellen kann.

Vater schaut mich an. Du sagst zu mir:

– Da hast du's, Fräulein Neunmalklug.

Vierzehn Tage lang habe ich dem Briefträger aufgelauert und immer so getan, als würde ich ihm rein zufällig unten am Treppenabsatz begegnen. Und jeden Tag hat er mich mit dem bleichen, fiebrig glänzenden Gesicht eines Kranken angeschaut, ohne einen Funken Mitgefühl. Ich habe andauernd aufs Telefon gehorcht und bin allen Bemerkungen über die Familie des Trödlers aus dem Weg gegangen. Vater hat verboten, dass bei Tisch darüber geredet wird, und sogar Ramon hat schließlich aufgehört, mich damit aufzuziehen, aber wenn ich auf deinen Blick treffe, scheint er mir ins Ohr zu flüstern: »Du bist vielleicht ein Schafskopf, hab ich's dir denn nicht immer gesagt, du darfst nichts und niemandem trauen!« Vielleicht fragst du aber auch nur: »Du wolltest also wirklich heiraten, Wuschelkopf?«

Ich will niemanden sehen. Einmal, als ich allein in der Wohnung bin, nutze ich die Gelegenheit und rufe Veva auf der Universität an, auch wenn ich ihr dann doch nichts von dem erzähle, was ich ihr eigentlich erzählen will.

So wie die Cowboys in den Western, die sie uns im Gemeindezentrum zeigen, von den Pfeilen der Indianer getroffen werden, so strecken mich zu Hause deine Worte unbarmherzig nieder, und bin ich draußen, hallen sie wie Kriegsgeheul in meinem Kopf nach.

Ich bin immer weitergelaufen, ohne stehen zu bleiben, über eine Stunde lang. Bis plötzlich der Fluss vor mir lag. Ich habe mich an der Stelle wiedergefunden, an der ich das letzte Mal mit Serni zusammen war. Er hat ein Handtuch dabeigehabt und wollte, dass wir uns hinlegen, aber deine Worte in meinem Inneren haben mir gleich wieder die Flausen ausgetrieben. Und dann war da dieser Mann, der uns mit seinem schmierigen Blick angestarrt hat.

Noch immer frage ich mich, warum ich nichts von Serni höre, warum er mir all die Worte gesagt hat, wo doch weder ich noch irgendjemand sonst von ihm verlangt hat, sie auszusprechen. Ich weine und dann gebe ich meinen Körper der Hitze und dem Murmeln des Wassers hin. Im schattigen Schutz einer Schwarzpappel döse ich ein. Ein leises Geräusch lässt mich auffahren. So als sei er gerade meinen Erinnerungen entsprungen, steht da wieder derselbe Mann vor mir. Und er schaut mich mit demselben schlüpfrigen Gesichtsausdruck an, als hätte er seit damals auf mich gewartet. Ich renne schnell fort, aber meine Gedanken sind noch völlig in meinem Traum verfangen. Den ganzen Rückweg lege ich in der prallen Sonne zurück und verliere jegliches Zeitgefühl. Mit hochrotem Gesicht und ganz verschwitzt komme ich schließlich zu Hause an. Die Zeit zum Mittagessen ist längst vorbei. Wie jeder Bäcker scheint auch mein Bruder seinen Mittagsschlaf zu halten. Vater sagt, ich dürfe ihm so etwas niemals mehr antun, er schließt die Tür hinter sich und geht zur Arbeit, ganz ernst. Du stehst neben dem Telefon und klammerst dich an die schmale Säule der Anrichte. Noch immer in Tränen aufgelöst, schaust du mich an, und da sehe ich, wie in deinen Augen von jetzt auf gleich ein Funke aufflackert, und ich bekomme Angst vor der lodernden Flamme. Bevor du auch nur irgendetwas sagen kannst, gehe ich schnell auf mein Zimmer und lege mich ins Bett. Und sogleich werde ich von einer menschlichen Gestalt heimgesucht, die sich in eine Grube voller Sand stürzt.

Du hast Brühe gekocht und Thymiantee. Hinter jedem Unwohlsein steckt der Bauch, bekräftigst du zum wiederholten Mal. Aber mir ist völlig klar, dass in dem Land, das du da in dir bewahrst, einfach kein Platz ist für irgendein anderes Unglück als für deins, selbst wenn es nicht größer ist als ein mickriges, schmales Rinnsal. Nach ein paar Tagen mit Fieber, mit Sandkörnern, die eine ganze Wanne füllen, und dem Schattenmann, der sich immer wieder dort hineinstürzt, ist endlich wieder Ruhe in meinen Körper eingekehrt. Vom Bett aus habe ich mitbekommen, wie du den Nachrichtensprecher nachäffst, der verkündet, dass Franco einen Stausee in Asturien einweihen wird. Du hast mich zum Lachen gebracht.

Montagabend kommt mich Regina besuchen, die Matratze von Vevas Bett versinkt unter ihrem Hintern, während sie mich anschaut, als suche sie wieder nach einer Antwort auf die genaue Anzahl meiner Sommersprossen. Du lässt uns allein und schließt leise die Tür hinter dir. Sie findet dich sehr nett. Die Sache ist die, dass Regina nicht nur gekommen ist, um ein Loblied auf dich zu singen und auch nicht, um mir zu erzählen, was wirklich mit Serni los ist. Sie und Quico wissen schließlich nicht mehr als alle anderen hier im Städtchen. Sie versüßt ihre Worte zwar mit einem Lächeln, aber sie bohrt trotzdem weiter in meiner Wunde:

– Steinreich sind sie jetzt, das ist mal klar!

»Steiiinreich« sagt sie und zieht dabei die erste Silbe in die Länge. Sie ist felsenfest davon überzeugt, ich wüsste Details vom Millionenereignis zu berichten, und deshalb ist sie eigentlich auch gekommen. Doch als sie mich so blass und schwach im Bett liegen sieht, merkt sie sofort, dass ich zu diesem Festessen beileibe nicht eingeladen worden bin. Es gibt da allerdings noch etwas, das ihre unersättliche Neugierde reizt, und zwar die Frage, warum ich keinen Anteil habe an diesem, wie es heißt, für Sernis Familie einmaligen Glücksfall. Nur ein paar Worte und schon ist ihr klar, dass dies genau der Grund ist, weshalb ich mich so hundeelend fühle, außer Gefecht gesetzt, und dermaßen die Mundwinkel hängen lasse. Lustlos schauen wir uns an, ich weiß nicht, was aus unseren Lachanfällen geworden ist. Zum Glück steckt Ramon seinen Kopf durch die Tür, weil er wissen will, wie es mir geht. Er ist voller Mehl, und Regina streicht ihren Rock glatt, während er sie anstarrt. Sie wechseln kein Wort, nur ein Kopfnicken.

Dann steht Regina auf, und die Tagesdecke, die du immer auflegst, weil der Anblick einer nackten Matratze so hässlich ist, sieht ganz zerknittert aus. Ich fühle mich erleichtert.

Nachdem du sie zum Treppenabsatz begleitet und dich für ihren Besuch bedankt hast, fängst du wieder mit der Geschichte an, die du bei ihr immer auf Lager hast.

– Armes Kind, so ganz ohne Vater. Und ihre Mutter soll ja, wie man hört, zu den besonders Sanftmütigen gehören!

Ramon kommt aus dem Bad, seine Haut glänzt, ist gerötet. Er hört, was du sagst, und ich bin überrascht, weil dich seine Augen so zornig anfunkeln.

Wir nähern uns einander und nehmen dabei ganz unterschiedliche Wege; manchmal sind sie sogar ziemlich entgegengesetzt.
Seit Tagen schon ärgert es dich, dass du Rücksicht nehmen musst und nicht bei geöffneten Türen und Fenstern herumhantieren kannst, ganz so, wie es dir gefällt. Es stört dich, dass ich krank geworden bin, deiner Meinung nach ein Zustand, der typisch ist für Mäkelköpfe und Trantüten. An deinem Tisch ist kein Platz für jemanden, der beim Essen wählerisch ist, ein Mäkelkopf eben: »Das mag ich, das mag ich nicht«, und auch für die Trantüten, für diejenigen also, die träge sind und nicht alles im Griff haben, hast du wahrlich nichts übrig. Deshalb warst du auch immer hinter uns her, hinter meinem Bruder und mir: Der Teller musste blitzblank sein; es wurde gegessen, was auf den Tisch kommt und wehe, wir haben nicht richtig die Füße hochgehoben und sind der Länge nach hingeknallt.
Ich muss unbedingt frische Luft schnappen. Unterm Dach staut sich die Hitze dermaßen, dass ich eine unbändige Lust auf das Wasser im Fluss verspüre. Bestimmt hat die Clique aus Barcelona mit ihrem ewig nuschelnden Akzent, den offenen *as*, den zu *us* gezogenen *os*, bereits die besten Tische im Café Ponent in Beschlag genommen.
Vor den anderen »ein Spektakel« zu veranstalten, wie du es nennst, das kannst du nicht leiden, sich beklagen oder seine Gefühle zur Schau stellen ebenso wenig.
Vater hat jeden Tag nach mir geschaut, und wir haben uns wieder vertragen, ohne auch nur über einen einzigen Streit gesprochen zu haben, noch nicht einmal über den letzten. Seitdem er nicht mehr raucht, ist er meist übel gelaunt. Er fragt mich, ob ich mir eigentlich überlegt hätte, was das heißt, so jung zu heira-

ten, »noch dazu für eine Frau« fügt er hinzu. Ich nehme an, er will mir klarmachen, was für ein Glück Sernis Flucht für mich doch bedeutet. Er redet von seiner Jugend und der von Cousine Veva. Er kommt wieder auf den Krieg zu sprechen, und noch einmal erzählt er mir, wie er in Frankreich, nachdem er die Grenze passiert hat, inmitten von lauter Menschen marschiert ist, die alle genauso hungrig und erschöpft waren wie er selbst. Plötzlich sei eine alte Frau mit einem Korb aus ihrem Haus gekommen und habe Stockfisch verteilt. Er habe ein Stück ergattern können, und in diesem Augenblick sei er der glücklichste und dankbarste Mensch auf der ganzen Welt gewesen. Das sind die Dinge, die wirklich zählen im Leben, sagt er.

– Ja. Ich habe immer Glück gehabt.

Wer's glaubt!, denke ich und sage lieber nichts, bei dem Gesicht, das er macht!

Heute erzählt er aber noch weiter, vielleicht weil er merkt, wie ich drauf bin. Jahre später ist er hier in unserer kleinen Stadt einmal zufällig Zeuge eines Gefangenentransports gewesen. Die Wachposten hatten im Café Ponent haltgemacht, um zu Mittag zu essen, während die Häftlinge, Franzosen aus dem Maquis, in Handschellen auf dem Lastwagen zurückgeblieben waren. Da hatten Vater und die Wirtsfrau vereinbart, gemeinsam den Gefangenen ein Essen zu bezahlen. Bevor die Männer dann wieder auf den Laster gebracht wurden, ist einer nach dem anderen zu ihnen gekommen, und jeder hat sich mit einem stummen Kopfnicken bedankt.

In diesem Augenblick wird mein Schmerz, weil ich nichts von Serni höre, so klein wie ein Tischtennisball oder sogar noch winziger. Nach dieser Lektion bin ich ganz still. Mein Lehrer auch.

Ich höre, wie du in der Küche hantierst und ab und zu eine Tür zuschlägst, und ich habe Angst, gleich wirst du hereinkommen und uns drängen, dir zur Hand zu gehen. Sicher würde das Ganze dann wieder mit Tränen enden, entweder wegen Vater oder wegen mir. Niemand kann solch einen Schmerz wie du sein Eigentum nennen.

Ich nehme Vaters Vorschlag an, nach all den Tagen, die ich im Bett verbracht habe, wieder mit euch am Tisch zu essen. Wir einigen uns also auf einen Waffenstillstand. Während ich gerade meine Hausschuhe anziehe, kommt Ramon nach Hause, steckt seinen mehlverstaubten Kopf in mein Zimmer und ruft mir von der Tür aus zu:

– Na, Fräulein Neunmalklug, geht's dir wieder besser?

Ich werfe mit dem Kopfkissen nach ihm, es prallt an der Tür ab, die er schnell zugemacht hat, und dann sehe ich auch schon, wie es zu Boden fällt.

Am ersten Tag glaube ich noch, dass alle, die Hallo oder Tschau zu mir sagen, mich ausfragen wollen, doch je öfter ich mit den Freunden aus den vergangenen Sommern durch den Ort ziehe, desto mehr nehme ich Vevas Haltung an: Kopf hoch und lächeln, so wie jemand, der eine viel zu schwere Prüfung gerade mal so eben bestanden hat.

Den ganzen übrigen Sommer bin ich mit der Clique aus Barcelona unterwegs, die von den Geschwistern Puig angeführt wird. Von Swimmingpool zu Swimmingpool und nicht mehr runter zum Fluss, wohin alle gehen, von Party zu Party und nicht mehr zum Tanz auf den Marktplatz. Nachdem du mir erst an den Kopf wirfst, »du hast sie wohl nicht mehr alle!«, erklärst du dich schließlich doch bereit, mir einen neuen Badeanzug zu kaufen.

In diesem Sommer wechsle ich häufig die Frisur: Zöpfe, die Haare mal nach außen, mal nach innen geföhnt oder ein Pferdeschwanz, der im Nacken zusammengehalten wird. Ganz egal, ob du »Witzfigur«, »Vogelscheuche« oder »Schlampe« zu mir sagst, ich gehe trotzdem mit langen Hosen oder Minirock auf die Straße. Bin ich außerhalb deines Herrschaftsbereichs, lache ich ganz unbekümmert; befinde ich mich mittendrin, halte ich mich zurück.

Ich werde mit allen tanzen, doch nicht einer einzigen Verlockung erliegen, vielleicht weil keine stark genug ist, den Widerstand zu brechen, den ich ihr entgegensetze. Oft bin ich mir bewusst, dass ich gefalle, aber ich tue so, als würde ich es gar nicht merken. Wenn du mir nicht gerade etwas aufträgst, werde ich völlig von der Studentengruppe aus Barcelona in Anspruch genommen. Manchmal treffe ich Regina auf der Straße, sie klebt regelrecht an Quico, und wir grüßen uns. Nach und nach kommen Mariona Puig und ich uns näher, wir sind die einzigen Mädchen, die fest zur Clique gehören. Ich hätte nie gedacht, dass wir einmal Freundinnen werden könnten, sie hat das gewisse Extra der Mädchen aus der Stadt, das mir immer störend vorgekommen ist, irgendwie aufgesetzt. Schon als kleines Mädchen ist sie selbstbewusst aufgetreten, sie scheint sich nicht verpflichtet zu fühlen, irgendjemanden für einen Verlust zu entschädigen, sie bringt mir Vertrauen entgegen, und sie flößt mir Vertrauen ein. Wir werden Verbündete beim »Schwof«, so sagst du jedenfalls dazu, wenn man zum Tanzen geht, und auch bei unseren Eroberungen, wie ein Schmetterling von Blüte zu Blüte. Es schmeichelt dir, dass die Tochter aus einer der wohlhabenden Familien im Ort in unsere kleine Wohnung kommt und sich auf unserer Terrasse wohlfühlt, die Kaninchen streichelt oder im alten Waschtrog badet, wenn die Hitze mal wieder nicht zum Aushalten ist. Und auch, dass ich es bin, die die kleine Nähwerkstatt leitet, in der es einzig und allein darum geht, diejenigen Kleidungsstücke umzuändern, alles gute Qualität, die Mariona schon längst ausrangiert hatte. Du bist dabei, wenn Kleider mit Ärmeln in ärmellose Blusen verwandelt werden oder lange Hosen in kurze ... Das bringt dich zwar sichtlich aus der Fassung, doch vor der Besitzerin traust du dich nicht, es uns zu verbieten, »immer vorausgesetzt, ihr macht kein Kleidungsstück kaputt«.

Ramon hat es eilig fortzukommen. Man hat ihm Madrid zugewiesen, und er posaunt herum, das sei ihm noch nicht weit weg genug, er wolle schließlich was von der Welt sehen. Er kann einfach den Mund nicht halten. Die Tage vor seiner Abfahrt lastet eine bleierne Untergangsstimmung auf unserer Wohnung. Vergeblich versuchen wir alle, dir klarzumachen, dass er doch nur zum Militär geht. Schließlich ist es so weit, und sein Gesicht strahlt vor lauter Glück. Du weinst, bis du dich wieder einkriegst und verkündest: »Alles Abschaum, diese ganze Soldatenbande, einer wie der andere!«

Bei »Tous les garçons et les filles« werde ich nicht schwach und auch nicht bei »Sapore di sale«, selbst über dieses spanische Lied, das mit »mein Herz, du leidest so sehr ...« beginnt, mache ich mich lustig, aber es ist auch der Sommer von »Ma vie«, und während feierlich und voller Sehnsucht die Musik einsetzt, spüre ich die Hand meines Tanzpartners im Rücken, und ich versuche den Kloß, der sich in meinem Hals bildet, hinunterzuschlucken.

Schließlich treffe ich eines Tages auf Regina, und sie nimmt mich zur Seite, während Mariona ihr einen Blick zuwirft, der ihr bedeuten soll, sie sei so überflüssig wie ein Pickel im Gesicht. Jetzt sagt sie mir bestimmt, dass wir uns bald einmal sehen müssen, dass sie gar nichts mehr von mir weiß, dass sie mir was von sich erzählen will. Doch stattdessen sagt meine Freundin aus der Nonnenschule ganz leise zu mir:

– Die Familie von Serni ist in Valencia. Und ich weiß aus sicherer Quelle, dass sie dort in Saus und Braus leben.

Ich bin ganz verblüfft, ihre Worte scheinen so gar nichts mit mir zu tun zu haben, ebenso wenig wie die Menschen, von denen sie da redet. Ich sage ihr, »danke, dass du es mir gesagt hast«, und während ich auf Mariona zugehe, die mich mit einem Gesicht wie sieben Tage Regenwetter erwartet, fange ich auf einmal an zu lachen, und ich weiß nicht, warum. Schon vor Tagen habe ich Mariona Puig von meinen Herzschmerzerfahrungen erzählt, und gemeinsam mit ihr habe ich meine erste Liebe in die Vorhölle des Vergessens gestoßen.

Während du vergeblich auf einen Brief von Ramon wartest, denke ich, wenn ich ehrlich sein soll, den restlichen Sommer an nichts anderes, als dass ich endlich in die Stadt zurückkehren will, um dort glücklich zu sein. Wirklich glücklich.

Du lässt mich wieder nach Barcelona gehen, um mein Abitur zu Ende zu machen. Bis zum letzten Augenblick rechne ich mit deinem Widerstand, ich habe Angst davor. Und noch im Überlandbus bin ich darauf gefasst, dass du dort auf dem Gehsteig protestieren wirst, dass du hineinkommen und mich herauszerren wirst, um mir zu sagen, dass du mich an deiner Seite brauchst, dass nur ich deinen Schmerz heilen kann. Aber das hieße ja, wir würden »ein Spektakel« veranstalten, oder? Und für die anderen möchtest du schließlich unsichtbar sein. Doch manchmal, da überkommt es dich einfach, und du würdest ihnen am liebsten mit dem Hammer einen Schlag auf den Kopf versetzen.

Ich sehe dich an, und vom Bürgersteig aus schenkst du mir ein wehmütiges Lächeln. Ich weiß, dass ich egoistisch bin: Deine Tränen setzen mir weniger zu als dein Lachen oder dieses Lächeln hier, dieser Hauch von Parfüm, der für die Leute bestimmt ist, die mit dir dort draußen stehen. Vielleicht beobachtest du mich ja so, wie wir schon bald auf die Astronauten schauen werden, wenn sie beide Füße auf den Mond setzen.

Ich glaube, ich stand noch nie so kurz davor, für immer das Tuch, das Großmutter gewebt hat, dein Land, zu verlassen wie am Ende dieses Sommers.

9

Klein beigeben

Mit Beginn der zwölften Klasse taucht eine neue Rita in der Schule auf. Montse lacht und macht eine leichte Verbeugung vor mir, sie hat mich zuerst gar nicht erkannt. Ich trage die auffälligsten Klamotten, die ich mir den Sommer über mit Mariona Puig umgeändert habe, und von all der Sonne bin ich braungebrannt wie eine Haselnuss. Glòria betrachtet mich aufmerksam und lächelt mich mit dieser gütigen Nachsicht an, die immer in ihren Augen schimmert. Du würdest zu viel kriegen, könntest du sehen, wie sie mich umschwärmen, nur weil ich den roten Minirock anhabe und ein weißes Baumwollhemd mit Rollkragen und ohne Ärmel. Mariona hat es mir heimlich geschenkt, es gefällt ihr nicht mehr. Der Oktober ist heiß, und im Klassenraum setze ich mich ganz selbstverständlich in die zweite Reihe. Ein Mädchen mit großem Mund und pechschwarzen Augen, ein ziemlich dunkler Typ, hat den Stuhl rechts neben mir in Beschlag genommen. Wir werfen uns einen prüfenden Blick zu, und sie nennt mir ihren Namen, Lia heißt sie. Ich antworte ihr nur mit einem »Hallo«, denn bevor wir uns hingesetzt haben, ist mein Name schon eine ganze Weile vor ihr herumgeschwirrt, unmöglich, ihn nicht mitbekommen zu haben. Links neben mir, und ich denke, was für ein Glück, habe ich nach wie vor das Balkonfenster, das zum Hof hinausgeht.

Alles in meinem zweiten Jahr auf dieser Schule scheint gut für mich zu laufen: Ich gehöre nicht mehr zu den Neuen, ich habe Freundinnen, mit denen ich reden kann, im vorigen Jahr waren meine Noten gut, und ein paar von den Lehrern schätzen mich. Ich gehöre jetzt zu den Älteren. Im Hof steht links von mir nur noch die Reihe der Mädchen, die sich auf die Universität vorbereiten. Verstohlen habe ich einen Blick auf die Gruppe geworfen, die unseren Platz vom letzten Jahr eingenommen hat. Ehrfürchtige Bewunderung ist mir aus den Augen der »Kleinen« entgegengeschlagen.

Alle, die ich kenne, habe ich davon in Kenntnis gesetzt, wie prächtig ich mich den Sommer über amüsiert habe, aber auf dem Heimweg erzähle ich Montse, dass ich meine Verlobung mit Serni gelöst habe, und dann bin ich still, und meine Wangen brennen.

Und wieder schaue ich aus dem Fenster des Zimmers, in dem ich lerne und schlafe, auf die kleinen Balkone gegenüber. Die Türen stehen jetzt ein wenig offen, aber ich habe noch immer niemanden rauskommen sehen. Den Briefen kann ich entnehmen, dass deine Augen wieder ruhiger blicken, denn Ramon hat eine Anstellung als Chauffeur bei einem Hauptmann gefunden und braucht nicht mehr Soldat zu spielen. Aber auch, weil deine Geschwister dir freie Hand lassen, und du dich, gemeinsam mit Vater, um die Renovierung des Hauses kümmerst, in dem du geboren wurdest. Du bist schließlich die Älteste, finden sie, und hättest am meisten unter dem Tod eures Vaters gelitten und all dem, was danach noch gekommen ist. So herrschst du über Maurer, Installateure und Maler, bist viel beschäftigt und strafst die Verräter und Spitzel mit Verachtung, die einst das Opfer den Mördern ausgeliefert haben. Ich schaue hinunter auf den düsteren Carrer Porvenir und weiß, du verlässt dich auf mich, darauf, dass ich lerne und es deshalb einmal weiterbringe. Nur weiß ich nicht, ob auch ich dieses Zutrauen zu mir habe.

Ich erzähle dir nichts von meiner neuen Schulkameradin, die mit dem Namen mit den drei Buchstaben. Sie trägt Absätze und Nylonstrümpfe, die ihre perfekten Beine wie eine zweite Haut umhüllen, Röcke, die ihren Körper betonen, und unter den Twinsets aus feiner Wolle, der Pullover mit kurzen, die Jacke mit langen Ärmeln, hoch stehende, runde Brüste. In der Pause geht sie mit einer Freundin, die bereits den PREU besucht, in die

Milchbar zum Frühstücken, doch in der Klasse verstehen wir uns gut. Lia tritt selbstbewusst auf, es scheint so, dass sie genauso wenig wie Mariona Puig auf eine Stimme hören muss, die in ihrem Inneren auf der Lauer zu liegen scheint. Wenn mir die Prüfungen schwierig vorkommen, meint sie, dass ich immer gleich in einem Wasserglas ertrinke, und lacht. Davon erzähle ich dir aber auch nichts, denn ich bin mir nicht sicher, ob du Verständnis für mich hättest, ich weiß aber wohl, dass du dir gleich wieder Sorgen machen würdest. Lia nimmt nicht am Religionsunterricht teil, sie ist von diesem Fach freigestellt. Ihr wöchentlicher Feiertag ist nicht der Sonntag, sondern der Samstag. Gleich als wir uns kennengelernt haben, hat sie es mich wissen lassen: Sie ist Jüdin. Und ich dachte immer, dieses Wort sei bloß zu biblischen Zeiten von Bedeutung gewesen, in all den fast schon vergessenen Geschichten, die ich bei den Nonnen auswendig lernen musste.

Der Unterricht, jeden Tag Schulaufgaben, die Hausarbeit, die ich mir mit Veva teile, die Briefe, die ich dir und Vater und Ramon schreibe – Serni und Regina zu schreiben, ist ja nicht mehr nötig – nehmen all meine Zeit in Anspruch. In meinen geheimen Träumen geht es darum, jemanden zu finden, der mich liebt und den ich lieben kann, ohne auf ihn verzichten zu müssen, wie es bei Veva der Fall ist. Allerdings soll es auch keine Liebe sein, die der ähnelt, die du allem Anschein nach für Vater empfindest, ich weiß nicht, wie ich das sonst sagen soll.

Einmal in der Woche gehe ich zu Montse nach Hause. Ein Student, Miquel, der im dritten Jahr Philologie studiert, bringt uns bei, auf Katalanisch zu schreiben. Wir sind zu sechst. Glòria, ihre Schwester – sie studiert Medizin –, zwei mit ihr befreundete Studentinnen, Montse und ich. Niemand von uns hat Katalanisch in der Schule lernen können, und wir sind ganz begeistert. Veva meint zwar, von neun bis zehn Uhr abends sei ein bisschen spät, weil ich dann erst gegen halb elf zurück bin, aber die beiden Studentinnen begleiten mich nach Hause. Es liegt auf ihrem

Weg. Miquel hat uns erzählt, die ganze Universität sei in Aufruhr. Vor gar nicht allzu langer Zeit hätte eine Gruppe von Studenten in einem Kapuzinerkloster Schutz gesucht, um eine eigene Gewerkschaft zu gründen. Er sagt, es herrsche eine große Unzufriedenheit, denn das Franco-Regime sei durch und durch verfault. Da muss ich an eins deiner Worte denken, »Faulkammer«.

Zum ersten Mal haben Lia und ich uns verabredet, um bei ihr zu Hause für eine Prüfung zu lernen. Es stellt sich heraus, dass sie ganz in der Nähe des Turó Parks wohnt, wir sind also fast Nachbarn. Ich habe sie bislang nur noch nie auf dem Weg zur Schule getroffen, weil ihr Vater sie immer mit dem Auto bringt, und wenn er einmal nicht kann, dann nimmt sich Lia ein Taxi.

Ein Dienstmädchen in Uniform öffnet mir. Doch gleich taucht meine Schulfreundin auf, mit einem jüngeren Mädchen und einem ziemlich kleinen Jungen im Schlepptau. Die beiden nehmen mich sofort an die Hand und reden gleichzeitig auf mich ein, sie ziehen an meiner Mappe und am Buch und wollen mir ständig Küsse geben. Als der Reiz des Neuen für sie verflogen ist, rufen sie nach ihrem Kindermädchen, einer weißhaarigen Frau, die die gleiche Uniform trägt wie das Mädchen, das mir geöffnet hat. Sie nickt leicht mit dem Kopf und bringt die Kinder fort. Lia führt mich in einen kleinen Salon, damit ich ihre Mutter begrüße. Sie ist dunkelhaarig und nicht sehr groß, stark geschminkt und zurechtgemacht, du müsstest sehen, was sie zu Hause für Absätze trägt. Sie legt ihren Arm um Lias Taille, während sie mich von oben bis unten mustert. Meine Freundin schwärmt ihr vor, wie gut ich in allen Fächern abgeschnitten hätte. Sie mustert mich immer noch, und als mir einfällt, was ich anhabe, werde ich rot. Dann löst sich Lia aus ihrer Umarmung, aber ihre Mutter zieht sie noch einmal an sich, schaut sie hingebungsvoll an und, während sie ihr Koseworte sagt, überhäuft sie sie mit kleinen Küssen. Alles geschieht ganz schnell, aber so, als ob mir plötzlich ein Schleier von den Augen gerissen würde, frage ich mich, wo eigentlich deine Küsse sind.

Lia nimmt mich mit auf ihr Zimmer, schließt die Tür von innen ab und stößt einen Seufzer der Erleichterung aus. Sie fragt mich, ob ich Brassens kenne, und ich schaue sie fragend an. Sie sagt mir, das sei ein Sänger, von dem sie ganz begeistert ist. Sie erzählt mir, bisher sei sie hier in Barcelona auf die französische Schule gegangen, aber jetzt habe sie genug davon. Wir hören uns die Schallplatte an, und dann holt sie eine Gitarre hervor, und ich bin voller Bewunderung, als sie ein paar Lieder spielt, die meisten habe ich noch nie gehört. Mit einem Mal wird sacht an die Tür geklopft. Es ist die ältere Frau, und sie fragt, ob sie uns die heiße Schokolade und den Kuchen im Zimmer servieren soll oder ob wir es vorziehen würden, in der Küche zu essen. Ich sehe Lia an und sie mich. Ich stehe auf, und dann geht sie vor und führt mich in ein ganz und gar weißes Zimmer, das voller Schränke ist, hell erleuchtet und bestimmt vier- oder fünfmal so groß wie unsere Küche, wo du tagsüber die meisten Stunden verbringst. Aber ein Fenster zum Garten, wie der von Rosalia, gibt es hier nicht. Ich wünschte mir, du könntest sehen, wie zuvorkommend man mich behandelt, denn ich bin überzeugt, das würde dir gefallen.

Wieder zurück in ihrem Zimmer, öffnen wir unsere Hefte, aber bevor wir mit dem Lernen anfangen, machen wir uns über die Lehrer lustig und haben viel zu lachen. Lia kann sie richtig gut nachahmen. Dann senkt sie ihre Stimme und sagt mir, sie sei in den Philosophielehrer verliebt und drauf und dran, ihm das zu gestehen. Wenn du sie hören könntest, wäre dies ganz bestimmt der Tropfen, der bei dir das Fass zum Überlaufen brächte. Du würdest mir nicht erlauben, ihre Freundin zu sein und mir eher »eine scheuern«, als dass ich noch einmal zu ihr nach Hause dürfte, aber ich bin noch nicht einmal von hier fortgegangen und schon sehne ich mich danach wiederzukommen. Und ich werde wiederkommen, ich werde ihren Vater kennenlernen, der längst nicht so überspannt ist wie seine Frau, eine Brille trägt und intelligente Augen hat, so wie Vater, aber er hat nie geraucht.

Eines Tages, als Lia mit mir und Montse von der Schule nach Hause geht, erzählt sie uns von ihren Leuten, von den Juden, dass man sie misshandelt und zum Teil sogar ausgerottet hat. Ich höre dieses Wort zum ersten Mal und denke an dich. Vielleicht würde dir das ja meine jüdische Freundin näher bringen. Deine Worte verfolgen mich nicht mehr wie Hummeln im Sommer, und deshalb kommt mir die Welt jetzt größer vor. Da sind ganz viele Türen, durch die ich gehen kann, und an diesem Wendepunkt in meinem Leben fühle ich, wie weit weg du doch von mir bist, und es fällt mir nicht schwer, dich zu lieben.

Nach wie vor gehe ich sonntags nicht mehr mit Veva und Mercè ins Kino. Veva redet kaum von ihrer Arbeit an der Universität, auch wenn klar ist, dass sie immer mehr zu tun hat. Sie ist zum Institut für Handelsrecht gewechselt, wo sie im Sekretariat eine verantwortungsvolle Stelle übernommen hat. Meistens bleibt sie jetzt über Mittag im Büro. Manchmal bringt sie eine Schachtel Pralinen mit und sagt, ich soll meinen Freundinnen, die zum Lernen nach Hause kommen, davon etwas anbieten. Sie hat ein Telefon legen lassen und einen Fernseher gekauft, und wenn ich nicht allzu viel zu tun habe, schaue ich mir mit ihr eine Serie an, die »Simon Templar« heißt. Nach den Hausaufgaben bereite ich für uns beide das Abendessen vor, in der Küche, die ich das erste Mal mit Vater gesehen habe. Sie kommt nach Hause, »ach, Ritona, du bist ein Schatz, danke!«, schminkt sich ab, nimmt eine Dusche, isst im Schlafanzug und langen Bademantel zu Abend und lässt sich dann in einen Sessel fallen. Sie beklagt sich nicht, und für meine Probleme mit dem Lernen hat sie nur ein müdes Lächeln übrig, sie glaubt nämlich fest daran, dass ich das schon alles meistern werde. Warum bloß ist sie mehr von mir überzeugt als ich selbst?

Mariona Puig wird achtzehn Jahre alt und lädt mich zum Essen zu sich nach Hause ein. Als ich um ein Uhr mittags bei ihr eintreffe, hat sie noch die Schuluniform der Theresianerinnen an. Sie spricht gerade mit ihren Eltern, und als mich ihr Mädchen in den kleinen Salon führt, packt sie mich bei der Hand, in der ich die Schallplatte halte, und zieht mich durch einen Flur in ihr Zimmer. Ihre Eltern schauen uns hinterher.

– Du hast mich gerettet, Rita!

– Was ist denn los?

– Gestern Nachmittag habe ich einer der Nonnen ein Widerwort gegeben und darum musste ich heute bis zwölf Uhr nachsitzen.

– Da. Für dich. Herzlichen Glückwunsch zum Geburtstag!

Sie wirft einen Blick auf das Cover, auf das Gesicht des Jungen mit der Gitarre unterm Arm.

– Er heißt Raimon, und er singt auf Katalanisch.

– Ah! Ist dir nicht zu warm in deinem Kleid?

Sie lässt die Platte aufs Bett fallen und öffnet ihren Kleiderschrank. Ich habe die vier Lieder noch gestern Abend im Katalanischunterricht gehört, mit Glòria und Montse und mit den anderen. »Al vent«, »La pedra«, »Diguem no«, »Som«. Montse kennt sie alle auswendig, und sie hat eine gute Stimme. Die letzten Tage haben wir sie immer auf dem Heimweg von der Schule gesungen: »Im Wind«, »Der Stein«, »Wir sagen nein« und »Wir sind«. Ich glaube, es würde dir nicht gefallen, wenn du wüsstest, dass ich mein erspartes Geld für eine Schallplatte ausgegeben habe. Lieder findest du unnütz, auch wenn sie dich zum Weinen bringen oder dich an die Tanzveranstaltungen auf dem Dorfplatz erinnern, beim Patronatsfest, an deine glücklichen Tage vor dem großen Unglück.

Und du würdest den Mund nicht mehr zukriegen, wenn du all die Kleider sehen könntest, die Mariona Puig in ihrem Schrank hat, alle sind sie neu. Jetzt streift sie mit der rechten Hand darüber, bis sie sich für eins im Hahnentrittmuster entscheidet. Mit einem Ruck zieht sie sich die Uniform aus und schmeißt sie einfach auf den Boden. Instinktiv hebe ich sie auf. Sie schaut mich verdutzt an und lacht schließlich laut los.

– Ich hab die Nase gestrichen voll von diesen Tanten!

Das letzte Wort, das auf die Nonnen gemünzt ist, hat wie eine Beleidigung geklungen, aber meine Freundin lässt ihrer Wut noch weiter freien Lauf.

– Dieses verdammte Hurenpack!

Ich habe mich zur Tür umgedreht und an dich gedacht. »So ein Aas, um Himmels willen!«, und als hätte sie es gehört, prustet sie wieder los und schleudert mit zwei Fußtritten ihre flachen Schuhe in die Ecke, zieht sich die Kniestrümpfe aus, um ein paar Nylons überzustreifen. Sie hat lange, muskulöse Beine, und ihre Waden sehen ein bisschen so aus wie der Bauch von einem Kaninchen. Regina hat mir einmal gesagt, dass die Jungen bei den Mädchen am meisten auf die Beine achten. »Denn dabei stellen sie sich vor, was weiter oben noch so alles kommt.«

Ich muss daran denken, wie Mariona bei uns auf der Terrasse die Kaninchen gestreichelt hat, die du für sie festgehalten hast. Diese Freundin gefällt dir, aber nur, weil du sie nicht kennst. Du findest, sie kommt »aus gutem Hause«, und bist ganz erstaunt, dass sie mit mir zusammen sein mag, so als ob es zwischen unseren Familien keinen Unterschied gäbe.

Jemand klopft an die Tür, und Mariona ruft »Augenblick«. Ich erhebe mich von der Bettkante, auf die ich mich gerade gesetzt habe.

– Ich bin's, Jordi!

Sie macht mir eine Geste, ich öffne die Tür, und ihr Bruder kommt herein. Als er mich sieht, gibt er mir die Hand.

– Du siehst toll aus, Rita!

Was für ein Glück Mariona doch mit ihrem Bruder hat! Ich denke an Ramon, der mir immer aus dem Weg geht, als ob es ihm lästig sei, eine Schwester zu haben. Meine Freundin und ihr Bruder sind dabei, noch ein paar Einzelheiten wegen der Feier abzusprechen, und um mir die Zeit zu vertreiben, greife ich zur Schallplatte und schaue mir die Hülle an.

Bevor Jordi wieder aus dem Zimmer geht, nimmt er sie mir aus der Hand.

– Ah! – er gibt sie mir zurück –. Die taugt nichts zum Tanzen!

Das Mittagessen mit Marionas Eltern verläuft ziemlich angespannt. An dem Tisch hättest du deine helle Freude: schwere, weiße Damastservietten, Porzellanteller mit Goldrand, davor drei edle Gläser. Das würde dir gefallen, und wie! Die ganze Zeit über habe ich Angst, gleich ins Fettnäpfchen zu treten, denn sie machen viel Aufhebens um mich.

– Möchtest du noch was?
– Etwas Wein?
– Schmeckt dir das Eis?

Am Anfang steht Senyor Puig noch der Ärger über die Strafe der Nonnen ins Gesicht geschrieben. Abwesend fragt er mich nach meinen Zensuren, meinen Lieblingsfächern, der Schule. Ich antworte ihm wahrheitsgemäß. Meine Noten sind gut, und am liebsten mag ich Mathematik und Philosophie. Mit einmal sieht er mich an, so als würde er mich jetzt erst am anderen Ende seines Tisches entdecken, aber ich blicke gerade hinüber zu Mariona, und da schaut er wieder woanders hin. Ich habe das Gefühl, mich innerlich wieder zu verkrampfen, wo ich doch gerade erst dabei war, etwas Vertrauen zu fassen. Vielleicht um das Schweigen zu brechen, das sich ausgebreitet hat, sagt Mariona:

– Die Rita, das ist vielleicht eine!

Und ihre Mutter fügt noch hinzu:

– Würdest du gerne Lehrerin werden?
– Neiin!

Jordi und Mariona lachen, und ihre Eltern schauen ein wenig befremdet. Meinst du, dass ich unhöflich war, weil ich dem

»nein« nicht noch ein »Senyora« hinzugefügt habe? Vielleicht hätte ich auch besser »ja« sagen sollen, dass ich gerne Lehrerin werden möchte, obwohl ich noch nie im Leben daran gedacht habe. Weitere Fragen stellen sie mir dann nicht mehr. Eine einzige, mit Nachdruck ausgesprochene Silbe hat mich auf meinen Platz verwiesen, weit entfernt von den Eltern und Geschwistern Puig. Ich selbst habe den Unterschied hervorgehoben, den Unterschied zwischen ihnen und uns, den Alberas. »Meine Güte, was stellst du dich aber auch immer so dumm an«, tadelt mich deine Stimme in meinem Kopf. Da merke ich, dass das Dienstmädchen mit dem Abräumen begonnen hat und Senyor Puig bereits aufgestanden ist.

Seit fünf Uhr geht ständig die Klingel. Mädchen mit glänzenden Schuhen defilieren an meiner Freundin vorbei und geben ihr einen Kuss auf jede Wange. Mein braunes Strickkleid mit den aufgedruckten gelben Sonnenblumen, das ganz sicher der neuesten Mode entspricht, wirkt irgendwie winterlich neben all diesen leichten und luftigen Teilen, die wohl gerade erst den Schaufenstern des Passeig de Gràcia entstiegen sind. Eine nach der anderen überreichen die Schulfreundinnen von den Theresianerinnen Mariona ein Geschenk, mit Schleifen verziert und in schönes Papier eingehüllt. Sie macht sich ans Auspacken, und jede Musterung endet mit einem spitzen Aufschrei und kleinen Sprüngen, noch mehr Umarmungen und dem Schütteln ihrer langen, glatten Haare. Jordi Puig legt die Platten auf. Nach einer Weile kommen Marionas Eltern herein und werden von ein paar Freundinnen begrüßt. Sie verkünden, dass sie einen kleinen Spaziergang machen werden. Kurz darauf kommt das Dienstmädchen, jetzt in Straßenkleidung, und bittet um Erlaubnis, gehen zu dürfen. Ich habe mich hingesetzt. Es klingelt, und eine Gruppe von Jungen kommt ins Zimmer hereinmarschiert, während die Mädchen loskreischen. Marionas Bruder hat mich zum Tanzen geholt, so wie er auch jede andere Freundin seiner Schwester zum

Tanzen auffordern wird. Aufmerksam und höflich, tadellos, fremd. Alles dreht sich jetzt um die Musik, sie bestimmt den restlichen Abend, und je weiter der fortschreitet, desto mehr muss ich an Serni denken, auch wenn mir das gar nicht bewusst ist. Ich wünsche mir sogar, es würde noch einmal klingeln und du stündest in der Tür, um mir zu sagen, es sei jetzt genug. Du sollst einfach nur kommen und mich mitnehmen und dich an den Tag erinnern, an dem ich auf einem Fest die Häkelmütze verloren habe, »wir sind doch immer die Verarschten!« Halb neun ist es jetzt, und nur das Dämmerlicht fällt auf die eng umschlungenen Paare. Schon seit einer ganzen Weile wird nur noch langsame Musik aufgelegt. Mariona ist nicht hier. Ich gehe auf den Flur, und alles ist dunkel, an der großen Garderobe suche ich mir meine zimtbraune Jacke heraus, und als ich den Knauf umdrehe, öffnet sich die Tür ohne ein Geräusch.

Endlich habe ich es geschafft, mich zu konzentrieren, und da klingelt das Telefon. Ich gehe zum Apparat, denke an Hegel, denke an Lia, obwohl sie es gar nicht sein kann, denn sie ist ja noch immer in London. Ich höre deine zögernde Stimme, so als ob die Tatsache, dass du mich nicht siehst, zerzaust »wie ein Mopp« oder angezogen »wie eine Vogelscheuche«, dich dazu zwingen würde, freundlich zu mir zu sein. Was ist los, denke ist, und dann vor allem, was ist wohl passiert. Einfach so, »aus Jux und Dollerei«, rufst du nicht an; du rufst nicht an, bloß um zu reden.
– Erinnerst du dich an Reginas Freund?
– An wen? An Quico?
– Der hat einen Unfall gehabt.
– Mit dem Auto?
– Nein, an der Tankstelle.
– Was ist denn passiert?
– Ein Lastwagen hat den Rückwärtsgang eingelegt ...
– Wie geht's ihm?

– Sie haben ihn ins Krankenhaus gebracht, aber ...
– Jetzt sag schon, bitte, wie geht's ihm?
– Da war nichts mehr zu machen.

Ich verstehe nicht, wieso meine Gedanken wieder bei Hegel sind, wie sie darauf kommen, sie könnten sich ohne meine Erlaubnis einfach so davonmachen. Obwohl ich gar nicht weiß, was ich sagen soll, höre ich mich fragen:

– Und Regina? Hast du sie gesehen?
– Da hast du's, das Leben ist wirklich Scheiße.
– Ich werd sie gleich anrufen. Und du, geht's dir gut?
– Meinen Vater konnte ich nicht beerdigen!
Ich höre dich weinen.
– Danke, dass du mir Bescheid gesagt hast.
– Sei brav, Rita, dein Vater opfert sich auf, damit du weiter zur Schule gehen kannst.
Und was soll das jetzt!
– Ja, werd ich!

Sofort muss ich daran denken, dass wir ja keine Freundinnen mehr sind. Regina und ich haben eigentlich gar keinen Kontakt mehr. Ich fühle mich schuldig, weil ich es ihr noch immer übel nehme, wie sie mir unter die Nase gerieben hat, dass Serni mich wegen des neuen Reichtums seiner Eltern hat sitzen lassen. Vielleicht liegst du ja gar nicht so falsch, und ich bin wirklich nachtragend und hege einen Groll, wenn man mir mal was getan hat. Ich zittere, als ich Reginas Nummer wähle. Ihre Mutter nimmt den Hörer ab, und sie ist sehr freundlich. Schluchzend sagt sie mir, Regina sei am Boden zerstört, aber sie würde ihr Bescheid geben, dass ich am Telefon bin. Ich warte mit einem Kloß im Hals, denn ich muss immer wieder daran denken, was sie mir in der Schule alles anvertraut hat. Unbegreiflich, dass er tot sein soll, wo sie doch so verrückt nacheinander waren.

– Ja?

– Regina, ich bin's, Rita.
– Ich weiß.
– Es tut mir ja so leid, glaub mir.
– So wie er, kein anderer, unmöglich.
– …
– Wir wollten heiraten …
– Ich wei…
– Gar nichts weißt du … verglichen mit mir, bist du doch noch ein kleines Mädchen, auch wenn du deine Nase in so viel mehr Bücher gesteckt hast als ich.
– Du hast ja recht.
– Wir hatten schon die Wohnung, mit allen Möbeln, nur noch zwei Monate bis zur Hochzeit, und ich wollte dich einladen, auch wenn …
– Ich … ich sage ihr noch einmal, wie leid mir das alles tut.
– Ja, ist ja schon gut. Von wem weißt du es denn?
– Meine Mutter hat mich gerade angerufen.
– Und sie, von wem weiß sie es?
– Keine Ahnung. Ich könnte mir denken, dass im Städtchen von nichts anderem mehr geredet wird … Es tut mir so leid. Sobald ich nach Hause komme, besuche ich dich. Es tut mir ja so leid, Regina, das kannst du mir glauben.
– Ja. Aber du kannst dir das gar nicht vorstellen. So wie er, kein anderer!

Im Juli, nachdem ich ungefähr dieselben Noten bekommen habe wie im Schuljahr zuvor, arbeite ich unter Vevas Anleitung im Institut für Handelsrecht, ich mache die Ablage. Sie haben jemanden gesucht, und Veva hat mir davon erzählt, und danach auch Vater und dir. Vater hat mich gefragt, was ich davon halte, und als er mitgekriegt hat, dass ich es gerne machen würde, hat er gesagt, »in Ordnung, dann kommt sie eben erst im August hoch«, und du hast noch gemeint, da bekäme ich mal endlich »so richtig

Feuer unterm Hintern« gemacht und würde nicht so viel Zeit vertrödeln und »Maulaffen feilhalten«.

Nachdem ich anderthalb Stunden Akten gewälzt, Bescheinigungen, Diplome und Beurteilungen sortiert habe, raucht mir der Kopf, aber dann sagt Veva »komm!«. Wir gehen in die Cafeteria der Fakultät und stellen uns an die Bar, inmitten all der Studenten, fast alles Jungs, und da werde ich wieder munter. »Wie immer, Fräulein Genoveva?«, fragt der Kellner und wirft ihr einen schmachtenden Blick zu, ein bisschen wie der Konditor aus dem Carrer Calvet.

Eines Morgens, ich habe gerade erst mit der Arbeit begonnen, doch die Augen fangen schon an, mir zuzufallen, überschlägt sich die durchdringende Stimme des Bürovorstehers, um einen gewissen Don Federico zu begrüßen. Ich schaue vom Karteikasten hoch und sehe einen großen eleganten Mann, dessen gebräuntes Gesicht außerordentlich gut zu seinem grau melierten Haar passt. Ich wundere mich, dass Veva nicht aufgesprungen ist, um ihn zu begrüßen, wie sie es eigentlich immer tut, wenn ein Professor ins Sekretariat kommt oder ein Unternehmer, der hier mal studiert hat und ihr nun Guten Tag sagen will. Sie alle denken oft an Fräulein Genoveva, die ihnen immer die notwendigen Papiere fertig gemacht hat, und bringen ihr Pralinen mit, auch schon mal ein Parfüm oder ein Seidentuch. Ich merke, dass Vevas Gesicht unter ihrem goldblonden Haar die Farbe gewechselt hat. Sie trägt das bedruckte ärmellose Kleid, das ihr sehr schmeichelt, und die neuen halbhohen Schuhe. »Als ob sie aus dem Schächtelchen käme«, wie du immer sagst. Vielleicht kennt sie ihn nicht, vermute ich und will weiterarbeiten, aber deine Stimme ist beharrlich. Ich meine zu hören, wie du mir vorhältst, »was weißt du denn schon, Fräulein Neunmalklug«.

Du hast ja recht, wie so manches Mal, denn ohne den Bürovorsteher groß zu begrüßen, geht dieser Don Federico direkt auf Vevas Tisch zu. Sie erwartet ihn schon, steht kerzengerade hinter ihrem Drehstuhl, so als wäre er ein Schutzschild. Das plötzliche Schweigen des Bürovorstehers, der es so sehr bedauert, dass eine Persönlichkeit wie der Professor der Jurisprudenz, Don Federico, ihn nicht hofiert, ihm nicht schöntut, macht mich stutzig, so dass ich gleich wieder aufblicke. Ich sehe, wie der Professor Vevas Hand nimmt, während er ihr geradewegs in die Augen schaut, in diese mandelgrünen Augen unter den blonden Augenbrauen und dem welligen Haar. Er macht eine Geste, als wolle er die Hand an seine Lippen führen, doch im letzten Augenblick scheint er es sich anders zu überlegen. Vielleicht ein Zeichen, dass er aufpassen soll, oder ein Befehl aus diesem Augenpaar, das er da vor sich hat. Wie es wohl wäre, einen solchen »Cousin« zu haben, was könntest du ihm zum Mittagessen kochen?, frage ich mich, und dabei habe ich doch eh schon die Auszeichnung »Fräulein Neunmalklug« *cum laude* erhalten.

Alle drei unterhalten sich jetzt und bilden einen kleinen Kreis, ein paar Meter von dem Tisch entfernt, an dem ich möglichst leise versuche, die Seiten umzublättern, und ganz in der Nähe der Stenotypistin, die erst vor drei Monaten hier angefangen hat und ihre Arbeit nicht so recht in den Griff bekommt, mit diesen dicken Brillengläsern, die sie vor ihren Augen aufgebaut hat, als sollten sie sie von den Buchstaben trennen, anstatt sie ihr näher zu bringen. Während ich die Ablage mache, kriege ich mit, dass der Besucher nach wie vor an der juristischen Fakultät lehrt, »wie läuft es denn so vor den Ferien?«, viel Arbeit. Schließlich sagt Don Federico, er würde gern kurz mit Fräulein Genoveva sprechen, wenn es dem Herrn Bürovorsteher recht sei, dass er sie für einen Moment entführe. Und der, »aber gerne, bitte sehr, Don Federico!« und dann, als sei es ein Befehl, »Genoveva!«. Ich sehe, wie sie langsam ihre weiße Handtasche aus dem Metallschrank nimmt und zu meinem Tisch kommt. »Geh was essen, wann immer du magst, ich werde es später bezahlen.« Gegen Mittag wird sie dem Kellner das Geld geben, der sie sicherlich an meiner Seite vermisst haben dürfte. Aber dafür wird er dann auch belohnt, denn sie wird sich eine ganze Weile mit ihm unterhalten. Ich schaue hoch zu Veva, und das Lächeln, das sich auf meinem Gesicht ausbreiten will, zieht sich schnell wieder zurück. Noch bevor die beiden das Sekretariat verlassen, bin ich davon überzeugt, dass bald wieder ein kostspieliger Blumenstrauß im Abfalleimer landen wird.

Am Nachmittag nehme ich den Autobus an der Ronda Sant Antoni, gemeinsam mit Pilar, der intelligentesten Schülerin unserer Clique, des ganzen Jahrgangs und wahrscheinlich der Schule überhaupt. Sie sagt, in Castelldefels sei es wunderschön. Sie hat eine viel hellere Haut als ich, kann gut schwimmen und reicht mir eine kleine blaue Metalldose mit Creme. Der Sand ist heiß und schmutzig, in der Nähe des Wassers gibt es keinen Schatten, es herrscht eine Affenhitze. Ich sage ihr, dass mir der Fluss sehr viel besser gefällt, und sie lacht sich halb tot.

– Mit all den Steinen drin?

Als ich nach Hause komme, hat Veva lauter Kleider auf dem Tisch liegen, an denen noch die Etiketten hängen, und dann noch zwei Schachteln mit zwei Paar Sandalen, der letzte Schrei.

– Da, nimm! Dieses Paket ist für dich!

Mit dem blau-weiß gemusterten zweiteiligen Kleid hat sie genau meinen Geschmack getroffen, und die Größe passt auch. Während ich es bewundere, sagt sie:

– Das Kleid, das ich dir sonst immer geschenkt habe, wenn ich zum Patronatsfest zu euch hochgekommen bin, kaufe ich dir jetzt lieber hier. Sollte es dir nämlich nicht gefallen, kannst du es gleich gegen ein anderes umtauschen!

– Bist du …!

Mehr bringe ich nicht heraus, und statt ihr danke zu sagen, umarme ich sie. Warum kann ich nicht einfach bloß danke sagen? Ihr Gesicht hat sich verzogen, und mit dem unausgesprochenen Wort lässt sie mich stehen und geht in ihr Schlafzimmer.

Nach einigen Minuten kommt sie wieder heraus, so als ob nichts gewesen sei.

– Und das Beste weißt du ja noch gar nicht!

Ich bin davon überzeugt, dass jetzt der Moment gekommen ist. Gleich werde ich erfahren, dass der Professor sich getrennt hat und für immer mit ihr zusammenleben will. Vielleicht wird es ja sogar ein Fest geben, und dann wärst du rundum zufrieden, denn »so konnte es mit Veva schließlich nicht weitergehen!«. Ich glaube, ich warte schon eine ganze Weile auf ihre Antwort, als sie sagt:

– Ich war in einem Geschäft auf der Diagonal, in der Nähe vom Passeig de Gràcia, und rate mal, wen ich dort getroffen habe?

Ich habe völlig den Faden verloren, was soll das denn jetzt, ich weiß gar nicht mehr, was los ist.

– Da kommst du nie drauf!

Hoffnung keimt wieder auf. Fast will ich sagen: den Professor mit dem weißen Haar, den Adleraugen und der gebräunten Haut.

– Montserrat.

– Senyora Montserrat, die vom Cousin …

– Nein, Rita, mit Felip hat sie nichts mehr zu schaffen, sie hat sich vor mehr als zwei Jahren von ihm getrennt!

Während sie die Kleider und Schuhe vom Tisch räumt, erzählt sie mir ganz begeistert, dass Senyora Montserrat in einem erstklassigen Modegeschäft arbeitet, wo sie für die Kundinnen die Kleidungsstücke absteckt und ändert, sehr hübsch und richtig modern sei sie ihr vorgekommen.

– Und sie möchte dich unbedingt sehen!

Als ich im *Tagebuch eines Mittelschülers* weiterlese, sehe ich mich wieder in Senyora Montserrats Ehebett, beide sitzen wir da, mit dem Kissen im Rücken, die tulpenförmige Nachttischlampe wirft ihr Licht auf die Zeitschriften … Plötzlich dreht sich die kleine Rita zu der jungen Frau, die so schön ist wie die Fee in einem Märchen. Ganz in ihre Lektüre versunken, liest sie mit einer Brille, in der das rechte Glas fehlt, und da muss auch die große Rita wieder laut lachen.

In den folgenden Tagen hält mich Veva, wenn sie merkt, dass ich sie etwas fragen will, mit ihrem Blick immer ein wenig auf Abstand.

Durch meine Arbeit vergeht der Juli wie im Flug, und dabei hatte ich gedacht, er würde endlos dauern. Jeden Nachmittag bin ich mit Pilar zum Strand gefahren, und wir haben uns angefreundet. Ich bin richtig braun geworden, und Veva meint, dass mir das gut steht. Sie hat die Fahrscheine gekauft, um gemeinsam zu euch hochzufahren.

– Zieh doch das neue Kleid an! Mal sehen, was deine Eltern dazu sagen werden!

Ja, mach nur, weih es ein, doch du wirst Gift und Galle spucken, denn schließlich sagst du immer, »in seinem guten Zeug fährt man nicht Bus, da verknittert ja alles«. Aber Veva hat schon so lange kein Interesse mehr an irgendetwas gezeigt, dass ich ihr diesen Wunsch gerne erfülle, vor dir wird sie mich schon in Schutz nehmen. Vater erwartet uns vor dem Café Ponent. Vom Bus aus sehe ich ihn mit der Zeitung in der Hand, die er gerade zusammengefaltet hat. Seitdem er nicht mehr raucht, hat er zugenommen. Er winkt uns zu und lächelt. Du hast sicher zu tun. Als ich aussteige und warte, bis Veva ihn begrüßt hat, fällt mir auf, dass Vater graue Haare bekommen hat, keine silbergrauen, einige Haare sind einfach weiß geworden und die anderen dunkel geblieben. Sein Gesicht ist von der Sonne hier oben gebräunt.

– Rita!

Er lässt mich wieder los und geht einen Schritt zurück, um mich anzuschauen. In seinen Augen erkenne ich eine gewisse Unsicherheit, er kommt mir älter vor. Er nimmt eine Tasche in jede Hand, und Veva und ich dürfen ihm nicht dabei helfen, er geht zwischen uns beiden. Erst als wir im Treppenhaus angelangt sind, bleibt er stehen. Du hast dich übers Terrassengeländer gebeugt und uns zugewinkt. Die Stufen kommen mir schmaler vor, und ich sehe die Wand, zerkratzt und voller Flecken. Ohne zu reden, gehen wir hoch, und du stehst schon in der Tür.

– Wer ist denn dieses Mädchen da, das kenn ich ja gar nicht?

Wir umarmen uns, und du musterst mich eingehend.

– Na? Wie findest du deine Tochter? – fragt Veva.

– Sie ist schon ganz zu einer aus der Stadt geworden. –

Und zu mir – Haben wir etwa schon das Patronatsfest, dass du dich so rausputzen musst?

Ich nehme meine Tasche und gehe ins Schlafzimmer, um mich umzuziehen. Das fängt ja gut an, du bringst mich gleich wieder dazu, klein beizugeben.

– Ramon ist ja nicht hier – meint Vater –, da kann jede von euch ein eigenes Zimmer haben.

Ich habe gehofft, Veva würde sagen, »das ist doch nicht nötig«, aber sie ist kurz entschlossen in das mit den beiden Betten gegangen, das wir uns in den Ferien sonst immer geteilt haben, meins eben.

– Rita benutzt eh keinen Spiegel.

Bevor ich an die Swimmingpools und zu den Festen in Innenhöfen und Terrassen eingeladen werde, warte ich gleich am nächsten Tag draußen vor dem Friseursalon auf Regina. Sie wirkt ziemlich ernst, als sie auf mich zukommt, mit einem schwarzen Rock und einer grauen Bluse, die Perlenknöpfe sind ihr einziger Schmuck. Sie schaut sehr gut aus, so schön gekämmt, die Haare in eine Außenwelle geföhnt. Sie hat ein klein wenig zugenommen und einen Busen wie eine richtige Frau, mir fällt auf, dass der zweite Knopf von oben fast im Knopfloch verschwindet. Sie umarmt mich ganz fest, und als sie mich wieder loslässt, fühle ich mich vom Duft ihres Jasminparfüms leicht benebelt. Wir laufen durch den Ort, so wie früher, so als ob all die vielen Dinge einfach nicht geschehen wären. Ich weiß nicht, wie ich ihr sagen soll, wie leid mir ... das Wort erschreckt mich und lässt mich nur noch mehr verstummen. Sie ist es, die anfängt.

– Wie geht's dir denn? Wie läuft's in der Schule?

Das hätte deine Stimme sein können oder die ihrer Mutter, aber es ist meine alte Freundin, mit der ich schon zur Grundschule gegangen bin, mit der ich die mittlere Reife gemacht habe, und die jetzt darauf wartet, dass ich ihr Rechenschaft ablege ... nur worüber? Über meine Noten?

– Gut, ich hab alles bestanden.

– Und bestimmt hast du gleich vier- oder fünfmal ein »gut« bekommen und zwei- oder dreimal sogar ein »sehr gut«.

Sieh mal an, noch jemand, der mir mehr zutraut als ich mir selbst. Und außerdem hat sie fast den Nagel auf den Kopf getroffen. Sie hat sich bei mir untergehakt und klammert sich an mir fest, als würde ich sie gleich wieder stehen lassen wollen.

– Jetzt ist bei uns wieder alles so wie früher. Ich ohne Quico und du ohne Serni.

Während wir nach rechts und links grüßen, weiß ich immer noch nicht, was ich mit ihr reden soll, so als würde ich mit dir spazieren gehen und könnte nicht über Lia reden, über Montse, Glòria oder Pilar, über die Lehrer, Veva, und sogar über die Puigs.

– Du bist ganz schön braun.

– Ja, ich bin mit einem Mädchen aus meiner Schule immer zum Strand gegangen.

– Du wirst mal berühmt, Rita, bei all dem Lernen.

– Und du? Wie geht's dir? – endlich.

Wir kommen an der Kirche vorbei, und ein paar Frauen, die gerade zum Rosenkranzgebet gehen oder vielleicht auch von dort kommen, drehen sich um und schauen uns nach.

– Gehen wir zum Bahnhof?

Ich bin kurz davor, ihr Nein zu sagen. Der Bahnhof wird für mich immer ein Gesicht mit einer Narbe auf der linken Wange sein und Lippen, die meine suchen, und eine raue Hand, die meinen Hals berührt und all deine Worte aus siedendem Öl und loderndem Feuer heraufbeschwört. Aber ohne zu zögern, lasse ich mich vom Druck ihres Arms leiten. Sie achtet auf die Leute, die uns grüßen oder uns im Vorbeigehen anschauen. Ein paar Männer lassen leise eine Bemerkung über ihren Busen fallen, und sie zuckt nicht einmal mit der Wimper. Unterdessen gehe ich noch einmal alle Themen durch, über die ich sprechen könnte. Keins kommt mir angemessen vor: du, die Liebe, Gott, du, der Tod, der Krieg, du, Vater, was ich einmal werden will, Veva, du. Alles ist im Augenblick entweder zu fröhlich oder zu traurig.

Wir lassen das geschäftige Treiben des Augustabends hinter uns und gehen zum Bahnhof. Der Zug muss wohl bald kommen, denn es sind schon Leute da, die auf die Neuankömmlinge warten, darunter werden sicher auch einige sein, die ihre Ferien hier verbringen. Mit einem Mal fällt mir ein, worüber wir reden können. Ich erzähle Regina, dass sich meine Eltern darum gekümmert haben, das Haus im Dorf wieder herzurichten, in dem du und deine Geschwister zur Welt gekommen seid. Alle drei Familien würden wir uns jetzt dort treffen, um gemeinsam das Patronatsfest zu feiern. Als Kind habe es mir dort unglaublich gut gefallen. Ich erzähle ihr auch, dass deine Schwester keine Kinder hat und sehr lieb ist, dass dein Bruder, mein Onkel, in Barcelona lebt, und ich ihn besuchen gehe, und dass er einen Jungen hat, Quim, vier Jahre alt und »ein ganz schöner Plagegeist«. Natürlich wäre das Fest noch schöner, wenn Ramon Ausgang bekäme. Regina hat kein Wort gesagt und mich zur Akazie geführt. Nicht eine Blüte hängt mehr an den Zweigen, und zu ihren Füßen liegt kein gelber Teppich. Wir setzen uns hin, und ich bin erleichtert, meinen linken Arm wieder ganz für mich zu haben. Die leeren Waggons stehen ein Stück weiter weg, und gerade ist ein Pärchen verstohlen von einem heruntergesprungen. Ich drehe mich zu Regina um und sehe, wie die Tränen, die ihr über die Wangen rollen, rechts und links in die Mundwinkel laufen. Ich nehme sie in die Arme, und sie weint immer weiter, bis sie mich schließlich mit heiserer Stimme fragt:

– Wie geht's denn Ramon?

– Gut, er arbeitet als Chauffeur bei einem Hauptmann, und bis jetzt hat er noch keine Waffe in die Hand nehmen müssen.

– Du hast Glück, Rita, du hast einen Vater und einen Bruder ...

Ich muss daran denken, was du immer von ihrer Mutter sagst. Dann zieht sie ein kleines Taschentuch heraus und fährt langsam über ihr Gesicht. Sie hat vergessen, dich zu erwähnen.

– Und du hast eine Mutter, die immer für dich da ist – sage ich.

In ihren schwarzen Augen lese ich so etwas wie Überraschung, und bevor sie sich erneut zu den Waggons auf dem Abstellgleis dreht, nickt sie.

Sie fängt wieder an zu weinen, und ich lege wieder meinen Arm um sie, von der Seite, so wie wir dasitzen. Ich bemerke, wie der kleine Perlenknopf, der ihre Bluse vor der Brust verschlossen gehalten hat, jetzt völlig versunken ist. Schließlich dreht sie sich zu mir und schaut mich aufmerksam an. Sie fasst in meine Haare, in diesen »Struwwelkopf«, den ich glätten muss, um mir wenigstens ein bisschen zu gefallen.

– Etwas kürzer würde dir besser stehen.

Ich habe Vater gesagt, dass ich früh aufstehen werde, um mit ihm Morgengymnastik zu machen, aber ich gehe erst spät schlafen, und um acht Uhr bin ich noch ziemlich müde. Ramons Zimmer liegt zum Innenhof, und es fällt kein Licht hinein. Seitdem Vater mit dem Rauchen aufgehört hat, beschäftigt er sich viel mit Büchern, in denen es um das Verhältnis von

Körper und Geist geht. Er mag es nicht, wenn du ihm Klatsch über die Leute im Ort erzählst, aber das tust du andauernd. Ich glaube, er hat gelernt, seine Ohren auf Durchzug zu stellen, ohne dass das jemand mitbekommt. Ich merke, wie er seinen Blick nach innen richtet und auch auf mich einwirken will, ich muss aber ständig an die Jungs denken, die ich jeden Tag auf der Straße treffe, auf all den Festen und an den Swimmingpools, und jedes Mal suche ich nach einem Zeichen, an dem ich erkennen kann, ob nicht einer von ihnen derjenige ist, der mich für immer lieben wird. Und bin ich dann erst einmal mit ihm verlobt, dann gibt es keinen Grund, mich »sanftmütig« zu nennen, wie die Mutter von Regina.

In diesem August schlägt Vater mir vor, ihn auf seinen Fahrten zu begleiten, und wenn ich erst einmal achtzehn bin, soll ich auch meinen Führerschein machen dürfen. Seitdem er mit dem Rauchen aufgehört hat, ist er oft mit seinen Gedanken woanders, weil er über etwas nachdenkt oder die Landschaft ihn ablenkt, und manchmal erschrickt er ganz schön, wenn er auf einmal merkt, dass er ja hinter dem Steuer sitzt.

Wenn ich mit ihm fahre, kann ich morgens nicht ins Schwimmbad, aber zumindest kannst du mir dann auch nicht die ganze Zeit Arbeit auftragen. Während der Fahrt reden wir über Gott und die Welt und auch über dich. Er sagt mir, dass du sehr gut mit Geld umgehen kannst und eigentlich du diejenige von euch beiden bist, die wirklich was von Zahlen versteht, aber du hast ja kaum zur Schule gehen können, denn als der Krieg kam, musstest du daheim deinen Mann stehen, und gleich danach habt ihr auch schon geheiratet.

Auf dem Hochzeitsfoto, das im Schlafzimmer hängt, und das ich mir jedes Mal anschaue, wenn ich in euer Zimmer gehe, bist du hübsch, wenn auch ein wenig ernst, aber du trägst kein Brautkleid. Einmal habe ich dich danach gefragt, und du hast mir geantwortet, es sei schließlich noch nicht so lange her gewesen, dass sie Großvater umgebracht hätten, und ihr alle wärt noch völlig mutlos gewesen. Mir kommt deine Antwort irgendwie übertrieben vor. Ich selbst will ganz in Weiß heiraten, von Kopf bis Fuß, mit Prinzessinnenschuhen und vielen Blumen, nur auf dem Kopf, da will ich nichts haben, denn das erinnert mich an die Häkelmütze und die Kappe von der Erstkommunion. Ich weiß nicht, wie das ist, wenn man heiratet und mutlos ist, ich finde nur, dass man so nicht heiraten sollte, aber das sage ich nicht und unwillkürlich presse ich die Lippen zusammen.

Wenn Vater und ich von der Arbeit heimkommen, bist du ein paar Minuten lang gut gelaunt, und wenn er dann noch Geschenke mitbringt, die man ihm unterwegs gemacht hat, eingelegte Pilze oder Schmalzfleisch, Wildkirschen aus den Bergen, die erst spät reif werden und ganz winzig sind, dann wirkst du wie ein kleines Kind, das einen Schatz in Händen hält, und du bist wunderschön.

Manchmal gehe ich mit Vater auch zum Angeln, doch wenn ich ihn bitte, es mir beizubringen, sagt er:

– Aber, Rita, Mädchen angeln doch keine Forellen!

Und er lacht laut los, und ich tue so, als ob ich beleidigt wäre. Eine Weile lang sagen wir nichts, aber dann, am Fluss, öffnet er den Korb und erzählt mir von Kaulquappen, Schnaken und Regenwürmern. Ich nehme die Angel, und er zeigt mir, wie man die Schnur auswirft, ohne sich dabei mit dem Angelhaken in den Ästen der Schwarzpappeln zu verfangen.

Veva mag Dörfer nicht und eigentlich auch keine Kleinstädte, unser Städtchen, in dem sie ja geboren wurde, geht gerade noch. Hier gibt es Geschäfte und Cafés, hier hat sie Freundinnen, und hier kann sie sich zurechtmachen, wenn sie spazieren geht. »Als ob sie aus dem Schächtelchen käme«, sagst du immer. Ausgestreckt in einer Pappschachtel stelle ich sie mir dann vor, so wie damals die Puppe mit den Korkenzieherlocken aus echten Haaren, die Veva mir einmal mitgebracht hat. Du warst völlig aus dem Häuschen und hast zu mir gemeint:

– Nein, so was Schönes aber auch, doch mit so einer Puppe darf man nicht jeden Tag spielen.

Und so verschwand sie gleich wieder. Aber an einem Morgen, als ich Fieber hatte und immer, wenn mir die Augen zufielen, einen Schatten vor mir sah, der sich in eine Grube voller Sand stürzte, hast du die Schachtel vom Schrank geholt. Die Puppe kam mir so schwer vor, dass ich sie fast fallen gelassen hätte, und da war für dich ganz klar, dass sie wieder weggeräumt werden musste.

Ich weiß nicht, ob Veva dir von ihrem Professor erzählen wird, aber ich habe den Eindruck, als wüsste nur ich davon. Du hast ihr erzählt, dass ihr Verehrer aus Jugendtagen, der, wegen dem sie eine ganze Nacht lang geweint hat, mittlerweile Witwer ist, und dass du glaubst, er warte noch immer auf sie. Und Veva hat auf so eine seltsame Art gelacht, dass ich eine Gänsehaut bekommen habe. Aber ich weiß nicht, ob du das überhaupt merkst, denn wenn du dir erst einmal etwas in den Kopf gesetzt hast, gibt's kein Halten mehr.

– Deine Cousine ist immer noch nicht da, aber vielleicht hat sie ja ihren Verehrer getroffen, den, der wie eine verlorene Seele um sie herumstreicht.

– Wer ist das denn?

– Das heißt »bitte«, Rita.

– Aber ich bitte dich doch um gar nichts, du erzählst bloß was von irgendeinem Verehrer.

– So eine freche Göre!

Vater, der gerade Brot schneidet, muss lächeln. In dem Augenblick hört man die Tür ins Schloss fallen, und Veva in all ihrer Pracht kommt herein.

– Uff, was für eine Hitze!

– Na, vielleicht ist dir ja wegen was ganz anderem so heiß?

Veva schaut dich an, und Vater und ich schauen einander an.
– Geh dich umziehen, wir essen gleich! – sagst du zu ihr.
Du füllst die Suppe in die Teller, und Vater meint zu dir, du sollst sie in Ruhe lassen, und du entgegnest ihm, ob er vielleicht will, dass sie eine alte Jungfer wird. Und dass die Leute sich erzählen, Veva würde nicht heiraten, weil sie irgendein Techtelmechtel in Barcelona hätte.
– Die spinnen ja wohl!
Das ist mir einfach so rausgerutscht, und du hast mich ganz ernst angeschaut, und Vater auch.
– Wie redest du denn, du Rotznase?
Vielleicht denkst du ja, ich weiß nicht, dass »Rotznase« von Rotz kommt, vielleicht denkst du das ja wirklich, aber da hast du dich geschnitten. Und wenn einer was über Veva weiß, dann bin ich das und nicht du, und am liebsten möchte ich dir das gleich unter die Nase reiben, bloß damit du den Mund nicht mehr zukriegst.
– Was ist denn hier los? Ist vielleicht einer gestorben? – fragt Veva, als sie in ihrem Hauskleid mit den schmalen grün-weißen Streifen ins Esszimmer kommt.
– Wisst ihr was? Ich hab Hunger! – sagt Vater und nimmt einen Löffel von der heißen Suppe.
– Puh! Suppe bei dieser Hitze!
– Hat sie in Barcelona eigentlich auch immer was zu meckern?
– Wer? Ritona? – Veva lacht und wirft mir aus ihren herrlich grünen Augen einen verschwörerischen Blick zu.
Es scheint so, als ob wir uns für ein paar Momente darauf geeinigt hätten, nichts weiter zu tun, als zu essen und zu schweigen. Jeder schaut auf seinen Teller, und alle sind wir dankbar, dass Veva nicht auf deine Frage geantwortet hat.

10

Licht im August

Ich weiß nicht, ob alles anders gekommen wäre, wenn du den Dingen einfach ihren Lauf gelassen hättest, anstatt mich anzustarren und zu sagen, »das hat mir gerade noch gefehlt, Struwwelliese, dass ich mir jetzt auch noch um dich Sorgen machen muss«. Ich weiß es wirklich nicht. Du hast gemeint, wegen Ramon hättest du schon genug am Hals, genug Sorgen, aber er sei ein Junge, und die zurechtbiegen zu wollen, sei eh hoffnungslos. Vielleicht wirst du es mit den Jahren ja auch so sehen, doch vielleicht wird es dir nie in den Sinn kommen, dass alles so angefangen hat. Und alles hat doch so angefangen, oder etwa nicht?

Jedenfalls steigen wir in den Citroën, Veva und ich hinten, und du, als Letzte, vorne neben Vater. Regina, bei der Hitze in dunkelblau angezogen, mit einer Bluse, deren Ärmel bis zum Ellenbogen reichen, setzt sich auf den Soziussitz des Motorrads, das ein Freund Ramon geliehen hat. Du hast sie auf den schlechtesten Platz verwiesen: Sie gehört ja nicht zu uns. Als mein Bruder den Motor anlässt, hebt meine Freundin ihre Hand, um uns Lebwohl zu sagen, ganz ernst schaut sie dabei, als sei sie davon überzeugt, bald selbst neben Quico auf dem Friedhof zu liegen. Und sie tut dies genau von dem Platz aus, der mir von allen am liebsten ist, hinter meinem Bruder, die Arme um seine Taille gelegt, das Gesicht im Wind.

Mir ist, als würde ich sie wieder sagen hören: So wie er, kein anderer, Rita.

Vor Tagen schon hatte ich gefragt, ob Regina nicht mit uns zum Patronatsfest in dein Dorf kommen darf. Vier Namen sind es, wenn ich in diesem Sommer an Freundinnen denke: Pilar, Montse, Glòria und Lia, doch ich will auch meiner Freundin aus

Kindertagen zur Seite stehen, mit der ich bei den Nonnen zur Schule gegangen bin.

Armes Mädchen!, hat Veva gemeint, und Vater fand es eine großartige Idee, nur du hast gesagt, »bis dahin ist es ja noch etwas hin, vielleicht will sie ja auch gar nicht mitkommen«. Es war ganz schön schwer, dich zu bewegen, jemanden mitzunehmen, der nicht zur Familie gehört, und der noch dazu eine Mutter hat, von der du immer wieder behauptest, sie sei »sanftmütig«. Also halte ich lieber meinen Mund, als du sagst, »das hat mir gerade noch gefehlt, Struwwelliese, dass ich mir jetzt auch noch um dich Sorgen machen muss«, denn Ärger heraufbeschwören ist das Letzte, was ich will.

Es stimmt schon, vier Frauen und Vater, da wäre es im Wagen ziemlich eng geworden, doch durch die glückliche Fügung, dass Ramon Ausgang bekommen hat, haben wir eh alle Pläne wieder über den Haufen werfen müssen. »Siehst du? Ich hab's dir doch gleich gesagt, Regina hat bei uns einfach nichts verloren!« Aber du bist so froh wegen Ramon, und als Veva zu dir sagt: Wenn du meinst, kann ich ja hierbleiben!, erwiderst du nur: So weit kommt das noch!, und damit hat es sich dann.

Veva fährt also mit, sie kann zwar kleine Dörfer nicht leiden, wohl aber Feste. So schick angezogen und so blond wird sie mit ihrer selbstbewussten Art alle und jeden betören, selbst die aus gutem Haus, ob sie nun Geld haben oder nicht. Und du wünschst dir am meisten, es all diesen Mördergesellen zu zeigen, diesen Heuchlern, die dir für immer dein Vertrauen in die Menschen genommen haben und jegliche Hoffnung, auch wenn damals noch niemand wissen konnte, dass es für immer sein würde.

Vater bittet dich, mal eine Weile still zu sein, sonst könne er sich nicht aufs Fahren konzentrieren. Du drehst den Kopf nach hinten zu Veva und ziehst eine Augenbraue hoch. Dann schaut Veva mich an, »na, Ritona, mit wem wirst du denn tanzen?«. Auf ihr Lächeln hin zucke ich mit den Schultern.

Jordi Puig hat mich zu einem Fest auf seiner Dachterrasse eingeladen. Er hat einen Freund, der genauso höflich und zuvorkommend ist wie er. Carles heißt er, und er gefällt mir ziemlich gut. Mit einem Mal wird mir ganz schlecht bei dem Gedanken, Carles könnte vielleicht derjenige sein, welcher; der Junge, der mich so lieben soll, wie ich es mir vorstelle, das ganze Leben lang, und ich ärgere mich, dass ich die Party auf der Terrasse versäumen werde. Durch die Scheibe schaue ich in den Himmel, überall dieses Licht, das mich regelrecht blendet, Mitte August, es ist noch ein Stück hin bis zu den hohen Bergen und dem satten Grün der Eschen. Morgen, an Mariä Himmelfahrt, werden wir den Abschluss der Renovierungsarbeiten in Großmutters Haus feiern.

Mit jedem Kilometer, den wir auf der engen Straße zurücklegen, verlierst du dich mehr in deinen Erinnerungen. Ich glaube, niemand hört dir wirklich zu: weder Vater noch Veva, und ich schon gar nicht. Wie oft wirst du uns wohl schon davon erzählt haben? Wir hören dir nicht zu, aber wir spüren, wie sehr du dich nach der Zeit zurücksehnst, in der du geglaubt hast, noch das ganze Leben vor dir zu haben, und nicht bloß diese Sackgasse. Aber ein einziger Schlag hat dir die Luft zum Atmen genommen und lässt dich nur noch rückwärts blicken. Als du uns zum ersten Mal von eurem Fußmarsch nach Arboló erzählt hast, wie ihr jungen Mädchen und Burschen zu diesem Fest im Freien gegangen seid, waren wir alle noch ganz Ohr. Leichtsinnig wie ihr wart, habt ihr vom Tanzen nicht genug bekommen können und den letzten Bus verpasst, und dann musstet ihr den ganzen Rückweg zu Fuß machen und habt erst spät in der Nacht euer Dorf erreicht, ihr wart völlig erledigt. Und davor hast du uns noch von dem älteren Bruder deines Vaters erzählt, Gott hab ihn selig, der schon als ganz junger Mann runter nach Sort gegangen ist, weil seine Mutter, eine Witwe mit vier kleinen Kindern, sich wieder verheiratet hatte, und alles nur für die Kinder war, die aus der zweiten Ehe stammten! Alle wissen wir, dass du am Ende weinen wirst, aber trotzdem kommt es immer ganz unerwartet, und jedes Mal tut es uns weh. Ich fühle mich schuldig, weil ich diese so weit zurückliegende Kränkung nicht habe auslöschen können.

Wir fahren an der kleinen Kapelle vorbei, und ich muss daran denken, wie lange wir früher, als wir noch kein Auto hatten, für diesen Weg gebraucht haben, der mit einer Schicht aus hellem Splitt bedeckt ist. Jedes Mal, wenn ich hingefallen bin, haben sich die kleinen spitzen Steinchen in meine Knie gebohrt. Wir haben dich völlig zur Verzweiflung gebracht, »verdammte Blagen!«. Noch nicht einmal genug Zeit, um deine Erinnerungen zu beweinen, haben wir dir gelassen. Im Dorf hatte es geheißen, es wird schon seinen Grund haben, dass man euch nach Aragonien geschafft hat. Unter lautem Gebrüll habt ihr dort antreten müssen, mit einem blutenden Fragezeichen im Herzen (lebt er noch?), und mit euren Fingernägeln habt ihr Flöhe zerdrückt. Ein Mann in Uniform hat euch vor eurer Rückkehr ermahnt, euch, eine magere Frau zwischen zwei jungen Mädchen, du, die ältere, und unter deinem Schutz, die liebe kleine Tante. Vor allem anständig solltet ihr euch benehmen, ihr, die Ruchlosen, ja vor allem das. Die Leute hatten gemeint, es wird schon seinen Grund haben. Zwei Monate im Lager, und bei eurer Rückkehr hat bloß ein kleiner Junge auf euch gewartet und eine alte Frau. Kein Mann war mehr im Haus, außer den beiden gab es von da an nur noch deine Mutter, die keine Kraft mehr hatte, die Tante und du, die Starke. Auf deinen Schultern würde fortan alles lasten. Es wird schon seinen Grund haben, hatte es im Dorf geheißen, oder etwa nicht?

Im nächsten Augenblick lässt der Citroën die Kapelle hinter sich und auch das kleine Stück Straße mit den Feldern rechts und links. Jedes hat seinen eigenen Namen und seine ganz charakteristische Steigung, ist bedeckt mit Ähren oder Futtergras fürs Vieh, hat sich in Ackerland oder eine Wiese verwandelt. Wir halten uns nicht auf. Zeit, sich zu erinnern, bleibt nicht. Zum Glück, denke ich, zum Glück, aber auf dem Dorfplatz, vor deinem Haus, mit dem Korb voller Gemüse in der Hand, den Rosalia dir mitgegeben hat, schaust du nach oben, und statt dass du deine Augen freudig sagen lässt, »wir sind da!«, sehe ich, wie sich gleich wieder ein Schleier über sie legt, und da laufe ich schnell die Treppe hoch. Ich habe Ramons Motorrad entdeckt, ich möchte einfach bei ihm sein, und Regina möchte ich das Haus zeigen.

Die Treppe kommt mir so kurz vor, im Nu bin ich oben am abgewetzten Eisengeländer angelangt. Die Tür steht offen, und ein Vorhang aus Staubpartikeln scheint mir den Eingang zu versperren, man könnte meinen, er sei aus Glas, aber es ist nur Licht. Ich gehe durch ihn hindurch, mache einen ersten Schritt in das schattige Innere und plötzlich verdopple ich mich. Doch vor dem Spiegel in dem schokoladenfarbenen Holzrahmen, der mich von der Wand gegenüber zu rufen scheint, halte ich mich nicht auf. Ich laufe durch den Flur. Ich werde den kleinen Raum mit dem Spülstein betreten und meine Arme um Großmutters Körper legen, der von dem schwarzen Kleid nie enden wollender Trauer verhüllt ist, um einen Verehrer nach dem anderen abzuschrecken, damit sie nachts nicht mehr auftrennen muss, was sie tagsüber gewebt hat. Ich will sehen, wie sie lacht. »Mein Gott! Du bist ja schon ein richtiges Fräulein!« Stimmen dringen an mein Ohr, als ich näher komme. Alles ist wie immer, die hohe Stufe, rechts der schmale Geschirrschrank, der lange Tisch mit einer Bank auf jeder Seite und das kleine Fenster. Du hast mir gesagt, du wolltest nicht, dass die Maurer dort irgendetwas verändern. Ich sehe Regina mit einem Glas Wasser in der rechten Hand und Ramon mit einem Krug. Zwischen den beiden wirkt Großmutter winzig und schmal. Als sie mich sieht, kommt sie gleich auf mich zu:
– Rita!

Der Raum füllt sich mit Stimmen und Paketen. Jeder will hier drinnen sein, und als du sagst: Ja, seht ihr denn gar nichts?, wird es plötzlich still, so als ob man zum Schauen schweigen müsste. Die Küche besteht jetzt aus der offenen Feuerstelle auf dem Boden, aus dem Spülstein und ein paar Herdflammen, die an eine Gasflasche angeschlossen sind, alles ist großzügig bemessen und bis auf halbe Höhe weiß gekachelt. Und die Maurer haben eine Zwischenwand eingerissen. Auf diese Weise hast du die Küche um die kleine Kammer erweitern lassen, in der Großmutter immer etwas für sich war, so als ob sie, anstatt zu spülen, dort ihre Gebete gesprochen hätte. Mir gefällt das nicht, denke ich, es gefällt mir rein gar nicht, doch ich presse die Lippen zusammen, damit mir vor den anderen ja keine Bemerkung entschlüpft, denn sonst würdest du mich doch nur wieder Rotznase, Struwwelliese oder einen Kindskopf nennen.

Nachdem Veva ihren Kommentar abgegeben hat und dann noch der Onkel, sagst du mir, dass wir unsere Sachen in die Scheune bringen sollen. Ich rufe Regina, wir gehen aus der Küche und dann gleich die Treppe hoch. Zum Glück sind die Stufen noch immer unterschiedlich hoch. Im oberen Stockwerk steht das Eisenbett, »darin schlafen meine Schwester und dein Onkel, wenn sie über Nacht bleiben«, hast du zu mir gemeint, und die Kommode. Heute zeigt sich das alte Möbelstück ganz aus Holz, die granatfarbene Decke und die Sterbebildchen sind verschwunden. Ich öffne die oberste Schublade, und da liegen all die Toten ordentlich beisammen, die jungen und die alten, die einen über den anderen, in zwei Bündeln, die jeweils von einer Schnur zusammengehalten werden, und darum vermute ich, dass Vater hier am Werk war. Regina folgt mir, schweigsam und nachdenklich, so als wäre sie eine Waise, die zum ersten Mal das Haus betreten hat, in dem sie fortan leben wird. Statt rüber zur Scheune zu gehen, steuere ich auf die Stelle zu, wo früher der Kaninchenstall gestanden hat. Aber an diesem einst so märchenhaften Platz befindet sich nun ein kleiner abgerundeter Balkon, rot gefliest und mit einem schmiedeeisernen Geländer versehen. Er geht zu der schattigen Straße hinaus, über die wir immer gegangen sind, wenn wir das Grab deiner Großeltern besucht haben. Eines Tages hast du allerdings beschlossen, solange du nicht weißt, wo sich die Knochen deines Vaters befinden, wirst du nicht mehr an diesen kleinen, von einer halbhohen Mauer umgebenen Ort zurückkehren. Ich bin völlig in Gedanken versunken, und erst eine Bewegung lässt mich wieder auf Regina achten, und ich sage ihr, dass ich mich gerade an Dinge aus meiner Kindheit erinnert habe.

– Hier stand mal ein Kaninchenstall, in den bin ich immer reingegangen, um mir eins von den Kaninchen zu holen; ihr Fell fand ich so wunderschön weich!

Regina antwortet mir nicht. Ich sehe, dass ihre dunklen Augen ganz starr blicken, und dabei war sie ein richtiger Irrwisch, als wir noch bei den Nonnen auf die Schule gegangen sind.

– Du hast ja so ein Glück, Rita! Du hast einen Vater und einen Bruder, eine Großmutter, Onkel und Tanten ...

Mutter hat sie nicht gesagt, denn sie hat ja selbst eine. Ja, und ich habe dich. Im Guten wie im Schlechten, ich habe dich. Ich schaue woanders hin, die Last des Gedankens, der mich gerade hat sündigen lassen, verbietet es mir, ihr darauf zu antworten, und so drehe ich mich einfach um und gehe auf die Scheune zu. Die schmale Tür ohne Schloss haben sie nicht ausgetauscht, klaglos öffnet sie sich.

Ein glücklicher Moment folgt auf den nächsten, so dass ich ganz vergesse, wie weh es getan hat, nach den Renovierungsarbeiten zum ersten Mal wieder im Haus zu sein, nach all den Jahren, in denen wir nicht hergekommen sind, weil ja niemand mehr hier gelebt hat. Wieder das Stockwerk mit den Schlafzimmern durchstreifen, einen Spaziergang durchs Dorf machen, gemeinsam mit

Ramon, der uns begleitet, weil er nicht so recht weiß, was er anstellen soll, und uns Geschichten vom Militär erzählt, mit denen er uns zum Lachen bringt. Vor der Tränke ist schon das Podium für die Musiker aufgebaut. Gleichmütig und scheinbar unaufhörlich fließt es dahin, dieses kühle Wasser, das du immer so sehr vermisst. Die neugierigen Blicke der Leute. Der Weg runter zum Fluss, die Brennnesseln. Mit ihren feurigen Liebkosungen lenken sie unsere Schritte in die Mitte des Pfades. Die alte Mühle, euren Weizen habt ihr dorthin gebracht und dafür Mehl bekommen, um Brot zu backen. Jede Woche sind die Frauen im Backhaus zusammengekommen, und es gab immer etwas zu lachen, vor dem Krieg jedenfalls, auch wenn sie ständig gestöhnt haben wegen all der vielen Arbeit. Mit der Zeit aber ging es nur noch darum, anklagend mit dem Finger auf jemanden zu zeigen oder sich zu verschleiern, um die Schande zu verbergen, vielleicht ein Wort fallen zu lassen, um etwas anzudeuten, oder ein Gefühl zu zeigen, um zu leiden oder andere leiden zu lassen.

Wo früher das Backhaus stand, befindet sich heute ein Lebensmittelgeschäft und eine Bar. Ramon lädt uns ein, etwas zu trinken, und Regina und ich sind immer noch wie blöde am Lachen. Und die Leute starren uns an. Das sind also die Kinder von Teresa, noch welche, die ihren Großvater nie kennenlernen werden. Und hier stehen sie und lachen wegen nichts und wieder nichts. »Und das Mädchen mit dem dunklen Kleid und den schwarzen Augen, wer ist das? Vielleicht die Verlobte von ihm. Vielleicht eine Verwandte. Die Tochter der Schwester kann's ja nicht sein. Auf keinen Fall! Nein, die zweitälteste hat keine Kinder, die hat sie ja immer gleich verworfen.«

Ich schaue zur Theke rüber, höre wie sie lachen, und von dort dringt auch dieses Wort zu mir, das ich nicht kenne. Eins, nach dem ich dich unbedingt fragen muss. Verwerfen. Vor dem Abendessen, während Regina mit Quim spielt, gehe ich hoch in die Schlafzimmer. Sie haben die Stufen hergerichtet, die schon ganz abgesackt waren. Großmutters Bett ist für mich ein Stück vom Paradies. An diesem Ort habe ich sie zum ersten Mal weiß gekleidet gesehen, wie eine bescheidene gute Fee. Es ist so ruhig hier, ich muss schlucken und mache mich daran, auf den Dachboden zu steigen.

Die Stufen werden schmaler, und es kommt mir vor, als sei alles geschrumpft. Überall riecht es nach Sommer. Aber in den Körben werden keine Früchte und Pilze liegen, keine Trauben werden herabhängen und nicht ein einziger Thymianstrauß, trotzdem zieht es mich ganz nach oben, bis dorthin, wo die Wasser des Gebirgsflusses widerhallen. Ich bin auf dem Dachboden, und unter meinen Sandalen knistern vertrocknete Blätter, die kurz davor sind, zu Staub zu verfallen. Ich öffne die Tür zur Terrasse. Die ersten Sonnenstrahlen haben sie schon am frühen Morgen aufgeheizt: Es ist wie in einem Backofen. Ich gehe hinaus, und die weiße Decke ist ganz nah über mir, ich bin gewachsen. Plötzlich lässt mich das Summen der Bienen erschrocken zurückweichen, und schnell schließe ich wieder die Tür.

Über dem Reden schlafen wir ein, Regina und ich, in der großen Scheune, wo du uns auf den Holzboden eine Schafswollmatratze aus einem der Ehebetten gelegt hast. Ich bin so froh darüber, dass wir weit weg von den anderen schlafen, genau am entgegengesetzten Ende. Du mit Vater im Zimmer von Großmutters Eltern. Sie, mit Tante Mercè und dem Kleinen, in dem großen Bett, wo ich selbst als kleines Mädchen eng an ihren Körper geschmiegt geschlafen habe; der Onkel und Ramon in dem einzigen Zimmer, in dem noch ein Doppelbett steht, und Veva in einem für sich allein, das kleiner ist und neben dem neuen Badezimmer liegt, wo es jetzt fließendes Wasser gibt und eine Dusche.

Der Festtag schmückt sich mit einem strahlenden Himmel. Beschwingt gehen wir hinunter und sagen Veva Guten Morgen. Sie deckt gerade den Tisch im Esszimmer, das wir nur zu besonderen Gelegenheiten benutzen, und legt auf jeden Teller ein paar Scheiben von der Lammwurst und den hart gekochten Eiern.

– Habt ihr gut geschlafen?

Du stehst am Herd in der geräumigen Küche und rührst gerade die Béchamelsoße an. Du drehst dich um.

– Euer Frühstück steht auf dem Tisch.

Wir setzen uns an ein Tischende und beobachten aus den Augenwinkeln, wie Großmutter und Tante Mercè jeweils einen Löffel von der Fleischfüllung genau in die Mitte der Nudelteigflecken platzieren. Sie sagen uns, dass Vater und der Onkel zum Angeln gegangen sind, dass Ramon und Quim noch schlafen.

Während wir unser schmutziges Geschirr abspülen, drehst du dich zum Tisch hin, und ich höre dich murmeln:

– Also ein wenig übertrieben ist das ja schon, wo sie noch nicht einmal verheiratet war'n ...

Und das nur, weil Regina ein tiefschwarzes, kurzärmeliges Kleid trägt, das sich von ihren blassen Armen und dem ebenso blassen spitzen Dekolletee abhebt.

Du trägst uns auf, nach dem Kleinen zu schauen, für den Fall, dass er aufgewacht ist und wir ihn nicht gehört haben. Lachend gehen wir durch den Flur und dann nach oben. Regina zeigt auf Ramon, der bäuchlings auf der Matratze liegt und dabei fest sein Kissen umklammert. Quim, den die Tante nach dem Aufstehen wohl zu Ramon ins Bett gelegt hat, lächelt mich an. Ich strecke ihm meine Arme entgegen, doch Regina sagt ganz resolut zu mir, »lass mich das mal machen«, nimmt ihn hoch und legt ihn sich auf die Schulter wie auf einen Treppenabsatz. Er schaut sie sich von ganz nah an, seine Mundwinkel verziehen sich nach unten, und er verbirgt sein Köpfchen an ihrem Hals. Sie gibt ihm einen schmatzenden Kuss, während Ramon sich zur anderen Seite dreht.

Wir gehen wieder runter, ich ganz allein, und Regina und Quim halten sich aneinander fest, eine Umklammerung, aus der sie sich den ganzen Tag über nicht mehr lösen werden, weshalb Veva auch sagen wird: Deine Freundin versteht was von Kindern. Und du wirst sagen: Na ja, Blödsinn mit den Kindern zu machen, davon scheint sie was zu verstehen. Meine Schwester wird ihn heute sicher noch nicht mal anfassen dürfen. Dabei kriegt sie ihren Neffen doch nur alle Jubeljahre zu Gesicht! Die liebe kleine Tante und ihr Mann, der Bauer mit den klaren blauen Augen, der immer so würdevoll wirkt, sind gerade angekommen. Genauso wie du hat die Tante Falten am Hals und um die Augen herum Krähenfüße. Sie umarmt mich und schaut mich lächelnd an, aber ihre gebräunten zierlichen Hände mit den kurz geschnittenen Fingernägeln strecken sich gleich Quim entgegen. Ihre Stimme spricht den Namen des Kleinen aus, als vergehe er wie ein Tropfen Likörwein auf ihrer Zunge, kräftig und süß.

Bei Tisch hat die Feier durchaus den einen oder anderen Gefahrenmoment zu überstehen. Als sich die gefüllten Sektgläser einander nähern, und der Onkel laut und vernehmlich einen Trinkspruch zum Besten gibt, schauen Vater und ich uns an, denn wir merken, dass du in Tränen auszubrechen drohst.

Während die Erwachsenen ihren Mittagsschlaf halten, wetteifern Regina und ich darum, an Quim die Mutterstelle zu vertreten. Wir machen Fingerspiele mit ihm, bis die Musiker auf der anderen Seite des Dorfplatzes anfangen zu proben und uns aus dem Takt bringen.

Mit einem Mal kommt ein schick angezogenes Mädchen auf die Treppe zu.

– Rita!

Ich schaue sie an.

– Ich bin's, Montse!

Ich sehe mich einem etwas rundlichen Mädchen mit feinen Gesichtszügen gegenüber, es ist meine Freundin von früher, mit der ich getanzt habe, als ich noch klein war. Ich stelle ihr Regina vor, die sich aber nicht weiter stören lässt, und mit ihren Händen die Taille des Kleinen fest umklammert.

– Ich komm gleich wieder! – sage ich und laufe die Treppe hinunter.

Montse und ich gehen zu der Gruppe von Leuten, die den Musikern zuschauen. Sie erzählt mir, dass sie ihr Abitur in Pont gemacht hat. Sie ist die Älteste und wird wohl zu Hause bleiben, ihre Geschwister gehen noch zur Schule. Plötzlich nähert sich uns ein Junge, den ich sofort wiedererkenne, es ist ihr zweitältester Bruder, Conrad, mein Tänzer aus Kindertagen. Mitten im Gespräch werden wir vom ersten Musikstück überrascht, und wir gehen etwas zur Seite, um weiterreden zu können, aber da fordert ein Junge Montse zum Tanzen auf. Sie legen die Arme umeinander und lassen sich vom Takt der Musik leiten. Conrad nimmt meine Hand, und einen Augenblick später finden auch wir uns unter den tanzenden Paaren wieder. Ich werde furchtbar rot. Ich hatte geglaubt, diesen Sommer würde ich nicht tanzen. Irgendwie finde ich es auch nicht richtig, von einem Jungen ausgewählt zu werden, so als stünde man zum Verkauf, ein Gegenstand von vielen, die es im Angebot gibt. Meine Schulfreundinnen und ich haben ausführlich darüber gesprochen. Kerzengerade führt er mich, seine Hand gegen meine Wirbelsäule gepresst, unsere Körper nah beieinander, doch ohne sich zu berühren. Sein Blick ist warmherzig und auch etwas stolz, sein glattes Haar von einem sehr hellen Kastanienbraun. Die Musiker hören auf zu spielen, doch er hält noch immer meine linke Hand in seiner rechten. Dann zieht er mich von der Tanzfläche fort und sagt mir, er habe gehofft, mich zu treffen, ganz überrascht sei er die letzten Sommer gewesen, weil Großmutters Haus immer verschlossen war.

– Es wurde umgebaut.

– Hat dir deine Mutter gesagt, du sollst Nein sagen, wenn ich dich zum Tanzen auffordere?

– Nein, wieso?

– Seitdem ich weiß, was damals im Krieg passiert ist, hab ich das geglaubt.

– ...

– Wenn deine Mutter meinem Großvater verzeiht, dann könnten wir Freunde sein, ja, dann könnten wir sogar zur selben Familie gehören.

– ...

– Mein Großvater war damals, also er war 1938 Bürgermeister.

Ich sage nach wie vor nichts, während ganz in unserer Nähe wieder getanzt wird, und mit einem Mal gehören wir zur Gruppe der Zuschauer. Ich kann ihn nicht anlügen, denn sein ernstes Gesicht und seine nachdenklich schauenden karamellfarbenen Augen, oder sind sie vielleicht grün?, zeigen mir, wie nah ihm das alles geht. Aber ich kann ihm doch auch nicht sagen, dass von Vergebung bei dir im Moment keine Rede sein kann. Er fasst mich am Ellenbogen, und nach und nach komme ich wieder in den Takt. Ich frage mich, ob er meine Hand in seiner behalten wird, so wie vorher. Plötzlich fällt mir ein, dass ich Regina wenigstens anbieten müsste, gemeinsam mit ihr einen Spaziergang zu machen, zum Tanzen gehen will sie ja nicht, das hat sie schon beim Essen gesagt. Bei einer Drehung fällt mein Blick auf meinen Bruder, der die tanzenden Paare betrachtet. Die letzten Takte von »Siboney« erklingen, und Conrad von den Melis bleibt stehen und schaut mich an, während er meine Hand in seiner behält. In mir breitet sich das Gefühl aus, auf Wolken zu schweben, und ich erzähle ihm von Regina, und er sagt mir, dass er an der Tränke auf mich warten wird, denn wenn er mit mir kommt, würde meine Freundin sicherlich keinen Spaziergang machen wollen.

Auf der Treppe albern die beiden schwarz gekleideten Frauen mit dem Kind herum.

– Geh nur wieder, geh ruhig tanzen – sagt Regina zu mir, als sie mich kommen sieht.

– Willst du denn keinen Spaziergang machen?

Mit dem lachenden Quim auf dem Arm kommt sie die Treppe hinunter.

– Dein Tänzer sieht besser aus als Serni!

Ich schaue zu Großmutter hoch, und sie lächelt mich an.

– Du weißt, aus welcher Familie er kommt?

Sie nickt mit dem Kopf.

– Das will aber gar nichts heißen – sagt sie, ohne dass ich etwas gefragt hätte. Und dann meint sie noch:

– Tanz nur, tanz ...

– Also du ... – ich drehe mich wieder zu Regina.

– So wie Quico, kein anderer, Rita.

Ihre Brust hebt und senkt sich, als sie mir das sagt. Ich will ihr etwas erwidern, aber es ist, als habe sich plötzlich eine dunkle Wolke vor die Sonne geschoben. Noch immer schaue ich sie an. Sie drückt Quim ganz fest an sich und bedeckt ihn mit Küssen. Stocksteif bin ich dagestanden.

– Das kannst du ja nicht wissen, das kannst du dir noch nicht einmal vorstellen!

Ich gehe zurück zum Dorfplatz, treffe auf Conrad, der mir wohl von der Tränke aus entgegengekommen ist.

– Hat dir deine Großmutter gesagt, dass wir nicht miteinander tanzen sollen?

Ich schaffe es, den Kopf zu schütteln. Er nimmt meine Hand und zieht mich zwischen die eng umschlungenen Körper, dann legt er seinen Arm um mich, und gemeinsam folgen wir den Takten der Melodie von »Dilaila«. Ich fühle mich kraftlos und armselig, weil ich nicht so einen großen Schmerz aushalten muss wie Regina. Und auch nicht wie du.

Es wird spät. Zum Abendessen kommen wir alle wieder zusammen. Ich habe gesehen, wie viel Spaß es Veva gemacht hat, mit Onkel Tomàs »Islas Canarias« zu tanzen, und wie sie Tante Mercè dazu bringt, betreten auf den Boden zu schauen. Sie zwinkert mir zu, während Conrad von den Melis mir etwas ins Ohr flüstert, ohne auch nur für einen Augenblick aus dem Takt zu kommen. Jetzt tanzt Veva mit dem anderen Onkel, dem mit den blauen Augen, der sich immer so kerzengerade hält, während seine Frau, bevor sich die beiden wieder auf den Weg in ihr Dorf machen müssen, es doch noch geschafft hat, Quim auf ihren Schoß zu bekommen. Und als wir uns auf der Tanzfläche gegenüberstehen, umgeben von all der Musik, zwinkert Veva mir noch einmal zu, und wir lassen nur unsere Blicke sprechen. Und dann tanzt sie mit Freunden und Bekannten; mal mit dem einen, mal mit dem anderen. Ich aber tanze nur mit Conrad, so als ob wir uns einander versprochen hätten. Veva verdreht einer ganzen Reihe von Männern den Kopf. Im Dorf sollen ruhig alle wissen, was für eine hübsche und gescheite Cousine du hast, modern und von Kopf bis Fuß eine Dame, eine Cousine, der es völlig egal ist, ob ihr jemand einen Heiratsantrag macht oder nicht. Und ein Techtelmechtel in der Stadt hat sie auch nicht, selbst wenn es schwerfällt, das zu glauben.

Wir kommen alle im Esszimmer zusammen. Die meisten müde vom Tanzen oder einfach vom Herumstehen. Du hast einmal mit deinem Bruder getanzt und sonst mit Vater. Auch unsere Blicke haben sich getroffen; ich in den Armen eines Jungen aus einer verfeindeten Familie. Deine Augen haben mich nicht angelächelt, aber mir auch keinen Vorwurf gemacht. Vielleicht haben sie mich etwas gefragt. Weißt du es? Weißt du, wem du da deinen Körper anvertraust? Du hast mich angeschaut, als sei ich eine Fremde für dich.

Nachdem Großmutter und Quim sich schlafen gelegt haben, geht ihr Erwachsenen wieder zum Fest. Regina, Ramon und ich setzen uns auf die Treppe und lauschen der Musik, die vom Dorfplatz rüberweht. Es heißt ja immer, die Militärzeit würde die Jungen verändern, und ich finde, auf Ramon trifft das zu.

Diese Tage ist er mit dem Motorrad unterwegs oder er streift allein durch die Gegend. Es stört ihn nicht, mich und meine Freundin um sich zu haben, er scheint sich sogar gern mit uns zu unterhalten. Er ist ganz anders als früher. Übermorgen muss er wieder zurück in die Kaserne. Von Weitem sehe ich Conrad in der Nähe der tanzenden Paare. Regina hat mich angelächelt. Mit diesem Jungen, der sich zwischen dich und mich stellt, habe ich nicht gerechnet. Eigentlich wollte ich ja lieber zu Hause bleiben und mit Jungen aus der Stadt feiern, auf einer Terrasse und bei moderner Musik, und nicht bei einem Paso doble oder Bolero. Stattdessen befinde ich mich nun auf deinem Territorium.

Endlich ist er hergekommen, um sich zu uns auf die Treppe zu setzen. Er hat über Musik geredet und Ramon auch. Dann hat mein Bruder zu ihm gesagt:

– Wollt ihr nicht tanzen?

Und er hat seine Hand nach mir ausgestreckt, ohne mich zu fragen, als hätte er bloß auf Ramons Erlaubnis gewartet oder als hätte es genau so in den Sternen gestanden. Ich weiß nicht, was mit mir geschieht, anscheinend hat es mir die Stimme verschlagen, oder aber es ist einfach gut, so wie es ist. Wir tanzen und, wenn ich jemanden von meinen Leuten sehe, schaue ich woanders hin. Conrad sagt nichts, darum fühle ich mich ihm noch näher, so als würden wir einen langen Traum miteinander teilen. Und aus dem möchte ich nicht aufwachen. Eine Melodie folgt auf die nächste, und plötzlich, in einer Pause, sehe ich Vater auf uns zukommen. »Es ist schon halb zwei, Mädchen. Noch einen Tanz und dann ab ins Bett!« Du wartest auf ihn ein Stück weiter weg und redest gerade mit einer Frau, aber ich weiß, dass dieser Befehl aus deinem Mund gekommen ist. Conrad hat mich angeschaut.

– Ich muss los – sage ich ihm.

– Warte doch. Nur noch diesen einen Tanz.

– Nein.

So trennen wir uns, er kennt noch nicht das Erbe der Alberas, das ich in mir trage. Ich laufe an dir vorbei und auch an Vater, zwischen all den Leuten hindurch, und ich tue so, als würde ich nicht hören, wie du meinen Namen rufst. Ich laufe schnell nach Hause, ich ahne, dass es auch von den anderen abhängt, ob man glücklich ist, denn immer ist da einer, der sich zwischen uns stellt und dem, was wir uns wünschen. Auf der Treppe ist niemand. Und das abgewetzte Eisengeländer ist kalt. Ich renne nach oben, gehe in den Flur, ohne das Licht anzumachen, und es ist, als würde ich in einen Brunnen hinabsteigen. Mit den Händen taste ich mich an der Wand entlang, bis ich auf die Treppe stoße, die hoch zur Scheune führt. Ich denke nicht, dass du mir hinterherkommen wirst, denn »ein Spektakel« zu veranstalten, das magst du gar nicht. Regina schläft bestimmt schon. Wenn dir danach ist, wirst du die nächsten Tage noch genug Zeit finden, meinen Tänzer auseinanderzunehmen.

Mir fällt ein, dass wir gar keine Adressen ausgetauscht haben, dass ich Conrad bis zum nächsten Sommer nicht mehr wiedersehen werde. Alles ist so dunkel. Lia kommt mir in den Sinn, wie sie mich anpflaumt, dass ich von Mathematik ja durchaus was verstehen mag, von Jungs aber hätte ich keinen blassen Schimmer. Die letzten Stufen fallen mir schwer, plötzlich fühle ich mich so erschöpft, doch ich bin nicht müde. Ich bleibe im Dunkeln stehen und orientiere mich an einem dünnen hellen Streifen. Sicher hat Regina für mich die alte Lampe angelassen, die du uns gegeben hast, die mit dem schwachen Licht. Wenn du wüsstest, dass sie »Licht verbrennt«, würdest du dich ganz schön ärgern. Ich höre die Stimme meiner Freundin, »so wie du, kein anderer«. Ich möchte ihr so gerne erzählen, dass ich richtig verliebt bin, so wie sie in Quico, aber ich werde wohl bis morgen damit warten müssen, denn sie scheint zu schlafen. Leise drücke ich gegen die Tür und schaue, noch viel üppiger als es ihre Kleidung erahnen ließ, auf Reginas weiße Brüste. Die Brustwarzen sind dunkel und groß, so ganz anders als meine. Und dann ist da der gebräunte, muskulöse Körper von Ramon, der sich ungestüm in ihren versenkt. Ich mache einen Schritt zurück, die dünne Tür hat zwischen all dem Stöhnen kaum einen Seufzer von sich gegeben. Ich laufe schnell die Treppe hinunter und setze mich auf die letzte Stufe, ganz im Dunkeln. Ich höre die Haustür und die wenigen Geräusche, die ihr macht, Vater und du, bevor ihr hoch auf euer Zimmer geht, am anderen Ende des Hauses.

Als alles wieder ganz still ist, scheint es um mich herum vollkommen schwarz zu sein. Aber in meinem Inneren blendet mich der stechende Glanz der Augustsonne.

Zweiter Teil

VERGEBLICHE OPFERGABEN

I

Und es leuchteten die Sterne

So, als wäre ich ein Korken, der auf dem Wasser treibt, begleite ich Veva durch den Ort. Erst als ich sie sprechen höre, merke ich, dass sie neben mir geht. Sie läuft mit einer Tasche in der Hand, in die du ihr unbedingt das halbe Dutzend Eier legen wolltest, das du bei Rosalia gekauft hast. Veva sagt mir, sie würde sich darum kümmern, dass sie in der Fakultät meine Entschuldigung bekommen. Spöttisch schaue ich sie an. Weiß sie denn nicht, dass Studenten auf diesem Elefantenfriedhof überhaupt nicht vermisst werden? Dann fällt mir etwas ein: Wenn ein Junge anruft, sag ihm, was passiert ist. Sie will lächeln, doch stattdessen bricht sie in Tränen aus. Eine Sense schwingt durch meinen Magen, mir ist, als bekomme ich keine Luft, und der Anblick der Leute aus dem Ort, die auf dem Gehsteig vor dem Café Ponent warten, löst ein Schwindelgefühl in mir aus. Ein alter Mann kommt auf mich zu, um mir sein Beileid auszudrücken, aber ich bringe kein Wort heraus, ich laufe schnell ins Café, auf die Toilette, und dort übergebe ich mich. Du würdest sagen, »ich kotze wie ein Reiher«. Dieser Gedanke ist das einzig Beruhigende, das mir in den Sinn kommt, und darum klammere ich mich daran. Kotzen, kot-zen, ich kotze wie ein Reiher. Ich weiß nicht, ob das ein Ausdruck ist, mit dem man sich über jemanden lustig macht, und auch nicht, woher du ihn hast, früher hab ich ihn jedenfalls immer gerne gehört. Ich kehre zum Gehsteig zurück, von wo die Busse abfahren, und bin völlig ausgedörrt. Der Mann von vorhin unterhält sich jetzt mit Veva. Da kommt sie zu mir, gibt mir rasch zwei Küsse und sagt:

– Na los, geh schon. Geh nach Hause.

Ich schlage den Weg zum Fluss ein. Es ist ein trüber Tag, Ende

November, und hinter einer dünnen Wolkenschicht gibt die Sonne nur ein kraftloses Licht von sich.

Weder die Cordhosen und der dicke Pullover noch die zimtbraune Jacke sind warm genug. Als ich an dem Pfad angelangt bin, wo Serni mich immer um die Taille gefasst hat, kann ich vor lauter Tränen den Fluss nicht sehen. Die Schwarzpappeln werden zu senkrechten Balken, die vor meinen Augen verschwimmen und einen schmierigen Film hinterlassen, so als sei ein Ärmel über frische Tinte gewischt. Als ich mich wieder beruhigt habe, kehre ich um; du wirst bestimmt schon auf mich warten.

Du bist zu Hause am Rumwerkeln und trägst mir Arbeiten auf. Ich gehe ans Telefon, um die Beileidsbekundungen der Leute entgegenzunehmen, die erst jetzt davon erfahren haben. Ich muss meinen Freundinnen schreiben, denn sie anzurufen, dazu fühle ich mich einfach nicht in der Lage. In der schwarzen Kleidung siehst du aus, als wäre alle Farbe von dir gewichen. Ich höre, wie du sagst: Was würde ich nur ohne euch machen?, und bei diesen Worten steigt eine sanfte Wärme in mir auf. Schon vor einer ganzen Weile habe ich entschieden: Ich werde bei dir bleiben, mein Leben lege ich in deine Hände, den Kopf auf die Schlachtbank.

Und wieder klingelt das Telefon; du magst nicht drangehen, du hast zu tun. Großmutters Stimme zerspringt in meinem Ohr. Du hast gehört, dass sie es ist und mir zum Glück gleich den Hörer aus der Hand genommen, an den ich mich mit aller Kraft festgehalten habe.

Sie war krank und hat nicht mit dem Onkel zur Beerdigung kommen können. Sie hat mir gesagt, wir sollten Weihnachten doch in Barcelona verbringen. Weihnachten. Dieses Wort ist für mich jetzt ein Klumpen feuchter Erde, aus dem ich die Würmer herauspicken muss. Ramon kommt pünktlich zum Mittagessen, das du schon fertig hast. Alles ist heute anders bei uns. Er sagt, er habe Arbeit gefunden, und du starrst ihn an, hoffst, dass er weiterredet. Wegen seines LKW-Führerscheins, den er beim Militär gemacht hat, so erklärt er uns, stünden ihm alle Türen offen. Und weil er ja auch was von Mechanik verstehen würde, das hat er Senyor Ricard, einem der beiden Taxifahrer im Ort, natürlich gleich erzählt, habe er sofort bemerkt, dass der bereit ist, ihm die Stelle zu geben.

– Aber was für eine Stelle soll das denn sein? Als Taxifahrer etwa?

Entschlossen schaut Ramon hoch und gibt keine Antwort. Ein Schweigen, das Ja heißen soll.

– Willst du etwa, dass ich noch völlig »plemplem« werde? – platzt es aus dir heraus.

Plemplem, denke ich und bekomme noch nicht einmal ein müdes Lächeln zustande.

– Das ist das Einzige, das mir Freude macht. Ich will eine Arbeit, bei der ich Auto fahren kann – erwidert dir unterdessen mein Bruder –, du brauchst dir also gar nicht weiter einen Kopf zu machen.

Du fängst wieder an, vor dich hinzumurmeln: Was würde ich bloß ohne euch machen?, und hemmungslos weinst du über deinem Teller. Während Ramon schnell sein Gemüse hinunterschlingt, tu ich es dir nach und bemühe mich vergeblich, dass niemand es mitbekommt, bis ich schließlich aufstehe, um mir durchs Gesicht zu waschen. Ich will nur noch schlafen, aber ich weiß, du würdest mir sagen, alles zu seiner Zeit, und so setze ich mich wieder an den Tisch, denn schließlich und endlich tut auch das Aufwachen weh.

Ich würde noch Zeit genug haben, um Vater zu sagen, wie sehr ich ihn liebe. Mein ganzes Leben bliebe mir ja dafür. Und der November ist kalt, fast jeden zweiten Morgen ist es neblig, und die Nachmittage sind kurz. Ich sehe unser Haus und die Landschaft ringsherum, doch alles ist weiter nichts als Täuschung oder Verrat. Ich habe meine Notizen zerrissen, die ich nach Ramons Anruf bei

Veva einfach mit in die Tasche gesteckt hatte, hunderte Zahlen und Zeichen, fein säuberlich in Kästchen eingetragen, kaum Wörter. Ich erledige, was du mir aufträgst, und sobald ich kann, mache ich mich auf den Weg zum Friseursalon, um Regina zu sehen. Ich frage mich: Was wird jetzt? Ich sehne mich danach, und gleichzeitig macht mir die Vorstellung Angst, dass du es sein wirst, die mir auch weiterhin sagt, was ich zu tun und zu lassen habe. Aber wie ich zu leben habe, genau das verrätst du mir nicht, es gibt ja so viel zu tun: »Mach dies, mach das, man müsste …« Vielleicht in die Schneiderei von Cousin Felip gehen? Auf den Friedhof? Während der Maurer damit beschäftigt war, die Grabnische zu schließen, hat ihn der Cousin gefragt, wer das denn mal für ihn machen würde. Für einen Augenblick hat sich der Junge umgedreht und dann, ohne ein Wort zu sagen, weitergearbeitet. Ich habe gelächelt. Unter einer fast fröhlichen Sonne standen wir alle wartend da, und in diesem Moment war ich ganz ruhig. Du bist schon nach Hause gegangen, um das Essen für die Familie vorzubereiten. Vielleicht wirst du mich daran erinnern, dass Cousin Felip zu uns gehört und uns nur Gutes will.

Worte wie Nebel, Citroën, Frost dringen an mein Ohr; ich bekomme mit, wie Regina einer Frau, die nicht hier war, als es passiert ist, vom Unfall meines Vaters erzählt. Ich höre der Schilderung meiner Freundin aufmerksam zu, so, als ob ich gerade erst von den näheren Umständen erfahren würde. Irgendetwas ist neu an ihrer Beschreibung, aber ich kann mir nicht erklären, was es ist. Als die beiden mit einem Mal schweigen, merke ich, dass ich sie schon eine ganze Weile im Spiegel betrachte, und verstohlen tun sie das Gleiche. Regina steckt der Frau jeden Lockenwickler mit zwei Nadeln fest, und als die Kundin es sich unter der warmen Luft bequem gemacht hat, den Kopf eingehüllt in ein Netz aus seidenartigem Garn, die Augen auf die bunten Bilder einer Zeitschrift gerichtet, da fragt mich Regina, was ich denn nun vorhätte. Während sie mir rät, mit einer Nonne zu sprechen, ihr hätte das geholfen, als das mit Quico war, wünsche ich mir nichts sehnlicher, als von der über meinem Kopf schwebenden Trockenhaube aufgesogen zu werden.

Als ich sehe, wie ihr euch in den Armen liegt, Großmutter und du, schwarz auf schwarz, und ihr mit offenem Mund schluchzt, eine so sehr wie die andere, flüchte ich ins Badezimmer, und als ich höre, dass du mit ihr in die Küche gehst, rufe ich euch von der Haustür aus zu, dass ich gleich wiederkomme. Ich weiß nicht, wieso, aber ich habe den Weg zum Garten meiner alten Schule eingeschlagen. Ich drehe mich zum Gitter um und sehe die Schwester Gärtnerin. Sie macht mir ein Zeichen und holt unter ihrem Gewand einen riesigen Schlüssel hervor. Sie öffnet mir. Die Kakifrüchte mit ihren leuchtenden Farben geben dem Winternachmittag etwas Heiteres. Mein Blick bleibt an ihnen hängen, während die Schwester mir ihr Beileid ausdrückt, denn auch sie weiß ja Bescheid, und als sie mich fragt, ob ich denn bete, kann ich ihr nicht antworten. Sie bemerkt, dass ich nach oben schaue, und sagt zu mir: Die sind noch nicht reif. Dann redet sie über Christus, über demütige Hingabe und Opfer, und ich schaue auf den Boden und schließlich wieder hoch zu den kürbisfarbenen Früchten an den fast blätterlosen Zweigen. Die Nonne fragt mich, ob ich vielleicht in die Kapelle gehen möchte, um für meinen Vater zu beten, aber eine riesige Welle, die ganz plötzlich über mir zusammenschlägt, macht es mir unmöglich, ihr darauf zu antworten. Sie schweigt und dann sagt sie mir, ich könne ruhig noch etwas im Garten bleiben, wenn ich gehe, soll ich bloß das Tor anlehnen, sie wird es dann später abschließen. Ich sehe sie oben auf der Treppe verschwinden und setze mich in die Wintersonne, bis meine Gedanken wie leer gefegt sind von all den vielen Worten, so als ob ich mich in einem fernen Meereshorizont verloren hätte oder in einer unermesslichen Berglandschaft. Als ich nach Hause komme, fühle ich mich durch diese reglose Stille noch immer getröstet, doch kaum betrete ich die Wohnung, da sehe ich an Großmutters Gesicht, dass es spät geworden ist. Bevor du dich feuerspeiend auf mich stürzt, erhebe ich als Schutzschild den Besuch in meinem alten Lyzeum, »das heißt nicht Schule, Fräulein Neunmalklug«, dass ich mit der Schwester Gärtnerin geredet und sie mich ermuntert hätte, doch zu beten und eine Weile dort zu bleiben.

– Sie hat mir viele Grüße für dich aufgetragen.
– Und was soll ich mit ihren Grüßen anfangen? Sie mir vielleicht in den Hintern stecken? Hat man so was schon gesehen, da läuft sie los, um mit diesem Kirchenpack zu reden, das schlimmer war als der leibhaftige Teufel!
– Aber das Kind wollte doch nur …
– Misch du dich da nicht ein, die hier ist kein Kind mehr, und bloß, weil sie auf die Universität geht, meint sie wohl, über alles schon Bescheid zu wissen, und dabei verdient sie noch nicht einmal das Salz für die Suppe!
– Aber, Teresa …
– Wenn du nicht endlich still bist, kannst du was erleben.
– Red nicht so mit Großmutter, hörst du? Und damit du's weißt, ich gehe nicht mehr auf die Universität! Ich such mir hier eine Arbeit und werde Geld verdienen.
– Wer? Du?

Ein erstickter Aufschrei entfährt dir, deine Augen glänzen. Du bist auf Streit aus und ich auch. Eine Welle an Vorwürfen ist kurz davor, die Küche und die ganze Wohnung zu überfluten, aus meinem Mund zu strömen, als sei der eine Schleuse, gegen die eine riesige Wassermasse drängt. Großmutter packt mich am Handgelenk, die Berührung ihrer Hand bremst mich sofort, ihrer Hand, die wie abgewetzt ist vom Spülen, vom Melken, vom Wursten, von all der vielen Arbeit. Sie zieht mich auf die Dachterrasse, aber dort mache ich mich mit einem Ruck von ihr los und laufe die Treppe hinunter, obwohl mir im selben Moment klar wird, dass das ein Fehler ist, und ich auch gar nicht weiß, wohin ich soll. Vor dem Eingang merke ich, dass es draußen schon dunkel ist. Und sehr kalt ist es auch. Ich gehe wieder hoch, nur ein paar Stufen. Ich stoße Rosalias Tür auf und rufe wie immer auf der Türschwelle ihren Namen, und als sie mit ihrem Entengang herbeieilt, sage ich ihr, dass ich unbedingt schlafen muss, dass ich von zu Hause weg bin, weil du und ich uns nicht verstehen, dass ich einfach nicht mehr kann. Als ich in die warme Küche komme, sitzt Anton am Tisch, und seine Arme liegen auf der Tischplatte. Aschfahl ist sein Gesicht, so als sei er ganz erschrocken, und er sagt kein Wort. Rosalia meint, ich solle mich hinsetzen. Sie stellt einen Teller vor mich und legt mir auch Gabel und Messer hin. Eigentlich dürfte es noch gar nicht so spät sein, doch sie essen schon zu Abend, neben dem Sägemehlofen, der bei ihnen zwischen Tisch und Spülstein steht, vor dem Herd, in dem wir immer den Osterkuchen gebacken haben.

– Deine Mutter ist doch im Augenblick nicht mehr sie selbst. Wenn du jetzt hier bei uns bleibst, wird ihr das sehr wehtun.

Jeder hat eine Entschuldigung für dich. Du bist das Waisenkind, die Witwe, du bist diejenige, die leidet. Wer hat mir eigentlich die Aufgabe zugedacht, deine Tochter zu sein?

Sie raten mir, ich soll einfach sagen, ich hätte Eier bei ihnen gekauft, und dass ich wieder hochgehen soll. Ich frage sie, ob ich telefonieren darf und wähle Reginas Nummer. Ihre Mutter sagt mir, dass sie noch nicht zu Hause ist; mir bleibt also nichts anderes übrig. Ich sage ihnen Gute Nacht, und Anton hält mir ein paar Briefumschläge hin. »Im Krieg haben dein Vater und ich uns geschrieben; wir waren Freunde, als wir noch jung waren.« Ich habe jetzt mein ganzes Leben, um diese Briefe zu lesen. Ich gehe die Treppe hoch, fest entschlossen, meine Jacke und ein paar Habseligkeiten zusammenzupacken und abzuhauen, wenn du mir weiter zusetzt. Du und Großmutter, ihr sitzt in der Küche neben dem Ofen und näht. Ich räume das Dutzend Eier weg und sage, dass ich mich nicht wohlfühle und schlafen gehe. Gerade habe ich mich hingelegt, da kommst du ins Zimmer. Als du siehst, dass ich weine, nimmst du mich in den Arm, und wir weinen zusammen. Du sagst mir, dass Senyora Montserrat aus Barcelona angerufen hat. Sie wird es noch einmal versuchen, denn sie möchte gerne mit mir sprechen. Du willst, dass ich wieder aufstehe und rüber in die Küche komme, auch wenn es nur eine Kleinigkeit ist, etwas essen muss ich.

Ich habe geträumt, dass du auf den Lastwagen zugegangen bist, die Ladefläche voller junger Männer, ganz in Schwarz gekleidet hast du Vater deine Arme entgegengestreckt, und ein junger Soldat hat zu dir gesagt, du sollst dir keine Sorgen machen, Geld brauche er nicht. Dann bin ich aufgewacht. Ich liege im Bett und höre Großmutters Stimme, aber nicht, was sie sagt. Sie ist mit dir verwitwet, so wie du damals mit ihr verwitwet bist, aber euren Frieden habt ihr deshalb nicht miteinander gemacht. Alles, was sie dir gibt und dir geben wird, scheint ihr zu wenig zu sein, wenn du sie anschaust, meint sie immer, in deiner Schuld zu stehen.

Das Telefon klingelt, und ich denke, es könnte Lia sein oder Montse, oder Lau, und ich springe schnell auf. Ich laufe ins Esszimmer und höre dich sagen: Sie kommt gleich, und du wirfst einen missbilligenden Blick auf meine nackten Füße. Senyora Montserrats Stimme streichelt mich und lässt den Eisberg schmelzen, der sich heute Morgen wieder in meinem Inneren ausgebreitet hat und den ich gerade zu spüren beginne. Als du mit den Hausschuhen kommst und siehst, dass ich ihr nicht antworte, nimmst du mir den Hörer aus der Hand, und ich bekomme mit, wie du ihr sagst, es sei besser, ein anderes Mal miteinander zu reden.

Vater dies, Vater das, habe ich mein ganzes Leben lang gedacht und mich immer wieder auf ihn berufen, mein Vater sagt dies, mein Vater macht das. Jetzt steht sein Name vor dem, was er gesagt, was er gemacht hat. Ventura hat dies gesagt, Ventura hat das gemacht. Ich habe so viele Dinge von ihm nicht gewusst. Warum auch, er war ja mein Vater. Mein ganzes Leben lang würde er schließlich in meiner Nähe sein, um mir etwas zu sagen, um etwas zu machen, und ich, um ihm dabei zuzuschauen. Alle sind sich darin einig, dass er sich selbst als einen glücklichen Menschen empfunden hat. Im Badezimmer mache ich die Übungen, die er mir beigebracht hat: Ich weiß nicht mehr so genau, wie sie gehen, und wenn ich mich im Spiegel anschaue, sehe ich ein erschrockenes Gesicht, meine Haare aber, die sind so zerzaust wie immer. »Struwwelliese; sei still, Wuschelkopf; du siehst aus wie ein Mopp.«

Ramon arbeitet als Taxifahrer, und du bereitest ihm sein Frühstück vor und legst ihm das gebügelte Hemd heraus, genauso wie früher bei Vater. Eure Gespräche drehen sich ums Geld. Ich muss mir dringend eine Arbeit suchen, aber es muss in deiner Nähe sein. Mit Großmutter redest du wieder und immer wieder über dein Dorf, darüber, wer wohl Großvater denunziert haben könnte, darüber, wie euch die Leute damals die kalte Schulter gezeigt haben.

Ich finde, die Kapelle von meiner alten Schule ist ein guter Ort zum Nachdenken und auch, um etwas zur Ruhe zu kommen. Und was die Arbeit betrifft, vielleicht weiß ja Regina einen Rat. Gleich in der Früh gehe ich zu ihr, sie hat gerade erst den Gitterrollladen hochgeschoben, ihre Chefin ist noch nicht da und auch keine Kundin.

– Bis kurz vor Weihnachten haben wir jetzt kaum was zu tun!
– Weißt du vielleicht, wo ich Arbeit finden könnte?
– Na ja, was kannst du denn? – sie hält inne und schaut mich an, als wolle sie wieder das Geheimnis meiner Sommersprossen ergründen.
– Ich könnte mich um Buchhaltung kümmern, wie mein Vater, oder vielleicht als Verkäuferin arbeiten, nähen mag ich nicht, aber ich muss schnell was finden, denn zu Hause ...

– Aber hast du nicht schon die Studiengebühren für das ganze Jahr bezahlt?

Ich bin überrascht, dass meine Freundin so etwas weiß, ich hab ihr noch nie etwas von Studiengebühren oder überhaupt von der Universität erzählt.

– Das schon, aber meine Mutter braucht mich.
– Ich muss dir was sagen.

Regina hat den Boden gefegt und kommt nun mit dem Besen in der Hand auf mich zu. Ich schaue sie fragend an.

– Ich gehe mit jemandem.
– Ach! Das freut mich aber, Regina, wirklich …

Sie unterbricht mich und entfernt sich wieder, um weiter den Boden zu fegen.

– Ich weiß nicht, ob du dich auch noch so sehr freuen wirst, wenn du weißt, wer es ist.

Ich denke, ich weiß es schon. Ich setze mich hin.

– Ramon und ich, wir sind zusammen. Dein Bruder, verstehst du.

Ich sage ihr, dass ich sehr froh bin, und sie meint, in gewisser Weise hätte sie es mir zu verdanken.

– Aber im Augenblick, verstehst du? Sprich mit niemandem darüber.

Ich stehe da und weiß nicht, was ich sagen soll.

– Wir lieben uns, verstehst du?

Die erste Kundin ist in den Laden gekommen, und Regina hat ihr einen weißen Frisiermantel um die Schultern gelegt und lässt sie am Waschbecken Platz nehmen. Mit einem Lächeln verabschiede ich mich von ihr, die Chefin mag es nicht, wenn Leute bei der Arbeit im Weg stehen, und sie müsste jeden Augenblick hier sein.

Um diese Zeit wirkt das Städtchen wie leer gefegt. Die Geschäfte sind zwar schon geöffnet, aber noch ohne Kundschaft. Ich habe keine Eile und schlendere durch die Straßen, alles kommt mir so unwirklich vor. Ich denke an den vielen Verkehr im Carrer Porvenir, und ich vermisse Montse und Glòria, Lia, Pilar, Veva, die Schule. Von der Universität vermisse ich nur Lau. Meine Freundinnen haben mir alle geschrieben, nur von Lau habe ich nichts gehört. So viele Jungen gibt es um mich herum, und ich habe mir ausgerechnet einen in den Kopf gesetzt, der überall mitmischen will. Doch das ist jetzt auch egal, ich muss eh hierbleiben: Du brauchst mich. Mit einem Mal stehe ich vor dem Gebäude, in dem Cousin Felip seine Schneiderei hat. Ich mache auf dem Absatz kehrt und gehe nach Hause.

Ich klammere mich ans Telefon und den Briefträger, die einzigen Bezugspunkte, die mir Halt geben. Als ich endlich mit Senyora Montserrat habe sprechen können, die Aufrichtigkeit gespürt habe, mit der sie mich tröstet und mich ermutigt, sie zu besuchen, denn wir müssten über so viele Dinge reden, erhalte ich übers Telefon ein Arbeitsangebot. Eine Nonne, die in der fünften und sechsten Klasse Mathematik unterrichtet, ist krank geworden. Und da haben sie an mich gedacht. Ich bleibe stumm, und sie schlagen mir vor, morgen um Viertel vor elf in der Schule vorbeizukommen. Ich erzähle dir davon, und deine Augen sehen mich forschend an, aber du sagst nichts.

Die Mutter Oberin empfängt mich und spricht mir ihr Beileid aus. Sofort kommt sie auf die Arbeit zu sprechen, die sie mir angeboten haben, doch ich entgegne ihr, ich müsse mir das Ganze erst noch einmal durch den Kopf gehen lassen, eine vorgeschobene Entschuldigung, um ihr abzusagen. Bei der Vorstellung, ich müsste im Klassenzimmer auf dem kleinen Podest stehen, dreht sich mir der Magen um. Dann holt sie die beiden Lehrbücher und sagt mir, dass das Niveau für eine Studentin sicherlich nicht sehr anspruchsvoll sei. Und ich sehe auch, dass der Stoff leicht ist, das schon, aber ... Dann nennt sie mir die Summe, die ich jede Woche verdienen würde, und als sie bemerkt, dass ich immer noch unentschlossen bin, erklärt sie mir, sie habe eigentlich gedacht, dass jetzt, wo mein Vater nicht mehr da sei, ich etwas zu unserem Lebensunterhalt beitragen möchte. Genau so hat sie es gesagt, und nicht etwa dich ins Spiel gebracht, wie ich es eigentlich erwartet hätte.

– Kommen Sie.

Sie siezt mich. Ich folge ihrer schwarzen Ordenstracht, die auf dem Weg zum Klassenzimmer über die Stufen der schmalen Treppe streift. Ein paar flache und schon ziemlich abgetragene Schuhe, ebenfalls schwarz, kommen zum Vorschein.

– Versuchen Sie es einfach, und danach reden wir weiter.

Sie öffnet die Tür, und ich sehe mich etwa fünfzehn Augenpaaren gegenüber, alle an die zehn Jahre alt. Als sie die Mutter Oberin erkennen, stehen sie auf und hören zu, wie sie mich mit einer großen Lobeshymne vorstellt, ich sei eine ehemalige Schülerin mit besonders guten Noten, und ich hätte es bis an die Universität geschafft. Ich sehe in den Augen dieser kleinen Mädchen, dieser Küken, wie man in deinem Dorf sagen würde, eine große Neugier und vielleicht auch einfach Freude darüber, nicht schon wieder eine schwarze Tracht vorgesetzt zu bekommen. Ich spüre, wie mir unter dem warmen Unterhemd der Schweiß den Rücken runterrinnt, unter dem schwarzen Rollkragenpullover, den mir Großmutter gestrickt hat, und über den du dich dermaßen aufgeregt hast, »ein junges Mädchen und schwarz, wo gibt's denn so was?«, und unter der Dreivierteljacke, die ich mir sofort ausziehe, als die Nonne gegangen ist. Bevor sie die Tür hinter sich schließt, wirft sie mir noch einen aufmunternden Blick zu, der mich aber nur noch mehr ins Schwitzen bringt. Eigentlich dachte ich, heute sei ich bloß zum Reden gekommen, und ich hätte noch mein ganzes Leben vor mir, um eine Entscheidung zu treffen.

Ich öffne das Buch und frage, wo sie stehen geblieben sind. Plötzlich prasseln unzählige Stimmen auf mich nieder. Da gehe ich auf ein kleines dunkelhaariges Mädchen in der ersten Reihe zu, die ganz still geblieben ist, während alle anderen durcheinandergeredet haben.

– Wie heißt du denn?

– Conxita, zu Ihren Diensten – unterdrücktes Kichern zieht durch den Klassenraum.

Sie sagt mir, welche Lektion die erkrankte Nonne zuletzt durchgenommen hat, und von diesem Augenblick an vergeht die Zeit wie im Flug, bis meine Stimme vorne an der Tafel von der Schulglocke übertönt wird.

Lia hat angerufen, und sie hat mich nicht angetroffen. Du sagst mir, sie sei sehr nett gewesen. Scheinbar macht es dir nichts aus, dass ich mit einem Mädchen befreundet bin, das nicht katholisch ist. Jetzt, wo Großmutter nach Barcelona zurückgekehrt ist, versetzt es mich immer wieder in Erstaunen, dich schwarz gekleidet zu sehen. Du sitzt in der Nähe des Ofens, der fast schon keine Wärme mehr ausstrahlt, und tauschst einen Hemdkragen aus. Ich erkenne, dass es eines von Vaters Hemden ist, aber ich spreche dich nicht darauf an. Weil du Interesse an Lia zeigst, und wo sie und ich ja jetzt nicht mehr zusammen studieren, erzähle ich dir von einem Fest in ihrem Haus. Vor ein paar Tagen habe ich dir schon von der großen Küche erzählt, von dem Dienstmädchen und der Köchin, und davon, dass Lias Mutter kaum so aussieht, als hätte sie jemals im Leben eine Schürze umgehabt. Von der Schule waren nur Montse und ich zu diesem Fest eingeladen. Es war nicht Lias Geburtstag und auch kein religiöses Fest, aber alle um uns herum, mit Ausnahme von uns beiden und den Dienstboten, gehörten zur jüdischen Gemeinde der Stadt. Noch nicht einmal Montses kolossale Fähigkeit herumzualbern ließ sie, so wie sonst immer, im Mittelpunkt der Aufmerksamkeit stehen, dieses Mal stand sie abseits, neben mir. Ich möchte dich beeindrucken und darum erzähle ich dir, dass wir Lias Abschied gefeiert haben und den ihrer Cousine, die fünf Jahre älter ist. Sie wollten nach Israel, dort war nämlich ein Krieg ausgebrochen. Du hebst deinen Blick vom Hemdkragen und schaust mich mit großen Augen abwartend an, vielleicht kommt dir das ja bekannt vor, aus den Nachrichten, oder weil Vater dir damals davon erzählt hat. Ich erkläre dir, dass die beiden sich als Freiwillige gemeldet hatten, für was auch immer. »Schön blöd!« Die Cousine, die mitten im Medizinstudium war, hatte vor, in einem Krankenhaus zu helfen. Lia dagegen wollte kämpfen, sie hat mir erzählt, wäre sie erst einmal in Israel, würde man ihr beibringen zu schießen und, wer weiß, vielleicht auch Granaten zu werfen. »Die hat sie ja nicht mehr alle!«, du schüttelst den Kopf, schaust ganz ernst.

Ich erzähle weiter, will, dass du aus dem Staunen nicht mehr herauskommst. Lia musste mitten im Schuljahr aufhören, das hat ihr aber gar nichts ausgemacht. Auch ihre Eltern schienen glücklich zu sein, sie haben sie umarmt – einmal er, dann wieder sie, und immerzu haben sie gelächelt –, und sie haben etwas auf Hebräisch gesagt, und alle haben geklatscht, und wir auch. Du schüttelst noch immer den Kopf und machst dich dann wieder an der Naht zu schaffen. Die Köchin und das Mädchen haben Schnittchen herumgereicht und Getränke, sie waren die Einzigen, die besorgt aussahen. Die meisten anderen haben in einem fort geredet und gelacht, und im Hintergrund lief moderne Musik und auch hebräische. Für die kleinen Kinder, so wie Lias Bruder, gab es Luftballons und Süßigkeiten. Montse, als Pfadfinderin »allzeit bereit«, hat für sie ein paar Spiele organisiert, und ich habe auch mitgemacht. Ich habe es als ein fröhliches Fest in Erinnerung. Lia hat sich ihre Militäruniform angezogen, Hosen und ein Hemd mit Taschen, alles in einer schlammgrünen Farbe. Lias Mutter mit ihren unglaublich hohen Stöckelschuhen, dem dunklen Haar und ihrem geschminkten Gesicht, sieht richtig jung aus, auch wenn sie klein ist und ziemlich viel Busen hat. Und dabei weiß ich gar nicht, wie alt sie eigentlich ist, sage ich zu dir. »Sie wird sie wohl gekriegt haben, als sie selbst noch ein halbes Kind war, schön blöd!«, erwiderst du. Mutter und Tochter haben sich damals angeschaut und geküsst, ganz eng beieinander sind sie gestanden, und der Vater ist dann auch noch für ein Foto dazugekommen. Alle drei haben sie gelächelt und sich dabei die Arme um die Taille gelegt. Hat der Mensch Töne!, meinst du, während ich diesen Augenblick wieder vor mir sehe, als sie da zusammenstehen und lächeln, und Lia als Soldatin in der Mitte. Genau so einen Moment stelle ich mir auch vor. Wie gerne würde ich zwischen Vater und dir stehen, spüren, wie ihr eure Arme um meine Taille legt, und dann gegen diejenigen in den Kampf ziehen, die dir so wehgetan haben. Doch du hältst einen weißen Faden zwischen den Zähnen, und ich sage dir erst gar nicht, dass ich noch aus einem anderen Grund gerne wie Lia wäre. Mit ihrem dunklen Teint, mit ihren getuschten Wimpern und ihrem Make-up sieht sie nämlich einfach umwerfend aus, und alle Jungen schauen ihr nach. Schon damals wirkte sie viel erwachsener als wir anderen. Sie studiert jetzt Medizin, gebe ich dir zur Antwort auf deine Frage. Und weil du nichts weiter sagst, denke ich wieder daran, wie sie uns zur Tür begleitet hat, rumgealbert hat sie, um uns schließlich zu sagen, dass ihr nur noch vier Tage bis zu ihrem Abmarsch blieben und um sich vom Philosophielehrer zu verabschieden. Als Montse und ich uns dann nach so viel Lachen im Aufzug wiederfinden, ohne Musik und Stimmengewirr, müde, da schauen wir zwei uns im Spiegel an, mit einer Geste, die wie einstudiert wirkt.

Schließlich erzähle ich dir noch, dass Lia dann doch nicht in den Krieg gezogen ist, weil der ganze Konflikt nur sechs Tage gedauert hat. Ziemlich enttäuscht – »nein, was für eine törichte Gans!« – ist sie wieder zur Schule gegangen, zum Philosophieunterricht und zu allem anderen auch, und sie ist trotzdem nirgendwo durchgefallen, denn sie ist sehr klug.

– Medizin! – Woran du wohl gedacht haben magst, als ich dir das vorhin erzählt habe?

Du bist gleich fertig und schlägst den Hemdkragen zum Rücken hin um. Und ich denke daran, dass ich mein Studium aufgeben werde, nicht weil ich in irgendeinen Krieg ziehe, sondern einfach, um in deiner Nähe zu sein. Obwohl ich mich in diesem Augenblick ganz und gar nicht dazu in der Lage fühle. Du kannst nicht mehr weiternähen, und ich weiß nicht, was ich sagen könnte, um dich zu trösten. Da fällt mir ein, vielleicht würdest du ja gerne wissen, dass ich mich auf der Schule bei den Nonnen wohlfühle, dass sie nett zu mir sind. Du hast dir die Tränen abgewischt und erzählst mir von deinem Vater, vom Großvater, den ich nicht kennengelernt habe, und davon, wie übel sie euch mitgespielt haben, als ihr aus dem Lager zurückgekehrt seid. Wenn sie geschlachtet haben, konnten sie Großmutter immer gut gebrauchen und dich auch, um für eine Pesete in der Küche auszuhelfen. Und gedemütigt haben sie euch mit ihren ewigen Anspielungen auf die Roten. Ich bin etwas verwirrt, denn ich dachte, du würdest mit mir über Vater reden. Als ich gerade etwas sagen will, fährst du fort, dass diese Demütigungen vor allem im Haus der reichsten Familie in deinem Dorf passiert sind, in der von deinem Tänzer, betonst du und schaust dabei wieder vom Hemdkragen hoch, während ich mich an Conrad erinnere. Zwei Nonnen und einen Pfarrer hatten sie in der Familie, die Melis.

– Weshalb gehst du eigentlich in die Kirche?

Du hast mich angeschaut, und dieses Mal bin ich es, die den Kopf über das Nähkästchen beugt, um irgendetwas zu suchen.

– Soll ich mich in meinem Alter etwa noch nach einem anderen Gott umschauen?

Dann meinst du noch, ob ich vielleicht der Ansicht sei, die Nonnen hätten mir auch dann Arbeit gegeben, wenn du nicht zur Messe gingst, und ob ich nicht wüsste, dass man uns ganz schön schief ansehen würde, wenn wir uns nicht an die Spielregeln hielten.

– Also, ich glaube nicht, dass die Nonnen darauf achten, wer zur Messe geht und wer nicht; sie besuchen eh nicht den Gottesdienst in der Pfarrkirche.

– Was du nur für dummes Zeug daherredest, du Siebengescheite.

– Die Nonnen haben mir Arbeit gegeben, weil sie wissen, dass mir Mathematik leichtfällt und weil ich auf der Universität Naturwissenschaften studiere.

Du fängst an zu lachen, vielleicht, weil ich das mit dem Studieren im Präsens gesagt habe, und ich merke, dass ich kurz davor bin, dir gegenüber frech zu werden.

– Nur weil du auf die Universität gehst, glaubst du wohl, du bist was ganz Besonderes, so ist es doch, oder?

– Und du, wenn du in die Kirche gehst, dann musst du auch verzeihen können und nicht immerzu daran denken, was sie dir Böses angetan haben. Nur zur Messe gehen, damit die Leute uns nicht schief ansehen, und sie denken, wie fromm wir doch sind, ist doch wohl das Letzte.

– Weißt du, was du bist? Ein richtiges Aas!

Ich warte nur darauf, dass du noch »um Himmels willen« hinzufügst und das dann ein für alle Mal Schluss ist, doch ich spüre gleichzeitig, dass ich zu weit gegangen bin. Bestimmt würdest du mir am liebsten eine scheuern, denke ich, aber stattdessen fängst du an zu weinen, die schlimmste Strafe. Plötzlich hört man die Tür gehen, und ich denke, was ich doch für ein Glück habe. Ramon grüßt und geht sich waschen. Du weinst nicht mehr, und alle beide bleiben wir sitzen und warten. Vom Badezimmer aus fängt er an zu reden, er sei froh, uns hier zusammen anzutreffen, er habe uns nämlich etwas zu sagen. Er will heiraten. Ich liebe Regina, erklärt er, während er auf uns zukommt, ich liebe sie sehr. Und dann sehe ich ein paar Tropfen auf dem neuen Hemdkragen. Ich traue mich nicht aufzustehen, aber ich schaue hoch zu meinem Bruder, und er sagt zu mir: Was hast du ihr angetan?

2

Leg deine Hand auf meine Augen

Ausgestreckt auf dem schmalen Klappbett in Vevas Schlafzimmer, denke ich an meine erste Nacht in der Stadt zurück. Damals hat Vater in dem Bett in meinem Studentenzimmer gelegen. Jetzt ist es Ramon. Du bist bei Großmutter geblieben und schläfst neben ihr in dem großen Eisenbett, das sie aus dem Dorf geholt haben. Morgen ist Weihnachten, und alle werden wir uns an ihrem Tisch versammeln. Es herrschte dichter Nebel, als wir losgefahren sind, und erst in Cervera haben wir den Himmel gesehen, doch dann ist es auch schon dunkel geworden. Bei unserer Ankunft im Carrer Porvenir habe ich nach oben geschaut und ein paar leuchtende Sterne gesehen. Bevor sie eingeschlafen ist, hat mir Veva noch erzählt, was so alles an der Universität los ist. Die Proteste halten an und die Repressalien der Polizei auch. Und ich weiß rein gar nichts von Lau, von dem ich in der Cafeteria etwas über die Geschichte meines Landes gelernt habe. Und von dem ich noch viel mehr zu lernen gehofft hatte.

Unsere kleine Stadt kommt mir jetzt weit weg vor, aber ich sehe mich noch, wie ich morgens durch den Nebel zu den Nonnen gegangen bin. Ohne Appetit schlinge ich das Frühstück runter, das du mir hingestellt hast, denn »frühstücken muss man, bevor man das Haus verlässt, und nicht später hier und da mal ein Häppchen knabbern«. Mir ist, als ob sich in meiner Jacke Steine befänden. Nachdem ich unsere steile Straße geschafft habe, beginnt das kleine Stück Bürgersteig vor den Geschäften, eine Verschnaufpause. Ich drehe mich zum Schaufenster von Senyor Xavier um, und ich sehe ihn in seinem Rollstuhl sitzen und mir zuwinken. Er hat schon lange nichts mehr von diesem sympathischen Wolf an sich, der Rotkäppchen begrüßt und ihm schöntut. Bis zur Schule der Nonnen sind es dann noch zwei weitere Anstiege. Der erste ist nicht so steil, der andere kurz, doch dafür ziemlich anstrengend. Ich bin bereits müde, wenn ich an der Schule ankomme, und zu guter Letzt muss ich dann noch die Treppe mit den schmalen Stufen hinaufgehen, hoch in die fünfte Klasse. Und dann warten, bis alle still sind. Die Lektion erklären und jemanden an die Tafel holen, damit er dort die Rechenaufgaben löst. Der Wintertag erhellt mal mehr, mal weniger die apfelrunden Gesichter der Küken, die mir nach meiner letzten Unterrichtsstunde ein kleines Päckchen überreichen werden. Nach zweieinhalb Wochen ist die Schwester-Lehrerin wieder gesund. Ich sehe Conxita in der ersten Reihe mit ihren winzigen Tränen, so wie die, die aus Puppenaugen fließen, wenn man auf den Gummibauch drückt. Als ob sie Parfüm ausströmen würden. Und auf dem Heimweg von der Schule gehe ich dann die drei Anstiege wieder hinunter und die Treppen in Rosalias Haus hinauf. Ich werfe einen Blick auf die verschlossene Tür der leer stehenden Wohnung des Hauptmanns und Senyora Anitas, die Eltern meines Freundes, von dem es heißt, er habe sich für den Militärdienst anwerben lassen, was ich mir aber nur schwer vorstellen kann, weil er doch immer so einen großen Appetit hatte und eine Vorliebe für das ruhige Leben. Ich schließe unsere Wohnungstür auf und gehe hinein und finde dich in der kleinen Küche, in der wir einmal alle Platz gehabt haben. Da stehst du und das Messer zum Häuten hast du auf die rote Fliese neben dem eisernen Küchenherd gelegt. Ich reiche dir den Umschlag mit den paar Peseten für dreißig Mathematikstunden, die ich kleinen Mädchen in der fünften und sechsten Klasse gegeben habe, du fängst an zu schluchzen, und ich rieche das Blut.

Ich glaube, ich muss im Bett lächeln, aber ich kann mich ja nicht sehen. Die schmale Matratze fühlt sich ungewohnt an, und ich höre die gleichmäßigen Atemzüge von Veva. Sie hat zu mir gesagt: Wenn ich dir einen Rat geben darf, mach das Studienjahr zu Ende; du übernimmst die ganze Hausarbeit und dafür musst du mir für das Essen und das Zimmer nichts geben. Und du musst dir auch kein Bein ausreißen, du weißt doch: einfach nur das, was wir sonst samstags gemeinsam gemacht haben. Meine Wäsche wasche ich selbst, wie gehabt. Glaub mir, was willst du denn bei euch zu Hause anfangen?

Das Klappbett erinnert mich an Vaters erste Abwesenheit. Hin und her habe ich mich damals zwischen den Bettlaken gewälzt und dann den Entschluss gefasst, noch bevor das Schuljahr überhaupt beginnen würde, die Schule Schule sein zu lassen und mit ihm nach Hause zurückzukehren, denn die Stadt gefiel mir gar nicht. Und jetzt wieder eine Nacht, in der mir so vieles im Kopf herumgeht. Am Morgen, bevor wir uns auf den Weg zu Großmutter gemacht haben, ist Senyora Montserrat vorbeigekommen. Sie hat wunderschön ausgesehen, so jung, ihre großen Augen haben geglänzt, und sie hat mir gesagt, ich könne ein paar Stunden im Geschäft arbeiten, mit ihr. Sie hat sich daran erinnert, dass ich mich mit Nadel und Faden nicht ungeschickt anstelle, und gemeint, für jedes Teil würden sie mir soundsoviel zahlen. Das Päckchen, das sie mir überreicht hat, war in wunderschönes Geschenkpapier eingewickelt, und hervorgekommen ist eine weiße Bluse mit langen Ärmeln, die hat sie eigens für mich gemacht und sich dabei vorgestellt, wie ich gewachsen bin. Dann hat sie Veva und mich noch bis zur Diagonal begleitet. Ruf mich nach den Feiertagen an, hat sie zum Abschied gesagt und dabei den Revers meiner Jacke befühlt, mit ihrer kräftigen Hand hat sie die Stoffqualität überprüft, aber nach Cousin Felip hat sie mich nicht gefragt. Lächelnd ist sie an einer Bushaltestelle zurückgeblieben. Ganz allein, so, wie wenn man nach oben schaut und dort nur den Abendstern leuchten sieht.

Ich habe Veva erzählt, dass Ramon Regina heiraten will, doch sie wusste schon davon. Während ich noch schlief, hat sie mit meinem Bruder gefrühstückt. Von ihr erfahre ich, dass meine Freundin und er bei dir wohnen werden. Quicos Familie hat nämlich alles, was die beiden sich vor der Hochzeit angeschafft hatten, einfach aus der Wohnung geholt. Eine Mietwohnung war das, und es scheint so, als ob Quicos Eltern die Möbel und alles bezahlt hätten. Ramon und Regina wollen nicht, dass du dein Schlafzimmer hergibst und werden darum das nächstkleinere Zimmer renovieren lassen, das mit den zwei Betten, in dem ich bis vor Kurzem geschlafen habe. Es macht mir zu schaffen, und ich bin wütend, weil es mir zu schaffen macht, dass Regina von einem Tag auf den anderen die erste Geige spielt, bei meinem Bruder, in der Wohnung, und wer weiß, vielleicht ja auch bei dir. Denn vor der gesamten Familie hast du es schon verkündet: Ich bin ja so froh, dass sie bei mir wohnen wollen. Veva, die neben mir gesessen hat, mit einem neuen Kleid aus feinem Wollstoff und einer Perlenkette, »als ob sie aus dem Schächtelchen käme«, hat tief durchgeatmet und dabei leise »armer Ventura« gesagt. Ich habe sie angeschaut, und unter der Serviette hat sie meine Hand gedrückt. Ein klarer, grüner Schimmer ist mir liebevoll entgegengeleuchtet.

Wenn ich jetzt nicht schlafen kann, spreche ich meine Kindergebete, auch wenn ich weiß, dass das im Grunde nicht recht ist, weil ich an Gott doch nicht glauben kann. Ich wiederhole sie mir immer wieder, bis ich schließlich eingeschlafen bin. In meinen Träumen sehe ich aber, statt des Gesichts der Jungfrau Maria aus der Schulkapelle, das von Glòria vor mir, mit der ich zum Gymnasium gegangen bin und die am anderen Ende des Universitätsgebäudes angefangen hat, spanische Philologie zu studieren. Wir haben uns oft im Hof der geisteswissenschaftlichen Fakultät getroffen oder in der Cafeteria und, egal, mit wem sie gerade zusammenstand, sie ist immer zu mir gekommen, um mit mir zu reden, und ihr Strahlen hat mich noch eine ganze Weile begleitet.

Ich sehe zum Professor hin, der etwas an die Tafel schreibt, und um mich herum schreiben alle mit. Nach einer ganzen Weile steht oben auf meinem Blatt noch immer nur das Datum: 8. Januar 1969. Ich bin erleichtert, dass ich wieder zur Uni gehen kann und nicht in unserer kleinen Stadt sein muss, aber ich vergesse auch nicht, dass ich hier bin, weil du mich eigentlich nicht brauchst.

Ich drehe mich um und entdecke mitten im Hörsaal Martí, er hebt seine Hand und lächelt mir zu. Nachdem der Hausmeister das Ende der Vorlesung verkündet hat, geselle ich mich zu ihm. Er sagt mir, man würde gleich merken, dass ich krank gewesen bin, er findet, ich hätte abgenommen und sei ganz blass, »käseweiß« würdest du sagen. Er will rüber zu den Geisteswissenschaftlern, er sagt, dort gebe es einen Philosophieprofessor, der geniale Vorlesungen hält. Ich begleite ihn, und wir müssen uns auf den Boden setzen, denn alle Plätze sind schon belegt. Danach lädt er mich in die Cafeteria ein, und wir setzen uns an den einzigen freien Tisch. Nach ein paar Augenblicken legen sich von hinten Arme um meine Schultern und ein Gesicht streift meine linke Wange.

– Wie geht's dir, Liebste?

Ich merke, dass ich rot werde. Zum Glück kann man nicht hören, wie mein Herz schlägt. Martí blickt mich forschend an, während Lau, drittes Jahr Biologie, sich neben mich setzt. Seine glatten dunklen Haare trägt er noch länger als sonst, und über seiner dunkelblauen Jacke hängt ein dicker, grüner Schal. Mein Herz beginnt schneller zu pochen. Heute soll im Hof der Geisteswissenschaften eine illegale Versammlung stattfinden. Um zwölf Uhr, sagt er, alle hoffen, dass auch ein paar von den Wirtschaftsprofessoren kommen werden, um den Streik der Studenten zu unterstützen. Er legt seinen Arm um mich und zieht mich an sich. Martí beobachtet uns.

– Wo hast du gesteckt?

– Zu Hause.

– Da schau mal einer an, du bist mir vielleicht eine! Und weshalb vergräbt sich ein Mädchen wie du daheim wie so eine feine Bürgerstochter?

– Mein Vater ist gestorben.

Martí beugt sich vor.

– Davon hast du ja gar nichts gesagt, Rita!

– Jetzt musst du dich wenigstens nicht mehr vom väterlichen Joch befreien! – lästert Lau, während Martí meine Hand wieder loslässt, die er gerade in seine genommen hat. Wir schweigen.

Einige Mädchen aus dem ersten Jahr sind in die Cafeteria gekommen, die aus allen Nähten zu platzen droht. Lau ist aufgestanden und geht zu ihnen. Ein hochgewachsenes Mädchen fällt mir auf, mit großen Augen und glatten, kinnlangen Haaren. Sie trägt einen bunten Pullover und Cordhosen. Zwei ganz junge Mädchen sind auch dabei und eine Nonne, die aber sofort wieder in den Flur zurückweicht. Lau lacht mit der Schönen, die beiden reden und rauchen dabei, während ich auf Martís Fragen antworte, was denn eigentlich passiert ist.

Ich schätze, wenn du unseren »Lehrer« sehen könntest, würdest du sagen, du hättest nicht übel Lust, die Mähsichel zur Hand zu nehmen und ihn damit zu scheren, genau das, was du auch immer von dir gibst, wenn du die Beatles im Fernsehen zu Gesicht bekommst, »diese Affen mit ihren Gitarren«. Doch wenn du hören könntest, was Lau über die Franco-Diktatur zu sagen hat, würdest du vielleicht anders über ihn denken. Geht es um solche Themen, lachen seine kleinen, dunklen Augen kein bisschen mehr. Einmal hat er uns, einer Gruppe aus dem ersten Jahr, vom Bürgerkrieg erzählt, von den Opfern, von den Ermordeten und ihren Familien, die nichts mehr hatten und schief angesehen wurden. Vom Exil. Wir saßen beim Essen in der Mensa, und plötzlich habe ich nichts mehr runterbekommen. Es war deine Geschichte, die er uns da erzählt hat, doch so, als hätten noch viele andere Menschen das Gleiche erlebt. Ich wollte, dass er mich wahrnimmt, wollte ihm sagen, dass es meinen Großeltern ganz genauso ergangen ist, meiner Mutter und ihren Geschwistern, aber erst Tage später war ich dazu in der Lage. Es war an einem Nachmittag, an dem ich mich gerade in der Bibliothek aufhielt. Er war mit Leuten von der studentischen Gewerkschaft verabredet, und irgendwie war er anders zu mir.

– Siehst du, Rita, dann weißt du ja, welchen Sinn der Kampf hat.

Danach hat er mich bis zur Treppe begleitet, und sein Arm lag auf meiner rechten Schulter, so als wären wir ein Paar, und er hat mich auf den Mund geküsst. Wie eine Wolke bin ich die Treppe hinuntergeschwebt, eine Wolke ohne Füße, eine, die keine Schuhe trägt.

Die Stimmen um mich herum sind wieder zu einem summenden Bienenschwarm angeschwollen, du kennst sie ja nur allzu gut, diese Bienen, die uns jeden Sommer auf Großmutters Dachboden erwarten, um uns einen Schrecken einjagen. Schließlich kommt Lau zurück und flüstert mir ins Ohr:

– Sei bereit, Liebste, heute in einer Woche treffen wir uns alle im Audimax.

In meinem Leben hatte sich nach und nach wieder eine gewisse Routine breitgemacht. Drei Nachmittage in der Woche gab ich einem fünfzehnjährigen Jungen Mathenachhilfe, samstagsfrüh bereitete ich mit Veva und einer Kollegin aus dem Sekretariat den mathematischen und naturwissenschaftlichen Teil für die Verbeamtungsprüfung der beiden vor, und nachmittags machte ich mich dann auf den Weg zu dem Modegeschäft, in dem Senyora Montserrat arbeitete. Ich war froh und gleichzeitig voller Angst, wegen Lau aus dieser Routine auszubrechen.

Ich konnte mir kein bisschen vorstellen, wie er auf einem Fest ein Mädchen zum Tanzen auffordert, bestimmt hatte er noch nie getanzt, aber immer war er von wunderschönen Mädchen umgeben, und dabei legte er so gar keinen Wert auf sein Äußeres, auf solche Dinge schien er einfach zu pfeifen. Lau hatte Erfahrung, war ein versierter Redner, der auf den Versammlungen lautstark zu sprechen verstand und uns, »die Massen«, davon überzeugte, dass es sich lohnte weiterzumachen. Er gefiel mir.

Eigentlich war er ja immer bei irgendwelchen konspirativen Treffen, aber er hatte gesagt, er würde bei mir vorbeikommen, um sich ein Buch abzuholen, das er für eine Prüfung braucht, für Mathe habe er nichts getan, und vielleicht könne ich ihm ja sogar helfen. Ich hatte mein Zimmer aufgeräumt, seit fünf Uhr brannte der Ofen, aber als er kam, da war es schon nach sieben. Er umarmte mich, und kaum war er in der Wohnung, überfiel er mich mit Küssen. Ich sagte es ihm gleich.

– Veva kommt um acht, spätestens um halb neun.

Und er lächelte und fing an, mich auszuziehen.

– Was soll's, dann laden wir sie eben zu einer »ménage à trois« ein.

Ich musste lachen, denn schließlich hatte Veva Französisch gelernt, und außerdem mochte ich seine Art zu reden. Ich trug neue Unterwäsche, ein Luxus, den ich Regina zu verdanken hatte. »Mir passt er nicht«, hatte sie grinsend angesichts eines weißen Büstenhalters aus Seidenspitze gemeint, und den passenden Slip hatte ich mir dann selbst gekauft. Als er mir das Unterhemd auszog, »es gibt also wirklich noch Mädchen, die so was tragen?«, dachte ich, jetzt würde ich endlich erfahren, was es heißt, Sex zu haben. Ich hatte es eilig damit, auch wenn ich dich in meinem Ohr keifen hörte: Weh derjenigen, die nicht standhaft bleibt! Für die Leute wird sie immer eine »Sanftmütige« sein, eine, die sich nur allzu bereitwillig hingibt! Ich war einen Schritt zurückgewichen, doch er ließ mich nicht los. »Du wirst doch jetzt nicht die Spröde spielen, oder?«, und in dem Augenblick sah ich, wie Veva uns anschaute, die Tür hatte ich nicht gehört. Die beiden begannen gleich einen fürchterlichen Streit. Schließlich wandte sich Veva an mich:

– Weißt du, was mir am meisten wehtut, Rita? Dass du mein Vertrauen missbraucht hast.

– Aber, gnädige Frau, dazu hatten wir ja noch überhaupt keine Zeit. Außerdem geht Sie das hier gar nichts an, auch die Liebe gehört schließlich demjenigen, der sie bearbeitet.

Er hätte ihr nicht sagen dürfen, dass frustrierte Frauen zum Erhalt der Diktatur beitragen. Sie war außer sich, und mir fiel kein einziges Wort ein, das ich hätte sagen können, ich hätte so viele gebraucht, und sie hatten alle schon ausgereizt. Lau ließ meine Hand nicht los und zog mich mit sich. Veva sagte zu mir:

– Wenn du jetzt mit ihm gehst, brauchst du nicht mehr wiederzukommen.

Sie konnte ja nicht wissen, dass er mich nur mit sich nehmen wollte, um ihr eins auszuwischen, wie du sagst, ihr eins zu verpassen.

Wir sind zu ihm gegangen, in eine Wohnung, die er sich mit Kommilitonen geteilt hat, in ein kleines und schrecklich unordentliches Zimmer. Er hatte auf die Uhr geschaut und den Kleiderschrank nach Papieren durchwühlt. Er war spät dran, aber er musste unbedingt noch fort, es war ein wichtiges Treffen.

Und ich weinte mich in den Schlaf, ganz allein, in einem Bett mit einer durchgelegenen Matratze, und mitten auf dem Betttuch war ein riesiger Fleck. Ich hatte ihn entdeckt, als ich die Laken und die Decke glatt ziehen wollte. »Mehr noch als die Mäuse zernagt die Faulheit den Käse«, sogar bis in dieses Zimmer verfolgten mich deine Worte. Von morgen an würde ich mich mit Leib und Seele dem politischen Kampf hingeben, Seite an Seite mit Lau. In mir trug ich das Erbe deines Vaters, und wenn es um die Freiheit aller ging, durfte man seinen Kopf nicht in den Sand stecken. Schon so lange hatte ich mir gewünscht, dir dieses Geschenk machen zu können. Doch deine Stimme würde mich eines Besseren belehren.

Ich träumte von der Tombola auf dem Patronatsfest bei uns

im Städtchen, von diesem düsteren Raum mit dem langen Tisch und dem zufriedenen Gesicht des Herrn Pfarrer, und davon, wie überzeugt Veva gewesen war. »Diese Nummer wird gewinnen, Rita, du wirst schon sehen.« Und mein Herz glich der Sonne am Mittagshimmel. Ich wachte auf, und Lau war immer noch nicht zurück. Ich schlief wieder ein und träumte weiter. Der Wasserkrug war mir hingefallen, und Veva forderte mich auf, die Stücke wegzuschmeißen, die ich weinend nach Hause getragen hatte, und sie gab mir Geld, um einen neuen zu kaufen, damit du mich nicht ausschimpfen würdest.

Im Morgengrauen weckten mich harte Schläge an die Tür, barfuß bin ich öffnen gegangen, es war die Polizei.

Ich kann nicht die ganze Zeit über die Augen geschlossen halten. Dabei wäre alles sicherlich leichter, wenn ich nur nicht diese Wände ansehen müsste, die übereinanderliegenden Pritschen und die wuchtige Eisentür, die sich nur von außen öffnen lässt. Bin ich wach geblieben, ist mir im Überlandbus auf deinem Schoß immer schlecht geworden. Deshalb hast du mir auch gleich deine Hand aufs Gesicht gelegt, und für gewöhnlich bin ich dann auf dem Weg in dein Dorf eingeschlafen. Ich möchte so gerne, dass du mich besuchen kommst, damit ich in deinen Augen lesen kann, wie stolz du auf das bist, was ich tue.

Ich vermisse deine Hand, und doch kann ich mich nicht an sie erinnern. Die Hände, die mir am vertrautesten sind, sehe ich nicht vor mir, die Einzigen, die sich wie selbstverständlich auf meine Augen legen würden, um mir Frieden zu schenken. Vielleicht vermisse ich auch die von Lau, aber seine Hände haben sich mir noch nicht eingeprägt. Wie gern würde ich ihn sehen und ihm erzählen, wie sie mich verhaftet haben, und er soll mir erzählen, was auf der Versammlung los gewesen ist. Ich habe große Angst vor der Nationalpolizei, aber ich bin froh, dass ich nun einen Teil dessen erlebe, was Großvater widerfahren ist.

Ich höre meinen Namen. Werden sie mich als Erste verhören? Die anderen Frauen in der Zelle schauen mich an, das Gehen fällt mir schwer, meine Beine sind mir eingeschlafen. Ich bekomme meinen Ausweis zurück, die Uhr und den Gürtel, den ich zu den Cordhosen getragen habe. Die Tasche. Nach vielen knarrenden Türen lässt mich die uniformierte Frau, die kein Wort zu mir gesagt hat, in einem kleinen Vorraum zurück. Ich umarme Ramon, und er zeigt auf den Ausgang.

– Los, gehen wir!

Er öffnet die Tür des Taxis.

– Steig ein!

Ich hatte gedacht, du würdest im Auto sitzen, und gleichzeitig gehofft, es wäre nicht so. Abends ist dieser Teil der Stadt sehr abweisend.

– Warum hast du uns das angetan?

– Ich hab nichts getan! Was glaubst du denn?

– Du wurdest verhaftet, und du hast nichts getan!?

– Das Einzige, was ich gemacht habe, ist auf die Versammlungen zu gehen, zu den Studententreffen, du weißt schon.

– Und in die Wohnung eines Revoluzzers, der dort Propagandamaterial aufbewahrt hat! Was hattest du dort bloß zu suchen?

– Hast du mit Veva gesprochen?

– Wer glaubst du denn, hat dich hier rausgeholt?

– Veva?

– Sie hat sich an irgend so einen Professor gewandt, der wohl Beziehungen hat!

Plötzlich muss ich an die Adleraugen denken, an diese Art von Autorität oder Überlegenheit, die ich im Geschäftszimmer der Fakultät kennengelernt habe.

– Warum hat sie das getan? Ich hab sie nicht darum gebeten!

– Rita, langsam krieg ich Lust, dir eine zu scheuern.

Deine Worte kommen mir im Mund meines Bruders fremd vor. Nicht so grausam, aber doch gehässig.

– Ich will kämpfen, so wie unser Großvater es getan hat!
– Du bist wohl verrückt geworden! Wie kannst du es wagen, unserer Mutter so was anzutun?
– Aber sie sagt doch immer …
– Sei still!
– Bleib stehen, ich will aussteigen!
– Ich bring dich nach Hause oder ich lass dich bei Veva.
– Auf keinen Fall nach Hause.
– Mutter weiß auch nichts von alledem, denn sonst …
– Dann solltest du es ihr aber ruhig erzählen, denn sie wird mich nicht so anschauen wie du!
– Du bist wirklich verrückt geworden, so wenig kennst du sie! Willst du, dass sie noch mehr leidet?

Die Worte meines Bruders prallen gegen meinen Magen, sie wecken ihn, nachdem er sich über Stunden ruhig verhalten hat.

Er lässt mich vor dem Haus aussteigen, und ich frage mich, wie Veva mich aufnehmen wird, was wird sie wohl sagen? Obwohl es erst acht Uhr ist, bin ich leise, als ich die Tür öffne, ich gehe in die Wohnung, und alles ist still. Ich lasse die Tasche in meinem Zimmer, das genauso aussieht, wie ich es mit Lau verlassen habe. Ich rufe ihn an, bevor mein Bruder hochkommt, keiner nimmt ab, aber ich habe auch nichts anderes erwartet. Er wird wohl im Modelo-Gefängnis sein. Als ich duschen will, sehe ich Licht unter Vevas Schlafzimmertür. Ich will klopfen, aber dann fehlt mir doch der Mut. Sie mag mich nicht sehen. Es gibt keine Entschuldigung für das, was Lau gesagt hat, und doch würde ich mich wieder für ihn entscheiden.

Als ich aus dem Badezimmer komme, höre ich aus der Küche Geräusche. Ich will mich in Vevas Arme werfen, aber da ist nur mein Bruder, der mich anschaut. Zum ersten Mal in meinem Leben sehe ich, dass er sich selbst etwas zu essen macht, du hast das nie zugelassen. Er hat dir gesagt, dass sie mich eingesperrt haben, die Sache mit Lau hat er verschwiegen, denn darüber würdest du

dich am allermeisten aufregen. Ich setze mich hin und schneide mir ein Stück Brot ab. Er sagt mir, er und Regina würden im April heiraten und dir Gesellschaft leisten, bei dir wohnen.
– Freust du dich?
– Wenn ihr euch liebt ...
– Was denn sonst, und was hältst du davon?
– Ich, gar nichts. Warum stellst du dich so an?
– Wie stell ich mich denn deiner Meinung nach an? Da krieg ich einen Anruf von Genoveva und erfahre von ihr, dass sie dich festgenommen haben. Nur gut, dass ich gerade eine Fahrt nach Barcelona hatte und morgen früh wieder einen Auftrag zurück.
– Na, wenn das so ist, hast du ja gar keine Zeit verloren.
– Normalerweise ruh ich mich am Nachmittag aus, du Schlauberger! Und dann wollte ich noch ein paar Sachen einkaufen, die Regina braucht. Aber was macht das schon, es soll ja Leute geben, die sich eher die Zunge abbeißen, als danke zu sagen!

Einen Teil deiner Worte hat er geerbt, genauso wie ich. Plötzlich ist da dieser Gedanke: Vielleicht versucht auch Ramon, einen Weg in dein inneres Land zu finden? Ich würde gerne mit ihm über Lau sprechen können, über den Kampf der Studenten, damit er mich versteht. Als ich aufstehe, sagt er zu mir:
– Ruf Mutter an!

Außerhalb der Zelle habe ich mich nicht mehr danach gesehnt, dass du deine Hand auf meine Augen legst, dich für ein paar Momente sogar vergessen. Deine Stimme klingt kurzatmig, und kaum hörst du mich sagen, ich hätte nichts verbrochen, fängst du auch schon an zu weinen. Ich versuche, dich zu trösten, doch du erzählst mir, dass man deinen Vater gewarnt hatte, er solle unbedingt das Dorf verlassen. Und seine einzige Antwort sei gewesen: Ich habe nichts verbrochen, ich bleibe hier. Ich sage dir, dass es mir gut geht, dass ich noch nicht einmal verhört worden bin, dass Veva mich herausgeholt hat. Weil du schweigst, fasse ich mir ein Herz und füge noch hinzu, dass ich für die Freiheit kämpfen will.

– Was bist du nur für ein verdammter Schwachkopf! – erwiderst du.

Während ich nach Worten suche, ich will es dir doch besser erklären, höre ich Reginas Stimme. Sie sagt mir, ich solle dich nicht länger quälen, du seist fix und fertig, und reden bringe eh nichts, dann müsstest du nur noch einmal das durchleben, was du während des Krieges durchgemacht hast. Du hast mir nie erlaubt, meinen Freundinnen davon zu erzählen, aber Regina weiß Bescheid. Wenn ich weiter nichts mehr zu sagen hätte, meint sie, würde sie jetzt auflegen, denn du weinst.

Es hallt in mir nach: Verdammter Schwachkopf!

Der Geruch der Zelle, die Gesichter der anderen Frauen, das knarrende Schloss, im Bett dreht sich alles und lässt mich nicht mehr los.

Das Licht zeigt mir, dass es schon spät ist, Ramon hat mich nicht geweckt, obwohl ich ihn darum gebeten hatte. Das Aufstehen fällt mir schwer, ich schleife meinen Körper über den Flur, und alle Zimmer sind leer. Auf dem Küchentisch finde ich eine Notiz: Ich habe dich wie eine Tochter geliebt, von dir habe ich ein solches Verhalten nicht erwartet. Es ist besser, du suchst dir einen anderen Ort zum Leben. Genoveva.

Mir steht jetzt nur noch der Name einer Fremden zu.

Nachdem ich meine Bücher verkauft und die Kleider verschenkt habe, komme ich völlig erschöpft am Bahnhof an, von wo aus die Züge Richtung Norden fahren, nach Frankreich. Auf dem Weg dorthin bin ich den Gedanken ausgewichen, die sich immer wieder meiner bemächtigen wollten. Wie Tauben sind sie auf mich zugeflogen und haben mich aus wimperlosen Augen angestarrt. Während ich mich in ein Abteil setze, habe ich das Gefühl, als wären meine Schultern mit Taubenmist bedeckt.

3

Schlamassel

Ich war ein schlechter Mensch geworden.

Ich kaufte mir ein Schreibheft mit karierten Blättern und einen Kugelschreiber. In die Kladde legte ich die Briefe meines Vaters an Anton.

In Mataró, im Can 65, einem Kurzwarengeschäft im Carrer de Barcelona, besorgte ich mir dann noch die paar Sachen, die mir unerlässlich schienen, um ein neues Leben zu beginnen. Als du mit neunzehn Jahren aus dem Lager in dein Dorf zurückgekommen bist, was hat dich da erwartet? Deinen Vater hattest du verloren, aber von deiner Mutter wurdest du auf einen Altar erhoben, und deine beiden Geschwister folgten dir aufs Wort. Und das ganze Dorf ist auf der Lauer gelegen, würdest du mir zur Antwort geben, das Haus an der Ecke des Dorfplatzes, das der Roten, hatten sie im Visier, aber jetzt brauche ich nicht mehr auf dich zu hören, auch nicht deine Tränen zu sehen.

Irgendwo an der Riera, der Hauptstraße, die dem ehemaligen Flussbett bis runter zum Meer folgt, stopfte ich das, was ich auf dem Leib trug, in einen kleinen Papierkorb, einfach alles, das alte und das weniger alte, all die unschuldigen Farben aus meiner Kükenzeit. Nur Vaters Uhr behielt ich, die er immer an seinem linken Handgelenk getragen hatte. Für meins war sie viel zu groß, irgendwann einmal würde ich mir das Armband kürzen lassen.

»Wie eine Schnecke« schlich ich über den Bürgersteig, deine Worte sickerten doch wieder durch und bedrängten meine Gedanken, aber ich stieß sie zurück, so wie man beim Linsenauslesen die kleinen Steinchen fortwirft. »Verdammter Schwachkopf!«

Nur noch Schuhe fehlten mir, Schuhe, die kein bloßer Abdruck meiner heranwachsenden Füße sein sollten, denn meine Füße waren damals auf der Suche nach einem sicheren Halt.

Noch nicht einmal Großmutters akkurat gestrickte Wollsocken oder ihre Pullover bewahrte ich auf. Diese herrlichen Ähren um jeden Armausschnitt und die Biesen am Hals, ein wahres Diadem, das einfach jeder bewundern musste.

Indem ich meine alten Sachen auszog, so wie eine Schlange, die sich häutet, erhoffte ich mir, an dem teilhaben zu können, was den Erwachsenen vorbehalten ist: Freiheit und Macht. Alles andere bedeutete damals für mich weiter nichts als vergeudete Zeit.

Ich lief durch den Sand und bedauerte nur, dass ich noch die alten Schuhe trug. Ich schaute aufs Wasser, auf das Kommen und Gehen der Wellen, die zerstäubende Gischt. Ab und zu ein Windstoß, der sich beim Kreischen von Eisen gegen Eisen wieder beruhigte. Der ankommende Zug, der abfahrende Zug.

Das winterliche Meer war genau das, was meine Augen jetzt brauchten, und der Sand gerade der richtige Weg, um nirgendwohin zu gehen. Ganz in der Nähe der Bahngleise war ich auf dieses Stück Strand gestoßen, das zu dieser Jahreszeit von den schönwetterhungrigen Badegästen verschmäht wurde. Die unterschiedlichsten Geräusche drangen bis hierher, und überall lagen Naturschätze und Zivilisationsabfall nebeneinander herum. Ab und zu ein weißes Haus, niedriger als das von Rosalia und Anton, in dem du lebst. Und dort am Strand blieb ich, bis die Wellen mit den Tränen in meinen Augen verschmolzen. Am Meer kehrten die glücklichen Momente zu mir zurück. Wie wir endlich die Wohnung mit der Dachterrasse hinter uns zusperren konnten. War erst einmal der ganze Ärger darüber verflogen, dass wir mal wieder so spät losgekommen sind, weil du bei der Arbeit kein Ende hast finden können, da vergaßt du mit einem Mal all deine täglichen Pflichten und hast dich einfach der Freude hingegeben, unter freiem Himmel zu sein, egal, ob am Fluss, im Wald oder auf einer Wiese. Oder wie wir im Gras gepicknickt haben, und du dann so große Lust bekamst, einfach mit uns herumzutollen. Auch die Erinnerung an dein Dorf kehrte zurück, wie wir alle fein angezogen in die Kirche gegangen sind oder zum Tanzen auf den Dorfplatz. Und daran, wie Vater bei den Männern der Familie immer Eindruck gemacht hat, weil er so besonnen sprach, nicht wie ein Bauer, sondern wie jemand, der was von Buchführung versteht, von dem die Gewinnzahlen der Betriebe und Unternehmen stammen, die ihm ihr Vertrauen geschenkt haben. Und an Veva, wie sie ihre Überlegenheit zwischen all den anderen Frauen spazieren führt, klug und schön, modern, stets, als ob sie gerade »aus dem Schächtelchen käme«. Veva, die ihr eigenes Geld verdient, diese angeheiratete Cousine, der, wie du sagst, nur ein Mann fehlt. Und auch an die lärmenden Mittagessen, anfangs noch mit Senyor Felip und Senyora Montserrat. Er, immer am Sticheln, und sie voller Hoffnung, ihn irgendwann doch noch ändern zu können. Und an die Nonnenschule, wie du mir aufmerksam zuhörst, wenn ich im Mai in der Kapelle dort die Mariengedichte aufsage, und dann an das Abschlussfest am Ende eines jeden Schuljahres, wie du das Zeugnis mit meinen guten Noten in der Hand hältst und dabei von den anderen, weniger zufriedenen Müttern umringt wirst. Wir beide zusammen, während der Fahrten im Überlandbus: ich auf deinem Schoß, von deinen Herzschlägen in den Schlaf gewiegt; auf der Treppe, die hoch zu eurem Haus führt, auf der überdachten Terrasse, wie wir vor den Bienen davonlaufen, und dann, noch viel weiter zurück, wie du vor dem Einschlafen mit mir betest.

Die Wellen lösten ein unermessliches Wohlbehagen in mir aus, und dennoch verspürte ich noch immer eine eigenartige Unruhe. Völlig ausgekühlt richtete ich mich schließlich wieder auf. Ich bog in eine Straße ein, die vom Meer wegführte, und kaufte mir ein Paar feste Schuhe und, nachdem ich sie angezogen und die, die ich trug, weggeworfen hatte, merkte ich, dass mein Magen knurrte. Hunger gab es also auch in diesem neuen Leben.

Trotz meiner ausführlichen Lektüre des *Tagebuchs eines jungen Mädchens* und all der Gespräche mit meinen Freundinnen, von der Liebe verstand ich nichts. Aber du genauso wenig, keinen blassen Schimmer hattest du. Denn obwohl du wusstest, dass Vater fürs Autofahren überhaupt nichts übrighatte, konntest du einfach keine Ruhe geben. Wenn wir doch nur ein Auto hätten, ein klitzekleines ... so lange, bis Vater eben den Citroën gekauft hat. Armer Ventura, hat Veva vor seinem Leichnam gemurmelt.

Dieser Gedanke, der mich seit seinem Tod umtrieb, führte mich zu einem anderen: Ich war ein schlechter Mensch geworden.

Er nannte mir den Preis, und ich dachte, morgen würde ich mir etwas Billigeres suchen. Als wir die Treppe hochgingen, wiederholte er noch einmal, das Appartement sei einfach fantastisch, ich würde es ja gleich sehen, »vor allem wegen der Aussicht«, und es gebe sogar einen Gasherd und eine Dusche. »Im Winter ist es zwar ein klein bisschen feucht, aber ab März eine wahre Wucht.« Ich wollte ihm sagen, dass ich es nur für eine Nacht brauche, aber ich war sehr müde. Morgen früh würde ich bezahlen und wieder fortgehen. Was sollte ich auch hier in Mataró? Ich musste ihm die »erste« Nacht nicht im Voraus zahlen, und nach meinem Ausweis hat er auch nicht gefragt. Er kam mir ungefähr so alt vor wie Ramon, blond und kräftig, blaue Augen, er trug ein Hemd in leuchtend bunten Farben, aus Flanell, da wurde mir noch kälter.

Als ich die Augen wieder aufschlug, sah ich, wie pralles Sonnenlicht auf den Balkon mit der weißen Holzbrüstung fiel. Ich sprang aus dem Bett, aber alles drehte sich, und ich legte mich noch einmal hin. Dann, mit geschlossenen Augen, wieder in der Zelle, sah ich das Mädchen aus dem ersten Jahr Geisteswissenschaften, die Dunkelhaarige mit den schönen Haaren, die sich so geschmackvoll zu kleiden verstand. Lau kam, um sie herauszuholen. Er flüsterte mir ins Ohr, sie studiere Literatur, so als ob es sich dabei um einen besonders schwächlichen Menschenschlag handeln würde, und hinter dem Gitter lächelte ich ihm dankbar zu.

Dann stand ich wieder auf und öffnete die Balkontür, ein unglaublicher Lärm schlug mir entgegen. Ich sah die Bahngleise und weiter unten eine Helligkeit, die mir in den Augen wehtat. Am Horizont die schlaflosen Wellen. Ich schaute auf Vaters Uhr, sie zeigte fünf nach vier. Ich hielt sie an mein Ohr, und ich meinte, die Berührung von Laus Haaren zu spüren, der zu mir sagte: Sie studiert doch Literatur, Liebste.

Ich ging duschen. Auf dem Stuhl lagen die nagelneuen Sachen; die glänzenden Schuhe standen auf dem Boden. Sie erinnerten mich nur an gestern, an nichts davor, sie beunruhigten mich nicht. Es gab nichts sauber zu machen, nichts aufzuräumen, keine Bücher zu lesen. Auf dem Nachtisch Vaters Uhr, das Schreibheft mit dem Kugelschreiber oben drauf und innen drin die Briefe. Das Geld würde nicht lange reichen; für den Augenblick würde ich erst einmal zwei Nächte bezahlen, heute war der zweite Tag, denn wir hatten ja schon Nachmittag.

Mit dem Geld in der Hand klopfte ich an die Tür, aber er bestand darauf, ich solle hereinkommen. Ich fand mich in einem geräumigen Zimmer wieder, das wohl so groß war wie meine Küche und das Schlafzimmer zusammen. Es war sehr hell. Es gab ein strohfarbenes Sofa mit rosafarbenen Blumen, einen runden Kieferntisch, oben drauf verstreut Buntstifte und mit Wachsmalkreide bemalte Blätter und ringsherum jede Menge Stühle. Es herrschte eine beträchtliche Unordnung, du hättest ganz schön Augen gemacht. Auf dem Boden Spielzeug, irgendein Kleidungsstück, sogar ein Topf. Der Mann war zurückgekommen, statt des Meldebogens mit einem Teller Makkaroni, in denen eine Gabel steckte, du hast immer gemeint, so dürfe man niemals das Essen servieren. Er stellte den Teller vor mich hin.

– Ich wollte das Zimmer für gestern und heute bezahlen. Ich bleibe.

– Ah! Schön, das hab ich mir schon gedacht. Wenn du in Mataró leben willst, ist das Appartement ideal. Wenn du etwas mehr zahlst, kannst du auch mit uns essen. Wo drei satt werden, werden auch vier satt.

– Das mach ich mir selbst, das Essen.

– Wie du willst.

Auf der Türschwelle erschien ein Junge von vielleicht sechs Jahren.

– Komm mal her, Johnny!

Bei dem Geruch von Nudeln mit Soße meldete sich mein Magen, der seit gestern Nachmittag nichts mehr zu essen bekommen hatte. Ich fing an, die Ausreden runterzuschlucken, die ich mir zurechtgelegt hatte, während er sprach. Der Junge kam mit einer Scheibe Brot in der rechten Hand angelaufen, blieb stehen und stützte seinen Kopf und die Arme auf die andere Tischseite, um mir beim Essen zuzuschauen. Er hatte einen unbeweglichen Gesichtsausdruck, so wie auf einem Foto, seine Augen, so dunkel wie sein Haar, schienen mir traurig. Ich aß den Teller blitzblank leer und ließ auch keinen Krümel Brot übrig. Dann kam er mit einem Glas Wasser zurück.

– Los, Johnny, wir müssen noch die Rechenaufgaben zu Ende machen. Und das, wo ich Zahlen so wenig leiden kann! – meinte er und zog dabei eine Grimasse.

– Wenn Sie wollen, kann ich sie ja mit ihm machen.

Kaum hatte ich das gesagt, bereute ich es auch schon wieder.

– Wie heißt du eigentlich?

Da hatte ich sie schon, die Vertraulichkeiten. Gleich würde ich mich wieder in einem anderen Leben verfangen, aber dafür fehlte mir einfach die Zeit.

– Rita.
– Wie Rita Pavone. Ah! Jetzt, wo du es sagst, sehe ich auch eine gewisse Ähnlichkeit, bei den Augen und den Sommersprossen!

Den Apfel, den er mir anbot, nahm ich nicht an. Ich streckte ihm das Geld entgegen, das ich in der Hand hielt, doch er sagte, »nur keine Eile, du läufst uns ja nicht weg«. Er ließ es einfach auf dem Tisch liegen.

Johnny schaute in meine Augen statt auf das Blatt Papier. Bislang hatte er nicht piep gesagt. Er erinnerte mich an Quim, den ich immerzu abküssen wollte. Mein kleiner Cousin aber hatte die versierten Arme Reginas vorgezogen, genauso wie mein Bruder. Meine älteren Rechte hatten mir rein gar nichts genutzt. Und vielleicht war das ja die Art von Gedanken, die mich zu einem schlechten Menschen hatte werden lassen. Ich dachte an die Katze von meiner Erstkommunion, die eines Tages nicht mehr im Garten gewesen war. Rosalia hatte gemeint, vielleicht sei sie ja hinter eine Kiste mit Heringen gekrochen. Du hast damals immer welche gekauft, und wenn ein schönes Feuer brannte, hat Vater sie auf den Ofenrost gelegt und ihnen die Haut abgezogen. Ramon war dir mit Sicherheit der liebste von uns allen. Und jetzt hatte ich Vater und Veva verloren, die mich am liebsten gehabt hatten. Aber all das war längst Vergangenheit, und dieses Selbstmitleid störte mich; der Schmerz war kaum mehr noch als ein leichtes Kribbeln in der Hand. Die Zeit wollte ich nur noch für etwas nutzen, das wirklich der Mühe wert war.

Ich lief und lief immer weiter. Auf der Straße runter zum Meer, auf der Promenade entlang der Gleise. Ich schrieb mir Adressen von Pensionen auf. Vor allem aber dachte ich die ganze Zeit daran, wie ich deiner Stimme entfliehen kann, so wie jemand, der sich einen Wurm aus dem Ohr ziehen will. Ich versuchte herauszufinden, was ich bisher aus meinem Leben gemacht hatte und was ich mit der Zeit, die mir blieb, anstellen wollte. Doch der Faden, der die Gedanken miteinander verknüpft, hing schon eine ganze Weile einfach lose herunter. Ab und zu suchte ich mir etwas zum Hinsetzen, um den Körper auszuruhen und den Augen Erleichterung zu verschaffen. Der Anblick der Guardia Civil versetzte mich in Alarmbereitschaft. Doch dann musste ich an den freundlichen Nachbarn auf unserer Etage denken, der ja Hauptmann bei der Guardia Civil war, und schon kreisten meine Gedanken wieder um dich.

Ich verbrachte eine ganze Weile damit, mir seine Unterschrift anzuschauen, denn die Briefe kannte ich auswendig, ich brauchte nur das erste Wort nach jedem Punkt zu lesen. Ventura. Ventura, das heißt Glück. In den Buchstaben seines Namens, zwischen denen mehr Abstand lag als sonst, schwoll Vaters winzige Schrift sanft an. Mir kam es so vor, als ob diese drei Silben viel mehr über ihn aussagten, weit über das hinausgingen, was ich über seinen Charakter und sein Leben wusste.

Die Briefe hatte ein junger Mann geschrieben, der voller Zweifel war. Er hat sie an einen Freund aus seinem Dorf gerichtet, der auch im Krieg kämpfte, aber in einem anderen Frontabschnitt. Am Anfang die üblichen Erkundigungen nach dem Befinden, doch mehr und mehr drang eine unterdrückte Verzweiflung hindurch, weil das Ende der Kämpfe und der Zerstörung immer noch nicht in Sicht war. Erst seit Kurzem wusste ich von der Freundschaft zwischen Vater und Anton, einer Freundschaft aus der Zeit vor der großen Spaltung, vor dem Krieg, der alles entzweit hat. Danach dürften sie sich aus den Augen verloren haben, vielleicht wegen ihrer Arbeit oder wegen anderer Freundschaften. Und dann hatte Vater ja auch die Woche über auswärts zu tun, und Anton schaffte bis spätabends in der kleinen Schusterwerkstatt. Jahre später aber waren sie in dem Wohnhaus, das der Familie von Rosalia gehörte, wieder zusammengekommen: der eine im ersten Stock, Vater im dritten; er war zum Mieter seines Freundes geworden. Ebenso wie Rosalia hatte auch Anton jede Menge gesunden Menschenverstand, und er war bescheiden.

So viele Gedanken schwirrten mir im Kopf herum, aber diese beiden Menschen sah ich jetzt viel klarer, und es schien mir, als hättest du nie genug all ihre unzähligen großzügigen Gesten uns gegenüber zu würdigen gewusst. Und genauso war es mit Senyora Montserrat, denn jedes Mal, wenn sie uns ein Geschenk gemacht hatte, warst du aufs Neue überrascht. Zwischen Vater und Anton war der Krieg sicherlich ein Thema, das sie aus ihrer Erinnerung streichen wollten, aber während sie ihn erlebten, hatte er sie dazu gebracht, nachdenkliche Worte zu schreiben. Der Ventura aus den Briefen war ein junger Mann von dreiundzwanzig Jahren, der mir sehr vertraut vorkam, unsicher und traurig. Er wollte niemals heiraten, mit meinem Vater schien er jedenfalls kaum etwas gemein zu haben. Aber vielleicht würden sich ja auch meine Zweifel eines Tages verlieren, und ich wäre mit den Jahren ein ebenso gelassener und liebenswürdiger Mensch wie er als erwachsener Mann, und auch mir würde man dann zuhören.

Ich war immerzu am Grübeln und fand im Meer den besten Vertrauten, den man sich nur vorstellen kann. Und so wie sich der Fluss als ein durchscheinender und klar umrissener Zeuge meines früheren Lebens erwiesen hatte, so passten sich nun die wuchtigen Wellen den Gedanken an, die über mir zusammenschlugen. Es war eine schmerzhafte Freude, alles hinter mir zu lassen, fast nichts mehr zu besitzen. Aber es gab die Versuchung des Telefons. Ein paar Mal wählte ich sogar Laus Nummer, legte den Hörer aber gleich wieder auf. Noch viel öfter träumte ich mit offenen Augen, er käme mich holen, damit wir beide gemeinsam den Kampf fortsetzen könnten. »Meine Liebste!« Die beiden Worte, die mein Körper einmal aufgesogen hatte wie ein

Schwamm, waren jetzt nichts weiter als zwei Sandkörner im Getriebe meiner Gedanken.

Ich stand sehr spät auf, ging auf Zehenspitzen hinunter. Einmal am Tag aß ich ein großes belegtes Brot im Maitanquis, wo Arbeiter und Eisenbahner verkehrten. Vor dem Schlafengehen etwas Obst und Brot. Obwohl ich wenig ausgab, hatte ich kaum noch Geld. Eines Tages sah ich eine Pension, die mir anspruchslos vorkam, und ich fragte nach einem Zimmer. Ein Mann mit einem geheimnisvollen Gesicht, ganz in Schwarz gekleidet, wollte als einzige Antwort meinen Ausweis sehen. Ich hatte ihn zwar dabei, doch ich sagte ihm, er sei in meinem Koffer, und lief schnell wieder hinaus.

An einem der Tage war es noch kälter als sonst, es regnete, und ich erinnerte mich daran, dass ich bei meinen Streifzügen durch die Stadt eine Bibliothek gesehen hatte.

Dort gab es Zeitungen. Ich griff zum Tele-Express vom Nachmittag, der vom Regen ganz zerknittert war. Der neue Rektor der Universität, Albadalejo, versprach den Studenten Redefreiheit. Es schien so, als könnten Sacristán, Nadal und Tamames die Lehrstühle an ihren Fakultäten behalten. Vielleicht feierte Lau ja diesen Triumph, würde die Literaturstudentin aus dem ersten Jahr mit zu sich nehmen und ihr sagen, dass sie die Laken nicht glatt zu streichen braucht. Der Bergarbeiterstreik in Oviedo dauerte noch immer an. Ich schaute mich erneut in den Regalen um und nahm schließlich ein Mathematikbuch heraus, das ich schon aus dem Vorbereitungskurs für die Universität kannte, und löste ein paar Aufgaben. Es war dunkel geworden und immer noch am Regnen. Die Bibliothek hatte sich mit Kindern gefüllt, die dort ihre Hausaufgaben machten und das ständige pst! der Bibliothekarin provozierten.

Ich ging zum Haus am Strand, ich musste Arbeit finden oder zu dir zurückkehren. Leise stieg ich die Treppe hoch, das ganze

Appartement war in helles Mondlicht getaucht. Auf dem Tisch lag das Schreibheft aus kariertem Papier und oben drauf der Kugelschreiber, alles andere passte auf das Regal im Badezimmer.

Ich hatte keinen Hunger und legte mich sofort hin. Der Aufseher schaute auf mich herab, und ich begriff, auch wenn ich durch diese Tür gehen würde, für mich gab es keine Gerechtigkeit, so wie es auch für dich keine gegeben hatte. Im Lager musstet ihr auf Spanisch beten, und du warst dazu nicht in der Lage, aber du hast den Mund bewegt, damit dir kein Soldat von hinten einen Stoß versetzt. Im nächsten Augenblick verwandelte sich mein Wärter in eine menschenähnliche Gestalt, die sich kopfüber in eine Fiebergrube stürzte. Und ich lag ganz unten, mitten im Sand, als eine junge Frau ins Zimmer kam und an mein Bett trat. Sie schaute mich an und, ohne die Tür zu schließen, rannte sie schnell nach unten. Ich dachte, gleich würde sie mit der Polizei zurückkommen, aber als ich sie wieder sah, verschaffte mir eine angenehme Feuchtigkeit auf der Stirn Erleichterung. Sie hatte mir ein feuchtes Tuch aufgelegt. Und jetzt flößte sie mir etwas Wasser ein, das ein wenig süßlich schmeckte, und auf einem kleinen Löffel gab sie mir eine weiße, säuerliche Paste, die ich hinunterschlucken musste.

– Das wird dir guttun. Das ist Aspirin. Sollen wir jemandem Bescheid geben?

– Nein.

Sie schaute mich prüfend an. Eine zarte Frau, dunkelhaarig, ein wenig größer als ich, ihr Gesicht ein exaktes Oval und die Augen schwarz und groß. Sie erinnerte mich an Glòria. Ihr glattes Haar hielt sie im Nacken mit einer Spange zusammen. Ich glaube, sie hätte dir gefallen. John nicht. Er war kräftig und blond, hatte ein gerötetes Gesicht, kleine blaue Augen und trug das Hemd immer über der Hose, »wie ein Penner«.

– Ich habe nichts Illegales getan, da kannst du ganz beruhigt sein. Wenn es mir wieder gut geht, zahle ich meine Schulden und werde gehen. Ich hielt ihr meinen Ausweis hin, der auf dem Nachtisch lag.

Ich wachte auf und ging hinaus auf den Balkon. Am Strand war niemand zu sehen. Es störte mich, dass ein Teller Suppe einen Teil des Tisches in Beschlag nahm. Anna und John hatten sie mir dort hingestellt. Ich war ein schlechter Mensch geworden, und die guten Menschen machten mich wütend. Ich würde fortgehen und ihnen ein Trinkgeld dalassen, noch hatte ich ja ein bisschen Geld. Es war eine Grießsuppe, und Grieß, das warst auch du.

4

Wie gut doch alles ist

Sie hatten es sich in den Kopf gesetzt, gut zu mir zu sein. Sie hatten fast alles erraten. Dass ich weggelaufen war, dass ich Hunger hatte, unerfahren war, nicht wusste, was ich nun machen sollte. Sie schienen nur nicht mitbekommen zu haben, dass ich ein schlechter Mensch geworden war.

Sie hatten sogar Vertrauen zu mir. Eines Tages erzählte mir John, dass Anna aus einer kleinbürgerlichen Familie stammte. Während des Bürgerkrieges hatte ihr Vater mit eigenen Augen ansehen müssen, wie der Pfarrer von Santa Maria de Mataró umgebracht wurde. Mitten auf dem Friedhof hat man ihn erschossen, und niemand ist zu seiner Beerdigung gegangen. Aus Angst. Ihre Familie ist dann nach Barcelona gezogen.

– Ich bin aus tiefster Seele Kommunist. Und Anna habe ich davon überzeugt.

Als die zwei ein Paar wurden, warfen die Eltern Anna zu Hause raus, aber als sie dann erfuhren, dass es da ein Kind gab, akzeptierten sie die beiden schließlich doch. Und nach der Heirat überließen ihnen die Eltern dann das Haus in Mataró, in dem sie jetzt lebten. John hatte mir zugezwinkert, mir davon zu erzählen, schien ihn zu amüsieren, so als ob alles ein Riesenspaß sei. Seine Familie hatte er seit fünf Jahren nicht mehr gesehen, aber in den Vereinigten Staaten sei das völlig normal. Eines Tages würde er mit seinen Fotos viel Geld verdienen. Außerdem war er davon überzeugt, dass es Guillem und ihm bald gelingen würde, eine Platte aufzunehmen.

Ich erinnerte mich an den ersten Tag, als ich die beiden spielen hörte. Jazz. Es war dunkel, und ich hatte den ganzen Tag im Bett verbracht, erst seit Kurzem hatte mich der Sandwächter verlassen, war ich wieder fieberfrei. Ich hörte eine Trompete und noch ein anderes Blasinstrument. Es waren kraftvolle, immer schneller werdende Töne, die sich in Endlosschleifen miteinander vereinigten. Neben meinem Schreibheft stand das Tablett mit dem Teller Grießsuppe. Ich trat auf den Balkon, und ich wusste, dieses tiefe Schwarz jenseits der Autoscheinwerfer ist das Meer. Samstag. Ich schaute auf die Uhr. Zehn Uhr abends. Was du wohl gerade machst? Ich ging duschen, und dann war nichts mehr zu hören.

Aber dann erklang wieder Musik, um gleich darauf erneut abzubrechen, und ich hörte Lachen und danach Johns Stimme, so als würde er Anweisungen geben. Sie störten sich nicht daran, dass ich krank war. Aber ich fühlte mich schon wieder viel besser, und gleich würde ich fortgehen, ohne ihr Essen auch nur angerührt zu haben. Für dich wäre das undenkbar, und wie gern hättest du mir mit deinen Worten zu verstehen gegeben, was du davon hältst. Aber schau nur her: Ich hatte Hunger und würde die Suppe einfach verderben lassen. Ich hatte sie um keine Almosen gebeten.

In die Tüte vom Schuhladen stopfte ich das Schreibheft mit den Briefen, den Kugelschreiber, die Seife, die Zahnbürste und Zahnpasta, den Kamm, den Schlafanzug und die Schlüpfer zum Wechseln, doch sie war noch nicht einmal halb voll. Ich rechnete aus, wie viel ich für das Zimmer zahlen musste, und zählte, ich weiß nicht wie oft, mein restliches Geld. Mir blieb gerade noch was für ein belegtes Brot, schlafen konnte ich ja am Bahnhof, das hatte ich schon ausgekundschaftet. Mutlos klang jetzt die Musik zu mir herauf, als ich mein Zimmer aufräumte. Ich putzte das Bad und die Küche. Ich machte mir die Uhr um, den Gürtel musste ich ein Loch enger schnallen. Und mitten aus dem Suppenteller schauten mich deine Augen noch immer voller Empörung an.

Als ich in das Treppenhaus hinausging, war alles von Musik erfüllt, sie hüllte mich geradezu ein. Ich sah, dass die Tür zu ihrer Wohnung nur angelehnt war. Umso besser. Ich würde einfach reingehen und ihnen das Geld geben.

John stand gegenüber dem Sofa und spielte Trompete, er deutete auf den Platz neben Anna und Johnny. Ich legte das Geld auf den Tisch. Das andere Instrument war lang und hatte eine Art Arm, der nach oben zeigte und in einem Rüssel endete, es sah so aus wie die Pfeife eines alten Seemanns, ein junger Mann spielte es. Später erfuhr ich, dass es ein Saxophon war. Johnny hüpfte vom Schoß seiner Mutter, zog an meiner Hand, bis ich mich hinsetzte, und kletterte dann auf meinen Schoß. Er schaute mich an. Meine Tüte ließ ich einfach auf den Boden gleiten.

Der Mann, der John begleitete, war kleiner als er, stämmig, sein Gesicht von lockigen Haaren umgeben, die bis in seinen schwarzen Bart reichten. Auffällig an ihm waren seine wässrigen Augen, die oft einen verlorenen Eindruck machten, so als würden sie im Grunde nichts sehen. Die Melodie war getragen und sentimental. Schwermütig. Auf dem Tisch stand eine Flasche Cognac. Das Kind hatte seinen Kopf in meinen rechten Arm geschmiegt und hielt die Augen geschlossen. Ich betrachtete Annas Gesicht, die unentwegt auf Johns Hände schaute. Ich sah zu ihm hoch, und er lächelte mir zu. Vielleicht dachte er, ich würde mich wohlfühlen und am Schluss applaudieren. Dann sah ich zu dem anderen Mann, der noch immer völlig in sein Spiel vertieft war.

Nach einem weiteren Stück stand Anna auf und brachte nach und nach verschiedene Teller mit Essen, die sie auf den Tisch stellte. Die Geldscheine, die ich dorthin gelegt hatte, beachtete sie gar nicht. Eine neue Melodie setzte ein und erfüllte langsam den Raum, und in meinen Gedanken reiste ich zu Vater und Veva, wie sie zusammen gesungen hatten. Du bist jedes Mal in Entzücken geraten. »Les feuilles mortes« war dein Lieblingslied. Jeder von uns hatte seine besonderen Vorlieben: Vater Oper und

Operette; Veva klassische Musik. Mir gefiel irgendwie alles, nur Jazz hatte ich bisher kaum gehört. Johnnys Atem ging nach und nach immer gleichmäßiger, während ich die Fotos auf den weißen Wänden betrachtete, die verstreut herumliegenden Bücher und Gegenstände, die unbehandelten Holzmöbel. Alles wirkte irgendwie provisorisch, unwillkürlich musste man an Ferien denken, die aus irgendeinem Grund länger als geplant andauerten. Immer wenn ich zu John oder seinem Freund hinsah, waren sie völlig auf ihr Spiel konzentriert, so als ob sie die Töne, die sie den Instrumenten entlockten, nur für sich selbst spielten. Ab und zu nahm mal der eine, mal der andere einen Schluck aus der Flasche. Ich hatte es mir auf dem Sofa bequem gemacht; die angenehme Wärme, die von Johnny ausging, ließ mir die Augen zufallen. Ich dachte an die Küche von Rosalia und Anton, diesen gemütlichen Ort, warm und etwas unordentlich, wie ein Nest oder eine Höhle. Du hast mich manchmal »Siebenschläfer« genannt, und das war dann wie ein Tadel, denn mir war schon klar, dass du damit sagen wolltest, ich sei weiter nichts als ein Faulpelz. Ich musste lächeln.

Kaum war die Melodie mit der Eindringlichkeit einer nächtlichen Beichte verstummt, als Anna mir den Kleinen aus den Armen nahm.

– Lasst uns was essen, ich hab einen Mordshunger! – sagte John.

Ich dachte, sie würden mich vorstellen, aber nein, es war so, als gehörte ich zur Familie. Ich stand auf.

– Da, nimm – er reichte mir eine Scheibe Brot, auf die er ein Stück Tortilla gelegt hatte –, jetzt ist Schluss mit den Suppen, du schaust schon viel besser aus.

– Danke!

– Nichts zu danken, die Rechnung ist schon unterwegs. Du kannst nachher bei Johnny bleiben, und Anna und ich machen dann noch einen kleinen Spaziergang.

Der Mann mit dem Bart lächelte, bevor er sich eine Olive in den Mund schob.

– Und Guillem kann sich's ja aussuchen. Ob er mitgehen will oder lieber hierbleibt.

Anna hatte nichts gesagt. Sie war am Essen. Ich schluckte den Happen runter und hörte mich sagen:

– Wenn ihr wieder zurück seid, werde ich gehen. Das, was ich euch schulde, hab ich dort hingelegt.

John sprach von meinem Stolz, so, als ob er mich schon mein ganzes Leben lang kennen würde, und sagte, von wo immer ich auch abgehauen sei, ich hätte bestimmt keinen Zettel hinterlassen, auf dem stünde, dass es mir gut geht. Anna sprang auf: Lass sie doch in Frieden, und der andere hielt mir ein Glas Wein hin und sagte:

– Ich heiße Guillem.

– Vielleicht lassen sie dich ja durch die Guardia Civil suchen.

Das Stück Tortilla, das ich gerade hinuntergeschlungen hatte, lag mir plötzlich schwer im Magen.

– Hast du noch nicht einmal deinem Vater Bescheid gesagt?

Mit einem Mal merkte ich, dass der Mann mit dem Saxophon neben mir saß und mir ein Taschentuch aus weichem Papier hinhielt. John war jetzt still. Ich konnte einfach nicht verstehen, was diese Fremden in meiner Geschichte verloren hatten und weshalb sie mir Anweisungen gaben, was ich zu tun und was ich zu lassen hatte.

– Du musst deine Mutter anrufen oder ihr wenigstens schreiben, damit sie dich nicht suchen lässt – sagte Anna.

Sie hatte ja keine Ahnung von dir. Du würdest eher vor die Hunde gehen, als dich an die Polizei zu wenden.

John legte seinen Arm um Annas Taille, und beide meinten, ich könne es mir ja noch überlegen. Sie machten ihren Spaziergang, während ich auf Johnny aufpasste, so als hätte ich ihnen nicht gerade anvertraut, dass mein Vater tot ist, dass man mich ins Gefängnis gesteckt hatte, und du, anstatt deshalb stolz auf mich zu sein, »verdammter Schwachkopf« zu mir gesagt hast, so als sei ihre Überlegung, die Polizei würde vielleicht nach mir suchen, mir nicht auf den Magen geschlagen.

Es hatte überhaupt nichts genutzt, dass Guillem geblieben war und mir einreden wollte, wir seien seelenverwandt.

– Ich hasse meine Eltern auch.

Ich merkte, dass er mich überhaupt nicht verstanden oder nicht wirklich zugehört hatte.

– Sie sind weiter nichts als Heuchler.

Er hatte ziemlich tief in die Flasche geschaut und das Essen noch nicht einmal angerührt, er war etwas betrunken. Wenn du gesehen hättest, wie ich neben ihm saß, mit seinem Arm um meine Schultern, du wärst davon überzeugt gewesen, dass ich tiefer nicht mehr hätte sinken können.

Einverstanden. Ich würde dir schreiben, um dir eine Wahrheit zu erzählen, die ich selbst nicht verstand. Mir war nämlich ganz plötzlich klar geworden, dass ich weder weiterstudieren noch bei Veva leben oder in unsere kleine Stadt zurückkehren konnte. Dass ich mir meinen Platz auf dieser Welt suchen wollte, und dann noch, dass ich sehr wohl wusste, dass ich mir nicht allzu viel Zeit für diese Suche lassen konnte. Ungefähr so. Vor allem aber, dass es mir ausgezeichnet ging und ich gute Freunde gefunden hatte. Nein. Ich würde schreiben: eine Familie aus lauter guten Freunden. Ich würde dir auch schreiben, dass ich niemandem hatte wehtun wollen. Und dabei sollten alle Höllenqualen leiden, alle sollten sich mir gegenüber schuldig fühlen, vor allem du, nichts sehnlicher als das hatte ich mir gewünscht. Weil ich aber ein schlechter Mensch geworden war, würde ich dich anlügen, ohne auch nur einen weiteren Gedanken daran zu verschwenden.

Ich schaute hoch. Guillem fragte mich, wie alt ich bin, und ich antwortete ihm: bald zwanzig. Er lächelte, er war gerade fünfundzwanzig geworden. Fünf Jahre, nein so was aber auch, für mich war das Alter ohne Bedeutung. Irgendwie schien es mir sogar, als gehöre Guillem, wie ich selbst vor noch gar nicht langer Zeit, zu denen, die meinen, noch alle Zeit der Welt vor sich zu haben.

Ich hatte an diese erste Jam Session bei John denken müssen und ihn gefragt:

– Muss man eigentlich Cognac trinken, um Jazz spielen zu können?

Bevor er mir eine Antwort gab, schaute er mir in die Augen.

– Du bist noch durchtriebener als du hübsch bist, und das will viel heißen!

Er merkte gar nicht, dass es mir egal war, ob ich ihn mit meiner Bemerkung verletzt hatte oder nicht. Doch genau so war es; seit ich wusste, es würde keine Gerechtigkeit geben und schon gar keine Wiedergutmachung für das Leid, kümmerten mich solche Dinge kein bisschen mehr. Ich stand kurz davor, mich einem Gedanken zu stellen, der mich innerlich »zernagte« wie der Wurm das Holz. Ich musste so bald wie möglich herausfinden, was eigentlich gut war.

Ich hatte an der Schule, an der auch Anna arbeitete, eine Stelle gefunden. Eine Stunde musste ich Grammatikunterricht geben, ansonsten Mathematik. Wir Lehrer konnten dort zu Mittag essen, bekamen dann bloß etwas weniger bezahlt. Ich verbrachte viele Stunden in der Schule, aber ich musste nicht mehr hungern, und es ging mir gut. Ein paar Dinge hatte ich mir noch kaufen müssen; nachts schloss ich sie aber im Badezimmer ein, damit sie mich nicht beunruhigten. Es war kalt und feucht. Ich war es leid, abends durch die Straßen zu irren, du würdest sagen »wie ein Taugenichts« oder »wie eine verlorene Seele«, und so gewöhnte ich mich daran, in die Bibliothek zu gehen oder ins Serra-Lichtspielhaus. Wenn John und Guillem Musik machten, ging ich oft runter zu ihnen oder nahm Johnny mit zu mir hinauf, wo er in meinem Bett einschlief. Ich vermisste meine Freundinnen und Veva, und ich vermisste meinen Vater, um ihm alles erzählen zu können. Mit irgendjemand anderem über meine Enttäuschung zu reden, dazu fehlte mir ganz einfach die Kraft.

Während des Unterrichts dachte ich weder an dich noch an mich; die spanische Grammatik, all diese eng bedruckten Seiten in so einer kleinen Schrift und nach Wortarten gegliedert, machte mir ziemlich viel Arbeit, doch in den Mathematikstunden fühlte ich mich wohl. Du standst wie ein Schatten hinter allem, was ich tat. Du kamst sogar mit unter die Dusche, und es gelang mir nicht einmal, dir den Vorhang vor der Nase zuzuziehen. Wenn ich, allein oder mit anderen, etwas tat, was gegen deine Prinzipien verstieß, dann machte sich auf meinem Gesicht ein grimmiges Lächeln breit, so als sei dieses Lächeln eigens für dich gedacht. In Gedanken beschuldigte ich mich sogar mit deinen Worten, um mich gleich darauf darüber lustig zu machen.

Ich unterrichtete auf einer der sogenannten nationalen Schulen. Alle Kinder trugen die gleichen Kittel, und wenn die Nationalhymne abgespielt wurde, mussten sie sich nach Klassen geordnet in Reih und Glied aufstellen und zuhören. Viele von uns Lehrern hatten keinen festen Vertrag und somit auch keine eigene Klasse, wir waren nur für die Stunden verantwortlich, in denen wir unser Fach unterrichteten. Der Direktor, immer im dunklen Anzug, mit hellem Hemd und Krawatte, konnte ganz plötzlich auftauchen, um die Klasse von draußen durch das Türfenster zu beobachten. Unter dem Vorwand, etwas ankündigen zu müssen, betrat er manchmal sogar den Klassenraum, oder er stürzte gleich hinein und unterbrach den Unterricht, wenn er die Disziplin gefährdet sah. Dann hielt er dem Lehrer und den Schülern gleichermaßen eine Standpauke. Ich füllte die Tafeln und redete wenig.

Nach der Arbeit lief ich ziellos durch die Stadt und blieb vor allen möglichen Schaufenstern stehen. Ich zog verschiedene Möglichkeiten in Betracht, nach Barcelona zurückzukehren. Ich vermisste Pilar, Montse und Glòria, Lia, Veva. Doch dann gerieten meine Überlegungen auch schon ins Stocken. Als ich an Annas und Johns Wohnung vorbeiging und keine Musik zu hören war, erinnerte ich mich daran, dass sie ja bei ihren Eltern in Barcelona waren. Oben auf dem Treppenabsatz vor meinem Appartement hockte Guillem. Er meinte, ich sei doch allein, und wir könnten vielleicht zusammen etwas essen gehen. Um Mitternacht hätte er einen Auftritt in der Bar Bombi, und er lud mich dazu ein. Er war gut gelaunt, und ich wusste nicht, warum mich dieser Mann trotzdem traurig machte.

– Ich bin ziemlich müde, aber um Mitternacht komm ich dir zuhören.

Er sagte mir, er fände mich anziehender denn je, schade, dass ich müde sei. Ich hatte das Gefühl, gleich würde er mich fragen, ob wir nicht wenigstens etwas zusammen trinken gehen könnten, aber er schwieg. Da schlug ich ihm vor, in einer Stunde etwas in der Stadt zu essen. Er lächelte. Bevor er die Treppe runterging, strich er mir eine Haarsträhne aus dem Gesicht und gab mir einen Kuss auf die Wange. Es war unvermeidlich, dass ich seinen Geruch wahrnahm.

Ich schloss mein Appartement auf und ging direkt unter die Dusche.

Wenn er ganz allein Saxophon spielte, wurde Guillem ein anderer. Er entlockte seinem Instrument Töne, von denen ich in der Wohnung von Anna und John, wo ihn irgendein Unglück niederzudrücken schien, noch nicht einmal etwas geahnt hatte. In dieser Nacht im Bombi spürte ich in seiner Art, die Musik zu interpretieren, eine Fähigkeit zur Freude und zur Ironie. Er erhielt viel Applaus.

Wir hatten in der Nähe der Plaça Cuba zu Abend gegessen, in einem Restaurant, wo man ihn kannte, und zum ersten Mal hatten wir miteinander gelacht. Als er mich abholen kam, war sein Haar noch feucht, und er trug ein schwarzes Hemd mit silberfarbenen Palmen, das ihn schlanker wirken ließ. Die Flasche Wein trank er fast allein. Ja, im Zusammenhang mit seinen Eltern sprach er auch wieder über seine Enttäuschung, Heuchelei sei das Schlimmste, was es gibt, aber ich ließ mich erst gar nicht darauf ein. Bei diesem Thema konnte ich nicht mitreden. Außerdem wollte ich ganz einfach die Vergangenheit vergessen, die Tränen, und die Musik half mir dabei. Er spielte mitten im Publikum und warf mir immer wieder einen Blick zu. Wir hatten vereinbart, dass er mich nach Hause begleiten würde, und es machte mir nichts aus, bis zum Schluss warten zu müssen, bis zum frühen Morgen, so gut gefiel mir seine Musik. Er schlug vor, zu ihm zu gehen, aber ich wollte lieber draußen sein. Wir gingen durch die stillen Straßen der Stadt, und endlich stand die Zeit still. Am Ende erzählte ich doch von dir. Er schien mir aufmerksam zuzuhören. Immer wenn ich mich zu ihm hindrehte, waren da seine schwarzen Augen, die ein wenig denen von Johnny ähnelten, und warteten schon auf meine. Bis wir mit einem Mal schwiegen, so als wären wir nun bereit, nur noch der Nacht zuzuhören. Dann umarmte er mich. Wir küssten uns und gingen zu ihm. Von dieser Nacht sagten wir kein Sterbenswort zu Anna und John.

Ich nahm am politischen Kampf teil, verteilte verbotenes Propagandamaterial, versuchte, die Lehrer auf unsere Seite zu ziehen. John meinte zu mir:

– Du scheinst dir deiner Sache sicher zu sein wie wenige sonst!

Guillem arbeitete von acht bis fünf in einer Textilfabrik, und er begleitete mich, wenn ich Flugblätter wegzubringen hatte oder sie verteilen musste. Ich wünschte mir wirklich, mit ihm über dich reden zu können. Jetzt kommt mir das seltsam vor, denn eigentlich haben er und ich nicht viel Zeit miteinander verbracht, und fast immer waren wir mit ein und demselben beschäftigt. Auch nach jener Nacht, nachdem wir gemeinsam die Bar Bombi verlassen hatten, verspürte ich noch immer Lust, mit ihm über dich zu reden. Du standst stets unten am Bett oder auf der Türschwelle, wenn wir wohlig müde voneinander abließen. Abgesehen von seiner familiären Enttäuschung, erfuhr ich so gut wie nichts von Guillem, so als sei er bereits Saxophon spielend und mit dem Diplom eines Chemikers zur Welt gekommen. Einmal hatte ich angesetzt und deinen Namen genannt, aber ich merkte gleich, dass er mir gar nicht zuhörte. Normalerweise trank er nicht so viel und lief auch gepflegter herum, nur wenn er bei John war und Saxophon spielte, machte er einen abgerissenen Eindruck.

Tage wie Honig, Tage voller Nelken und Rosen, voller Sonne. Der April begann. An den Wochenenden gingen wir schon zum Strand, manchmal wir fünf und noch ein paar andere, während der Woche aber, jeden Nachmittag, nur Guillem und ich. An meiner Stirn strichen all diese zärtlichen Worte vorbei: mein Leben, mein Herz; mit der Struwweliese oder dem Fräulein Neunmalklug war es endgültig vorbei.

Liebkosungen flatterten über den Sand und schläferten mich ein wie die Mistelzweige die Vögel. Und mir kam die Erinnerung an die glücklichen Momente mit Vater, mit Ramon, mit dir. In den Bergen, ganz in der Nähe vom Fluss, als du mir gezeigt hast, wo man Erdbeeren findet oder Nelkenschwindlinge, und wie man mit etwas Reisig ein Feuer anzünden kann, um Fleisch zu grillen. Der Zigarettenrauch verriet uns die Stelle, wo Vater flussaufwärts die Angel ausgeworfen hatte. Die Arbeit war zu Hause geblieben, ganz oben auf der Treppe eingeschlossen, wie ein Raubtier, das du mit dem Nahrhaftesten aus deiner Vorratskammer gefüttert hast. Kaum aber öffnete man die Tür, wachte es gleich wieder auf und kroch völlig ausgehungert aus den Körben und der Wäsche, die wir anhatten. Es war wie Teufelswerk, denn obwohl wir es schlafend zu Hause gelassen hatten, kehrte es doch immer wieder von draußen mit uns in die Wohnung zurück.

Das schien alles schon so lange her zu sein. Hier am Strand blickte ich auf diese Zeit zurück, als sei ich in das Leinenlaken eingehüllt, dem die zitternden Blätter der Schwarzpappeln immer eine leicht grünliche Färbung gegeben hatten. Der Sand hier aber verlieh dem Laken die Farbe eines geschälten Pfirsichs.

An einem dieser Morgen rief ich dich an.

Ich musste dir einfach sagen, dass es mir gut geht, dass du immer bei mir bist. Du schienst nicht überrascht zu sein, weder meine Stimme zu hören, noch über das, was ich dir sagte. Du hast mir erzählt, dass du wie jeden Sonntag gerade dabei bist, die Paella vorzubereiten. Deinen Reis mochte ich noch nie, wegen des Safrans und weil er dir immer ein bisschen breiig geriet. Oft knurrte das Raubtier nämlich in einer anderen Ecke der Wohnung, so dass du dich nicht rechtzeitig um die Kasserole kümmern konntest, wenn die Reiskörner am Aufquellen waren.

– Und mein Bruder und Regina?

– Sie haben am 19. März geheiratet, und sie wussten nicht, wo du steckst.

Ich hörte dich weinen.

– Wie geht es ihnen?

– Er ist nur am Arbeiten, und arbeiten, das kann er ja. Und sie ist so fett, dass sie fast platzt!

– Hat sie im Friseursalon aufgehört?

– Da geht sie noch hin, was sie verdient, trägt sie auf die Bank, zahlt es auf ihren Namen ein, und in der Wohnung, da rührt sie keinen Finger! Sie kann den Hals nicht voll genug kriegen. Wenn sie heimkommt, sagt sie, dass ihr die Beine wehtun, ständig ist sie am Rumjammern, und wenn ich mit dem Essen noch nicht fertig bin, sieht sie zu, dass sie sich gleich aufs Bett legt.

Mechanisch nahm ich Regina in Schutz, schließlich sei es nicht leicht, den ganzen Tag auf den Beinen zu sein. Uns Lehrern ginge es ja ganz genauso, sagte ich dir. Ich machte immer denselben Fehler.

– Ich versteh nicht, wie man so eine nichtsnutzige Person überhaupt heiraten kann.

Dann teilte ich dir in deinen Worten das Notwendigste mit, ich war selbst ganz erstaunt darüber. Dass ich einen Freund hatte, der mir gefiel, dass er mit Farben zu tun hatte und zudem Musiker war, ein Freund der Familie aus Mataró, von der ich dir ja schon in meinem Brief erzählt hatte. Auf diese Weise verbannte ich meine tiefe Sehnsucht, eine Sehnsucht, die Conrad von den Melis, einer deiner Feinde, in mir geweckt hatte.

– Ah! Das ist aber schön, du hast also schon einen Freund! – lautete deine Antwort auf die Verletzung, die ich dir zugefügt hatte. Was ich tat, war dir schlichtweg egal! Ich befand mich in der Fernsprechvermittlung im Hauptgebäude der Telefonzentrale, mitten in der Stadt. Um mich herum redeten alle laut durcheinander.

Und ganz plötzlich verdunkelte sich draußen die Straße, bestimmt hatten die weißen Wattewolken mit einem Mal eine tiefviolette oder graue Färbung angenommen. In den Kabinen war fast niemand mehr, eine Art Schweigen hatte sich ausgebreitet, so als würde man mich mit deinem Vorwurf allein lassen wollen.

Ich fragte dich, ob Veva in der Karwoche hochkäme. »Wo denkst du hin!«, allem Anschein nach wollte sie nach Italien fahren. »Der geht's einfach zu gut!« Dann hast du mich gefragt, ob ich nicht kommen wollte. Und ich sagte Ja.

Von all den Dingen, die gut waren, hätte ich die Momente mit ihm ausgewählt. Du hattest mir von einer Zeit der Verrücktheit zwischen Mann und Frau erzählt, und man könne nur von Glück reden, das war jedenfalls deine Meinung, dass sie schon so bald wieder vorbeiging. Wenn ich dich richtig verstanden hatte, blieb am Ende dieser kurzen Zeitspanne nur eine Spur von Mandelblüten zurück, zertreten im Staub der Wirklichkeit. Es fühlte sich gut an, in Guillems Armen zu liegen und sich seiner Wärme hinzugeben. Auch meine Freundschaft zu John und, wenngleich ganz anders, die zu Anna gehörte zu dem, was gut war. Für dich verbarg sich hinter dem Lächeln derjenigen, die dich freundlich grüßten, immer ein Messer mit scharfer Klinge. Aber ich weigerte mich, an einen solchen Grundsatz zu glauben. Dann gab es da noch Johnny, der auf der Skala zwischen gut und besser in mir ein Gefühl weckte, das mich irgendwie an Vater erinnerte. Und auch das Vertrauen, das mir einige meiner kleinen Schüler entgegenbrachten, war Balsam für mich, so wie zuvor die blütenzarte Verehrung der Mädchenklasse bei den Nonnen. Ich schlief jetzt wieder durch. Der Wärter beugte seinen Körper nur noch über mich, wenn ich Fieber hatte und die konzentrischen Wellen eines gigantischen Sandtrichters durchlief. Doch manchmal erschien er mir im Traum auch als Soldat verkleidet und half Großvater, auf einen Lastwagen zu steigen, nachdem er Großmutter gesagt hatte, dass sie sich keine Sorgen zu machen braucht, für diese Reise sei ja kein Geld nötig.

Eines Nachmittags erkannte ich mit einem Mal, dass mein Schweigen Veva gegenüber unrecht war. Ich fühlte mich schuldig. Ich rief sie auf der Arbeit an, und am Samstagnachmittag ging ich sie besuchen.

Während Veva uns einen Milchkaffee machte, sah ich von der Türschwelle aus in das Zimmer, das einmal meins gewesen war. Der Tisch, an dem ich gelernt hatte und auf dem jetzt der Fernseher stand, sowie ein Sessel mit einem Sitzkissen davor bestimmten den Raum. Im Bücherregal standen jetzt Schallplatten und auf einer kleinen neuen Kommode der Plattenspieler. Darüber hing ein Foto von Vater und Veva, als sie noch jung waren, ich erkannte es sofort wieder. Weiter hinten befand sich dann noch das Klappbett aus ihrem Schlafzimmer, auf dem ich zwei denkwürdige Nächte verbracht hatte. Mein Bett war verschwunden.

– Ruf mich ab und zu mal an – sagte sie mir, während sie in der offenen Wohnungstür stand.

Als ich die Treppen runterging, musste ich an diese herrlichen roten Rosen im Abfalleimer denken.

Ich hatte Johnny von der Schule abgeholt und zu meinen Freunden gebracht, Anna lag krank im Bett. Wir unterhielten uns, und dann zeigte mir John seine neuesten Fotos. Ein paar Männer vor der Bar Maitanquis. Frauen, die schwer bepackt aus der Markthalle kamen. Die Ankunft der Fischer. Der Zug am Bahnhof mit ein paar jungen Leuten, die gerade einsteigen. Mädchen auf der Plaça de Cuba. Leute, die auf der Riera spazieren gehen. Ein aus den Angeln gehobenes Fenster in unserer Straße, die Plaça de les Teresetes mit dem Straßenschild »Plaza de España«, der dreckige Strand voller Touristen. Was soll denn das, hättest du zu diesen Fotos gesagt, auf keinem war schließlich Johnny zu sehen, etwa mit einem Palmzweig in der Hand, Fotos eben wie in dem Album, das du immer in einer Schublade der Kommode aufbewahrt hast: vom Tag der Erstkommunion, wir alle festlich angezogen auf der Hochzeit des Onkels, mit Ramon und Veva auf dem Patronatsfest. Ein Tag in den Bergen. Du würdest dich fragen, wozu es gut sein soll, Fotos von alltäglichen Dingen zu machen, Fotos von Menschen, die man bloß von hinten sieht oder die ganz abwesend wirken, die sich nicht extra fein angezogen haben? An John hättest du keine Freude, du würdest ihn nicht verstehen und du wärst wütend auf ihn, weil er dich fragen würde, weshalb du weinst, und sich keineswegs damit begnügen würde, dich einfach nur anzuschauen, so wie ich es immer getan habe. Glaub ja nicht, dass ich kein Problem damit hätte, weil er immer so direkt ist. Dadurch bringt er jeden in Bedrängnis, er legt den Finger in die Wunde, scheut sich nicht davor, ins Fettnäpfchen zu treten. Er lässt nicht locker, bis er eine Antwort bekommt oder man ihn einfach stehen lässt. Ich spürte, dass seine Fotos die gleiche Wirkung ausüben.

Noch einmal schaute ich mir das von einer Frau mit einem Neugeborenen im Arm an, und er fragte mich, was hast du. Er stand neben mir, sah mich an und wie ein fürsorglicher Bruder hatte er seine Hand auf meine Schulter gelegt.

– Ich bin schwanger.

Ich dachte, er würde mir Vorhaltungen machen, doch stattdessen umarmte er mich. Und dann rief er, wir kommen gleich zurück, und wir verließen das Haus und schlugen den Weg ein, der runter zum Strand führt.

– Ich nehme an, es ist von Guillem!
– Wusstest du davon?
– Ja, aber nicht von ihm und auch von niemanden sonst. Ich kenn diesen Sturkopf nur einfach schon sehr lange.

Ich sagte ihm, Guillem wisse bislang noch nichts davon, und schaute ihn an.

– Um ein Haar hättest du noch eher davon gewusst als ich selbst! Erzähl Anna noch nichts davon! Was soll ich denn jetzt tun?

Er sagte mir, ich solle mir vor allem nicht die Freude auf das Kind nehmen lassen, das sei so wichtig, und alles andere würde sich schon finden.

Noch am selben Nachmittag sprach ich mit Guillem. Er sagte mir: keine Panik, aber red nicht mit Anna und John darüber. Ich sollte ihm etwas Zeit geben, und dann würden wir entscheiden, was für uns alle am besten sei. Schon lange hatte ich nicht mehr an meine Ankunft und die erste Zeit hier in der Stadt gedacht, wie ich mit grauen Schritten durch meine Gedanken geirrt war, die so schwer auf meiner Brust lasteten.

Er lief gleich zu John, um mit ihm zu reden, und das Erste, was er mir sagte, als er zurückkam, war, was John davon hielt. Ich hatte schon ein paar Stunden hin und her überlegt. Du könntest mich niemals mehr in deinem Land aufnehmen, wenn ich nicht heiraten würde, bevor das Kind zur Welt kam.

Im Knistern des Johannisfeuers ging das Schuljahr zu Ende. Ich suchte mir den Abend des 23. Juni aus, um dich anzurufen, kurz bevor die Flammen aus dem Holzstapel hinaus in den Himmel flackern. Im Städtchen zündeten sie das Feuer immer auf dem Platz gegenüber von unserem Haus an, und du würdest deine Arbeit unterbrechen und dir eine Ruhepause auf der Dachterrasse gönnen, um es dir anzuschauen. In der Nacht, die dem drängenden Sommer Einlass gewährt, hat alles viel weniger Bedeutung als sonst. In jenem Sommer '69 habe ich mir gewünscht, einen völlig neuen, einen fröhlichen Gedanken in deinen Augen zu sehen.

– Ich möchte heiraten, Mutter. Und das würde ich gerne in deinem Dorf tun und ein Essen für die ganze Familie ausrichten.

5

Bergkirschen

Das Erste, worum ich ihn bat, war, sich den Bart abzunehmen.

Du hättest es nicht zugelassen, dass die aus deinem Dorf meinen Mann für einen Revoluzzer halten könnten, für irgend so einen Linken, »wie dieser galicische Trottel, der auf Kuba das Sagen hat«. Guillem meinte zu mir, ihm käme das sogar ganz gelegen. In der Stunde der Wahrheit hätte sein Bart aber wohl kaum jemanden beunruhigt. Wer lebte denn schon noch im Dorf?

Genauso wie das von Großmutter waren nach und nach auch die anderen Häuser verriegelt worden: angefangen oben beim Dachboden, ein Fenster nach dem anderen, bis runter zur Eingangstür. Immer öfter hatten die Sirenen der Fabriken, die Klingeln der Portierlogen und das Bimmeln der Ladenglocken die Viehzüchter und Bergbauern weggelockt, die seit je ein karges Dasein fristeten, und sie dann, so wie die Mistel den Vogel, einfach nicht mehr losgelassen. Auf diese Weise waren die Hierarchien im Dorf eingestürzt, und der soziale Abstand, der Jahre zuvor die Familien und Menschen noch getrennt hatte, war längst nicht mehr so groß. Guillems Bart würde also kaum ein öffentliches Ärgernis darstellen, wo nicht einmal drei Häuser im Dorf das ganze Jahr über bewohnt waren.

Ich stellte fest, dass es mir nicht wirklich etwas ausmachte, dich so vertraut mit Regina und Ramon zu sehen, und ich hatte akzeptiert, dass es in meinem Verhältnis zu Veva jetzt gewisse Grenzen gab, deine Worte aber setzten mir nach wie vor zu. Vater, Großmutter und deinen Geschwistern hatte ich den sinnlosen Versuch abgeschaut, dir die Last der Dinge erleichtern zu wollen, die Härte des Lebens für dich zu mildern, so, als ob ich nicht genau wüsste, dass das Leben seinen ganz eigenen Regeln folgt. »Die Dinge sind eben so, wie sie sind«, hieß das bei dir, »und das Leben auch«.

Von dem Augenblick an, als unser Entschluss zu heiraten feststand, hatte ich mir gewünscht, Guillem um nichts bitten zu müssen. Zudem schien er eh mit allem einverstanden zu sein, solange nur John und Anna auch dafür waren. Mit dem Bart war das jedenfalls so gewesen. Guillem behauptete, er hätte ihn eigentlich schon längst loswerden wollen, als ginge es um einen Eiterpickel, aber bislang sei da kein Anreiz gewesen. Du weißt schon, sagte er mir, kein Anlass. Er merkte, dass er mich enttäuscht hatte, und war das der Fall, sagte er einfach nichts mehr.

Ich wollte wissen, was du davon hieltest, wenn ich mit Anna und Johnny schon vorher ins Dorf hochkäme, und du fandest die Idee gut. Anna war dabei, als wir das Paket mit den Bettlaken für das Ehebett öffneten. Schon vor Jahren hattest du sie von einer Frau im Dorf besticken lassen, die darin sehr versiert war. Auf jedem Überschlag, auf jeder Kopfkissenhülle, nahe der Randverzierung, befand sich ein verschnörkeltes R, immer ein anderes Modell; daneben dann das A, ein Dreieck mit einem durchgezogenen Balken im oberen Teil. Das Garn blau, rosa, grün, blasslila oder gelb. Nicht ohne Grund hast du die Verlobungszeit immer eine »wahre Bürde« genannt.

Johnny ging einfach überall dran, bis er schließlich die Kaninchen entdeckte und die Hühner. Von da an war er richtig brav, und man merkte gar nicht mehr, wie du immer betont hast, dass ein Kind im Haus war. Ich vertraute darauf, dass du im Beisein von Anna nicht einen deiner Lieblingssätze fallen lassen würdest, »die Blagen bringen einen noch um«, der sich so gar nicht mit deiner Besorgnis vereinbaren ließ, dass es Regina und Ramon immer noch nicht gelungen war, eine Frucht ihrer Ehe vorzuzeigen. Bislang war also noch kein kleiner Mörder unterwegs. Ich dachte daran, wie eifersüchtig die beiden schon bald auf mich sein würden.

Wir hatten uns für eine Sonntagsmesse entschieden. Es gab schließlich kaum noch Pfarrer, und hier in der Gegend schon gar nicht, und mir war es egal, ob die Nachfahren der Verräter, von denen es sehr wohl noch welche im Dorf gab, ihrer sonntäglichen Pflicht nachkamen und dabei zusahen, wie ich mein Jawort kundtat. So konnten sie wenigstens mein neues Kleid würdigen, Größe 36/38, mittlere Preisklasse, elfenbeinfarben. Der Stoff war ein Leinenimitat, und der glockige Rock ging mir fast bis zu den Knöcheln; die dazugehörige Korsage war vom rechteckigen Ausschnitt bis hin zur Taille geknöpft. Das Ganze wirkte irgendwie klassisch und elegant zugleich. Ich hatte dich enttäuscht, weil ich nicht in Weiß heiraten wollte, so wie eine richtige Braut eben, aber als du bei der Anprobe mein Kleid gesehen hast, gefiel es dir. Vom Hochzeitsfoto im Schlafzimmer kannte ich dein graues Kostüm. Weiß durfte es damals nicht sein, denn der Krieg war ja noch nicht lange vorbei, und ihr hattet jeglichen Mut verloren.

Ramon fuhr uns am späten Samstagmorgen hoch in dein Dorf, du wolltest nicht eher weg, bevor zu Hause nicht alles erledigt war. Und dabei hatte dir Regina, als sie sich auf den Weg zum Friseursalon machte, noch in unserem Beisein gesagt, sie würden bei ihrer Mutter zu Mittag essen; am Nachmittag wäre dann alles picobello aufgeräumt. Aber du ließt dich nicht davon abbringen, dass Regina für die Hausarbeit »keinen Deut« taugt. Mein Bruder hatte sich von seiner besten Seite gezeigt, ihm war gleich aufgefallen, dass Anna gut aussah. Regina hatte mich mit einer festen Umarmung begrüßt, aber sie hielt sich etwas abseits. Als sie bemerkte, wie viel Aufhebens du um meine Person machtest, nahm sie gleich wieder die Haltung einer Waise an. Ihr leidender Blick zeigte mir deutlich, wie sehr sie sich bemüht hatte, dir zu gefallen, damit ihr gut miteinander auskamt. Ich hätte ihr so gerne erklärt, dass das vergebliche Liebesmüh ist, aber die nahm ich ja selbst noch auf mich, weil ich nach wie vor nicht wirklich glauben mochte, dass es einfach aussichtslos war. Sie hatte zugenommen, aber die Blusenknöpfe drohten wenigstens nicht mehr damit, jeden Augenblick ihre Brüste hervorquellen zu lassen. Mit ihrem ärmellosen Kittel über dem rechten Arm, der mit den Initialen oben auf der Brusttasche, sahen wir sie an jenem Morgen fortgehen. Sie ging kerzengerade, und ihr Körper strahlte Würde aus, eine beleidigte Würde, vielleicht auch einen Vorwurf. Ramon entspannte sich, wenn du oder sie nicht in der Nähe wart, dann griff er noch nicht einmal zu seinen Zigaretten.

Gegen Mittag kamen wir in deinem Dorf an und richteten uns in dem Haus an der Ecke des Dorfplatzes ein. Du, Anna, der Junge und ich. Aber zuvor, unten an der Treppe, hast du geweint.

Johnny erinnerte dich an deinen kleinen Bruder, der im Dorf zurückgeblieben war, während sie dich und die Tante zusammen mit Großmutter in ein Lager gebracht hatten. Wie ein Vogel war Johnny aus dem Auto gehüpft, stützte sich mit seinem dünnen Körper auf das Treppengeländer und starrte uns an. Mit schwacher, tränenerstickter Stimme kam es aus dir heraus: Eine Nachbarin hatte die Soldaten angefleht, dieses mickrige Kerlchen sei doch krank, und die alte Frau könne sich bestimmt um ihn kümmern. Die beiden wurden verschont und mussten nicht fort. Onkel Tomàs war damals wohl ungefähr in Johnnys Alter, und niemand hatte es gewagt, das Getreide aus den Kornkästen zu stehlen oder die Hühner und das übrige Federvieh oder was es sonst noch im Haus gegeben haben mochte. So musstet ihr nach eurer Rückkehr aus Aragonien wenigstens keinen Hunger leiden. Von dieser mitfühlenden Nachbarin war bislang kaum die Rede gewesen.

Ramon hatte uns zum Abschied noch zugewinkt und wendete gerade sein Taxi, um Dorfplatz und Dorf hinter sich zu lassen, als du anfingst zu weinen. Und ich stand da und hielt all die Dahlien und Gladiolen im Arm, die Rosalia erst am Morgen im

Garten geschnitten hatte, denn schließlich sollte die Kirche während der Zeremonie schön aussehen.

Der Himmel war wolkenlos an diesem Tag vor der Hochzeit in deinem Dorf; heiter und ungetrübt wie die Stimmung, die zwischen uns vieren herrschte. Wir putzten das ganze Haus, fingen bei den Schlafzimmern an und hörten erst bei der letzten Treppenstufe auf, selbst die Fenster kamen an die Reihe. Du hast uns ein einfaches, aber köstliches Mittagessen gekocht, Annas Wangen bekamen Farbe, was sie noch hübscher aussehen ließ als sonst, und der Junge aß unter deinem strengen Blick sogar seinen Teller leer.

Wir gingen runter zum Fluss, du hast uns die verpachteten Wiesen gezeigt, die ganze Schönheit der noch grünen Berge und dieser so wasserreichen Landschaft, und du hast uns von einer Zeit erzählt, in der es für dich noch Blumen und weiche, bauschige Wolken gegeben hatte. Meine Freundin, die eher wehleidige Frauen gewöhnt war, fand dich weitaus faszinierender als die Landschaft und nahm all die Energie wahr, die von dir ausströmte. Johnny und ich zogen es vor, uns aus eurem Gespräch herauszuhalten, wir gingen vor euch her, doch vergebens bemühte ich mich, nichts von den Geschichten mitzubekommen, die ich schon so oft gehört hatte. Mit einem Mal wurde deine Stimme heiser, eine dunkle Wolke zog am Sommerhimmel auf. Du hast erzählt, wie die meisten Familien sich nach Großvaters Ermordung von euch abgewandt haben, und plötzlich sind wieder deine Tränen geströmt, ein wahrer Wolkenbruch. Johnny schaute dich mit seinen dunklen Augen groß an, wahrscheinlich hatte ihm irgendjemand weisgemacht, dass nur kleine Kinder weinen. Anna drückte deine Hand, und ganz schnell hast du dich wieder beruhigt, war der Regen versiegt. Und ein weiteres Mal täuschte ich mich, denn ich dachte, auf diese Art könne auch ich lernen, dein Leid zu mildern.

Der Vorabend des ersten Julisonntags des Jahres 1970 brach an. Der Duft von frisch gemähtem Gras und Eschenblättern lag noch schwer in der Luft, doch der eisige Strahl aus der Tränke am Dorfplatz brachte Kühlung. Wir hatten die stumm gewordenen Häuser hinter uns gelassen, einen weiteren Sommer lang würde das Podium der Musiker verwaist bleiben, die Familien waren in den Städten verstreut, ganz egal, ob sie einen erlauchten Namen geerbt hatten oder zu den Armen gehörten. Schon lange gab es keine Knechte und Mägde mehr, die man in seine Dienste hätte nehmen können, und auch keine Tagelöhner für die Mahd oder Frauen, die beim Schweineschlachten aushalfen, weil sie etwas vom Wurstmachen verstanden. Hinter den dicken Wänden der Häuser der Melis, Toras oder Plas trotzten nur noch einige alte Leute der Sommerhitze und neben dem offenen Herdfeuer auch Herbst, Winter und Frühling.

Du fingst schon damit an, das Essen vorzubereiten, während Anna und ich uns um die weniger wichtigen Dinge kümmerten: noch einmal mit dem Tuch über Teller, Besteck und Gläser gehen, den Tisch decken, schon mal den Teig für den Kuchen anrühren, all die Sachen eben, die man schon einen Tag im Voraus erledigen kann.

Es war in der Kirche, die Anna und ich mit Blumen ausschmückten, Johnny half uns dabei, als ich ihr von Vater erzählte, wie wunderbar er doch gewesen war und auf welch absurde Weise ich ihn verloren hatte.

– Jetzt idealisierst du ihn aber – meinte sie.

Es war kalt dort drinnen und das Licht, das die schwachen Glühbirnen ausstrahlten, totenblass. Als wir hinausgingen, wurden wir vom gleißenden Sonnenlicht geblendet, das uns regelrecht zu versengen schien. Anna hatte mir den wohlgemeinten Rat gegeben, mir das Fest nicht durch die Trauer um meinen Vater verleiden zu lassen. Die Stille jetzt tat mir gut. Flüchtige Momente vergangener Patronatsfeste gingen mir durch den Kopf: das laute Stimmengewirr an dem langen Tisch im düsteren Esszimmer, das Lachen und unversehens dann deine Tränen. Ich sah mich als ganz kleines Mädchen, glücklich, in einem dieser hellen, vom Petticoat aufgebauschten Sommerkleider, wie ich voller Stolz einem Schmetterling gleich von Arm zu Arm geflattert bin. Später dann, etwa in Johnnys Alter, in kurzen Latzhosen, und ich wollte doch so gerne sein wie Ramon, damit du auch mit mir nachsichtiger bist. Schließlich als junges Mädchen, wie ich immer wieder versucht habe, mich den Erwachsenen zu entziehen, vor allem aber deiner Herrschaft. Und dann das letzte Patronatsfest, das von Regina und Ramon, von Conrad, der aus einer verfeindeten Familie kam und mit mir getanzt hat. Als ich daran dachte, wie tief ich doch diese Sehnsucht in mir empfinde, die mich von dir trennt, verspürte ich einen bitteren Schmerz. Seit einer ganzen Weile schon schaute Anna mich an, und ihr Blick stellte mir unverhohlen die Frage, wie ich mich einfach so, stillschweigend, aus deinem Leben hatte verabschieden können.

Ein Summen hatte sich in meinem Kopf festgesetzt. Ich wachte auf, und es war tiefe Nacht. Ich lag neben Anna und dem Jungen, die ruhig und fest schliefen, in dem großen Bett, dem von Onkel und Tante. Du hattest mir eins von Großmutters Nachthemden gegeben, aus gestärkter Baumwolle, strahlendweiß, mit einer geometrischen Lochstickerei am Ausschnitt. Ich nahm mir vor, morgen auf den Dachboden zu steigen. Eigentlich hatte ich das schon vorgehabt, als wir die Schlafzimmer herrichteten, doch Johnny war keinen Augenblick von meiner Seite gewichen, und da hatte ich es sein gelassen.

Von da an erfüllten nur noch summende Bienen mein Denken, und kurze Zeit später suchte mich ein ganzer Schwarm mitsamt seiner Königin sogar in meinen Träumen heim. Ein Sandtrichter kam allerdings nicht darin vor und auch keine verschwommene Figur, die sich in eine Grube stürzt, bloß eine eintönige Melodie.

Am anderen Morgen weckte mich der Schatten von Johnnys

Hand vor meinen Augen. Anna war nicht mehr im Bett. Mit dem Jungen auf dem Arm ging ich hinunter und, als ich am Spiegel vorbeikam, sah ich bloß ein Nachthemd, das gerade mal die Knie bedeckte, meine kupferfarbene Mähne und Johnnys erwartungsvolles Gesicht. Anna saß in der Küche neben dem erloschenen Herdfeuer. Sie lauschte deiner Stimme, die mir wie ein Leuchtturm den Weg gewiesen hatte, während du neben dem Spülstein standst und am Kartoffelschälen warst. Bevor du meinen Gruß erwidertest, hast du erst einmal geschimpft, weil ich barfuß war und die Sandalen für den Kleinen nicht mit runtergebracht hatte.

– Mutter, ich heirate heute!

– Ich-hei-ra-te-ich-hei-ra-te, und gerade an so einem Tag willst du dir wohl noch eine Erkältung holen!

Ich befürchtete schon, du würdest vor den beiden »Fräulein Neunmalklug« zu mir sagen. Ich setzte Johnny auf Annas Schoß und ging zurück nach oben.

Vor dem Spiegel dachte ich, das sei eigentlich der richtige Moment, um auf den Dachboden zu steigen. Ich hörte meinen Herzschlag, noch bevor ich die Tür öffnete, und, kaum hatte ich das getan, knirschende Reifen vor dem Haus. Ich lief raus ans Treppengeländer, und im selben Augenblick überfiel mich ein dröhnendes Geräusch. Ich rannte zurück in den Flur und dachte an die Bienen, die in dem verlassenen Haus noch immer Unterschlupf suchten und mich nach wie vor in Angst und Schrecken versetzten.

Gerade noch hatte ich das Taxi erkennen können, das mein Bruder fuhr. Regina wollte dich und mich frisieren, obwohl ich, allerdings völlig vergebens, gesagt hatte, das sei doch gar nicht nötig.

– Komm schon, willst du vielleicht wie eine Vogelscheuche rumlaufen?

Von da an gab es nur noch ein ständiges Hin und Her und

inmitten all der Stimmen deine Anweisungen. Als Einzige hattest du um elf Uhr immer noch nichts gegessen, und um dich herum eine ganze Heerschar von Helfern, die schon längst gefrühstückt hatten: Großmutter, Veva, die Tante, deine Schwester und Anna, der Onkel und Ramon. Nur Cousin Felip hatte sich auf die Bank gesetzt, und vor ihm stand ein *porró* mit Wein. Kaum steckte ich meinen Kopf, der *chez* Regina frisiert worden war, durch die Tür, wurde ich gleich wieder verscheucht. Ich hatte ihr zu verstehen gegeben, dass sie mir nur ja keine Betonfrisur verpassen sollte, ich wollte, dass mein Haar ganz natürlich fiel, höchstens ein schlichter Knoten im Nacken. Zwei winzige Rosen aus Rosalias Strauß würde ich dort tragen. Sie und Anton hatten meine Einladung nicht angenommen.

– Ihr seid doch nur die Familie!
– Für mich gehört ihr genauso zur Familie wie die anderen.
– Nein, so was, diese Rita!

Mein Gefühl sagte mir, hättest du sie eingeladen, dann wären sie gekommen.

Es schlug gerade elf Uhr, als John beladen mit einer Kiste voller Getränke eintraf. Cousin Felip und der Onkel kamen ihm gleich zu Hilfe und nahmen sie ihm ab, so dass er die Arme frei hatte, um Johnnys und Annas stürmische Umarmungen zu erwidern und meine auch. Ich sehe dich noch, wie du vom Spülstein aus mit glänzenden Augen die kräftige, helle Gestalt meines Freundes musterst, seinen ungewöhnlichen Akzent einzuordnen versuchst, ohne dass du deine Arbeit unterbrochen hättest und auf ihn zugegangen wärst, um ihn zu begrüßen. Bis ich ihn schließlich an die Hand nahm und zu dir brachte, und er überschüttete dich mit Komplimenten: jung, hübsch, fleißig, und was weiß ich noch alles, und du, ohne es auszusprechen, schautest mich an, und ich las in deinem Blick: »Was für ein Schwätzer! Wo hast du denn den aufgetrieben?«

Ich wusste um die Unruhe, die männliche Stimmen in einem Haus auslösen, in dem lange Zeit nur Frauen gelebt haben. Die Wände, als wären sie lebendig, schienen diese Stimmen nach all den schrillen Tönen, nach all dem Gegacker, Weinen, Seufzen und Schweigen geradezu aufzusaugen. Vor Kraft und Tüchtigkeit strotzende Männerstimmen waren es, die ihre Spur hinterließen, alsbald aber wieder aus der Küche verbannt wurden, bis es Zeit zum Essen war. Zwischen Johns kräftigem Bass, dem unaufhörlichen Singsang von Cousin Felip, den gelegentlichen Einlagen meines Bruders und der spöttischen Melodie von Onkel Tomàs fragte ich mich mit einem Mal, ob nicht auch du an Vaters leise Stimme denken musstest, die es dennoch immer verstanden hatte, sich bei allen Gehör zu verschaffen, nur du hast dich manchmal getraut, ihm ins Wort zu fallen. Und wie respektvoll er sich immer Großmutter gegenüber verhalten hat, die jedes Zeichen seiner Wertschätzung zur Salzsäule erstarrt entgegennahm. Hätte sie nicht die Empörung und Entrüstung aller Anwesenden befürchtet, wie am Hauptaltar wäre sie vor ihm niedergekniet. Jetzt war sie ein anderer Mensch. Mit schlohweißem Haar und verlorenem Blick saß sie am Fenster und schwieg. An mein Ohr – ich trug Perlenohrringe, die Clips waren ein Geschenk von Senyora Montserrat, das Veva mir heimlich zugesteckt hatte – schien mit einem Mal ein freudiger Ausruf von Vater zu dringen, Geist und Schutzengel zugleich. Da spürte ich, wie tief das Vergehen war, das ich mit aller Macht zu vergessen suchte.

Die zweite Sache, um die ich Guillem bat, war dich zum Tanzen aufzufordern.

Schon vor einer Weile waren die Gäste ihm und John, dem Saxophon und der Trompete, in die Küche gefolgt. Es amüsierte mich, die beiden so herausgeputzt zu sehen, wenn ich daran dachte, was sie so bei den Proben anhatten. Gleich nach dem

Nachtisch bist du in die Küche gegangen, und Regina ist dir zum Spülstein gefolgt. Dort stapelte sich jede Menge dreckiges Geschirr, während im alten, düsteren Esszimmer noch immer der Duft von Cognac, Anis und Kaffee in der Luft hing, der aus den kleinen Gläsern und Tassen strömte. Kaum hattet ihr das Zimmer verlassen, du und meine Schwägerin, die ihrer Rolle als junger Hausherrin gerecht werden wollte, da zwinkerte John mir zu. Nach ein paar Minuten kehrte er mit den Instrumenten zurück, und die ersten Töne hatten für überraschte Ausrufe, für Beifall und Gelächter gesorgt. Schon bald war John aus dem engen Esszimmer, das außer an Feiertagen nie benutzt wurde, in Richtung Küche gezogen, Guillem hinter ihm her, und wir anderen waren ihnen wie bei einer Prozession gefolgt. Sie stellten sich ganz in deiner Nähe auf, zwischen dem Treppenabsatz, der zum Obrador-Haus führt, und dem langen Tisch mit den beiden Bänken ohne Rückenlehnen. Gleich wurde alles an die Wand gerückt. Regina hatte Großmutters Angebot, ihr zu helfen, abgelehnt, und so begleitete ich sie zu ihrem Lieblingsplatz. Mit ganz leiser Stimme, die nur ich hören konnte, sagte sie zu mir: Er ist ein guter Junge! Ich lächelte sie an, nickte zustimmend, und dann ließen mich ihre glatten Hände los, so wie das Wasser im Fluss ein Blatt treiben lässt. Die Renovierungsarbeiten unter deiner Aufsicht, deren Ergebnis mir so gar nicht gefallen hatte, weil dadurch ein Stück meiner glücklichen Kindheit verloren gegangen war, erlaubten jetzt, dass wir diesen Moment des Festes alle zusammen im selben Raum erleben konnten, und dich hinderten sie daran, im gefräßigen Schlund des Raubtiers Arbeit zu verschwinden.

Mein Onkel und mein Bruder waren viel erstaunter als die beiden Jungen. Quim verließ die Arme der lieben kleinen Tante und holte sich Johnny, um mit ihm vor den beiden Musikern herumzukaspern. Guillem und John hatten Paso doble eingeübt, Walzermelodien, den einen oder anderen Bolero, die Schlager des Sommers, noch nie hatte ich sie diese bekannten Stücke spielen hören. »Ich schenk' dir, schenk' dir. Schönes Kind, ich schenk' dir was. Ich schenk' dir was, was ich nur seh' ... Kaffee!« Guillem lächelte mir zu, weil er ahnte, dass mich all das glücklich machte, und ich lächelte zurück. Cousin Felip hatte sich Veva zum Tanzen geholt, doch mit ihr zu tanzen war keineswegs ein Privileg, das nur ihm zustand, denn sie hatte gleich danach Onkel Tomàs vom Stuhl gezogen. Ich suchte die Augen von Tante Mercè. Mit zusammengepressten Lippen schaute sie den beiden vorwurfsvoll zu. Als sie das nächste Stück anstimmten, forderte Veva den Mann der lieben kleinen Tante zum Tanzen auf, der groß und stark war wie eine Kiefer, ganz blaue Augen hatte und lockiges Haar. Jetzt verstand ich, weshalb er, als ich noch ein kleines Mädchen war, einen so großen Eindruck auf mich gemacht hatte. Seine Frau lächelte glücklich in den Armen ihres Neffen, meines Bruders. Ich tanzte mit Cousin Felip, und er säuselte mir unter den Spitzen seines Schnurrbarts zu: »Weißt du auch, worauf du dich da eingelassen hast, Hummelchen?« Und er lachte laut los, während ich plötzlich das Gefühl hatte, mir würde das Blut in den Adern gefrieren. Die Tanzschritte von Guillems Eltern wirkten seltsam steif.

Um mich herum bildeten die Menschen aus meinem früheren Leben einen Kreis, und vor mir stand Guillem. Er lächelte mir zu, und ich wich seinem Blick nicht aus, der mir fast wie eine Herausforderung vorkam. Alle klatschten, anhaltend und voller Begeisterung, als das lange Stück zu Ende ging, und mit einem Mal wurden meine Füße so schwer wie Blei.

Die Vergangenheit war jetzt unwiderruflich vorbei, doch ohne dass ich sie wirklich begraben hatte, landete ich am Tag meiner Hochzeit, von ich weiß nicht welchem Planeten kommend, zwischen Blumen und Musik. Als ich vor dem Altar Guillems Gesicht sah, dachte ich, dass ich mit meiner Bitte, sich den Bart abzunehmen, zu weit gegangen war. Warum hatte er bloß auf mich gehört? Ein paar Stunden später bat ich ihn, dich zum Tanzen aufzufordern.

Am Abend trafen wir drei am Geländer vor dem Eingang zusammen, oben auf der Treppe. Es dämmerte, und ich sagte zu Guillem, ich würde mich nur eben umziehen, und dann könnten wir noch einen Spaziergang machen.

Anna und John hatten meine Familie für sich gewonnen. Sein sympathisches Wesen, sein ausgezeichnetes Katalanisch, ihre Schönheit und vornehme Art, Johnnys aufmerksamer, ernster Blick.

Als ich zurückkam, unterhielt sich Guillem mit dir, er hörte dir zu. Mit einem weißen Taschentuch in der Hand und glänzenden Augen hast du ihm von der Zeit erzählt, als Vater noch lebte, wie nah ihr euch gewesen seid, überall bist du mit ihm hingegangen, und jetzt hast du einfach keine Lust mehr auszugehen. Guillem wollte das nicht gelten lassen: Eine Frau, die noch so jung ist und so voller Energie, dürfe doch nicht einfach zu Hause bleiben. Du spürtest, wie ungestüm er war, warfst ihm einen langen Blick zu, und ich gesellte mich zu euch. Er zog schnell noch sein Sakko aus, und dann gingen wir die Treppe hinunter, ich hatte das Gefühl, dass er dir ganz gut gefiel. Ich spürte deine Augen im Rücken und nahm Guillems Hand. An der ersten Abzweigung verließen wir den Dorfplatz.

Der Duft aller möglichen Pflanzen und das Surren der Insekten umhüllten uns, während ich mit Guillem den schmalen Weg zum Friedhof einschlug, der unterhalb des Dorfplatzes verläuft und über einen verborgenen Pfad zur Straße führt. Es war im Gespräch, dass hier ein Skilift gebaut werden sollte, um das ganze Gebiet wiederzubeleben, aber ein genaues Datum stand noch nicht fest.

– Rita, das ist ja das reinste Paradies auf Erden!

Die Berge waren in Blautöne getaucht, gingen schon in die

Dunkelheit über, doch wenn man zum Himmel hochschaute, war da noch immer ein helles Licht.

– Wirklich?

– Und wie! Ich kannte die Berge nicht. Außerdem, zu Hause, da war alles so gewöhnlich oder ... ich weiß nicht. Ich will sagen, meine Mutter findet sich immer mit allem ab, sie klagt nicht und herummeckern tut sie auch nicht.

– Was man von meiner gerade nicht behaupten kann ...

Er schaute mich an.

– Da hast du allerdings recht. Jetzt verstehe ich, wie du manchmal so drauf bist. Am Anfang waren wir tief beeindruckt von deinem sturen Schweigen. Als du nach Mataró gekommen bist, hatte John das Gefühl, du wärst fähig, dich einfach sterben zu lassen. Hier verstehe ich dich irgendwie besser, dein Vater muss jemand ganz Besonderes gewesen sein.

Ich erinnerte mich daran, wie Vater sagte: »Es ist schon spät, Mädchen.« Und ich hatte zu dir rübergeschaut, du standst ein Stück hinter ihm, hast dich mit jemandem unterhalten. Als wäre er ein Aussätziger, wolltest du mich von Conrad trennen. Ich hörte mich zu Guillem sagen, dass ich mich hier im Dorf verliebt hätte, als junges Mädchen, doch weil ich auf dich hören wollte und weil ich sehr stolz bin, hätte ich es verdorben. Er gab mir zur Antwort, dass wir alle beide wohl Schiffbruch erlitten hätten, umfasste meine Taille und küsste mich.

Wir waren an einer Abzweigung angelangt, die zu ein paar Feldern führte, von denen die meisten brachlagen, und hinunter zum Fluss, der aus dem rauschenden Wasser kühle Dunstschleier in die Luft warf.

– Was für ein Ort, so ...!

Guillem hatte aufgehört zu reden, und da, wo der Fluss eine Biegung machte, bemerkte ich auf ein paar Steinen gleich neben einer Esche, die dicht am Wasser stand, einen kleinen Strauß Blumen: zwei Gladiolen und eine Dahlie, ganz in Weiß, mit einem Stück Garn zusammengebunden. Ich sah gleich, dass die Blumen aus meinem Brautstrauß waren.

– Was hat das denn zu bedeuten?

– Das hat sicher mit meiner Mutter zu tun.

Ich nahm ihn bei der Hand, und wir kehrten zurück auf die Straße.

Ich erzählte Guillem von diesem Ort, von dem es hieß, dass dort während des Krieges elf Männer aus verschiedenen Dörfern dieses kleinen Tals umgebracht worden seien. Einer nach dem anderen waren sie abgeholt worden, und man hatte sie alle auf der offenen Ladefläche eines Lastwagens zusammengepfercht. Zuvor aber sollen die Soldaten noch mit unschuldiger Miene zu den Frauen gesagt haben: Macht euch keine Sorgen, es ist schon alles bezahlt. Vor Kurzem erst hatte man die Knochen gefunden und sie ins nächstgrößere Dorf überführt, auf den dortigen Friedhof, aber du brachtest deine Blumen weiterhin hierher.

Sein ungläubiger Blick ließ mich verstummen. Schweigend gingen wir weiter, und der Himmel war nachtblau, und dann gab es keinen Himmel mehr.

Ich wollte nicht in dein Haus zurückkehren, in deine Machtsphäre, immer um die Toten trauern und den Lebenden keine Ruhe gönnen. So wie ich war, war ich schlecht, und noch viel mehr. Nur hattest du ja noch keine Ahnung davon, wie ich dich täuschte und auch weiterhin täuschen würde.

Unsere Augen hatten sich langsam an die Dunkelheit dieser Julinacht gewöhnt, und doch stolperten wir immer wieder über die herumliegenden Steine. Wir atmeten den Duft der zweiten Mahd ein, die in irgendeinem Heuschober zum Trocknen ausgebreitet lag, und die feuchte Wärme der Kühe drang ebenso zu uns wie das Miauen einer Katze und das Plätschern des Wasserstrahls, der in die Tränke floss.

Zurück gingen wir über den Hauptweg und kamen am größten Haus im Dorf vorbei, dem der Melis; die alten Besitzer lebten noch dort. Die Tenne lag gleich hinter dem Eingangstor, durch das in früheren Zeiten die Pferdefuhrwerke und Kutschen auf den Hof gefahren waren, kirchliche Würdenträger oder, in Kriegszeiten, Offiziere. Und dann war da auch der Raum, in dem du zu den Klängen von »Cara al sol« deinen rechten Arm hattest ausstrecken müssen, und die Hausherrin oder der Hausherr, was weiß ich, wer von beiden, hatte dich vor allen anderen zurechtgewiesen, ihn auch ja hoch genug zu halten. Das war, kurz nachdem ihr in einem Lager in Aragonien noch Läuse zerquetscht habt. Und ich hatte mit Conrad getanzt, dem Enkel der einzigen Frau im ganzen Dorf, zu der alle »Senyora« sagen. Ich mochte Guillem nicht von deinem Land erzählen.

Ich fühlte mich wie eine Blinde mit einem Blindenführer, auch wenn es so ganz anders aussehen mochte. In deinem inneren Land hatte ich keinen Ort gefunden, an dem ich mein Zelt hätte aufschlagen können, außer dem, den du mir zugewiesen hattest, und ich wusste noch nicht einmal, ob dieser Ort nur für mich bestimmt war und ob ich ihn überhaupt haben wollte.

In der Diele sah ich mich im Spiegel neben einem Mann stehen, der mich fragend anschaute. Wir gingen auf das Licht am Ende des Ganges zu. Je näher wir kamen, desto deutlicher konnte ich das Gespräch hören, deine Stimme war klar zu erkennen und ein Wort. Immer wenn es in deiner Nähe gefallen war, hatte es in dir einen Fieberwahn ausgelöst, eine Lawine an Worten aus Eisen und Feuer, Tränen. »Sagardia« hattest du gesagt. Als kleines Mädchen war ich davon überzeugt gewesen, du meintest damit eine ekelerregende Echse, eine »sangardilla« eben, und allein davon, wie du dieses Wort aussprachst, bekam ich schon Alpträume, so als würde ich in einen Abgrund stürzen. Als wir die Küche betraten, wart der Onkel und du auf einmal still.

– Was wollt ihr zum Abendessen? – hast du uns gefragt.

– Ui, also ich hab überhaupt keinen Hunger! Wo sind denn die anderen?

– Die schlafen schon alle.

– Die von den Melis haben für die Brautleute Kirschen vorbeigebracht – hast du gemeint und dabei Guillem angeschaut.

Mir war danach, sie einfach wegzuwerfen, genauso wie Veva es mit ihren roten Rosen getan hatte, aber ich setzte mich hin. Das Recht, etwas wegzuwerfen, stand in diesem Haus allein dir zu.

– Sie sind irgendwie anders, so klein, so rot – sagte Guillem.

– Die sind von den Kirschbäumen hier bei uns, Spätkirschen sind das. Die kriegen nicht mehr genug Nährstoffe ab, und deshalb sehen sie so kümmerlich aus – sagte der Onkel und meinte dann noch –, lasst sie euch schmecken, ihr braucht schließlich Kraft! Und er sagte das mit diesem anzüglichen Lächeln, das er immer aufsetzte, wenn er eine derbe Anspielung machen wollte.

Guillem hatte bereits zugegriffen, und ich war schließlich auch der Verlockung erlegen. Sie waren süß, ein unersättlicher Drang ließ mich eine Kirsche nach der anderen in den Mund stecken. Bis der Onkel zu Guillem sagte:

– Komm, ich will dir was zeigen.

Ich schien aus einem Traum zu erwachen. Du bist aufgestanden und mit den Tellern in der Hand zum Spülstein gegangen.

– Warum nur zwei oder drei Blumen aus meinem Brautstrauß? Du hättest doch nur was zu sagen brauchen, dann hätten wir ihm doch den ganzen Strauß neben die Esche legen können.

– Dorthin hast du also deinen Mann gebracht!? – Du schweigst. – Die paar Blumen haben sich aus Rosalias Sträußen gelöst und kaputtgegangen wären sie ja eh ... Und überhaupt, soll'n sie vielleicht in der Kirche vor sich hinwelken oder soll'n sich etwa die dran erfreuen, die so viel Böses getan haben!

– Willst du, dass ich mit denen von den Melis rede, und dann schaffen wir das Ganze ein für alle Mal aus der Welt?

– Du, sei bloß still! Das ist das Beste, was du machen kannst.
Und wieder fingst du an zu weinen.
– Was bedeutet »Sagardia« oder so etwas Ähnliches?
– Das ist der Name von dem General, der sie alle hat töten lassen. Er hat gesagt: für jeden meiner Soldaten, vier Männer aus den Dörfern.
– Sprichst du eigentlich immer über dasselbe mit dem Onkel?
– Mit dem? Was du dir vorstellst, der war doch noch ein Kind damals, wie der Junge von deinen Freunden. Wir Frauen waren es, die da durchmussten, vor allem meine Mutter und ich, der Kleine hat von alldem doch kaum was mitgekriegt!
– Warum kannst du es nicht einfach gut sein lassen?
Deine Tränen hatten aufgehört zu fließen.
– Wo hast du diesen Kerl eigentlich aufgetrieben?
Zuerst wusste ich gar nicht, von wem du sprichst, aber es konnte ja nur ein Einziger sein. Ich antwortete dir nicht.
– Vom Musikmachen wird man ja bestimmt so richtig satt!
Ich hatte das Besteck abgetrocknet und zog mir die Schürze aus.
– Ihr alle fünf zusammen könnt ja im Zirkus auftreten. Deine Freunde und das Kind springen herum und schlagen Purzelbäume. Und dann lasst ihr noch einen Esel »iah« rufen, damit die Leute so richtig was zum Lachen haben!
Ich hatte dich doch hintergehen wollen, warum also traf mich dein Lachen wie spitze Stacheln. In deinem inneren Land würde die Vergangenheit immer den Platz der Gegenwart einnehmen, würden die Toten immer die Lebenden verdrängen. Ich lief hinaus auf den Flur, und als ich an der Tür zum Esszimmer vorbeikam, sah ich, dass der Onkel ein Glas Wein vor Guillem gestellt hatte. Bruchstücke einer ungezwungenen Unterhaltung drangen an mein Ohr. Mit kleinen Schlücken trösteten sich die Männer über die Unbarmherzigkeit der Welt hinweg, sie flohen vor dem nie enden wollenden Leid der Frauen.

6

Und ich schwieg

Wir hätten in den Bergen bleiben können, noch dazu, wo dieser Juli so wunderschön war. Wer weiß, um wie viele Spaziergänge runter zum Fluss oder quer durch die Wiesen, um wie viele glückliche Momente wir uns durch diese Flucht gebracht hatten, die durch den Stolz der Alberas herausgefordert worden war, obwohl ich, laut Veva, diesen Stolz doch gar nicht geerbt hatte. Dieses Mal bat ich Guillem um nichts. Bevor wir Hand in Hand, wie zwei ängstliche Flüchtlinge, in dem duftenden Bett einschliefen, das du uns mit Leinenlaken und einer goldfarbenen Tagesdecke aus leichter Kunstseide hergerichtet hattest, sagte ich bloß zu ihm:

— Morgen fahren wir.

Zehn Tage später riefst du mich an. Großmutter war gestorben, und morgen würde sie im Dorf beerdigt werden. Du hast angefangen zu weinen, und da konnte auch ich meine Tränen nicht mehr zurückhalten.

Wieder gingen wir in die Kirche. Überall dunkle Farben und nicht mehr das Licht der Hochzeitszeremonie. In der ersten Reihe saßen die Großeltern von Conrad. Die liebe kleine Tante hatte verweinte Augen und eine rote Nase, und Onkel Tomàs schien nicht mehr derselbe zu sein. In Gedanken versunken, abwesend, kaum dass er ein Wort sagte. Du hattest alles im Griff: die Sitzordnung der Familienmitglieder, die Unterbringung der Verwandten, den Leichenschmaus, den Pfarrer und den Friedhof. Alle waren sich darin einig, dass das Leben es nicht gut gemeint hatte mit Großmutter. Aber ich erinnerte mich an sie, wie sie lächelte, wie sie sich immer abseits hielt, nie im Mittelpunkt stehen wollte und stets bemüht war, das Schreckliche erträglich zu machen. Einmal hast du ihr vorgeworfen, ans Sterben gedacht zu haben. Ich weiß nicht genau, was sie gemacht haben soll, aber es war wohl kurz nach eurer Rückkehr aus dem Lager. Dort hatte sie sich die ganze Zeit über an die Hoffnung geklammert, ihr Mann würde vielleicht noch leben, aber bald schon hatte sie begriffen, dass es an seiner Ermordung keinen Zweifel mehr gab. Und da war ihr mit einem Mal der Gedanke gekommen, der Welt den Rücken zu kehren. Ihre Bereitschaft, euch einfach im Stich zu lassen, hatte dich empört, allein die Vorstellung, man würde euch mit noch mehr Schande überhäufen als bisher, dieser auf euch gerichtete Zeigefinger, der eh schon so unerträglich für dich war.

Am Abend blieben der Onkel, Guillem, du und ich wieder allein zurück; Tante Mercè war nach oben gegangen, um Quim ins Bett zu bringen. Guillem und ich versuchten, ein Gespräch in Gang zu bringen. Wir redeten über die ETA, ein Thema, das niemanden unbeteiligt ließ, auch dich nicht, das wusste ich. Der Onkel meinte, die ganze Lage sei seit der Ermordung von Melitón Manzanas sehr kritisch geworden.

– Obwohl sie den Ausnahmezustand aufgehoben haben, mit den Durchsuchungen und Verhaftungen machen sie weiter – pflichtete ich ihm bei.

Da sagtest du:

– Das Leben ist wirklich Scheiße.

Schweigen breitete sich aus. Alle drei sahen wir, wie du deinen Tränen endlich freien Lauf ließt; wie stiller Landregen waren sie, ganz leise. Der Onkel stand auf und kam mit der Cognacflasche zurück. Gleich liefst du zum Geschirrbord, um zwei kleine dickbauchige Gläser zu holen.

– Bring zwei mehr mit – sagte der Onkel.

– Ich will nichts.

Beide gleichzeitig hatten wir das gesagt, du und ich, und so entspannte sich die Atmosphäre. Der Onkel aber bestand darauf,

es würde uns guttun, einen Schluck zu trinken, und da schautest du mich an.
– Dir bestimmt, du siehst nämlich aus wie das Leiden Christi.
Und dann nahmst du doch einen Cognac, »aber nur einen klitzekleinen Schluck«, in einem winzigen Glas, und sagtest, der Onkel solle auch mir eins geben. Ich traute mich einzuwenden, dass Großmutter aber durchaus auch stolz auf ihr Leben gewesen sein konnte: Sie hat ihre Kinder ganz allein großgezogen, bei dir hieß das »die Aufzucht«, und sie hat Haus und Land zusammengehalten, »das Erbe« sagtest du immer dazu. Und all das, ohne jemals daran zu denken, sich mit einem ihrer Verehrer wieder zu verheiraten.
– Das hat sie dir erzählt, die alberne Person?
– Wieso albern? Sie ist richtig aufgeblüht, wenn sie davon gesprochen hat. Vor allem von dem, der unbedingt wollte, dass sie mit ihm nach Argentinien geht.
– Da war sie bestimmt schon etwas verwirrt.
– Nein, gar nicht. Das hat sie mir schon vor ein paar Jahren erzählt, nicht erst jetzt.
– Darüber spricht man nicht, das sind Sachen, die mit dem Alter zu tun haben.
Ich sah zu Guillem, der mich ruhig und abwartend anschaute. Der Onkel lächelte uns an, bevor er zu dir meinte.
– Du hast ja schließlich auch einen Verehrer.
– Dieser Dämlack? – entfuhr es dir, doch der Onkel beharrte darauf. Er hatte sich gerade einen zweiten Schluck Cognac genehmigt, Guillem sein Glas bereits geleert.
– Erzähl es doch, erzähl ruhig, dass einer von den Plas dir einen Antrag gemacht hat.
– Ach, sei doch still! Das ist doch schon, wer weiß, wie lange her, ich hab ihm einen Korb gegeben. Außerdem kommt er aus einer dieser Familien, von denen es heißt, sie hätten im Krieg Leute verraten …

– Aber Teresa, der Krieg ist jetzt schon dreißig Jahre vorbei.
– Das kannst du dir an den Arsch stecken!

Du bist aufgestanden und schon fast an der Stufe angelangt, als wir dich noch murmeln hörten:

– Möge Gott uns eine gute Nacht schenken.

Unter der Glühbirne kam mir die Flasche wie ein kupfernes Schmuckstück vor, in dem sich das Licht des ganzen Raums zu verdichten schien, wie bei einem Leuchter auf dem Altar. Der Onkel nahm sie und führte sie zu Guillems Glas, der mich ansah und es wegzog, bevor ihm der Onkel etwas nachschütten konnte.

– Ich geh auch schlafen – ich erhob mich.

Guillem stand ebenfalls auf.

– So gefällt mir das! Ihr seid euch einig. Ah, und bleibt doch ein paar Tage hier! Euch um mich zu haben, macht alles erträglicher. Morgen könnten wir zum Angeln gehen, uns mal ein bisschen frischen Wind um die Nase wehen lassen, was meint ihr?

Du bist nicht mitgekommen. Du wolltest lieber allein bleiben und die Kommoden und Schränke durchsehen, allein bleiben, hast du gesagt. Tante Mercè schaute dich an und schwieg. Jeweils zu zweit boten wir dir an, dir Gesellschaft zu leisten: Guillem und ich, die Tante und ich, die Tante und Quim. Das Wetter war herrlich, es wehte ein leichter Wind, und der Himmel zeigte sich von einem strahlenden Blau. Auf dem Platz war es ruhig, und doch war im Dorf mehr los als noch vor zwei Wochen. Jemand klopfte an die Tür, die nur angelehnt war, und ich ging hin. Es war Conrad. Er sagte, wie leid ihm das mit dem Tod meiner Großmutter tue, wir gaben uns einen Kuss auf jede Wange und dann schauten wir uns an. In seinen Augen lag noch immer derselbe schimmernde Glanz wie an jenem Tag, unserem letzten Tag, an dem wir zusammen getanzt hatten.

Er kam mit ins Haus, um der Familie sein Beileid auszudrücken. Bei dir fing er an, und schüchtern strecktest du ihm deine

Hand entgegen. Ich stellte ihm Guillem vor. Die beiden reichten sich ebenfalls die Hand und musterten sich. Er sagte mir, dass er gerne einen Augenblick mit mir sprechen würde, und so gingen wir noch einmal durch den Flur, nur wir beide, kamen gemeinsam am Spiegel vorbei und stiegen zusammen die Treppe mit den Stufen aus Schiefergestein hinunter, ich ließ meine rechte Hand über das abgenutzte Geländer gleiten. Conrad sagte mir, er habe zum Thema Bürgerkrieg hier bei uns im Tal geforscht, heimlich natürlich, und er glaubte, jetzt zu wissen, wer General Sagardia den Namen meines Großvaters genannt hatte. Dieser jemand sei nicht der Vater seines Vaters gewesen. Ich starrte ihn an: Er kam mir noch immer so groß vor, und sein Blick rief in mir ein Gefühl von Geborgenheit hervor.

– Ich kann dir noch nicht sagen, wer es war, aber ich wollte, dass du wenigstens das weißt. Gib mir deine Adresse, damit ich dich auf dem Laufenden halten kann. Vielleicht möchtest du ja auch selbst mit dem einen oder anderen Zeugen sprechen.

Ich hoffte, dass er einfach sagt, komm, lass uns gehen, und unverwandt schaute ich ihn an. Schweigend blieben wir unten an der Treppe stehen.

– Die Ehe steht dir gut – sagte er dann, und seine Stimme wurde ganz leise.

Ich lächelte ihn an und mit einem Mal sah ich wieder den Brunnen der Täuschung vor mir, in den ich gefallen war, und dabei hatte ich geglaubt, der ganze Schlamassel sei endlich vorbei. Plötzlich drehte ich mich um, und Guillem stand oben vor der Haustür und schaute zu uns hinunter.

Das Tal ist klein. Sein Lebensnerv ist ein Nebenfluss der Noguera. Die Berge geben ihm Farbe und Gestalt, ihre Umrisse dehnen sich aus und scheinen sich dann plötzlich wieder zusammenziehen zu wollen, sie lassen den Rest der Welt in Vergessenheit geraten. Zwischen all dem Grün verteilen sich nur wenige hundert

Einwohner auf vielleicht zehn Dörfer, die jeweils bloß durch ein paar Kilometer voneinander getrennt sind. Dein Dorf liegt am abgeschiedensten von allen. Man sieht es erst, wenn man schon da ist, und auch dann noch scheint es wegen der höher gelegenen Straße mit einem Verstecken spielen zu wollen. Nur von oben ist es sichtbar, wenn man sich auf der anderen Seite des Flusses befindet, oben auf den kleinen Pfaden, die den Berg durchfurchen. An diesem Berg, der sich gleich bei der ersten Kälte mit Schnee bedeckt, ist während des Krieges einmal die Front verlaufen.

Der Onkel lenkte den kleinen weißen Seat, einen 600er aus zweiter Hand, über die steile Straße mit den engen Kurven, die er schon früher »haufenweise«, wie du immer sagst, mit dem Karren und den Tieren bewältigt hat. Er kannte sie wie seine Westentasche. An der Stelle, wo ein Weg von der Fahrbahn abzweigt, blieb er stehen und stellte das Auto im Schatten von zwei Zwillingsbirken ab. Dann nahmen wir das Essen und die Angelruten und stiegen in der sengenden Sonne zum Wasser hinunter. Doch bald schon spendeten uns die Eschen wieder Schatten. Erschöpft von der Anstrengung sagte erst einmal niemand etwas, außer Quim. Dieser Ort hatte Vater immer besonders gut gefallen, und früher hatten wir hier oft zu Mittag gegessen oder gevespert, doch das war schon so lange her und in viel glücklicheren Tagen, wie es mir damals schien.

Guillem hat mit Quim gespielt, so als sei er selbst noch ein kleiner Junge, und beide haben sie ziemlich viel Sonne abbekommen. Der Onkel hat sich darum gekümmert, den Wein kühl zu stellen, und mit dem Messer kleine Birkenzweige abgeschnitten, weil er eine Art Bratrost machen wollte. Tante Mercè und ich haben uns in den Schatten zurückgezogen. Sie war damals eine stille Frau, mit vorspringenden Wangenknochen und glattem Haar, eine gute Köchin, aber Quim aß schlecht, und darum machte sie sich Sorgen. Sie meinte zu mir, Großmutter sei eine gute Frau gewesen, die sich ihr gegenüber immer anständig benommen habe, doch so wie Tomàs, also mein Onkel, von seiner Mutter spricht, käme es ihr immer so vor, als hätte sie sich auf den Sohn der Gottesmutter höchstpersönlich eingelassen, und das schon, seitdem sie ihn kennen würde. Eine Mutter so wie ihre sei ihr da lieber, »auch wenn sie es, na ja, vielleicht nicht immer so ganz genau nimmt«. Sie war sich nicht sicher, ob ich auch richtig verstanden hatte, was sie meinte, eine Frau eben, die nicht immer am Rumwerkeln ist, die bei der Arbeit auch mal fünfe gerade sein lässt und vor allem eine, die keine Dornenkrone auf dem Kopf trägt. Ich entgegnete ihr nichts, noch nicht einmal groß darüber nachdenken wollte ich.

– Du bist da von ganz anderem Schlag, Rita, du bist deinem Vater sehr ähnlich. Eine Messlatte an die Menschen zu legen, das war nicht sein Ding.

Deinen Namen hatte sie nicht ausgesprochen, aber ich hatte ihn sehr wohl gehört.

Am späten Nachmittag fuhren wir zurück. Guillem meinte zu mir, meine Familie würde ihm gut gefallen, und ich dachte, auch wenn es mir wehtat, die einzig wirkliche Familie, die ich hatte, das warst du, aber ich sagte nichts. Wie glücklich ich doch gewesen wäre, wenn ich Vater den Mann hätte vorstellen können, den ich mir ausgesucht habe, wenn ich sehen könnte, wie die beiden sich anlächeln und unterhalten. Tatsache aber war, dass ich keinen Vater mehr hatte, und es konnte auch keine Rede davon sein, dass ich mir einen Ehemann ausgesucht hatte, bestimmt, weil ich ein schlechter Mensch geworden war. Und dabei wusste ich eigentlich gar nicht mehr so richtig, wie es dazu gekommen war.

Bei unserer Rückkehr saßt du oben auf der Treppe über Großmutters Häkelarbeit gebeugt. Neben dir stand ein Mann, als würde er dich bewachen, etwas klein, muskulös und mit vom Wetter gegerbter Haut. Man sah gleich, dass er Bauer war, und doch kleidete er sich gepflegt und hatte gewandte Umgangsformen. In der Reihenfolge, wie wir oben auf dem Treppenabsatz erschienen, gab er uns die Hand. Als ich vor ihm stand und ihn anschaute, blitzte in mir eine vage Erinnerung an diese kleinen, erdfarbenen Augen auf. Sie gehörten zu einem Gesicht neben deinem, und ich, obwohl noch ein Winzling damals, hatte deine zwiespältige Reaktion auf diesen »Dämlack«, so hast du ihn jedenfalls genannt, durchaus mitbekommen, du warst verärgert und geschmeichelt zugleich. Sein Name fiel mir nicht mehr ein und auch nicht der seiner Familie. Du hast ihn dann genannt. Llorenç von den Plas.

Es war ein ausgedehnter Ausflug gewesen, so viele Eindrücke, und hier im Haus vermisste ich Großmutter auf Schritt und Tritt, ihre Nähe, ihre Stimme. Vielleicht suchte ich ja deshalb Zuflucht im Schlafzimmer, im ruhigen Teil des Hauses, wo ich mich auf dem Brautbett ausstreckte. Nichts war zu hören, weder aus dem Haus noch von der Straße. Es war einer dieser Augenblicke, die uns das Gefühl geben, dass wir über die Zeit und unser Leben selbst bestimmen können, und da begann ich zu ahnen, wie schwer mein Irrtum, mein Vergehen wirklich wog. John hatte mich umarmt, als er erfuhr, dass ich ein Kind erwartete, und mir gesagt, dass das etwas Wunderbares sei, Guillem aber hatte auf den Boden geschaut und geschwiegen. In jener Nacht wies ich seine Zärtlichkeiten zurück. Ich sagte ihm, wir befänden uns in einer solchen Lage, weil wir uns seiner Begierde hingegeben hatten und meinem Verlangen, all das zu verraten, was du mir beigebracht hast und was dir heilig ist. Er gab mir zur Antwort, er würde mich nicht verstehen, er sähe doch, dass ich dich liebe. Und ich schwieg. Er sagte auch, dass ich dir ähnlich sei. Und ich wollte ihm auf gar keinen Fall sagen, dass ich mich selbst nicht verstehe. Ich war ein Teil von dir, die meisten deiner Handlungen aber und fast all deine Worte verabscheute ich zutiefst.

Die verbleibenden Tage schwebte ich zwischen Dunkelheit

und Licht. Großmutters Schatten verfolgte mich im ganzen Haus, und immer wieder rief mich ihre Stimme. Und ich hatte Angst, Conrad zu begegnen, und sehnte mich danach, einfach zu ihm zu laufen.

Am Morgen unserer Abfahrt wurde mir in der Küche übel, und ich schaffte es gerade noch zum Spülstein. Mir ist, als sähe ich dich noch vor mir. Als ich gerade den Wasserhahn zudrehen wollte, standst du mit einem Mal in der Tür, durch die man runter in den Keller gelangt, dorthin, wo früher einmal der Kuhstall gewesen war. In der rechten Hand hieltst du eine Flasche.

– Ist es also schon so weit?

Ich schaute dich an, in der Hoffnung herausfinden zu können, welche Richtung deine Worte einschlugen, und ich fragte mich, ob ich auch wirklich verstand, was du da gerade von dir gabst. Ohne ein Blatt vor den Mund zu nehmen, ergingst du dich in einer langen Erklärung, was das Beste für ein Ehepaar sei, und heraus kam, dass man sich mit den Kindern eine Weile Zeit lassen müsste, weil einem sonst ja nichts anderes übrigbliebe, als »von Pontius nach Pilatus« zu laufen und um Unterstützung zu betteln. Deine Worte waren eindeutig.

– Nun denn, für dich ist es mit der Jugend jedenfalls vorbei, wie kann man aber auch nur so blöd sein. Ich hatte eigentlich gedacht, dass du ein bisschen schlauer bist. So viel Aufhebens um das Lernen, und jetzt schau dich an, »trächtig wie eine Kuh«.

Ich drehte mich um und wollte gehen, aber da hast du mich am Handgelenk gepackt.

– Lass mich los, mir geht's nicht gut.

– Ach ja, natürlich, jetzt soll'n wir dir wohl alle hinterherlaufen? Wir haben ja auch noch nie eine schwangere Frau gesehen. Man könnte meinen, du bist schon genauso »etepetete« wie diese Schnepfen aus der Stadt, »schau mich an, rühr mich nicht an«, immer einen auf leidend machen, das sind mir die richtigen. Und das kannst du mir glauben, Männer, die sich von einer Frau vernachlässigt fühlen, werden ihrer schnell überdrüssig und suchen sich eine andere.

So gut ich konnte, entzog ich mich deinem Griff und lief die Treppe hoch zum Obrador-Haus. Du kamst mir nicht nach so wie früher, was ich befürchtet hatte. Guillem fand mich im Bett vor, nachdem er die Forellen im Spülbecken gelassen hatte und mit dir von freudigen Ausrufen bedacht worden war. Als er nach mir fragte, hast du zu ihm gesagt, ich läge »leicht angeschlagen« im Bett.

– Was meint sie mit »leicht angeschlagen«?
– Ich habe mich übergeben müssen, und da hat sie erraten ...
– Ach so! Da wird sie sich bestimmt gefreut haben.

Ich fing an zu lachen und konnte gar nicht mehr aufhören.

Ganz in Schwarz bliebst du mit deinen Toten zurück und mit deiner Arbeit, dein Land war also unversehrt. Mir war es egal, was in dir vorging und wie du dich fühltest, ob du traurig warst, ich wollte einfach nur weg von dir. Ich wollte mein eigenes Leben leben, und obwohl ich geheiratet hatte, ließt du das immer noch nicht zu.

Ich war erleichtert, als ich mich von dir verabschiedete: Es war der Moment der freundlichen Worte. Du kamst heraus, und zwei Hunde, bedauernswerte Geschöpfe mit gesenktem Kopf und eingezogenem Schwanz, folgten dir auf dem Fuß. Von den Familien, die ihre Häuser verschlossen hatten, um in die Stadt zu gehen, im Stich gelassen, hatten sie überlebt und strichen nun verloren herum, ernährten sich von den paar Abfällen, die ihnen die Bewohner der wie leblos wirkenden Häuser übrig ließen. Ich hatte gesehen, wie du in eine Ecke des Dorfplatzes ein paar Knochen und Speisereste für sie hingelegt hattest, und wenn das jemand mitbekam, sagtest du nur: die armen Tiere!

Aus dem Auto heraus, neben Guillem, winkte ich dir zum Abschied zu, eifersüchtig auf diese Hunde, für die du Mitleid aufbrachtest und sogar ein wenig Zärtlichkeit.

7

Ziegelsteine

Schon zum zweiten Mal klopften wir an die Tür von Johns und Annas Haus. Dann endlich öffnete uns ein Mann, den ich zuvor noch nie gesehen hatte, doch Guillem kannte ihn. Man hatte John in den frühen Morgenstunden verhaftet, und obwohl sie noch nichts Genaues wussten, nahmen sie an, er sei nach Barcelona gebracht worden, ins Modelo-Gefängnis. Jedenfalls war Anna mit Johnny dorthin gefahren. Und ich bin hier, weil ich nachschauen will, ob es vielleicht irgendwelche kompromittierenden Dokumente gibt und um ein bisschen »aufzuräumen«, sagte er. Die Fotos von den Wänden lagen ausgebreitet auf dem Tisch.

– Die Fotos auch …? – fragte ich nach.

– Man weiß nie; bei mir sind sie auf alle Fälle besser aufgehoben.

Guillem unterbrach ihn und meinte, er müsse unbedingt nach Barcelona. Es ist besser, wenn du bei der Hitze hier auf mich wartest, sagte er, als er meinen Blick bemerkte. Er würde mich auf dem Laufenden halten. Er ging schnell fort, der Mann lächelte, und ich half ihm, die Zimmer durchzusehen.

Die ganze Zeit über war er dabei am Reden. Er kannte Anna, John und Guillem aus einer Wohnung, die sie sich mit anderen geteilt hatten. Er fand, sie würden ein perfektes Dreieck bilden. Nur weshalb Anna und John geheiratet hätten, das würde er nicht verstehen. Er war der Meinung, dass es mit den dreien in ein und derselben Wohnung auch weiterhin ganz gut funktioniert hätte. Er lachte und schüttelte den Kopf. Der restliche August verging mehr recht als schlecht und ohne, dass ich groß etwas von dir gehört hätte.

Anna hatte für mich einen Termin bei ihrem Gynäkologen

ausgemacht, und ich hatte es völlig vergessen. Alle drei ärgerten sich über mich. John war erst vor Kurzem aus dem Gefängnis entlassen worden, dreizehn Tage hatten sie ihn dort festgehalten, als ich einen Anruf von Conrad erhielt.

Ich fuhr Stunden vor unserer Verabredung nach Barcelona. Ich ging in den Carrer Porvenir und strich um das Haus, in dem ich gelebt hatte, wie ein Fuchs, der vom Brunnenrand aus den Schatten des Mondes im Wasser beobachtet und glaubt, einen Käse zu wittern. Als ich weiterging, meinte ich, wieder Vater und Veva zu hören, wie sie im Flüsterton über die Diktatur sprechen, über Franco, über all ihre unbändigen Hoffnungen auf einen Umsturz. Ich fragte mich, was aus ihren Liedern geworden war, aus den Melodien, für die du so sehr geschwärmt hast. Wie eine kleine Atempause ist uns das immer vorgekommen, auch wenn sie nur allzu bald wieder von der sengenden Hitze aufgezehrt wurde, von diesem Feuer, das schon so lange in dir am Glimmen war und stets aufs Neue aufzulodern drohte, um das Hier und Jetzt in Schutt und Asche zu legen.

Ich blieb vor Montses Haus stehen und aus einem Impuls heraus klingelte ich an ihrer Tür. Sie freute sich so sehr, wollte so vieles wissen. Ich konnte ihre Neugier kaum stillen und überhäufte sie meinerseits mit allen möglichen Fragen, vor allem, um sie von dem abzulenken, worauf ich ihr nur ungern eine Antwort geben wollte. Sie studierte im zweiten Jahr Medizin, kümmerte sich an den Wochenenden noch immer um die Pfadfinder, die jetzt allerdings Jugendliche waren. Sie hatte keinen Freund, war aber in einen Kommilitonen verliebt. Als ich ihr von meiner Schwangerschaft erzählte, nahm sie mich in den Arm.

– Du warst uns schon immer voraus, Rita!

– Na klar, der Esel geht immer voran.

Deine Art zu denken hatte allem Anschein nach in meinen Worten Gestalt angenommen. Oder waren es meine Gedanken in deinen Worten?

Ich sagte ihr, dass ich dieses Kind unbedingt haben will, dass es so heißen wird wie mein Vater, an den ich so oft dachte, aber ich hätte es mir damit so schwer wie nur irgend möglich gemacht.

– Aber hast du denn nicht geheiratet?
– Ja schon, doch Guillem ist nur ein guter Freund ... Ich habe geheiratet, um meiner Mutter nicht noch mehr Kummer zu machen.

Sie hatte noch immer diesen besonderen Ausdruck in ihren glänzenden Augen und dieses Lächeln, wie ein Honigkuchenpferd, immer kurz davor, sich in ein schallendes Lachen zu verwandeln.

– Und jetzt?
– Im Moment nichts. Er will meinem Kind ein Vater sein, aber er liebt eine andere, schon immer.

Wir betraten ein Hochhaus, ein Bürogebäude. Hinter dem Empfang stand ein Mann in Uniform. Von dem Augenblick an, als er uns sah, änderte sich sein argwöhnischer Gesichtsausdruck, denn er hatte Conrad erkannt, Conrad von den Melis. Liebenswürdige Begrüßungsfloskeln wurden ausgetauscht, schließlich stammte dieser junge Mann aus der einzigen Familie des Dorfes, die noch bedeutender war als seine eigene. Und diese Hierarchie schien ihm, dem Schulterklopfen nach zu urteilen, in Fleisch und Blut übergegangen zu sein.

Er begleitete uns nach ganz oben in seine kleine Wohnung, in der er, seine Frau, die beiden Kinder und sein Vater lebten. Er stellte uns vor und ging dann gleich wieder runter an den Empfang. Der alte Mann drehte sich zu uns und blickte uns finster an, und erst, als er mitbekam, dass der Junge, der ihn begrüßte, der Enkel von Anton Melis war und das Mädchen seine Verlobte aus Barcelona sei, schien sein Interesse geweckt. Er saß in einem Sessel in der Nähe des Fensters und warf mir einen verstohlenen

Blick zu. Seine weißen Haare, die sich von dem leicht gebräunten Gesicht abhoben, waren auffallend schön. Die Stirn ragte über seine Augen hinaus wie ein kleiner Dachvorsprung, und, solchermaßen geschützt, schien es mir, als würde uns sein Blick aus dem Schatten heraus durchbohren. Neben ihm, auf einem Tisch, der zweifelsohne noch aus dem Dorf stammte, ein halbvolles Glas Wasser. Die Frau des Portiers hatte sich ohne ein Wort zurückgezogen. Du dürftest diesen Mann zu seinen besseren Zeiten gekannt haben, auf mich machte er damals jedenfalls den Eindruck, krank zu sein.

Nicht uninteressiert folgte er Conrads Ausführungen zum Verhältnis beider Familien, die bedeutendsten im ganzen Dorf, und der protokollarischen Feststellung, dass es den alten Melis, Conrads Großeltern, gesundheitlich gut geht. Bevor er zu seinem eigentlichen Anliegen kam, sprach Conrad vom Wetter, und der Mann blickte hoch zum Himmel. Ein Lächeln, das Abscheu in mir erregte, umspielte seinen Mund; es war ganz klar, dass er aus Wind und Regen längst keinen Nutzen mehr ziehen konnte, und das Wetter ihm von daher völlig egal war. Conrad sprach ganz entspannt, so als ob ihn das Gesicht, das sich ihm forschend zuwandte, in keiner Weise einschüchtern würde. Ich spürte in mir deine alte Angst aufsteigen, so als würde ich »im Durchzug« stehen und eine eisige Kälte sich meiner bemächtigen. Er sagte, wir sollten seine Schwiegertochter rufen, und als die Frau wieder erschien und sich ihre Hände an der Schürze abwischte, befahl er ihr, uns etwas Wein zu bringen. Da machte ich zum ersten Mal den Mund auf und sagte, das sei doch nicht nötig. Der strenge Blick des Alten blieb auf meinem Gesicht haften, und für einen kurzen Augenblick zeichnete sich auf seinem so etwas wie Verwirrung oder Verblüffung ab. Ohne ihm eine Antwort zu geben, machte die Frau auf dem Absatz kehrt und kam kurz darauf mit einer Flasche und zwei kleinen Gläsern zurück, die sie auf den Tisch stellte, auf dem sich schon das Wasserglas befand. Auf ein

Zeichen von ihm füllte sie unsere Gläser drei Viertel voll, verschloss sorgfältig die Flasche und zog sich wieder zurück.

Als Conrad sich bei ihm nach deinem Vater erkundigte, ließ er sich Zeit mit seiner Antwort. Ich riss mich zusammen, um nicht nach der Toilette zu fragen, ich würde es schon noch aushalten, bis die Schwiegertochter zurückkam. Der Mann hatte mit zwei Schlucken sein Wasserglas geleert und, nachdem er schnell einen Blick auf die Tür geworfen hatte, schüttete er sich etwas von dem Portwein ins Glas. Diese Geste und Conrads Augenzwinkern ließen mich entspannen. Ich machte es mir auf meinem Stuhl bequemer und schaute hinaus auf die Dächer, auf denen die Fernsehantennen in den Himmel ragten.

Unterdessen erzählte ihm mein vermeintlicher Verlobter, dass er für sein Studium an einer Arbeit über die letzten fünfzig Jahre im Dorf schrieb und von daher auch nicht den Mann unerwähnt lassen konnte, der gegen Ende des Krieges erschossen worden war. Als Einziger aus dem Dorf, und das dürfte doch wohl irgendetwas zu bedeuten haben.

– Das wird schon seinen Grund gehabt haben, wenn man ihm das Fell abgezogen hat, oder?

– Ja, aber hat er denn politische Ideen verfolgt?

Conrads Frage ließ den Alten in seinem Sessel hin- und herrutschen, so als ob schon allein die Tatsache, diese beiden Worte gehört zu haben, ihn ins Gefängnis bringen könne. Mit einem Mal war ich du. Zu gerne wäre ich aufgesprungen, um diese Sphinxgestalt mit ihrem Visier an der Stirn anzuspucken und mich dann schnell vom Acker zu machen.

– Mein Großvater hat mir gesagt, das wären alles anständige Leute gewesen, vor allem Teresina.

Im Wasserglas war jetzt auch kein Wein mehr, und als Conrad zur Flasche griff, um ihm das Glas wieder zu füllen, so, als ob sie ihre Rollen vertauscht hätten und er nun der Hausherr sei, kriegte ich den Mund nicht mehr zu. Der Alte von den Toras nahm gleich einen Schluck, gierig und ohne die Antennen aus den Augen zu lassen, die von den benachbarten Dächern das Blau des Himmels zu bedrohen schienen. Entschlossen nahm er einen zweiten Schluck, und sowohl seine Stimme als auch seine Gebärden wurden lockerer und irgendwie vertraulich.

– Haufenweise habe ich sie gesehen, wie sie sich um meine Mutter gekümmert hat ...

– Ich weiß, zum Schluss hat sich Ihre Mutter ja kaum noch bewegen können ...

– Teresina hat sie mindestens drei Monate gepflegt, ja genau, ihre letzten drei Monate! Sie hat als Einzige gewusst, was Mutter wollte, als ob sie es ihr von der Stirn hätte ablesen können. Und Mutters Blick ist ihr überallhin gefolgt, sie hat sie ebenso wenig aus den Augen gelassen wie ein Kälbchen das Euter der Kuh.

Ich war überrascht, einen Diminutiv aus seinem Mund zu hören, auch wenn das Kälbchen mit Wein getauft worden war, einem Wein, der so ruppig war, dass er wie Feuer in meiner Kehle brannte.

– Wir alle, wir hätten die Teresina für das, was sie geleistet hat, auf einen Altar gehoben, nie hat sie zur Uhr geschaut, und immer war da noch Zeit, mit der Mutter zu scherzen. Wir waren aber auch großzügig, wenn's ums Bezahlen ging: mal Kartoffeln, mal etwas Mehl, mal eine Wurst ... Jeden Tag ist sie mit einem vollen Korb nach Hause gegangen! Aber mein Bruder, mit einem Mal war der ganz vernarrt in sie. Alles drangesetzt hat er, zu Hause zu sein, bevor die Teresina wieder gehen musste, und oft ist er gar nicht fort, bis sie nicht da war. Und manchmal hat er sogar seine Arbeit liegen gelassen und ist einfach bei ihr im Zimmer geblieben und sogar geholfen hat er ihr, die Mutter herzurichten, so als ob er selbst ein Frauenzimmer wäre.

Diese gute Frau, wie du sagst, war eine wuchernde Schlingpflanze, die sich so lange an einer Mauer aus Felsgestein hochrankt, bis sie sie schließlich zum Einsturz bringt, beschied er.

– Aber Teresina war doch damals schon verheiratet.
– Ja, ja, sie hatte schon ihre Älteste, als sie zu uns ins Haus kam! Die hat sie oft mitgebracht, und ich schwör dir, keinen Mucks durfte die von sich geben.
– Teresa?
– Was weiß ich denn, welchen Namen diese Leute ihrer Brut gegeben haben.
Als er deinen Namen hörte, nahm er wieder diesen gekränkten Gesichtsausdruck an, und ich wäre ihm am liebsten an die Gurgel gesprungen.
Aber dann sprach Conrad Melis von dir.
– Ja, Teresa, sie war es, die später den Platz des Vaters im Haus einnehmen musste, denn der Tod ihres Mannes hat Teresina völlig abstumpfen lassen.
– Familien brechen schon wegen weit weniger auseinander. Sie mag ja was getaugt haben, aber wegen ihr ist unsere Familie vor die Hunde gegangen.
– Weil Ihr Bruder nach Argentinien ausgewandert ist ...
Für ihn war es ganz klar, »der unsrige«, also sein Bruder Manel, der Erbe der Toras, »ist der Teresina auf den Leim gegangen und hat dabei seinen Verstand verloren«. Ihrer beider Vater und er selbst wollten ihn wieder zur Vernunft bringen, doch Manel hätte bloß geschwiegen und den Kopf eingezogen, schien Ja und Amen zu allem zu sagen, doch dann ging alles wieder von vorne los, »nicht ums Verrecken« habe er auf sie verzichten wollen.
Der Alte nahm einen großen Schluck und redete weiter, doch schien er irgendwie den Faden verloren zu haben. Er begann Sätze und führte sie nicht zu Ende, schaute die Antennen wieder so durchdringend an, als wären sie Feinde, die ihn persönlich bedrohten. Er wackelte mit dem Kopf und schließlich schwieg er. Conrad machte mir ein Zeichen. Ich dachte, es sei bestimmt besser, schnellstmöglich die Beine in die Hand zu nehmen. Dann hörte ich plötzlich »der Krieg«, mit diesem lang gezogenen »iii«,

wie eine Gewehrsalve. Und dann: »Einen Mann, der den Verstand verliert, sollte man ertränken, oder er soll sich selbst einen Mühlstein um den Hals binden!«

– Was hat er denn getan?

Conrad schien nun alles auf eine Karte setzen zu wollen. Die Stimme des Alten begann sich wieder zu vernebeln und die Worte hinter sich herzuschleifen. Er verfluchte seinen Bruder.

– Nach dem Tod von Teresinas Mann ist ihr dieser Idiot doch tatsächlich nachgestiegen, der hat auf sie gewartet und sich einen Dreck um die Leute geschert. Ich dachte: »Sieh bloß zu, dass du endlich wegkommst!«

Und ich saß da, schwanger, und dachte an Großmutter und ihre Verehrer, die sich vielleicht auf einen einzigen reduzieren ließen. Auf einen, der sich nach Argentinien eingeschifft hatte, um dort Pferdezucht zu betreiben, nachdem sie ihn wieder und immer wieder abgewiesen hatte. Aber zuvor, was hast du da getan, Manel? Was für eine Tragödie hast du ins Rollen gebracht? Oder war es etwa der Mann, der mir gegenübersaß, der Großvater auf dem Gewissen hatte, sein Bruder, der Zweitgeborene? Und wie stand es mit dem Vater der beiden?

– So ein verdammter Idiot!

Er spülte seinen Zorn wieder mit einem großen Schluck Portwein runter, und dieses Mal schaute er schon gar nicht mehr zur Tür.

Als seine Schwiegertochter wieder ins Zimmer kam, stand ich auf und fragte sie nach der Toilette. Sie zeigte mir den Weg, ohne ein Wort zu sagen, und erst als ich die Tür hinter mir schloss, fiel mir ein, dass sie mich ja kannte: Sie wusste, dass ich deine Tochter war.

Du schienst den Flur zu wischen. Es war so seltsam, deine Schritte in Guillems Wohnung zu hören, dass ich die Augen schloss, sie dann wieder öffnete und die ganze Zeit über die Ohren spitzte.

So als wollte ich auf das Meer horchen. Aber die Wellen waren nicht zu hören, nur in meinen Gedanken rauschten sie in einem fort. Das Licht war versickert, und der Abend drang in den Schatten ein, der ihn wieder zur Nacht werden ließ. Es herrschte eine eigenartige Stille. Als mir bewusst wurde, dass ich keine Kraft hatte, schrie ich, doch wie ein Knoten aus Spucke blieb mir dein Name im Hals stecken.

– Mutter?

Als ich klein war, in unserer Wohnung mit der Dachterrasse, habe ich in meinem Bett immer auf deine Schritte gehorcht und auf das »Geschirrklappern« in unserer winzigen Küche, auf der anderen Seite der Wand. Wenn ich morgens aufgewacht bin, habe ich gleich nach dir gerufen: Mutter!, Mutter?, Mutteer! Ich fand, es hat immer ewig gedauert, bis du kamst, aber als du dann endlich die Tür aufgemacht hast, drang von der geöffneten Terrasse her eine Roggenähre voller Licht in das Zimmer, wie ein leuchtender Strahl, der bis ins Esszimmer und den Flur strömte. Auch jetzt schien alles heller zu werden, als du auf einmal mit meiner gelben Schürze über deinem schwarzen Kleid hereinkamst. Du sahst irgendwie seltsam aus mit diesen beiden Farben, die so gar nicht zusammenpassen wollten. Du sagtest zu mir, etwas gekochter Reis mit Öl und Zwiebeln sei jetzt sicher »genau das Richtige« für mich, und ich wollte dich anlächeln.

– Hast du Hunger?

– …

– Dann musst du jetzt auch was essen. Dieser arme Junge kommt einfach nicht zur Ruhe, weil du heute noch keinen Bissen gegessen hast. »Armer Junge«, so war Guillem von dir getauft worden. Wenigstens diesen Trostpreis hattest du ihm schließlich zuerkannt, und ich versuchte wieder, den Mund zu einem Lächeln zu verziehen. Deine Hand, die mit der Schnittnarbe, näherte sich mir, und für einen Augenblick hast du sie mir auf die Stirn gelegt. Dann sah ich zur Tür. Der Arzt war gekommen, und mit ihm Guillem, ohne dass ich es gehört hätte. Er blieb auf der Türschwelle stehen und schaute zu uns hinüber, kam erst herein, als du zu ihm gingst und, nicht gerade leise, in sein Ohr flüstertest, dass ich noch Fieber hätte. Das stimmte: Noch immer belauerte mich der Hüter des Sandtrichters, während ich auf der spiralförmigen Bahn meine Runden drehte. Der Arzt trat an mein Bett und nahm mein linkes Handgelenk zwischen seine Finger. Du hast immer weiter deine gescheiterten Überzeugungsversuche aufgezählt und schließlich dein Urteil gefällt: Sie ist stur wie ein Esel. Der Arzt schaute dich erstaunt an und wandte sich dann wieder mir zu. Er hielt mir eine Standpauke.

– Mit dieser Einstellung erreichen Sie nur, dass Ihre Mutter und Ihr Mann sich noch mehr Sorgen um Sie machen. Vor allem aber bringen Sie Ihr Leben in Gefahr. Wenn Sie nichts essen, wird mir nichts anderes übrigbleiben, als Ihnen eine Infusion zu legen. Sie sind doch noch so jung und haben noch das ganze Leben vor sich.

Ja, das ganze Leben, ja genau, dachte ich.

Guillem schwieg. Ich ahnte, was er mir sagen wollte, er sei doch bei mir, aber meine Augen hielten ihn zurück, so dass er nicht wusste, was er tun sollte. Statt mir Klarheit zu verschaffen, kamen mir all die vielen Worte wie Ziegelsteine vor, die in eine rote, klebrige Flüssigkeit eingetaucht waren. Sorgen bereiten, Mann, Gefahr, nichts anderes übrigbleiben, Infusion. Leben. Ich setzte einen Stein auf den anderen, und dann war es mir klar: Ich hatte das Kind verloren.

8

Sie erwacht

Noch bevor ich es selbst bemerkte, hattest du schon gespürt, dass es mir wieder besser ging. Ich hatte mir gewünscht, du würdest endlich gehen. Du würdest aufhören, meine Beziehung zu Guillem zu kontrollieren, die Leute, die zu uns kamen, das Essen und meine Stimmung. Aber als du uns dann deine Entscheidung, wieder nach Hause zu fahren, mitgeteilt hast, am Tisch, zwischen uns beiden, war das eine schallende Ohrfeige für mich. Doch seitdem du fort warst, merkte ich jeden Tag mehr, wie ich wieder zu Kräften kam. Und gerade da fiel mir ein, dass wir eigentlich hätten gemeinsam spazieren gehen können, Arm in Arm, nur so, um zu reden.

Ich bezog wieder das kleine Zimmer, in dem du geschlafen hattest, als du bei uns warst. Jeder Gegenstand sagte mir, dass ich nicht mehr schwanger war. Die Wäscheleine, die Zahnbürste, meine Kleider, die mir zu groß geworden waren, und selbst die weiße Haut auf der Milch. Und trotzdem konnte ich die Vorstellung immer noch nicht ertragen. Die Zeit der sanft leuchtenden Tage war gekommen, die große Hitze vorbei, und ich verließ die Wohnung, um allein an den Strand zu gehen. Dort lief ich auf und ab. Jetzt hatte das so lang ersehnte Morgen begonnen. Und es hätte der Moment sein können, mich um die Felsen herumzuführen, mich auf die Dünen aufmerksam zu machen, auf ein weißes Segel hättest du zeigen können oder auf einen schattigen Platz, es hätte der Moment sein können, mir einen Weg in dein inneres Land zu öffnen.

Eines Nachmittags kam mich Anna mit Johnny besuchen. Als das Kind mich sah, warf es sich gleich in meine Arme, und ich fühlte, wie ich mich innerlich öffnete, als wäre ich ein reifer Granatapfel. Anna redete, und ich versuchte, wieder zu Atem zu kommen, und der Junge ging nicht von meinem Schoß. Er war gewachsen, und seine Augen schienen mir nicht mehr so traurig zu sein. Sie sagte mir, Johnny fühle sich auf der neuen Schule sehr wohl.

Ich hatte das Bedürfnis, sie zu fragen, ob sie Guillem liebt, und ich tat es, brach einfach das Schweigen, das sich zwischen uns beiden ausgebreitet hatte. Sie schien mit einem Mal zu erstarren, und ich dachte schon, sie würde mir keine Antwort geben. Plötzlich aber meinte sie, dass sie mir das doch eigentlich schon erklärt hätten. Sie hätten sich damals eine Wohnung geteilt, in der alles allen gehörte. Verstehst du? Der Tonfall ihrer Frage erlaubte eigentlich keine weitere. Und im Grunde war es mir auch egal.

Ich ging, bevor Guillem zurückkam. Ich hatte es satt, dass er mich mit den Augen eines »armen Jungen« ansah, das aß, was ich ihm hinstellte, sich bei mir bedankte und dann wegging oder anfing zu proben und dabei Cognac trank. Als ich meinen Fuß auf die Straße setzte, war meine Seele von all der Ruhe und Klarheit draußen überwältigt. Und schon bald empfand auch mein Körper diesen herbstlichen Frieden. Ich fühlte, wie die wiedergewonnene Kraft mit mir durchzugehen schien, die Lebensfreude und dieses Verlangen, einfach glücklich zu sein. Ich blieb vor einem Schaufenster stehen, bis ich wieder ruhiger wurde und weitergehen konnte. Was hielt mich eigentlich bei Guillem?

Doloreta empfing uns mit bescheidener Freundlichkeit. Sie forderte uns gleich auf, ihr durch eine kleine Tür zu folgen, von wo aus eine Treppe nach oben führte und man sich unversehens mitten in einer Essküche wiederfand. Sie empfing uns mit der bescheidenen Freundlichkeit einer kleinen, untersetzten Frau, die ganz in Grau gekleidet war. Sie trug eine Schürze mit einem winzigen Karomuster, wie als untrügliches Zeichen dafür, dass sie sich in diesem Gebäude nicht als Hausherrin, sondern als Dienstmädchen befand.

Sie war Witwe, und auf der Suche nach einem besseren Leben hatte ihr Sohn sie in die Stadt gedrängt. Mein erster Eindruck war, dass sie sich durch ihren Umzug verschlechtert hatten. Die Portierloge war zwar noch recht neu, doch dunkel und eng. Sie erstreckte sich über zwei Ebenen, und wir befanden uns im oberen Teil. Hier kam weder Sonne noch Tageslicht hinein. Aber bei zwei Gehältern konnten Mutter und Sohn sicherlich etwas zur Seite legen.

Doloreta ließ uns auf einem abgewetzten Sofa aus grünem Kunstleder Platz nehmen, während sie sich selbst uns gegenüber auf einen alten Stuhl aus dunklem Holz setzte, der bestimmt noch aus dem Dorf stammte. Er passte zu der großen Anrichte, zum Tisch, dem Bild mit dem Abendmahl und den beiden Hochzeitsfotos, die den Raum dermaßen füllten, dass er geradezu überladen wirkte. Sie hatte einen *porró* mit Roséwein und einen kleinen Teller mit gebrannten Mandeln vor uns hingestellt. Sie sagte:

– Diese junge Frau ist also die Enkeltochter der armen Teresina?

– Ich heiße Rita.

– Die Patronin der verzweifelten Anliegen.

Ich rutschte auf dem Sofa hin und her und wäre am liebsten gleich wieder gegangen. Conrad schaute mich an, und ich begriff, dass er mich darum bat, Geduld zu haben.

Der Name Doloreta brachte mich auf den Gedanken, dass sie die Jüngste unter den Freundinnen gewesen sein musste oder von der Größe her klein, so wie ich. Vielleicht hatte sie aber auch einfach nur ein sanftes Wesen, oder in ihrer Familie gab es schon eine Dolors. Anders als bei Anton von den Toras stieß Conrad bei ihr auf keinerlei Widerstand, denn sie erzählte bereitwillig alles, woran sie sich erinnerte. Sie dürfte ungefähr dein Alter haben, vielleicht ein klein wenig älter, aber nicht viel.

Sie kam gleich zur Sache. Damals, 1938, also fast schon gegen Ende des Krieges, sei sie in Anstellung bei der Familie Pla gewesen und habe dort ein Gespräch zwischen dem Alten und seinem Sohn mitbekommen. Sagardias Soldaten hatten von den Oberhäuptern der reichsten Familien die Namen möglicher Verschwörer wissen wollen, von denen es hieß, sie hätten die Wachposten an einer Brücke im Nachbardorf getötet. Doloreta hatte nicht lange überlegt, ihren Eltern aber erst gar nichts davon erzählt; deren Antwort konnte sie sich nämlich schon denken. Sie dagegen war davon überzeugt, dass mein Großvater, auch wenn es hieß, er gehöre zu den Linken, ein grundanständiger Mensch sei. Noch nicht einmal zwei Tage war es schließlich her, da hatte er das Bildnis des heiligen Johannes in die Kirche zurückgebracht. In einem Beet hatte er es gefunden, wo es wohl vor der Zerstörungswut der anarchistischen Komitees versteckt worden war. Zu Anfang des Krieges waren Männer aus diesen Komitees hoch in die Dörfer gekommen, hatten einige Pfarrer umgebracht und Statuen und Heiligenbilder verbrannt. Bevor Doloreta an diesem Abend zu Bett gegangen war, hatte sie an die Tür von eurem Haus geklopft. Alles war dunkel, und man hörte nicht den geringsten Laut. Dein Vater öffnete ihr, und sie sagte ihm, er solle fortgehen, denn sie wüsste, dass man ihn auf die Liste der vermeintlichen Revolutionäre gesetzt hätte. Mit der Petroleumlampe in der Hand lächelte er sie an und schaute ihr dabei direkt in die Augen. Er fragte sie, ob sie denn glauben würde, was man über ihn erzählt, und sie war völlig erschrocken. Er ließ sie hereinkommen, und drinnen hinter der Tür redeten sie dann weiter. Ich stellte mir vor, wie sie im Flur neben dem Spiegel gestanden sind. Doloreta sagte ihm noch einmal, er müsse unbedingt fortgehen, doch er schien von ihr nur hören zu wollen, dass sie nicht daran glaubte, dass er etwas verbrochen hätte, so als ob das für ihn in diesem Augenblick das Allerwichtigste gewesen sei. Stockstill war sie dagestanden und hatte kein Wort mehr herausgebracht. Gerade, als sie sich umdrehen und fortgehen wollte, sagte der Großvater, der damals neunundvierzig Jahre alt war, er würde sein Haus nicht verlassen, seine Frau nicht und nicht die Töchter, dich und die liebe kleine Tante, und auch nicht den Jungen, denn er habe nichts Böses getan. Ohne ein weiteres Wort zu sagen, war Doloreta dann nach Hause gerannt, so als ob ihr in der Dunkelheit jemand auflauern würde.

– Gott bewahre, wenn Vater oder Mutter nach mir gesucht hätten!

Sie schwieg einen Augenblick und dann fragte sie mich nach dir. Ich brachte sie auf den neuesten Stand und erzählte ihr von der Hochzeit meines Bruders und dass du mit ihm und der Schwiegertochter leben würdest, aber nicht, dass ihr euch nicht mehr so ganz grün wärt. Sie erinnerte sich, dass du ein wenig jünger als sie warst, als all das passiert ist. Am Tag, nachdem sie deinen Vater gewarnt hatte, erfuhr sie, dass man ihn zusammen mit anderen Männern aus den umliegenden Dörfern festgenommen hatte. Sie schaute mich aus wundersam runden und schönen Augen an, mitten über ihre Stirn verlief eine vollkommen gerade Falte, ihr graues Haar war gelockt. Sie hatte sich kein bisschen geschminkt und trug bloß ein paar goldene Knöpfe im Ohr und eine Kette, die sich um ihren Hals schmiegte. Sie sagte mir, damals sei ihr Leben völlig aus den Fugen geraten. Sofort danach habe sie geheiratet und aufgehört, bei den Plas zu arbeiten, aber noch heute würde sie von Schuldgefühlen geplagt. Wenn sie Großvater damals anders entgegengetreten wäre, wenn sie nur ein wenig mehr insistiert hätte, vielleicht hätte er dann ja auf sie gehört.

– An so etwas dürfen Sie erst gar nicht denken, Sie haben alles getan, was Sie nur hätten tun können.

Conrad war mir zuvorgekommen, aber ich wollte es auch noch einmal sagen.

– Ich sehe das genauso wie er und möchte mich bei Ihnen bedanken.

– Es scheint so, als sei das kleine Fräulein meiner Mutter sehr dankbar, und ich würde gerne wissen, weshalb.

Noch bevor man ihn von der Treppe ins Zimmer treten sah, war schon seine Stimme zu hören, ohne dass ich vorher auch nur das kleinste Geräusch oder die geringste Bewegung wahrgenommen hätte. Doloreta war gleich von ihrem Stuhl aufgesprungen. Er war ein großer, kräftiger Mann, und seine Augen ähnelten ihren, schauten aber recht mürrisch drein. Seine Werkzeugtasche aus Leder hatte er mitten auf den Tisch gestellt.

Ich versuchte ihn zu beruhigen.

– Ihre Mutter war so freundlich, uns zu empfangen und hat uns Antwort auf ein paar Fragen geben können, die wir hatten.

Und Conrad war bemüht, seine Aufmerksamkeit in eine andere Richtung zu lenken.

– Wir sammeln Bräuche und vor allem das Liedgut aus den Dörfern, auch Marienlieder. Ihre Mutter hat sich an einige erinnert, die wir noch nicht kannten.

Mein Verstand arbeitete auf Hochtouren, um sich an die Heiligen unserer Gegend zu erinnern, aber da griff Doloreta ein, um ihrem Sohn etwas Wein anzubieten.

– Ah! Das klingt schon besser.

Für einen Augenblick herrschte Schweigen, und dann fuhr er fort.

– Ich hab ihr schon so oft gesagt, dass man die Vergangenheit ruhen lassen muss, schlafende Hunde zu wecken, das bereitet nur Kopfzerbrechen, aber sie kann's einfach nicht lassen.

Er schaute sie mit einer Mischung aus Verehrung und Tadel an, die mich in Erstaunen versetzte. Schließlich begleitete er uns nach unten zur Haustür, so als wollte er ganz sichergehen, uns auch wirklich loszuwerden. Ich glaube nicht, dass Conrads Antwort ihn ganz überzeugt hatte, das Misstrauen blieb ihm ins Gesicht geschrieben.

Wir liefen den Passeig de Sant Joan runter, und Conrad ging

noch einmal auf das ein, was Doloreta uns erzählt hatte. Meine Gedanken aber kreisen unaufhörlich um den Charakter meines Großvaters. Für mich lag es auf der Hand, dass er seine Entscheidung innerhalb von ein paar Minuten, höchstens von ein paar Stunden, getroffen hatte.

Und ich dachte daran, dass du mir nie etwas von Doloreta erzählt hast. Bloß, dass ihn jemand gewarnt hätte, er solle das Dorf verlassen, aber vielleicht wusstest du ja gar nichts Näheres, weil Großvater, umsichtig wie er war, euch den Namen des Mädchens verschwiegen hatte.

Conrad sagte, wir hätten genügend Zeit, noch mit jemand anderem zu sprechen: dem Enkelsohn einer Frau, die kurz nach Ausbruch des Krieges im selben Gefängnis wie Großvater gewesen war, in Lleida. Leider sei sie aber vor Kurzem gestorben. Der, um den es ging, war der Sohn ihrer Tochter. Er studierte Geisteswissenschaften, und wir sollten ihn in der Buchhandlung anrufen, in der er nebenbei arbeitete. Conrad schlug mir vor, in einer Bar, in der es ein Telefon gebe, einen Kaffee zu trinken, um uns für später oder für die nächste Woche mit dem Jungen zu verabreden. Wir betraten eine Milchbar mit Tischen aus weißem Marmor. Die Stühle waren aus dunklem Holz und hatten runde Rückenlehnen. Ich setzte mich. Die Tatsachen kamen mir so einleuchtend vor, und ich konnte gar nicht verstehen, weshalb ich sie nicht schon längst durchschaut hatte.

– Wir brauchen uns nicht zu beeilen! Er hat erst in einer Stunde Zeit.

Vor mir schien sich ein Meer voller Licht seinen Weg zu bahnen. Ich schaute auf Vaters Uhr, und Conrad nahm meine Hand.

– In der Fakultät sind bei den Mädchen solche Uhren jetzt auch in Mode gekommen.

– Sie hat meinem Vater gehört.

Er schaute mir in die Augen und drückte meine Hand ganz

fest, so als ob er sichergehen wollte, dass ich all seine Wärme auch bis ins Mark spürte.
– Warum machst du das alles?
– Was?
– Diese Interviews und so.
Er sagte mir, er habe sich Klarheit verschaffen wollen, ob seine Familie darin verwickelt gewesen war, und ich sollte erfahren, wie sich alles in Wirklichkeit zugetragen hatte. Bevor er weitersprach, sah er mich zärtlich an, und noch immer hielt er meine Hand in seiner.
– Am Anfang hatte das nur mit mir, meinen Gefühlen zu tun ...
Vor dem Gespräch mit Doloreta hatte ich ihm gesagt, dass ich nicht mehr schwanger bin. Danach verspürte ich mit einem Mal das Bedürfnis, ihm auch von der ganzen Farce meiner Ehe zu erzählen, die ich nur eingegangen war, um mich mit dir zu versöhnen. Conrad sollte mich entweder für immer verabscheuen oder, genau das Gegenteil, mich ganz fest in seine Arme nehmen. Ich dachte, nur ein paar Worte, und mein Leben könnte von jetzt auf gleich eine völlig andere Wendung nehmen. Aber er ging sicher davon aus, dass ich eine gute Ehe führte, und ich war davon überzeugt, wäre ich endlich bereit, kein schlechter Mensch mehr zu sein, würdest du mich mit offenen Armen aufnehmen, mich mit Zärtlichkeiten überhäufen und mir nicht länger Vorwürfe machen. Conrad und mir schien es die Sprache verschlagen zu haben. Doch plötzlich küsste er meine Hände, und wir umarmten uns, und dann gab es keine Tränen mehr.
Er sagte mir, dass ich von klein an in seinen Gedanken gewesen sei, sogar schon, bevor er mich wirklich kannte. Seine Mutter hatte ihm von dir erzählt und von Großmutter, von diesem Unglück, durch das das ganze Dorf in seinen Grundfesten erschüttert worden war. Conrad erinnerte sich an ein gestärktes weißes Kleid und an zwei Zöpfe, die oben am Kopf mit Satinschleifen

zusammengehalten worden waren. Gesehen hatte er mich zum ersten Mal, als ich an der Hand meines Vaters aus der Kirche kam. Ich hätte nach oben geschaut, doch meine Augen gleich wieder geschlossen, weil mich das grelle Licht der Mittagssonne so sehr blendete. Er aber habe am ganzen Himmelsgewölbe, das er damals kannte, auch nicht die Spur eines Sterns entdecken können, der ihn so in seinen Bann gezogen hätte wie meine Augen. Ich sei wie eine Puppe aus Fleisch und Blut gewesen, meinte er lachend, kaum größer.

Aus einiger Entfernung hatte er meine Schritte bewacht, wie ich vergnügt mit seiner Schwester und anderen Mädchen auf dem Dorfplatz herumgerannt war. Und stillschweigend zugeschaut, wie ich gespielt und getanzt hatte, inmitten all der Schaulustigen, die den Kreis der Tanzenden immer enger werden ließen. Sein Gefühl sagte ihm, es sei besser, dieses Geheimnis für sich zu behalten. Und als er dann älter wurde, hatte er im Haus der Eltern seines Vaters erfahren, dass Großvater im Gefängnis gewesen war und man ihn später ermordet hatte.

– Ich weiß nicht, ob du dir eine Vorstellung davon machen kannst, was das für mich bedeutet hat. Dann begann der Umbau eures Hauses, und von da an hat man euch nicht mehr gesehen.

In ihm sei der Wunsch gereift, mir ein besonders kostbares Geschenk zu machen, und aus diesem Grund habe er sich für ein Geschichtsstudium entschieden. Er nahm eine Strähne von meinem Haar und strich darüber, als wollte er es zum Glänzen bringen.

Es sei schwierig, der Wahrheit auf den Grund zu gehen, herauszufinden, was damals im Krieg wirklich geschehen war; wollte man nur mit den Zeugen reden, schon brachen die alten Wunden gleich wieder auf. Er hatte gehofft, sein Geschenk würde mich vielleicht dazu bewegen können, seine Gefühle zu erwidern, doch irgendwann hatte sich diese Hoffnung in ein ganz und gar uneigennütziges Interesse verwandelt. Er glaubte nämlich fest daran, dass man einfach versuchen musste, wenigstens im Kleinen die Gerechtigkeit wiederherzustellen, zu trösten und zu versöhnen oder wenigstens um Verzeihung zu bitten.

– Und als ich dich endlich wiedergesehen habe, da warst du schon verheiratet.

Ich lauschte seinen Worten, die wie Balsam für mich waren, meine Haut aber zugleich wund rieben. Nach diesem Verlust, so klein und doch so schmerzhaft, hatten seine Küsse in mir wieder die Lust zu leben geweckt, eine erste Ahnung von Frühling. Ventura hätte dieses Kind heißen sollen, so wie mein Vater. Es hätte neben mir heranwachsen und mir das sein sollen, was sein Name versprach. Glück. Von dir aber entfernte ich mich wieder.

9

Ein Foto

Ich hörte, wie die Donnerschläge des Burgos-Prozesses die Luft aufwühlten und nach dem Sturm weiterzogen, ohne dass ich mich in irgendeiner Form engagiert hätte. Auf der Universität war ich Lau wiederbegegnet. Er lungerte in der Cafeteria herum, zu den Kursen oder Versammlungen ging er nicht mehr. Sie hatten ihn exmatrikuliert; wenn er weiterstudieren wollte, war das nur an einer anderen Universität möglich. Ich musste an dich denken, denn als er mit nach oben gestrecktem Kinn den Rauch an die Decke blies und mich dabei schräg von der Seite ansah, sagte er: Ich war die letzte Zeit ziemlich schlecht drauf, regelrecht mutlos. Aber jetzt hab ich den Absprung zu einer glaubwürdigeren Linken geschafft. Du hast ja keine Ahnung, wie sehr ich von der Partei enttäuscht bin, fügte er noch hinzu, ohne den Druck auf meine Schulter zu verringern. Vielleicht hatte er ja Angst, ich würde aufstehen, um ihm nicht weiter zuhören zu müssen. Ich muss dir dieses andere Universum unbedingt zeigen, Rita. Er trug seine Haare sehr lang, aber sie glänzten nicht mehr wie früher, sie hatten die Farbe von Blei. Wann immer ich wollte, würde er mich mit einem reinen, unverfälschten Denken bekannt machen, damit auch ich mich in diese ganz andere, ungleich angenehmere Sphäre erheben könne. Ich musste an den Fleck auf seinem Bettlaken denken. Und ob ich nicht auch glauben würde, dass wir genug durchgemacht hätten? Er kniff mich ins Kinn, und dann glitt seine Hand runter zu meiner Taille.

Es sei doch evident, dass das System es darauf angelegt hätte, die Jugend zu verarschen. Das System brauche die Lüge, ganz einfach um weiter bestehen zu können, und es müsse nicht unbedingt die eines Diktators sein. Wir seien in eine Gesellschaft hineingeboren worden, die uns auf etwas vorbereiten würde, was es letztlich gar nicht gäbe, aber wir wollten ja von alldem nichts wissen. Wo käme denn die Wissenschaft zur Anwendung, die sie uns hier auf der Universität beibrächten? Wo gebe es denn menschenwürdige Arbeitsplätze? Bezahlbare Wohnungen? Das System ziele doch allein darauf ab, einen Keil zwischen die Jugend zu treiben. Diejenigen, die nicht den vorgegebenen Weg einschlagen würden, säßen ganz schön in der Scheiße. Sie müssten sich außerhalb der vorgegebenen Strukturen eine eigene, alternative Form des Zusammenlebens erfinden. Und dann heißt es noch, wir seien Spinner, stieß er mit einem bitteren Lachen hervor. Solche Spinner würden der herrschenden Klasse im Grunde aber ganz gut in den Kram passen, sozusagen als lebendiger Beweis dafür, dass der Rest normal ist, die bräuchten sich also keine Sorgen zu machen. Seine Stimme hatte die einzelnen Worte unterstrichen: Wissenschaft, menschenwürdig, bezahlbar, in der Scheiße, Spinner, Strukturen. Er war eine Denkmaschine, wollte er jemanden verführen, war das seine herausragendste Waffe. Er schüttelte seinen Kopf und kniff mich in den Po, bevor er fortfuhr. Deshalb spreche die Gesellschaft auch von der Jugend als einem Problem, würde sie mit Verbrechen und Drogen in Verbindung bringen.

Die ganze Zeit über fragte ich mich, was du wohl von Laus Argumentation halten würdest. Wie er warst du der Meinung, die Gesellschaft sei ungerecht. Und das brachtest du mit fünf hingeknallten und von uns allen gefürchteten Worten zum Ausdruck: »Das Leben ist wirklich Scheiße«, wobei sich Leben und Scheiße lang und kraftvoll zu einem verstörenden Parallelismus verbanden. In einem war ich mir allerdings sicher, würdest du mich neben diesem qualmenden Schlot erwischen, mit seiner Hand in der Nähe meines Hinterns, die Liebkosung des Wortes »Aas« hättest du mir nicht erspart.

Seit diesem Tag grüßte ich Lau nur noch aus der Ferne. Immer wenn ich ihn sah, erinnerte ich mich daran, wie eifersüchtig ich auf das elegante Mädchen von den Geisteswissenschaften gewesen war, das er unter seine Fittiche genommen hatte und das genauso im Gefängnis gelandet war wie ich. Mein Kommilitone Martí dagegen hatte sich in diesen Krisenzeiten den katalanischen Kommunisten angeschlossen, der PSUC. Er hatte begriffen, dass man Partei ergreifen musste und dass die Anstrengungen so vieler Menschen bestimmt nicht umsonst sein würden.

Als Franco das Todesurteil von Salvador Puig Antich unterschrieb, entschloss ich mich, mit auf die Demonstration zu gehen. Ich musste die ganze Zeit an die Familie dieses jungen Mannes denken. Von nun an würde sich ihr Leben einzig und allein um diese Ungerechtigkeit drehen, so wie ein Pferd, das man ans Schöpfrad gebunden hat. Sie würden niemals mehr davon loskommen, bei uns ist es doch ganz genauso gewesen. Aber über solche Dinge redete ich schon lange nicht mehr mit dir, auch nicht darüber, was sie in mir auslösten, Gespräche, die zum Streit führen konnten, vermied ich ganz einfach.

Dank Veva durfte ich mich als Gasthörerin mit Prüfungsberechtigung einschreiben, ich konnte also an den Kursen teilnehmen. Sie besorgte mir auch Arbeit im Sekretariat der juristischen Fakultät. Aber ihr Entschluss, den sie an dem Tag gefasst hatte, an dem ich ihre Wohnung verlassen hatte, um Lau zu folgen, war unumstößlich, sie konnte nicht anders. Und ich wäre damit auch nicht einverstanden gewesen. An dem Abend, an dem ich das Sofa auszog und mir in ihrem Fernsehzimmer mein Bett herrichtete, musste ich die ganze Zeit daran denken, dass sie und ich uns ähnlicher waren als wir beide. Du konntest mit einem Mal ganz demütig werden, wenn du dir etwas davon versprachst, Veva und ich dagegen richteten uns kerzengerade auf und hielten den Blick nicht gesenkt, ganz egal, ob das zu unserem Vorteil war oder nicht.

Ich rief dich an, und du hast dich nach Guillem erkundigt.

Am Telefon sagtest du nie »dieser arme Junge«. Du hast geglaubt, ich befände mich in der Wohnung in Mataró, und ich dachte, es sei an der Zeit, mit dir zu reden und dir die Wahrheit zu sagen. Bei der erstbesten Gelegenheit würde ich dich besuchen kommen, ich versprach es dir. Das war der Augenblick, in dem du mir sagtest: Sie ist schwanger. Und damit konnte nur Regina gemeint sein. Du hast mir erzählt, sie hätte dir gesagt, nach der Geburt des Kindes würden sie zu ihrer Mutter ziehen. Weil sie ein größeres Zimmer für sie hätte, stell dir das mal vor, und das bei so einer Wohnung, wo wir vier immer leicht Platz gehabt haben! Ich verspürte plötzlich Lust, dir Sorgen zu bereiten, dir zu erzählen, dass ich meinen Mann verlassen hatte und nicht daran dachte, in meinem ganzen Leben jemals wieder zu heiraten. Aber dann beging ich erneut den Fehler, dir die Beweggründe meines Bruders und Reginas erklären zu wollen. Und da gabst du mir den Gnadenstoß:
– Ich versteh nicht, wie man so eine nichtsnutzige Person überhaupt heiraten kann!

Nachdem ich mich oben in der Bar Zurich zwischen die beiden hingesetzt hatte, nahm ich mir vor, das Reden erst einmal ihnen zu überlassen, doch da zog der Junge ein Foto heraus. – Das ist ja Franco! – entfuhr es mir ziemlich laut, so dass sich zwei Leute am Nebentisch verstohlen zu uns umdrehten.
Der Offizier mit seinem runden, etwas birnenförmigen Kopf, das Haar eng am Schädel liegend, posiert dort mit dunklen runden Brillengläsern, einer Art Baskenmütze und unerbittlicher Miene. Der Soldat hinter dem General lacht ganz ungeniert, doch der neben ihm versucht allem Anschein nach, ein Lächeln zu unterdrücken. Vor so einem zu lachen, kann schließlich ziemlich gefährlich sein.
– Nein, das ist er nicht, Conrad senkt seine Stimme. Wo hast du das denn her?

Der Junge genoss seinen Triumph mit einem Lächeln und dem Zurückwerfen seiner Haare.

– Mein Großvater war während des Krieges und auch später noch Fotograf in der Kreisstadt.

– Das ist General Sagardia, oder? – meinte Conrad.

Der Name des Blutsaugers traf mich wie ein Peitschenhieb. Nicht »sangardilla«, wie man in deinem Dorf zu einer Eidechse sagt, sondern Sa-gar-dia. Diese Silben durchtränkten mich mit dem Entsetzen und der Wut, mit dem blutenden Schmerz, mit dem du sie immer ausgesprochen hast.

Ein Kellner, der ziemlich übellaunig dreinblickte, war an unseren Tisch gekommen. Seine Brille war ihm etwas runtergerutscht, und er schaute uns über ihren Rand hinweg an. Bestimmt hatte er schon viel zu oft die verdammte Treppe hochgehen müssen, denn wir jungen Leute suchten uns ja immer genau den Platz aus, der am weitesten von der Theke entfernt war. Als aber der Enkel von Carme ein Brötchen mit Tortilla bestellte und ich ihm sagte, ich würde gerne einen Soberano trinken, den Cognac »für die echten Männer«, wie es in der Werbung hieß, hörte er auf zu murren. Conrad bestellte »einen Kaffee« und legte für einen Moment seine Hand auf mein Knie. Er schaute mich zärtlich an, bis ich mich wieder unserem Zeugen zuwandte. Dieser Hoffnungsschimmer, eine zarte Frühlingsblume, die noch vom Frost überrascht werden kann, genügte, um mich froh zu fühlen, froh abgewartet zu haben, was der Enkel der Frau, die meinen Großvater gekannt hatte, zu berichten wusste. Und danach würde ich Conrad sagen, dass ich heute bei einer Freundin bleiben würde, und mir ein Taxi nehmen. Er wusste nicht, dass ich nicht mehr mit Guillem in Mataró lebte. Ich atmete tief durch. Vielleicht war ja die Liebe, nach der ich mich so gesehnt hatte, nichts anderes als dieser süße Schmerz, den sein in Schweigen gehüllter Blick in mir auslöste; und auch nichts anderes als mein Verzicht darauf, bestimmte Worte auszusprechen.

Ja. Ich hatte »sangardilla« mit einem Reptil verwechselt, aber damit lag ich völlig falsch. Die mit dem Bauch über den Boden kriechen sind nützliche Tiere und greifen normalerweise niemanden an. Die Vampire sind es, die sich von Blut ernähren.

– Er hat eine Politik der Repressalien verfolgt. Wenn seine Truppen einen Verlust zu beklagen hatten, ließ er einfach ein paar Menschen aus dem Tal umbringen, aber nicht etwa Soldaten, sondern vielmehr Zivilisten, Bauern. Falls sie die Person, die sie suchten, nicht zu Hause antrafen, das Familienoberhaupt zum Beispiel, ließ er einfach dessen Vater festnehmen, die Mutter, den Sohn.

Durch Conrads Worte war ich noch auf einen ganz anderen Gedanken gekommen. Hatte Großvater vielleicht gewusst, dass sie seine Frau oder dich, die älteste Tochter, festnehmen würden, wenn er versuchen sollte zu fliehen? Hast du es gewusst?

Ein paar Minuten verstrichen, ohne dass wir geredet hätten, erst der Kellner mit dem vollbeladenen runden Tablett unterbrach unser Schweigen. Ich nahm gleich einen Schluck von der rötlichen Flüssigkeit aus dem gedrungenen Glas und spürte, wie meine Kehle zu brennen begann.

Von allen Zeugen war der Junge am gesprächigsten. Seine Großmutter hatte ihm von ihrer Verhaftung erzählt. Zusammen mit einer ihrer Schwestern hatte man sie ins Gefängnis gebracht, wo sie auf deinen Vater getroffen waren. Sie kamen aus ein und demselben Dorf, die beiden Frauen waren ein paar Jahre jünger als Großvater.

– Aber ... das war doch lange, bevor sie ihn umgebracht haben.

Conrad erklärte uns, dass zu Beginn des Krieges in den Gegenden des Pallars sogenannte Komitees in den Rathäusern das Sagen gehabt hätten. Bewaffnete Gruppen der anarchistischen CNT-FAI waren unter dem Vorwand hochgekommen, die kleinen Gemeinden kontrollieren und beschützen zu wollen, doch anscheinend war es ihnen eher um die Zerstörung religiöser Symbole gegangen. Dabei hatten sie es aber nicht nur auf Heilige, Altäre und Kirchen abgesehen, sondern auch mehr als vierzig Geistliche erschossen.

– Hast du das gewusst?

Ich nickte und fühlte, dass wir noch immer auf zwei verschiedenen Seiten standen. Er redete weiter.

– Gegen Ende hatten sich die Leute in gewisser Hinsicht sogar an den Krieg gewöhnt, zumal hier im Tal schon seit einiger Zeit die Grenzlinie zwischen den beiden Kriegsparteien verlief. Die Soldaten der Nationalisten hatten ja auch mal Ausgang und dann redeten und tanzten sie eben mit den Mädchen aus dem Dorf; einige hatten sich sogar ineinander verliebt. Trotzdem verspürten alle irgendwie ein tiefes Unbehagen, sie fühlten sich nie wirklich sicher. Und sie sollten sich auch nicht getäuscht haben, denn plötzlich brachte ein Militärbefehl alle republikanischen Familienoberhäupter ins Gefängnis.

– Ich weiß, dass Großvater Mitglied bei der *Esquerra* war.

– Die beiden Frauen nicht – bemerkte Conrads Freund. Großmutter und ihre Schwester haben sie drangekriegt, weil sie nicht mit ein paar höheren Dienstgraden tanzen wollten.

Ich erinnerte mich daran, dass du einmal erzählt hast, wie du mit einem jungen Mädchen, ungefähr in deinem Alter, nach Lleida gefahren bist, um deinem Vater und einem Onkel von ihm Kleidung und Essen zu bringen. Du hast mir von so vielen Momenten erzählt, in denen sich dir dein Herz verkrampft hat, aber niemals alles nacheinander, in einer richtigen Reihenfolge. Bislang hatte ich mir ja gar keine Vorstellung gemacht von den unendlich langen Monaten dieser so wechselvollen drei Jahre, die der Bürgerkrieg gedauert hat.

– Wenn man sie damals nicht nach kurzer Zeit wieder aus Mangel an Beweisen freigelassen hätte, wer weiß, vielleicht wäre dein Großvater dann noch am Leben.

Carmes Enkelsohn hatte mir das wenige bestätigt, das ich von dir erfahren hatte. Seine Großmutter und ihre Schwester waren im Gefängnis sehr gut zu deinem Vater gewesen, die Wäsche hatten sie ihm gemacht und, weil sie in der Küche arbeiteten, konnten sie ihm auch nebenher etwas zu essen zustecken.

Plötzlich sehe ich dich vor mir, jung, schön, da ist ein Soldat, der euch bei der Ernte hilft, du lädst ihn ein und, weil du nicht gut Spanisch sprichst, sagst du ihm, er solle nur zugreifen, »richtig schamlos«, und er schaut erstaunt hoch, bis sich das Missverständnis in Gelächter auflöst.

Der Enkel von Carme studierte im ersten Jahr Geisteswissenschaften und bestimmt würde er, genauso wie Conrad, einmal Geschichte als Schwerpunkt wählen. Es war spät geworden, und er musste fort. Doch bevor er ging, bat ich ihn, mir noch einmal das Foto ansehen zu dürfen. Die dunklen, hohen Stiefel, der breite schwarze Gürtel, die verrutschten Tragriemen des Koppelzeugs auf der Uniform, die stolz geschwellte Brust, der kalte Gesichtsausdruck. Und ich sah auch, dass man ein Stück weiter zurück, im Schatten, eine kleine Gruppe von Menschen ausmachen konnte, die zu den Militärs hinüberschauten. Ich gab dem Jungen das Foto zurück, und ich fühlte Conrads Blick. Ich suchte seine Augen und spürte, wie sich das unbändige Glücksgefühl in einen stillen Schmerz zu verwandeln begann. Ich dachte daran, wie ich von nun an ganz alleine leben würde.

10

Das Schiff sticht in See

Die wenigen Briefe von Vater an Anton hatten in mir allesamt dasselbe Gefühl hinterlassen. Der Krieg war für ihn wie ein Fieberanfall, der in seinem Inneren wütete und in jede Pore seiner Haut eingedrungen war. An ihm nagte die Angst, dieses Unheil würde nie ein Ende nehmen. Mit einer Kopfverletzung lag er einige Zeit im Lazarett, ohne ein Wort sprechen zu können. Dem Freund schrieb er Neuigkeiten von gemeinsamen Bekannten. Er erzählte ihm, dass er Post von Veva erhalten würde. In seinen Briefen war auch der eine oder andere Hinweis darauf zu finden, was er später einmal machen wollte, wenn der Krieg nur erst vorüber wäre. Heiraten wollte er auf jeden Fall nicht. Das Scheitern der Ehe seiner Eltern hatte seine ganze Kindheit überschattet, Freude und Sorglosigkeit hatte er kaum gekannt. Sein Vater war ein fleißiger und großzügiger Mann gewesen, ein umgänglicher Mensch. Auch seine Mutter hatte durchaus ihre guten Seiten gehabt, war aber eine sehr eifersüchtige Frau. Wenn Vater an seine Kindheit dachte, sah er die beiden an seinen Kleidern zerren, weil ihn jeder auf seine Seite ziehen wollte.

Ich fragte mich nur, wieso Vater so schnell seine Meinung geändert hatte, denn schließlich habt ihr schon 1941 geheiratet.

Ein paar Mal hast du mir erzählt, wie ihr euch kennengelernt habt. Du warst auf eurer Wiese, auf der, die gleich neben der Straße liegt. Er musste irgendwohin, wo er noch nie gewesen war, und hat sich bei dir nach dem Weg erkundigt, und dann seid ihr ins Gespräch gekommen. Beide hattet ihr am eigenen Leib Kummer und Schmerz erfahren, allein die Schönheit der Jugend, die euch wie eine Aura umgab, machte euch stark. Ihr habt über den Krieg gesprochen. Noch immer lag sein Schatten auf den Häusern und Wegen. Auf den Menschen. Und er lähmte all diejenigen, die so viel verloren hatten. Plötzlich bist du in Tränen ausgebrochen, und er fühlte sich, als würde man ihn ausweiden, erkannte er doch in deinen Worten das Drama eines Bruders seines Vaters; ja, dieser Bruder hatte sogar zu der Gruppe von Männern gehört, die man gemeinsam mit deinem Vater verhaftet hatte. Und da ist in ihm der Wunsch entstanden, dich aus deiner Hölle zu erlösen.

Rief ich dich an, hast du mich gefragt, ob ich nicht wieder heiraten wolle oder ob ich vielleicht einen Freund hätte. Ich fing an zu lachen, und du bedachtest mich gleich mit einer deiner Redensarten und dann hast du gelacht, denn Rita, in deinem Alter, sagtest du, ist es mit dem Kinderkriegen bald vorbei. Immer kamst du mir mit einer Frage, bei der ich wieder an das Bild der Zirkustruppe denken musste, das du am Tag meiner Hochzeit wie einen Pfeil auf mich abgeschossen hattest: und Guillem und die ganze Bagage?

Ich hatte dir wohl schon hundertmal erklärt, dass Guillem und ich uns in aller Freundschaft getrennt hatten, aber uns eben nicht mehr sahen. Ja, so war das, und mit Anna verhielt es sich genauso. John war wie ein Bruder für mich, und wir telefonierten oft miteinander. Wovon ich dir allerdings nichts erzählt hatte und auch niemals erzählen würde, waren all die vielen Male, die ich an den kleinen Johnny mit den traurigen Augen denken musste.

Ich hatte dich schon so lange nicht mehr gesehen! An dem Tag, an dem ich mir Löcher in die Ohren machen ließ, fiel mir das plötzlich auf. Als ob ich noch einmal zur Welt kommen würde, dachte ich. Ich fragte mich, ob es so einem wehrlosen Kind wohl wehtut, wenn man ihm die perlmuttfarbenen Ohrläppchen durchsticht, nur damit es später einmal hübsch aussieht und die guten Ohrringe seiner Mutter erben kann. Es heißt, Neugeborene würden keinen Schmerz empfinden, weil sie aus weichem Gummi sind. Die Leute glauben jeden Mist, sagst du immer, einfach weil sie ihn glauben wollen. Tja, und die meisten wollen eben Mädchen mit Ohrringen, sie reden sich ein, dass manche Dinge eben sein müssen.

Ja, kurz nachdem ich die Briefe noch einmal gelesen hatte, ließ ich mir Ohrringe stechen. Vater war auch widersprüchlich gewesen: Er hatte geschrieben, er wolle nie heiraten, und doch nahm er dich kurz darauf zur Frau. Seine Entscheidung machte mich wütend, auch weil mir nicht klar war, was ich davon eigentlich halten sollte: Entweder er war wirklich widersprüchlich oder aber, er hatte sich später geändert, was auch immer. Damals, kurz nach dem Krieg, wollte er unabhängig sein, sich von allem befreien. Als aber 1940 ganz plötzlich seine Mutter starb, schienst du ihm beigestanden zu haben. Da war schon längst klar, dass ihr Mann, der es nicht länger ertragen hatte, wie sie mit ihren falschen Anspielungen auf seinem Stolz herumtrampelte, den Krieg genutzt hatte, um einfach von der Bildfläche zu verschwinden. Ramon und ich hatten immer nur von den einen Großeltern reden hören, von deinen Eltern, und dabei war damals nur noch Großmutter am Leben. Vaters Worte an Anton waren die eines Menschen, der noch einmal ganz von vorne anfangen wollte.

Ich kaufte mir Amethystohrstecker und dann noch ein paar Ohrringe aus Silber, solche, die runterhängen. Alles schien an die rechte Stelle zu rücken, und dann war da noch der Alltag, den es zu bewältigen galt. Aber wie das ging, hatte ich ja von dir gelernt, geschont hattest du dich schließlich nie, egal, ob es nun regnete oder die Sonne schien. Die Arbeit, die Kurse, mir etwas zum Essen machen, alles sauber halten.

An dem Tag, an dem ich mir in einer Apotheke ganz in der Nähe der Wohnung die Ohrringe stechen ließ, rief mich der Onkel an. Er wollte, dass du ein paar Papiere unterschreibst, um eine finanzielle Wiedergutmachung für den Tod eures Vaters zu beantragen. Ich sagte ihm, so was würdest du bestimmt nicht unterschreiben. Er antwortete mir, ich hätte ja keine Ahnung, und ich verspürte den unwiderstehlichen Drang, ihn auszulachen. Er redete weiter: Er verstand nicht, weshalb du in der Wohnung von Rosalia bliebst, wo du dich doch nur langweilen und Trübsal blasen würdest. Und dabei könntest du dich im Dorf um das Haus und den Garten kümmern, Kaninchen und Hühner aufziehen, Tiere hätten dir doch schon immer gefallen. Vielleicht könntet ihr es ja auch schöner herrichten lassen, das Haus, wenn ihr drei Geschwister für das erlittene Unheil wirklich eine Entschädigung erhalten solltet, meinte er zum Schluss. Ich wiederholte noch einmal, dass du sicher nicht unterschreiben würdest, weil man dich für den Verlust, den ihr erlitten hattet, nicht entschädigen könne. »Die Leute sind eh schlecht, das kannst du mir ruhig glauben«, von dir hatte er das sicher schon ein paar Mal gehört. Aber die Skistation würde bestimmt viele Touristen anlocken, startete er seinen Gegenangriff, und dann könne man Zimmer an Wintersportler vermieten. Vielleicht würde dich das ja auch etwas ablenken.

Zum Patronatsfest fuhr ich allein hoch zu dir. Seit Vaters Tod zog es Veva vor, Reisen durch Europa zu machen oder in Barcelona zu bleiben, mit ihren Freundinnen spazieren zu gehen und dann auf der Rambla ein Eis zu essen. Eine Veränderung folgte der nächsten. Ramon und Regina hatten ihre Siebensachen gepackt, »bei Nacht und Nebel«, wie du hämisch bemerktest, aber sie waren nicht zu Reginas Mutter gezogen, sondern hatten sich eine eigene Wohnung genommen.

Am Patronatsfest musste der Tisch im Esszimmer nicht mehr ausgezogen werden, damit war es ein für alle Mal vorbei. Weder Cousin Felip noch die liebe kleine Tante und ihr Mann leisteten uns Gesellschaft. Wo waren sie alle nur abgeblieben? Am ersten Tag kamen Regina, Ramon und seine Schwiegermutter zum Mittagessen. Die ganze Hektik machte dich wütend, denn irgendetwas musste immer noch erledigt werden, und schließlich wurde dir die Zeit wieder knapp. Am zweiten Tag gingen wir beide dann zu Ramon und Regina, und das war's dann auch. Du meintest, du hättest die ewige Feierei und das ganze Drumherum eh satt.

Es gab auch keine Tombola mehr. Diese kleinen Papierumschläge auf der Ladentheke und der Herr Pfarrer, wie er Veva anlächelt, die bunten Luftballons. Da war so viel Wehmut in meinen Erinnerungen.

Bevor wir aus dem Haus gingen, hast du mich von Kopf bis Fuß einer Musterung unterzogen. Es gefiel dir nicht, dass ich Hosen anhatte und flache Schuhe trug. »Ich seh schon, du hältst nichts davon, etwas mehr aus dir zu machen«, sagtest du höhnisch. Auch dass ich für gewöhnlich Jeans und weite bunte Blusen trug, gefiel dir nicht, und meine langen Haare mochtest du schon gar nicht leiden, »die hängen ja runter wie ein Vorhang«. Du wolltest sie mir aus dem Gesicht streichen, aber ich konnte deinen Händen gerade noch rechtzeitig ausweichen. Plötzlich fiel dein Blick auf die silbernen Ohrringe. Das wurde aber auch Zeit, sagtest du, was hast du dich vor der Kommunion vielleicht angestellt! Du wolltest noch bei Anton und Rosalia deine Schulden begleichen, und so gingen wir schweigend die Treppe hinunter ins Erdgeschoss.

Gerade hatte ich dich gefragt, was wohl passiert wäre, wenn du dich nicht in Vater, sondern in einen Feind verliebt hättest. Etwa in den Sohn aus einer der wohlhabenden Familien im Tal, aus einer der Familien, die unter Verdacht standen, mit der Militärführung kollaboriert zu haben. Schließlich hatten sie, als es um Vergeltungsmaßnahmen ging, eine Liste mit Namen zusammengestellt und dadurch einfach über diese Menschen gerichtet. Oder in einen von denjenigen, die von den geplanten Erschießungen wussten, sich aber in ihre Häuser eingeschlossen hatten, um ja nichts zu sehen, um ja nichts zu hören. Du hast mir nur entgegnet: Ja, was glaubst du denn, was passiert wäre, Fräulein Neunmalklug? Und ein kurzer Moment des Schweigens ließ mich doch noch auf eine Antwort hoffen, aber die kam nicht.

Der große Raum, in dem ich früher grüne Bohnen geputzt hatte und in dem Rosalia, du und ich immer die Biskuitböden für den Osterkuchen gebacken hatten, schien geschrumpft zu sein. Es war einfach eine ganz gewöhnliche Küche, nicht klein, nicht groß. Und sie sah vernachlässigt aus. Auf dem großen Eisenherd stand ein Aluminiumtopf, der am Boden einen dunklen Rand hatte. Der Deckel passte nicht, und der Dampf hinterließ eine Spur von Feuchtigkeit. Es roch nach Kohl und gekochten Kartoffeln. In dem Augenblick fiel mir ein, dass unser Essen nicht früh genug fertig sein würde, um noch rechtzeitig am Café Ponent zu sein und mir einen Platz im Überlandbus zu sichern: Ich musste wählen, entweder auf das Mittagessen verzichten, was dir nicht gefallen würde und was du auf jeden Fall zu verhindern wüsstest, oder aber ein Taxi nehmen, um den Bus noch im Nachbarort zu bekommen, und da würde es dir um die Ausgaben leidtun, wo die Fahrkarte ja eh schon so teuer war. Beide Aussichten hatten durchaus ihren Reiz für mich.

Vor Rosalia und Anton, der noch immer das Brillengestell trug, das ich aus meiner Kindheit kannte, bist du so richtig über Regina hergezogen, als sei sie nichts weiter als ein alter Lumpen. Ramon dagegen hast du in Schutz genommen, er sei eben etwas unbedarft, meintest du, wie Männer nun einmal sind. Anton tat so, als würde er aus dem Fenster in den Garten schauen, doch dein Urteil stand fest:

– Er traut sich nicht, ihr zu widersprechen, damit sie nachher nicht womöglich noch eine Fehlgeburt kriegt.

Danach warst du voller Lob für die Tochter, erzähltest, dass ich arbeiten und an der Universität studieren würde. Rosalia schaute mich mit leicht zur Seite geneigtem Kopf an, so als sei ich ihre Professorin und sie müsse ganz unverhofft vor mir eine Prüfung ablegen. Sie wussten, dass ich geheiratet hatte, doch stellten sie keine der üblichen Fragen, bloß um Konversation zu machen. Hätten Anton und Rosalia von der Kanzel gepredigt, ich wäre bestimmt wieder zur Messe gegangen und vielleicht sogar zur Kommunion.

Als die Musik jenseits der Terrasse verstummt war, und im Schlafzimmer meine Tasche für die Rückfahrt schon bereitstand, da hast du mir erzählt, wie sehr du dich damals gefreut hast, als die Hebamme dir sagte, es sei ein Mädchen. Ich erinnerte mich an eine Frau mit einem Schwalbengesicht, die wir ab und zu auf der Straße getroffen haben. Immer sagte sie dasselbe zu mir: Das ist auch eine von meinen! Und alle fingen dann an zu lachen. Du hast mir aber auch erzählt, dass die Hebamme, als ich geboren wurde, schon nicht mehr besonders gut sehen konnte und mir fast den Nabel ausgerissen hätte. Vater und du, ihr habt deshalb ganz schön gelitten und euch auch ziemlich abmühen müssen, bis alles wieder verheilt war.

Mit einem Essenspaket in der Hand brachtest du deine schöne Erinnerung an meine Geburt auf den Punkt.

– Ich dachte: Eine Tochter wird dir immer Gesellschaft leisten.

Die Hoffnung, noch einmal ganz von vorne anfangen zu können, die sich im ganzen Land ausbreitete, schien alle zu erfassen, mich eingeschlossen.

Es war Ende März, und noch den ganzen April über stellte ich fest, dass auch in der Stadt etwas von der Schönheit des Frühlings zu spüren war. Man musste sie nur zu entdecken wissen. Es war eben nicht wie bei mir zu Hause, wo man zu dieser Jahreszeit überall am Flussufer Motive für ein Gemälde finden kann, wo sich Gemüsebeete in improvisierte Blumengärten verwandeln, wo Mandel- und Pflaumenbäume blühen, Apfel- und Birnbäume. Die Grüntöne des jungen Weizens ringsherum lassen an eine Almwiese denken. Und wenn man am Abend hoch zum Bergkamm schaut, dann nehmen die erdigen grünen Farben eine blauviolette Schattierung an. Auch an das Gras auf den Wiesen in deinem Dorf konnte ich mich erinnern, das waren richtige Bergweiden, an das Grünfutter dort, das einmal geschnitten wurde und gleich wieder nachwuchs und dann ein zweites Mal gemäht werden musste. Das Vieh schlang es frisch hinunter und im Winter als Heu. Kühe, junge Rinder, Kälbchen. Rösser und Stuten, Esel. Dein Paradies, in dem es zu deinem Leidwesen auch Menschen gab. Besonders diejenigen, die keine Stellung bezogen, waren dir suspekt. Zu lange hatten sie geschwiegen, und ihr Schweigen hatte die Ablehnung all der anderen nur noch unerträglicher gemacht. Aber auch denjenigen, die erst Jahre später geboren wurden, bist du immer mit Argwohn begegnet, konnten sie sich doch keine rechte Vorstellung von dem machen, was damals eigentlich geschehen war. Für dich gehörte ich zu denen, die nicht in der Lage waren, all das zu verstehen. Und ich war so vermessen zu glauben, dass ich das sehr wohl konnte, vor allem aber hatte ich dich erlösen wollen und dabei völlig verkannt, dass mein Trost dich nicht trösten kann.

Das strahlende Frühlingslicht zwang mich dazu, mir erneut die Frage zu stellen, ob auch ich wieder ins Leben zurückfinden kann. So wie all die jungen Triebe um mich herum. Ich wünschte es mir. Und wenn es sein müsste, würde ich es auch auf einen Bruch mit dir ankommen lassen.

Conrad wollte, dass wir alle zusammenkamen: ein Zeuge für ihn und einer für mich. Nicht mehr als jeweils fünf Freunde. Er bat mich, ihm zu sagen, ob es einen Ort gebe, der mir besonders gut gefällt, und als ich ihn fragte, ob er einen solchen Ort habe, lächelte er mich mit diesem Blick aus Karamellzucker an, und wie so oft fiel ihm sein glattes Haar über die Stirn in die Augen. Immer ist da dieser Größenunterschied zwischen uns, der mich zwingt, das Kinn hochzustrecken, um ihn richtig zu sehen. Er lächelte, und ich vergaß alles um mich herum. Ja, für ihn gab es so einen Ort, vor vielen Jahren hatte er ihn entdeckt, ohne zu ahnen, welche Bedeutung er eines Tages haben sollte.

Ich fuhr mit Veva hoch auf den Montjuïc. Sie konnte es nicht fassen, dass ich mir nicht etwas Besonderes hatte aussuchen wollen, sie hätte es mir doch bezahlt. »Ach, Ritona!« Sie war so elegant wie sonst niemand, noch nicht einmal Conrads Mutter, angefangen bei ihren erlesenen Schuhen bis hin zu den Haaren, die sie damals kürzer trug, aber immer noch blond. Ich hatte mich für einen naturfarbenen Hosenanzug entschieden und eine weiße Bluse. Oben angekommen, trafen wir auf Pilar, die sich mit Conrad unterhielt, seiner Mutter und einem Freund von ihm, Bernat. Er hatte mit Conrad studiert und würde sein Zeuge sein. Dann kamen Montse, Pilar und Glòria. Lia war in Israel, doch ich hatte ihr Bescheid geben können. Mein Zeuge war John, der zusammen mit Anna und Johnny als Letzter eintraf.

Unter einer blühenden Akazie haben wir feierlich unsere Namen genannt und uns versprochen, unser Leben miteinander zu teilen. Meine Freundinnen in ihren duftigen Sommerkleidern waren von hellem Licht umgeben, und ihre Haare, von blond bis schwarz, schimmerten ebenso wie ihre Augen. Da waren die von Veva, graugrün, die dunklen von Montse, die mir zuriefen, »du warst uns schon immer voraus, Rita!«, Glòrias schwarze Pupillen, in denen eine fast schwärmerische Freude lag, die blassen lehmfarbenen von Pilar, die ihre Gefühle nicht zeigen wollte, und die bläulichen Tränen in den Augen von Conrads Mutter. Für seinen Vater war das Ganze nichts weiter als eine Farce und deshalb hatte er nicht kommen wollen. Schließlich sei ich schon verheiratet, und die Trauung habe noch dazu in der Kirche seines Dorfes stattgefunden. Ein wenig ähnelte er dir, dieser Melis, als Zweitgeborenen hatte man ihn aber schnell aus dem Haus haben wollen. Ramon und Regina hatten sich entschuldigt, denn Gina war krank.

Veva war sehr gerührt, was ihr in einer Kirche bestimmt nicht passiert wäre. Das hat sie mir jedenfalls gesagt, denn auch wenn sie an Feiertagen zur Messe ging, mit der Kirche hatte sie nichts am Hut. Und Tränen waren ihr eigentlich ein Gräuel. Ich wusste, auch wenn sie es niemals zugeben würde, sie war mir dankbar, weil ich ihr einmal in meiner Naivität zugeredet hatte, mit diesem Professor zu leben, ganz egal, ob er nun ein Leben führt oder mehrere. Ich wusste aber auch, dass sie diesen Ratschlag niemals befolgen würde. »So ist halt das Leben«, hättest du gesagt.

Diese Zusammenkunft unter freiem Himmel war ein Frühlingstagtraum, nur du hast gefehlt.

Dritter Teil

DAS LEID LÄSST SICH NICHT TEILEN

Ventura hat seine restlichen Sachen geholt. Als ich nach der Arbeit in die Wohnung kam, wirkte das Zimmer, das mehr als zwanzig Jahre ihm gehört hatte, regelrecht abweisend. Die Tür war nur angelehnt, ich zog sie zu.

Ich habe an dich gedacht.

»Du wirst schon sehen, was du davon hast!« Heute erst ist mir klar geworden, was deine Worte, damals, bevor ich nach Barcelona ging, um mein Abitur zu machen, wirklich sagen wollten. Verlass mich nicht, wollten sie sagen.

Ich stelle mir vor, wie du in das Zimmer mit den beiden Betten gegangen bist, Wand an Wand zur Küche. Ich habe immer im ersten geschlafen, in dem neben dem Schrank mit dem Spiegel, und wenn Veva bei uns war, hat sie das am Fenster genommen. Dieses Zimmer war unser Schützengraben, in dem wir uns unter Gelächter und Vertraulichkeiten deinem unbarmherzig praktischen Verstand widersetzt haben. Und du hast mir keine Ruhe gegeben – geh nur, geh, dort werden sie dir schon Feuer unterm Hintern machen! Was für eine merkwürdige Beschäftigung, jemandem Feuer unterm Hintern zu machen! Oder ist das auch nur wieder einer dieser Sätze, die ich noch nie richtig verstanden habe, der sich aber einfach wegen des Klangs der Wörter in mein Gedächtnis eingegraben hat?

Das Wissen um das leere Zimmer unseres Sohnes legt sich wie ein Schatten auf mich. Ich bin nicht imstande, es zu betreten, und so kehre ich wieder zu diesem Moment deines Lebens zurück, über den ich mir bislang nie Gedanken gemacht hatte.

Oder hast du vielleicht gesungen, als du in mein Zimmer gegangen bist, um dort sauber zu machen? Ich frage mich, ob du für mich noch Schmerz übrighattest, genug Schmerz, um zu leiden, weil ich nicht mehr bei dir war.

Während die Dörfer abseits der Landstraße dahinsiechten, bis der Chor des Fortschritts schließlich ihr Ableben besang, gewannen »die an der Straße«, wie du sie immer noch nennst, mehr und mehr an Bedeutung.

Ich hatte mich geirrt, und der Onkel sollte mit allem recht behalten. Ihr habt etwas Geld bekommen für das Leid, das euch durch den Tod eures Vaters widerfahren ist, und alle drei Geschwister wart ihr völlig einverstanden, damit die Instandhaltung eures Elternhauses zu bestreiten. Du schienst regelrecht aufzuleben, als du dich, weit weg von Regina und Ramon, wieder in deinem Dorf niedergelassen hast. Der Wohnung bei Rosalia und Anton, in der deine Kinder – mein Bruder und ich – zur Welt gekommen sind, hast du dich entledigt. Wie viele Fahrten wohl nötig waren, bis du all unsere Habseligkeiten von dort weggeschafft hast?

Dein Dorf lag am Weg zu den funkelnagelneuen Skipisten. Die Straße, auf der wir immer so schwer beladen zu Fuß unterwegs gewesen waren, hatte man ausgebaut. Für dich war diese Strecke jedes Mal eine Art Kreuzweg gewesen, dessen Höhepunkt die kleine Kapelle darstellte, etwa zehn Minuten vom Dorf entfernt.

In der Scheune habt ihr das Zimmer herrichten lassen, und in die Kammer, wo das Bett von meiner Hochzeitsnacht stand, wurde eine Schiebetür eingezogen, genau zwischen der Kommode mit den Sterbebildchen und dem Balkon, wo sich früher der Kaninchenstall befunden hatte. So konnte man an die Fremden, die zum Skifahren hoch ins Tal kamen, zwei Zimmer im Obrador-Haus vermieten, gleich neben der großen Küche. Und um deine Privatsphäre und die der Familie zu schützen, wurde an der Tür zur Treppe gegenüber dem Spiegel, unterhalb der Terrasse mit den Bienen, ein Schloss angebracht.

Die Tenne im Haus der Plas verwandelte der Neffe von Llorenç in ein Restaurant, und du hast dich breitschlagen lassen, ihnen von deinen eigenen Kaninchen und Hühnern zu liefern, Eier, selbst gesuchte Pilze, etwas Gemüse aus deinem Garten, in dem du jeden Tag am Werkeln warst. Bevor du dich aber bereiterklärt hast, auch die großen Puddings zu machen, die er dann in Portionen aufteilen ließ, hast du dich ganz schön bitten lassen.

Den August über leisteten dir dein Bruder, Tante Mercè und Quim Gesellschaft. Gegen Mitte oder Ende des Monats kamen dann wir drei, um sie abzulösen. Bevor sie sich wieder auf den Heimweg machten, gab es noch ein Familienfest, das uns auch mit der lieben kleinen Tante und dem Onkel zusammenführte. Ramon kam mit Gina, und manchmal kamen sie auch zu dritt, das hing vom Jahr ab und davon, wie viel Regina im Friseursalon zu tun hatte. Als die großen Fahrzeuge der Musikkapelle noch nicht den Dorfplatz in Beschlag genommen hatten, uns noch nicht durch die übertriebene Lautstärke das Tanzen verleidet worden war, fiel unsere Zusammenkunft immer mit dem Hauptfeiertag des Patronatsfestes zusammen.

Früher war Conrad immer gleich nach unserer Ankunft ins Haus seines Großvaters gegangen und ich zum Dorfplatz, zu deinem Haus. Sowohl er als auch ich haben hier im Tal, in dem ich so oft dein inneres Land zu erkennen glaube, das Wesentliche gelernt. Nach all den Jahren ist es uns schließlich doch noch gelungen, uns nicht nur dort heimisch zu fühlen, wo wir leben, sondern auch in diesem Dorf, wo so viel Schmerz gesät wurde und dennoch Schönheit wachsen konnte. Gerade angekommen, trennten wir uns also schon wieder. Er blieb zum Mittagessen bei seinen Leuten, ich bei dir. Und wie immer lautete deine erste Frage, ob wir nach wie vor so ein Bratkartoffelverhältnis hätten. Als wüsste ich nicht ganz genau, woher der Wind weht. So harmlos dieses Wort auch daherkommen mochte, dahinter verbarg sich doch nur wieder ein Skorpion mit einem Stachel im Hinterleib. Zusammen, aber ohne kirchlichen Segen. Wir trieben es ohne amtliche Bestätigung, was sagt man dazu? Als ich dir antwortete, ja, wir würden immer noch einfach so zusammenleben, hast du mir keine Fragen mehr gestellt. Was bedeuteten dir auch schon unser Glück, unsere Zukunftspläne, die Arbeit, das Leben, das wir gemeinsam erkundeten? Was schon?

Nachmittags kam Conrad dann zu uns. Er klopfte oder er rief deinen Namen, wenn die Tür oben an der Treppe offen stand. Er ging hinein, um dich zu begrüßen, und er brachte dir ein Geschenk mit, das wir beide in Barcelona mit größter Sorgfalt ausgewählt hatten. Bescheiden musste es sein, aber zweckmäßig, etwas, das du trotz deiner Proteste nicht zurückweisen konntest. Duralexteller, ein Dampfkochtopf, eine Kiste mit Sektflaschen, Kölnischwasser oder eine Feuchtigkeitscreme, einmal eine italienische Espressokanne.

Zuvor hattest du für mich gekocht, aber nicht mit mir gegessen. Der zweite Gang sollte schließlich warm auf den Tisch kommen. Erst als ich fast fertig war, hast du dich zu mir gesetzt, doch allzu oft war mein Wunsch, während des Essens in Ruhe mit dir reden zu können, dann schon längst wieder erloschen. Wenn Conrad kam, hast du ihm gleich einen Kaffee angeboten oder einen Schluck von deinem selbst aufgesetzten Kräuterlikör, und dann gingen er und ich raus auf den Dorfplatz. Auf denselben Platz, auf dem sich nach Kriegsende nie jemand hatte blicken lassen, wenn ihr drei jungen Frauen, die ihr gerade aus dem Lager zurückgekehrt wart, dort zu tun hattet. Conrad und ich dagegen trafen immer jemanden. Wir gingen Hand in Hand, nicht zu spät, damit uns auch ja alle sehen konnten. Sollten sie uns doch ruhig alle möglichen Fragen stellen, selbst die verfänglichen beantwortete Conrad ohne jede Scheu, während ich einfach nur schwieg. Wir machten meist einen langen Spaziergang, bis hin zur Tränke und zum Garten. Ehe wir uns versahen, befanden wir uns auf dem steinigen, von Brennnesseln gesäumten Weg, wild wuchernde Pflanzen, deren Stiche ein feuriges Liebespfand zurücklassen. Aber schon bald kehrten wir wieder zurück zu den Häusern und Menschen.

Wenn du dich auf den Weg zum Restaurant gemacht hast, um die Früchte deines Fleißes abzuliefern, begleiteten wir dich oft, aber noch lieber blieben wir allein in deinem Haus zurück. Wir spielten Verstecken, und unser Verlangen war grenzenlos. Überfielen deine Worte meine Gedanken, empfand ich das jetzt nicht mehr als kalte Dusche, im Gegenteil, ich entbrannte noch viel mehr. Mit Conrad vermied ich nur das Obrador-Haus, das mich an Guillem und den ganzen Schlamassel von damals erinnerte. Der Dachboden war mir lieber, mit den Getreidesieben voller Früchte, den Säcken voller Kartoffeln, und gleich nebenan die Bedrohung durch die Bienen, hinter der kleinen Tür, die raus auf die Dachterrasse führt. Oder Großmutters Schlafzimmer, das Eisenbett und diese wundersame Atmosphäre, die sie dort nur für mich zurückgelassen hat.

Conrads Großvater starb, und Ventura wurde geboren. Damals richteten wir uns in deinem Haus ein, und nach dem Familientreffen im Sommer wurden uns seltsam sanfte Tage beschert. Wie Könige wolltest du uns behandeln und hast jeden unserer Vorschläge, gemeinsam einen Ausflug zu machen, entschieden zurückgewiesen, du hast es vorgezogen zu Hause zu bleiben, um für uns zu kochen.

Von klein auf erkundete ich mit Ventura das Haus, das Geheimnis seiner verborgenen Orte, wo sich mit einem Mal wieder das ganze Leben auf mich stürzte, das ich über Jahre versucht hatte, hinter mir zu lassen. Ich brachte ihn nach unten in das kalte dunkle Kellergewölbe, in den Kuhstall mit seinen deftigen Gerüchen, in dem später die Hühner ihren Platz gefunden hatten. In das alte düstere Esszimmer, das zwischen Küche und Eingangstür liegt. Ich zeigte ihm den Spiegel im Flur, gleich neben der Treppe, die nach oben führt. In Großmutters Schlafzimmer ließ sich der Junge hinter dem dichten grünen Vorhang auf die Matratze fallen, ich kitzelte ihn, und er lachte und lachte, bis er nicht mehr konnte.

Die schmale Treppe bis unters Dach stieg ich mit ihm aber nur hoch, wenn du nicht da warst. Die Tür zur Dachterrasse hielt ich immer sorgfältig verschlossen, denn seitdem du wieder Honig gewinnen wolltest, hatten sich die Bienen ihrer ganz und gar bemächtigt. Ventura gefiel es, den luftigen Speicher mit den ungleichen Balken auszukundschaften, mit dem Fenster, das das Rauschen des Gebirgsflusses einfängt und ein kleines Stück vom Himmel herausschneidet. Rosmarinzweige und Flohkraut wirkten wie Wandschmuck, die restlichen Äpfel lagen ausgebreitet herum, Werkzeug, das früher einmal nützlich gewesen war, lehnte jetzt träge an der Wand oder hing an einem Nagel. Die Wiege, die Großvater eigenhändig gebaut hatte, als du geboren wurdest, in der auch deine Schwester gelegen hatte und später dann Onkel Tomàs, fristete nur noch ein unnützes Dasein. Ein viel zu frühes Ende, ein genauso vergeudetes Leben wie das seines Besitzers. In einem Sommer stießen wir darin auf ein paar Päckchen, die wir nie zuvor gesehen hatten.

Ventura machte einen kleinen Luftsprung, als er die erste Puppe auftauchen sah, die in einer langen Schachtel wie in einem Sarg aus Karton lag. Er stürzte sich gleich auf sie, und ich konnte sie gerade noch auffangen. Sie war aus bemaltem Zelluloid, hatte dunkelbraune Korkenzieherlocken und kastanienfarbige Wimpern; ihre Augenlider öffneten sich nur, wenn sie stand. Die Puppe trug kleine weiße Plastikschuhe und ein ebenso weißes Kleid. Ihre Beine ließen sich nicht bewegen, und über den nur angedeuteten Knien war der Rock ein wenig zerknittert. Ich glaube, in diesem Augenblick verstand ich mit einem Mal viel besser, was du immer über Veva gesagt hast: als ob sie aus dem Schächtelchen käme.

Dann tauchte noch eine Puppe auf, die zwar nicht so groß

war, dafür aber moderner. Aus rosafarbenem Gummi und mit beweglichen Armen. Sie war ganz in Blau gekleidet. Bei dem Hut mit Lochstickerei, selbst der war blau, musste ich an die Häkelmütze denken, die mir als Kind so zuwider gewesen war. Ich hatte sie irgendwie verloren und dir dadurch ziemlichen Verdruss bereitet. Eine Eisenbahn meines Bruders tauchte auch auf, die ein ähnliches Schicksal ereilt hatte wie meine Puppen: für die Nachwelt wie neu erhalten zu werden. Ventura war ganz begeistert, mit ihr spielen zu können, doch die große steife Puppe musste immer in seiner Nähe sein.

In einem anderen Bündel fand ich Kleidung aus der Zeit, als Ramon und ich noch klein waren. Ich war drauf und dran, sie mit nach unten zu nehmen, weil ich dich bitten wollte, sie behalten zu dürfen; aber dann ließen wir alles doch so, wie wir es vorgefunden hatten, und auf diese Weise teilten Ventura und ich ein Geheimnis. Nur ein wenig Staub nahmen wir mit, das war das Einzige. Aber ich konnte mit einem Mal nicht genug davon bekommen, Dinge aus meiner Kindheit aufzuspüren, die mir ganz bestimmte Augenblicke zurückbrachten und jedes Mal einen bittersüßen Stich ins Herz versetzten, stammten sie doch aus einer Zeit, als Vater noch lebte. In der Kommode, die auf dem Flur zwischen den beiden Schlafzimmertüren stand, entdeckte ich die Handarbeiten, die ich bei den Nonnen angefertigt hatte. Runde himmelblaue Platzdeckchen, eingefasst mit einem weißen Schlingenstich, hier und da mit demselben Faden ein paar kleine Blumen aufgestickt. Dazu noch fünf passende Servietten, die ebenfalls mit einem Schlingenstich versäubert waren, und auf jeder einzelnen befand sich in einer Ecke eine kleine Blume, auch in weiß. Es war zwar eine ziemlich stümperhafte Arbeit, aber trotzdem gefiel sie mir richtig gut; damals, als ich sie machen musste, war das ganz anders gewesen. Mit den Schlappen aus goldfarbenem Raffiabast ging es mir genauso. Jede von uns hatte eine Sohle aus Espartogras bekommen, die mit einem Kräuselstoff aus weißer Baumwolle bespannt war. »Frottee« sagen wir heute dazu. Ich musste daran denken, wie schwierig es gewesen war, aus dem Bast den Streifen zu weben, der dem Fuß vorne Halt geben sollte. Und hier lagen nun diese Schlappen, fast neu, so wie ich sie wahrscheinlich am Ende des Schuljahres mit nach Hause gebracht hatte, stolz und glücklich, weil du sagen würdest: Nein, so was Schönes aber auch! Aber eben auch viel zu schön, als dass man sie hätte anziehen können.

In einer anderen Schublade fand ich mehrere Garnituren Betttücher mit meinen Initialen. Das R mit dem nach links hin lang gezogenen Schweif und der Anfangsbuchstabe von Albera, der sich nach rechts neigte. Ein Betttuch fiel mir besonders auf, die Spitze am Überschlag war außergewöhnlich zart und die Stickerei der Initialen ganz in weiß. Sie waren einer besonderen Gelegenheit würdig, wahrscheinlich sogar einer Hochzeitsnacht, und von daher hatte ich sie nicht verdient. Als er klein war, versuchte Ventura mich immer hoch auf den Dachboden zu ziehen, ob du nun da warst oder nicht, doch als er dann größer wurde, ging er lieber zu den Melis, wo er seine Cousins zum Spielen hatte. Aber ich musste mir immer wieder die Sachen von früher anschauen, ganz allein, mindestens ein Mal jeden Sommer.

Ich begriff, dass seit Venturas Geburt auch ich zu den Melis gehörte, ob mir das nun gefiel oder nicht. Es war schließlich Conrads Familie, und sie bleibt es auch. So wenig ich am Anfang auch dorthin ging, nach und nach hat sich für mich die Situation entspannt, und jetzt fühle ich mich sogar wohl dort, angenommen und aufgehoben. Der einzige Ort, mit dem ich mich nicht habe anfreunden können, ist das alte Esszimmer. Es wird nur selten benutzt, denn in der neuen Küche steht ein Tisch für zwölf Personen. Nur an Weihnachten und am Patronatsfest oder wenn es einen Trauerfall in der Familie gibt. In diesem hochherrschaftlichen Raum, der zu Zeiten von Conrads Großeltern täglich benutzt wurde, passiert es mir, wenn wir nach Tisch noch zusammensitzen, dass mich inmitten all der Stimmen mit einem Mal eine bedrückende Stille überfällt. Und während ich mir einbilde, die Franco-Hymne zu hören, hebe ich in Gedanken den rechten Arm. Du hast es mir so oft erzählt, dass ich meine, es selbst erlebt zu haben. Du warst die Stärkste der Familie und, als du gerade mit Großmutter und der Tante aus dem Lager zurückgekommen warst, musstest du den Lebensunterhalt für euch vier Frauen und den Jungen verdienen. Aus diesem Grund fühle ich mich im Esszimmer der Melis plötzlich wie zwischen euch Mägden. Im Radio ertönt die faschistische Hymne, und alle hören wir auf zu arbeiten und heben den Arm. Conrads Großmutter vergewissert sich, dass ich es genauso mache wie die anderen. Mit herrischer Stimme hält sie mich an, ihn richtig auszustrecken, voller Überzeugung, mit Freude, bis Conrad mich ausgerechnet am Arm berührt, der wie erstarrt die Gabel hält. Er fragt mich, was denn mit mir los sei. Ich esse nichts, ich sage nichts und sehe nicht, was ich anschaue. Ich kann ihm nicht erklären, wo ich gerade gewesen bin. Wie eine hölzerne Puppe muss ich wirken, dort am Tisch, zwischen ihm und seinen Geschwistern und dem Schwager und der Schwägerin, den Neffen, alles Melis, vom Scheitel bis zur Sohle. Und ich lächle ihn an, »gar nichts«, man muss ja nicht immer gleich um alles so ein Aufhebens machen. Er schaut mich prüfend an, und seine Augen lächeln ebenso wie seine Lippen. Ich glaube, er hat schon erraten, was mit mir los ist.

Das Esszimmer der Melis wurde restauriert, so wie es war, ein einmaliges Schmuckstück aus der Vergangenheit. Das übrige Haus gleicht dagegen einem frisch gepflückten Blumenstrauß. Conrads Schwester, Montse, die mir das Tanzen beigebracht hat, als ich klein war, und ihr Mann haben einen Teil des Anwesens in einen Agrotourismus verwandelt. Leute, die ein ähnliches Leben führen wie Conrad und ich, kommen dorthin, um ein Wochenende oder die Ferien zu verbringen. Und wenn sie Lust dazu haben, klettern sie in die Schlucht hinunter, befahren den Wildwasserfluss mit Schlauchbooten, stürzen sich, festgebunden an ein Gummiseil, von unserer Brücke. Sogar du hast all diese neumodischen Namen gelernt, sei es nun Rafting oder Bungeejumping, und als einen Teil des Lebens in diesen modernen Zeiten angenommen. Oder sie erkunden ganz einfach die Gegend und kommen aus dem Staunen nicht mehr heraus. Die meisten von ihnen können sich nicht vorstellen, dass es hier Menschen gibt, die sich von der außergewöhnlichen Schönheit des Tals nicht beeindrucken lassen, von den grünen Wiesen und den hohen Bergen, die ständig ihre Farbe wechseln, vom wilden und klaren Wasser und den erdigen, steinigen Wegen. Denn ebenso wie jeder andere Ort auf der ganzen Welt, in der Stunde des Hasses ist das Tal nichts weiter als eine Kulisse.

Ja, ich hatte mich geirrt. Du hast das Geld angenommen, das dich für all das Böse nicht entschädigen konnte, euch aber dabei geholfen hat, das Haus instand zu setzen. Und das Dorf und das Tal haben sich in den letzten Jahren weiterentwickelt. Es tut mir nicht leid, mich geirrt zu haben, aber es tat mir weh, mit ansehen zu müssen, wie du fremde Leute angelächelt hast, Leute, die gerade mal für zwei Tage hergekommen sind. Du hast mit ihnen geplaudert, ihnen alles Mögliche erklärt; ihnen vielleicht Rezepte gegeben, irgendeinen Blödsinn erzählt, der dich eigentlich kein bisschen interessiert hat, das ist mir schon klar. Aber die Feriengäste, die Besucher des Gasthauses, der Neffe von Llorenç und seine Frau, sie haben dich all die Jahre über mit Komplimenten überhäuft, es war offensichtlich, wie sehr sie dich bewunderten, und du nahmst ihren Tribut mit einem liebreizenden Lächeln und freundlichen Worten entgegen. Und da kam mir ein Ausdruck von dir in den Sinn, einer, den du immer benutzt hast, wenn wir dich zur Weißglut gebracht haben: Am liebsten würde ich dir eine scheuern. Ja, ganz genau, denn für uns hast du kaum einen Moment Zeit gehabt, noch nicht einmal für Ventura, deinen Enkel. Und ich hatte gedacht, du würdest seinetwegen vor

Freude ganz aus dem Häuschen sein, wegen ihm, dem wir Vaters Namen gegeben haben. Aber es ist ja immer dasselbe, »die Blagen müssen einfach alles anfassen; früher, weil wir nichts hatten, was wir ihnen geben konnten, und heute, verwöhnt wie sie sind, rauben sie einem ganz genauso den letzten Nerv.«

Für mich ist es wichtig gewesen, mir noch einmal die Zeit zu vergegenwärtigen, als Ramon und ich Kinder waren. Wir waren nicht gerade auf Rosen gebettet, aber es gab damals einen schützenden Baum, einen mit einer dichten Laubkrone voller leuchtendgelber Blüten, Vater, der wie eine Akazie war, bis er gefällt wurde. Und jeden Sommer gab es Blumen, vor allem Vevas fröhlich leuchtende Mohnblumen, aber noch viele andere mehr und in ganz verschiedenen Farben: Großmutters zarte Malven, die weißen Tupfer auf den blühenden Mandelzweigen deiner Schwester, die Bescheidenheit von Antons und Rosalias wildem Lavendel, die Eleganz der Lilie oder die der Gladiole von Senyora Montserrat. Auch wenn du selbst kein Stückchen Erde besessen hast, um uns Blumen zu pflücken, wir Kinder sind dennoch vom Leben mit einem großen Strauß bedacht worden, das kannst du mir glauben.

Ventura lebt mit einem Mädchen zusammen, wie das heute eben so üblich ist. Sie haben sich eine kleine Wohnung außerhalb von Barcelona gemietet. Am Sonntag hat er sie mit zum Essen gebracht. Bei Tisch konnten sie einander nicht aus den Augen lassen. Du fändest sicherlich, es sei wahrlich nicht nötig, sich in unserer Anwesenheit alle naselang zu küssen. Wenn ich die beiden sehe, muss ich an Conrad und mich denken, an unsere Anfangszeit, in unserer Wohnung, die noch gar nicht richtig eingerichtet war, auf langen Spaziergängen durch die Stadt, auf unseren Reisen ins Ausland. Und immer wieder führte ich ihn auf mein Terrain, das bist du und die Erbschaft, die wir beide antreten mussten. Und er folgte mir bereitwillig, es war ihm ein Bedürfnis und noch viel mehr als das, er hat es sogar zu seinem Beruf gemacht. Veva hat es mir einmal gesagt. Das ist genau der richtige Mann für dich. Damals hatte sie in dem eleganten, ironischen und großzügigen Mann noch nicht meinen kleinen Tänzer vom Patronatsfest in deinem Dorf wiedererkannt, wo sie vor so vielen Jahren den Bauern den Kopf verdreht hatte und sie dann einfach abblitzen ließ, denn hatte sie sie erst einmal bezirzt, wollte sie gar nichts mehr von ihnen wissen.

Conrad war damals schon Professor an der Universität, und ich dachte, er würde Veva deshalb so gut gefallen. Das stimmte, doch sie sagte auch zu mir: Er ist ein feiner Kerl, und er ähnelt deinem Vater, er ist einfach ein guter Mensch. Mir kommt es so vor, als sei es erst gestern gewesen, dass sie mit mir darüber gesprochen hat. Ich stellte ihr eine Frage, die mir seit meiner Jugend auf der Zunge lag, vielleicht sogar noch vorher, aber ich hatte mich nie getraut, sie auszusprechen. Ganz arglos hatten mich Vevas graugrüne Augen angeschaut, als ich sie fragte, weshalb Vater dich nicht verlassen hätte. Und ich hatte gehofft, sie würde nicht wissen, wovon ich sprach, sie wäre völlig erstaunt, würde sich gegen meine Frage verwahren. Ja, ich hatte gehofft, ich würde lediglich inmitten meiner eigenen düsteren Wolken stecken, die ich selbst in Regen verwandle, wenn sie sich allzu sehr aufblähen und dunkel werden. Doch sie hat mir eine Antwort gegeben.

Als Ramon und ich noch klein waren, hat sie einen Brief erhalten, sie würde ihn irgendwann einmal suchen und mir geben. In diesem Brief schrieb ihr mein Vater, dass er nicht mehr weiterwisse, dass er sich in seiner Frau getäuscht habe, genau wie sein Vater, wenn auch auf eine ganz andere Weise. Er sah, dass du gar nicht anders konntest und darum empfand er, trotz all seiner Wut nach jeder Auseinandersetzung mit dir, nach wie vor Achtung für dich und auch ein wenig Mitleid. Das sei der Grund dafür, dass er es immer wieder von Neuem versuchen würde. Das

Mitleid und wir Kinder. Er befand sich in einer Sackgasse, denn er wusste, du würdest dich nicht ändern. »Man hat ihr zu viel Leid zugefügt«, wiederholte Veva das, was Vater ihr damals geschrieben hatte, sie erinnerte sich noch ganz genau an diesen Wortlaut. Sie hatte ihm zurückgeschrieben, dass sie keinesfalls einer Meinung mit ihm sei. Sie riet ihm, er solle dir ein Ultimatum stellen, dir damit drohen, dich für immer zu verlassen, wenn du dich nicht ändern und die Dinge nicht gelassener angehen würdest, wenn du auch weiterhin alle Welt, und vor allem ihn, wegen nichts und wieder nichts zum Teufel jagen würdest. Veva schwieg eine Weile, und dann brach es aus ihr heraus: armer Ventura. Zwei Worte, die ich sie schon an seinem Grab hatte sagen hören.

Den Brief aber hat sie mir niemals gegeben. Dafür brachte sie jeden Mittwochnachmittag ein Bilderbuch für Ventura mit und las es ihm vor. Die beiden schauten sich die kolorierten Zeichnungen an und gaben dabei selbst ein Bild ab, das uns einfach nur glücklich machte. Los, raus mit euch!, sagte Veva dann zu uns. Und Conrad und ich gingen ins Kino oder machten einen Spaziergang wie zwei Frischverliebte. Wenn wir zurückkehrten, war es schon dunkel, und Conrad brachte sie dann mit dem Auto in den Carrer d'Avenir, der jetzt wieder seinen katalanischen Namen tragen durfte. Ich sah, dass Veva in den Augen unseres Sohnes ein Licht anzuzünden vermochte, so wie sie auch meine und die von Ramon zum Leuchten gebracht hatte, als wir noch Kinder waren. Immer wenn sie zu uns ins Städtchen kam und unsere Wohnung betrat, war es, als sei uns gerade eine Märchenfee erschienen.

Ja, Veva mochte Conrad. Und er sie. Wenn sie an den Sonntagen zu uns zum Essen kam, redeten sie über Politik. Er hielt sie auf dem Laufenden, was an der Universität so passierte, und sie stellte ihm Fragen und kommentierte alles voller Interesse. »Sie kann keiner hinters Licht führen!« Einmal im Jahr unternahm sie weiterhin eine Reise ins Ausland, und mit uns dreien fuhr sie auch wieder hoch ins Dorf.

Wir verbrachten das eine oder andere Wochenende dort oder die Feiertage. Dann hörte ich euch alle beide in der Küche rumhantieren, damit auch ja ein perfektes Mittagessen auf den Tisch käme. Und für gewöhnlich war es das auch, und Conrad oder Ramon lobten euch dann. Nachdem die Männer sich unauffällig verdrückt hatten, Veva das Besteck abtrocknete, du noch beim Spülen warst, vielleicht die Töpfe, und ich die Küche ausfegte oder Ventura die Windeln wechselte, hörte ich euch von früher reden. Von Cousin Felip, dessen summender Bienenschwarm mit fünfundfünfzig Jahren für immer verstummt war, und von Senyora Montserrat, zu der wir kaum noch Kontakt hatten, denn sie war von Barcelona nach Saragossa gezogen, wo sie einen reichen Geschäftsmann geheiratet hatte. Du beklagtest dich bei Veva über Regina, die nie herkam und dir die Kleine nicht einmal für zwei Tage überlassen wollte. Vergeblich gab dir Veva Ratschläge für ein einvernehmliches Miteinander. Mit einem Mal war zwischen euch aber auch immer von Ventura die Rede, womit mein Vater gemeint war, und unweigerlich fingst du an zu weinen. Wenn ich mich in eurer Nähe befand, dann warfen Veva und ich uns einen Blick zu. Ihr habt euch gegenseitig bewundert und wart doch ständig uneins, so wie es immer schon gewesen war. Manchmal, wenn Veva dir hat helfen wollen, hast du gemeint, sie solle doch hingehen, wo der Pfeffer wächst, schon damals war dir die Gesellschaft von Menschen manchmal zu viel. Veva hat sich das zu Herzen genommen und wütend darüber war sie auch. Dann wollte sie sofort zurück nach Barcelona, zurück zur Routine in ihrer kleinen Wohnung im Carrer d'Avenir, zu ihren täglichen Gymnastikübungen, wöchentlichen Geschichtsseminaren, zu ihrer Zeitungslektüre. Und jeden Mittwoch schlug sie mit einem Bilderbuch für Ventura entschlossen den

Weg zum Carrer Borrell ein. Und am Sonntag, nachdem sie mit uns gegessen hatte, ging sie ins Kino mit ihren Freundinnen, die genauso wie sie, keinen Mann an ihrer Seite hatten. Aber nach einer gewissen Zeit fuhr sie dann doch wieder mit uns hoch ins Dorf.

Ein Sonntag kommt mir in den Sinn. Kaum war sie da, wollte sich Veva wie gewöhnlich gleich in der Küche nützlich machen. Noch heute sehe ich sie vor mir, wie sie sich die Schürze umbindet. Erst seit Kurzem war sie im Ruhestand. Da zeigte sie mir lächelnd einen Brief. Er kam vom Professor, der mit den Adleraugen. Ich las ihn gleich an Ort und Stelle, von Essensdüften umgeben standen wir beide da. Er war jetzt Witwer, die Kinder außer Haus. »Warum heiraten wir nicht?« Ich schaute Veva an.

– Was wirst du ihm antworten?
– Fragst du das wirklich? – sie lachte auf diese herablassende Art und Weise, bei der es mir immer kalt den Rücken runterlief und von der ich gehofft hatte, sie nie mehr hören zu müssen. – Was hast du dir denn vorgestellt? Sollen wir vielleicht zum Gespött der Leute werden?

Ich machte mich am Herd zu schaffen. Das war eine Reaktion, die deiner in Bezug auf Llorenç von den Plas in nichts nachstand. Schon lange hatte ich mich in Gegenwart von Veva nicht mehr so unwohl gefühlt, und sie schien das zu bemerken.

– Ich musste mich um keinen Mann kümmern, als ich jung war, warum sollte ich das also ausgerechnet jetzt tun, wo wir beide alt sind?

Wir schauten uns an. Gerade um dieses Warum ging es mir aber. Da brachte Conrad Ventura in die Küche. Er war am Weinen, weil er sich das Knie aufgeschürft hatte, und gleich kümmerten wir uns beide ganz besorgt um das Kind.

Die Jahre, die ich bis zu Vevas Tod mit Conrad zusammengelebt habe, sind die Jahre, die für mich am schnellsten vergangen sind. Jetzt, wo der Junge nicht mehr bei uns lebt, scheinen es mir auch die glücklichsten Jahre meines Lebens gewesen zu sein.

Als Ventura größer wurde und Freunde hatte, kam Veva unter der Woche immer seltener, aber beim gemeinsamen Mittagessen am Sonntag blieb es. Manchmal waren Freunde da oder auch Verwandte, oft Conrads Eltern, eines seiner Geschwister, Ramon und Regina, wer auch immer. Veva gehörte zur Familie, und in ihrer zeitlosen Schönheit brachte sie noch immer die Augen der anderen zum Leuchten. Wie aus dem Ei gepellt, jede Woche zum Friseur, Reisen, voller Interesse an allem, was daheim und anderswo in der Welt vor sich ging. Immer liebenswürdig und gut gelaunt, stets auf der Suche nach einem Nachtisch, den alle mochten, irgendeiner Kleinigkeit, von der sie wusste, dass sie dir noch fehlte und mit der sie dir eine Freude machen konnte. Jeder fühlte sich in ihrer Gegenwart wohl.

Als sie krank wurde, begleitete ich sie zu den Untersuchungen. Vom ersten Tag an hatte sie darauf bestanden, die Wahrheit zu erfahren. Conrad wartete draußen auf uns, und nachdem wir durchgesprochen hatten, was der Arzt alles gesagt hatte, fuhren wir Veva zum Carrer d'Avenir oder holten Ventura ab, um irgendwo gemeinsam zu Abend zu essen. Wir wollten uns einfach nicht von den schlechten Nachrichten unterkriegen lassen. Der Junge war in der Welt der Heranwachsenden angekommen, schlaksig und das Gesicht voller Pickel, trottete er schroff und verschlossen hinter uns her. Heute denke ich, dass er bestimmt zu Tode erschrocken war, seine Veva so zu sehen. Vor uns gab er sich gelangweilt und gleichgültig, sogar etwas unverschämt, diese Momente müssen die reinste Qual für ihn gewesen sein.

Und dann kamen wieder die Ferien. Du lebtest nach wie vor im Dorf, Gewehr bei Fuß, die Arbeit hatte ebenso zugenommen wie der Tourismus im Tal. Marmelade, Nelkenschwindlinge,

Eier, Gemüse, Pudding, Kaninchen und Hähnchen ... Du hattest mehr als genug zu tun und warst in Hochstimmung, umgeben vom Hofstaat deiner Bewunderer, die dir und deinen Künsten zu Füßen lagen, ohne dass dich Llorenç von den Plas auch nur für einen Moment aus den Augen gelassen hätte. Vevas Pflege machte es erforderlich, stets in ihrer Nähe zu sein und ihr zur vorgeschriebenen Zeit die Medikamente zu geben. Diese Ferien waren anders als sonst, auch wenn die Sonne wie jeden Sommer auf die Steine knallte, ihre Kraft war doch weiter nichts als ein Lichtstrahl, der im Krankenzimmer verendete. Das Wasser floss kühl wie immer in die Tränke am Dorfplatz. Und unter den Fenstern in den engen Gassen zerfetzte das Geschnatter der Touristen den fein gesponnenen Stoff des Mittagsschlafs. Mitte August wurden wieder die großen Lautsprecher und die dicken Kabel auf die Bühne geschafft. Die Musiker erschienen mit ihren elektrischen Instrumenten. Und die Tänzer waren auch wieder da. Die Melodien der Evergreens vermischten sich mit dem Gebrüll des Sommerhits und drangen gnadenlos bis in den hintersten Winkel, der ganze Dorfplatz erzitterte. Veva öffnete ab und zu noch einmal die Augen und schaute uns an, sie schien zu lächeln.

Unsere Ferien gingen zu Ende. Seit Tagen schon hatten wir uns immer wieder ein und dieselbe Frage gestellt. Veva war nicht in der Verfassung zu reisen und schon gar nicht, um allein in den Carrer d'Avenir zurückzukehren. Ohne mit uns vorher darüber gesprochen zu haben, hast du eine Entscheidung getroffen. Du hast gemeint, neben all unserer Arbeit wären wir nicht in der Lage, uns um Veva zu kümmern, und verkündet: Ihr könnt ganz unbesorgt nach Hause fahren, Genoveva bleibt bei mir. Auf einen Schlag, ohne etwas infrage zu stellen und ohne ein weiteres Wort darüber zu verlieren, hast du anerkannt, wie viel sie uns allen bedeutete. Das, was sie für uns war und immer für uns bleiben wird.

Du kamst nicht hinunter, um die Wohnung im Carrer d'Avenir zu räumen. Es war September. Vor vielen Jahren, an einem der letzten Tage dieses Monats, hatte mich Barcelona in ebendieser Straße zum ersten Mal aufgenommen und mir das Gefühl gegeben, dass es hier so viel früher dunkel wird als bei mir daheim. Wie eine leere Theaterbühne war mir am Abend dieses Festtages die ganze Stadt vorgekommen. Die neue Umgebung hatte mir damals kein bisschen gefallen, so weit weg von dir, die du meine Welt ganz nach deinen Prinzipien geformt hattest. Und Vater, mit seiner grundanständigen Art und seiner Nachdenklichkeit, hatte diese Welt völlig ausgefüllt. Aber schon am nächsten Morgen war er wieder zurückgefahren.

Ich ging mit Conrad in Vevas Wohnung, um sie aufzulösen, und bis heute kann ich mich an keine vergleichbare Beschäftigung erinnern. Auf den Fliesen blieb ein Berg von Kleidern zurück, wie Ähren in allen möglichen Farben, die von der Sichel niedergemäht worden waren. In der Kommode, in der Veva ihr Schreibpapier aufbewahrte, fand ich eine Metalldose voller Briefe. Nachdem ich kurz hineingeschaut hatte, entschloss ich mich, sie mitzunehmen: Ein andermal, mit Ruhe, würde ich sie alle durchsehen. Ganz oben lag der Brief des Professors, den sie mir einmal sonntags in der Küche gezeigt hatte. Vielleicht hatte sie danach ja keinen mehr bekommen, der es wert gewesen wäre, aufgehoben zu werden, vielleicht lag dieser aber auch ganz oben, weil sie ihn immer wieder gelesen hatte. Umgeben von Staub und Erinnerungen stand ich da und nahm ihn heraus. Die energischen Schriftzüge auf dem Umschlag stachen mir gleich ins Auge. Sie stammten von einer Hand, die es gewohnt war zu schreiben. Da fiel ein Blatt Papier heraus, und ich erkannte sofort die ausgeglichene Handschrift Vevas. Es war der Entwurf ihrer Antwort, die sie auf Spanisch verfasst hatte, mit Korrekturen und durchgestrichenen Worten versehen. »Sie können sich nicht vorstellen, wie sehr ich mich gefreut habe, von Ihnen zu hören, damit haben mir die Heiligen Drei Könige das schönste aller möglichen Geschenke gebracht. Ja, Sie haben recht, die Zeit damals in der Fakultät war sehr glücklich, ich erinnere mich an sie mit einer unermesslichen Zärtlichkeit. Wie sollte es auch anders sein. Wir waren jung, voller Leben und Träume ... Aber mittlerweile sind so viele Jahre vergangen. Die Zeit ist unerbittlich und im Angesicht des Sonnenuntergangs noch einmal von vorne anfangen zu wollen, käme mir wie ein Irrtum vor. Zumindest aber können wir heute auf ein Glück zurückschauen, das nicht gegen unsere Überzeugungen verstoßen hat und auch nicht gegen das Glück anderer Menschen.

Seien Sie versichert, dass ich mit aufrichtiger Zuneigung an Sie zurückdenke. Genoveva Albera.«

Ich habe dir diesen Brief gezeigt, doch du hast nur gemeint:
– Sieh mal einer an, sie war ganz schön schlau, die Genoveva!
Ich war mir nicht sicher, worauf du eigentlich hinauswolltest. Auf den Brief an sich? Auf die Tatsache, dass sie dem Professor eine Abfuhr erteilt hat? Ich habe mich nämlich oft gefragt, ob du selbst nicht sehr grausam zu Llorenç von den Plas bist. Von dir kommt kein klares Ja, kein klares Nein, nur ein wenig von beidem. Conrad hat mit ihm darüber gesprochen, im Zusammenhang mit dem, was 1938 im Tal geschehen war. Er wollte herausfinden, was Llorenç über die Einstellung seiner Eltern und Großeltern damals wusste, und er hat noch viel mehr von ihm erfahren: Wie Llorenç sich an seinem Großvater dafür gerächt hat, dass er den Antrag, den er dir gemacht hatte, wieder zurücknehmen musste: Er hat nie geheiratet, so dass der Familienname mit ihm aussterben wird. Wie er dich bewundert hat und noch immer bewundert. Wie er auch jetzt noch dir und Llop zur Esche folgt, dorthin, wo das Verbrechen stattgefunden hat, an der Biegung des Flusses, und wie er jeden Abend über dich wacht, wenn du dort deines toten Vaters gedenkst. Ihm ist klar, dass du niemals Ja zu ihm sagen wirst, aber das macht ihm nichts.

Ihr seid alt, und die Freundschaft, die ihr füreinander empfindet, ist ihm genug.

Nicht nur du besitzt ein inneres Land, wie ich lange Zeit geglaubt habe. Jetzt weiß ich, dass jeder von uns eine vielfältige und einzigartige Landschaft in sich trägt, mit geheimen Orten, so wie man sie in einem jeden Land findet. Und verlieben wir uns, dann haben wir in diesem uns noch fremden Land nichts weiter als eine Bergspitze ausgemacht oder den Horizont eines Sees, wie er unter der Frühlingssonne funkelt. Manchmal beginnen wir mit der ganz unten liegenden Bodenschicht, weil sie uns zuverlässig und widerstandsfähig vorkommt, wie harter Stein, der uns tragen wird. Doch das reicht uns nicht, wir wollen immer weiter in das Land des anderen vordringen. Und so stürzen wir uns oft, ohne groß zu überlegen, kopfüber hinein, denn wir haben das unbestimmte Gefühl, dass dort alles neu ist und einfach nur wunderbar. Dort wird es uns gut gehen, all unsere Zweifel werden verfliegen und auch die Ängste, die wir bis dahin mit uns herumgeschleppt haben. Aber auch in diesem Land werden wir früher oder später den Winter entdecken oder eine Höhle, in der wir es aushalten müssen oder die es zu erforschen gilt, bevor wir wieder ans Tageslicht gelangen. Doch dieses ganze Wissen nutzt mir nichts, wenn es darum geht, die Länder zu erkunden, die für mich von Bedeutung sind. In jedem von ihnen wird es immer eine Grenze geben, die aber, wenn man es nur will, irgendwann einmal fällt, und dann kann man vielleicht doch noch weiter in das Innere dieses Landes vordringen, oder aber man hat unterdessen jegliche Freude daran verloren und überlegt nur noch, wie man sich davonmachen kann.

Auch Veva hatte ihr eigenes Land, und obwohl ich sie schon mein ganzes Leben lang kannte, wusste ich beileibe nicht Bescheid über all seine Winkel. Da war ein Teil, den sie nur sich selbst vorbehalten hatte, vielleicht aus der Überzeugung heraus, eigentlich passe diese Landschaft nicht zu ihr, sie müsse sie eines Tages eintauschen oder, besser noch, sie einfach verdrängen.

Zu dir habe ich mir ein anderes Verhältnis gewünscht. Von dir wollte ich hören, dass ich dich für all das Leid, das du einmal erlitten hast, entschädigen würde, du solltest mich auffordern, jeden einzelnen deiner Wege zu erkunden. Jetzt aber weiß ich, hättest du zu mir gesagt: Komm nur, steck deine Nase überall rein, so wäre das eine Lüge gewesen. Auch Vater hat mir seinen Kummer nicht gezeigt, bestimmt, weil er mich schützen wollte. Und jetzt merke ich, dass auch ich es mir angewöhnt habe, dir nur zu ganz bestimmten Gebieten meines Landes Zugang zu gewähren, Orte, die ich einzig und allein hergerichtet habe, um deinen Blick zufriedenzustellen, und die deshalb unecht sind, weil sie bloß einen kleinen Teil von dem widerspiegeln, was es in mir gibt. So wie ich es mit dir tue, versucht auch Ventura, meinem mütterlichen Drang Einhalt zu gebieten. Und wenn ich es recht betrachte, dann schotte ich manche Zonen meines Landes selbst vor Conrad ab. Ich möchte, dass er auf dem Absatz kehrtmacht und wieder fortgeht, oder aber, was noch viel besser wäre, er soll mit dem Fuß aufstampfen und die Wand einfach niederreißen, meine Schatten soll er erforschen und mich dann ganz von Neuem erkunden. Und was mich betrifft, so habe ich das Gefühl, als ob ich mich in seinem Land schon seit Jahren an einer Weggabelung befinde, aber mein Stolz hindert mich daran, ihn zu fragen, was danach kommt. Von dieser Stelle bewege ich mich nicht weg. Seine Liebe hat mich mit dem Leben versöhnt, und dafür werde ich mich für immer in seiner Schuld fühlen. Also warte ich einfach ab.

Du warst am Anfang der Meinung, er und ich, das könne nicht lange gut gehen. Schließlich kam Conrad aus einer reichen und angesehenen Familie, und ich war die Enkeltochter von einem, den alle, abgesehen von der eigenen Familie, am liebsten vergessen wollten. Und außerdem war ich verheiratet, wenn auch unglücklich verheiratet; er dagegen war frei. Er würde es bald leid sein, dass sich unsere Verbindung nicht legalisieren ließe. Deine Vorhersage lautete: Er ist schließlich ein Mann und darum wird er das Weite suchen, wenn er genug von mir hat. Und was eigentlich mit Guillem sei, der wolle mich also nicht mehr? Ob ich ihn noch wollte, das hast du mich erst gar nicht gefragt. In den Zeiten völligen Glücks mit Conrad von den Melis hast du mich immer wieder am Ärmel gezupft, um mir unter die Nase zu reiben, dass ich die Rechnung dafür irgendwann schon noch serviert bekäme, auch wenn ich das nicht wahrhaben wolle. Unsere Antwort darauf waren unser beider Anwesenheit im Dorf, eine Schwangerschaft voller Illusionen, seine Worte, die die verdrängte Vergangenheit aufdeckten und dich um Verzeihung baten. Und sein Buch, das das Grauen öffentlich machte, das das Tal all die Jahre über verdrängt hatte.

Es war John, der mir eines Tages sagte: Heirate. Ich war überrascht und wütend, weil gerade er mir dazu riet, aber ein paar Monate später habe ich diesen Rat befolgt. Als ich dich besuchen kam, habe ich dir davon erzählt und dir die Heiratsurkunde gezeigt. Ich spürte deine Überraschung, zugleich aber auch deine Ablehnung, und ging schnell wieder fort, weil ich deine Worte nicht hören wollte. Um die Hochzeit an die große Glocke zu hängen und aus dem Ganzen ein richtiges Ereignis zu machen, dazu fehlte es mir an Mut. Nur Conrads Eltern waren dabei, seine Geschwister und Neffen. Später dann, an Weihnachten, gab es eine kleine Feier mit dir und Veva, Ramon, Regina und der Kleinen, Onkel und Tante und Quim, eine Feier, die wir einfach an das Weihnachtsfest anhingen. Die liebe kleine Tante und der Onkel konnten nicht dabei sein. Ja, es war John, der jetzt, da es endlich nicht mehr verboten war, Politik zu machen, sich nicht mehr damit abgeben wollte und sich ganz auf das Fotografieren verlegt hatte. Langsam machte er sich damit einen Namen und freute sich über die Zusammenarbeit mit

Johnny. Er war es, der mir dazu geraten hatte. Heirate. Einen weiteren Ratschlag würde er mir nicht mehr geben, aber immer, wenn wir uns sahen, mussten wir an die Zeit damals in Mataró zurückdenken. Mit der Musik hatte er aufgehört. Seitdem er sich von Anna getrennt hatte, lebte er wieder in Barcelona, zusammen mit Johnny, und vom Trompetenspielen wollte er nichts mehr wissen.

Ich habe einmal sagen hören, dass im Dschungel ein riesiger Baum über Nacht einfach zerbersten kann, zwischen all dem Licht und all dem Schatten, die ihn sein ganzes Leben lang umgeben haben, inmitten all des Grüns. Er fällt einfach um.

Jetzt, wo deine Energie versiegt ist, wird mir klar, dass ich die Zeit nicht zu würdigen gewusst habe, in der du in deinem Dorf unentbehrlich gewesen bist, für die Gäste des Restaurants und des Obrador-Hauses, zwischen all den Fremden, die ziemlich beeindruckt von dir waren, denn, auch wenn es nicht den Anschein hatte, in den meisten Dingen warst du ihnen haushoch überlegen. Ich habe gesehen, wie beschäftigt du warst, umworben, bewundert, und ohne dass ich es begriffen hätte, habe ich die ganze Zeit nur darauf gewartet, dass du wenigstens einmal sagen würdest: Es hat sich doch gelohnt.

Und jetzt, wo ich die reifen Früchte auf dem Dachboden ausgebreitet sehe, stelle ich fest, dass sie die einfachen Getreidesiebe bis oben hin füllen. Selbst auf den Säcken, die auf dem Holzboden liegen und sich in ein Tablett verwandelt haben, lagern die Früchte und sie hängen von den Balken des undichten Schieferdachs herab: Paarweise sind sie an den kleinen widerstandsfähigen Stielen durch einen dünnen Bindfaden miteinander verbunden. Eins nach dem anderen pflücke ich diese Geschenke einer reichen Ernte, und ich weiß, dass niemals mehr irgendetwas diesen Platz wieder füllen wird.

Ein Stück für Ramon und eins für mich, ich hatte gedacht, das Leid ließe sich teilen.

Mit Demut erteilst du mir deine Befehle. So als müsse es eben so sein und als kämen die unerbittlichen Urteilssprüche von weiter oben. Plötzlich schaust du mich besorgt an und fragst zum dritten Mal, ob ich wirklich keine Milch möchte. Für einen Augenblick folgt auf mein Nein ein erschrockenes Schweigen. Ich glaube, du spürst, dass du jegliche Autorität über das, was ich tue, verloren hast. Über das, was unerlässlich ist, einfach weil es gut für mich ist. Über das, was gut für mich ist, einfach weil es unerlässlich ist. Mit leiser Stimme, als würdest du nur zu dir sprechen, sagst du, dir sei alles sowieso ganz egal.

Mein Kaffee in der weißen Arcopaltasse ist viel zu heiß. Ich bewundere, wie du die große Tasse Milch mit den zwei Löffeln Zucker und einem dünnen Strahl der dunklen Flüssigkeit austrinkst. Fast gierig leerst du sie. Du hast dich erst gesträubt, als ich sie dir zubereitet habe: Ich mag nicht. Wie soll ich auch Appetit haben, wenn ich nicht zum Klo kann?

Ich weiß, es ist meine Schuld, dass du keinen Stuhlgang hast. Und wenn ich nicht die Schuldige bin, dann ist es bestimmt irgendjemand oder irgendetwas anderes, was auch immer. Ständig auf der Hut zu sein, das ist das Einzige, was zählt, denn der Feind wird unweigerlich angreifen. Noch immer muss man wachsam sein, denn bestimmt will er uns zerstören. Er hat so viel Macht, da wird unsere Kraft nicht ausreichen. Weder dein Scharfsinn, noch meine Intelligenz. Dieses Wort ist für mich reserviert, davon willst du nichts wissen.

Du kommandierst mich herum, weil du einfach nicht anders kannst. Du weißt, dass ich dir schon seit Langem nicht mehr gehorche. Folgsam bin ich nur dem Schein nach. Du erkennst an, dass ich meinen Lebensunterhalt verdiene. Aber um das zu erreichen und dafür zu sorgen, dass es auch so bleibt, habe ich dir wieder und wieder den Gehorsam verweigert. Das ging manchmal so weit, dass du mir am liebsten auf die Finger gehauen oder vielleicht sogar die Hunde auf mich gehetzt hättest. Oder mir das Fell versohlt. Aber niemals wärst du so weit gegangen, eine Waffe auf mich zu richten, wie sie es bei deinem Vater gemacht haben, und du hättest mich auch niemals aus dem Haus geworfen und aus dem Dorf, in ein Lager gesteckt, so wie es dir geschehen ist.

Während du die paar Sachen spülst, nur in Ausnahmefällen darf ich dir dabei helfen, frage ich mich, ob du vor dem Krieg auch schon so unerschrocken und arbeitsam warst wie danach. Du hast kein Mitleid gehabt, mit dir nicht und mit keinem von uns. Wolltest du uns stark machen? Du wusstest, wir würden es nicht leicht haben im Leben, und warst davon überzeugt, dass wir uns werden verteidigen müssen.

Llop schaut zu dir auf, er wittert deine Bewegungen und weiß, wann es Zeit für euch ist, rauszugehen. Jetzt ist er es, der dich darauf aufmerksam macht, denn manchmal denkst du, ihr hättet euren Spaziergang schon hinter euch. Sicher wird es dir manchmal zu viel, besonders bei schlechtem Wetter, aber er ist immer ganz versessen darauf herauszukommen und wird an deinen Kleidern zerren und winseln, bis du dich seiner erbarmst. Der hier ist ein Nachkomme vom ersten Llop, den du noch die ganze Zeit auf der Tenne gehalten hast. Ins Haus durfte er nicht. Jahrelang hattest du in der kleinen Wohnung bei Rosalia unterm Dach zu kämpfen, und dort war kein Platz für Tiere. Mein Kätzchen von der Kommunion ist nur ein einziges Mal in der Wohnung gewesen. Als es eines Abends so richtig kalt draußen war, habe ich es heimlich unter meinem Mantel hineingeschmuggelt, um es am anderen Morgen gleich wieder in Rosalias Garten zu bringen. Wer weiß, wenn ich dir von meiner Katze erzählt hätte, vielleicht wärst du ja einverstanden gewesen, dass sie auf der Dachterrasse bleibt, wie die Hühner und Kaninchen, vorausgesetzt sie wäre nicht in die Wohnung gekommen. Kann es sein, dass ich mir nicht genug Gedanken gemacht habe, wie ich dich hätte umstimmen können? Nein, so war das nicht. Rosalias Vorschlag, sie im Garten zu halten, kam mir nur gelegen, denn meine Katze, die wollte ich auf gar keinen Fall mit Ramon teilen müssen. Kein Geheimnis habe ich so lange vor dir bewahrt wie dieses. Und Rosalia muss sich an unsere Abmachung gehalten haben, dir nichts zu verraten, denn sonst hättest du ganz bestimmt eine Bemerkung fallen lassen.

Llop läuft vor, und als ich dich an seiner Leine ziehen sehe, kommst du mir mit einem Mal kleiner vor als sonst. Falten hast du genau betrachtet kaum, du wirkst jünger als die meisten Frauen deines Alters, aber deine Körperhaltung verrät, dass du alt geworden bist. Du selbst sagst: So ein alter Eimer, der ist entweder verbeult oder durchlöchert.

Ich höre, wie du mit dir sprichst, vor dich hinmurmelst, als würdest du immer dieselbe Litanei beten. Ich schaue dich an, wie du mit einem Kohlestift andächtig den ungefähren Verlauf deiner Augenbrauen nachzuzeichnen versuchst. Ich weiß, dass du dich über mich geärgert hast. Vielleicht hast du ja gesehen, dass ich barfuß vom Schlafzimmer ins Bad gegangen bin? Oder habe ich eine Tür laut zugeschlagen? Es kann auch sein, dass ich einfach zu früh aufgestanden bin, und du noch nicht mit deiner Arbeit fertig warst. Möglicherweise hast du auch mitbekommen, dass Conrad sich sein Frühstück selbst gemacht hat, ich nicht aufgestanden bin, um ihm alles herzurichten.

Der Tag ist grau, und ich fühle mich wie zerschlagen. Ich merke, dass du dich über meine Geschenke nicht freust. Immer wieder lege ich sie vor dich hin, in der Hoffnung, du würdest sie auspacken, aber du machst keine Anstalten, und als ich das Auspacken schließlich für dich übernehme, vergisst du sie ganz einfach in irgendeiner Ecke. Noch nicht einmal ein Lächeln entlocke ich dir mit all den Sachen. Als mir klar wird, dass du nicht glücklich bist, frage ich mich, warum wir uns nicht einfach in den Arm nehmen können und sei es nur, um uns gegenseitig etwas Trost zu spenden. So als ob du erraten würdest, woran ich gerade denke, erzählst du mir von einer Bekannten, die zeitweise mit ihrer Tochter zusammenlebt. Beide würden jeden Morgen planen, was sie zum Mittagessen kochen, wohin sie gehen könnten, um sich zu amüsieren. Die beiden seien richtige Leckermäuler, würden sich ständig Eis oder Kuchen kaufen. Natürlich hätten sie auch ihr Päckchen zu tragen, das wüsstest du wohl. Sie würden sich gut verstehen, sagst du schließlich noch, so als ob du neidisch wärst. Uns einfach eine schöne Zeit zu machen, so wie die beiden, das steht dir und mir nicht zu. Du hast deinen Schmerz in eine immerwährende Menge an Gift verwandelt, die du im täglichen Leben verspritzt. So wird der Wein der Freude immer mit Wasser gepanscht, und aus jedem Kummer erwächst uns gleich eine wahre Tragödie.

Auf dem Bildschirm habe ich Lastwagen gesehen, jeden Tag, immer wieder, die Ladeflächen sind voller Männer, und auch sie brauchen kein Geld für ihre Reise. Alle haben sie Großvaters Blick, und ich lese darin, dass ich auch sie nie kennenlernen werde. Und auf all den Lastwagen und in all den Omnibussen, zu Fuß und im Zug nimmt einmal mehr dieses Wort Gestalt an, das du immer in dem Augenblick in den Mund genommen hast, wenn ich es am wenigsten erwartet hatte, und dann war es für mich, als ob eine Schabe in die Rahmschüssel fallen würde. »Deportierte«. Mit kleinen und auch nicht mehr so kleinen Kindern, die sich an sie klammern, und vielleicht noch mit ein paar Sachen, die sie aus ihrer Vergangenheit haben retten können, im Grunde also mit rein gar nichts. Ein Heer von Kindern und Jugendlichen, die später einmal nicht in der Lage sein werden, ihre Söhne und Töchter mit Küssen zu lieben. Sie werden es mit Tränen tun müssen und mit Worten, die so hart sind wie die Schwielen an ihren Füßen.

Das Gift zu bewahren heißt, die Schmach des Unrechts niemals zu vergessen.

Wenn du beschäftigt bist, wirkst du irgendwie traurig oder als wärst du von einer fixen Idee besessen. Offenbar hast du an meiner Gesellschaft keine Freude. Auf der Straße, als ich zum Einkaufen gehe, allein, geht mir das nicht mehr aus dem Kopf. In einem solchen Augenblick würde ich gerne sterben, doch so einfach ist das nicht. Ein kleiner Mann fällt mir auf, der mich vom Aussehen her an Vater erinnert. Er ist ganz einfach gekleidet. Meinem Blick weicht er aus, und ich denke, dass er seine Illusionen, eine nach der anderen, sicher schon vor langer Zeit verloren hat. Das Studium beenden, das erste Geld verdienen, eine Frau finden, einen Ort zum Leben, die Kinder heranwachsen sehen. Er sieht so aus, als habe er nicht die wunderbaren Dinge für sich entdecken können, die noch unter der Asche zurückbleiben, wenn wir glauben, alles sei verbrannt. Als hätte er mit allem abgeschlossen und befände sich jetzt auf dieser weißen Seite, der letzten, bevor der Buchdeckel endgültig zugeklappt wird.

Nach Wochen großer Hitze und Tagen voller Schwüle regnet es. Unsere gemeinsame Zeit in diesem Sommer geht zu Ende. Ich spüre, wie du mich mit deinem Blick tadelst und, wenn ich nicht unmittelbar in deiner Nähe bin, mit deinem Seufzen und Gemurmel. Bestimmt schon zwei- oder dreimal hast du wiederholt, was dir eine alte Frau, die du kennst, erzählt hat: Es handelt sich um einen Unglücksfall, um den Tod eines jungen Mannes, aber alles bleibt vage. Du erinnerst dich nicht an seinen Namen, auch nicht aus welchem Dorf er kommt oder mit wem du ihn eigentlich in Verbindung bringen sollst, doch immer wieder gibst du mir mit genau denselben Worten wieder, was die andere dir erzählt hat. Ich merke, du hast dich verändert, das bist nicht mehr wirklich du.

Ich identifiziere mich mit dem alten quietschblauen Stehaufmännchen, mit dem Ventura als Kind gespielt hat. Bevor der Stoß kommt, strecke ich meinen Rücken und erhebe den Kopf. All die hochherzigen Gedanken, die ich mir über die Menschheit gemacht habe, über Respekt und Gerechtigkeit, sind von deiner unbarmherzigen Sichel niedergemäht worden. Ich möchte nur noch, dass du aufhörst, vor dich hinzumurmeln, aufhörst, das ständig dreckige Waschbecken sauber zu machen. Dass du dich nicht mehr wegen dieser Lampe ärgerst, die ich mitten am Tag angemacht habe und zu der du gleich hingerannt bist, um sie wieder auszuknipsen. Es regnet. Das Gewitter hat den Morgen zum Abend werden lassen. Ich will weiter nichts mehr, als dass diese unerträgliche Spannung endlich nachlässt. Ich bilde mir sogar ein, dass es mir dieses Mal nichts ausmachen wird, wenn du beim Abschied wieder anfängst zu weinen.

Ich versuche, von dir loszukommen, und du treibst mich in die Enge. Schon die ganze Hässlichkeit, die du um mich herum anhäufst, entschuldigt die Zerstörungswut, die mich immer wieder packt. Dieses ganze grauenvolle Zeug hat mein Inneres vollgemüllt. Ich habe einfach keine Kraft mehr. Ein ums andere Mal hat es mich dazu gebracht, die Welt um Verzeihung zu bitten, weil mir kein Leid zugefügt worden ist. Ich bin nicht von klein auf gezwungen worden, ohne Schirm oder Mantel ein Unwetter in den Bergen über mich ergehen zu lassen, bei dem mir das Wasser bis in die Arschritze lief. Ich bin nicht fortwährend dazu angetrieben worden, mich für nichts und wieder nichts zu Tode zu schuften. Und ich bin auch nicht mit einem Fußtritt aus dem Dorf befördert worden, nachdem man aus meinem Vater, unschuldig wie er war, zuerst einen Verbrecher und dann ein Opfer gemacht hat. Und seinen Verrätern und Mördern musste ich auch nicht die Stirn bieten.

Du erfindest dir die Welt, passt sie deinem inneren Chaos an und gibst ihr so eine Ordnung.

Du wirfst mir einen flüchtigen Blick zu, so einen, den wir für unsere Feinde übrighaben, mit denen wir eine Weile zusammenbleiben müssen. Die erhobene Hand ist kurz davor zuzuschlagen, und beide wissen wir, dass Worte hier nichts mehr nutzen. Dir bleibt nur noch, mich einfach nicht mehr zu beachten. Ich habe mich entschlossen, doch noch ein paar Tage länger zu bleiben und dich zum Arzt zu bringen. Du weißt, dass ich mir um deine Gesundheit große Sorgen mache. Ich bringe dich ganz durcheinander mit der Untersuchung, der Fahrt dorthin, weg von deinem Zuhause, von deinem Dorf, das ist dir alles zu viel. Du willst einfach deine Ruhe haben, dein Blutdruck beunruhigt dich kein bisschen. Schließlich ist es schon ein ganzes Leben her, dass sie dir die Seele verbrannt haben, und dieses Feuer hat dich für immer versengt. Eine Stange hat sich aus dem Schirmdach gelöst, und ein Rinnsal von Beklemmung gleitet über die raue Oberfläche nach unten.

Während ich fahre, schaust du mit einer eisigen Gleichgültigkeit auf den Scheibenwischer, aber ich befürchte, du bist kurz davor zu explodieren. Fräulein Neunmalklug!

Doch stattdessen entfährt dir ein Seufzer: Wenn ich bloß daran denke! Und dann erzählst du, wie oft du diesen Weg schon gemacht hast, den wir jetzt bequem im Auto zurücklegen, damals, als du zum Nähen in die Kreisstadt gegangen bist. Und von den Männern, die dir bei deiner Rückkehr, als es schon fast dunkel war, aufgelauert haben, weil sie dich betatschen wollten oder was auch immer. Du erzählst es mir dann noch einmal, und beim zweiten Mal erwähnst du den Namen eines Mannes, der damals schon verheiratet war und ein Geschäft hatte, das es noch heute gibt, jetzt allerdings wahrscheinlich ohne ihn. Schon lange weiß ich nicht mehr, wer wer ist in deinem Dorf. Und schon lange habe ich das Interesse daran verloren, diese Menschen kennenzulernen, eigentlich von dem Tag an, an dem du mir zum ersten Mal von ihnen erzählt hast. Sie leben in deinen Geschichten fort, aber dort sollen sie auch bitte bleiben. Du fängst wieder an: Wenn ich bloß daran denke! Fast hätten sie mich umgebracht, oder wer weiß, was sie mit mir vorhatten. Staunend und zutiefst erschrocken sprichst du es aus, das Ganze geht dir noch immer nach.

Eine Weile hülle ich mich in Schweigen, erwidere nichts auf deine Erinnerungen, und bewegungslos sitzt du da, bis du mit einem Mal anfängst, leise zu kichern. Ich spüre, wie eine eisige Kälte meine Liebe zu dir erstarren lässt und nehme den Fuß vom Gaspedal.

Als wir im Ambulatorium ankommen, lächelst du die Frau am Empfang an und gehst schnurstracks an ihr vorbei, während ich stehen bleibe und in der Tasche nach der Mappe mit den Unterlagen suche. Ich finde dich im Wartesaal wieder, wo du dich gleich häuslich niedergelassen hast, und man den Eindruck bekommt, du würdest dich schon eine ganze Weile angeregt unterhalten. Du gibst dich liebenswürdig den anderen Patienten gegenüber, die in dieser weißen, sterilen und so schalen Atmosphäre vielleicht gerade noch völlig in ihren Schmerzen versunken gewesen sind. Lebhaft erzählst du Geschichten, die vierzig Jahre oder noch mehr zurückliegen. Du beugst dich zu einem Mann, der dich wie ein Schwerenöter anschaut. Ich vermute, noch bevor sie uns aufrufen, wird er sich in dich verliebt haben. Aber als das Gespräch für einen Augenblick ins Stocken gerät, öffnest du den Mund, und deine beiden Vorderzähne werden sichtbar, die auf wundersame Weise kürzer als die übrigen Zähne zu sein scheinen. Ich fürchte, seine Leidenschaft hat sich gerade doch wieder etwas abgekühlt.

Während über den Lautsprecher ein Vor- und ein Nachname in die Luft geschleudert wird, versetzt du meinem Bein einen leichten Schubs. Ich erkläre es dir.

– Sie haben Núria gesagt, nicht Rita. Außerdem bist du die Patientin. Dein Nachname wird aufgerufen.

Du schaust mich ganz besorgt an, und auf einmal spüre ich, wie der Strom meiner Liebe zu dir wieder zu fließen beginnt. Das vergnügte Geplauder ist ein für alle Mal verstummt, und wir alle versuchen, dieses Schweigen zu überspielen. Ich nehme eine Broschüre zur Hand, die auf einem kleinen Tisch liegt und in der die geeigneten Maßnahmen erklärt werden, um Kinder vor den Gefahren der Sonne zu schützen. Ich stelle fest, dass viele Informationen mich nicht mehr oder noch nicht wieder betreffen. Und jetzt bin ich diejenige, die sich erinnert, daran wie Ventura, als wir ihn das erste Mal mit ans Meer genommen haben, sich in voller Montur ins Wasser gestürzt hat. Zweieinhalb war er damals, er wird sich sicher nicht mehr an unsere unglaubliche Angst erinnern, an die nassen Sandalen seines Vaters. Und wie wir ihn danach am Strand mit Küssen überhäuft haben, als wäre er ein Schiffbrüchiger, den wir nach langer Zeit endlich wieder in unsere Arme schließen konnten. Seine Kindheit gehört mir und seinem Vater. Und meine? Gehört sie dir?

Die Ärztin ist eine junge Frau, die wir eilig in den Wartesaal kommen sehen. Es scheint so, als habe sie für einen Augenblick fortgemusst und sei länger weggeblieben als erwartet. Unser Schweigen dauert an. Jetzt rennt sie fast in ihrem weißen Kittel, die Haare zu einem Pferdeschwanz zusammengebunden, als ob sie uns dadurch für die Verspätung um Entschuldigung bitten möchte. Ich erkenne mich in ihr wieder. Ich erkenne die junge Frau, die ich einmal war, die, ohne sich dessen bewusst zu sein, es jedem recht machen wollte. Den Freunden und den Schülern, Anna und John, Guillem.

Ich schüttle dich ein wenig, weil du dich nicht gerührt hast, als man deinen Namen aufgerufen hat, und fühle mich erleichtert. Die Ärztin empfängt uns, ohne uns die Hand zu geben, was mich ein wenig aus der Fassung bringt. Wir setzen uns, und du lässt mich reden, lässt mich erzählen, was es mit dem Blutdruck auf sich hat und mit der Verstopfung, aber du starrst mich an, als ob du sagen wolltest, mal sehen, was sie sich da zusammenreimt und wovon sie überhaupt spricht.

Nachdem die Ärztin sich das Krankenblatt angeschaut hat, das vor ihr liegt, sagt sie mir, dass du schon lange, zu lange nicht mehr da gewesen bist. Doch dann legt sie dir fröhlich die Manschette des Messgeräts um den Arm, so als sei sie im Grunde ganz froh, weil du ihr dadurch Arbeit erspart hast. Bevor sie sich die Ohrbügel des Stethoskops anlegt, sagt sie zu dir, dass du dich glücklich schätzen kannst, schließlich würde die Tochter dich begleiten. Ich lächele sie an, dann schaue ich zu dir und bin überrascht, diesen Ausdruck von zufriedenem Stolz auf deinem Gesicht zu sehen.

Anschließend, denn du bleibst auch weiterhin stumm, erläutere ich der Ärztin, dass du dir einfach nicht merken kannst, ob du deine Tablette schon genommen hast oder nicht. Alle drei schauen wir uns an. Sie sagt zu dir:

– Das ist wie mit dem Gesichtwaschen. Schauen Sie: Sie nehmen die Tablette gleich nach dem Aufstehen, nachdem Sie auf der Toilette waren, und das notieren Sie sich dann auf ein Stück Papier, und das war's schon. Diese Übung wird Ihnen guttun.

Als du ihr lebhaft beipflichtest, genauso würdest du es von jetzt an machen, sie brauche sich nicht zu sorgen, bekomme ich den Mund nicht mehr zu. Ich weiß doch, dass du dazu gar nicht in der Lage bist; außerhalb einer Schublade hast du noch nie ein Stück Papier sehen wollen. Selbst sie, die mit jeder Geste Vitalität verströmt, hält inne, um dich anzuschauen, und schreibt dann mit zufriedenem Gesicht weiter.

Das helle Kleid schmeichelt dir. Die Ärztin scheint meine Gedanken zu erraten, denn sie meint, das Aussehen könne einen täuschen, nicht aber der Darm. Im Herbst werden Sie zweiundachtzig Jahre alt, und da muss man ihn eben jeden Morgen mit einem kleinen Briefchen wieder etwas in Schwung bringen. Ich glaube, das Kompliment, das sie dir gerade gemacht hat, ist dir entgangen. Sie erzählt dir noch, sie habe den Inhalt des Briefchens selbst ausprobiert und sie finde es eine gute Idee, dass man dieses Pulver allen Ärzten zum Trinken gegeben hätte; so wüssten sie wenigstens, was sie da verschreiben. Eine Zeit lang musst du es jeden Tag nehmen. Du versicherst ihr, du würdest ganz bestimmt daran denken. Richtig fröhlich sagst du es, so als wärst du nur auf der Welt, um das zu tun, worum dich die anderen bitten.

Wir gehen wieder hinaus in den Wartesaal, und ich sage dir, ich hätte vergessen, die Frau Doktor etwas zu fragen. Ich lasse dich auf einem Stuhl zurück und gehe wieder hinein.

– Ich glaube, sie ist depressiv. Sie beharrt darauf, allein leben zu wollen, aber wenn wir bei ihr sind, kommt sie uns nicht glücklich vor. Sie ist zornig, weil eine Nachbarin weggezogen ist, obwohl sie kaum Kontakt zu ihr hatte.

Ich fühle mich erleichtert, als die Ärztin meint, dass es sich sicherlich um eine Altersdepression handelt, und sie dir ein paar Tabletten verschreibt, die dir guttun würden. Aber ich fühle mich auch schuldig.

Dann fahren wir wieder zurück, Llop auf dem Rücksitz, über den ich eine alte Tagesdecke gelegt habe, ohne dass du, die du immer so sorgfältig bist, mich daran hättest erinnern müssen. Bevor wir ins Haus gehen, streichelst du ihn, nennst seinen Namen, sanft und verschwörerisch. Es gibt Augenblicke, in denen kommt es mir so vor, als hättest du dir endlich eingestanden, dass der Schmerz ein Teil unseres Lebens ist, er das Glück aber nie gänzlich auslöschen darf.

Es gefällt dir, wenn ich dir von den Reisen erzähle, die Conrad und ich unternommen haben, aber vorher sage ich dir nichts davon, denn sonst machst du dir Sorgen. Dein Gesicht ist ein einziges Fragezeichen, wenn du von mir erfährst, dass wir mit Freunden durch die Welt reisen. Ja, genau, mit diesen selbstsüchtigen Wesen, die einem mit irgend so einem Firlefanz schöntun und zu guter Letzt von uns durchgefüttert werden müssen und unser ganzes Leben durcheinanderbringen. Das sind die Menschen, vor denen wir auf der Hut sein müssen. Von klein auf hast du mir das eingebläut, und auch, wenn du gelegentlich recht gehabt hast, viele andere Male war das beileibe nicht der Fall.

In Sachen Freundschaft ist Conrad mein Lehrer gewesen und jetzt ist er derjenige, der sich zurückgezogen hat. Er mag gern allein sein, während ich oft das Bedürfnis verspüre, Freunde zu sehen und mit ihnen zu reden. Jetzt, wo Ventura nicht mehr da ist, weichen wir unseren Blicken oft aus. Conrad fühlt sich schuldig, denn er glaubt, hätte er etwas mehr Einfühlungsvermögen gezeigt, wäre unser Sohn nicht so bald ausgezogen. Und mir gegenüber fühlt er sich schuldig, weil er sieht, dass ich es einfach nicht schaffe, in das Zimmer unseres Sohnes zu gehen, noch nicht einmal, um dort sauber zu machen. Bei dir wäre so etwas unvorstellbar, du hast noch nie Mitleid mit dir gehabt, ich mit mir aber schon. Ventura zeigt keinerlei soziales oder politisches Interesse, er ist jung und für ihn ist das ein Wert an sich, wie er seinem Vater deutlich zu verstehen gibt. Conrad dagegen ist schon immer ein politisch bewusster Mensch gewesen und hat von klein an Verantwortung übernommen.

Noch heute werde ich in Venturas Zimmer gehen, vielleicht werde ich mich dort sogar einrichten, um Nachhilfestunden in Mathematik zu geben; ein Tisch und zwei Stühle würden schon genügen, ein Regal für die Bücher und Aufzeichnungen, einen bunten fröhlichen Teppich, um meine Yogaübungen zu machen oder mich einfach auszustrecken, um mein ganz persönliches Schweigegelübde zu erneuern, das mir die innere Ruhe zurückgibt. Mit der Trauer um den verlorenen Sohn ist jetzt Schluss. Er wird eben langsam erwachsen, das ist alles, und du solltest gar nicht erst hinhören, wenn Doraida dir erzählt, man hätte ihn in dieser berüchtigten Bar an der Straße gesehen, in der die Touristen verkehren und wo man alles Mögliche bekommen kann. Aber darüber musst du dir jetzt keine Sorgen mehr machen.

Doraida ist schließlich schon vor ein paar Monaten in die Kreisstadt gezogen, in das dortige Altersheim. Du findest, dass sie dich im Stich gelassen hat. Ich hab ja noch meinen Sohn und die Tochter, sagst du voller Stolz, wenn die Rede darauf kommt. Sie war auch verheiratet, aber Ehen ohne Kinder haben eben keinen Glanz, betonst du.

Du erzählst mir von einem jungen Burschen aus deiner Zeit. Ich sehe deine Augen lächeln. Du bist schmaler geworden. Deine Haare liegen so gut wie immer, du hast keine Dauerwelle nötig, um sie zu bändigen. Und du sitzt da und redest einfach weiter. Dieser junge Mann muss jetzt noch älter sein als du, zumindest gleichaltrig; aber vielleicht gibt es ihn ja schon gar nicht mehr, auch wenn er dir noch immer in der ganzen Vitalität seiner Jugend gegenwärtig ist. Und jetzt nimmt er auch in mir Gestalt an, und ich sehe ihn, wie er dir beim Zusammenharken hilft. Er trägt eine Soldatenuniform. Danach laden ihn deine Eltern – oder lebt dein Vater da schon nicht mehr? – zu einer Vesper ein. Vielleicht ist es aber auch erst zehn Uhr morgens, und es gibt ein Frühstück. Du radebrechst auf Spanisch und sagst zu ihm:

– Greif nur zu, richtig schamlos!

Und er schaut dich erschrocken an, denkt, dass du dich gerade über ihn lustig gemacht hast, aber das würde gar nicht zu der ganzen Situation passen, und darum ist er auch nicht wirklich beleidigt. Was dann noch war, weiß ich nicht, denn diese Geschichte endet immer damit, dass der junge Mann zu dir sagt:

– So, du nennst mich also einen schamlosen Kerl?

Ich höre dir schon eine Weile nicht mehr zu, aber ich spüre, dass du zufrieden bist. Ohne es zu merken, bin ich hinter deinen Worten zurückgeblieben und ziehe mir den Stachel heraus: »ein junger Bursche aus meiner Zeit ...« Ich schaue wieder zu dir hin, du sitzt neben mir, und ich betrachte dein Profil. Mit einem Mal fällt mir auf, dass du mich an Großmutter erinnerst. Bislang hatte ich noch nie eine Ähnlichkeit zwischen euch beiden festgestellt.

Ich weiß nicht, von wem du redest, als du sagst, er sei ein Arschloch. Ich frag dich auch lieber nicht. Für mich klingt das noch schlimmer als Schlampe, ein Wort, mit dem du auch Regina über viele Jahre bedacht hast. Jetzt nicht mehr. Hast du sie akzeptiert, dich an sie gewöhnt? Sie und Ramon haben sich jedenfalls zusammengerauft. Schon lange ist sie Teilhaberin in dem Friseursalon, und sie hat es verstanden, Familie und Beruf unter einen Hut zu bringen. Im Augenblick machen sie sich Sorgen wegen Gina, die jung ist und außerordentlich hübsch. Dein Tonfall ist entschiedener geworden, als du sagst:

– Glauben die vielleicht, man hätte uns in seidene Windeln gepackt!

Ich bin in Gedanken noch ganz woanders. Du redest weiter.

– Unsere waren aus Hanf, und gekratzt haben sie wie verrückt.

Ich drehe mich zu dir, um dich beobachten zu können, während du weiterredest. Ich habe immer geglaubt, Stolz sei etwas, das nur einem Zweig unserer Familie vorbehalten ist, den Alberas, und an diesem Zweig hänge ich schließlich mit einem ziemlich kräftigen Stiel. Du dagegen, dachte ich, hättest dir die Würde der Demut erhalten, du wusstest immer, dass sie dein Leben bestimmt. Und auch meins hat sie entschieden geprägt.

Als Conrad den Raum betritt, lächelst du ihm zu und antwortest liebenswürdig auf seine Frage, wie es dir geht. Damals, vor vielen Jahren, konntest du ihm rein gar nichts abgewinnen. Als ich dir sagte, ich würde diesen Jungen aus der Familie der Melis lieben, warst du davon überzeugt, das sei meine Art, aufsässig zu sein. Ich höre dich noch immer.

– Hast du in der ganzen Stadt keinen anderen Mann auftreiben können als den da?

Du klagst über deine Füße. Ein Zeh tue dir weh, die Fußsohle sei wund gescheuert. Ganz ruhig mache ich dir Vorschläge, wie

man Abhilfe schaffen kann. Sandalen, eine Heilsalbe, Fußpflege. Doch all diese Möglichkeiten sind wie Früchte, die ich vergeblich für dich vom Baum gepflückt habe, eine nach der anderen gibst du sie mir zurück, legst sie in meinen Schoß, ohne sie angerührt zu haben. Dann meinst du noch:
– Wie gut, dass ich nicht rumjammere!

Ich gehe mit dir Milch holen. Du bestehst darauf, die Aluminiumkanne mitzunehmen, die mit so viel kleinen Dellen übersät ist, wie es Sand in den Dünen gibt. Der Deckel passt nicht, und nur mit einem kräftigen Schlag gelingt es, die Kanne richtig zu schließen. Während wir darauf warten, dass ein Mädchen mit üppigen Formen den gewünschten Liter abfüllt, fragt dich eine ältere Frau, die in der rechten Hand eine leere Zweiliterflasche Coca-Cola hält, nach deinem Alter. Als sie merkt, dass weder du noch ich ihr eine Antwort geben, sagt sie, sie frage ja nur, weil sie nicht wisse, ob sie dich siezen oder duzen soll.

Jedes Mal, wenn ich dich in der letzten Zeit besuchen komme, erzählst du mir die Geschichte der kubanischen Milchverkäuferin. Eigentlich ist es ja seine Geschichte, die Geschichte eines Viehzüchters, der im eigenen Land keine Frau gefunden hat und deshalb nach Kuba gefahren ist. Und von dort kam er dann verheiratet zurück. Du findest, das Kind der beiden sei zum Verlieben; die Geschichte der Frau aber bleibt im Dunkeln, eine Leerstelle in deiner Erzählung. Während die Verkäuferin mit ihrer krausen, pechkohlschwarzen Haarpracht uns anlächelt, denke ich bei mir, dass jeder Mann, auch ohne auf der Suche nach einer Ehefrau zu sein, den mehr als ausladenden Kurven ihres Körpers in dem weißen Kittel erlegen wäre. Du schaust die andere Kundin an, die ungefähr so alt sein dürfte wie du, während die Frau mit den tiefschwarzen Augen dir die Milchkanne hinhält. Ich nehme sie ihr ab, und du zahlst mit den Geldstücken, die wir vorher passend herausgesucht haben. Im Flüsterton sagst du »hau bloß ab«, und die Frau wartet immer noch darauf, dass du ihr sagst, wie alt du bist, während sie ihr Gefäß, das kaum etwas wiegt, in die Hände dieser strahlenden Mulattin legt und lächelt, weil es ihr um ein Haar hingefallen wäre.

Draußen schenkt uns der Sommer eine klare Abenddämmerung, und gefolgt von Llop machen wir uns auf den Weg nach Hause. Unbehelligt von lästigen Störungen, wie der Frage nach deinem Alter, redest du voller Begeisterung über das Wetter.

Im Dorf kennt dich jeder. Jahrelang schienst du so etwas wie die Speisekammer des Restaurants und des Gasthofs gewesen zu sein. Deine Marmeladen waren die besten. Im Frühling haben sie bei dir die Nelkenschwindlinge gekauft und im Herbst alle möglichen anderen Pilze. Ganz allein für sie hast du ein herrliches Schwein großgezogen. Auch das Wursten und Einmachen hast du selbst übernommen. Aber dann hast du mit einem Mal jegliches Interesse an der Arbeit verloren. Als nämlich Doraidas Tochter, die deiner Meinung nach ja dumm ist wie die Nacht, ganz die Mutter eben, ins Altersheim gegangen ist. Noch immer hast du dich nicht damit abgefunden, und die Tatsache, dass sie nicht mehr da ist, scheint eine größere Bedeutung für dich zu haben als die häufigen Besuche von Ramon und Gina, als meine täglichen Anrufe und unser Ansinnen, dich zu uns zu holen.

Conrad, du und ich sitzen an deinem Küchentisch. Du bist gerade mit den Vorbereitungen fertig geworden und senkst die Stimme. Du sagst:
– Ich weiß nicht, immer ist da einer, der mir fehlt.

Ich denke an Vater, deine Liebe zu ihm und deine Anhänglichkeit, das ist neu für mich. Aber, wenn ich ehrlich bin, weiß ich im Grunde gar nicht, wen du meinst. Morgen wirst du wieder allein in deiner Festung sein, und ich frage mich, ob du uns vermissen wirst, uns, die wir nicht fähig sind, die Leere in dir zu füllen. Noch nicht einmal dein Schwiegersohn, »ein so guter Junge«. Ob du wirklich vergessen hast, dass er aus einer verfeindeten Familie kommt? Bis zu mir ist es jedenfalls nicht durchgedrungen, dass du ihnen verziehen hättest.

Als ich das erste Mal mit Conrad hergekommen bin, nur er und ich, da war er ganz ehrlich zu dir, hat ruhig und freundlich mit dir gesprochen. Nach einem großartigen Essen saßen wir zusammen: Dein Sinn für Gastfreundschaft ist sehr viel ausgeprägter als der zu verzeihen. Wir haben gewartet, bis du mit dem Spülen fertig warst, ich durfte nur das Besteck abtrocknen. Auch die Küche wolltest du unbedingt selbst durchwischen. Ich hatte Bauchschmerzen und fast wären mir alle Gabeln aus der Hand gefallen, aber ich riss mich zusammen, sagte dir noch nicht einmal, dass du dich doch bitte beeilen sollst. Ich setzte mich wieder hin, dieses Mal neben Conrad, vor dem Fenster mit den Bartnelken auf dem Sims. Er nahm meine Hand, und bevor er sie wieder losließ, drückte er sie liebevoll. Wir sagten kein Wort und warteten auf dich, ohne uns anzuschauen. Schließlich kamst du zu uns, mit ahnungslosem Gesichtsausdruck, obwohl ich dir am Telefon gesagt hatte, dass wir gerne mit dir sprechen würden. Am Abend zuvor, gleich nach unserer Ankunft, hatten wir es dir noch einmal gesagt, aber den ganzen Morgen über ergab sich keine Gelegenheit, weil du meintest, noch immer irgendetwas erledigen zu müssen.

Als du dich endlich zu uns an den Tisch gesetzt hast, merkte ich, dass von deiner früheren Kraft nicht mehr viel zu spüren war. Du warst wieder das Mädchen, das gerade erst mit seiner Mutter und Schwester aus dem Lager zurück in sein Dorf gekommen ist. Und bald würde die ganze Wahrheit auf dir lasten, auch wenn du sie schon ahntest.

Conrad sprach entschlossen und herzlich. Er sagte dir, wie sehr er mich liebe und seit wann schon, und was diese Liebe für ihn bedeute. Es war ihm wichtig, dass du es weißt: Er hatte meine Ehe respektiert und sich mir erst genähert, als er sicher sein konnte, dass ich wieder allein lebte. Mehr noch, er hatte sogar abgewartet, bis er endlich eine Antwort auf die Frage erhalten hatte, die ihn schon seit Jahren umtrieb: ob seine Familie in den Tod meines Großvaters verwickelt gewesen war.

Du hast angefangen zu weinen, und ich bin zu dir gegangen, habe dich in den Arm genommen und mit dir geweint. Du hast dich wieder beruhigt und uns gesagt, du würdest ja sehen, dass wir uns lieben, aber du fändest es doch besser, wir würden heiraten. Conrad schaute mich lächelnd an.

– Ich bin diejenige, die nicht heiraten will, Mutter.

– Und darf man fragen, warum, Fräulein Neunmalklug?

Wieder ergriff Conrad das Wort. Du wüsstest noch nicht alles, und er wollte, dass du es erfährst, bevor du ihn akzeptierst, mir hätte er es schon erzählt. Seine Familie sei schuld am Tod deines Vaters, zusammen mit anderen, auch wenn es letztlich General Sagardia war, der den Befehl zur Hinrichtung gegeben hat.

– Und wer sind diese anderen Familien?

Noch bevor er es dir sagen konnte, bist du ihm zuvorgekommen und hast neben den Melis noch einen anderen Namen genannt. Den Erstgeborenen der Toras. Deine Stimme klang jetzt wieder ganz ruhig. Du hattest es schon geahnt, aber es gab da noch eine Familie. Ich musste nach Luft ringen. Conrad sagte ihn nicht, den Namen, und er schaute mich auch nicht an. Ich schwieg, genauso wie er. Mit leiser Stimme, einem Wimmern gleich, hast du wieder angefangen zu reden. Die Rückkehr aus dem Lager sei dir am schwersten angekommen, und das sei auch lange Zeit so geblieben.

– Mutter hatte jetzt begriffen, dass Vater nicht mehr lebte und war nahe dran durchzudrehen. Und wenn wir aus dem Haus gingen, ließ sich niemand von den Leuten auf dem Dorfplatz blicken, wie leer gefegt war er mit einem Mal.

Die Leute: plötzlich ging mir auf, dass das Wort, mit dem du ganz konkret die Menschen gemeint hast, die damals in deinem Dorf lebten, Männer wie Frauen, ständig in all den Redensarten vorkam, die du im Laufe der Jahre immer wieder benutzt hast: Die Leute wollen immer mit dem Kopf durch die Wand; hüte dich bloß vor solchen Leuten; die Leute denken eh nur an sich selbst; du brauchst nur zu hören, was die Leute so reden, und schon weißt du Bescheid!

Am Anfang nichts als Schweigen. Für die drei Frauen, Großmutters Mutter verließ damals ja schon nicht mehr das Haus, hatten die Leute noch nicht einmal einen Blick übrig, als wären sie Luft.

– Als ob niemand in unserem Haus leben würde; Großmutter war eine alte Frau, Tomàs ein Kind, Mutter konnte nicht mehr und ich ...

Dann hast du wieder geweint. Und die Frage nach deiner Schwester schluckte ich runter.

– Niemand ist gekommen, um uns das Geld zu bringen, das sie Vater noch für seine Arbeit geschuldet haben, und von dem, was wir den Verwandten geliehen hatten, haben wir auch nichts zu Gesicht bekommen ...

Bestimmt hast du wegen Conrad nicht erwähnt, dass es sein Großvater war, der dich gezwungen hatte, den Arm auch schön in die Höhe zu strecken, wenn die Franco-Hymne erklang. Oder ist es seine Großmutter gewesen?

– Nach und nach schlich sich die eine oder andere der Frauen aber doch zu uns ins Haus und leistete Mutter Gesellschaft. Am liebsten wäre ich ja mit dem Besen dazwischengegangen, hätte sie alle aus dem Haus geworfen, die Treppe runter, nicht eine von denen konnte ich ertragen. Nichts als Herumschnüffeln wollten sie, da machten sie auch gar keinen Hehl draus, und doch haben sie uns endlich wieder wahrgenommen! Sie ließen Namen fallen, stellten Überlegungen an, und Mutter hörte ihnen einfach nur zu ...

Du hast Conrad angeschaut, so als wolltest du sagen, das mit deiner Familie, das habe ich schon gewusst. Und das mit der anderen auch. Deine Stimme klang ganz heiser, als du mit einem Mal wieder anfingst zu reden.

– Ich glaube, nur die Wut hat mich aufrechterhalten!

Wie Feuer waren deine Worte, vor denen Conrad und ich uns nur ins Schweigen flüchten konnten.

– Warum nur all diese Fragen in ihren Augen, so als ob sie wer weiß was für einen Verdacht gegen meinen Vater hegen würden, aber gesagt haben sie kein Sterbenswörtchen ... Und dabei wussten alle doch ganz genau Bescheid über uns, bis zu dem Augenblick, als Vater abgeholt wurde!

Während du dich langsam wieder beruhigt hast, erzählte dir Conrad von dem Buch, das er geschrieben hatte, wie schwer es gewesen sei, all die Informationen zusammenzutragen, denn viele hatten einfach mit ihm nicht darüber reden wollen, selbst jetzt noch nicht.

– Er würde es dir gerne widmen – sagte ich.

– Bloß nicht!

Du wolltest von all dem nichts mehr wissen, hast du uns erklärt. Das Böse sei schließlich geschehen, und für dich könne sich nichts mehr zum Guten wenden. Ich hörte meine Stimme, wie sie versuchte, nicht zu schwanken, als ich dich fragte, ob denn keiner zu euch gestanden hätte.

– Als Llorenç von den Plas meine Mutter um Erlaubnis gebeten hat, mich heiraten zu dürfen, da haben sich die Dinge allmählich geändert.

Du hast auch erzählt, dass Großmutter ziemlich auf dich eingeredet hat, schließlich wollte sie in der Situation, in der sie sich befand, keine Antwort geben, die als Kränkung aufgefasst werden könnte.

– Aber ich hatte gerade deinen Vater kennengelernt.

Ob wir jemals die ganze Geschichte erfahren würden, die dein

Leben so aus den Angeln gehoben hat? Das alles spielte sich in noch nicht einmal zwei Jahren ab. Sagen wir zwei oder höchstens drei, dann hast du ja Vater geheiratet und dein Dorf verlassen. Und noch immer tauchte irgendein unbekanntes Detail auf.

In dieser Zeit des Schweigens hast du dir also dein inneres Land geschaffen, damals, als die einzige Antwort der Leute auf das Verbrechen, das man an euch begangen hatte, in einem misstrauischen Blick oder einem höhnischen Lächeln bestand, in einer mitleidenden Geste oder in stummer Anteilnahme. Du hast dir dein Zelt aufgeschlagen ohne Schnüre und Pflöcke zum Befestigen, mitten in dieses Schweigen hinein. Mit einem Mal gab es da aber diesen jungen Mann. Er kam aus einer der besser gestellten Familien in deinem Dorf, und er machte dir einen Heiratsantrag. Llorenç von den Plas.

Conrads Gesichtsausdruck nach zu urteilen, hatte er davon nichts gewusst. Durch diesen Heiratsantrag ist also Bewegung in die Sache gekommen.

– Nach allem, was mit uns passiert war, glaubten die doch, dass keiner eins von uns Mädchen wollte.

– Dass keiner euch heiraten würde?

– Zumindest keiner aus dem Dorf!

– Aber …

Ich wusste nicht, was ich weiter sagen sollte. Jede Frage, die an diesem Faden zog, schien mir einer Beleidigung gleichzukommen, und so überließ ich es Conrad weiterzureden.

– Llorenç hat Ihnen aber doch gefallen, oder etwa nicht?

– Das war ein entschlossener junger Mann!

– Aber …

– Wir haben zusammen getanzt, schon vor dem Krieg, auf dem Patronatsfest … da hat er mich immer aufgefordert. Und auch, als ich schon längst verheiratet war und die Kleine hatte, wenn ihr Vater nicht da war, strich er auf dem Patronatsfest immer um mich herum.

Die Kleine, das war ich. Und der Mann, Llorenç, ist wie ein Onkel für mich gewesen. Augen hatte er, die man nicht so leicht vergaß, auch wenn er immer ein bisschen tollpatschig wirkte.

– Und sogar jetzt würde er Sie noch gerne heiraten!
– Woher willst du das denn wissen?
– Man muss ja nur sehen, wie er Sie anschaut.

Auf einmal kamst du mir etwas verwirrt vor und ein klein wenig verlegen, so als wärst du eins meiner Küken, damals auf der Nonnenschule. Ich sagte zu dir, wenn du ihn lieben würdest, solltest du ihn ruhig heiraten, mit Vater hätte das nicht das Geringste zu tun. Empört hast du mich angeschaut.

– Bist du vielleicht verrückt geworden?

Und so wurde Llorenç einfach wieder zur Seite geschoben.

Nach diesem Gespräch fiel mit einem Mal ein ganz anderes Licht auf den Erben der Familie Pla. Denn, was du nicht wissen konntest, Conrad hatte herausgefunden, dass auch einer von ihnen den Namen deines Vaters weitergegeben hatte. Wo ist Llorenç damals gewesen? An der Front? Hatte er vielleicht nichts davon gewusst, dass auch jemand aus seiner Familie dem General Namen genannt hatte? Oder hatte er vielleicht erst später davon erfahren? Ich konnte mir jedenfalls kaum vorstellen, dass jemand, der zeit seines Lebens im Dorf verbracht hat, nichts davon wissen sollte. Und wenn er es schon damals wusste, hat er nur um deine Hand angehalten, weil er in dich verliebt war?

Für Conrad und mich war dieses Gespräch mit dir wie eine feierliche Besiegelung unserer Liebe.

Seit ein paar Monaten werden in ganz Spanien Massengräber geöffnet. Mehr als sechzig Jahre sind seit den Ereignissen von damals vergangen. So selten wie du aber, mit Llop neben dir, vor dem Fernseher sitzt, hast du davon sicherlich nichts mitbekommen. Uniformfetzen hat man dort entdeckt, Gabeln, Feldflaschen, Schuhe, Knochen, ganze Schädel. Wir haben eine Gruppe von Jugendlichen auf dem Bildschirm gesehen, die die Erde wegschaufeln, und am anderen Ende des abgesteckten Bereichs Menschen, die weinen und sich in den Armen liegen, sich bereit erklären, ins Mikrofon zu sprechen. Und dabei Geschichten wie deine erzählen, wie unsre.

Seitdem ich ein kleines Mädchen war, hat mich eins ganz besonders bedrückt, das wird mir jetzt klar. Ich war davon überzeugt, diese Grausamkeit sei sozusagen unser Privatbesitz. Ich wusste zwar, dass andere Familien im Tal ein ähnliches Schicksal erlitten hatten, doch die Jahre des Schweigens, die uns alle niedergedrückt hatten, waren wie eine Verurteilung zu immerwährender Einsamkeit gewesen. Als ich auf die Nonnenschule ging, hatte dort weder eine Lehrerin noch eins der Mädchen jemals über den Krieg gesprochen. Es gab nur Andeutungen, bloß Vermutungen. Ich hatte eine Schulfreundin, die nur Spanisch sprach; ihr Vater war während des Krieges als Militär hergekommen, war mit dafür verantwortlich gewesen, dass man Veva und andere aus unserer kleinen Stadt festgenommen hatte. Doch ich bin nicht in der Lage gewesen, eine Verbindung herzustellen zu dem, was du uns immer erzählt hast, bruchstückhaft, so wie jemand, der die Zerstörung eines Hauses bezeugt, indem er auf einen Haufen voller Schutt zeigt. Jetzt weiß ich, dass es in Spanien Tausende von Familien gibt mit einer Geschichte, die deiner gleicht.

Conrad hat dir heute von der Gedenkfeier für die Menschen erzählt, die während des Krieges hier und in den kleinen Tälern der Umgebung umgebracht worden sind. Du schaust ihn an und fragst: Ach wirklich? Er sagt dir, dass sie auf dem Friedhof der Kreisstadt stattfinden wird, noch im August. Wir drei werden vom Dorf aus hinfahren, mit Ramon und Regina und dem Mädchen; und am Samstag wird auch Ventura hochkommen, aus Barcelona.

– Wir müssen einkaufen – du schaust mich an –. Und das, wo ich so viele Hähnchen und Kaninchen selbst aufgezogen habe!

Ich sage dir, du brauchst dir keine Sorgen zu machen, so als ob dir die Arbeit schon jemals zu viel gewesen wäre. Wir werden einkaufen gehen und alles gemeinsam vorbereiten.

– Was für ein Glück, dass ihr hier seid!

Ich weiß nicht, ob du dich jetzt noch daran erinnerst, weshalb wir einkaufen müssen, weshalb alle hochkommen werden. Ich schaue Conrad an, und er erwidert meinen Blick. Bis du schließlich aufstehst und sagst, du würdest jetzt das Abendessen machen. Und ein weiteres Mal stellst du fest:

– Seitdem diese dumme Person von Doraida nicht mehr da ist, bin ich ganz schön allein.

Llop hebt den Kopf.

Ramon, Regina und Gina sind gerade angekommen. Ventura hat sich ins Haus zurückgezogen, während mein Bruder auf dem Dorfplatz zu parken versucht. Jetzt, mitten im Sommer, ist er immer voller Autos. Conrad hat sich zur Treppe umgedreht, die hoch zu den Schlafzimmern führt und über die unser Sohn soeben verschwunden ist. Gestern Abend haben die beiden gestritten, denn der Junge hat erklärt, dass er an der Gedenkfeier auf dem Friedhof nicht teilnehmen will. Sein Vater kann ihn nicht verstehen, er ist aufgebracht und vor allem ist er enttäuscht. In letzter Zeit drehen sich fast all unsere Gespräche ausschließlich um Ventura. Ich weiß, dass Conrad erleichtert ist, dass er nicht mehr bei uns lebt, aber bestimmt fühlt er sich deshalb auch schuldig. Ich empfinde jetzt dasselbe, Erleichterung.

Kurz bevor wir los müssen, stelle ich fest, dass du dich noch gar nicht umgezogen hast. Ich gehe in dein Schlafzimmer, und du sagst mir, dass du dein Kleid nicht finden kannst. Ich öffne den Kleiderschrank, der mit Röcken, Blusen und Kostümen vollgestopft ist, genau so, wie ich es mir gedacht habe. Dein ganzes Leben ließe sich hier nachvollziehen. Ich wähle ein zweiteiliges beiges Kleid aus, das noch ziemlich neu ist, und bereitwillig ziehst du es dir an. Dann suche ich noch passende und vor allem bequeme Schuhe heraus, denn du klagst darüber, dass dir die Füße wehtun. Mit einem Mal sehe ich Großmutter vor mir, die ihr ganzes Leben lang dazu verurteilt war, schwarz zu tragen. »Schwarz passt zu allem.« Zuerst, weil sie ihren Mann verloren hatte, und dann, weil Onkel Tomàs in dieser Sache stur wie ein Esel war. So hast du mich Vater gegenüber immer genannt, wenn ich ungehorsam gewesen bin. Dir ist nicht aufgefallen, dass ich Ohrringe trage, auch nicht, dass ich gelernt habe, mir selbst zu widersprechen, und das ist erst der Anfang! Ich wähle noch eine Kette mit einer großen Münze als Anhänger, die zarte Uhr und das schlichte Armband, ebenfalls aus Gold, das Vater dir geschenkt hat.

Als wir aus dem Zimmer kommen, warten die anderen schon auf uns. Ich sehe Gina mit Ventura, wie sie am Treppengeländer stehen und lachen. Sie kommt sofort angelaufen, um dich zu begrüßen, sie umarmt dich, und ich spüre, wie so viel jugendliche Schönheit uns allen guttut. Conrad lächelt mich an; es scheint, als ob Venturas gelassene Anwesenheit ihn beruhigt hätte. Du gehst voran, deine beiden Enkel geben dir Geleit. Wir umarmen Regina und ihre Mutter, von der es bei dir immer nur hieß, sie gehöre zu den »besonders Sanftmütigen«, aber das scheinst du endlich vergessen zu haben. Und Ramon. Wir stellen fest, dass wir uns beeilen müssen, wenn wir nicht zu spät kommen wollen. Als wir zu unseren Autos gehen, nimmt mich mein Bruder beiseite.

– Wir müssen unbedingt reden.

Ich blicke ihn forschend an. Natürlich, über dich müssen wir reden. Auch was das anbelangt, sind wir spät dran, seit Jahren schon.

Vor dem Friedhof warten die Tante und der Onkel auf uns. Sie umarmt dich, in Tränen aufgelöst, und du schaust sie fragend an.

Und auch Onkel Tomàs und Tante Mercè sind da. Der Onkel versucht, seine Gefühle zu unterdrücken, ich kenne diesen Gesichtsausdruck schon von Großmutters Beerdigung, denn ein Mann weint ja nicht. Das Erstaunen weicht nicht mehr aus deinen Augen, und zusammengedrängt stehen wir an der Treppe, bis Conrad uns Bescheid gibt, dass der Festakt gleich beginnen wird. Es ist fünf nach elf. Ein heißer, wolkenloser Tag. Ich schaue hoch zu den Bergen und dann, gleich neben mir, auf die Ruhe des Marmors.

Ein Vertreter des Gemeinderats leitet die Gedenkfeier. Ramon und ich haben Gina und Ventura abgelöst und halten dich am Arm. Die dunkle Gedenktafel ist schon angebracht. Zwei Spalten, elf Namen mit dem jeweiligen Geburtsdatum darunter und die Dörfer, aus denen sie kamen. Alle wurden im November 1938 ermordet. Bei einem der Opfer fehlt die Angabe der Herkunft. Dein Vater mit seinen neunundvierzig Jahren war einer der ältesten, wenngleich mit ihm noch ein Mann getötet wurde, der einundsiebzig war. Das jüngste Opfer, ein zwölfjähriger Junge. Bestimmt sind die beiden stellvertretend für jemand anderen umgebracht worden; höchstwahrscheinlich für den Sohn, für den Vater. In Escaló töteten sie Mutter und Tochter, Maria und Joana; in der Nähe der Herberge von Aidí ermordeten sie, neben anderen, Gertrudis, im achten Monat schwanger, anstatt ihres Mannes, der nach Frankreich geflohen war. Nati aus Ginestarri, sechzehn Jahre alt, wollte ihre Mutter nicht allein lassen, denn die Frau sprach kein Spanisch, nur Katalanisch. Gemeinsam mit ihr wurde sie vergewaltigt und ermordet. Aus unserem Tal gibt es keine Frau unter den Opfern. Conrad kennt die Umstände jedes einzelnen dieser Verbrechen. Jahre seines Lebens hat er darauf verwandt, sich immer wieder bemüht, die Angst der Menschen zu überwinden, die sich tief in ihrem Inneren festgesetzt hat. Und doch, wie oft ist er beschimpft worden, eben weil er zu der Familie gehört, aus der er nun einmal kommt.

Die Worte des Gemeindevertreters kreisen nur um einen einzigen Gedanken. Nach vielen Jahren würde den Opfern endlich Gerechtigkeit widerfahren, und dies sei einzig und allein der Demokratie zu verdanken. Mir fällt es schwer, mich auf seine Worte zu konzentrieren, denn mich beschäftigt viel mehr deine Reaktion und die der Menschen, die um uns herumstehen. Gerechtigkeit! Der Knoten, der sich in meiner Brust gebildet hat, setzt sich jetzt vollkommen unsinnig in meinen Gedanken fest. Deine Ruhe erstaunt mich. Plötzlich drehst du dich zu Ramon, schaust ihn mit fast abgöttischer Liebe an, und danach wendest du dich mit einem strahlenden Gesichtsausdruck zu mir. Du bist zwischen deinen beiden Kindern.

Als Conrad das Wort ergreift, kneifst du in meinen Arm und lächelst mich an. Bist du nun endlich davon überzeugt, dass ich mir doch den richtigen Mann ausgesucht habe? Jetzt bestimmt, und zumindest für diesen Augenblick hast du auch vergessen, dass er zu den Melis gehört. »Diese elf Menschen wurden am 5. November 1938 als Vergeltung für die am Tag zuvor getöteten Soldaten der Franco-Armee ermordet. Der damalige militärische Befehlshaber hatte geschworen, für jeden seiner Männer müssten zehn Katalanen sterben. Er ließ aber keine republikanischen Soldaten exekutieren, sondern elf Zivilisten. Diese Menschen wurden von ihren eigenen Nachbarn verraten, und die Gründe dafür kommen uns in ihrer ganzen Nichtigkeit heute nur noch lächerlich vor. Wir sind hier zusammengekommen, um dieses Unrechts zu gedenken, das an jedem einzelnen von ihnen und an jeder ihrer Familien verübt wurde. Einige dieser Familien sind heute hier vertreten. Es ist unerlässlich, dass ein jeder weiß, was geschehen ist, dass ein jeder weiß, wozu wir Menschen fähig sind. Die Opfer haben ein Recht darauf, dass wir uns bei ihnen entschuldigen. Darum bitte ich sie heute, stellvertretend für eine der Familien, die dieses Leid mit zu verantworten hat, meiner eigenen Familie, öffentlich um Vergebung.« Ein gespanntes, abwartendes Schweigen breitet sich unter der kleinen Gruppe der nicht mehr als dreißig Anwesenden aus, die sich vor dem Marmorstein mit den eingravierten Buchstaben und Zahlen zusammengefunden hat. Ein warmer Windhauch füllt diese Stille, und mit einem Mal ist das Schwirren der Insekten zu hören, so als hätten sie nur darauf gewartet, dass Conrad seine Rede unterbricht.

Ich muss an Großmutter denken, die sich noch daran erinnern konnte, was ihr Mann anhatte, als man ihn fortholte. Sie hat sich immer gegrämt, dass er nicht besser angezogen war. Ich schaue zu meinem Bruder und hinter den Gläsern der Brille, die er seit Kurzem trägt, sehe ich Tränen in seinen Augen. Auch ich kann meine Tränen kaum zurückhalten, aber dir zuliebe schlucke ich sie hinunter. Bevor er weiterspricht, schaut mich Conrad an. »Wir alle müssen gemeinsam gegen das Vergessen und gegen die Unwissenheit kämpfen. Wir brauchen viele Gedenkfeiern wie diese hier, um den nachfolgenden Generationen klarzumachen, dass ein Krieg nicht ein einziges der Probleme zu lösen vermag, die ihn heraufbeschworen haben. Er bringt weiter nichts als unwiderrufliches Leid.«

Ich weiß, dass seine Gedanken Ventura gegolten haben, als er vom Krieg im Allgemeinen gesprochen hat. Die offene Wunde Irak hat auch unseren Sohn dazu gebracht, mit Demonstrationen und Pfeifkonzerten gegen den Krieg zu protestieren, gegen den Krieg an sich und gegen die spanische Beteiligung. Und die allerletzten Worte von Conrads Rede, die waren vor allem an mich gerichtet. Ich spüre wieder, wie groß meine Liebe zu ihm ist, übermächtig kommt sie mir vor, so wie am ersten Tag. Dann werden noch Blumen niedergelegt, und die Erde um den schwarzen Stein verwandelt sich in einen üppigen Garten.

Ich drehe mich um, und hinter uns stehen Montse Melis und ihr Mann, gemeinsam mit ihren beiden Söhnen. Sie umarmen mich, und jetzt kann auch ich meinen Tränen freien Lauf lassen.

Danach nimmst du freundlich ihre Umarmungen entgegen, und zwischen Gräbern und Blumen gehen wir über diesen neu angelegten Friedhof. Kein düsterer Ort, eher ein freundlicher Garten am Fuß der Berge und doch dem Himmel so nah. Du sagst, du würdest ihn heute zum ersten Mal sehen und wie schön sie ihn hergerichtet hätten. Vor uns gehen Conrad und Ventura, Seite an Seite, und unser Sohn lässt es zu, dass sein Vater ein paar Schritte lang die Hand auf seine Schulter legt. Da ist so viel Schmerz in mir, und ganz unverhofft trifft mich dieses Glück. Ich werde mich ihm nicht verschließen, ich werde es einladen, sich zumindest für eine Weile an irgendeinem Ort in meinem Land niederzulassen.

Das Mittagessen, das wir zum großen Teil schon vorbereitet hatten, bringt uns alle fröhlich plaudernd an deinem Tisch zusammen. An dem, den wir am liebsten mögen, in der Küche. Du gehst zwischen dem Herd und uns hin und her, ohne dass klar wird, was du eigentlich machst. Auf einmal sehe ich, wie Regina, mit der ich die letzten Details noch vor der Gedenkfeier besprochen habe, dir eine gut gefüllte Schüssel und die Schöpfkelle reicht. Sie macht das mit sehr viel Fürsorge, und in diesem Augenblick liebe ich sie noch mehr als sonst. Voller Stolz kehrst du zurück an den Tisch und beginnst, unsere Teller zu füllen. Ich höre Gina neben Ventura aufkreischen. Danach können alle beide nicht mehr aufhören zu lachen. Ich suche Conrads Augen, und sie sind sofort für mich da. Inmitten all der Menschen lächeln wir uns an, über all die Worte hinweg, die sich plötzlich in Bewegung setzen, die sich hindurchzwängen, ausgleiten, von einem Mund zum anderen fliegen. Ich habe noch eine Überraschung für meinen Mann, etwas, das ich in einer deiner Schubladen gefunden habe und mich seine Liebe in einem ganz zärtlichen Licht sehen lässt. Ramon zeigt auf den Stuhl neben sich. Ich wollte mich zu dir setzen, aber ich sehe, dass die Tante auf dich achtet, und auf der anderen Seite hast du Onkel Tomàs, du wirst zwischen deinen beiden Geschwistern essen. Der Onkel kommt mir verändert vor: Seine Haare sind jetzt völlig weiß, aber um seinen Mund spielt noch immer dieses spitzbübische Lächeln. Nichts an ihm erinnert mehr an den Mann, der sich in seiner Jugend um das Land und die Tiere gekümmert hat. Er wirkt richtig städtisch; Tante Mercè dagegen scheint mir nach wie vor von einer eher farblosen Zurückhaltung zu sein. Quim ist schon verheiratet. Er ist heute nicht hier, und das schmerzt den Onkel. Und dann, mitten im allgemeinen Trubel des Gesprächs, sagt mein Bruder leise zu mir:

– Ich hätte niemals gedacht, dass dein Mann so ...
– Loyal ist?

Er schaut mich an, und obwohl es sicher nicht das Wort ist, das er gesucht hat, gibt er sich damit zufrieden. Ich merke, wie er wieder um Fassung ringt.

– Und ich dachte immer, dich hätte diese Geschichte kaum berührt.

Meine Worte scheinen ihm gutzutun.

– Ich mache mir Sorgen um unsere Mutter. Sie hat für nichts mehr Interesse. Hast du gemerkt, dass sie kaum geweint hat?

Wir reden über dich, und in diesem Moment überkommt mich die Erinnerung an Vater. Vielleicht eine Geste von Ramon oder ein Wort. Ja. Er sagt mir, dass die Antidepressiva gut anschlagen, und was wir für ein Glück hätten, dass es Llorenç gibt, der darauf achtet, dass du sie auch jeden Tag nimmst. Ramon räuspert sich, so als wolle er sich dafür entschuldigen, dass du nicht bei ihnen wohnen willst, was er mir auch gleich darauf sagt. Ich lächele ihn an und berühre seine Schulter.

– Bei uns auch nicht. Sie zieht die Gesellschaft von Llop vor.

Ich muss lachen. Ich weiß, dass mein Bruder es gar nicht mag, wenn ich so rede, doch jetzt lächelt er mich an.

– Das war eine schöne Gedenkfeier ...

Er senkt den Kopf, dann schaut er mich wieder an.

– Es ist mir gerade am Anfang nicht leichtgefallen, deinen Mann zu akzeptieren, das kannst du mir glauben! Aber heute, da hat er mich für alle Zeiten überzeugt. Dazu braucht man viel Mut ...

Ich schenke ihm ein glückliches Lächeln, es gefällt mir, wenn man Conrad bewundert und mir das sagt.

– Mach dir keine Sorgen, ich finde, sie wirkt zufrieden, auch wenn sie nicht mehr ganz dieselbe ist, jetzt, wo sie nicht mehr so aufbraust wie früher.

Plötzlich, als es einen Augenblick lang nicht so laut ist, hören wir klar und deutlich deine Stimme. Du erzählst von einem Gespräch zwischen zwei Frauen. Du sagst, sie wären empört gewesen, dass man ausgerechnet jetzt, wo es diesen neuen schönen Friedhof gibt, das ganze Kroppzeug aus dem Krieg hergebracht hat. Wir alle verstummen, doch Conrad beschwichtigt dich.

– Es gibt immer Leute, die an allem etwas auszusetzen haben, die einfach nicht wissen, worum es eigentlich geht.

– Oder ganz einfach schlecht sind! – entfährt es Gina.

Jetzt schaust du zu mir. Und ich bin es, die noch unnütze Worte hinzufügt.

– Hör einfach weg.

Mir aber geht das Ganze nicht aus dem Kopf. Ich habe eine solche Bemerkung nicht gehört, und alle, die wir uns dort versammelt haben, sind Familienangehörige gewesen oder Menschen, die den Opfern nahestehen. Es gab schon ein paar Momente, in denen wir getrennt waren, etwa als dich eine Frau aus einem anderen kleinen Dorf im Tal weinend umarmt hat. Ich hatte den Eindruck, dass du sie gar nicht kanntest. Aber sie hat gemeint, sie sei damals mit dir nach Aragonien gebracht worden und ihr wärt im Lager die ganze Zeit über zusammen gewesen. Sie war sehr gerührt, und als sie dir ihren Namen und den ihrer Familie nannte, da hast du sie anscheinend doch wiedererkannt.

Aber wer würde es wagen, in eurer Nähe eine solche Bemerkung über den Friedhof zu machen?

Während dir dein Schwager ein Stück Fleisch auf den Teller legt und du behauptest, keinen Hunger zu haben, kommen die Gespräche quer über den Tisch wieder in Gang.

Leise fährt Ramon fort zu reden.

– Mich macht es wütend, dass wir einem von den Plas einen Gefallen schulden.

– Das macht er nicht für uns, da kannst du ganz beruhigt sein.

Er schaut mich an, als wolle er sagen: Womit kommst du mir denn jetzt?

– Dieser Mann ist schon immer ein treuer Verehrer unserer Mutter gewesen, auch wenn sie ihm damals einen Korb gegeben hat.

Ramon schaut mich hinter seinen Brillengläsern fragend an. Er ist ein reifer, ein attraktiver Mann, obgleich er schon auf die sechzig zugeht. Vor ein paar Jahren hat er aufgehört zu rauchen, und noch immer kann ich mich nicht daran gewöhnen, ihn ohne eine Zigarette im Mundwinkel oder in der Hand zu sehen.

– Mir wäre es lieber gewesen, wenn Doraida ihr Gesellschaft leisten würde.

Ich zucke mit den Schultern, lächle ihn an und eigentlich habe ich richtig Lust, laut zu lachen.

– Was ist los?

Er hat mich ertappt, und ich finde, dass er ebenso ein Recht darauf hat, die Tatsachen zu erfahren, wie ich.

– Die Nachbarn waren auch darin verwickelt.

– Während des Krieges ... die Familie von Doraida?

– Ja. Nicht gerade sie selbst, aber ihre Mutter.

– Das kann doch nicht sein!

– Doch, Llorenç hat es gesagt!

– Ach der!

Er lacht und setzt eine verächtliche Miene auf.

– Nicht was du jetzt denkst. Er hat es nicht gesagt, um seine eigene Familie von Schuld reinzuwaschen.

Noch immer schaut er mich fragend an.

– Es scheint so, als habe Doraidas Mutter das Mädchen der Plas hier reingehen sehen. Doloreta, ich weiß nicht, ob du sie kennst.

Mein Bruder schüttelt den Kopf.

– Doloreta, sie ist etwas älter als unsere Mutter, wollte Großvater damals warnen, dass ihn die Soldaten holen würden. Und Großvater hat sie reingelassen, weil er nicht vor der Tür mit ihr sprechen wollte. Allem Anschein nach hat Doraidas Mutter sie gesehen und das im Haus der Plas erzählt. Der Alte fand es unmoralisch, dass ein Mann, der verheiratet ist und Kinder hat, eine junge Frau in sein Haus lässt. Am selben Tag noch haben dann auch die Plas die Liste bekommen, auf der schon die anderen reichen Familien aus dem Tal all die Namen gesetzt hatten.

– Und das hat Llorenç euch bestätigt?

– Ja. Er war unglaublich wütend auf seine Familie. Auf seinen Großvater, weil der ihm verboten hatte, unsere Mutter wegen ihres Vaters zu heiraten. Auf seine Eltern, weil sie die Autorität des Großvaters nie infrage gestellt haben. Sie wollten ihn unter Druck setzen und darum haben sie ihm von der ganzen Sache erzählt.

– Das heißt also, anstatt ihm zu helfen, hat Doloreta Großvater im Grunde den Rest gegeben?

– Llorenç ist allerdings der Meinung, es hätte an ein Wunder gegrenzt, wenn Großvaters Name noch von dieser Liste gestrichen worden wäre. Und dass es letztlich auf die Bestätigung seines Großvaters gar nicht mehr angekommen sei.

– Das ist alles so ekelhaft!

– Llorenç hat keine von den Frauen heiraten wollen, die ihm seine Familie vorgeschlagen hat. Später dann, als unsere Mutter Witwe wurde, hat er sich wieder Hoffnungen gemacht, das glauben wir zumindest. Ich denke, sie hat ihn durchaus gemocht, aber sie wollte einfach nicht wieder heiraten. Und da hat Llorenç eben auf sie aufgepasst. Er sagt, sie sei immer wieder an den Ort gegangen, von dem es heißt, dass man die Männer dort umgebracht hätte, am Ufer des Wildwassers, ganz in der Nähe von so einem Schuppen, weißt du, wo ich meine? Daneben steht eine Esche mit so einem seltsamen Stamm.

– Ja, ich weiß. Aber mir scheint, zum Friedhof wird sie wohl nicht mehr gehen, es sei denn mit uns.

Ich sehe, wie Gina aufsteht und Ventura ihr folgt.

– Du hast eine wunderschöne Tochter.

Mein Bruder schaut mich an.

– Und in einem schwierigen Alter …

– Schon. Aber das ist die Welt doch auch. Andererseits, auch nicht schwieriger als die von früher.

Regina erscheint mit einer riesigen Schüssel voll mit gebrannter Vanillecreme, die sie heute Morgen vorbereitet hat. Zufrieden schaust du mich an und ich dich, und ich würde dir so gerne sagen, wie gut doch noch alles geworden ist. Da lächelst du, so als ob wir miteinander ein Geheimnis teilen würden.

Nach dem Essen sitzen wir noch ein wenig zusammen. Plötzlich sagst du »morsch«. Ein Ast, irgendetwas, ich weiß nicht, was du meinst. Als käme es aus einer Spieldose, lässt dieses Wort aber mit einem Mal wieder die Melodie deiner Jugend erklingen, hüllt uns in die Klänge von damals ein, in grüne Töne und den frischen Duft, der vom Fluss her aufsteigt. Dein ganzes Leben, bevor es uns darin gab, verwandelt sich in eine Landschaft voller Kraft und Hoffnung. Mir wird klar, dass unser Vater recht hatte: Man hat dir zu viel Leid zugefügt, als du noch viel zu zart warst. Ich betrachte dein Gesicht, in das die Falten ihre Furchen gezogen haben, dein Blick ist wieder so streng wie zuvor. Der Ast deiner Sehnsüchte ist zerborsten. Er war einfach zu morsch.

Du fragst dich, was du nur ohne mich machen würdest. »Einer Mutter, die Gott liebt, schenkt er als erstes Kind eine Tochter.« Für eine Mutter bedeute eine Tochter einfach alles. Ich frage mich, was ich selbst ohne eine Tochter machen werde.

Du redest mit dir allein, obwohl wir zusammensitzen, der Stoff unserer Röcke berührt sich. Dann erzählst du mir wieder von den Frauen, die sich darüber aufgeregt haben, dass man die Toten vom Wildwasser auf den Friedhof gebracht hat. Ich weiß nicht so recht, was ich dir antworten soll. Dann sage ich dir, dass es immer Leute geben wird, die dummes Zeug reden. Die Zeit vergeht nur langsam, wenn wir so zusammen sind. Conrad und ich müssen zurück nach Barcelona, und es fällt mir schwer, dich allein zu lassen. Ich weiß, dass du hier mit den kleinen alltäglichen Verrichtungen beschäftigt sein wirst. Dass Llop, der deine Blicke versteht, dir auf Schritt und Tritt folgen wird. Im Dorf passt Llorenç auf dich auf, auch wenn er selbst langsam alt wird. Ich denke, ihr habt es beide nicht leicht gehabt.

Ich stecke meine Hand in die Jackentasche, während du vom Wetter redest. Du sagst mir, bald schon würde die Hitze kommen. Ich stutze. Morgen haben wir den dritten September. Mir fällt ein, dass ich dir das Stück Papier zeigen könnte. Auf der Suche nach deiner Uhr, die du angeblich verloren hattest, habe ich es in der Schublade deines Nachtschränkchens gefunden. Du liest Silbe für Silbe.

– Herz-li-chen Glück-wunsch. Con-rad.

Du schaust mich fragend an.

– Am Abend, bevor ich Guillem geheiratet habe, hat Conrad uns nicht angetroffen und darum hat er einen Korb mit Kirschen vor die Tür gestellt, als Geschenk für uns.

– Bist du denn nicht mit Conrad verheiratet?

– Doch!

Ich stecke den vergilbten Zettel wieder in meine Jackentasche. Mir scheint, als hättest du Guillem vergessen. Der arme Junge, wie du ihn immer genannt hast, ist ein erfolgreicher Musiker geworden und hat eine amerikanische Jazzsängerin geheiratet. Es kommt mir so absurd vor, dich jetzt mit dieser Geschichte durcheinanderzubringen. Du hast gar nicht wirklich verstanden, was ich dir da erzählt habe, von Conrad, der uns am Vorabend der Hochzeit Kirschen vorbeigebracht hat.

Den ganzen Tag über hatte er uns beobachtet, doch er klopfte erst an die Tür, als er sah, dass Anna und Johnny mit dir runtergegangen waren, um die Hunde zu füttern. Er wollte mich allein antreffen. Aber gerade da war ich hoch auf den Dachboden gelaufen. Und dort hatte ich geweint, mitten im Rauschen des Flusses und dem Summen der Bienen. Vor den Spiegel hatte er den Korb gestellt und auf einen Zettel »Herzlichen Glückwunsch« geschrieben. Ich weiß nicht, wann du die Kirschen gefunden hast, aber ich habe sie erst am darauffolgenden Abend zu Gesicht bekommen, als ich schon mit Guillem verheiratet war und wir gerade von einem Spaziergang zurückkamen. Das war kurz vor unserem heftigen Streit: Zwischen der Esche und dem Wasser hattest du ein paar Gladiolen von meinen Hochzeitsblumen hingelegt, heimlich, und genau das hatte ich dir vorgeworfen.

Von Conrad weiß ich, dass ihm sein Großvater erzählt hatte, ich würde im Dorf heiraten. Er war in der Hoffnung gekommen, mit mir reden und mich davon abhalten zu können. Aber kaum, dass er hier war, hatte ihn der Mut verlassen. Zu viel stünde auf dem Spiel, hatte er sich gesagt. Außerdem, wenn mein Entschluss feststand, jemanden zu heiraten, wer sei er schon, um sich dazwischenzustellen? Verzweifelt war er herumgelaufen und dabei auf einen übervollen Kirschbaum gestoßen, der in einem verlassenen Garten stand. Er hatte sich sein Hemd ausgezogen und es mit Kirschen gefüllt, so als hinge sein Leben davon ab. Er pflückte sie, ohne sie zu sehen, hatte sich ganz seinem Schmerz hingegeben.

Als wir das nächste Mal wieder im Dorf zusammentrafen,

lernte er Guillem kennen und hat mit mir gesprochen. Und da hat er geahnt, dass auch ich ihn liebte, ihn, Conrad. Und unter dem Vorwand, gemeinsam mit mir die Zeugen des Verbrechens an Großvater aufsuchen zu wollen, hat er mich schließlich nach meiner Telefonnummer gefragt.

Wir gehen zu einer von euren Wiesen, zu der, die dir am meisten in Erinnerung geblieben ist, ganz in der Nähe der Straße. Es gibt sie noch immer, aber das Gras dort taugt nicht mehr, sagst du, die Erde sei schlecht geworden. Wir setzen uns auf einen Baumstamm, auf die Zeitung, die Conrad, dem wir langsam gefolgt sind, für uns ausgebreitet hat. Du sagst, als kleines Mädchen hättest du hier einmal ein Schwein hüten müssen. Das Gras war ziemlich hoch, und du hast gemerkt, wie irgendetwas an deinem Bein hochgekrochen ist. Da hast du heftig auf den Boden gestampft, und eine Schlange flog durch die Luft. Vor diesen Tieren hat es dich schon immer gegraust, genauso wie Großmutter. Die Geschichte kommt mir irgendwie bekannt vor, obwohl sie nicht zu denen gehört, die du oft erzählt hast. Du bist dir nicht sicher, wie alt du damals warst. Dann aber meinst du: sechs Jahre, glaube ich. Mir kommt das unwahrscheinlich vor, aber da ist niemand mehr, der es uns sagen könnte.

Kleine Malven mit biegsamen Stängeln wachsen auf der Wiese. Du machst dich daran, welche zu pflücken, und bald hältst du einen ganzen Strauß in der Hand. Du kommst auf mich zu und mit deinem zahnlosen Lächeln sagst du mir, dass du mir ein Geschenk machen möchtest. Ich bin überrascht, in das Gesicht eines Kindes zu schauen. Mit deiner Kraft ist auch deine Niedergeschlagenheit verschwunden. Ich danke dir für diesen wunderschönen Strauß, den mir niemand so überreichen könnte, wie du es tust.

Ich gehe neben dir. Wir schweigen. Ich hake dich unter, und dein Körper ist mir keine Last. Wir sind wie Schwestern, wir sehen uns ähnlich, in uns fließt das gleiche Blut, auch wenn du mich immer hast glauben lassen, dass ich eher meinem Vater gleiche. Und während du dich von mir löst und vorgehst, so schmal und in dich versunken, denke ich mit einem Mal, dass es mir nichts mehr ausmacht, dein Land nicht Ort für Ort, nicht Stern für Stern zu kennen. Es ist ja für immer in mir.

Alles über meine Mutter

Lesezeichen für *Inneres Land* von Maria Barbal

Als meine eigene Mutter zur Erstkommunion ging, muss sie schon zwölf Jahre alt gewesen sein. Sie empfing sie an einem Werktag, zusammen mit einer Freundin. Es gab keine Feier. Heimlich hatten die beiden Mädchen den Kommunionsunterricht besucht, die Eltern sollten davon nichts wissen. Mit eben dieser Freundin war meine Mutter ein Jahr zuvor der Mädchenschule im Dorf verwiesen worden. Den Grund dafür haben die beiden nie so richtig verstanden: Es ging um eine Spende für ein Hilfswerk der faschistischen Falange, die die Eltern allem Anschein nach nicht hatten aufbringen wollen. Und da hatte die Lehrerin von »den Roten« gesprochen und von »Schande« und dass »bei denen alles doch umsonst« sei.

Die Familie meiner Mutter gehörte zu den Verlierern des Bürgerkrieges. Mein Großvater stand jahrelang unter Hausarrest. Während der Republik hatte er die sozialistische Zeitung ausgetragen, und meine Großmutter war mit der Parteijugend singend durchs Dorf marschiert. 1936, kurz nach dem von der katholischen Kirche mehrheitlich als »Kreuzzug« bejubelten Militärputsch, war mein Großvater eines Nachts von falangistischen Schergen abgeholt worden. Man werde ihn erschießen, sagte man ihm in Anwesenheit seiner Frau und Tochter. Sie brachten ihn dann in einen Eichenwald, oberhalb des Dorfes, wo solche Aktionen für gewöhnlich stattfanden. Dort schlug man ihn zusammen, verabreichte ihm Rizinusöl und fesselte ihn an einen Baum. Nach ein paar Stunden ließ man ihn aber schließlich frei. Er konnte wieder zurück nach Hause, doch er und seine Familie lebten fortan als soziale Aussätzige. Die Mehrheit der Sieger hatte nur Hohn für sie übrig. Aber das Mitleid so manch anderer tat nicht weniger weh, war es doch meist verbunden mit dem Druck, sich als schuldig zu bekennen und sich vorbehaltlos in das neue, nationalkatholische Spanien einzufügen.

Meine Großmutter hat ihrer Tochter niemals verzeihen können, dass sie heimlich den Kommunionsunterricht besucht hat. Auch nicht, dass sie später meinen Vater geheiratet hat, der aus einer jener Familien stammte, die den Militärputsch besonders lautstark begrüßt hatten. Dass mein Vater anders dachte und später selbst als politisch unzuverlässig eingestuft wurde, änderte daran nichts. Meine Großmutter hat ihren Mann um mehr als zwanzig Jahre überlebt. Bis zuletzt hat sie allein in ihrem großen Haus leben wollen. Als sie krank wurde, hat meine Mutter sie gepflegt, und doch habe ich sie nie ein zärtliches Wort an meine Mutter richten hören. Ausgesprochen haben die beiden sich auch nie. Es wäre um Verrat gegangen, um Dazugehörenwollen. Auch um enttäuschte Liebe.

Es ist wohl die Erfahrung eines jeden katalanischen Lesers von *Inneres Land*, in diesem Roman Momente der eigenen Familiengeschichte zu entdecken, manchmal als Widerspiegelung, manchmal unter umgekehrten Vorzeichen. Manchmal aus der Perspektive Ritas, manchmal aus der Conrads, manchmal auf der Seite des Leidens, manchmal auf der Seite der Schuld. Siebzig Jahre nach Ende des Bürgerkriegs ist dieser noch immer eine blutende Wunde im historischen Gedächtnis unseres Landes. Unbewältigt steht er da, wie eine unerledigte Aufgabe. Denn anders als in Deutschland im Hinblick auf die Nazi-Diktatur besteht in Spanien kein politischer Konsens darüber, ob das autoritäre Regime, das aus dem Sieg Francos im Bürgerkrieg hervorging und bis zu dessen Tod im Jahr 1975 andauerte, wegen seiner zuweilen blutigen Repression und seiner Missachtung jeglicher demokratischer Grundrechte zu verurteilen sei. Mit *Inneres Land* hat sich Maria Barbal unmissverständlich in diese Debatte eingemischt, klare Position bezogen zugunsten einer

Aufarbeitung der Vergangenheit, gegen das Vergessen, gegen das Verdrängen.

Der Roman erschöpft sich aber keineswegs in dieser politischen, ja ethischen Positionierung. *Inneres Land* enthält vielmehr mehrere Romane in einem: Er ist die Chronik der letzten fünfzig Jahre spanisch-katalanischer Geschichte und ebenso ein Entwicklungsroman, gesellschaftliche Bestandsaufnahme genauso wie ein breit angelegter Familienroman, Darstellung eines sozialen Milieus und Psychodrama einer sozialen Entwurzelung, wobei in jeder dieser Lesarten *Inneres Land* das Partikulare und das Exemplarische, das Individuelle und das Allgemeingültige eng miteinander verwebt. So stellt *Inneres Land* in geradezu mustergültiger Form einen Generationenroman dar und zwar derjenigen Generation, die – wie die Autorin selbst – im verlogenen, nationalkatholischen Alltag der Franco-Diktatur aufgewachsen ist, die die trotzige, utopienschwangere Zeit des Spätfranquismus erleben durfte und während der ernüchternden Realitätsprüfung, die der vielleicht allzu sehr auf Konsens bedachte Übergang zur Demokratie mit seinen vielen, ja manchmal faulen Kompromissen bedeutete, erwachsen geworden ist. Es ist schließlich diejenige Generation, die – auch in mentaler Hinsicht – den endgültigen Übergang vom Land zur Stadt vollzogen hat, die oftmals als Erste in der Geschichte der Familie hat studieren dürfen, die mit der bäuerlichen, proletarischen oder kleinbürgerlichen Tradition ihrer Familien gebrochen und sich zuweilen als Akademiker eine neue soziale Identität angeeignet hat, und sie ist vor allem eine Generation, die im Bewusstsein dieser Brüche und Grenzerfahrungen lebt, die all diese »feinen Unterschiede« zwischen den Klassen und Schichten, die die Soziologen mühsam typologisieren, in sich selbst, in ihrem Inneren wahrnehmen kann. Ja, nicht zuletzt all diejenigen Leserinnen und Leser, die dieses soziale Wissen sozusagen am eigenen Leib haben erwerben müssen, vermögen die übergroße Scham nachzuvollziehen, die

Rita bei den großbürgerlichen Eltern ihrer Freundin Mariona empfindet, als sie sich im Ton vergreift und somit ihre soziale Nichtzugehörigkeit entlarvt. Diese schmerzhaft zu erlernenden »feinen Unterschiede« sind es auch, die das spürbare Ressentiment der Ich-Erzählerin begründen, mit dem sie sich an ihre Empfindungen bei der mehr als dreißig Jahre zurückliegenden Geburtstagsparty eben dieser Freundin erinnert. Dort, inmitten all dieser wohlerzogenen Sprösslinge aus guten Familien – »aufmerksam und höflich, tadellos, fremd« – hat sie sich zum ersten und letzten Mal im Roman gewünscht, ihre Mutter würde kommen und sie polternd nach Hause zurückholen. »Wir sind doch immer die Verarschten!« Nach Hause, das heißt auch zurück in das soziale Milieu, aus dem sie stammt, dessen Regeln und Sprache ihr vertraut sind.

Wir sind es auch, die der Generation von Rita und Maria Barbal angehören, die irgendwann Ende der Sechzigerjahre staunend festgestellt haben, dass es durchaus Liedermacher gab, die auf Katalanisch, dieser uns in der Schule vorenthaltenen, ja aus dem öffentlichen Raum verbannten Sprache sangen, in unserer Muttersprache. Diese von der Franco-Polizei immer streng belauerten Auftritte vermochten uns eine Vorahnung zu geben von dem, was Freiheit bedeuten könnte. Der Sänger, nur mit seiner Stimme und einer Gitarre, Raimon etwa, dessen Lieder für Rita so viel bedeuten, allein gegen das verhasste System, mit Sätzen, die so grundsätzlich waren, dass sie uns zusammengeschweißt haben, dabei aber so allgemein formuliert, dass selbst die Zensur sie nicht verbieten konnte: »Diguem no!« – »Sagen wir nein!« Für ein paar Stunden fühlten wir uns frei, für ein paar Stunden war es uns gegeben, etwas Ungeheuerliches, etwas ganz und gar Faszinierendes zu erleben: wie unsere Sprache einen Saal füllte, wie sie in uns widerhallte, als würde uns das zurückgegeben, was uns ausmachte.

Inneres Land erzählt von dieser Epoche, sozusagen »von unten«, mit Wehmut, aber auch mit ironischer, ja selbstironischer

Distanz. Laus Geschichte etwa ist zweifelsohne anthologiewürdig, entspricht doch diese Figur einem zeitgenössischen Phänotyp. Lau, der wortgewandte Frauenheld, das ist der freche, wahrscheinlich schon damals spätpubertär wirkende emanzipatorische Geist jener Jahre, der sich sogar revolutionäre Ikonen wie Emiliano Zapata – »das Land gehört demjenigen, der es bearbeitet« – anzuzitieren traute, um das *carpe diem* politisch neu zu begründen. »Aber gnädige Frau, [das hier] geht Sie [...] gar nichts an, auch die Liebe gehört demjenigen, der sie bearbeitet«, sagt Lau zur aufgebrachten Veva und wirft ihr vor – gerade ihr, der aufrechten, stolzen Veva –, sie sei eine »dona reprimida«, eine frustrierte Frau, und als solche, ob sie es will oder nicht, eine Stütze des verhassten Regimes. »Wer zweimal mit derselben pennt, gehört schon zum Establishment«, so ein *bonmot* hätte Lau nur allzu gerne erfinden wollen. Lau, der spätere Cafeten-Guru, das ist auch der sich anfänglich hochpolitisch gebärdende Teil seiner Generation, der nach kurzer Zeit aber in eine radikal abweichende Subkultur und manchmal sogar ins Esoterische abdriftet. Rita aber ist nicht nachtragend, sie verdammt den einstigen, untreuen Freund keineswegs. Die Art, in der sie sich von ihm als Erzählerin verabschiedet, zeugt vielmehr von amüsierter Wehmut, und so lässt sie ihn, angestrengt räsonierend und zwanghaft grapschend, mitten im Stimmengewirr der rauchschwangeren Uni-Cafeteria zurück, und in unseren Erinnerungen doziert und gestikuliert er dort noch immer.

Mit Rita kehren wir aber auch für einige Stunden in die unterirdischen Zellen des berühmt-berüchtigten Kommissariats in der Via Laietana zurück. Der metallische Geruch nach Desinfektionsmitteln, die immer wieder versprüht wurden, nimmt uns erneut den Atem, und ebenso kommt wieder das damals zum ersten Mal ganz körperlich gespürte Gefühl in uns auf, einem Feind, einem wirklichen Feind restlos ausgeliefert zu sein, seinen Schlägen und seinen Launen. Aber zugleich ist da auch die Erinnerung, genauso wie bei Rita, an jenen jugendhaft-naiven Stolz, »richtig« dabei zu sein, am »politischen Kampf« endlich teilzunehmen, dem greisen Diktator und dem korrupten Regime die Stirn zu bieten. Dabei hat Rita dank Vevas Beziehungen durchaus Glück, denn die meisten sind nicht so glimpflich davongekommen. Für viele bedeutete dieses graue Gebäude mitten im geschäftigen und schon damals touristischen Viertel Barcelonas die Vorhölle zu einer manchmal sehr langen, auf jeden Fall immer zermürbenden Gefängnisstrafe. Ja, in diesem »inneren Land« der Erzählerin finden sich etliche Gedenkorte einer ganzen Generation.

Auch an den Tag, an dem Rita zum allerersten Mal den Mut aufbringt, an einer verbotenen Demonstration teilzunehmen, erinnern wir uns ganz genau. Es ist der Tag, an dem der junge Anarchist Salvador Puig Antich hingerichtet wurde: noch so gegenwärtig in unseren Herzen, doch schon so weit entfernt in der Zeit. 1974 war es, am 2. März 1974. An jenem Tag, um 9.40 Uhr, wurde er in einem Abstellraum des Modelo-Gefängnisses in Barcelona durch das Würgeisen hingerichtet. Er starb unendlich allein, und damals ahnten wir nicht, dass wir später, ein ganzes Leben später, auf ihn den besseren, den mutigeren Teil unserer Jugend projizieren würden. Denn Salvadors Träume waren auch unsere Träume, die Träume einer ganzen Generation, selbst wenn wir seine Radikalität, ja sein Sektierertum nicht teilten. Wie Rita empfanden wir damals Angst und ohnmächtige Wut. Diese Wut ist uns bis heute geblieben, und doch haben wir es zugelassen, dass diejenigen, die mitverantwortlich für seine Verurteilung waren, die an dieser und so vielen anderen Hinrichtungen mitgewirkt haben, unbehelligt den Demokratisierungsprozess überstanden und ihre Karriere haben fortführen können. Und mancher, der damals schon Minister war, wurde später, im nunmehr so selbstbewusst demokratischen Spanien, sogar jahrelang Ministerpräsident einer regionalen Regierung. Auch er vertritt mit barscher Vehemenz noch immer und ganz öffentlich die Meinung, dass das, was damals rechtens war, heute nicht als Unrecht gelten darf.

Doch der Roman ist nicht nur im Zeichen eines bestimmten generationellen Gedächtnisses geschrieben worden, *Inneres Land* erzählt vor allem die Geschichte einer schwierigen und für beide Seiten zuweilen schmerzhaften Mutter-Tochter-Beziehung. Mehr noch: Selten hat die Literatur eine so verzweifelte Erkundung nach der Mutter, eine so eindringliche Liebesbekundung an die Mutter zu erzählen vermocht. In Form einer imaginierten Ansprache versucht Rita, die Ich-Erzählerin, in das »innere Land« ihrer Mutter vorzudringen, dem Eigensinn und der scheinbaren Härte dieser Mutter auf den Grund zu gehen, die zeitlebens unfähig war, sich der Tochter zu öffnen, ihr Zärtlichkeit und Nähe zu geben. Erst am Ende, nachdem die nunmehr schon fünfzigjährige Tochter, sich selbst über das eigene Leben und somit auch über die verschiedenen Phasen des Mutter-Tochter-Verhältnisses eine Art Rechenschaftsbericht abgelegt hat, vermag sie zu erkennen, dass die vermeintliche Kälte und die angstbesetzten Obsessionen ihrer Mutter Ausdruck einer unaufhörlichen Trauer sind: Trauer um den Vater, um Ritas Großvater also, der – ebenso wie Jaume in *Wie ein Stein im Geröll* – kurz vor Kriegsende eines Tages von faschistischen Soldaten abgeholt wurde und nie zurückkam. Auch er hat kein Grab hinterlassen können, nur diesen dumpfen Schmerz und diese bedrohliche Leere im Lebensgefühl seiner Frau und seiner Tochter. So hat Maria Barbal mit *Inneres Land* zwanzig Jahre nach *Wie ein Stein im Geröll* (kat. *Pedra de tartera*, 1985) gleichsam dessen Fortsetzung aus der Sicht von Conxas Enkelin geschrieben und zugleich einen eindringlichen Roman über die Übertragung des Traumas des Bürgerkriegs von einer Generation zur nächsten, unaufhörlich und unaufhaltsam, so lange bis diese Toten, die einst verscharrt wurden, ein – und sei es nur symbolisches – Grab bekommen, damit die noch Lebenden endlich von ihnen Abschied nehmen können.

Ohne in einen selbstgerecht larmoyanten Ton zu verfallen, entwirft *Inneres Land* ein äußerst nuanciertes Psychodrama dieser zwei vom Bürgerkrieg auf so unterschiedliche Weise gekennzeichneten Generationen. So fühlt sich Rita von Kindheit an »schuldig«: schuldig deshalb, weil sie den Schmerz ihrer Mutter nicht lindern kann, weil sie ihre Mutter nicht für das entschädigen kann, was sie als Kind noch gar nicht in der Lage ist zu verstehen und erst später als eine weit zurückliegende Kränkung im Leben ihrer Mutter zu erkennen vermag. So verlaufen alle ihre Anstrengungen ins Leere, sind wie »inútils ofrenes«, wie »vergebliche Opfergaben«. Für immer bleibt Rita in den Augen ihrer Mutter ein Fräulein Neunmalklug, eine Mäkeltante, ein Mopp und zuweilen gar ein Aas, Worte, die Enttäuschung und Verärgerung ausdrücken sollen, alles andere als liebevolle Kosenamen sind. So wird Ritas Mutter gleichsam als eine nie zufriedenzustellende, immerfort Zuwendung abverlangende Mutter-Imago verinnerlicht, vor allem aber als eine überfürsorgliche, jedem und allem misstrauende, immerzu vor dem Leben warnende Stimme, die sich – einem Dibbuk gleich – in Ritas Leben, ja in ihrem Inneren eingenistet hat. Diese Internalisierung geht so weit, dass Rita sogar unter Alpträumen leidet, die zuweilen nur verzerrte Erinnerungen ihrer Mutter sind: wie ein Mann von zwei Soldaten abgeführt wird und eine Reise antreten muss, für die er kein Geld mehr braucht ...

Die Autorin hat das Mutter-Tochter-Verhältnis allerdings nicht auf die Übertragung eines Traumas reduzieren wollen. Diese sich stets misanthropisch gebärdende Mutter ist schwer zu fassen, diese extrem gequälte, ja ambivalente Persönlichkeit, die Kraft und Selbstsicherheit zu inszenieren weiß, aber zugleich – und ebenso geräuschvoll – Schwäche, ja Ohnmacht. »Ja ho veus, la vida és una merda«, »Da hast du's, das Leben ist wirklich Scheiße«, so heißt ihr immer wiederkehrender Spruch, den sie der Welt und dem Leben entgegenschleudert. Ein Psychologe würde ihr vielleicht eine lang verschleppte Depression attestieren wollen und vielleicht auch auf manche hysterische Züge in ihrem Verhalten hinweisen: so etwa auf die Penetranz, mit der sie sich ausschließlich als Hausfrau und Mutter zu definieren versucht, oder auf ihre durchaus effektvolle Art, als *mater dolorosa* das erlittene Leiden zu funktionalisieren, um Zuwendung zu erfahren. Vor allem aber ist Ritas Mutter eine komplexe, ja zuweilen gar schillernde literarische Gestalt, die im Laufe des Romans vor dem Leser und in den bis zuletzt fragenden Augen der Tochter ein Wechselspiel von Deutungsmöglichkeiten entfaltet. So gelingt Maria Barbal die erzählerische *tour de force*, in den verschiedenen Phasen von Ritas Erinnerungen das erzählende Ich perspektivisch, d. h. von den Gefühlen und vom Wissen her, dem erzählten Ich anzugleichen. Während etwa die ersten Kapitel aus der reduzierten, letztlich unzuverlässigen Perspektive eines kleinen Mädchens erzählt werden, festigt sich die erzählende Stimme später im gleichen Maße, wie das erlebende Ich zu reifen vermag. Da sind zum Beispiel die alljährlichen, immer aufs Neue erzählten Patronatsfeste, die alle nach dem gleichen Muster und mit den gleichen unabänderlichen familiären Ritualen stattfinden. Gerade an solchen immer wiederkehrenden Situationen lässt sich der Lauf der Zeit und der Dinge besonders eindringlich nachvollziehen. Denn im gleichen Maße, wie sich die Erlebensweise der Protagonistin ändert, ändert sich auch der Erzählstil. Man denke etwa an die Tanzabende auf dem Dorfplatz, die wir zunächst mit dem entdeckungsfreudigen, staunenden Blick der kleinen Rita erleben, später mit der der schwärmerisch-aufbrausenden Gefühlswallung der Heranwachsenden und noch später mit dem distanziert-nostalgischen Gestus der Großstädterin auf Besuch. Nicht nur die erzählten Gefühle, auch die sie vermittelnde Sprache, auch die sie evozierenden Bilder ändern sich. Die Erzählerstimme passt sich dem Lebensalter, dem Wissen und der Erfahrung seiner Protagonistin an. Verstärkt wird dieser perspektivische Nachvollzug durch die häufige Verwendung des Präsens als bestimmendem Erzähltempus, so als ob die Erzählerin in der zuweilen schmerzhaften Unmittelbarkeit einer solchen Vergegenwärtigung des einst Erlebten, des einst Gefühlten, einen Zugang zum »inneren Land« ihrer Mutter zu finden erhofft, um all die Liebe nachzutragen, die diese zwar immerfort eingefordert, aber mit gleicher Intensität auch immer wieder zurückgewiesen hat. »Cap alegria no podia fer-te feliç« – »Keine einzige Freude konnte dich jemals glücklich machen«, so lautet der Eröffnungssatz des Romans, eine Feststellung, die die Erzählerin noch immer umtreibt, denn tief in ihrem Herzen ist sie davon überzeugt, dass sie für das Glück der Mutter verantwortlich ist und deshalb zur Rechenschaft gezogen werden kann, ja wird: »Ich weiß, dass ich Schuld auf mich geladen habe.«

Im gleichen Maß aber besticht dieser episch angelegte Roman durch seine erzählerische Stimmigkeit, gelingt es doch der Autorin bis zuletzt und über fast fünfhundert Seiten hinweg, die dialogische Spannung der imaginierten Ansprache an die Mutter aufrecht zu erhalten. Dieses *Du* ist von Anfang bis Ende nur für die Mutter reserviert, eine Mutter, die ebenfalls bis zum Ende, sich hinter ihrem Aufbrausen und ihrer Geschäftigkeit versteckt, zuweilen aber auch in einer Art depressiven Leere, auch um ihrer Tochter keine Antwort geben zu müssen. Dabei wünscht sich Rita nichts sehnsüchtiger, als dass die Mutter sich ihr öffnet, sich ihrer liebevoll annimmt. Und so versucht sie selbst, die »gute«, liebende vor der »bösen«, um sich schlagenden Mutter zu schützen. So zum Beispiel, als sie nach ihrem ersten Schuljahr in Barcelona freudig von den neuen Freundinnen erzählen will, ihre Mutter aber ganz unvermittelt aufbraust und gegen die Naivität der Tochter wettert: Man wisse ja nur allzu gut, was von sogenannten Freunden zu halten sei. Immer weiter wird sie sich in Rage steigern, um dann aber erschöpft zu weinen anzufangen und zum x-ten Mal davon zu erzählen, wie sie als Kind beim Hüten der Kühe einem Unwetter hat standhalten müssen, ohne Unterstand und ohne Regenschirm, und das Wasser sei ihr »bis in die Arschrinne« gelaufen. Just in diesem Moment aber schiebt die Erzählerin eine viel frühere Erinnerung ein: »Ich muss daran denken, wie ich als kleines Kind einmal am Waschbecken gestanden bin, über dem ein Spiegel hing, und wie deine großen Hände meine eingeseift haben, die dunklen Rinnsale sind in den Abfluss gelaufen, und das Handtuch, mit dem du mich abgetrocknet hast, lag ausgebreitet über deinen Armen.« Diese eingeschobene Erinnerung an die »gute«, an die fürsorgliche Mutter, vermag den Schmerz, den die Erinnerung an die allzu oft geifernde Mutter in ihr auslöst, zu mildern. Es sind dies Momente von großer Zärtlichkeit, in denen die Erzählerstimme innezuhalten scheint, weil diese Momente so zerbrechlich waren und in der Erinnerung auch so bleiben. Es sind kleine Alltagsgesten, die von Liebe sprechen, selbst wenn diese Liebe für immer sprachlos geblieben ist. Es sind erlösende Erinnerungen, auch wenn sie flüchtig und vergänglich sind, wie dieses kindliche Lächeln und dieser wunderschöne Malvenstrauß, den Ritas Mutter ganz am Ende des Romans ihrer Tochter schenken wird.

Das Lächeln kommt aus dem schon zahnlosen Mund einer von Demenz gezeichneten alten Frau. Gleichwohl ist es das erste Mal, dass sie ihrer Tochter etwas schenkt, das nicht »von Nutzen« ist, etwas, das nur Liebe ausdrücken soll. So flüchtig wie dieses zahnlose Lächeln und so vergänglich wie dieser Strauß Blumen auch sein mögen: es ist die Antwort, auf die Rita so lange gewartet hat. Diese Antwort aber kommt spät, allzu spät. Das Verhältnis zwischen den beiden Frauen wird sich nicht mehr ändern können. Wie denn auch? Die schleichende Demenz hat die Mutter eine andere werden lassen und sie gleichsam von der

Last befreit, die ihr der Krieg und die Überforderung der eigenen Mutter aufgebürdet hatten. Nicht einmal die Gedenkfeier am Friedhof vermag sie mehr zu berühren. Ihr ganzes Leben lang hatte sie leben müssen, ohne ihren Vater begraben zu können, ohne ihm und mit ihm die eigene, gestohlene Jugend betrauern zu können, ohne dass ihr erlittener Schmerz unmissverständlich, öffentlich bezeugt worden wäre. Und jetzt, wo dies endlich möglich wäre, wo die Lebenden endlich Abschied von den Toten nehmen können, da hat sie »für nichts mehr Interesse« und quittiert selbst die Nachricht von der Gedenkfeier nur mit einem zerstreuten »Ach wirklich?« So sind der Blumenstrauß und das Lächeln Zeichen einer Erlösung, die das Leben ihr selbst nicht mehr bieten wird, nur Zeichen dessen, was hätte sein können, was hätte sein sollen. Dann hätte Teresa ihre Tochter mit Küssen geliebt und mit zärtlichen Kosenamen überhäuft, nicht aber mit Tränen und mit Worten, »die so hart waren wie die Schwielen an ihren Füßen«.

Die katalanische Kritik hat dieses Buch, das den angesehenen Prudenci Bertrana-Preis (2005) erhielt, als den Roman gefeiert, in dem Maria Barbal die ganze Bandbreite ihres erzählerischen Könnens unter Beweis stellt und sich gleichsam als eine der wirklich Großen ihres Fachs bestätigt. Ihr »epischer Atem« und ihr Mut, die »historische Schande« des Verdrängens anzuprangern, wurden ebenso nachhaltig gelobt wie ihre Fähigkeit, einen psychologischen Roman von seltener Dichte verfasst zu haben. Nicht im Sinne einer bloßen Fortsetzung, sondern vielmehr einer neuen generationellen Perspektivierung wurde *País íntim* vor allem aber auch als der Roman begrüßt, auf den die Leserinnen und Leser von *Pedra de tartera* so lange gehofft hatten. Doch was zumindest in meinen Augen die Erzählstimme von Maria Barbal ganz unverwechselbar macht, ist vor allem die Empathie, mit der sie all ihren Figuren begegnet, auch denjenigen, die sie nur am Rande oder sporadisch auftreten lässt. Sie alle hat die Autorin mit Schattierungen versehen, mit Nuancen, die ihnen so etwas wie eine narrative Würde verleihen. Für mich liegt darin die literarische Größe Maria Barbals begründet: sich ganz offen und ungeschützt zu einem Realismus mit humanem Antlitz zu bekennen, also zu einer Literatur, die weit mehr von sich abverlangt, als eine Welt aus Worten und Papier, aus augenzwinkernden Zitaten und spielerischen Überbietungen zu erschaffen. Sie selbst hat es einmal so ausgedrückt: »Im Wesentlichen schreibe ich, um zu verstehen.«

Konstanz, im Juli 2008 *Pere Joan Tous*

Kleines Glossar

Akela: Bezeichnung für den Leiter bzw. die Leiterin einer Kindergruppe (Meute) bei den Pfadfindern in Anlehnung an Akela, den weisen Wolf und Rudelführer in Kiplings Dschungelbuch.

Antoñito el Camborio: berühmte Figur aus dem *Romancero gitano* (dt. Zigeunerromanzen) des 1936 von spanischen Faschisten ermordeten Lyrikers und Theaterautors Federico García Lorca.

Argelès-sur-Mer: südfranzösische Küstenstadt in der Region Languedoc-Roussillon. Die französische Regierung hatte dort 1939 das erste der berüchtigten »camps sur la plage« (dt. Lager am Strand) errichtet, in dem unter äußerst prekären Bedingungen unzählige der fast 500 000 Republikaner interniert wurden, die vor den heranrückenden Francotruppen aus Spanien geflohen waren.

Cara al sol: Hymne der faschistischen Falange, einer der politischen Gruppierungen, die die von Franco angeführte Militärrebellion gegen die demokratisch gewählte Republik (1931–1939) mitgetragen hatten.

CNT-FAI: Zusammenschluss der anarchosyndikalistischen Gewerkschaft *Confederación Nacional del Trabajo* (dt. Nationaler Bund der Arbeit) und der anarchistischen *Federación Anarquista Ibérica* (dt. Iberische Anarchistische Föderation), der während des Bürgerkriegs (1936–1939) an die zwei Millionen Mitglieder zählte.

coca: aus Eiern, Milch, Mehl und Zucker hergestellter großer, flacher Kuchen.

ensaimada: rundes, in Form einer Spirale aufgerolltes Hefegebäck aus Schweineschmalz.

espardenyes: leichte Schuhe mit einer Sohle aus geknüpftem Hanfstroh, die mit Baumwollbändern um den Knöchel gebunden werden.

Esquerra Republicana de Catalunya: (dt. Republikanische Linke Kataloniens) traditionsreiche katalanische Partei, ein Zusammenschluss verschiedener linksnationaler Gruppierungen, die im April 1931 die Gemeindewahlen in Katalonien für sich entscheiden konnten. Zwei Tage nach den Wahlen erfolgte die Proklamation der Katalanischen Republik, auf die dann allerdings zugunsten einer nationalen, autonomen Regierung innerhalb der Spanischen Republik verzichtet wurde.

Maquis: antifranquistische Guerillakämpfer, die nach der Niederlage der Republik 1939 bis Anfang der 50er-Jahre ihren Kampf im Untergrund fortsetzten und dabei vor allem von den unwegsamen Pyrenäenregionen aus operierten. Während des Zweiten Weltkrieges kam es zu einer engen Zusammenarbeit mit den französischen Partisanen der Résistance, die gegen die deutschen Besatzungstruppen in Frankreich kämpften.

Melitón Manzanas González: Chef der Geheimpolizei von San Sebastián. Der hochdekorierte Polizist und überzeugte Franco-Anhänger, der im Bürgerkrieg mit der Gestapo kollaboriert hatte und wegen seiner Foltermethoden zu traurigem Ruhm gelangt war, wurde im August 1968 von ETA-Aktivisten erschossen.

porró: bauchiges oder kegelförmiges Trinkgefäß aus Glas oder Ton, das mit einer langen Tülle versehen ist, aus der man den Wein direkt in den Mund fließen lässt.

Prozess von Burgos: Verfahren gegen 16 ETA-Angehörige wegen des Attentats auf Melitón Manzanas González. Die 1970 vor dem Kriegsgericht in Burgos stattgefundene und vom Regime als Schauprozess geplante Gerichtsverhandlung wurde in der Öffentlichkeit als erneuter Beweis für die Unterdrückung des Baskenlandes und die Foltermethoden der Polizei gewertet. Die vehementen Protestaktionen im In- und Ausland gegen den Prozess und das Urteil – sechs Todesstrafen – zwangen den Diktator letztlich dazu, die Todes- in langjährige Haftstrafen umzuwandeln.

Raimon: Vertreter der Ende der 50er-Jahre in Katalonien entstandenen musikalischen Bewegung der »Nova Cançó« (dt. Neues Lied), die auf politisch-kulturellem Gebiet maßgeblich zur Erstarkung des katalanischen Nationalbewusstseins beigetragen hat.

Salvador Puig Antich: katalanischer Student und Mitglied der militanten anarchistischen Organisation *Movimiento Ibérico de Liberación* (dt. Iberische Freiheitsbewegung). Bei einer Schießerei mit der Polizei wurde er schwer verletzt, des vermeintlichen Polizistenmordes angeklagt und als letzter politischer Gefangener in Spanien 1974 durch das Würgeisen hingerichtet. Das von einem Kriegsgericht gefällte Urteil war vom Willen des Regimes geprägt, nach dem geglückten Attentat auf den Regierungschef und persönlichen Vertrauten Francos, Luis Carrero Blanco, ein Exempel zu statuieren. Die Schwestern von Salvador Puig Antich bemühen sich noch immer um eine Wiederaufnahme des Verfahrens – bis heute ohne Erfolg.